# HET VERDRIET VAN BELGIE

# Hugo Claus
# Het verdriet van België

Roman

1999
UITGEVERIJ DE BEZIGE BIJ
AMSTERDAM

Copyright © 1983 Hugo Claus
Omslag Studio Paul Koeleman
Images provided by © 1997 Photodisc, Inc.
Eerste druk gebonden uitgave maart 1983
Tweede druk maart 1983
Derde druk april 1983
Vierde druk oktober 1983
Vijfde druk november 1983
Zesde druk februari 1984
Zevende druk mei 1984
Achtste druk januari 1985
Negende druk september 1985
Tiende druk februari 1986
Elfde druk augustus 1986
Twaalfde druk februari 1987
Dertiende druk januari 1988
Veertiende druk paperback februari 1989
Vijftiende druk gebonden uitgave oktober 1990
Zestiende druk paperback april 1993
Zeventiende druk gebonden uitgave april 1993
Achttiende druk paperback oktober 1993
Negentiende druk paperback augustus 1994
Twintigste druk paperback januari 1995
236ste t/m 245ste duizendtal
Eenentwintigste druk gebonden uitgave januari 1995
246ste t/m 247ste duizendtal
Drieëntwintigste druk gebonden uitgave maart 1999
264ste t/m 294ste duizendtal
Druk Wöhrmann Zutphen
ISBN 90 234 3853 1
NUGI 300

# I
# HET VERDRIET

# I HET BEZOEK

Dondeyne had een van de zeven Verboden Boeken onder zijn schort verstopt en Louis meegelokt. Zij zaten onder de slingerplanten van de grot van Bernadette Soubirous.

Dondeyne's Boek was *ABC*, een weekblad van de socialisten dat vast en zeker op de Index van het Vaticaan stond en dat hij van zijn broer gekregen had toen hij in het ziekenhuis lag. Hij was daar vandaan gekomen met een scharlaken oor, waar hij vaak aan trok. Overdag lag het Boek onder zijn kast, met zijn bottines ervoor.

De vier pagina's die nu ontbraken lagen glanzend, ongekreukt maar gerafeld aan de randen, onder het blauwe pakpapier in de lade van Dondeyne's lessenaar. Voor alle veiligheid had hij het papier vastgeprikt met punaises—duimspijkers moet je zeggen, eiste Louis' Peter, maar Louis zei het nooit, hij werd al genoeg uitgelachen om zijn uitspraak.

De opengevouwen bladzijden glommen in de zon en waren in het midden deerlijk gespleten door de schaduw en de gekartelde scheur. Louis zou nooit zijn eigen Verboden Boeken vaneenrijten, zelfs niet in het dreigendste gevaar om ontdekt te worden. Maar Dondeyne was een Hottentot.

De vier Apostelen hadden zeven Verboden Boeken. Vlieghe had er drie, *Liefde in den mist*, een programma van de operette 'Rose-Marie', en het gevaarlijkste, een levensbeschrijving van G. B. Shaw, de ketter en vrijmetselaar. Byttebier had *Vertellingen van de Zuidzee* en een foto van Deanna Durbin in onderjurk, erg genoeg om als Boek beschouwd te worden. Het Boek van Louis zou hem misschien niet in opspraak hebben gebracht als de Zusters het gevonden hadden, hij had het ook openlijk tussen de beduimelde, lekker ruikende Davidsfondsboeken die hij na het Paasverlof had meegebracht kunnen schuiven, maar was het opzet al niet voldoende als je heimelijk een boek, in je tabbaard gewikkeld, binnensmokkelde, binnen de hoge muren van het Gesticht? Het heette *De Vlaamsche Vlagge*, het was door Papa zelf ingebonden in een roodbruin kartonnen omslag, je kon het bindwerk van Papa meteen herkennen, want hij hakte de randen, onder de snijmachine als een guillotine, onmeedogend dicht bij de tekst af. In *De Vlaamsche Vlagge* ging het over opstandige seminaristen aan het einde van de vorige eeuw die, aangewakkerd door langharige priesters met *pince-nez*, tegen de Belgische, dus Vlaamsvijandige ministers en bisschoppen komplotteerden in het holst van de nacht, in een geheim verbond, *De Swigende Eede*. Louis had het boek thuis uit de boekenkast gestolen omdat hij Papa had horen beweren dat de pastoors, die deze teksten bij hun parochianen vonden, onmiddellijk met de ban van de Heilige Kerk dreigden. Toen zij het schamel boek zonder illustraties, met de grauw gedrukte iele lettertjes zagen waren de andere drie Apostelen niet onder de indruk geweest. Alleen omdat Louis overdreven vurig herkomst, inhoud en gevaar had opgeroepen, hadden zij het vormloze ding als Verboden Boek aanvaard en het naast de andere gelegd, die avond, op het hoofdkussen van Byttebier, en drie kruistekens geslagen en gefluisterd: 'In de zwarte boeken—moet ge 't zoeken.—Dat wordt gevraagd—door de heilige maagd.' Geen van de Verboden Boeken mocht gelezen worden zonder dat er minstens één andere Apostel meelas.

Dondeyne en Louis bekeken de onscherpe plaatjes van het proces van de marconist voor het Hof van Assisen te Brugge. De vader van het slachtoffer, een ineengezakte man met een witte sik, droeg een uniformpet en leek op de Russische Tsaar toen hij Raspoetin smeekte zijn bloedzieke zoon te redden. De moeder was een besje dat bijziend en uitdagend naar de moordenaar buiten beeld keek en haar zwartgelakt tasje oprichtte om ermee te slaan of te gooien, de advocaat droeg een toga die van dezelfde sepiakleur was als zijn krulhaar, een fotograaf met een geruite pet hield een toestel vast als een trekharmonika met een gapend vierkant gat, en dan, en dan, de officier-marconist zelf, de dader die, zei de rechtbank, zijn vriendin levend in de duinen had begraven. Hij stond er lachend bij, zwaar besnord, handen op de rug, buik vooruit, want de foto was natuurlijk eerder gemaakt, niet op het ogenblik van vrees en beven op het strand of later in tijden van wroeging en nachtmerries.

'Levend in het zand,' zei Dondeyne. 'En zo'n schoon meisje!'

'Hoe weet ge dat?' vroeg Louis. 'Misschien was 't een lelijke of een éénoog.'

'Hebt ge haar niet gezien dan?' Dondeyne sloeg het blad dicht, draaide het om en wees naar de voorpagina, naar een rimpelloos gave vrouw die in satijn of zijde gehuld naar de lezer lachte. Haar irissen waren van dezelfde kleur, bleekoranje als haar onduidelijke lippen. Midden op haar voorhoofd was een venijnige scheur in het papier aangebracht.

'Hottentot,' zei Louis moedeloos. 'Dat is een filmster. Hier, in koeieletters, staat haar naam, Wynne Gibson. De socialisten zetten altijd een filmster op het voorblad.'

'Ah ja,' deed Dondeyne, maar geloofde het niet. Hij aaide zijn doorschijnend rood oor.

'Zij was een monster,' zei Louis, 'de vriendin van de marconist. Zij schrijven dat niet in de gazet, maar zij vroeg er om. Zij heeft zijn leven kapot gemaakt.'

'*Zijn* leven?'

'Natuurlijk,' zei Louis.

'Vriendin,' zei Dondeyne, 'wil dat zeggen...?'

'Dat ze niet getrouwd waren.' Een putje scheppen in het zand, er de spartelende, onschuldige vrouw in duwen, het leek hem terecht. Afdoende. Alhoewel, 'vriendin'? Kon ook betekenen dat de vrouw een kennis was, iemand uit de buurt. Want waarom stond er niet: 'verloofde', of 'geliefde' of het kleffe, gore, heimelijke 'minnares'?

Louis zag in de amberen krullen van Wynne Gibson gedrukt: 31 maart 1935, 4e jaargang, 1F.25.

'Die *ABC* is vier jaar oud,' zei hij.

'Dat geeft toch niet.'

'Misschien is Wynne Gibson ondertussen doodgegaan.'
'Dan zouden wij ervan gehoord hebben.'
Wie? Wij? Dondeyne, Hottentot! Hoe zouden wij ervan gehoord hebben? Overigens, wie had er ooit van Wynne Gibson gehoord?

De kleintjes in de muziekzaal zongen voor de twaalfde keer 'Het Ros Beiaard'.

Op het ogenblik dat Louis heftig dacht: 'Ik ga tegen alle regels in, Apostel of geen Apostel, het boek uit zijn handen rukken, ermee in de moestuin rennen', reikte Dondeyne hem de *ABC* aan. 'Kijk,' zei hij, 'precies Dobbelaere, met zijn vuile puisten.' Een stuntelig geschetst meisje staarde wanhopig naar een zwarte dolk of kling of de helft van een ebbehouten kegel. Toen pas merkte Louis dat het een spiegel moest voorstellen, van opzij gezien. Op het meisje's gezicht waren zwarte spatten en stippen aangebracht. Een vrouw met uiterst lange vingers stak een vinger in de wang van het meisje. 'De raad ener moeder' stond er boven.

'Zij wist dat haar moeder het geheim harer beschaamdheid geraden had, uitgezette poriën, zwarte stippen en een vuile, gele tint maakten dat zij zich als een verstootelinge voelde. Zij wist niet dat een eenvoudig recept een onverhoopte verlichting aan menig jong meisje kan brengen, zoals de meeste moeders weten.'

Hij gaf het blad aan Dondeyne terug. Deze liet het opengeslagen op zijn geschaafde knieën liggen. Zoals de meeste moeders weten! Niks weten zij, de moeders.

Toen, terwijl Dondeyne voorlas, in een stug schoon-Vlaams dat leek op dat van de nieuwslezer van Radio-Walle, maar met iets van de zingzang in de psalmen van de Vespers: 'Een pot kostbare zuiverende versterkende en samentrekkende bestanddelen werkt als bij toverkracht op de lelijkst uitziende huid en tint, gij zult verrukt zijn over uw nieuwe bekoorlijkheid', kwam Zuster Adam achter de doornhaag. Louis was zeker dat hij net vóór zij verscheen het geritsel van haar kleed gehoord had, toen het langs de doornen streek. Zij bleef staan, niet lang, met gevouwen armen, zodat de wijde mouwen voor haar middenrif een zwart altaartje vormden. Dondeyne zag haar ook.

'Oei, oei, oei,' zei hij. 'Zij is daar, ik wist het.' En toen, met een piepstem: 'Ik heb twéé keren van de rijstpap genomen, zij heeft het gezien.'

'Wanneer?'

'Aan tafel, gisterenavond. En twéé keer van de bruine suiker, zij heeft het gezien.'

'Dwazekloot,' zei Louis, 'zij komt voor mij.' Want hij had Zuster Adam's lippen gezien die niet opkrulden en lachten, o, nee, maar elk ogenblik *konden* lachen, als zij zich maar herinnerde dat zij, tactisch gezien, zou moeten lachen, verleiden, inpakken, slijmerig en gewetenloos, en hij zag dat haar gezicht, die bleke vlek die verschroeid werd door het hevige wit van haar kap, die helm van licht, uitsluitend naar hem gericht was. Het gezicht kreeg kleur, het naderde met vale ogen en vierkante tanden.

'Louis,' zei Zuster Adam en stak haar lange arm uit de zwarte wollen mouw, en de geur van het versgemaaide gras uit de vlakte achter de grot van Bernadette Soubirous waaide weg, werd verstrooid door iets zoets, peperkoek, warme deeg met suiker toen zij nogmaals 'Louis' zei.

'Ja,' zei Dondeyne, die het fatale boek open en bloot vóór zich hield. Maar Zuster Adam had alleen aandacht voor haar onmiddellijke prooi en legde haar hand op Louis' schouder, naast zijn nek, hij voelde haar duim. Hij volgde in haar schaduw, bijna dankbaar aan haar overgeleverd; het schijnsel in de zon was rijker dan het goudbrokaat van een *doge*, zachter dan het fluweel van de Graaf van Vlaanderen toen hij zich ging onderwerpen aan de Koning van Frankrijk. Terwijl hij haar volgde langs de taxislaan, de stekelhagen, de giftbomen, zei zij dat er bezoek was en hij vroeg niet wie, zoals verwacht werd, en zij zei: 'Kom, kom', en hij zei binnensmonds: 'Kom, komkommer.' De slaapzaal was verlaten en in de waszaal wreef zij over zijn gezicht met een 'handje', niet het zijne, maar dat van Den Dooven, dat op een vensterbank lag te drogen. Afstandelijk, niet snel en niet traag

wreef zij, alsof zij een pannetje uitschuurde, en hij gloeide.
Daarna gooide zij een handvol water over zijn haar—doopsel—en kamde het toen te hard.

'' t Ros Bei-áa-áard doet zijn ronde, in de stá-ád vá-án Dendermonde!'

Zij dwarsten de speelplaats. Zij stopte plotseling zodat hij, opgeslorpt in haar beweeglijk donker, tegen haar aanbotste, wat haar deed glimlachen terwijl haar voorhoofd gefronst bleef—twéégezicht, godin van wraak en érger— zij spuwde in haar handpalm en wreef een haarpluk plat vlak boven zijn linkeroor. Toen zag hij, aan de overkant van het speelterrein, bij de onbeweeglijke ijzeren draaimolen waar een van de kleintjes op zat met bengelende benen, Vlieghe. Die hem ook zag, maar niet verroerde, een pastelkleurig porseleinen beeld tussen de witte stangen van de draaimolen.

Louis miauwde en sloeg Zuster Adam's hand bij zijn oor weg, en liep twee meter naast haar.

Haar gedoe met zijn haar moet op een streling geleken hebben, zo heeft Vlieghe dat gezien, hij zal er nooit iets over zeggen, Vlieghe, maar het moet verraad geleken hebben in zijn schuine hazelnootkleurige ogen, dit is niet te herstellen, al bezweer ik het nog zo hevig, vanavond, straks. Hij stak een stukje zoethout in zijn mond, kauwde verwoed. Hij kreeg het warmer en week verder uit, naar de kant van de scheidsmuur en zag door de open poort de saffraangele DKW van zijn vader staan. Er zat een reusachtige, slapende man achter het stuur die hij nooit eerder had gezien. Toch ken ik hem.

Zuster Adam stopte, het kruisbeeld zwengelde tegen haar zij, zij wenkte, zei: 'Kom toch, ze wachten.'

Ze? Dus zijn vader en zijn moeder samen, tegelijkertijd? Ook iets nieuws. Hij keek nog even om naar de DKW, als om alle details op te nemen die hij vanavond, straks, aan Vlieghe zou vertellen die bezeten was van auto's en vliegtuigen. Maar hij zag alleen dat de auto verwonderlijk schoongewassen was en dat er een rond etiket op de achterruit geplakt zat.

Nog gloeiend van schaamte (Vlieghe! Vlieghe! het was anders dan je denkt!) kwam hij in de koele, wijde gang. Zuster Adam schoot naar voren, alsof zij, bode-engel, de allereerste wou zijn om zijn komst aan te kondigen. Zo rende de heilige Anna langs een bakstenen muurtje om de Boodschap, de Blijdschap, te verkondigen. Zij ijlde, Anna. Ja, ook in haar hoofd. Louis spuwde het lauwe zoethout in zijn hand, de goudokeren draderige prop had de kleur van Vlieghe's wenkbrauwen. Hij stak het in de zak van zijn schort, bij de veters, de knikkers, de kwartjes.

De gang rook naar ammoniak. Niet zo lang geleden, tijdens het zondagbezoek had de kleine Zuster Engel in deze zelfde gang iets gedaan dat diezelfde avond in de slaapzaal werd neergeschreven in het geruite schrift met het etiket: *Akten der Apostelen*. Vlieghe, de Apostel met het mooiste handschrift, had geschreven: Zuster Marie-Ange, OOTMOED, 8 op 10. Een zeer hoog cijfer voor een gewone non.

Want zonder dat iets er op gewezen had, totaal onverhoeds, had Zuster Engel in de gang geknield voor de voeten van Dobbelaere en met beide handen, terwijl het zondagse bezoekersvolk de ogen sperde, de zwarte kousen van Dobbelaere tot aan zijn knieën opgetrokken. Waarop Dobbelaere's moeder, een boerin van Anzegem, paars was geworden en haar zoon had toegesnauwd: 'Zijt gij niet beschaamd, Omer?' Moeder-Overste had gesist: 'Zuster Marie-Ange, het is al goed zo, dank u wel, ga nu maar.' En Zuster Engel was afgedropen, gedwee maar ongebroken.

Sindsdien zeiden de Apostelen elke keer als Dobbelaere een of andere beestigheid uitkraamde, of als laatste aankwam bij het overlopertje-spelen en buiten adem tegen de klimop van de buitenmuur aankwakte: 'Zijt gij niet beschaamd, Omer?'

Louis' vader stond wijdbeens bij de voordeur van het Gesticht, waarachter de dorpsstraat hoorbaar was. Hij wenkte met een opkrullende wijsvinger.

'Hier is hij, Mijnheer Seynaeve, uwe deugniet,' zei Zuster Adam, het weergalmde tussen de dwergpalmen en de als marmer geschilderde wanden.

'Een deugniet. Zeg dat wel, Zuster,' zei het kalend, roze hoofd.

'Allee, Louis, geef een handje,' zei Zuster Adam. Na de handdruk veegde de vader zijn hand af aan zijn grauw en blauw geruit jasje.

Zuster Adam heeft te hard over mijn gezicht gewreven, daarom gloei ik zo. Daarom. Om niets anders. Haar benige vingertoppen die dwars door het versleten lapje van Den Dooven schrobden. Niets anders. Vlieghe wacht nog altijd bij de witgelakte draaimolen.

'Wel, hoe stelt ge het, jongen?'
'Goed.'
'Goed wie?' zei de non.
'Goed, Papa.'

'Dat is goed,' zei Papa en knikte vier keer. Nu zal hij iets over zijn vrouw, over mijn moeder, zeggen. Waarom is zij niet mee? Weliswaar had zij bij haar laatste bezoek gezegd: 'Het zal nu een tijdje duren, mijn zoetje, voor ik kom, want ik kan zo moeilijk uit de voeten de laatste tijd', maar Louis had het genomen voor een maneuver, een vanzelfsprekende voorzorg voor het geval dat zij niet zou kunnen komen. En nu?

Zuster Adam graaide tussen zijn schortpanden en trok aan zijn rechterbretel, het kruis van zijn korte broek schoot naar boven. Papa keek naar de eiken deur van Zuster Econome's bureau die onhoorbaar openzwaaide. Zuster Econome bleef onzichtbaar, hield zich achter een deurpost verborgen. Peter verscheen. Louis' eigen dooppeter, in zijn gewoon zwartlakens pak met de gewone duifgrijze zijden das. Zoals gewoonlijk ligt op Peter's schoenen met de stompe top, met de ronde koperen veterhaakjes, geen stofje. De schoenen blijven staan, de hakken bijna tegen elkaar, het lijkt alsof de tenen opkrullen, dat de schoenen elk moment de grond zullen verlaten.

'Hij is gegroeid,' zei Peter. Dat zei hij elke keer.

Als er in deze kloostergang een rat zou losgelaten worden, zou hij niet wegkunnen. Alle voegen van de muren, de tegels, de plinten zijn potdicht. Peter's schoenen zouden hun werk comfortabel kunnen verrichten, trappelen, vermorzelen.

Peter's hoofd zat vastgeschroefd in een celluloid boord, een gerimpeld, getaand appeltje met een rechtgeknipt blokje stekels onder de stompe neus. Een geblutste appel met een snor. Duidelijk onbeduidender dan de man met het volle, bolle hoofd op het schilderij achter hem, Achilles Ratti zaliger, Paus en leider van de christelijke wereld tot voor een paar maanden.

'Voorzeker vijf centimeter,' zei Peter met de uitspraak waar achterlijke boeren en Hottentotten om moesten lachen.

''t Komt door de lente,' zei Papa.

Door het hoge, smalle raampje was de pereboom zichtbaar die in het midden van de speelplaats stond. Waarom kwam Vlieghe niet even loeren? Louis grijnsde. Vlieghe loerde nooit. Men loerde naar hem.

'Ge amuseert u,' zei Peter, 'zie ik.'

'Ja. Peter.'

'Tijd genoeg om te treuren als ge oud zijt, hè, vader?' zei Papa, en Peter knikte welwillend.

Louis zag zich wegrennen, over de onoverzienbaar breedgeplaveide weide van een speelplaats, hij dook voorbij de ramen van de muziekzaal—'die van Aalst, die zijn zo kwaa-aad, omdat hier 't Ros Beiaard gaat'—en bereikte de moestuin waar een keukenzuster schoffelde en schrok en schreeuwde: 'Seynaeve!' en hij zag hoe hij langs de regenput en langs steenklippen en zandbanken holde, zijn flaporen vingen de wind, zijn oren waarvan Papa zegt dat hij ze met punaises tegen zijn schedel zal vastpinnen 's nachts. Peter zei: 'Staf, gij met uw Frans altijd, zeg liever: duimspijkers. En daarbij, gij zoudt die jongen beter een rekker rond zijn hoofd binden 's nachts, dat zou minder zeer doen, hè, Louis?' Waarop Pa verongelijkt maar (voor één keer) triomfantelijk zei: 'Rekker, rekker, dat is ook geen schoon Vlaams, vader, ge moet zeggen: rubberband of gummiband.' Waarop Peter zich afwendde, als een kat die een rat heeft gevangen in een kloostergang en zei: 'Wat goed genoeg is voor Guido Gezelle en Herman Teirlinck is goed genoeg voor hun leerling, Hubert Seynaeve, hier aanwezig.'

'Kom, Louis, wij gaan een beetje in de verse lucht,' zei Peter.

Op de speelplaats draaide de molen met een teder piepend geluidje. Vlieghe had hem nog een woedende zwaai meegegeven toen hij wegging.

Papa hield zijn hand boven zijn iele wenkbrauwen alsof hij naar de zee bij Blankenberge keek (verleden zomer, honderden in de golven joelende mensen met naakte schouders) en niet naar de klokgevel van de kapel (waar Vlieghe nu knielde en de Heilige Maagd om vergiffenis vroeg voor zijn wantrouwen en woede).

Peter voelde aan de laag neerhangende tak van de pereboom. Bij de kelderkeukens drentelden enkele kleintjes. Niet zo lang geleden stond Louis er ook, in de rij, in de keukenwalmen, tien centimeter kleiner, met Vlieghe's natte hand in de zijne.

'Wij zijn zeer content van onze Louis,' zei Zuster Adam. 'Hij is de eerste in gewijde geschiedenis en in aardrijkskunde.'

'En in rekenen?' vroeg Peter.

'Dat is nog een probleem,' zei de non.

'Dat heeft hij van zijn vader,' zei Peter.

'Dat is juist,' zei Papa. 'We kunnen niet allemaal zo slim zijn als gij.'

Peter haalde een witte zakdoek te voorschijn en bette zijn voorhoofd, zijn schaarse haren. Dan frommelde hij de zakdoek tussen zijn lichtgekloofde nek en zijn celluloid boord. De parel in zijn grijze das gaf licht.

'Louis,' zei hij, 'ik ben niet mistevreden, maar dat rekenen van u, gij gaat daar serieus moeten aan werken. En 't algemeen gedrag is ook niet fameus, heb ik gehoord.'

'Van welingelichte kringen,' zei Louis.

Peter stak het topje van zijn beringde vinger in zijn neus en schudde vinnig. Hij liet de rubberen neus los. 'O, gij vranke duivel,' zei hij.

Papa was verontrust. Hij kneep zijn ogen halfdicht. Bijziende? Nee, zo keek Willem Tell, toen hij zijn kruisboog spande, naar zijn zoon onder de appelboom.

'Denk eraan,' zei Peter en tikte tegen Louis' bovenarm, 'dat ik uw bulletin ga inspecteren als gij thuiskomt in de vakantie. En jongen, denk aan de naam van de Seynaeves.' Hij stapte weg. Voor het eerst zag Louis dat zijn benen gekromd waren als van een ruiter. 'Apropos,' zei Papa, 'hier, dat is voor u.' Louis herkende de geur meteen, hij nam het bekende papieren zakje met de zilveren cursieve krulletters aan, het waren pralinen van de bakker om de hoek van het Gesticht, het zakje was verkreukeld, Papa had er dus aangezeten. Voor alle zekerheid keek hij in het zakje, sommige donker- en lichtbruine klonters waren aan elkaar gesmolten. Hij legde het zakje in Zuster Adam's uitgestrekte hand.

'Vanavond krijgt hij er twee,' zei de non. 'D'r zit toch geen sterke drank in, hé, Mijnheer Seynaeve?'

Papa stootte een gehik uit. 'Wat een gedacht, Zuster,' zei hij en meteen werd hij ingetogen, bijna vroom. 'Nooit geen sterke drank, Zuster. Af en toe een pintje, omdat het warm is of omdat ge onder de mensen zijt. Maar drank?' Hij keek pal in Louis' gezicht. 'Moest ik ooit weten dat hij later aan de drank geraakt, ik kap hem nu zijn twee handen af.'

'Ja,' zei de non. 'Moeder-Overste heeft een keer per abuis op een begraving twee pralinen opgegeten waar Elixir d'Anvers in zat. En 't zat direct in haar hoofd.'

Het was gelogen. Het was háár, Zuster Adam, overkomen. Met vijf of zeven pralinen. Louis zocht naar de sporen van de leugen in het onaantastbaar ovaal dat in de kap geprangd zat.

'Goed,' zei Papa en kuchte.

'Ga nog niet weg,' zei Louis. 'Nog niet.'

'Nee,' zei Papa en wachtte. 'O ja,' zei hij toen, 'met Mama gaat het goed. Het is te zeggen: goed en niet goed. Gij hebt misschien gepeinsd dat zij zou komen, maar dat ging nogal moeilijk. Wat dat ik u wilde zeggen, ge hebt schrikkelijk veel complimenten van Mama.'

'Zij *wil* niet komen,' zei Louis. Tegen zijn zin klonk het vragend. (Eenenveertig dagen geleden, toen zij de laatste keer op bezoek was, zei Mama: 'Wat kom ik hier eigenlijk doen? Ik laat heel mijn huishouden in plan en als ik hier ben zegt ge niets tegen mij. Als ik u iets vraag is 't "Ja" of is 't "Nee" en voor de rest staat ge naar mij te kijken als naar een onnozele konte. Als ge liever hebt dat ik niet meer kom, Louis, moet ge 't zeggen. 't Is toch waar, gij zegt nooit iets uit uw eigen.')

'Natuurlijk wil zij komen,' zei Papa, 'maar hoe moet ik het expliqueren?' Hij wendde zijn roze, welig gezicht hulpeloos naar Zuster Adam en zei toen bits tegen de pereboom: 'Als zij niet kan, dan kan zij niet, amen en uit.'

'Louis is een beetje ongedurig,' zei de non. ''t Komt ook door dat weer. Die warmte ineens.'

'Ja. 't Gaat onweren,' zei Papa.

Zij zelf is ongedurig. Waarom? Je niks afvragen. Je ook niet afvragen waarom je je niks moet afvragen.

'De pralinen komen van bij de bakker om 't hoekje,' zei hij.

'Dat is juist,' zei Papa.

'En zij zijn gesmolten door de warmte.'

'Wat geeft dat nu?' zei de non. ''t Is toch de smaak die telt.'

In het kantoor van Zuster Econome hing de met de hand gekleurde foto van Henricus Lamiroy, bisschop van Brugge, waarvan Peter beweerde dat hij verre familie van de Seynaeves was, langs de kant van Tante Margo. De bisschop hield zijn hoofd schuin, zijn ellebogen steunden op een schrijftafel uit de middeleeuwen, waarop een bronzen inktpot, een telefoon en een lege asbak stonden.

Door het raam met de dikke, ronde, bestofte tralies kon je de DKW zien. Peter zat schuin bij de schoorsteen met zijn knieën gekruist, hij wipte met zijn stompe schoen en rookte een sigaar. Zuster Econome's strenge uitdrukking veranderde nauwelijks toen zij Louis zag.

'O-wietje,' zei zij en Louis zal ooit dat papiermes met het Kongolees ivoren heft dat daar op het mosgroen vloeiblad ligt opnemen, oprichten. Balken zal zij, Zuster Econome, piepen tot zij pist.

Hij ging bij het raam staan en zei: 'Waarom staat er REX op uw auto?'

'Ja,' zei Papa, maar je kon het bijna niet horen want Peter riep kakelend: 'Wat? REX? Wáár?' en sprong op. De sigarewalm sloeg tegen Louis aan. Peter prevelde vlakbij: 'Het is niet mogelijk!' Ook Papa kwam bij het raam. Aandachtige cafébezoekers in de gelagkamer van 'Het Witte Paard' aan de overkant konden nu drie geslachten Seynaeves achter tralies zien.

'Nu dat ge 't zegt,' zei Pa. 'Op de achterruit.'

Peter's woorden knetterden, de tongval was voornaam, afstandelijk, de adem tussen de klanken was zwavel. 'Staf, ge gaat me een groot plezier doen en nu direct, maar direct dat etiket er af halen.'

'Direct,' zei Louis binnensmonds.

'Staf!' snauwde Peter.

'Dat moet Holst gedaan hebben,' zei Papa en ging naar de deur.

'Ja,' zei Peter. 'Anders kan ik mij niet voorstellen.'

'Is dat Holst?' vroeg Louis. Op een onhoorbaar bevel van Pa kwam de reusachtige man moeizaam van achter het stuur gekropen. Toen hij op straat stond, zag Louis, onredelijk blij, dat de man een kop groter was dan zijn vader.

'Het is crapuul,' zei Peter. 'Zuster Econome, de dag van vandaag...'

'De aartsbisschop heeft, in zoveel woorden, in de radio gewaarschuwd voor de REX-isten,' zei Zuster Econome. 'Maar 't schijnt dat Koning Leopold er niet helemaal tegen is. Alhoewel hij dat natuurlijk niet kan bekend maken.' Zij glimlachte. Louis had dit nog niet eerder gezien. Ineens zat daar een vrouw, met een kinderlijke, boerse uitdrukking. Ook haar handen die een smaragdgroene vulpen ronddraaiden, hadden iets meisjesachtigs.

'REX op onze auto,' zei Peter wrokkig.

''t Is in ieder geval beter dan een etiket van de socialisten,' zei Zuster Econome.

'Dat zou er nog moeten aan mankeren,' zei Peter. Bruusk ging hij naar het bureau en tikte er tegen met zijn zegelring. 'Dat gaat nog een staartje krijgen,' zei hij en zonder blik of groet verdween hij. Zuster Econome kwam overeind.

'Die grootvader van u,' zei zij, 'die gaat een dezer dagen een hersenbloeding krijgen, met dat jagen en springen van hem.'

In de zonnige straat buiten wilde de reus Holst het etiket er af krabben met een zakmes, maar Papa hield hem tegen en pulkte toen, behoedzaam en zwetend, met zijn vingernagels tussen glas en papier. Peter kwam bij de auto, gilde onhoorbaar en gooide zijn sigaar tegen de keien.

Zuster Econome ging naar buiten, nadat zij de kokosmat tussen de deur en de deurpost had geschoven.

Alhoewel het niet mocht, nooit mocht, stond Louis toen onbewaakt, onbeschaduwd in de straat buiten, onder de plataan die gonsde van de muggen. Papa had het ronde, hatelijke etiket blijkbaar onbeschadigd op zak gestoken. Peter zat vooraan in de auto, naast het stuur. Hij had een donkergrijze deukhoed op. De reus Holst streelde de motorkap.

'Allee, jongen,' zei Papa opgewekt. Buiten zag hij er sterker en breder uit dan aan de leiband van Peter, in het Gesticht. 'De volgende keer gaat het allemaal anders en beter zijn. Ge moet uw hart niet opvreten voor uw moeder. Het gaat allemaal goed passeren.'

'Heeft Mama de vliegende tering?' vroeg Louis.

'Maar Owietje toch,' zei Zuster Econome.

Papa keek naar zijn kind als naar een weeskind dat aan de deur kwam zingen op Driekoningenavond. Hij deed alsof hij de slappe lach kreeg en roffelde op zijn buik als om een onweerstaanbare lachbui te bedaren.

'Maar wat een raar gedacht!' bracht hij uit. 'Hé, Zuster? Maar kind toch, gij zijt een curieuze cadet. D'r is in geen vijftig jaar tering geweest bij de Seynaeves. Hé, Zuster?' Zij wist niet of zij moest beamen. Papa schraapte zijn keel en boog zich voorover. 'Wat er gebeurd is, het is iets van niets, het is dat zij van de trap gevallen is, Mama, dat is alles, zij moet blijven liggen.'

'Op de trap?'

Papa zocht verwilderd steun bij Zuster Econome, die naar de straat keek alsof ze iemand verwachtte. De reus Holst hield de deur van de DKW open.

'Zij moet een tijdje in bed blijven liggen, niet lang meer,' zei Zuster Econome toen.

'Allee, jongen,' zei Papa. 'Als ge Mama gaat terugzien zal zij een schoon cadeau hebben voor u.'

'Dat is zeker,' zei Zuster Econome.

'Wat dan?'

'Dat is een verrassing,' zei Papa.

'Gij gaat ervan verschieten,' zei Zuster Econome. In de auto leunde Peter opzij en toeterde. Meteen blafte de hond van 'Het Witte Paard'.

'Allee, jongen,' zei Papa.

'Allee, Papa,' zei Louis maar het klonk niet zo smalend als hij gewild had.

'De naaste keer zal...,' zei Papa en schuifelde naar de DKW. Toen hij achterin ging zitten begon Peter fel tegen hem aan te praten. Er was een ruime plaats vrij naast Papa. Louis had er makkelijk bij gekund. De hele weg naar huis had hij zijn hand op Papa's knie gelegd. Hij wuifde de auto nog na, toen hij de hoek om was gereden en de stofwolk zich over de dorpsstraat oploste.

De speelplaats was verlaten, heiig. Uit de kelderkeukens steeg het gekwetter van de kleintjes.

Vandezijpe kwam naar hem toe. Hij at een wortel.

'Ugh, bleekgezicht,' zei hij.

'Ugh, Hottentot,' zei Louis. En alhoewel hij het helemaal niet wilde, zei hij tegen Vandezijpe die oranje brokjes vermaalde met een wijdopen mond: 'Mijn moeder is van de trap gevallen.'

'Het is altijd iets met u,' zei Vandezijpe.

## II HOREN EN ZIEN

Puffend rijdt de DKW door de dorpskom, langs de huizen met geelglimmende bakstenen, lila en beige geverfde balkons, schoenwinkels, een smidse, een kerkhof waar een vrouw in rouw op haar duim zuigt.

Suizend rijdt de auto over een verlaten asfaltweg, langs de huizehoge klippen van de kleiputten, en wat keft Peter daar? Je kunt het liplezen. Peter is woedend, hij die tijdens Louis' doopsel in het Sint Marcusgasthuis de kwispel uit de handen van de pastoor nam en ermee over het wurmpje zwiepte dat schrok met het verschrompeld lang-voorbije kopje dat op een foto te zien is in de woonkamer van de Oudenaardse Steenweg tien. De foto zit schuin onder in de lijst van 'De Goede Herder'. Peter die, elke keer dat Louis dapper een nieuwjaarsbrief had voorgedragen (eindigend met een buiging en een opgelucht en triomfantelijk uitstoten van 'uw liefste petekind dat u bemint'), Louis' pols beetnam, Louis' gebalde vuist openpelde en er, terwijl hij zich ruggelings van Louis afwendde, vijf frank in perste, het slijk der aarde. Peter die zich eens 'Professor Seynaeve' heeft genoemd. 'Ik dacht dat u onderwijzer was. In welke materie bent u dan professor?'—'In de levenskunst, waarde mevrouw!' Deze Peter scheldt nu zijn zoon uit, die ontzet achteroverligt achter in de benauwde hete auto. Na de kleiputten komen de roggevelden, dan wordt het land minder heuvelachtig, en verschijnen de wegwijzers naar Kuurne, Lauwe, Verdegem.

Dan praat Peter, niet bedaard, maar vermoeider. Hij is hoorbaar. 'Staf,' zegt hij, 'ik versta heel goed dat ge opinies hebt, een man zonder opinies mogen ze in de vuilbak smijten, maar *enfin*, Staf, *il y a la manière.*'

'In Vlaanderen Vlaams,' schreeuwt Papa. De man achter het stuur kan je zien grinniken, al merken de twee anderen het niet. Toch, Peter ziet de schouders van de man trillen.

'Holst, kijk voor u,' sist Peter.

Een begrafenis komt voorbij. Een dronken non wordt ondersteund door twee officieren met rouwkransen om hun nek. Een fanfare. De mensen in de schoorvoetende rouwstoet lijken stuk voor stuk in karton uitgeknipt, geverfd en door een onhandige jongen met onzichtbare touwtjes voortbewogen. De jongen zal ze laten huppelen, trippelen, dansen. Dies irae, sjingboem, dies illa, pompom!

'Staf,' zegt Peter gelaten, 'ge zijt een brave vent, maar géén commerçant.' Het is de zwaarst mogelijke belediging en Papa deinst nog verder achteruit tegen de autokussens.

'Staf, het is of ik tegen de koeien spreek.'

Op het kerkhof met de snikkende vrouwen aangekomen verspreidt de zwarte stoet zich tussen de kruisjes, en komt dan weer bijeen voor het versgedolven graf waar de vrouw in de rouw van achter haar zwarte sluier zo'n misbaar maakt dat de omstaanders blozen, elkaar aanstoten.

'Staf, ge hebt lelijk misdaan daarjuist met uw REX-plakkaatje. Is het daarvoor dat ik u heb grootgebracht?'

'*Gij* hebt mij niet grootgebracht, maar Bomama.' Zoiets zou Papa nooit durven zeggen. Hij zou haar ook geen Bomama noemen, zijn eigen moeder. En Papa onderbreekt Peter nooit, zijn eigen vader.

'...dat ik speciaal voor u, als mijn opvolger, een zaak heb opgebouwd die haar gelijke niet heeft in Westvlaanderen?'

'Vader, er is in heel Westvlaanderen geen andere groothandel in schoolgerief.'

'Precies wat ik zeg. Wij hebben onze gelijke niet.'

Op het kerkhof dalen zwermen kraaien, fladderen, krabben in de omgewoelde aarde. Een man in 't zwart verjaagt ze met een paraplu.

'Staf, waarom hebt gij mij belachelijk gemaakt in de ogen van alle kloostergemeenschappen van Westvlaanderen? Want wees er zeker van dat Zuster Econome nu aan de telefoon hangt. Tot bij de Zusters Maricolen in Deinze zullen ze het te horen krijgen, hoe belachelijk...'

'REX is niet belachelijk.'

'REX zal overwinnen,' zegt de man die met immense, gezwollen rode handen vederlicht het stuur doet zwenken.
'Holst, kijk voor u.'
'België zal REX-ist zijn of niet zijn.'
'Holst, is het uit?'
Peter haalt een naar munt ruikend buisje boven, schroeft er aan en stopt het in zijn neus. Zijn ogen tranen. Hij jankt: 'Wat heb ik toch misdaan? Gij, in de Hemel, zeg het mij. Ik heb altijd het beste gewild voor mijn familie en mijn kleinkinderen en voor Louis in het bijzonder.'
Hoort Papa dit laatste wel goed? Hij geeft er geen blijk van. Holst fluit 'De schone blauwe Donau', zijn schoen wipt op de maat van de wals, lost de pedaal. Doet zoiets de DKW schokken en schudden? Dit aan Vlieghe voorleggen.
'Staf.'
'Ja, vader.'
'Dat ik het ver gebracht heb in het leven, dat ik algemeen erkend word als iemand op zijn plaats, niet alleen in de Filips van den Elzaslaan, maar ver buiten Walle, tot in de kleinste dorpen waar er een school is of een klooster, dat heb ik te danken aan mijn neus. Ik *riek* waar er zaken te doen zijn en dan doe ik ze. En daarvoor word ik gerespecteerd als commerçant en als mens. Eigenlijk méér dan als mens, want in een zekere zin ben ik als een priester, want heb ik niet een speciale vergunning van het bisdom om in het vrij onderwijs mijn waren aan de man te brengen? Ja of nee? En nu is mijn toekomst en die van u en die van Louis in gevaar omdat gij, Staf, den dwazen moet uithangen met uw politieke propaganda. En voor REX dan nog. Jongen, ik hoop dat Leon Degrelle u ruimschoots vergoed heeft, hoeveel, vijfduizend frank? Méér? Dertig zilverlingen van duizend frank stuk om mij te vernederen *en plein public*?'
'D'r was bijna niemand die het gemerkt heeft.'
'Tiens, tiens. Gij noemt uw eigen kind dus: bijna niemand? 't Is proper. Ik zal het signaleren aan Louis zijn moeder. Zij zal opkijken als zij verneemt dat zij bijna niemand geworpen heeft.'

'Geworpen?'

'Gebaard, is dat duidelijker? Staf, antwoord. Ge moet niet van niks gebaren.'

Nu hij niet meer in het Gesticht is, spreekt Peter plat-Vlaams. Peter heeft een diploma van onderwijzer; jarenlang stond hij erop schoon-Vlaams te spreken in alle omstandigheden, zelfs, tot haar ergernis, met Bomama, die allang vergeten was dat zijn beschaafde taal een van de redenen was waarom zij met hem trouwde. Toen, op een middag, 'een van de beslissendste momenten uit mijn leven', is Peter met vrienden op bezoek geweest bij Herman Teirlinck, de prins van de Vlaamse letteren, in diens villa in Oostduinkerke. Daar heeft hij de brouwende *r*, de langgerekte, hoge *aa* opgelopen, die Louis zich ook eigen heeft gemaakt en waarmee hij de hoon van de Zusters en de leerlingen van het Gesticht van de Heilige Jozef wekt. Maar na die middag van kouten over cultuur en wetenschappen in Oostduinkerke begon Peter tot de verbazing van menigeen, in de huiskring en in zijn stamcafé 'Groeninghe', ook uitdrukkingen van Walle in het dialect van Walle te plaatsen. Niet vaak, want hij wou uiteraard niet voor joviaal doorgaan, maar op het onverwachts, bij het kaarten of als de omstandigheden om iets snedigs vroegen. Hoe dat kwam? Hij had het een jaar geleden, tijdens het kerstdiner, verteld. 'Herman Teirlinck ging cider halen uit de kelder en toen hij inschonk, kwam zijn vrouw in de salon, en weet ge wat die grote man, die verfijnde, om niet te zeggen decadente geest toen deed? Hij ging naar haar toe en gaf haar een klinkende kus op haar wang en zei: "Ah wel, maske, komt er baa! Da zaain Sjaarels van 't Vraai onderwaais. Mor geef maa ierst nen baiser." Wij stonden perplex. En later hebben we erover geredetwist en wij werden het erover eens dat hij, die men in onze kringen zo fel aanvalt, precies het bewijs geleverd had van de nederigste volksverbondenheid, en de taal van ons volk in zijn oorspronkelijke geledingen respecteerde.'

Waar is de weduwe die man en kind verloren heeft door haar eigen schuld? De fanfare speelt zachtjes onder de zang:

'Quantus tremor est futúrus, quanto-o ju-udex est ventúrus, cuncta-a stricte discussúrus.' Het graf gaapt, de grond stinkt. In de kist is het kind nog warm, terwijl zijn vader in de kist er onder al lang van ijskoud beton is. Tussen de lippen van het kind zit een goudstuk geklemd, een Louis d'Or.

Peter beveelt zonder woorden aan Holst om de auto vlakbij het graf te doen stoppen. Peter komt, met zijn stompe, glimmende schoenen tot aan de rand van de kuil. Papa sluipt dichterbij en als hij tot bij de rug van zijn vader geraakt, steekt hij twee behandschoende vuisten naar voren, de vingers spreiden zich en hij grijpt zijn vader in de lenden. Deze wankelt.

Papa duwt de schoolgeriefpotentaat niet in de kuil, maar kietelt hem. Peter wringt zich in bochten met heupen en schouders. De twee Seynaeves giechelen, als twee broers. Zullen ze nu met de rulle aarde gooien naar elkaar?

Holst blijft bij de auto en wrijft met een zeemlap onder de motorkap. Alhoewel hij doet alsof hij Louis niet opmerkt, seint hij: 'Kijk, ik ben veel te groot en te sterk, om iemand, zelfs u, pijn te doen. Weet ge wie ik ben? Ik ben gezonden om u, Louis, te beschermen.'

Peter steekt een stenen pijp op, meegebracht uit Beieren door zijn lievelingsdochter, Tante Mona.

'Holst!'

'Ja, Professor?'

'Waarom hebt gij dat REX-plaatje op onze auto aangebracht?' (*Onze* auto, want Peter heeft hem betaald.)

De man antwoordt niet. Hij vindt het de moeite niet. Hij is gezonden met een andere opdracht.

'Het moet een kind geweest zijn, een van die snotneuzen van het externaat,' zegt Papa.

'Een kind van één meter vijftig dan,' zegt Peter peinzend, 'want anders kon het niet bij die achterruit.'

'Of een misdadiger,' zegt Papa.

Peter haalt verachtelijk zijn neus op, zoals de Franse Koning deed in het jaar vóór de Slag der Gulden Sporen, toen hij de delegatie Vlaamse edellieden zag, gehuld in hun weelderige mantels, met hun vranke houding, hun vanzelfsprekend edel voorkomen.

'Misdadigers,' zegt Peter en hij bedoelt de troep rond het open graf, want zij weeklagen niet, rukken niet aan hun haar of hun kleren van verdriet, zij zuchten niet eens, zij staan er koud en voorovergebogen bij als de witmarmeren piëta's her en der verspreid over het kerkhof. 'Genoeg,' zegt Peter, en twee motten vliegen uit zijn mond. 'Genoeg,' zegt Peter en buigt zich voorover en zegt 'Genoeg', tegen het nog lauwe kind in de kist die al doorweekt is van het grondwater. En de auto komt in de Oudenaardse Steenweg gereden en sputtert en valt stil voor de deur waar Mama op de drempel staat te rillen,

nee,

dat kan niet, want Mama ligt in bed onder de edredon in haar stal van een kamer, zij moet blijven liggen met haar gekneusde of gebarsten benen of ribben.

Louis hapte naar adem. Achter de struiken kwamen twee Zusters voorbij, aan de tred was Zuster Kris te herkennen. In de verte weerklonk het gejoel van de Hottentotten die terugkwamen van het voetballen. Louis gleed verder, dieper op natte knieën in het struikgewas, zat toen op zijn hielen, zijn gezicht tegen de bittere bladeren.

Dat Mama gewond was, het was zijn eigen schuld en van niemand anders. Het was nooit gebeurd als hij thuis was geweest, want dan had hij haar tegengehouden op dat versplinterend ogenblik waarin zij op de gang naast haar slaapkamer slaapwandelde en viel en haar beide ellebogen brak.

Het was nooit gebeurd als hij, hier in het Gesticht, aan haar had gedacht. (Niet vluchtig, maar met één gerichte precieze, koude, heftige gedachte die haar had bereikt, op het ogenblik dat haar om bescherming smekende gestalte op de gang schoorvoetend liep te zoeken, met de witte stotterende voeten, vlak voor de trap.) Als zijn gedachte, zijn gebed, haar had omhuld terwijl zij nog sliep. Als zij zijn gedachte had opgevangen, ingeademd. Zij was wakker geworden en had gefluisterd: 'Ja, mijn Louis, ja, zeg het eens aan Mama', en had zijn nek gestreeld. Het was nooit gebeurd als hij er niet geweest was. Want als hij niet geboren was, dan had zij geen last gehad van duizelingen bij die trap. Want toen hij geboren was was er iets in haar bloed geschoten, dat had zij tegen Tante Nora gezegd. Als hij er niet was geweest dan had zij ook niet, in haar door zijn geboorte verzwakte, aangetaste ziel het beslissende moment gevonden waarop zij hem, haar gevaarlijke boreling en haar lastig kind, met pak en zak naar het Gesticht had gestuurd.

Geboren worden doet ook zeer. Louis kon het zich niet voorstellen alhoewel hij het meteen geloofde. Hij wou het zich overigens niet voorstellen, het had te maken met lakens vol stront en gekerm dat de buren deed samentroepen, en weigering en noodzaak en 'forceren'.

'Ge moogt u nooit nooit forceren,' zei Tante Nora, 'Constance.'

'Maar als die professor staat te roepen: "Duwen, duwen," wat kunt ge daartegen doen?' (Mama, lacherig.)

'Ik had gezegd: "Mijnheer de professor, duw zelf, laat mij gerust, duw zelf met uw gat."' Mama lachte. Het was om vier uur, zij zat boterhammen met kweepeerjam te eten met Tante Nora, die vond dat er teveel cichorei in de koffie was. Hij hoorde Mama lachen in de voorkamer en hij speelde verder met de uitgeknipte figuren van ridders en jonkvrouwen op de keukentafel.

'Ik kan het mij niet meer herinneren,' zei Mama, 'ik weet dat het wreed zeer gedaan heeft, dat wel, dat ik uit de venster wilde springen, dat ik ging scheuren, maar aan de andere kant moet er in een vrouw een soort mechaniek zijn die dat allemaal uitvaagt, als het achter de rug is.'

'Maar volgens dat zij zeggen doet geboren worden ook zeer. En dat vergeten zij ook, de borelingskes, als 't achter de rug is. Onze Lieve Heer heeft dat zo gearrangeerd.'

''t Is maar best ook, dat ge 't vergeet.'

'Ja, want anders zou er niemand meer kinders willen krijgen.'

'Als 't maar een kwestie van willen was.'

'Enfin, 't is toch schoon toegegroeid bij mij.'
Dat was in de laatste vakantie, zo lang geleden al. Milde, lichte stemmen, doordrenkt van zon. Vrouwen groeien toe. Of worden toegenaaid.
'Nog een beetje 't speen,' zei Mama.
'Ach, dat trekt ook weg.'
'Met Tremazine. Of Premazine. Zo'n blauw tubeke.'
'Ik heb zalf van 't Wit Kruis.'
'Al die zalven komen van dezelfde fabriek. Ze geven er een andere naam aan, in een andere tube. Voor de commerce.'
'Ons moeder ging daarvoor altijd bij Jules Verdonck.'
'Een kwakzalver?'
'Als ge wilt. Kruiden en netels uit de bossen. Hij maakte er een papke van. Twee frank. 't Was goed voor alles, zei hij, voor de beesten lijk voor de mensen. 't Was goed voor de maag, voor krampen, voor hoofdpijn, voor als ge verstopt waart. Gij kunt er niet genoeg van eten, zei hij, 't is 't leven zelf, dat papke.'
'Madameke Vandenbussche is ook naar een kwakzalver geweest, zij heeft er alles van geweten.'
'Ja maar, Constance, dat was een charlatan. En daarbij d'r was toch niks meer aan te doen.'
''t Schijnt dat het een manneke was.'
'Hoeveel maanden was 't?'
'Zes.'
'Dat zij daarmee rondgelopen heeft al die tijd, en dat dat lag te rotten in haar.'
'Ja, ik heb me ook afgevraagd hoe dat ze dat zo ver heeft laten komen. Zij was wel een beetje nonchalant, Madameke Vandenbussche, altijd met haar haar in haar ogen, maar toch, ge wordt toch gewaar dat er iets mis is. Vooral daar zij suiker had.'
'En iets aan haar schildklier.'
'Ook.'
'Aan den andere kant, Constance, voelt ge dat niet altijd. Bij onze Alfons heb ik niks gevoeld, niksmendalle. 'k Ga

naar achter, ik zet mij op de bril, ik zeg: Tiens, wat krijgen we nu? en hij rolde er uit.'

'Ge had het Alfons willen noemen.'

'Ja. 't Was een gedacht van de onderpastoor. Noemt hem naar mij, zei hij. Alfons.'

'Dat van Madameke Vandenbussche,' zei Mama en haar stem was gedempt.

Louis hoorde haar met moeite. 'Ik zeg maar wat dat zij mij verteld hebben, 't schijnt dat 't niet van haar vent was.'

'Maar Constance toch!'

'Ik ga het niet overbrieven van wie dat 't was, ik zeg alleen maar dat het van een verschrikkelijke drinker is. Van Pernod, als ge 't wilt weten. Meer zeg ik niet.'

'Een Pernod-drinker,' zei Tante Nora. 'Jaja. Ik kan 't al peinzen wie dat het is.'

Een stoel schuurde langs de tegels. De waterketel verschoof.

'Ge moet er niet zoveel cichorei in doen, Constance. Het is veel te bitter.'

''t Is die cichorei van de Sarma. 't Schijnt dat de mensen d'r voor in de rij staan. En de koffie slaat altijd maar op.'

'Ik ken er hier in de straat die voorzeker honderd pakken koffie gekocht hebben. En zakken zout. Voor als er iets gebeurt.'

'Ja, met die miserie in Tsjechoslowakije.'

''t Gaat er in ieder geval niet op verbeteren, dat is zeker.'

'Wij gaan er maar over zwijgen.'

Zij zwegen niet. Zij hadden het over de schildklier van Nicole, de dochter van Tante Nora. Louis kwam uit de keuken en Tante Nora zei:

'Maar mens, gij zijt gegroeid.'

Wat kon zij anders zeggen? Zij allen, de Seynaeves van Papa, de Bossuyts van Mama, alle vreemdelingen van meer dan één meter vijftig zijn bekommerd om het groeien van tarwe, van hondjes, van Louis. Maar jij ook, Louis! Geef toe, dat het een prettig gevoel was om Tante Nora 'mens' tegen je te horen zeggen zelfs al weet je dat dat 'mens' niet op jou slaat, maar een uitroep is die de hele mensheid inhoudt, Zusters, Apostelen, Hottentotten inbegrepen (zelfs *Miezers*, die geen mensen zijn, maar keutels van heidense goden die ooit mens zullen worden).

'Mens,' zei Louis en richtte zich op want in de struiken die zijn zweet opvingen en verspreidden, daalden de zweetmuggen. Hij overwoog om naar de kapel te gaan en te bidden. Het was een zondig voornemen. Het was geen plotse opwelling van godsvrucht, zoals de heilige Jan Berchmans, die gelukzak, vaak had, maar een schijnbeweging om zijn afwezigheid in de refter te verklaren. Of was een gebed, ontstaan uit minderwaardige bedoelingen, ook geldig? Jezus, in zijn goedertierenheid—Meerke zei altijd: goedertierigheid. Omdat zij gierig was?—aanvaardt elk gebed. Tenslotte is hij gekomen niet om rechtvaardigen te roepen maar wel zondaars. En overigens, in zijn onmetelijk slimme, veelogige controle van alle zielen had hij allang de kwalijke intentie van Louis opgevangen en opnieuw in zijn mildheid omgezet in een echt gebed.

Naar de kapel of niet?

Vóór hij kon beslissen schoot hem iets te binnen dat ineens zo overduidelijk werd dat hij weer hurkte in de struiken tussen de zweet-muggen. Holst was een engel. In de gedaante van een vriend van Mama. In ieder geval iemand uit de streek van Mama. Want toen Louis de stem van Holst gehoord had, toen het liplezen van het straattafereel van daarnet ingevuld was met tonen, klanken, woorden, had hij duidelijk het dialect van Bastegem gehoord, de streek van Mama en Meerke en de vermenigvuldigde familieleden van de Bossuyts.

Dat betekende dus dat de engel Holst Mama's geheime boodschapper was. Dat de mannen, de Seynaeves, Holst gedwongen hadden in en bij de auto te blijven, om hem te beletten Mama's boodschap door te geven. Holst had geen kans gehad om in Louis' buurt te komen en kwiek binnensmonds scheefmondig te fluisteren: 'Uw moeder is gevallen maar zij lééft', of 'Uw moeders twee knieën zijn gebarsten maar zij denkt aan u', of 'Uw moeder bloedt maar zij vergeet u niet.'

Natuurlijk! Dat hij daar niet eerder aan gedacht had. Holst was, net als Mama, de gevangene van de cipiers, Grootvader en Vader Seynaeve, zoals vrouwen, chauffeurs en kinderen te allen tijde in bedwang worden gehouden door mannen en door Zusters. Maar als Holst een engel was in mensengedaante, was hij dan niet machtiger?

Ongezien—tenzij door Zusters achter de ramen in het Slot op de tweede verdieping—kwam hij overeind, wreef over zijn diepgroen gekleurde knieën. Hij sjokte langs de infirmerie, waar een Hottentot blaatte naar zijn Hottentotse moeder, tientallen dorpen verder.

Maar misschien had Holst hem wél een signaal gegeven. En had hij het, als altijd, niet opgevangen. Misschien zou het signaal hem pas vanavond laat of morgen te binnen schieten in al zijn blakende klaarte? Wat kon het teken van de engel geweest zijn?

Terwijl hij trachtte de grote gestalte van Holst op te roepen, opzij en achter de ruggen van de Seynaeves, schoof en kroop een warmte in zijn vel, die een geur werd en een toon en een felrode donkerte.

Louis voelde de armen van iemand als Holst om zijn ribben. Het waren de vette, spierloze, als met een fietspomp opgeblazen armen van Holst. Zij schoven langs zijn borst, omklemden zijn keel. Holst was het die hem optilde, lang geleden toen hij de kleinste onder de kleinen was, en die hem, licht als een netzakje tomaten, overreikte naar een even grote reus vlakbij. Holst was het die al die tijd van jaren een handlanger was geweest van Mama. Mama had de engel al die tijd verbannen en verborgen in haar streek van Deinze, tussen de verspreide stamgenoten van de Bossuyts, tot zij hem nodig had.

De andere reus, groter dan Holst, nam Louis over met handen die uit scharlaken mouwen met goudbrokaten randen schoten, zijn zegelring schuurde over Louis' nekvel. Een immens gezicht met een aardappelneus, doorkruist van wijnrode nerven, vlekte tussen een wolk van draderige watten, gesponnen suiker en sneeuw, onder een fonkelende mijter. De lippen openden zich, een beslagen tong en okeren tanden werden zichtbaar, de reus blies azijn en tabak uit en vroeg: 'Hoe heet ge, manneke?' Mama, onzichtbaar, ver weg, zei: 'Mijn Louis, hij is braaf', en Louis krijste en spartelde, sloeg naar het gezicht dat onbereikbaar bleef. 'Het is Sint Niklaas, Louis, kijk.' Hij werd vastgeschroefd tegen de krakerige mantel, op een knie gezet. Holst, de spion en handlanger van Mama, was waarschijnlijk later ook nog opgedoken in het Gesticht. Door iedereen gezien en begroet, behalve door Louis. Holst, tweelingbroer van een achter witschuimende vlokken verborgen man die zich jaren lang heeft uitgegeven voor een heilige, voor een bisschop, patroon van matrozen, tollenaars en kinderen en die deed alsof hij de drie kinderen die aan mootjes werden gehakt en in een ton vol pekel gestopt, had gered. Kindergehakt weer tot leven had verwekt.

De engel Holst dus ook rondwarend, jaren geleden, op de slaapzaal in de slapeloze dikdonkere nachten vol kelende kleintjes, piepende Hottentotten, blaffende Zusters.

Holst had hem misschien zelfs in het Gesticht binnengebracht op bevel van Mama. Nee, Mama heeft Louis zelf binnengebracht. Mama rent in haar kanten peignoir die wappert, achternagezeten door onbekenden. Zij wiegt Louis schokkend in haar armen terwijl zij door de lege straat van Haarbeke holt. Zij bereikt de wijdopen voordeur van het Gesticht en gooit er de bundel neer waarin Louis, kletsnat, klemvast gesnoerd zit, zij maakt zenuwachtig een kruisje over mijn krulhaar. Zij verdwijnt giechelend en laat mij liggen tegen de tegels. De mondvliegen dalen naar mijn natte lippen. De oog-motten, getweeën zoals altijd, nestelen zich op mijn oogleden. In mijn slaap hoor ik hun warme vleugels trillen.

## III DE KOE 'MARIE'

Achter de lage muur met de eeuwig groene gewassen stond Baekelandt te harken. Hij heette Baekelmans maar de Apostelen noemden hem Baekelandt naar de roverhoofdman die op de markt van Brugge onthoofd werd omdat hij het goud van de rijken stal om het te verdelen onder de armen. Volgens Papa was het eerder omdat Baekelandt Flamingant was dat de Fransen hem en zijn tweeëntwintig gezellen hadden geguillotineerd onder het lafhartig gejuich van de Franskiljonse burgers en edelen.

Deze Baekelandt, de tuinman, was alles behalve een rebel. Hij rilde van ontzag voor de Zusters, de dwerg. Hij klaagde over de astma die hij had opgelopen door het gas in de loopgraven van Veertien-Achttien. Maar dat loog hij.

Het gebogen hoofd van Baekelandt stak net uit boven het muurtje, alsof het, onthoofd, boven de pannen gleed. Baekelandt werd helemaal, harkend, zichtbaar waar het muurtje ingestort was (volgens de overlevering had daar een Zuster, achternagezeten door soldeniers van Napoleon, de muur zien ineenstorten voor haar biddende neus, zoals de Rode Zee zich opende voor Mozes). (Maar dat was niet waar. Iedereen verzint. Wij zijn verschijningen. Wij zijn nooit wat de anderen denken dat wij zijn. Ik leef maar ik leef niet, Jezus leeft in mij.)

Bernadette Soubirous, die tegenover Louis en Dondeyne stond in een korenblauw geverfde betonnen jurk, met een bol en roze gezicht en karmijnrode lippen, was vast ook nooit zo geweest als Louis haar nu zag.

Bernadette zei tot de andere Zusters: 'Ik ga verder met mijn werk.'

'Welk werk, Bernadette?'

'Ziek zijn.'

Dit vertelde Zuster Engel drie-vier keer per jaar. Bernadette werd zes jaar geleden gecanoniseerd, niet omdat zij de Heilige Maagd gezien had, of omdat er mirakels opborrelden in haar buurt, maar omdat zij zich opgeofferd had. Alhoewel zij vreselijk gemarteld werd door de wereld met onbegrip en wantrouwen en verdachtmakingen, was zij toch geen erkende martelares.

'Mijn moeder is van de trap gevallen,' zei Louis. 'Op haar nek. Zij is helemaal geschonden.'

'Zozo,' zei Dondeyne alsof hij een kat riep, en hij grijnsde. Louis vroeg zich af waarom. Maar het was beneden Louis' status als stichter en leider van de Apostelen, om er op in te gaan. Hij riep naar de harkende tuinman: 'Baekelandt, gaan wij ervan krijgen?'

De man richtte zich op. 'Voorzeker, voorzeker, alle twee!'

'Van wat zullen wij krijgen?' riep Louis vrolijk.

'Van de lat, mannekes, van de lat!'

De twee Apostelen proestten het uit, stootten elkaar aan. Wanneer je ook maar wou kon je aan Baekelandt dreigende kreten, steeds dezelfde, ontlokken en elke keer klonk het als de eerste keer, woedend, intens. Zijn vrouw Trees, even schraal als hij, met nog krommere benen, had het na al die jaren samen, van hem overgenomen en schreeuwde vaak terug. Twee kalkoenen.

Baekelandt had helemaal niet in het leger gediend, hij was er te smal en te iel voor. Alhoewel men in Veertien-Achttien naast kinderen ook dwergen gebruikte om onder het prikkeldraad te kruipen dat de Duitsers van de Belgische loopgraven moest weghouden. Als Baekelandt ooit soldaat was geweest, was het hooguit in een vroeger leven, als een van de spottende soldeniers die op de berg Golgotha dobbelden om Jezus' kleren.

Zuster Adam had ooit eens haar neus opgetrokken en tegen Den Dooven gezegd dat hij net zo erg stonk als Baekelandt, die zich nooit waste.

'Natuurlijk wast Baekelandt zich niet,' zei Louis. 'Waarom zou hij? Hij wordt toch meteen weer vuil als hij werkt.'

'Mijn moeder wast zich soms twee keer per dag,' zei Dondeyne. (Zozo. *Mijn* moeder is van de trap gevallen. *Zijn* moeder wast zich.)

'Waar?'

'In de keuken. Aan de pompsteen.'

'Nee, wáár wast zij zich? Haar aangezicht?'

'Ja. En haar handen.'

'En haar voeten?'

'Dat heb ik nog niet gezien,' zei Dondeyne. 'Vrouwen wassen zich meer dan mannen. Want zij hebben dat meer nodig. Zij stinken veel gauwer.'

Waar had Dondeyne deze kennis opgedaan? Zijn oom was apotheker.

Baekelandt stond in de afgebrokkelde opening in de muur. Hij had zijn pet achterover geschoven, boven zijn wenkbrauwen stond een bloedrode, vingerdikke streep. De hark lag tegen zijn schouder als een geweer. Volgens Zuster Engel kon elk ogenblik de oorlog losbranden over heel de planeet.

'Gij zijt nogal sterke gasten,' zei Baekelandt. 'Onze Leon is naar de stad en ik sta er alleen voor met Trees, ge zoudt mij een handje moeten toesteken met Marie die op kalven staat. Al wat dat ge zoudt moeten doen is trekken. Helpen trekken. Als 't mijn koe was, zou ik zeggen, ik zal mijn plan wel trekken, maar 't is tenslotte toch een koe van 't klooster...'

'Kus mijn oor,' zei Louis.

'En het mijne ook,' zei Dondeyne meteen.

'Lafaards.' Baekelandt haalde on-militair de hark van zijn schouder en steunde er op. Hij rook naar bieten.

'Het is ons verboden om in de stal te komen,' zei Louis. 'Als een Zuster ons moest zien.'

'Lafaard.'

'Hoeveel van die kalveren zitten er in?' vroeg Dondeyne.

'Dedju, dedju,' riep Baekelandt. 'Gij zijt een geestigaard. Gij peinst zeker dat een koe een fabriek is? Dat ga ik straks aan Trees vertellen. Dedju, dedju.'

'Zuster Imelda kan u helpen,' zei Louis.
'O, die. Die loopt alleen maar in mijn weg. Haar handen staan konteverkeerd, van de die.'
'Zij heeft landbouw gestudeerd,' zei Louis.
'Juist daarom,' zei Baekelandt en krabde langdurig in zijn kruis.
'Schijters,' zei hij toen. 'En daarmee moeten wij het vaderland verdedigen. Als wij op gasten lijk gij hadden moeten rekenen in Veertien-Achttien.'
Hij stak een gerimpeld, bruin, nat peukje in zijn mondhoek. In Kaïro en Assoean wachten haveloos geklede personen met tijgerogen tot een vreemdeling zijn sigaret op de grond gooit om bliksemsnel op die buit los te schieten. Maar als zij geklist worden door de politie kan hun dat een geldboete van 25 Turkse ponden kosten. Thuis, in Walle, had Louis eens vijf trekjes van Peter's sigaar genomen toen Peter naar de wc was, en had alles onder gekotst. Mama had scheldend zijn gezicht gewassen. Papa rookt nooit. 't Is geen man die geen pijpken roken kan.
'Als er iets mis gaat met Marie, is het uw schuld,' zei Baekelandt.
'Wat kan er mis gaan?' Louis kreeg het koud. Sint Franciscus zou nooit wetens en willens een dier hebben laten sterven.
'Misschien dat wij weg kunnen geraken, na het avondeten, Dondeyne en ik. Maar ge kent het reglement.'
Baekelandt trok zijn pet omlaag, precies op de bloedrode streep. Louis verlangde naar de pralinen die nu al in de refter in de muurhoge kast lagen waar alles beschimmelde, of verdorde, in ieder geval bedorven raakte.
'Het reglement! Als wij ons in Veertien-Achttien aan 't reglement gehouden hadden, dan had heel ons regiment al lang onder de aarde gelegen. Met gras op onze buik. Beesten staan boven 't reglement, zowel als mensen, als 't nood doet. Gij, gasten, ge hebt geen respect voor beesten. En het is wreed om zeggen, maar ge zijt slechter dan de Duitse kroonprins die tot op 't laatst in de oorlog, terwijl dat zijn mannen

suikerbieten aten en droog brood gemengd met gekapt stro, aan zijn paarden de allerbeste haver gaf. Ik ga méér zeggen. Terwijl dat zijn soldaten armen en benen verloren en stierven omdat er geen autobanden waren en geen petrol voor hun auto's, heeft de kroonprins auto's en chauffeurs gemobiliseerd over heel Europa om een apin te vinden die zou kunnen trouwen met de aap die Enver Pacha den Turk aan de kroonprins cadeau gedaan had. Zij zijn getrouwd, die apen, in het diepst van de oorlog, met orkest en schoon volk van prinsen en ambassadeurs erbij.'

De koe Marie stierf om halftien die avond. Haar geloei en het geschreeuw van Baekelandt en Trees drongen tot in de slaapzaal en verdoofden het gekerm van de kleintjes en het gesnurk van Zuster Kris. Tegen de ochtend stormde een vette, opgeblazen witte koe op Louis af. Hij rende tot tegen het prikkeldraad dat het niet begaf, zich niet wou openen. De koe hield haar kop met de beschuldigende bloeddoorlopen ogen, omkranst met witte wimpers, naar omlaag, wipte toen gewichtloos in de lucht en kwam op Louis' buik neer met hoeven van marmer en ijzer. Drie dagen lang droeg Louis een zwart wollen rouwdraadje rond zijn pols, de hele week bad hij Sint Franciscus om vergiffenis.

## IV ZUSTER SINT GEROLF

Het reglement met zijn duizelingwekkende vertakkingen van reglementjes is nooit een leerling in zijn geheel duidelijk geworden, omdat nooit een leerling het reglement heeft mogen inkijken zoals het opgeschreven staat in het lijvig in kalfsleer gebonden en met koperen hoeken afgeboord boek dat de Zusters in hun Slot verbergen en bij elk miniem twistpunt consulteren. De Zusters twisten weinig want zij zijn uit de wereld gegaan onder andere om de plechtige gelofte te houden in vrede met elkaar te wonen.

In dat Reglementenboek, dat op zaterdagavond wordt aangevuld door Zuster Econome en als die ziek is door Zuster Sapristi, staat te lezen hoe laat de Zusters en hoe laat de gevangenen, de leerlingen, moeten opstaan, hoeveel tijd er verspild mag worden tussen opstaan, wassen en de eerste hap van een boterham, op welke dagen er chocolademelk is, karnemelkse pap, bloedworst, welk vlees je desnoods zou mogen eten als je totaal uitgehongerd in een oase in stervensnood verkeerde op een vrijdag, hoe ver over de knie een korte broek mag, moet reiken in de winter, of men lachen mag en hoe luid tijdens een recreatie twee weken nadat een familielid is overleden, op welke dag en welk uur de celluloidkraag moet aangetrokken worden en hoe donker het blauw van de lavallière mag zijn, want als zij bijna zwart is, draag je een nutteloze rouw en dat ergert het Oog van God, wanneer voor het eerst in het jaar de strohoed gedragen wordt, en dat is niet altijd automatisch op Pasen, wat er voor sancties getroffen moeten worden tegen een leerling die géén kleintje meer is en in zijn bed geplast heeft, of je drie aarden knikkers mag ruilen voor een gevlamde van glas, of je meer dan drie stukjes kauwgom tegelijk in je mond mag stoppen, hoe laat precies de Vespers begint en waarom, enzovoort, enzovoort.

Naar gelang hun onderwerp hebben de reglementen letters van verschillende kleuren. De leer van God bijvoorbeeld is uiteraard in het rood vanwege het bloed van het Heilig Hart. In die afdeling vindt men de geloofspunten en de liturgie vastgelegd, wat en wanneer en waarom en hoe er gezongen en gebeden wordt, hoe je de nooit aflatende vijand kan bedwingen met gezang, of hem afweren met gebeden, of je hem eerst mag laten geloven dat je zijn vriend bent en dan zijn goedgelovigheid afdoende mag vernietigen, eerst met schietgebeden en dan met een litanie en dan later met verstervingen uiteindelijk met het martelaarschap. Je kunt er, als Zuster die twijfelt of vergeetachtig wordt, nakijken wie de ware vrienden zijn van de Heiland—in de lijsten van heiligen, zaligverklaarden—en wie ketters zijn, de overlopers of apostaten, wie zich onverschillig heeft gedragen tegenover de wetten van God en België, wie bijvoorbeeld de laster verspreidt over Zijne Majesteit de Koning Leopold zoals de socialisten en de liberalen doen, wie publiekelijk of in het geheim heeft verkondigd nooit te zullen vechten voor Christus Koning, wie bijvoorbeeld gespot heeft (zoals die schaapskop van een Byttebier verleden week) met de jonge Spaanse kajotters in korte broek die het met jachtgeweren opnamen tegen de internationale communisten die in Spanje de heerschappij van Jezus' paladijnen aantastten, wie als een lafaard de handen in de lucht steekt tegenover het kwaad, wie niet reageert tegenover de dagelijkse provocaties van het kwaad—en hierover zegt een reglement dat je in uitzonderlijke gevallen beter kunt ingaan op het kwaad en er aan toegeven om het daarna des te heftiger te berouwen, dan dat je doet alsof het kwaad niet zou bestaan, in de strijd tegen het kwaad kunnen zelfs de kleinsten onder ons dienstig zijn, want de kleintjes lijken onschuldig op het eerste gezicht en kunnen aldus handiger het kwaad, als onder prikkeldraad in loopgraven van Veertien-Achttien, binnensluipen.

De duivels staan opgetekend in dat boek, met de beschrijving van hun verschijning, want anders kan je ze niet uit

elkaar houden, de gevallen engelen die sedert hun opstand
God niet meer onder ogen mogen komen, of liever, God niet
meer met hun ogen mogen zien, zij die geschapen werden
de tweede dag van de schepping, licht en wit als de engelen
en er met de pet naar gegooid hebben. Alfabetisch staan de
duivels vermeld, met annex de land- en luchtkaarten waar
je ze kunt aantreffen als je een beetje geluk—of ongeluk—
hebt, want de meesten hangen wat rond in de mist. Er zitten
er in de zon en in de ingewanden van de aardbol, maar allemaal staan ze genummerd en op volgorde, de zesduizend
zeshonderd zesenzestig legioenen met hun prinsen, markie-
zen, prelaten en graven die de vijfenveertig miljoen soldaten van het kwaad bevelen. Want je hebt de duivels van het
vuur, die wonen ver weg, die van de lucht die zwermen om
ons heen als vliegen en wekken het onweer, die van de aarde
die zich onder ons mengen als mensen en ons verleiden, die
van het water, die van onder de grond die de Etna en de
Stromboli aanblazen of de mijnwerkers in Limburg lastig
vallen, en de duivels in vrouwenlijven, en van sommige duivels kent men de leeftijd en die staat ook genoteerd, en dit
alles werd door honderden zusters, generatie na generatie
zorgvuldig bijgehouden tot de dag van vandaag.

De spionnen van God staan uiteraard niet in dat boek,
want dat is het meest geheime geheim dat alleen gekend is
door de Paus en drie bijzondere kardinalen, die elk op hun
hart een scapulier dragen waarin zich een minuscuul boekje
bevindt waarvan de teksten alleen ontcijferbaar zijn met
behulp van een sterke loep en een ondoordringbare code.
Louis vroeg zich af in welke vorm de naam van Holst er in
voorkwam.

Wat stond er nog meer in het Reglementenboek? Waarschijnlijk de waarlijke boekhouding van het Gesticht, want
daarop had Tante Violet, die alles van geld afweet, gezin-
speeld. Volgens haar had het Gesticht twee boekhoudingen
en dat was maar goed ook, want stel dat men alle cijfers, van
inkomsten en uitgaven vrij zou geven, voor iedereen ter in-
zage, dan zou het Gesticht de prooi zijn van allerlei kwaad-

willige elementen in het Ministerie voor Belastingen, waar de vrijmetselaars de touwtjes in handen hebben.

Ook een afdeling Aardrijkskunde met uitvouwbare kaarten waarop de grenzen aangegeven staan van de katholieke gebieden en de landen die nog moeten bekeerd worden en op missionarissen wachten. Tot voor twee jaar heb ik vurig gehoopt dat Louis Seynaeve zou uitgezonden worden naar de Orinoco, of als dat niet kon, bij de Irokezen.

Een speciale katern handelt over de joden, die moeilijk achterhaalbaar uitzwermen en zich overal nestelen, in Hollywood en in de kelders vol diamanten in Antwerpen. Als neten, zei Papa.

'Maar Jezus was toch ook een jood,' zei Vlieghe.

'Geen echte.' Louis hoopte dat Vlieghe zijn aarzeling niet had opgemerkt.

'Hij was er alleen maar één, omdat zijn Vader wilde dat hij vernederd werd en mishandeld en daarvoor koos zijn Vader het joodse ras.'

'Komt dat tegen,' zei Byttebier.

Zuster Sapristi vertelde dat er jaren geleden ooit eens een joodse jongen in het Gesticht was opgenomen die zich had uitgegeven voor een normaal iemand uit Varsenare. Zij had hem ontmaskerd toen hij, zich onbespied wanend, de Heilige Hostie met een onbeschrijfelijk van haat gloeiend gezicht met zijn hoektanden vermorzelde.

'Staan wij ook in dat Reglementenboek?' vroeg Dondeyne.

'Nee. Alles over de leerlingen wordt in verschillende cahiers opgeschreven door Zuster Econome.'

'Alles?'

'Alles wat zij weten. Het bevindt zich in de linkerhoekkast van haar bureau. Fiches, briefjes, cahiers, kartonnen dozen vol met inlichtingen.'

Spinnewebachtige draden waren gespannen over het Gesticht, zij trilden en gaven signalen door naar het Slot.

'Vandaar dat Zuster Econome altijd aan het schrijven is.'

'Zij tekent ook alles op wat er in het dorp gebeurt.'

'Alles?'

'Alles.'

'Toch niet dat de voetbalclub van Haarbeke verloren heeft met Vier-Eén tegen Sporting Waregem?'

'Dat ook. En auto-ongelukken, en een paard dat zijn enkel verzwikt, het veertigjarig jubileum van de dagbladbesteller en dat de club 'D'r Op of d'r Nevens' 250 kilometer per fiets heeft afgelegd.'

'Komt dat tegen.'

'En dat wij Apostelen zijn?'

'Dat niet,' zei Louis, en dacht: Misschien toch. Zuster Econome is een elektrisch geladen sponsachtig brein dat alles opvangt, opneemt. Dus ook de trillingen die de Miezers verwekken, die de duivels van de Apostelen zijn en die, alhoewel zij geen naam hebben en geen spoor achterlaten, alomtegenwoordig zijn. Zuster Econome voelt de trillingen, besloot hij, maar de Miezers zelf, nee, die voelt zij niet.

'Hoe ziet het Grote Boek er uit?' vroeg Wardje, de broer van Vlieghe, een kleintje, dat Vlieghe's hazelnootkleurige, soms amberen ogen had, zijn vierkante vingertoppen.

'In kalfsleer gebonden. De rug is kapot, wormen hebben er gaten geboord, in het perkament. Op de eerste pagina staat een doodshoofd. De inkt is soms zwart, soms bruin.'

'Waar ligt het?'

'Dat weet niemand.'

Later op de avond kwam Wardje bij Louis zitten, die onder de lantaarn van de draaimolen zat te lezen in *Uit Gezelle's Leven en Werk* uitgegeven door het Davidsfonds, een cadeau van Peter verleden kerstmis.

'Als niemand weet waar het boek ligt, hoe kunnen de Zusters er in lezen?'

'Dat is slim van u, Wardje. Toen ik zei: niemand, bedoelde ik niemand behalve de Zusters. Niemand van ons bedoelde ik. Wel weten we dat het boek in een lege kamer heeft gelegen tot in het jaar 1935, omdat de bisschop van Brugge verordend heeft dat het Boek moest uitwasemen in een lege ruimte. Maar in 1935, toen de socialistische Dokwerkersbond hier zijn 25-jarig bestaan in het dorp heeft gevierd, zijn die ketters hier voor de poort komen brullen. Toen heeft Moeder-Overste besloten een Zuster als bewaakster in de kamer neer te zetten, die alarm moest geven als er vreemdelingen te dichtbij kwamen.'

En kwaken als een gans in de tijd van Rome, dacht hij, maar hij zei het niet, anders kon hij wel de hele geschiedenis van het Romeinse rijk beginnen uit te leggen aan Wardje.

'Wie was de bewaakster?'

'In het eerste jaar was dat Zuster Sint Gerolf.'

'Die ken ik niet. Is zij dood?'

'Bijna.'

'Waar is zij?'

'In de kamer van het Slot. Zij was vroeger een dame van adel. Zij had vier familienamen.'

'Welke?'

'Eh... die is zij zelf allang vergeten. Haar man, een hertog, heeft haar verstoten en om zijn zonde uit te boeten is zij uit de wereld gegaan. Zij kan niet verroeren.'

'Waarom niet?'

'Omdat zij een hele tijd vastgebonden heeft gezeten in een troon, met boven de leuning een eikehouten adelaar.'

'De koning van de vogels,' zei Wardje gretig. 'Met wat werd zij vastgebonden?'

'Met drie koorden rond de poten van die adelaar en rond haar nek, drie om haar benen en twee keer drie om haar armen. Na enkele jaren heeft Zuster Engel die medelijden met haar had haar eens in het geniep losgemaakt, maar het was te laat, Zuster Sint Gerolf kon niet meer bewegen, zij stond op en viel pats voorover, heel haar aangezicht was geschonden.'

'Zit zij in een kakstoel?'

'Natuurlijk. Het kan niet anders.'

'Waarom werd zij vastgebonden?'

'Omdat zij haar eigen ogen heeft uitgestoken met een patattemesje. Omdat zij aan de muren van haar kamer likte tot haar tong en haar lippen rauw vlees waren. Dus

hebben de Zusters haar vastgebonden uit compassie.'
'Hoe heette zij in de wereld?'
'Madame de hertogin Kateriene, meer weet ik niet.'
'Kateriene, vuile triene,' zong Wardje.
'Een tijdje lang is zij verzorgd geweest door twee knechten, die af en toe in de keukens hielpen, twee broers, een tweeling van elk boven de honderd kilo. Maar dat heeft Moeder-Overste verboden na een tijdje omdat die twee onkuisaards waren.'
'Wat deden ze?'
'Onkuise dingen, méér kan ik niet verklappen. Zij hebben nog dagen lang rond het Gesticht gezworven en kwamen 's nachts onder het raam van Zuster Sint Gerolf janken als honden. Naar het schijnt trokken ze daarbij al hun kleren uit.'
'En dan hebben de Miezers ze weggejaagd zeker?'
'Wat? Miezers? Wat zijn dat, Miezers? Wie heeft u daarover verteld?'
Wardje hief een afwerend handje voor zijn gezicht.
'Wie?' schreeuwde Louis. 'Zeg het! Uw schone broer? Ja? Zeg het!'
'Ik mocht het aan niemand zeggen.'
'Wat heeft hij verteld? Alles wil ik weten. Nu, direct!'
'Dat, dat de Miezers rondvliegen, overal, maar dat alleen gij vieren, de Apostels, ze kunnen zien of horen.'
'Onnozele praat! Dat bestaat niet. Er zijn geen Miezers. Maar zeg er toch geen woord over. Aan niemand. Of 't zal stuiven! Uw broer is een kieken zonder kop.'
Louis nam zijn boek op. 'Het Westvlaamsch Bewustzijn' las hij, en 'het Vlaamsch vooren te staan en te doen gelden als meegerechtigd om deel te maken van de tale des grooten Dietschsprekenden Vaderlands'.
'Vertel nog over Zuster Sint Gerolf.'
'Waarom?'
'Omdat ge haar gaarne ziet. Ik hoor het aan uw stem.'
'Gij, vleistaart,' zei Louis als een Peter tot zijn petekind, en klapte zijn boek dicht. 'Zij is de braafste, de edelste van de Zusters en daarom zit zij vast.'

' 't Is triestig. Wat doet ze zo hele dagen?'
'Zij houdt haar brevier vast en doet alsof zij leest. Zij duwt haar puisten uit, want zij zit onder de kwetsuren van haar boetekleed van geitehaar.'
'Zij zal gauw doodgaan.'
'In een geur van heiligheid. Wat er nu zo stinkt naar rotte pladijs zal rieken als wierook en bloemen. Moeder-Overste zal zich dood verschieten als dat gebeurt en lange nachten geen oog toedoen uit wroeging omdat ze een echte martelares in haar huis had zonder het te beseffen.'
'Zij kan niet verroeren,' zei Wardje voor zich uit.
'Geen centimeter. Zij krijgt de communie in haar zetel. De Zusters zijn heel beleefd tegen haar, omdat zij blauw bloed heeft. Zij wordt 's morgens ook ververst en verzorgd vóór ieder ander.'

Dit laatste had Louis nooit gezien natuurlijk, omdat sinds het Gesticht bestond nooit één leerling in het Slot was gedrongen, en niemand had het hem ooit verteld, maar hij wist het. Als 's winters voor dag en dauw, de Zuster van het vuur de kachels van het Gesticht aanstak, en door de gangen liep met een rokende schop laag laaiende kolen vóór zich als een offerande, met haar langgerekte schaduw langs de muren, met het geruis van sidderende kolen en haar rokken, met de roze gloed die haar masker van onderen belichtte, dan ging zij eerst naar het Slot, en waar anders kwam zij als eerste binnen dan bij haar geknechte Zuster? Teder, aandachtig en tevreden schoof zij daar de kolen in de opening onder aan de kachel, de warmte bereikte de korstige oogkassen van Zuster Sint Gerolf die meteen fluisterde: 'Dank, dank, dank voor de warmte, Zuster van het vuur, de grenzen van de wereld van de duisternis zijn weer verlegd, dank omdat ik, door de heer Jezus voorgoed geblinddoekt, uw warmte beter voel.'

Op een dag zal dit gebeuren. Vóór dageraad. Ongemerkt zal Vlieghe een vleugje *myrrhe* op de brandende kolen strooien op het ogenblik dat de Zuster zich op de drempel, op de grens tussen het Slot en de wereld bevindt. Bedwelmd zakt de Zuster ineen, de Apostelen met Louis op kop stappen over haar heen op hun kousevoeten en als de gezwindste Sioux sluipen zij, op de geur af, naar de kamerdeur die met een tomahawk wordt versplinterd. Wij knielen voor haar, ik kus haar hand, zij scharrelt blind in de lucht en vindt mijn haar, één ogenblik denkt zij dat haar twee wanstaltige naakte dienaars teruggekomen zijn, maar ik fluister: 'Vier Apostelen melden zich, vrees niet, mijn kus is niet die van Judas', en dan staan wij in de houding, wat zij niet kan zien, maar dat is niet zeker, want wij zien toch ook niet met aardse ogen de goedertierenheid van Jezus, en samen zeggen wij onze namen hardop, zeven nonnen komen aangekletterd met werpnetten en kettingen, maar wij blijven stram en strak wachten op het oordeel. Zuster Gerolf zegt: 'Dank, dank, dank, dank, Seynaeve, Vlieghe, Dondeyne en Byttebier! In dit donker heb ik jaar na jaar geleefd en mijn Zusters wisten met moeite dat ik leefde onder hen, in hun wereld. Dank! Nu mag men gerust beginnen de dodenmis voor mij te zingen.' Even dankbaar als zij, worden wij naar de kolenkelders gesleurd. Wij bieden geen weerstand terwijl wij Zuster Sint Gerolf's basstem horen weergalmen: 'Nu syt willecome, Jezu, Lieven Heer.' Dan zou het Tribunaal volgen, met de ondervraging waarbij Moeder-Overste met haar gitzwarte regel op haar tafel en op veertig vingers zou slaan.

## V OLIBRIUS

Zijn aanvraag om Apostel te worden had Goossens onder toezicht van Vlieghe gedaan zoals het voorgeschreven was in de Annalen, in een briefje dat in een vierhoekige stervorm gevouwen was en waarop geschreven stond (in hanepoten en in potlood, een verpletterend bewijs van onvermogen en een blaam voor Vlieghe—dat besloot Louis meteen als eerste argument te berde te brengen straks): 'IK, Goossens, Albert, zoon van Theodorus, in de wereld woonachtig te Lovendegem, wil getuigen over de goedheid van Christus. Vanaf vandaag, dag van Petrus Canisius, belijder en kerkleraar derde klas, zal ik alle wonderen verzwijgen. Dat zweer ik bij de Verboden Boeken. Ik zal ondergaan de plaatsing van de heilige ster op de plek mijns lichaams door de vier Apostelen aangewezende. Reden van mijn opname is dat vijf apostelen beter zijn dan vier, en vijf is het getal van de provincies van Vlaanderen.'

'Aangewezende?' zei Louis tot de papierwitte Goossens.

'Ja. Nee?'

'Aangewezen. Aanwezig. Een van de twee. Apostelen, dit verzoek is slordig, en moet opnieuw en in het net geschreven worden.'

Toen Goossens afgedropen was trachtten de drie Louis te overreden. Goossens moest het niet te moeilijk gemaakt worden, want de kans was groot dat hij teleurgesteld zou nukken en niet eens meer zou willen toetreden. Wat was dat nu voor een fout? Gewoon een *de* teveel. Louis moest niet zo pietepeuterig doen, vonden ze en Byttebier zei zelfs: 'Alleen maar omdat gij een specialist wilt zijn in het Schoon-Vlaams en omdat uw Peter ooit een Gouden Medaille voor Voordrachtkunst gewonnen heeft in zijne jonge tijd.'

Louis inspecteerde het nieuwe, onzorgvuldig gevouwen

formulier. De letters stonden schots en scheef, verschillende punten en komma's ontbraken maar er stond, onderlijnd: aangewezen. Hij borg het papier op in de map met het etiket: Apostolische Brieven.

De Apostelen gingen naast elkaar op Vlieghe's bed zitten, en hieven hun naakte voeten. De tenen van Vlieghe waren lang en dun, alsof hij nooit schoenen droeg. Die van Byttebier waren schandelijk vies. Goossens kuste hun voeten, en moest het overdoen van Dondeyne die vond dat hij er te vlug en te vluchtig overheen gegaan was. Toen zwoer Goossens de eed 'In houwe trouwe!', trok zijn slaapkleed omhoog en lag op de vloer, met samengeperste billen. Louis eerst, toen Vlieghe, toen Dondeyne en dan een juichend piepende Byttebier kneedden en knepen het bleke achterwerk. Goossens gedroeg zich manhaftig en gaf geen kik. Louis merkte dat Vlieghe trots was op zijn protégé, en verdubbelde zijn klauwende aanval. Toen de huid bevlekt was met rode streepjes, zei Louis: 'Amen.' Goossens kwam overeind, sloeg driemaal een kruis en knielde dan voor Byttebier die zonder een hapering zei: 'Met kruis en zout en brandend water hebt ge u nu berouwd voor vroeg of later', zijn nachthemd opschortte en overvloedig over Goossens' haar piste. Goossens wachtte tot het water over zijn schouders was uitgelekt, schoof dan, volmaakt door Vlieghe onderricht, op zijn knieën naar het hoofdeinde van het bed, vond daar de handdoek en dweilde zwijgend de vloer.

Uit het gemeentehuis was de dorpsfanfare hoorbaar, die eindeloos een reeks roffels herhaalde.

Byttebier ging loeren of Zuster Engel al aan haar ronde begonnen was. Toen hij terugkwam zei Vlieghe: 'De cijfers nu terstond', en Goossens telde zo snel hij kon tot honderd. 'De letters van het verbond,' zei Byttebier en Goossens zei het ABC, haperde, stotterde, en likte aldoor zijn lippen droog, raffelde het toen in één keer af.

'De klanken van een hond,' zei Louis. Goossens stak zijn zakdoek in zijn mond en hoestte, blafte verstikt.

'Draai nu driemaal rond,' zei Dondeyne.

De dorpsfanfare blies nu volop. 'Tsaar en timmerman.'
'Waar is uw bijdrage aan de schatkist?' vroeg Louis.
Goossens haalde van onder Vlieghe's hoofdkussen een pakje grauwe, beduimelde chromo's van wielrenners. Bovenop, geprangd in een rode elastiek, lag Poeske Scherens, zes maal wereldkampioen.

'Nee,' zei Louis, 'dit kan niet aanvaard worden. Dit is losgeld dat gangbaar is op de speelplaats, dit is speelgoed. Onze schatkist kan daar niets mee doen.'

'Maar Vlieghe zei dat...'

'Vlieghe? Wie is dat?' Zo sprak Petrus en verloochende met gespeelde nonchalante onverschilligheid de Heiland, zoals ik nu, mijn liefde, mijn schoonheid.

Verbaasd duwde Goossens zijn kin in de richting van Vlieghe, die tussen zijn tenen pulkte.

'De naam Vlieghe is onbekend in dit regiment. Apostelen hebben Apostelnamen tijdens hun vergaderingen.' Wat niet helemaal waar was, de Apostelen, vooral Byttebier, vergaten heel vaak hun Apostelnaam.

'Ik weet het,' zei Goossens dringend. 'Gij zijt Petrus en Vlieghe is Paulus.'

'En ik?' vroeg Dondeyne. Goossens wist het niet.

'Mattheus,' zei Dondeyne trots. 'Omdat ik vleugels heb.' Hij aaide over zijn schouderblad.

'Ik ben Barnabas,' zei Byttebier. 'Onthou het eens en voorgoed of ge krijgt van de lat.'

'En ik, hoe ga ik heten? Weet ge 't al?' Goossens zweette, of was nog nat van de pis.

'Dat komt pas als ge aanvaard zijt, als ge uw bijdrage hebt geleverd.'

'Gij had mij moeten verwittigen, eh, Paulus,' zei Goossens bijna huilend.

'De bijdrage,' zei Vlieghe vastberaden, bijna luid, 'komt morgen.' Hij krijgt praatjes, hij wil dat ik toegeef, dat ik die lomperik van een Goossens meteen opneem, hij weet dat ik zal zwichten omdat ik hem gaarne zie, mijn leven voor hem zou geven. Louis haalde zijn schouders op en sloeg tegen

Goossens' natte nek met zijn slof. 'Goossens, Hottentot, word gezant van God.' Hij haalde het Annalen-schrift te voorschijn en las voor met een brok in zijn keel: 'Voorwaar, ik zeg u, vele profeten en rechtvaardigen hebben begeerd te zien wat gij ziet en zij hebben het niet gezien, en te horen wat gij hoort en zij hebben het niet gehoord.' Hij voegde er 'Amen' aan toe, alhoewel dat niet in de Annalen stond.

'Voilà,' zei Byttebier, ''t is zover.'

'En wie ben ik nu? Wie? Hoe heet ik dan?'

'Olibrius,' zei Louis.

'Dat is geen Apostel,' zei Vlieghe.

'Dat is een merk van mosterd,' zei Byttebier.

'Olibrius is de landvoogd die met de heilige Margaretha wilde trouwen en afgoden vereerde.'

'Maar...,' Goossens was ontreddrd.

'Zolang de bijdrage niet is ingeleverd kunt ge nog geen Apostelnaam dragen. Maar ge moet daar niet verlegen om zijn, aangezien uwe lieve kameraad, Paulus, zegt dat dat morgen gebeurt. Nee?'

'Gij zijt een rare kwiestebiebel,' zei Vlieghe.

Tot Louis' ergernis zag hij hoe Byttebier in een appel beet. De appel, die volgens de Annalen, door hen gevieren moest genuttigd worden, de vrucht van het Paradijs. De eendracht van de Apostelen en hun ritueel waren verziekt.

'Ik heb een boek meegebracht zoals Paulus vroeg,' zei Goossens. 'Zal ik het halen? Nu?'

Toen hij weg was zei Vlieghe: 'Ik kan het ook niet helpen. Hij is van Lovendegem, en daar zijn ze zo, zo...'

Het boek dat nooit van zijn leven als Verboden Boek kon dienen was een klam cahier waarin iemand langgeleden krantenknipsels in de Engelse of Amerikaanse taal had geplakt. Het bolstaande omslag was van wit en zwart gevlamd karton en droeg het etiket: Compositions. Met daaronder een onleesbare naam en 53rd Str. Brooklyn NY. Binnenin waren op gelijnd papier vergeelde en rimpelige foto's geplakt. Gezichten van misdadigers, soldaten, sheriffs, vrouwen met klokhoeden en slechte gebitten.

'Het komt uit Amerika,' zei Goossens.

'Er is niet één zuster die Amerikaans kan lezen. Dus kan het nooit een Verboden Boek worden.'

'Het gaat over slechte vrouwen,' riep Goossens wanhopig.

'Ik zal het bestuderen,' Louis stak het boek onder zijn oksel. 'Laat ons bidden.'

Zij sloten hun ogen en reciteerden een Weesgegroet, op de maat van 'Tsaar en timmerman'.

## VI VAN EEN ANDER KIND

Zuster Kris gaf Louis twee pralinen uit de half open muurkast waarin de vele pakjes en doosjes, gemerkt en genummerd lagen. De chocolade was al beslagen en smaakte stoffig. Goossens gaf hem de helft van zijn Côte d'Ormelkreep.

Toen ging Zuster Kris aan het eind van de lange tafel zitten en zei dat de toestand kritiek was, want nu de oorlog in Spanje afgelopen was, zouden benden verslagen rode moordenaars naar het Noorden vluchten. Daar Christus Koning de communisten zwaar had afgestraft zouden zij weerwraak nemen in onze gebieden. Want zij waren verslaafd geraakt aan het afslachten van priesters, het bespotten van Zusters, aan het doden van kinderen met slecht geslepen bajonetten. Zuster Kris vertelde graag over Spanje en niet alleen omdat zij merkte dat haar verhalen de leerlingen roerloos van genot deden zitten. Zij werd er zelf opgewonden van, Louis zag het aan de rode vlekken die op haar anders kaarswitte wangen verschenen.

Vooral het werkvolk, zei Zuster Kris, was, verdwaasd door propaganda, uitzinnig geworden in Spanje en dronk vaak het bloed uit de halsslagaders van hun slachtoffers. Een vrouw die de naam van vrouw niet waardig was en die men La Pasionaria noemde, was berucht omdat zij verschillende seminaristen de strot had doorgebeten. In ontbinding verkerende lijken van kanunniken werden uit hun gewijde graven gesleurd en gehoond. Er zijn foto's bekend van Vlaamse mannen die betrapt werden bij dergelijke monsterachtigheden, en daarom, omdat die hyena's bekend zijn, zullen zij, eenmaal terug op vertrouwde bodem geen pardon kennen. Daarom, jongens, is het onze plicht om elk verdacht teken van vreemdelingen die rond ons Instituut zwerven onmiddellijk te signaleren.

Zeer onvoorzichtig toonde Goossens, die ondertussen de naam van Bartolomeüs gekregen had, het teken van de ster op zijn bovenarm. Het was een ongave zeester met zweertjes en gelige bobbels. Louis hoopte dat het nooit meer zou genezen, dat men verplicht zou zijn Goossens'hand en voorarm te amputeren. Tenslotte was de apostel-martelaar van zijn naam ook levend gevild geworden. Maar tegelijkertijd keurde Louis het af dat Vlieghe het teken onzorgvuldig had getatoeëerd met de penpunt en de paarse inkt. Bij de andere Apostelen was het sterteken na vijf maanden verdwenen.

'Weg,' siste Louis. 'Weg met die ster.'

Goossens trok meteen de mouw van zijn schort tot over zijn vingers. Buiten zongen de kleintjes het Ros Beiaard. De gekroonde Ruiter op het Witte Paard die de cavalerie van de Hemel aanvoert heeft op zijn dij een tatoeage met de letters: Koning der Koningen, Heer der Heren. Hoe vaak moest hij zijn ruiterkleed neertrekken opdat de heidenen de tekens niet zouden zien? Dikwijls waarschijnlijk. Zuster Kris had Goossens' ster niet gezien. Gelukkig maar. Want zij behoorde tot het gevaarlijk kwartet dat het Gesticht naar zijn hand zette.

Eerst Zij, die méér dan een Zuster is en de titel van Moeder draagt, Moeder-Overste die regeert door afwezigheid. Al staat zij pal voor je neus, een blank gezicht dat meestal vaag verbaasd is over de slechtheid van haar onderdanen, dan nog lijkt zij niet helemaal aanwezig te zijn. Zij correspondeert met veel hoogwaardigheidsbekleders en verzamelt de postzegels die uit het buitenland komen. Zij heeft een passie voor tuinieren, maar belemmerd door haar status moet zij dit overlaten aan Zuster Imelda. Zij is afkomstig uit de laagste zeemansbuurt van Antwerpen, daarom kunnen zij die haar horen spreken haar niet goed verstaan.

Haar drie ministers zijn, ten eerste: Zuster Econome die je alleen maar kan ontwaren als je langs haar raam loopt op de speelplaats, als dit raam open staat, en als je lang genoeg durft blijven staan om te kijken, wat streng verboden is. Dan merk je, als zij opkijkt van haar papieren en haar geschrijf, een boze bril en een smal mondje. Zij telt alles op met haar bril, trekt alles af met stompe vingers, vermenigvuldigt met haar opgerolde mouwen, en deelt de wereld in stukjes met haar gevijlde tanden.

Ten tweede: Zuster Adam, de moederlijke, verraderlijke goedzak. Zij neemt vaak kleintjes op om ze op haar schoot te wiegen en legt dan haar drie kinnen langs hun wang. Haar boerse stem wiegt in slaap, kapselt in. Zelfs een Hottentot weet hoe gevaarlijk een moeder van dat slag is, hoe snel dit moederlijk gevaarte op haar as kan draaien en oren omdraaien, twee oren tegelijk.

Ten derde: Zuster Kris, zo genaamd omdat zij een mes is. Die heeft geen praatjes voor de vaak, die gaat regelrecht op haar doel af en dat doel ben jij. Toch heeft Louis haar eens horen zingen in haar eentje in de turnzaal.

Hoe laatdunkend deze drie ministers van Moeder-Overste ook over elkaar praten, zij vormen één regering. Kijk maar als zij in elkaars buurt komen, in de kapel bijvoorbeeld, hoe zij elkaar doordringende blikken toewerpen, hoe hun wenkbrauwen, neusvleugels elkaar seinen geven, hoe ze naar elkaar toe zeilen alsof magneten onder hun borstrokken elkaar aanzuigen, hoe slinks hun ellebogen elkaar raken als zij langs elkaar heen moeten. In het Slot moeten zij gedrieën een apart conclaaf vormen, bekers vol *mede* drinken, de drank van gist en honing in het land van Kanaän en bij de Oude Belgen, waardoor zij een helder inzicht krijgen in het anders onoverzienbaar netwerk van wetten, voorschriften, bepalingen dat zij beheren. Vier Sterke Vrouwen die méér dan alle andere Zusters de bruiden van Jezus zijn.

'Ik zou toch een keer de ringen van die drie willen zien, wat voor een speciale inscriptie er staat.' (Byttebier.)

'Zij zijn de baas uit puur venijn.' (Dondeyne.)

'Of zij hebben een grotere bruidsschat meegebracht dan de andere.' (Goossens.)

'Of strengere studies gedaan.' (Vlieghe.)

De Apostelen zongen op de melodie van het Ros Beiaard van de kleintjes: ''t Ros luiaard heeft twee monden, een van boven ê-ên een van onder', en gingen uit elkaar met de rechterhand geheven. 'Ugh!'

Tijdens de les Aardrijkskunde door Zuster Sapristi voelde Louis zich onbehaaglijk. Ontevreden met de mislukte intronisatie van Goossens. Goossens had alles veel te vanzelfsprekend gevonden, hij had meer ontzag, pijn, angst moeten voelen. Waarschijnlijk had Vlieghe er luchtigjes over gedaan bij de voorbereiding. Louis peuterde aan de korsten snot die aan de bank geplakt zaten. De grenzen van de Verenigde Staten van Amerika. De Noordelijke IJszee, de Stille Oceaan ten Westen. Het klimaat: ijskoudig, verzengend, gematigd. Op welke tijd komt een snelbericht uit Chicago op 5 oktober aan te Antwerpen? Over welke landen gaat de steenbokskeerkring? Chili heeft salpeter, de merenstreek kopererts.

Op de speelplaats stonden Zuster Imelda en Zuster Kris, zij leken onder de indruk van iets heel treurigs. Zij zwegen toen Louis langs kwam. Omdat hij niet wou onderdoen zei hij: 'Zusters, ik ben triestig. Want mijn moeder is van de trap gevallen.'

Beide Zusters keken eerst ongelovig en toen barstte Zuster Imelda in een voor haar doen wilde lach uit. 'Ja,' zei ze. 'Natuurlijk.'

'Hoe hoog was die trap dan, Louis?' vroeg Zuster Kris.

Hij wees naar het raam boven de ingang van de refter.

'En heeft zij haar eigen zeer gedaan?' Zuster Imelda kon haar lach maar niet in toom houden. Ook Zuster Kris sloeg haar hand voor haar mond. 'Waar?'

'Waar? Ja, waar?'

'Aan haar knieën, aan haar nek,' zei Louis.

Zuster Imelda veegde haar ogen af. 'En de rest niet zeker?' zei ze als in een snik. Weer sloot een wazige wand zich rond Louis. Hij zou nooit leren wat die onvatbare verwijzingen, die lacherige codes betekenden. Het was een domein voor de Zusters of voor de grote mensen waar je met achttien uur studeren per dag nog niet in binnen kon geraken. Hij voelde een schaapachtig glimlachje over zijn mond komen, als een muilband. Hij knikte de Zusters toe en wachtte. Maar de bel ging en de Zusters schoven naar de kapel.

Louis nam het zijn moeder kwalijk dat haar val aanleiding was tot misverstanden, ondoordringbaar geproest. Wat was zij nu aan het doen in Walle? Zeker het huishouden niet. Zij lag in bed en verfde haar vingernagels terwijl zij naar Radio Walle luisterde: Naar de komieken Wanten en Dalle.

Die avond nam Zuster Engel hem bij de arm, leidde hem naar de binnentuin met de coniferen. 'Ik ga u iets vertellen, maar zweer me dat gij niet gaat rondbazuinen dat ik het u verteld heb.'

'Ik zweer het. Op het hoofd van mijn vader.'

'Er is thuis niets gebeurd dat erg is. Ik zie dat gij er mee inzit dat uw Mama van de trap gevallen is, maar dat is een manier van spreken, grote mensen vinden dat zij het zo moeten uitleggen in plaats van gewoon de waarheid te zeggen. Uw Mama is niet gevallen, zij is alleen in het hospitaal gebracht omdat zij een kindje verwacht, ge gaat er een zusterke bij hebben of een broerke, Onze Lieve Heer moet het nog uitzoeken, uitkiezen, zijt ge niet content?'

'Een zusterke?' Louis zag een miniem wezentje in nonnekleren over de speelplaats rennen, juichend, recht in Mama's gespreide armen.

'Of een broerke? Wat zoudt ge 't liefst hebben?'

Tranen van woede spatten uit zijn ogen, om de vernedering, om de gore grap.

'Zeker een broerke, dat ook in 't pensionaat komt en waar ge voor kunt zorgen?'

Louis stamelde iets. Tot zijn schaamte welde een gesmoorde gil uit zijn mond. Hij rende weg. Zag uit zijn ooghoek hoe Zuster Engel hem achterna wou zitten. Rende harder over de bedrieglijke speelplaats, het lafhartige plein, langs het schamper lachende vee van Hottentotten dat naar hem wees. O, hoe simpel, hoe makkelijk hadden zij met zijn allen hem kunnen bedriegen, Mama het meest, die zoals altijd met haar man had samengezworen tegen haar enig kind in de vesting van de nonnen.

In de refter hield Louis onafgebroken zijn blik op de karnemelkse pap gericht waarvan hij drie borden at. Zuster Adam sprak over het mariale jaar, over de zegening Urbi et Orbi die de Heilige Vader, onwel door de zorgen over de oorlogswolken boven Europa, uitgesproken had in de basiliek Marie Majeure gewijd aan Onze Lieve Vrouw. De maagd heeft een kind van de Heilige Geest gekregen, mijn moeder is niet beter dan de laagste dieren des velds.

Niet zo lang geleden dacht hij (en Vlieghe en Dondeyne geloofden het ook) dat moeders pijn in hun buik kregen, de weeën, en dan snel naar de wc waggelden, hurkten, kakten, dat de drol meteen door buurvrouwen uit het water werd gehaald vóór hij kon smelten, en op het zeil van de keukentafel werd gelegd, waar hij door teder tegen elkaar koutende ouders tot een kind werd geboetseerd, waarop, door intens gebed opgeroepen, vanuit het raam of de schoorsteen een wind begon te waaien die neerstreek over de bruine klei, de adem van God die leven blies in de stront die kleuren kreeg en als van rubber begon te plooien en zich uit te rekken, en dan brulde naar zijn mama om de eerste papfles.

Dat, met vage variaties, dachten zij allen toen zij nog Hottentotten en geen Apostelen waren, en even stom als de zwarten in Belgisch Kongo die zoals het in het Aardrijkskundeboek staat, weinig ontwikkeld zijn en in de sleur van oude gewoonten gevangen blijven, want iets uitvinden of verbeteren kunnen zij niet. Het was een even groot bijgeloof als het ingeworteld bijgeloof der zwarten dat, met hun verderfelijke zeden en wanordelijk leven, de grootste oorzaak vormde voor het verval van het negerras.

Louis ging steels naar de slaapzaal, pakte er een schrift in een moirézwart omslag, en schreef gejaagd neer: 'Mijn Peter is de grootste Farizeeër. Samen met zijn eerstgeborene, mijn vader, wil hij van mijn onwetendheid gebruik maken om met mij de zot te houden. Ik wil geen zusterke en geen broerke, tenzij men mij in ruil daarvoor naar een school laat gaan waar er geen laffe leugenaars als meesteressen zijn. Behalve Zuster Engel die het goed meent.'

Daarna ging hij bij Vlieghe zitten op de draaimolen en zei, zonder de amandelvormige ogen te zoeken, dat zijn moeder gauw beter zou worden. 'Dat is goed,' zei Vlieghe en Louis wilde de waarheid vertellen die zopas was opengebroken als een puist, 't lag op de punt van zijn tong, en wie kon hij meer vertrouwen dan Vlieghe, die de schoonheid van de goedheid had? Geen onschuld, maar een (zoals bij Sint Jan Berchmans) bedwingen van de kwaadaardigheid. Maar hij hoorde zichzelf zeggen:

'Mijn grootvader, die tegelijkertijd mijn Peter is zoals het de gewoonte is bij eerstgeborenen, is het die mijn moeder van de trap geduwd heeft, hij denkt dat hij vrijuit gaat en dat het in het geniep gebeurd is maar Madame Piroen van de overkant die haar ramen aan het sponzen was keek net door het osse-oog van de trapgang. Zij durft niet naar de politie te gaan omdat mijn Peter veel relaties heeft, ook onder politiecommissarissen. Moet daar geen vergelding op volgen?'

'Zijn benen breken met een kolenpook,' zei Vlieghe, de goedheid.

'Of vergif doen in zijn soep, elke dag een beetje zodat zijn maag verschrompelt en er gaatjes in branden.'

Byttebier, die ze niet hadden horen naderen, hing als een aap aan een stang van de draaimolen.

'Zaadjes van lupines,' zei hij. 'Dan raakt hij verlamd.' Zij gingen in Zuster Imelda's tuin zoeken, maar vonden geen lupines. Het bleek ook dat Byttebier niet goed wist hoe ze eruit zagen. In de speelzaal vulden ze gedrieën de kaart van Duitsland in met kleurpotloden. Vlieghe die het Noorden moest doen in lichtgroen ging natuurlijk over de grens, de randen van de zomerluchtblauwe Baltische Zee kregen wier, Louis kleurde de Zwabische hoogvlakte en Karinthië in sepia. Toen zij langs kwam aaide Zuster Adam over Vlieghe's haar. Zij mocht. Alhoewel hij mijn Vlieghe is, mogen ze hem bewonderend aanraken.

Dat kind, dat kind dat in Walle te voorschijn zal komen. Als het een meisje wordt zal zij met Mama samenspannen. Hoe komt het te voorschijn, wat is er zo zondig aan dat ze het hebben over een ooievaar, bloemkolen of van de trap vallen? Verleden zomer zei Nonkel Omer, die de naam heeft een komiek te zijn en op Mama lijkt, wijzend naar de bloemkolen in Meerke's tuin: 'Kijk, daar tussen die knobbels onder de blaren, daar groeien ze, de kinderen. En de grootste bloemkool ter wereld staat in Amerika in de tuin van de Dionnes, daar zaten er vijf in, in één keer.'

Maar hoe is de overgang? Het ene moment zit zo'n kind achter de vetlagen in iemands buik en dan deed het zeer en scheurde er iets en lag er daar een roze worst in de armen van de Heilige Maagd, mongools, gezwachteld, en dat iets reikte naar Maria's stralenkrans. En wat scheurde er precies? Die gutsende veellippige opening die je bij koeien ziet en die op de tekeningen staat van Den Dooven, die hij, als er onverwachts een Zuster opduikt, verfrommelt en inslikt. En als die nieuwe verwant, die er uit zal zien als zijn Peter met een stomp neusje, als Papa met iele wenkbrauwen, als ik met mijn oren, en die een naam zal krijgen en gedoopt worden, als hij nu eens een bult heeft? De Grieken sloegen zo iemand meteen de kop in. Of legden hem als vondeling op de rotsen voor de berggeiten die daar vleesetend zijn.

Overigens, wáár werd zo'n kind gemaakt? Volgens Dondeyne in bed, maar dat was prietpraat van een Hottentot, in een bed vrijen ze, de grote mensen, wrijven tegen elkaar omdat ze dat lekker vinden, maar als een Papa zijn straal pis richt en de opening van een Mama besproeit, dat doen ze toch nooit in bed, maar in een badkamer en wie geen badkamer heeft doet het in de keuken, zodat er makkelijk door een Mama kan opgedweild worden.

Die broer die geboren zou worden riep vele onzekerheden op, de mogelijkheden waren veelvuldig, glazig, onduidelijk. Naar het beeld en de gelijkenis van God. Maar hoe? Eigenlijk was ik niet ontevreden met de stompzinnige uitleg over een uit drek geknede dwerg. Het heeft mij nooit gestoord, ik vond het zeer aannemelijk, overzichtelijk, duidelijk. Die nieuwe uitleg zal misschien later net zo vals blijken te zijn. Een kind floept met veel gekrijs van die vrouwen uit die plooi, goed, dan verschijnen de engelen bij het doopsel, de engel van het gebeente, de engel van de spieren, de engel van de zenuwen en nog een ongeregeld troepje naamloze engelen, en allen wurmen zij zich, onzichtbaar als Miezers, dwars door de huid en de ingewanden van het kind en vormen daar een draderige koek die onlichamelijk blijft en die men de ziel noemt. Door het water dat de Priester sproeit over de schedel—waar een gat in zit dat pas dichtgroeit na het doopsel want anders geraakt de Heilige Geest niet in je hersenpan—sist die hete onlichamelijke koek en verspreidt zich als damp door heel je lichaam. Zo ging het ook met de eerste twee op aarde die lagen te bleiren van angst tegen de betonnen muur die het Paradijs omsloot. God deed alsof hij niet thuis was, deed niet open, pas weken en weken later kreeg hij medelijden met die schruwelende twee voor zijn deur en heeft hij ze gedoopt in de Jordaan en toen piste Adam in de buik van Eva en werden Abel, de goedheid met het gezicht van een piepjong vosje, en Kaïn die harig was als een zwarte poedel, geboren. Kaïn die een van de eerste duivels in mensengedaante was.

'Nooit zal de duivel mijn meester zijn.'

'Van mij ook niet,' zei Vlieghe.

'Wij moeten ons verzetten tegen de bekoring.'

'Anders branden wij,' zei Vlieghe. Die avond zwoeren zij voor de zoveelste maal dat zij beiden missionaris zouden worden in Kongo waar de Protestanten, met meer geld en meer listen dan de Katholieken, het overwicht konden krijgen. Maar zij werden het niet eens over de ligging van hun missiepost. Louis zag iets in de rijkbesproeide streken met de dichte wouden, Vlieghe méér in de droge gebieden met harde, stekelige planten die men de brousse noemt.

## VII DE MIEZERS

Het was Vandenabeele die de koe aanwees. Vandenabeele vermenigvuldigt de hele dag. Sedert hij het geleerd heeft doet hij niet anders, in de rand van boeken, op vieze blaadjes papier, in het vaagste schijnsel 's morgens vroeg, onder de lantaarn van de speelplaats waar men soms witte konijnekeutels van propjes papier vindt die als men ze lospelt Vandenabeele's vermenigvuldigingen openbaren; als Vandenabeele bezig is en je vraagt hem iets dan snauwt hij je af, verbeten bezig met de grijs-potlodige, meteen smoezelige, ongave cijfers en kruisjes en streepjes, hij vermenigvuldigt een aantal aardappels met een aantal schoenveters.

Tijdens de wandelingen probeert hij van alles in zijn hoofd te vermenigvuldigen maar dat lukt niet.

'Kijk,' zei Vandenabeele, 'daar, die koe.'

'Wat is er van?'

'Zie je ze niet, die ene koe?'

Louis zag het meteen, het was de dode koe Marie. Niet echt natuurlijk, maar tussen de bruinrode gevaarten in de wei een witte koe die Baekelandt slordig met zwarte verf beschilderd had ten teken van rouw, om hem te herinneren aan de dode Marie.

'Zeveraar, zot.'

'Waarom heeft hij ze dan niet helemáál zwart geverfd?'

'Hij had geen verf meer,' zei Louis.

Zij gierden, de Hottentotten die zich voor Apostelen uitgaven. Louis lachte mee. 'Nee,' zei hij toen, 'dat was een grap. De reden is dat het een dubbele rouw is. Een Vlaamse, in het zwart, en een Chinese, waar de kleur van de rouw wit is.' Dat vonden ze te onnozel. Ze lachten niet.

'Het is een Hollandse koe en dat is al,' zei Byttebier. De koe kwam naar Louis toe.

Gewoonlijk werd er gewandeld tot aan de grens van Markegem, tot op de heuvel waar de villa van dokter Gevaert stond. Dokter Gevaert wou burgemeester van Haarbeke worden met behulp van socialistische propaganda. Niet één serieuze zieke liet zich door hem behandelen. Volgens Byttebier, wiens vader verleden jaar op de Zeppelinweide in Neurenberg geweest is waar duizenden leiders in fakkeloptocht voor hun Leider defileerden, zal dokter Gevaert een dezer dagen een goeie rammeling krijgen van de Vlaamse nationalisten. Op een avond, met de matrak op zijn volksvijandige snuit. 'Wij hebben hem gewaarschuwd,' zei Byttebier, 'en hij veegt er zijn broek aan. Als wij met hem afgerekend hebben, zal hij zijn eigen mogen verzorgen, de dokter.'

Maar dit keer haalde de schoolwandeling de heuvel niet, want de kleintjes sleepten met hun voeten, lieten zich zakken. Jongbloed en Pauwels moesten hen overeind trekken, meesleuren. De kleintjes bleirden, de groten deden hen na, gebalk en gemiauw in de weiden, geschreeuw van Zuster Adam.

De koe kwam op Louis af, die de koe Marie vermoord had doordat hij Baekelandt niet had willen helpen. Het harig wit van haar vel werd grauw, zonder dat er een wolk voor de zon schoof. Zij knikte met haar kop en schudde toen: 'Neen, neen.' Toen draaide zij haar achterste naar Louis, zette haar achterpoten wijd uiteen en knielde met haar voorpoten, loeide, het achterstel met de gave, in regelmatige patronen gekoekte korsten bleef overeind. De roodbonte koeien bleven op een afstand kijken. De koe keek om naar Louis, de witte wimpers knipperden.

'Marie,' zei Louis zachtjes.

De koe hief haar staart, de aarsopening en de lellen van de vlekkerige gleuf er onder verwijdden, zwollen, werden paars, alsof zij van binnenin met een fietspomp opgeblazen werden, blaren en vellen stulpten naar buiten, een rode klont vlees perste zich naar buiten, een geblutst en bloedbespat babygezicht, dat een driedubbele kin had en volge-

propte wangzakken en tussen twee gezwollen oogleden
twee gitzwarte krentjes van ogen die glommen en meteen
doofden. De koe zakte door haar poten, bedolf de verschijning onder haar flanken.

'Hebt ge dat gezien?'

'Wat?' vroeg Dondeyne en pulkte aan zijn groot, ziek,
rood oor.

'Wat er in die koe zat.'

'Wat dan?'

'Een kind.'

'Een kalf?'

'Een kind.'

'Seynaeve,' zei Zuster Adam bits, 'help die kleine gasten
een beetje. Wij gaan veel te laat zijn voor het lof.'

Na het lof, toen het donker begon te worden, bedaarde
Louis, hij vond vele verklaringen voor wat hij gezien had.

'Ik heb de koningin van de Miezers gezien,' zei hij tegen
Vlieghe.

'Hoe zag ze eruit?'

'Zoals de koningin van de mieren honderd keer dikker is
dan een mier...'

'Bij de bijen is dat, sukkelaar.'

'Zij heeft een kindergezicht. Ik denk dat mijn Peter er zo
uitgezien heeft toen hij geboren werd, in 't jaar 1880 of
daaromtrent.'

'En wat deed ze?'

'Zij zag mij en meteen beval zij aan de koe om haar weer
te verbergen in haar eigen...' Hij durfde niet te zeggen:
'gat'. 'Dat betekent dat, als zij zich laat zien...' Zijn stem
sloeg over.

'Als zij zich openbaart...' Hij stokte voor het ongelovig
trekje op Vlieghe's gezicht, ging toch door. 'De Miezers
hebben haar gevraagd zich te openbaren...'

'In de kont van een melkfabriek?'

'In de heilige koe Marie.'

Vlieghe zuchtte en ging naar de recreatiezaal, waar de
andere Apostelen zaten te tekenen. Huizen. Voor later, als

zij in de wereld zouden komen. Zullen komen, want er is
bevrijding in zicht. Zij mogen niet langer dan na hun plechtige communie in het Gesticht blijven, tenzij met een speciale dispensatie van de Bisschop. Zoals Mortelmans die al het
begin van een snor vertoond had. Louis had persoonlijk gevoeld aan het met snot doorweekte dons. Mortelmans mocht
blijven doordat zijn oom, de kanunnik, bemiddeld had omdat zijn vader als weduwnaar niet voor zijn zoon kon zorgen. Mortelmans bleef op een dag, zonder enige verklaring,
weg. De Zusters wilden niet zeggen waarom of hoe.

Het enige levensteken van Mortelmans na zijn onverklaarbare verdwijning was een doodsprentje dat in een envelop zonder afzender aan Byttebier was gericht. De dode
was Z. D. H. Mgr. Kamiel van Ronslé, eerste Apostolische
Vicaris van Belgisch Kongo en Leopoldstad, te Boma overleden op 14 november 1938. Onder de gedrukte tekst stond
er in blauwe inkt en wat uitgevloeid: M. M., wat niets anders kon betekenen dan Marcel Mortelmans.

De huizen van de Apostelen hadden alle mogelijke vormen. Die van Vlieghe waren gebogen omdat Vlieghe geen
rechte lijnen kon trekken, alles week, boog, krulde. Ook
zijn grondplannen. Byttebier maakte te hoge kamers, zijn
huizen leken op kathedralen, in de hoek van elke kamer
stond een ladder om de bovenkant van de ramen te kunnen
wassen. Dondeyne tekende hutten, stulpjes waarvan de
wanden helemaal bedekt waren met versierselen, meestal in
kruisvorm. Louis tekende dozen die op elkaar gestapeld waren omdat hij vele kamers voorzag voor een kroostrijk gezin, de dozen konden kegels of kubussen zijn. Goossens had
een zwak voor landhuizen in de vorm van schoenen, een van
zijn huizen had de vorm van de Italiaanse laars.

Pagina's vol dennebomen op een rij, balken in een onoverzienbaar gewirwar, veel bogen, overal kijkgaten, hoge
kolenkachels, tuintjes, wc's, wankele torentjes om gevangenen in te houden, kapellen verbonden met de keukens.
Meestal zat in de rechterhoek van de tekening een ronde
zon met stralen die dwars door de muren schoten, linksbo-

venaan stond AMEGG, Alles ter Meerdere Eer en Glorie van God.

Wat Louis aan niemand vertelt, is dat hij af en toe in het geniep het Slechte Huis tekent dat aan de linkerkant van het bos staat als de school in de richting van Walle wandelt. Steevast, als de sliert leerlingen op die hoogte komt, wijst de begeleidende Zuster naar de andere kant. 'O, kijk eens, die duiven daar!'—'Hé, de rook uit de pannenfabriek!'—'O, wat een lief geitje!' De Zuster controleert dan of alle leerlingen wel die kant opkijken, twintig stappen lang, tot het zicht op het Slechte Huis hun ontnomen is door de abelen. Het Slechte Huis is beige geverfd met rode krulletters 'Titanic', het heeft ondoorzichtige ramen, waarachter men in een bepaalde stand van de zon een in het wit geklede vrouw zou moeten kunnen zien. Die vrouw ontvangt veel reizigers en laat ze 50 frank betalen voor een gewoon glas water. Louis tekent de gevel, de letters, de gefronste gordijnen van de eerste verdieping, een wijde kamer met zes zetels rond een lage tafel, maar dat krijgt hij nooit goed in perspectief, ook de gestalte in een witte jurk lukt nooit. Wel heeft hij de vrouw op een apart blaadje getekend, zij droeg een tekkel op haar voorarm en daarvoor heeft Louis een plaatje van de Goede Herder met een Lam gekopieerd. Maar toen hij de plooien van de jurk met een zacht potlood Swiss made Caran D'Ache schaduwen gaf, begon hij plots heftig te zweten, God ziet u, hij verfrommelde de tekening en keek drie dagen lang naar zijn rechterhand of die niet begon te verdorren aan de vingertoppen. Toen dit uitbleef kerfde hij met zijn kroontjespen een kruis in het slappe vel tussen duim en wijsvinger en wreef er inkt in.

Het Slechte Huis herbergt slechte mensen, maar die komen en gaan, de enige die er vast verblijft is de in het wit geklede Maria Magdalena die Jezus' voeten waste en afdroogde met haar welig, rood haar. Een tijdje lang hebben de Apostelen gedacht dat Mortelmans in het Slechte Huis zijn toevlucht heeft genomen de eerste dagen van zijn vlucht, en daar in zonde heeft geleefd tot de eigenares hem heeft weggejaagd uit de Slechte Tempel, omdat hij in zondigheid zelfs de zondigste bezoekers ontsteld deed staan. Maar daar zijn de Apostelen op teruggekomen, Mortelmans was te stom om een zondaar van formaat te zijn. Louis denkt dat hij de dood gevonden heeft in een ver land, aan de grens van Tirol bijvoorbeeld, Mortelmans loopt door een bietenveld, een Duitse tweedekker ontdekt hem vanuit de lucht, duikt, scheert over Mortelmans die van louter angst over een rotsblok struikelt, met zijn slaap tegen een grote kei aankwakt, zijn hersenen gutsen uit zijn oor.

Wij hadden het kunnen, moeten zien aankomen. Want er was iets mis met Mortelmans. Hij kon niet tegen de lucht van het Gesticht, het stof dat uit de bakstenen muren waaide of uit de afbladderende verf van de ramen. Had hij niet eens blaren op zijn gezicht gekregen als krullerige kwartjes? Of was het de lucht uit de nonnekleren? Of was het de eerste openbaring (zonder dat je ze zag) van de Miezers?

De Miezers waren twee jaar geleden opgedoken. Zoals naar de herkomst van kinderen is naar hun oorsprong verbeten gezocht. Zij kwamen voort uit zonnestralen die blijven hangen als de zon is ondergegaan. Uit de damp tussen de grassprieten. Uit de onzichtbare keutels die de engelen verspreiden als ze diarree hebben. Uit de dauwdruppels. Uit de zweetdruppels van God. Duizenden werden elke seconde geboren en daarvan sterft meteen tachtig procent. Alle Miezers samen vormen slechts een zandkorreltje in de wimpers van de Heilige Geest.

Miezers lachen altijd, wat er ook gebeurt, ook bij het ergste dat je kan bedenken. Onhoorbaar, onzichtbaar, toch weet je dat ze lachen.

'Vertel verder over de Miezers,' zei Vlieghe.

'Alsjeblief,' zei Vlieghe zo lang geleden.

'Toe, Louis,' zei Vlieghe en hij streelde mijn knie.

'De vrouwelijke Miezers hebben een vel van bloemen. Hun haar verandert van kleur naar gelang hun gevoel van het moment.'

'Alleen de vrouwen?'

'Alleen de vrouwen.'
'Welke kleuren?'
'Als een Miezervrouw kwaad wordt, lacht ze natuurlijk, maar haar haar, wenkbrauwen, wimpers worden tomaatrood. Je kunt een Miezervrouw haar leeftijd schatten aan zoiets, want als zij jong is en het haarkleur-wisselen nog niet goed geleerd heeft, blijft het haar roze. Als zij rouwen, bijvoorbeeld als de zon opgaat en zij merken dat er heel veel van haar zusters gesneuveld zijn, wordt het haar pikkezwart met zilveren stipjes.'
'En als zij content zijn?'
'Grasgroen.'
'Als zij jaloers zijn, als Zuster Kris?'
'Geel. De kleur van een eidooier.'
'Zij eten alles wat zij zien. Behalve wat horizontaal beweegt, zoals, ik zeg maar iets, wormen of padden, want zij zijn verticaal ontstaan uit de val van zonnestralen. Maar verder slikken ze sigaren, schoenveters, snoep van de kleintjes, wasknijpers.'
'Maar wat *doen* ze?'
'Zij letten niet op ons, gewoonlijk niet, tenzij wij hun reglementen overtreden, maar het is voor ons moeilijk om te weten wat hun reglementen zijn.'
'Wat *doen* ze?'
'Meestal kijken ze stom voor zich uit en bidden.'
'Terwijl zij blijven lachen?'
'Bernadette Soubirous bad ook lachend.'
'Waarom letten zij niet op ons?'
'Omdat het zeer gevaarlijk is voor hen, want als jij per toeval er één recht in de ogen zou kijken, smelt hij meteen.'
'Kunnen ze spreken?'
'Zij babbelen de hele tijd, maar wij zouden, als wij ze zouden kunnen horen, er niks van verstaan. Zij spreken in kink-in-de-kabels ingekikkeld.'
De Apostelen lachten. Louis was trots maar liet het niet merken.
'Miezers poetsen hun tanden niet, hun schoenen knopen

ze niet dicht, hun celluloid-boord ook niet. Zij kauwen de hele dag op iets zoets. Zij hebben een chocolade uitgevonden die niet smelt, niet vermindert. Vaak zingen ze met een wang tegen de aarde. Hun nationaal lied is het *Tantum ergo*. Zij zijn zeer gezond, voornamelijk omdat zij zich niet wassen.'

'Zoals gij,' zei Byttebier.

'Zij hebben winkels waar je gevoelens kunt kopen. Zoveel frank voor een uur triestigheid of trots of nijdigheid. De moeders van jonge Miezers mogen voor hen zorgen, dat wel, maar ze moeten overal een afstand van twee meter tussen hen en hun kind bewaren. Verder moeten zij alles doen wat hun kind verlangt. Zij moeten zelf raden wat hun kind verlangt. Hun Nationaal Monument is een moeder die sterft voor haar kind. Het nationaal gerecht is bloemkool. Wat hun nationale deugden zijn weet ik niet. Wel zijn ze gauw verlegen. Een kleinigheid maakt hen ongemakkelijk en dan gaan ze hakkelen, kwakkelen, maar ze blijven lachen uiteraard, als hyena's. Of zij sissen als nonnen. Er zijn er ook veel die geen afscheid kunnen nemen van hun dode familieleden en die sleuren soms drie, vier tantes of neven met zich mee, sommige doden zijn geraamten en dan hoor je zo'n dodendrager van ver aankomen met gerammel en gekraak, maar de meeste mensen denken dat het een berk is die splijt of een parket dat kraakt. Moeders dragen soms vier vijf dode kinderen in hun armen en die zijn dan gelukkig want ze hoeven de twee meter afstand niet te bewaren en kunnen hun kinderen knuffelen. Overigens, Miezers mogen tijdens hun jonge jaren hun moeder schoppen en slaan. Het is voldoende dat zij meteen een Paternoster bidden en het wordt hun vergeven.'

'Schoppen, slaan en Paternosters lezen, dat is 't schoon leven!' zei Byttebier.

Hij was grof en stommer dan ooit in die tijd, toen de Miezers nog volop in de belangstelling van de Apostelen stonden.

'Soms,' zei Louis in die tijd, 'zit een Miezer ineengedoken

met zijn hoofd tussen zijn knieën, snot en tranen druppelen op de grond. Dat duurt drie weken, zijn haar valt uit in pakjes, zijn vel vervelt, zijn moeder loopt met een bocht om hem heen want hij begint vreselijk té stinken, daarna vallen zijn tanden uit en hoest hij ononderbroken. De week daarop loopt hij op handen en voeten en smeert hij zijn kak in zijn haar als brillantine.'

'Dat deed ik toen ik klein was,' zei Byttebier.

'Ik at het op,' zei Dondeyne.

'Waarom doet die Miezer zo raar,' vroeg Vlieghe.

Louis wachtte en proestte het uit. 'Hij is verliefd.'

'O, gij deugniet!' Byttebier stootte een Apache-kreet uit, met zijn allen gilden ze en dansten ze een krijgsdans met tomahawks. Dit was in de tijd van de Miezers die nu slechts sporadisch opdoken en uitsluitend bij Louis. Zoals vanmiddag de openbaring in de drek van de koe Marie.

Louis hoorde hoe een kleintje behandeld werd in de infirmerie, het werd gesust door Zuster Engel. Waarom had Zuster Engel hem de waarheid over Mama's kind gezegd? Was het wel de waarheid, niets dan de waarheid, zo helpe mij God? Om haar Zusters, de grijnzende, achterbakse Zuster Imelda en Zuster Kris, op de vingers te tikken, om hem niet voor schut te laten staan? Maar de waarheid zeggen, dat is toch eerder iets voor beginnelingen in een Gesticht, novicen, postulanten, niet voor een door de (zwarte) wol geverfde non?

Hij was weggelopen toen hij het hoorde, van het kind. Zwak, zwak. Wanneer zou hij het leren, pal in de branding te staan, het kwaad te trotseren zoals Karel van Denemarken, of Jeanne d'Arc? Opletten. Zoals je niet mag toegeven aan allerlei bekoringen, mag je ook de aanvallen niet uit de weg gaan. Ook al komen ze als muilperen vlak in je gezicht.

'Pal,' zei Louis hardop.

Van u afbijten. Zoals Felicien Vervaecke van zich afbeet in de Alpen verleden jaar—Papa zat naast mij op de sofa, de radio kraakte, Papa zei: 'Dit is een van de grote momenten van Vlaanderen'—Felicien Vervaecke had twee minuten vijfenveertig voorsprong op Bartali, 23 juli, alle fabrieken lagen stil, alle scholen, kantoren, en in de radio waren Bartali en de olijke Wardje Vissers op kop en Bartali demarreerde, Vervaecke moest lossen, maar beet van zich af, zo zou ik moeten zijn te allen tijde. Waarom denk ik dat dit de laatste lente is, terwijl ik heel goed weet dat het niet zo zal zijn, want de Heer Jezus heeft nog veel plannen voor mij, als ik Hem maar dien en loof.

## VIII MARTELAREN

Toen was er een uitlui-dag, de Fancy-Fair en het jaarlijkse bezoek aan de dorpsbioscoop 'Diana', een heidense tempel met in de hal foto's en affiches van veeltandige Amerikaanse sterren van het witte doek, mannen met gelakte haren, dames glad als mica, cowboys die elkaars kaken verbrijzelden. Zuster Adam loodste haar onwillig en bij de foto's dralend troepje de zaal in. De kleintjes joelden en zaten mekaar achterna. Louis zat naast Vlieghe, het licht doofde, stomme Dondeyne riep: 'Oei, oeioei, ik word blind!'

Een karveel dat schommelde tussen zwartglimmende hompen in zee, ruggen van reusachtige zeehonden. Aan boord tuurde de kapitein naar de oever waar een edelman in pandjesjas wenkte.

'Dat is Willem Tell,' zei Zuster Kris tot de kleintjes. Van achter dennebomen waaierden zonnestralen. Over het hele doek sneeuwde het. Een waterval verspreidde stoom. Bij een boerderij met een laaghangend rieten dak piepte een hek. Spierwitte scheuren bliksemden over de prent, een dof geratel begeleidde de wiekende figuren, die iets misdadigs van plan waren.

De kleintjes zeiden dat zij liever de *lanterne magique* in de recreatiezaal zagen. Louis herinnerde zich hoe verrukt hij en Vlieghe ooit waren geweest van de houterige, weeïg gekleurde prentjes, de onbeweeglijke verhalen over een tuinier die een bloempot op zijn hoofd kreeg, of de gans die de vos in zijn staart beet, terwijl Zuster Gabriëlle zaliger de dieren nabootste die aldoor keven in het Westvlaams.

Dit schokkerig beweeg in zwart-grijs was veel duisterder, raadselachtiger. Vlieghe's profiel met de neerhangende onderlip was naar het scherm gericht. Zware wolken. Een monnik spoedde zich langs een eenzame eik, een kerkhof, langs de zee. Hij verborg zich. Een tiental paarden draafde.

Er zaten nonnen op, in wapperende, harige mantels. Maar als het om Willem Tell ging, hoe kon er een zee zijn? Kijk naar de kaart van Zwitserland.

'Een meer,' zei Goossens. 'In Zwitserland zijn er meren als zeeën.'

'Het gaat over de koerier van de Tsaar,' zei Byttebier, 'let maar eens op.' IJle bergtoppen, rotsen met ijs en mos. De nonnen die baarden droegen sprongen van hun dampende paarden, stonden in een halve kring met wijdgespreide benen en zwoeren een eed, terwijl de storm woedde en letters over de gezichten verschenen: '8 November 1307 op de Rütli.' Dat was vijf jaar na de Slag van de Gulden Sporen.

Toen was er ruzie met een eenoog in een bontjas. 'De landvoogd Gessler,' zei Zuster Adam alsof het een kennis van haar was.

Het doek knetterde. Een vierschaar in kelders tussen toortsen. Een iel mannetje werd op de pijnbank gelegd, beenschroeven werden in werking gesteld, duimschroeven, de beul plenste een emmer water over het nietig slap lijf, de kleintjes joelden. De landvoogd Gessler naderde, hij was nerveus, de aderen op zijn voorhoofd zwollen, hij legde zijn wang teder tegen de natte borstharen van de gefolterde, luisterde minzaam, knikte toen met een grijns. De beul, die de neus van Zuster Kris had en de volle lippen van Zuster Imelda, gehoorzaamde; met knoestige handen greep hij de keel van de halfdode en kneep tot het zweet over zijn kin liep, onder het snerpend gejuich van alle kleintjes. Verder staken soldeniers met de platte helmen van Tommies (die de lachlust van Papa wekten, 'Zo'n helm is juist goed om soep uit te drinken') hutten in brand. Dit werd met pijn opgemerkt door Willem Tell die loerde vanachter roerloze rietstengels en tintelende letters die in zingzang werden gelezen door de Hottentotten: 'Tell verschuilt zich in Küssnacht.'

'Stil!' riep Zuster Adam. 'Stil, of...'

'Dat is waar de koningin gestorven is,' fluisterde Louis. 'Waar?'

'In Küssnacht.' (Kus, nacht, Vlieghe.)

'Ik heb nog geen koningin gezien,' zei Vlieghe.

'Koningin Astrid, lummel.' Louis legde de klemtoon op 'strid' zoals Tante Violet die een muffe koffer vol knipsels en tijdschriften had over de dood en het leven van de Zweedse Zwaan die uit het Noorden was gekomen om met Koning Leopold te trouwen en daaraan te sterven.

Toen Louis van Vlieghe's profiel weer naar het scherm keek, was er iets veranderd. In het zwart-grijs beeld verschenen roze spikkeltjes, blauwgroene glanzen. Tartaarse ruiters kletterden over een bevroren meer en joegen op een bonkige kolos in een berepels, die toen hij zich tegen het blauwachtig ijs liet vallen en damp uit zijn neusgaten stootte, Holst bleek te zijn. Holst maakte afwerende, waarschuwende bewegingen, maar de schuinogige ruiters grepen hem en wikkelden hem in een groflinnen dwangbuis. Het onverschrokken, met sneeuw bepoederde gezicht van Holst vulde het scherm en zei iets tegen Louis dat ook als het geen stomme film was geweest onverstaanbaar zou zijn gebleven omdat de kleintjes joelden. De leider van de Tartaren liet een houwdegen verhitten in een bliksemsnel gebouwd takkenvuur en bracht het witheet metaal dwars bij Holst's ogen die leken te smelten en traanden.

'Nee!' riep Louis. Vlieghe gaf hem een stomp.

Op Louis' bevel sputterde het filmbeeld, het stolde. Lichten floepten aan in de zaal, waar achterin lawaai van verschuivende stoelen en doorrookte, rauwe stemmen hoorbaar was. Zuster Adam veerde uit haar stoel. Zes boeren kwamen door de zaal gewandeld, zij leken beschonken. 'Cinema van 't klooster!' 'Da kannie.' 'Allee, gastjes, d'r uit!'

'Meneer Servaes,' zei Zuster Adam, 'dit is een privé-vertoning. Alstublieft.'

'Ola, Zuster,' zei de boer. 'Ola', als tegen zijn paard.

Een jongere boer deed zijn pet af en zei: 'Zuster, het is dat wij het bal moeten voorbereiden van de Boerenbond, de lampions ophangen...' Het grijs filmscherm waar als laatste beeld de wenende engel Holst was verschenen, stond er nu gerimpeld, leeg, dood bij. De kleintjes begonnen weer te krijsen. Er ontstond een verward gesprek tussen de zuurruikende boeren die uitlegden dat de datum van hun Bal al een jaar was vastgelegd en de twee Zusters die toen verwoed in hun handen klapten.

In de hal van de bioscoop zei Vlieghe dat het jammer was, het begon net spannend te worden met die ene blinde jager. Had hij dan niet gemerkt dat zoals elk jaar willekeurige fragmenten van verschillende films aan elkaar geplakt waren? Waarom dat gebeurde had Louis nooit kunnen achterhalen, waarschijnlijk waren de Zusters en de leerlingen allang blij dat er iets te zien was dat bewoog in een zwart-wit (en nu verwonderlijk gekleurd) vlekkerig licht, en zou een coherent geheel, zoals dat in een normale vertoning in de bioscoop 'Diana' op zondagavond gegeven werd, met titels en muziek en een begin, zwellingen en een einde, onbekende gevaarlijke gevolgen kunnen hebben voor de leerlingen, die in verwarring moesten opgroeien, gevangen blijven in raadsels, brokjes, plagerig onbegrijpelijke, ondoordringbare scherven spiegels.

'Die blinde, dat was de koerier van de Tsaar, dat zei ik toch, het is dezelfde film van twee jaar geleden,' zei Byttebier.

'Een stomme film,' zei Goossens.

Zuster Kris wenkte hen, zij gingen in de rij. Zuster Kris vroeg: 'Vondt ge 't schoon?'

'Ja, Zuster.'

'Als die Russen u zouden vastpakken, welk oog zoudt gij dan het liefst missen?'

'Geen van de twee, Zuster,' zei Louis.

'En gij, Dondeyne?'

'Het rechteroog,' zei deze slaaf.

Zij trok haar krisscherpe neus op. 'Een eksteroog!' riep zij triomfantelijk. Men monkelde. Versterving, dacht Louis. Om onnozele, onschuldige grappen van de Zusters lachen, het moet. Vele kleine verstervingen maken een grote liefde. In het Boek van de Kind-Martelaren komt mijn naam te staan, ooit, maar dan mag ik wel opschieten. Mijn ruwe reus en engelbewaarder Holst smeekte mij in tranen om, om wat?, om mijn comfortabele missie in warme streken op te geven. Een ijsvlakte wordt mijn marteldood. Bevriezen en terwijl wolven aan je tenen knabbelen luidkeels het *Tantum ergo* aanheffen. Na het avondgebed zei Zuster Kris dat ze in die leerzame film hadden kunnen zien dat de vrijheid van het vaderland boven alles ging. 'Ook wij moeten zweren dat wij België, dat landje dat nooit iemand kwaad gedaan heeft, integendeel, dat altijd veroverd, vernederd en bezet werd, te allen prijze zullen verdedigen. Onder de bescherming van België's patroon, de heilige Jozef. In de loop van het volgende trimester is er een uitstapje voorzien naar het meer van Dikkebus, aansluitend zullen wij de loopgraven en de IJzertoren bezoeken.' (Dan zou zij uitleg geven want zij kwam uit de streek van Ieper, vele malen verwoest en heropgebouwd.)

'Laten we nu allen bidden met een speciale intentie voor Zijne Majesteit Koning Leopold die in deze moeilijke tijden moeilijke beslissingen moet nemen, terwijl zijn hoofd er niet naar staat want hij is de beproeving van de dood van Koningin Astrid nog niet te boven.' Zij baden.

Koning Leopold zat heel alleen bij het haardvuur, dat gedoofd was, maar dat merkte hij niet. Zijn hofmaarschalk durfde hem niet te storen in zijn rouwend gepeins, maar hield zijn vorst in de gaten.

'Goedenacht, Astrid,' murmelde Koning Leopold. 'Adieu, ma belle reine-claude.'

'Wij moeten pal achter onze koning staan,' zei Dondeyne op de speelplaats.

'Ja, het is het moment,' zei Goossens.

'Pal met de vlag,' zei Den Dooven. Omdat deze ongevraagd bij de Apostelen kwam zitten, zei Louis: 'De Belgische vlag, daar snuit mijn Pa zijn neus in', en genoot van het afgrijzen van de Apostelen. Byttebier zei: 'En de mijne vaagt er zijn kont mee af.' Den Dooven ging weg, doodsbang.

'Mijn vader is Vlaamsgezind,' zei Vlieghe. 'Maar moest

hij u bezig horen, hij gaat naar de gendarmerie en laat u in de bak steken, alle twee, omdat ge een vlag beledigt.'

'Mijn vader zou dat ook doen,' zei Goossens. 'Maar als ik het hem beleefd zou vragen zou hij het niet doen.'

'Waarom niet?'

'Omdat hij mijn kameraad is.'

De Apostelen werden daar stil van. Zij geloofden er niets van. Alhoewel Goossens teveel Hottentot was om zoiets te verzinnen. Dus was vader Goossens een Farizeeër die zijn zoon alles kon wijsmaken wat hij wou. Zoals mijn vader, die mij liet geloven dat zijn vrouw gestruikeld was op de trap, terwijl zij... terwijl zij... slechter was dan de herbergierster van het Slechte Huis.

'Mijn moeder gaat waarschijnlijk dood deze zomer,' zei Louis. 'Sedert zij gevallen is, is het allemaal kapot van binnen bij haar. De nieren vooral.' De nieren, daar hadden Tante Mona en Mama het vaak over, geblokkeerde nieren, gezwollen nieren. De Miezers hebben geen nieren, nooit.

'Luister, een meikever,' zei Vlieghe en zij gingen naar de pereboom en sprongen en sloegen op de laagste takken. Louis slenterde naar de muziekzaal, waar Zuster Engel in het open raam stond, met haar porseleinen, onschuldig gezicht.

'Was het een schone film, Louis?'

'Jazeker, Zuster.'

'Content dat 't bijna vakantie is?'

'Jazeker.'

'Hebt ge al een schietgebedje gedaan vanavond?'

'Ja.'

'Voor wie?'

'Voor mijn moeder,' zei hij omdat ze dat verwachtte.

'Goed,' zei zij en wou weggaan.

'Zuster.'

'Ja, Louis.'

'Ik zie u gaarne.' Zij schrok, keek links en rechts.

'Gij zijt een rare gast, gij,' zei zij toen, boog zich voorover om de hele speelplaats te kunnen zien en blies op haar fluitje. De Apostelen en de Hottentotten vormden een rij. Zuster Engel in het raam leek op Karel de Stoute. Karel de Stoute was in een bevroren meer geraakt, bij Nancy na een veldslag in het jaar zoveel. De wolven hadden hem opgegeten terwijl hij psalmen zong. Toch stond hij niet in het Boek der Martelaren.

Pasen naderde in de verte, en de paasvakantie.


De vier Apostelen, want Goossens was al vertrokken, gingen op bevel van Zuster Econome een handje geven aan de tuinman, die in de boomgaard bezig was tussen kuikentjes en uitbundige varkens die net buiten gelaten werden.

'Allee, Baekelandt, tot na de vakantie.'

'Wie zegt ge?'

'Baekelmans, pardon.'

'Onnozelaars,' zei Baekelandt.

'Zeg, hou een beetje uw manieren, Baekelandt,' zei Byttebier baldadig. Baekelandt duwde Louis opzij en raapte een kapotte appel op, beet er in. Alle geblutste fruit at hij op.

'Ge hebt chance dat ge niet in Duitsland geboren zijt, broekschijters, waar de kinderen 's morgens leren en 's middags op 't land moeten werken. Dan had ge kunnen helpen patatten planten, de rogge binnenhalen of mesten. Zo gaat dat in Duitsland en daarom winnen ze. Ik laat me niks wijsmaken over de Duitsers, 't zijn smeerlappen, maar ze zijn serieus, hun land is in orde, de mensen hebben werk, terwijl de Belgen, die volgen het slecht voorbeeld van de Fransen, nooit content, staken en naar de dop gaan. Teveel weelde, zeg ik.'

Toen moesten zij handen en gezicht wassen, haar kammen, koffer klaar maken. De geur van Lux-zeep en van de schoensmeer Ça-va-seul vlotte in de waszaal.

In de moestuin plasten zij voor het laatst om het verst. Dondeyne won zoals altijd. Louis geraakte het minst ver en schaamde zich diep. Het was de straf omdat hij de Belgische vlag bespot had.

Zuster Kris stond bij de kleintjes en aaide met een grote, grove sleutel over haar wang. Met de andere hand wreef ze over de gemillimeterde schedel van een kleintje dat luizen had gehad.

'Verzorg uw geschrift, Seynaeve, elke dag. Een schoon geschrift moet men elke dag onderhouden.'

Louis knikte.

'En uw rekenen dat is het allerbelangrijkste. Zonder rekenen komt ge niet vooruit in de wereld. Rekenen is de onderlaag voor later.' Zij stopte de baard van de sleutel in haar mond.

'Misschien, Seynaeve, want de mens wikt maar God beschikt, gaan wij ons niet meer weerzien. Met de toestand zou het kunnen dat wij moeten sluiten.' Zij stootte het kleintje dat de hele tijd tegen haar aangekleefd stond, als de hond tegen de gewonde dij van Sint Rochus, van zich af. 'Ja, 't zou kunnen dat wij onze winkel moeten sluiten als de Führer blijft onnozel doen.'

'Maar hij heeft toch gezworen dat hij België gerust ging laten.'

'Op wat kan een heiden zweren?'

Zij zoog op de sleutel. Toen drukte ze met een natte, koele duim een kruisje op Louis' voorhoofd. Wat was er in haar gevaren, in haar die niet voor niks naar een *kris* genoemd is, het mes van de Javanen?

'Gaat gij een beetje op ons peinzen, Seynaeve?'

'Ja, Zuster. Zeker.'

'Op mij ook?'

'Op u ook. Ik zweer het op het hoofd van mijn moeder.'

Je kunt op niemand betrouwen, dat is vanzelfsprekend, maar je kunt ook nooit voorzien hoe mensen, nonnen, zijn, want Zuster Kris glimlachte voorwaar, haar bovenste ongelijke tanden werden zichtbaar.

De namiddag duurde ondraaglijk lang. Zij zagen Zuster Imelda gladiolen planten, Zuster Sapristi voorbijruisen terwijl zij de maat sloeg van een onhoorbaar lied, de leerlingen naar hun koffer grabbelen en juichend wegrennen, één voor één.

Het was de afschuwelijke week van het lijden van Onze Lieve Heer, waarin niet mocht gesponnen worden, omdat men zonder het te weten koorden zou kunnen spinnen die Onze Lieve Heer zouden vastbinden. Den Dooven las de moppen voor uit *Bravo* en moest vaak ophouden midden in zijn relaas omdat hij hikte van het lachen. Ook voor Den Dooven is Jezus aan het kruis gestorven.

Zij zagen Zuster Econome langskomen met een reusachtige kleurfoto in een zware gouden lijst tegen haar borst en begeleidden haar tot de gang en zeurden tot zij de foto liet zien. Het was het portret van de nieuwe Paus.

'Ge kunt zien aan zijn ogen dat hij uiterst verstandig is. Ziet ge dat, jongens?' Zij knikten. Het was waar. Pacelli had een verbeten snee van een mond, staarde hologig, dwingend, achter de brilleglazen. De vrede is het werk van de gerechtigheid, was zijn motto.

'Hij wil vrede, jongens, ziet ge dat? Vrede op aarde voor alle mensen, dat ligt op zijn gezicht te lezen.'

Toen toeterde de auto van Vlieghe's vader. Louis hield Vlieghe tegen.

'Wat is er?'

'Gij gaat weg,' zei Louis. Hij liep met Vlieghe mee naar de gang.

'Gij toch ook.'

'Maar gij eerst.'

'Elk op zijn toer.'

Louis zegende hem zoals voorgeschreven staat in de Akten. 'In nomine Patris.' Alhoewel Zuster Adam bij de ingang hem zou kunnen zien, kuste hij Vlieghe's wang.

'Dwazekloot,' zei Vlieghe. Zoiets zou Papa ook zeggen over de vuile Franse en joodse gewoonte van mannen om elkaar te kussen.

'Misschien zullen ze het Gesticht sluiten.'

'Ik ga daar niet om schreien.'

'Nee,' zei Louis. 'Ik ook niet.'

Vlieghe wuifde nog naar Zuster Adam, naar de perelaar, naar de witte draaimolen. Niet naar mij. Natuurlijk niet.

## IX IN WALLE

Toen was hij thuis in Walle en zij, die er nooit was voor hem, die hem al die weken in de steek had gelaten, hem bedrogen had met Zusterachtige leugens en beloften, was er wel, en het was waar, zij had een dikke buik. 'Mama,' zei hij en zij zei: 'Mijn zoetje.'

Alhoewel zij in haar blauwe jurk met witte noppen een kind droeg dat op haar en op Papa zou lijken, een evenredig mengsel van hen tweeën, (en dat dus ook op hem, Louis zou lijken) vloog hij toch om haar hals, hij prevelde iets dat ook voor hemzelf onverstaanbaar bleef, hij rook haar gekrulde haar, en zei: 'Mama.'

'Voorzichtig,' zei zij. Zij had speciaal voor zijn thuiskomst een zondagse jurk aan getrokken, dat kon hij zien, zij was blauw met witte noppen. Speciaal voor hem had zij blauwporseleinen oorbellen aan. Zij had haar lippen scharlaken geverfd voor hem. Voor hem ook, had Papa de voorkamer nieuw behangen met zonnebloemen. Er stond een nieuwe ingebonden jaargang van *Ons Volk Ontwaakt!* op de schoorsteen, naast de gipsen, zwart en beige gelakte grijnzende bochel Rigoletto.

Louis ging in de cosy-corner zitten. In de hoek tegenover hem stond Guido Gezelle's hoofd op een donkerbruin gesausde driepoot. Het was diepgroen met een afgebroken oorlel, maar levensecht geblutst, want Gezelle had een waterhoofd waarin een al te grote massa hersenen gespannen zat, wat de dichter zijn hele leven hoofdpijn had bezorgd. De voorkamer was volgehangen met kandelabers in gevlochten ijzerwerk, koperen plaatjes met 'De Vlaamsche Tale is Wonderzoet voor Wie Haar geen Geweld aan doet', 'Eigen Haard is Goud Waard', met waterverfschilderijen van Nonkel Leon die molens en viooltjes voorstelden, met pentekeningen van het Belfort van Gent, het Minnewater van Brugge. Boven de schoorsteen hingen, in waaiervorm, allerlei roestige pijlen met vreemdsoortige punten en weerhaken, die door inboorlingen waren afgestaan aan Pater Wiemeersch, de heeroom van Mama, nog altijd dapper, mild en vaderlijk negerstammen bekerend in de jungle van Kasaï.

Mama bracht hem chocolademelk met veel meer suiker dan in het Gesticht.

Papa bleef bij de deur van de veranda staan en onderzocht zijn zoon, zijn eigen enige verloren zoon eindelijk terug in het huis zijns vaders.

'Louis,' zei Papa, 'ik zal u onze nieuwe machine tonen. Gij gaat verschieten. D'r is geen één drukker in Westvlaanderen die zoiets in huis heeft. Zij zouden wel willen, maar zij durven niet. Zij komt uit Leipzig.'

'Laat hem tenminste eerst zijn chocolade uitdrinken,' zei Mama.

Papa keek verongelijkt weg, weg van hen beiden, het nieuwe verbond dat zich vormde onder zijn ogen. Hij duwde met zijn rug tegen de deur met het fonkelende glas-in-lood raam.

'Goed,' zei hij. 'Zeer goed. Dan ga ik eerst naar coiffeur Felix.' Papa liet zich om de twee dagen scheren door Felix. Toen zij de voordeur hoorde dichtslaan, graaide Mama in haar naaidoos, vond er een pakje Belga. Zij zoog met hartstocht. Toen, alsof haar iets te binnen schoot, deed zij haastig het raam open en blies de rook in de richting van de veranda naar de wand waarop mandarijnen reverences maakten en dames met platte, wijde hoeden in bootjes zaten en op banjo's speelden.

Mama stak haar buik ver naar voren. Of was het het kind dat haar onderstel zo naar voren duwde? Het kind kon natuurlijk over Mama en haar bewegingen beschikken.

'Die machine,' zei Mama, 'wat een miserie. Ik moet eigenlijk zeggen: machin*es*. Want meneer is naar Leipzig gegaan, naar de handelsfoor, en hij komt thuis en gebaart van niks. Ik vraag hem: "Hebt ge daar een beetje affaires kunnen doen?" "Wel ja," zegt hij, "dat gaat", maar ik zag aan dat onnozel lachje van hem dat hij 't een of 't ander in zijn mouw had, en ja, ja, kunt ge 't u voorstellen, Louis? Ineens staat heel ons straat in rep en roer, d'r komen twee auto's met Duitse nummerplaten aangereden met daarachter een kamion, van hier tot ginder, hij kon niet draaien in ons straat, ze hebben er de politie moeten bijhalen. D'r waren twee Duitse mecaniciens bij die heel de operatie moesten regelen en wat zie ik? die machine, Louis, dat is een monster dat nooit van zijn leven in de atelier kan, een kind van twee jaar had het kunnen voorzien, maar uw Papa natuurlijk niet, en ze hebben de zijmuur moeten inkloppen, die twee Duitse mecaniciens hebben twee weken lang op onze kosten in het Hotel de la Paix gelogeerd om de machine te monteren, hier alle dagen in huis, en ze bleven hier eten in de salon en ze waren niet content met een koteletje, nee, 't moest Wurst zijn en 's morgens bij de koffie Schinken.'

'Schinken?'

'Hesp.' Mama stak, weer haastig, een sigaret op.

'Drukt ze goed, die machine?' vroeg Louis, om Mama en de afwezige Papa te behagen.

Mama zat op de rand van de eikehoutentafel van middeleeuws model. Aan zo'n tafel zaten de Vlaamse ridders en beraamden in 1302 de ondergang van het valse Franse rijk. Wat Wals is vals is, sla dood!

'De Duitsers zijn naar huis,' zei Mama. 'De machine is gemonteerd. Wij moeten al de letterkasten en de snijmachine verhuizen. Ik dacht: Hij is content met zijn speelgoed. En almeteens hoor ik rumoer in ons straat, ik hoor de mensen van ons straat bezig, Oh! en Ah! Ik kijk uit de venster en wat zie ik? Die kamion is daar weer, met de politie, en hij probeert weer te draaien in ons straat, en dezelfde Duitse mecaniciens staan 't verkeer te regelen. Ik zeg in mijn eigen: "Zie ik nu dubbel, of word ik zot?" Ik loop naar beneden en ik zeg: "Staf, wat gebeurt er toch? Expliqueer 't mij. Zie ik nu goed of word ik onnozel? Is dat nog een machine?" "Ja, Constance," zegt hij. Ik zeg: "Dezelfde?" En de potuil lacht en zegt: "Natuurlijk dezelfde niet. D'r staat er een in de atelier, en deze hier in ons straat kàn dezelfde niet zijn." Ik zeg: "Staf, ik ga u een taart in uw aangezicht draaien, ge weet heel goed wat dat ik wil zeggen. Is 't een tweede van dezelfde soort?"—"Ja," zegt hij, " 't is een tweede." Ik zeg: "Staf, waarom?" "Constance," zegt hij, "die tweede, dat is voor als de eerste kapot zou gaan."'

Zij wachtte. Haar gezicht vlotte in de sigarettenrook, de rook bleef hangen in haar krullen. De mooiste onder alle vrouwen.

'Verstaat 't ge niet?' Zij kneep haar ogen dicht, zoog diep. 'Een machine die stukken van mensen kost en waar hij geen werk voor heeft!'

Het leek Louis dat zij, zoals altijd, overdreef en dat zij zeer onrechtvaardig was tegenover Papa, die weliswaar onberekenbaar, onbetrouwbaar was, maar hier misschien over een terrein heerste waar Mama, boerendochter, pop, huisvrouw, onmondige jonkvrouw, geen wéét van had.

'Ik zie het al. Gij trekt partij voor hem. Gij vindt dat hij gelijk heeft.' Zij drukte haar sigaret uit in een koperen asbak die Louis niet eerder had gezien. Hij had de vorm van een platte schelp, met aan de rand een hakenkruisje.

'"Ge verstaat er niets van. Zo'n machine is speciaal gemaakt en kost zo veel om gazetten op te drukken," zegt hij. Ik zeg: "Staf, maar d'r is niemand die u een gazet besteld heeft." "Dat geeft niet," zegt hij, "dan maken wij zelf een gazet." Hij heeft er een gemaakt. Eén numero. Hij heeft geen geld voor een tweede numero.' Weer blies zij haar rook, haar weerzin, haar teleurstelling naar haar logge, niets begrijpende pas-teruggevonden zoon.

In het atelier lagen mensenhoge stapels van Papa's krant, *De Leie*, vier pagina's met allerlei advertenties in ongelijke kaders, met hier en daar, grijs en onooglijk, een mop. Op de voorpagina stond: Energie door Versch Voedsel, door SOLO. Over de vette, schuine letters SOLO sprong een kabouter als over een haag, eronder stond: 'De werkkiel van Haar Man is proper! Vetvlekken wascht SOLEIL alleen' en 'Hij geleek aan een automaat. Moest uit zijn jas geholpen worden. Thans werkzamer dan ooit met Kruschen Salz.'

De automaten in het atelier sisten. Niet een van de arbeiders in hun lange grijze schorten keek naar de verloren gewaande Prins die uit de ballingschap van het Gesticht teruggekeerd was. Had Papa een ordewoord gegeven? Kijk niet in het gezicht van mijn zoon, of hij zal u verblinden! Vandam, de meestergast, kneedde Louis' elleboog.

'Mens, gij zijt gegroeid! Als 't zo voortgaat wordt ge nog een halfzwaargewicht!'

Vandam's getaande gezicht met de geknakte neus, was altijd ernstig. Hij was kampioen van Zuid-Westvlaanderen geweest. Soms haalde hij vier, vijf keer heel snel zijn neus op. Of maakte hij bliksemende schijnbewegingen vlak voor Louis' voorhoofd. Hij rook naar kaas en drukinkt. Kid Vandam.

'Wat denkt ge ervan?' vroeg Vandam bij de machine.

'Schoon,' zei Louis.

'Schoon? Wunderschön! Komt von Deutschland.'

Louis liep om het stille gevaarte heen, het glom in al zijn geledingen, wielen, zuignappen, haken, getande schijven, veren, knoppen, stangen, cilinders.

'Dat draait aan twintigduizend per uur. *Schnell*, zeer schnell.'

'Laat ze een keer draaien.'

'Niets liever, Louis, maar het mag niet. Alleen de baas mag haar doen draaien. De zoon van de baas niet.' (Toch erkend. Weliswaar als zoon. Maar toch erkend.)

De riemen papier in hun zeegroene verpakking. De voorovergebogen zetters bij de letterkasten. De stoffige ramen met het roet dat vastgekoekt zit aan de ijzeren lijsten. De met olie en inkt bespatte cementen vloer. De ijzige glans van het valmes in de snijmachine. Ik ben terug van een lang verdriet.

'Ja, zij staat hier schoon te blinken, onze *Koenig und Bauer*,' zei Vandam somber.

Bij een van de drie Heidelbergers, het daverend staketsel bedwingend, stond Raspe die Louis vorig jaar op zijn schoot getrokken had, hem gekieteld had op de verboden plek en geroepen had: 'Waar is dat schoon garnaaltje?' Toen Raspe Louis zag, stak hij een lange, beslagen tong uit. Vandam zag hoe Louis zich afwendde, nam Louis bij zijn bovenarm, perste er zijn vingers in.

'En hoe is 't met de liefde?' vroeg hij.

Louis gloeide. De anderen hadden het niet gehoord.

'Hoe oud zijt ge nu, Louis?'

'Elf... De vijfde april. Geweest.'

'Ge kunt er niet vroeg genoeg aan beginnen. Vroeg begonnen, half gewonnen,' zei Vandam. Louis ging zo traag als hij kon het atelier uit. Vandam was een Hottentot met vuile gedachten. Vergeef hem, Heer, hij weet niet wat hij zegt.

In de keuken zei een gladgeschoren en gepoederde Papa: 'Dit is voor u. Ik heb het meegenomen van de jaarbeurs, van de *Messe* zoals zij zeggen.' Hij wikkelde uit gelig krantepapier met onbekende, gepunte letters een rubberen jongetje in een korte broek en een bruin hemd. Met een genoeglijk geknor zette Papa het beeldje op het aanrecht en frummelde eraan tot de rechterarm stram gestrekt was, de benen gespreid stonden. Toen schikte Papa de losse, viltachtige stukjes, de armband met het hakenkruis, de bruine kepi, de dolk aan de koppelriem.

'Wel, wat zegt ge nu?'

'Welbedankt,' zei Louis.

'Welbedankt wie?'

'Welbedankt, Papa.'

Mama nam het poppetje op, heel even dacht Louis dat ze het zou opeten, zij hield het blank, grijnzend gezichtje vlak bij haar neus. 'Wij gaan het voorlopig in de kast zetten, in onze slaapkamer.'

'Waarom?'

'Het is beter dat de mensen het niet zien.'

'Waarom?' zei Papa tien keer dreigender, forser dan Louis.

'Met de toestand tegenwoordig...'

'Maar ik zal het, hém, aan niemand tonen,' zei Louis dringend, 'ik houd hem op mijn kamer boven, en als ik weer naar 't Gesticht ga leg ik hem in uw kast.'

' 't Is beter van niet, Louis. Wij moeten geen miserie zoeken, de mensen klappen al meer dan genoeg over ons en de Duitsers.'

'Laat ze,' riep Papa. 'Menselijk opzicht!'

Mama kneedde het popje achteloos. Tot zijn ontzetting zag Louis dat het jongetje zeer kromme benen kreeg, zoals de cowboys in het Wilde Westen. Straks zal zij haar kind ook zo boetseren terwijl het weerloos in zijn wieg ligt. Wat had zij met die slordig knedende handen bij hem aangericht, vóór hij naar het Gesticht werd gestuurd?

Rond vier uur kwam Tante Mona op bezoek met boterkoeken en zei dat zij die ochtend dertig pakken broodsuiker, dertig kilo koffie en dertig kilo cichorei had gekocht.

'Ik mag niet van mijn vent,' zei Mama. 'Hij vindt dat profiteren van de toestand.'

'Maar de toestand verplicht ons, Constance! Wie gaat de eerste zijn om straks, als er geen koffie meer is, te komen schooien?—Gij hebt uw schoon kleed aangetrokken, gaat ge naar de cinema?'

'O, ja!' riep Louis.

'Nee,' zei Mama loom. 'Ik verveelde mij, en ik zat al een hele ochtend in mijn peignoir. Ik dacht: Nee, vandaag doe ik mijn schort niet aan. Buik of geen buik, ik trek een keer iets fleurigs aan.'

'Ge verjongt met de dag, Constance.'

Louis mocht de boterkoeken smeren en de koffie inschenken. Hij vergat het Gesticht. Ik vergeet het Gesticht. Deze moeder, met moeite de mijne, die zich niet voor mij in dit lichte, flodderige jurkje heeft gekleed, en deze zuster van Papa die gelukkig niet meteen geroepen heeft dat ik fel gegroeid ben en niet naar mijn schoolcijfers heeft gevraagd, het zijn twee feeën in het bos, die met een toverstok het hele Gesticht doen verdwijnen. Feeën? Het was een gedachte voor meisjes.

'Wat gaat ge met hem doen, Constance?' (Hém, ik, Louis, haar kind.)

'Ja, wat moet ik met hem doen?'

'Ik kan direct teruggaan naar het Gesticht,' zei Louis. 'Als ge dat wilt.'

'Zeverkous,' zei Tante Mona, 'wij zijn allemaal zeer content dat gij bij ons in Walle zijt. Bomama gaat haar ogen uitkijken als zij u ziet. Hoe dat ge gegroeid zijt. Hij is wreed gegroeid, hé, Constance?—Bomama zei het vanmorgen nog: "Waar blijft hij, onze Louis, onze braafste? Van al mijn kleinkinderen is het de enigste die ik wil zien."' Tante Mona's leugenachtige gezicht was rimpelloos, wit-doorschijnend, alsof zij een trimester lang in een kelder had gewoond, tussen paddestoelen, glimmende mensenhoge zwammen.

'Gij zijt ook niet veel van zeggen,' zei zij. 'Ge moet hem daar zien zitten. Op uwe ouderdom. In plaats van een gat in de lucht te springen van contentement dat ge geen twintig jaar zijt, want anders waart ge gemobiliseerd, manneke! Honderdtwintig miljoen kost ons dat nu, die mobilisatie. En wie gaat dat betalen?'

'Honoré Gepluimd,' zei Mama. Zij pulkte aan de boterkoek die Louis voor haar had klaargelegd en extra-dik besmeerd had.

'Enfin,' zei Tante Mona, 'gelukkig dat zij Paul-Henri Spaak aan de kant hebben gezet met zijn bolsjewistische gedachten. Was dat nu een eerste-minister, met zo'n postuur? En dat vet aangezicht? Ge kon er de deugnieterij van schrapen!—Waar gaan we naartoe, waar gaan we naartoe?'

'Naar de cinema,' zei Louis.

'Ja, waar gaan we naartoe?' zei Mama.

'Recht naar de oorlog, Constance. Regelrecht!' riep Tante Mona. Zij had uitpuilende ogen omdat haar klieren in de war waren geraakt toen haar man, Nonkel Ward, weggelopen was.

(''t Is curieus,' had Bomama gezegd, 'want Ward en zij waren voor elkaar gemaakt, dekseltje op pannetje! En 't is curieus, want Ward had van die uitpuilende ogen, lijk van een kikker, en hij is nog maar weg en zij krijgt ook van die ogen.' Nonkel Ward had zijn vrouw ook vaak geslagen. 'Wat? Is mijn hemd niet gestreken?'—'Toch wel.'—'Hoezo? Kijk naar die col, precies een akkordeon!'—En pats! Tegen haar slaap!—'Wat? Mijn schoenen niet gekuist?'— 'Toch wel.'—'Hoezo? Een keer op gespuwd en d'r over gewreven met uw mouw!' En pardaf, tegen haar kin.

Maar Tante Mona verroerde zich niet. 'Een buil, een blauwe plek, wat is dat nu? Wij, vrouwen, kunnen afzien, wij moeten wel, het is het mannenvolk dat flauw valt als het een spat bloed ziet!' Tante Mona bleef van beton en van pure wanhoop daarover had Nonkel Ward haar nog een laatste uppercut gegeven en was hij weggelopen met al zijn kleren en een doofstomme naaister.

Tante Mona woonde met haar dochter Cecile op de Paardenmarkt, achter een gevel van wit-en-blauwe glimmende tegels, achter ruiten die witgelakt waren met een diepblauwe Gotische letter op elke ruit: WARD. Cecile volgde dure balletlessen. Zij zou naar Amerika, naar Hollywood vertrekken zodra Shirley Temple te oud en versleten was voor kinderrollen. Cecile kon al trefzeker 'Over the Rainbow' zingen en 'La Cucaracha'. Er hing een foto van Cecile in de voorkamer, door Nonkel Leon met de hand bijgekleurd, een maangezicht met kraalogen, een schriel lijfje in een tutu.)

De middag verging. Gekabbel over ministeries, over de Boerenbond, over de vrijmetselaars, Polen, Spanje, over Hitler die er met de vuile voeten doorgaat, maar kan hij anders? De Fransen, de Engelsen, de Russen, heel de wereld wil hem wurgen! Toen merkte Tante Mona dat Louis ook bestond, zij vroeg: 'Content dat ge thuis zijt voor een tijdje?'

'Ja.'

'Zijt ge al in de atelier geweest?'

'Ja.'

'En wat zeiden ze? Dat ge gegroeid waart?'

'De meesten zeiden mij geen goeiendag.'
'Dat hebt ge met werkvolk,' zei Mama.
Tante Mona lachte, de bobbel in haar keel bewoog alsof er, een knokkel groot, een spartelend kind in zat. 'Wat dacht ge? Dat zij u gingen ontvangen als een prinses?'
'Nee.' Hij kreeg een kleur en stond op, ruimde kopjes en borden op.

'Gij moet dat verstaan,' zei Tante Mona, 'die jongens zijn er niet meer bij met hun gedachten, zij kunnen elk moment gemobiliseerd worden, zij kunnen elk moment hun werk kwijtspelen. En dat de zoon van de baas er is of niet, daar vagen ze tegenwoordig vierkant hun gat aan. Het is niet meer lijk vroeger toen het werkvolk respect had voor wie hun de week uitbetaalde. Voor de socialisten is alleman gelijk, alleman is de baas. En 't werkvolk denkt alleen maar: hoe kan ik de baas een kloot uitdraaien, met permissie gezeid.

'En onze Staf, Constance, wil dat niet zien. Hij is koekegoed maar 't zal zijn ondergang zijn. Ik ben zijn zuster en ik kan hem goed verdragen, maar hierin, met permissie gezeid, is 't een grote dwazekloot. Hij zou aan de principes moeten vasthouden en de principes zijn dat de een de baas is en de andere een knecht. Juist, Louis?—Steek dat goed in uwe kop. Principes.

'Ge hebt het toch gezien, Constance, in 't begin van 't jaar, die affaire van Dokter Martens? Hij heeft met de Duitsers gewerkt, Dokter Martens, in Veertien-Achttien, waarom? Voor ons, voor de Vlamingen, voor de Vlaamse principes. En nu is hij benoemd in de Academie voor Geneeskunde. Nee, zeggen de liberalen, dat mag niet, want hij is landverrader geweest, hij moet er uit! En de oudstrijders spelen de 'Brabançonne', en zijn niet akkoord, en Paul-Henri Spaak speelt onder één hoedje met de Vlamingen om zijn postje als eerste-minister te redden, hij zou zijn moeder verkopen, die papzak, goed, ruzie en miserie in 't straatje, en wat is er gebeurd? De Vlamingen zijn bij hun principes gebleven, zij hebben de liberalen laten schreeuwen: "Ofwel Dokter Mar-

tens uit de Academie of we stappen uit de regering!" De
Vlamingen hebben gezegd: "Wel, gastjes, stap het dan maar
af" en voilà, Meneer Spaak lag op zijn dik gat.'

'Die Dokter Martens is toch van de properste niet,' zei
Mama. ''t Schijnt dat die kliniek van hem... enfin, ge verstaat me... dat ze van overal komen, van Duitsland en
Frankrijk, de rijke vrouwen voor... ge verstaat me...'

'Ik versta het, Constance. Zwijg er maar over. D'r zitten
ratten op het dak.'

(Dat ben ik, twaalf ratten en een rattenvanger, snuffelend op het dak, scharrelend op Mama en Tante Mona hun
dakzolder vol geheimen, toespelingen, ineens afgebroken
gesprekken.)

'REX zal overwinnen,' zei Louis.

'Maar ventje toch!' zei Tante Mona. 'Waar haalt ge dat
uit? REX is allang om zeep. In Zesendertig, ja, dan had hij
iets in de pap te brokken, de schone Leon Degrelle met zijn
brillantine in zijn haar, maar nu, hoeveel zetels hebben ze
nog van de éénentwintig in Zesendertig? Vier!—Is dat al
wat ze u leren in 't klooster? Serieus? Over REX? Zijn de
Zusters nog altijd zot van de schone Leon?'

'Nee.' Louis was bang dat hij overweldigd door de eerste
dag thuis hardop zou beginnen te lachen, of huilen, dat hij
tegen Mama's gezwollen buik zou glijden, met zijn wang
tegen haar dijen. Hij zag de nonnen van het Gesticht in een
woeste, *zotte* dans rond Degrelle, die smolt tot hij de afmetingen had van een van de kleintjes op de speelplaats, de
nonnen walsten met flapperende rokken over het kleintje
heen, dat piepte: REX, REX.

'REX heeft niemand in Vlaanderen,' zei Tante Mona.
'Geen ene leider, niet één die haar op zijn tanden heeft. Hun
enige chef is die, hoe heet hij ook weer? toe, help me eens
Constance, hoe heet hij? die senator die zijn twee benen
afgeschoten is in Veertien-Achttien. Een brave vent en geleerd, maar 't is toch een invalide. 't Is wreed om zeggen
maar de Vlamingen betrouwen dat niet, een man zonder
benen.'

'En Roosevelt?' zei Louis. 'Die zit toch ook in een karreke.'

'Dat is iets anders,' zei Tante Mona. 'Daarbij, de Amerikanen kennen maar één politiek, die van het geld verdienen.'

'Wij zijn toch niet veel anders,' zei Mama.

'Maar Constance!' riep Tante Mona. 'Wat zegt ge nu? Wij hebben idealen.'

Mama glimlachte en wreef over de voetbal onder haar jurk.

'Zij zouden u senator moeten maken, Mona.'

'Ik zou het wel arrangeren,' zei Tante Mona. 'Direct al de Roden die naar Spanje zijn geweest om daar de priesters te massacreren tegen de muur. Direct al het kapitaal dat in de handen zit van de vreemden en de vrijmetselaars afpakken en gelijk verdelen onder de mensen die werken voor hun brood.'

Tegen die welving daar, tegen de gespannen wit-en-blauwe jurk daar liggen, luisteren naar het gegorgel en geklots daar binnen van het drijvend, zwemmend kind. Toen hij met Vlieghe worstelde, het licht gefrazel van Vlieghe's maag.

'Waar kijkt ge naar, Louis? Naar mijn buik?'

'Naar uw broche.' Een zilveren schijfje met het paars silhouet van een reebok die sprong, of een gazelle die danste, vastgespeld, dwars door de jurk, aan haar week vel met de twee bulten.

'Zij heeft dat cadeau gekregen van een aanbidder,' zei Tante Mona. 'Maar ge moogt het nooit aan uw vader zeggen. Hij krijgt een hersenbloeding.'

'Maar Mona toch!' zei Mama zwakjes.

'Een mens mag toch een keer lachen,' zei Tante Mona. 'Louis, pak een keer die twee boterkoeken uit de kast.' Zij knabbelde, kauwde. 'Een mens alleen, een vrouw alleen, dat wil toch een keer lachen.'

'Maar ge hebt Cecile toch,' zei Mama.

'O, die!'

'Zij is toch braaf.'

'Een vrouw alleen, Constance. Zij zeggen altijd: "een man alleen", van een vrouw alleen spreken ze niet.—Maar als 't donker wordt, en ge hebt gedaan met kuisen en dweilen, en ge hebt uwen afwas gedaan, en de dagen korten... Enfin, wij gaan niet klagen.'

'Nee,' zei Mama. En toen, bitter: 'Wij zouden blijven klagen.'

'Een mens moet toch af en toe een keer zijn hart luchten, Constance.'

'Louis,' zei Mama beslist, 'zoudt gij niet eens een toer doen? Ja? Maar niet te ver. En niet langs de Toontjesstraat!'

Langs de lage rijhuisjes van donkerbruine baksteen. Hij kon wel dansen. Het was weken geleden dat hij alleen op straat liep, zonder zijn gelijken in het kostschooluniform kwekkelend naast hem, zonder de reuzinnen in vele lagen waaiende gewaden.

Langs coiffeur Felix liep hij zeer snel, je kon nooit weten of daar een brulaap met scheerzeep op de wangen naar buiten schoot, aan je hand zwengelde, allerlei intieme details vroeg omtrent het Gesticht, omtrent Mama. Bij het hek van Groothuis, een textielfabrikant, sprong hij zo hoog hij kon en zag in de tuin een vrouw op het terras liggen, op de stenen. Zij had een strohoedje op, kralen rond haar nek, en verder niks aan. Hij durfde niet een tweede keer springen. De vrouw had, in die flits, op haar buik gelegen. Misschien had zij zelfs even haar hoofd opgericht op het ogenblik dat hij in de lucht zweefde. Wie was zij? Was Meneer Groothuis in het laatste trimester getrouwd? Op de een of andere manier was dit uitgesloten. Papa zei: 'Georges Groothuis mag wel een liberaal zijn, het is toch een mens op zijn plaats.' En toen had Mama een geniepig geitelachje laten horen. 'Kom er toch niet te dichtbij, Staf.' —'Waarom dat?'—'Ik zeg maar één ding, Georges Groothuis gaat niet gauw trouwen, let op mijn woorden.'—'Waarom dat?'— 'Georges Groothuis en de vrouwen, dat gaat niet samen, méér zeg ik niet. En ik weet het van goede bron.'

Louis miste Vlieghe, vriend, toeverlaat, paladijn, apostel.

Schildknaap Vlieghe, die nu de hele vakantie lang zonder hem, in Wakkegem verbleef, een obscuur dorp waar Vader Vlieghe notaris was van keutelboeren. Hij had Vlieghe kunnen onderwijzen, uitleggen, bewijzen hoe hij, Louis, die door een griezelig toeval in het Gesticht was beland, hier in Walle, zijn eigen stad, zijn natuurlijke omgeving teruggevonden had. Walle, prinses van Zuid-Westvlaanderen, waarvan de sporen te vinden zijn in de vijfde eeuw, Vlieghe, langs de heirbaan van de Nerviërs. De ruiters van Walle droegen toen al een rood schild met een witte halve bol in 't midden, omkronkeld door een witte draak. Wit en rood, Vlieghe, de kleuren van Walle Sporting Club waar mijn Oom Florent reservekeeper is.

Hij kwam langs de Toontjesstraat waar het slecht volk woont dat leeft van de Openbare Onderstand en al dat geld verdrinkt, de vrouwen zaten op de drempel met kinderen vol schurft, een eeuwige schande dat straatje zo vlak bij de kerk van de Heilige Antonius waar zij nooit naar binnen gaan, tenzij om er in te vluchten als de politie hen achtervolgt. Louis keek vol afgunst naar de ravottende jongens met hun rauwe grotemensenstemmen, kolengruis in hun oren en wimpers, zij schopten op een bal van papier en touw, zij vloekten. Alhoewel hij wist dat het een zonde was bleef hij staren en werd besmet door hun zonde en hij deed een van de vloekende jongens na en krabde ook in zijn kruis, aangetast door de bacillen van het kwaad. Vlieghe, zie je mij? Louis liep achter de kerk, in de schaduw van de vele kindmartelaars die dergelijke bekoringen hadden weerstaan tot de foltering en de dood, keek of niemand hem kon zien en sloeg heel gauw een kruis. Voor alle zekerheid sloeg hij er nog één toen hij langs de kerk van de Beestenmarkt kwam waar zijn ouders getrouwd waren en hij gedoopt werd.

Op de Markt ontweek hij het café 'Rotonde' waar Peter waarschijnlijk aan het bridgen was.

Vlieghe, kom. Hij nam Vlieghe bij de hand en trok hem mee naar boven, op de roetzwarte ijzeren trap, zij bleven beiden staan op de boogbrug, zij wachtten maar toen was Vlieghe er in één keer niet meer, het had weinig zin om te wachten op de hete, blazende mist van een stoomtrein als Vlieghe er niet bij was. Louis dacht: liever het Gesticht met Vlieghe, dan Walle zonder hem, maar ook dat hield niet lang stand, hij liet Vlieghe wegzakken, wegwaaien, en tuurde in elk winkelraam van de Doornikse wijk.

Uit de open deur van een café hoorde hij de vertrouwde stemmen van Wanten en Dalle die in rad en schel dialect een grap vertelden over een schoonmoeder. Hij hoorde het einde niet omdat een jonge bullebak in overall naast hem kwam staan, hem met een wiel wegduwde om zijn fiets te stallen, en vroeg: 'Is dat Wanten en Dalle?' Louis knikte en slenterde weg, weg van het verweg uitvloeiende knetterende applaus.

Papa was dol op Wanten en Dalle, want dit was 'de stem van ons volk,' zei hij heel dikwijls. De échte Wanten en Dalle zijn beeldjes uit de Middeleeuwen die bewaard worden in een van de vier hangtorentjes van het Belfort. De komieken van het radioprogramma: 'Walle lééft!' die zich Wanten en Dalle noemden waren mensen zoals gij en ik.

Als 'Walle lééft!' uitgezonden werd moest iedereen in de huiskamer doodstil zijn, Papa lag achterover geleund in de cosy-corner, roerloos, met een begin van een lachje al beverig rond de mondhoeken.

'Manneke, zegt Bankier Geldzak, ik heb gehoord dat gij met mijn dochter wilt trouwen.—Ja, ik, meneere.—En als ik ze u zou geven en zij krijgt van mij gene roste kluit mee als bruidsschat, zoudt ge d'r nog mee trouwen?—Maar zeker, meneere!—Wel, manneke, ge krijgt ze niet, mijn dochter!—Ah, nee? En waarom niet, meneere?—Omdat ik geen dwazeriken wil in mijn familie!'

Papa lacht. Mama zegt: 'Waar halen ze 't uit?'

'Constance, stil,' snauwt Papa. 'Zij zijn al weer bezig.'

Wanten is log en dom en begrijpt nooit iets. Dalle, zijn vrouw, is een snibbig, verwoestend wezen. Maar soms is Wanten haar te slim af.

' 't Is toch curieus, hé, Wanten, hoe dat ge u kunt mispakken? Ik lees daar zojuist dat Columbus, als hij in Amerika kwam, peinsde dat hij Indië ontdekt had.—Ach Dalle, als ik met u getrouwd ben, peinsde ik dat ik het paradijs ontdekt had.'

'Dat is een fijntje,' zegt Mama.

'Ja,' zegt Papa, 'maar 't is ook juist. Al lachend zegt de zot zijn mening.'

Louis groette kwiek militair het doffe borstbeeld van Koning Albert, een wazige man, met een bril die aan zijn helm vastgelast was. Twaalf meter diep is hij in de ravijn gevallen, de Ridder-Koning die zo zielsgaarne bergen beklom. Kamerknecht van Dijck wachtte aan de voet van de rots, maar de Vorst kwam maar niet terug. Om twee uur 's nachts struikelde baron Jacques de Dixmude over het touw waaraan het lijk van de Koning nog vastzat. Volgens Peter zijn het de communisten geweest, er zijn er veel in de streek van Namen en de Ardennen, waar Walen en vreemdelingen leven. En bij het onderzoek heeft het parket veel in de doofpot gestopt. Het parket beschermt de Franskiljons en iedereen die tegen de Kerk en tegen de Vlamingen is.

Sootje's ijskar ratelde voorbij, de poney stopte, kwijlde. Sootje blies op zijn koperen hoorn. Louis had geen geld bij zich, vervloekte de bende rellerige jongens van het College die bij de pastelkleurige kar pastelkleurige ijsjes aten. De College-jongens hadden ransels bij zich die uitpuilden van de boeken en de schriften. Binnenkort draag ik ook zo'n ransel, hij kan niet zwaar genoeg zijn. De kaften van die schriften zijn diepblauw, die van het Gesticht baksteenrood. Ik moet terug, Mama zit al op haar nagels te bijten. Nee, dat doet Mama nooit. Koning Albert heeft zich heldhaftig gedragen in het slijk van de loopgraven tijdens de Wereldoorlog, die juist uitbrak toen de reislustige Majesteit een lange autotocht wou maken dwars door Europa. Hij wou incognito reizen, de clubkaart van de Autoclub van België bestaat nog, op naam van Graaf de Rethy, Leopold. Natuurlijk waren het niet de communisten geweest die de

riddervorst gedood hadden. Peter liegt. Of Peter is een
domkop, en dat is niet zo.

*Marche-les-Dames*, onheilspellend rotsig gebied. De koning
is bijziende, hij hangt loodrecht aan het touw en hijst zich
op, zijn bril bewasemt, hij tast met zijn rechterhand de gekartelde
wand af, hij graait in de natte klimop. Op dat ogenblik
verschijnt in een kloof van de rots een man met een verminkt
gezicht, de helft van zijn gezicht is ingedeukt, het ene
oog ligt lager dan het andere en lijkt verlamd. 'Hangt u
goed, Sire?' vraagt de man.—'*Merci, mon vieux*, ik hang perfect.'
—'Goed zo, Sire,' zegt de man en haalt vanonder zijn
draderige legerjas een broodmes te voorschijn. 'Herkent u
mij niet, Sire?' '*Non, mon brave.*'—'Toch was ik bij u in de
loopgraven aan de IJzer.'—'België dankt u daarvoor, mijn
waarde.'—'U heeft mij de twaalfde oktober 1917 met een
missie belast achter vijandelijk prikkeldraad. Maar, niettegenstaande
mijn smeekbede of ik even mijn bril mocht
halen in de blokhut, hebt u mij bevolen onmiddellijk de bewuste
missie te volbrengen. U gaf dit bevel in het Frans,
Sire.'—'*Et alors, Flamand?*'—'*Alors?. alors* ben ik uit de loopgraaf
gesprongen, en bijziende als uw majesteit, op een granaat.
Sire, dit is onrecht geweest en dit moet gewroken
worden.'—'Doe wat u niet laten kunt, slechte Belg,' zegt
Koning Albert de Eerste. 'Adieu, slechte Koning,' zegt de
verminkte en snijdt het klimtouw door, hij wacht niet op de
doffe kwak beneden, maar snelt als een gazelle over de rotsen.

Toen Louis aan de vermaledijde Toontjesstraat kwam, reed
een jongen op zijn autoped vlak langs hem. 'Schele,' zei de
jongen. 'Uit de weg, schele.' Louis bleef recht voor zich uit
kijken. Ik ben niet scheel, dit is onrechtvaardig, onnozel, en
onwaar. De jongen reed door, onbezorgd zwiepend met een
zeer soepele, losse linkervoet, de andere voet zat onwrikbaar
tegen de houten plank geschroefd. Als ik straks een
broertje krijg, zal hij mijn autoped willen, dat is niet tegen
te houden.

Hij zag op de vensterbank van de Oudenaardse Steenweg, nummer twaalf, Tetje zitten in voetbalbroek.

'Heui,' zei Tetje, een dertienjarige vreemde uit de Balkan, een zigeuner, in ieder geval geen rasechte Vlaming, die wiebelde met donkerbruine benen en voeten in gele, rubberen sloffen met ovale gaten.

'Heui.' Louis kon de gevel van zijn eigen huis zien, de zon in het tralieraampje van de voordeur.

'Gij zijt er weer.'

'Ja.'

'Voor een tijdje?'

'Tot als de vakantie gedaan is.'

'Gaat ge mee naar *Walle-Stade*?'

Dat kon niet. *Stade* met paars en wit-gestreepte shirts was de club voor prutsers, armoezaaiers, lafaards. In Walle is er maar één eerbare club, Walle Sport waar Nonkel Florent reservekeeper is. Tetje was een supporter van Stade omdat zijn vader ijsjes verkocht aan de ingang. Bekka, Tetje's zuster, met zigeunerogen en dikke lippen, kwam uit het huis. Zij was gegroeid, maar bleef te klein voor haar leeftijd van elf. Er was sedert de laatste vakantie iets radders, gladders in haar gebaren en uitdagende zinnetjes.

'Een mens zou geld geven om u te zien,' zei zij. Zij droeg dezelfde rubberen sloffen als haar broer, een bebloemd gekreukeld jurkje en een riem van gebarsten wit leer.

'Gaat ge mee met ons naar de cinema donderdag?'

'Als hij mag van zijn moeder,' zei Tetje.

'Hij moet toch niet vertellen dat hij met ons gaat.' Zij huppelde op haar bruine, korte beentjes.

'Waarom niet?' vroeg Louis.

'Omdat,' zei zij en kwam zo dicht bij hem dat hij haar adem van Lutti-caramellen rook. 'Omdat uw Mama haar neus zou optrekken en zeggen: Jongen, dat ik u niet meer zie met dat gemeen volk.'

'Dat zou mijn moeder nooit...'

'Gemeen volk,' zei Bekka. 'Ik heb het haar zelf horen zeggen. Maar misschien was zij zat.'

Louis barstte in lachen uit. Het idee dat zijn moeder

dronken zou zijn! Hoe haalde de kleine, donkerhuidige, in drie maanden tijd wijfachtig geworden rabauw dat in haar hoofd? Hij zag de zon bewegen in de voordeur van zijn huis.

'Ik moet weg.'

'Ja, haast u,' zei Bekka temerig. 'Of ze gaat kwaad zijn.'

'Ge hebt het mis,' zei hij toen hij al begon te lopen.

'Haast u en droom van mij,' zei zij en stootte een schelle lach uit, Rebekka Cosijns, miniatuur-waarzegster op de kermis, woestijnvrouwtje.

'Ga naar binnen, piskous,' zei haar broer.

'Allee, gasten, salut,' zei Louis met de stem van Byttebier.

## X BOMAMA

De klokken uit Rome kwamen teruggevlogen. Mama had een chocolade-ei verborgen achter de pot van de wc, Louis vond het meteen en at het helemaal op, wat in het Gesticht nooit had gemogen want Zusters vonden teveel chocolade slecht voor de lever. Mama dacht dat hij nog geloofde in eieren die uit de buik van de klokken vielen, in ooievaars, Sinterklaas, bloemkolen met kinderen erin. Of het sprookje dat de Duitsers in Veertien-Achttien de kerkklokken van haar dorp, Bastegem, hadden gestolen om er kanonnen van te gieten.

De klokken luidden de hele morgen en toen Louis boterkoeken en pistolets moest halen ontdekte hij in de wandelaars die hun Paaskostuum hadden aangetrokken niet één teken van ontzag of verbazing tegenover het gedingdong dat de lucht deed zinderen en om blijdschap vroeg omdat Jezus na al zijn smart en miserie verrezen was. De wereld werd met de dag onchristelijker, zei Zuster Econome, hun zielen gaan verloren en zij beseffen het niet.

Papa trok zijn lichtbeige pak aan, zei: 'Kom, jongen.'

Louis moest mee naar Bomama, Papa's invalide moeder. Papa ging heel snel, vertraagde pas bij de Beestenmarkt en bleef toen staan in het voorgeborchte van de cinema 'Vooruit', waar de Rode Jeugd regelmatig vergaderde en, na opruiende gezangen, in optocht met vlag en trommels door de Zwevegemstraat stapte. Papa bekeek aandachtig de foto's van de film van de week, fel geschminkte meisjes in ondergoed hielden hun armen om mekaar geslagen en keken Louis verwilderd aan. Matrozen zongen zo heftig dat je hun verhemelte zag. Een dikke blonde in avondtoilet werd vermoord door een tanige hand die uit een witgesteven manchet stak, het mes drong in de uitdeinende bult van haar borst, zij schrok, zij herkende de dader, haar helblond haar lichtte op als een aureool.

'Het is weer zo'n Franse vaudeville,' zei Papa, zijn lichaam verliet het voorportaal van de helse foto's, maar zijn hoofd draaide nog een paar keer onwillig om.

'In die Franse films kunt ge nooit een keer iets zien dat de mens verheft,' zei Papa tegen Bomama. 'Het moet altijd of onnozel zijn of gemeen, *l'Amour toujours*. Dat de regering dat toelaat! Maar ja, 't zijn films die uit Frankrijk komen en de jood Blum is daar de baas. En onze eerste-minister, die pierrot van een Pierlot, hij danst op de koord, ja, en op de maat van Franse muziek.'

'Och, schei toch uit, Staf,' zei Bomama. 'De mensen zien toch liever een schoon bloot Frans vrouwmens dan Tineke van Heule!'

'Moeder, 't is dat ge mijn moeder zijt en dat ik u respecteer, maar ge hebt ongelijk. Natuurlijk dat de gewone mens, de werkmens, liever schunnigheden ziet, maar dat komt omdat hij niet beter weet. En het is daarom dat wij 't voorbeeld moeten geven en beletten dat onze Vlaamse jeugd nog verder vergiftigd wordt door die vuile Franse zever in pakskes!'

Bomama verschoof haar breed, welig figuur in de rotanstoel en grinnikte naar Louis, die haar op dit ogenblik liever zag dan wie ook op aarde. Toen hij binnen gekomen was had zij naar haar hart gegrepen, zij had hem zes zeven keer slobberig gekust op zijn wangen, in zijn nek. 'Mijn ventje, mijn ventje,' had ze geroepen en hoe klemvast mollig haar armen ook waren, hij had zich niet verweerd.

Zij had haar heup gebroken vier jaar geleden en zat meestal in de rotanstoel bij de Leuvense stoof. Zij leek op een bulldog met waterige, alerte pretoogjes en hangwangen die wegzakten in de dorre, vele rimpels van haar kolom van een nek. Platte, rode oren waarover zijig, dun, wit haar hing.

'Gaat gij u laten vergiftigen, Louis? Wat horen wij nu?' vroeg zij grinnikend.

'Ja,' Louis lachte medeplichtig.

'Moeder,' zei Papa, 'is er hier geen boterhammeke met 't een of 't ander?'

'Hélène,' brieste Bomama en alsof zij op de trap had zitten wachten, kletterde Tante Hélène de kamer binnen. Zij sloeg op Louis' achterste.

'Wat een cadet! 't Wordt tijd dat ik hem meepak naar de 'Montecarlo'. Wij gaan er een serieuze *danseur* van maken.'

'Hélène, die jongen vergaat van de honger,' zei Bomama en Louis wist niet of ze hem of Papa bedoelde. Er kwam een grote stenen kom vol ingelegde haring op tafel. Papa at meteen, voorovergebogen, schrokkend, drie haringen onder de goedkeurende blik van zijn moeder. De moeder voedt het kind.

'Zo kan uw Constance ze niet gereedmaken, hé,' zei Bomama.

'In geen twintig jaar,' zei Papa, verraderlijke echtgenoot.

'Mama maakt ze niet in 't zuur, maar in de gelei met citroen,' zei Louis.

'Waarom niet?' zei Bomama. 'Dat kan ook eens smakelijk zijn voor een keer.'

Papa dronk drie glazen tafelbier. Tante Hélène bekeek zichzelf in een ovaal spiegeltje in een ijzeren hartvormige lijst, zij maakte een grimas en draaide zich toen om, met een doodsgrijns, zij wees naar haar (voor de familie Seynaeve onnatuurlijk gaaf en wit) gebit. 'Wa vinne van?' bracht zij uit, terwijl haar mond gesperd bleef.

''t Is wel,' zei Papa en viste in de kom naar de vetste haring.

'Zij heeft het aan haar vader gevraagd,' zei Bomama grimmig, 'eerst voor haar Nieuwjaar, dan voor haar verjaardag, dan voor haar Pasen. Zij heeft het proper gevraagd. "Alstublieft, vader," en weet ge wat hij zei? "Iemand die biefstuk kan eten zoals gij vanmiddag, mankeert niets aan zijn tanden!" Ik heb ze uit mijn eigen zak moeten betalen, dat kind durfde niet meer op straat. Louis, is dat nu praat voor een vader tegen zijn dochter?'

Peter sprak al twee jaar niet meer tegen zijn vrouw. Hij sliep naast Bomama, at aan de tafel vlak naast de rotanstoel, zat op twee meter naast haar de krant te lezen, praatte met zijn zonen en dochters, maar richtte het woord nooit tot zijn wettige echtgenote. 'Florent, zeg aan uw moeder dat zij mijn was moet klaarleggen tegen donderdag.'—'Hélène, hier is zes frank, geeft dat aan uw moeder voor poeders van 't Wit Kruis.' Dit terwijl zij erbij zat te koken van koleire. In 't begin, twee jaar geleden, had ze geantwoord. 'Zeg, charlatan, ik ben niet doof', of 'Dwazekloot, kunt ge mij dat niet zelf zeggen?', maar tegenover het kil gezicht (het IJzeren Masker) had zij geen verweer. Zij had nog een tijdje: 'Blaas', 'Rotzak', 'Potuil' geroepen, toen niets meer.

'Ge moet hem verstaan,' zei Papa.

'Verstaan? Wat is er te verstaan aan een onmens die zoiets zegt tegen zijn dochter waarvan de tanden uitvallen op hare ouderdom van twintig jaar.'

'Tweeëntwintig,' zei Tante Hélène.

'Kijk, van over hem te beginnen spreken, 't pakt mijn asem af, ik krijg hartkloppingen.'

'Gij zoudt moeten vermageren,' zei Papa. 'Dat is het, anders niets.'

' 't Is al water,' zei Bomama, 'voor de rest ben ik vel over been.'

'En ge pakt uw pillekes niet,' zei Tante Hélène als een Zuster tegen een allerkleinste op de speelplaats in 't verre Gesticht.

'Waarvoor moet ik ze nemen eigenlijk? Waarom? Het ligt toch allemaal in de handen van Onze Lieve Heer,' zei de schommelende, boordevolle zak water. 'Of in de handen van Hielter.'

'Hit-ler, moeder.'

'Wat peinst ge, Staf, gaan ze Hielter kunnen tegenhouden? Hij draait zot de laatste tijd.'

'Zij gaan van ver moeten komen om hem tegen te houden. Steek dat in uw hoofd, moeder, tegen 't ideaal is er niets bestand. Als iemand of een heel volk zijn leven wil geven voor zijn geloof, dan is daar niets tegen te doen.'

'Hebt gij de koning zijn foto gezien in de gazet? Hij blijft triestig. Voorzeker dat die mens zijn ogen uit zijn hoofd schreit. En een koning, dat kan een keer niet uitgaan naar een café of naar de voetbal, dat zit daar maar zijn hart op te vreten in zijn paleis.'

De treurnis van Koning Leopold sloeg over naar haar hondachtige blik. Ik moet voor haar zorgen, dacht Louis, zij gaat gauw dood, de waterzak zal barsten.

' 't Schijnt dat hij naar het Landjuweel gaat komen,' zei Papa, 'en dat is jammer voor onze kring 'De Leiezonen' want onze voorzitter heeft juist beslist om niet mee te doen aan 't Landjuweel omdat met de mobilisatie de mensen hun gedacht niet staat op serieus toneel. Wij willen 'Het Geding van Onzen Heer' spelen of 'Kinderen van Ons Volk' in de feestzaal van de Patronage, maar zegt onze voorzitter, in momenten van nationale crisis moeten we geen zware kost brengen, maar iets luchtigs, zodat er veel volk komt en dat we een schone opbrengst hebben voor het Pakket van de Soldaat. Wij gaan meedoen aan 'De Lustige Boer' als figuratie bij 'De Breydelzonen'. Omdat een operette, daar derangeert een mens zich nog voor. Schone kostuums, schone stemmen, muziek die meesleept. Dan peinst ge niet en de tijd passeert aangenaam.'

'Er is iets van,' zei Bomama zonder overtuiging. Zij is iemand als Zuster Sint Gerolf verweg, geteisterd, breekbaar, maar weerbarstig tegenover de vijand. Ik zal voor de twee vrouwen zorgen, dat is mijn opdracht. Papa keek *De Leiegalm* in.

'Bezie dat. Al die reclame. Wat dat niet opbrengt. Silvikrine voor 't haar. Aspirine. Cirio-tomaten. De loterij van de Landelijke Kas. En als ge als serieuze onafhankelijke drukker om een publiciteitje vraagt voor een reclameblad dat honderd keer duidelijker en schoner gedrukt is op de laatste moderne Duitse machine, dan is 't van "O, Mijnheer Seynaeve, wij hebben al geadverteerd in *De Leiegalm* want wij zijn toch katholieken vóór alles, hé"—"En ik, ben ik geen katholiek, misschien?"—"Ja wel, natuurlijk Mijnheer Seynaeve, maar gij zijt meer een katholieke flamingant."

'  't Is al politiek!' schreeuwde Papa, 'wij zijn verziekt van de politiek.'

Bomama knipoogde naar Louis.

'Trek u dat allemaal niet aan, ventje,' zei zij, 'de politiek en heel de hutsekluts van de grote mensen. Zorg liever dat ge regelmatig naar achter gaat, alle dagen als 't kan. Als 't niet kan, gedroogde pruimen, en gij zijt gered en schoon gekuist. Al de rest is zottigheid en rottigheid in de hersenen.'

Tante Hélène ging mee, de trapjes op, naar de voordeur.

'Niet vergeten, hé, Louis, wij gaan samen naar de Montecarlo gaan dansen.' Zij wilde weer op zijn achterste slaan maar hij ontweek haar. Vlak voor zij de deur dichtdeed liet zij nog even haar nieuw gebit zien.

Buiten deed Papa een paar beslissende passen en draaide zich toen om. Hij inspecteerde de gevel van het huis (dat hij eens tegen Moeder-Overste: 'het patriciërshuis van mijn vader' had genoemd) van onder tot boven, alsof hij er de waarde van schatte om het te verkopen bij de dood van zijn ouders. Of hij zocht naar barsten in het pleisterwerk, naar duiven die de goot verstopten, of naar kapotte ruiten. Toen zakte Papa door de knieën en keek in de ramen van de kelderkeuken. Bomama moest hem nu ongetwijfeld ook zien, want zij bleef altijd nog een drietal minuten naar de straat kijken nadat de deur was dichtgeslagen. Dan zag zij nu haar zoon aan de voorkant, met achter hem fietsers en halve platanen en naar Louis moest ze raden want haar allerliefste kleinkind gaf zich niet de moeite om voorover te buigen en bleef onzichtbaar.

'Wuift zij naar ons?'

'Nee,' zei Papa. Hij richtte zich op met een klaaglijk zuchtje. Hij zei: 'Ja, ja, mijn moederke.'

Zij stapten in de richting van de markt. Dus niet naar huis, niet naar Mama. Papa legt een hinderlaag, hij leidt mij ergens heen.

'Mijn moeder is een heilige vrouw,' zei Papa, het klonk dreigend, het duldde geen tegenspraak.

Louis zei maar niet wat hij vond. Bomama was misschien een martelares vanwege de kwellingen haar aangedaan door haar helse echtgenoot, mijn dooppeter, maar een heilige? Het was bespottelijk en alleen te verklaren door de blinde liefde van Papa voor zijn moeder. Maar kon je een martelares zijn zonder heilig te zijn? Hij zou het aan Zuster Engel vragen. Zuster Engel zou haar bijna doorzichtige vingers waarmee zij meestal aan haar crucifix frummelde, naar haar mond brengen, met haar wijsvinger over haar onderlip wrijven en zeggen: 'Dat is een goeie vraag, Louis.'

Zuster Engel kon ook mooi voordragen, dan schetsten die klauwende, aaiende vingertjes hele korenvelden, zeeën, schepen in de lucht. 'O, België, dierbaar vaderland. Hoe fel de woeste baren klotsen. En werpen menig schip op strand. Gij staat onwrikbaar als de rotsen.'

'Louis, hoe lang, denkt ge, zal uw Bomama nog leven? 't Is een rare vraag, ik weet het, maar ik zou uw gedacht daarover willen weten.'

'Nog lang,' zei Louis.

'Ja maar, hoe lang?'

'Vijf jaar?'

'Ik weet het niet,' zei Papa. 'Zij is versleten voor haar tijd. En ze zegt soms zulke rare dingen. Soms beziet ze mij en 't is alsof ik er al niet meer ben.—Maar ja, de mens wikt en God beschikt.'

Had God beschikt dat Bomama met Peter zou trouwen en met geen andere man? Natuurlijk. Maar had God zijn goeie dag gehad die dag? Natuurlijk. Hij heeft zijn redenen en dat zijn meestal raadsels, en je mag daar niet aan twijfelen, maar toch...

('Uw Peter,' zei Bomama, 'de eerste keer dat ik hem zag, had een kostuum aan dat voorzeker nog van zijn vader kwam, het blonk aan de ellebogen en aan de knieën. Ik zag hem komen en ik zei tegen mijn zuster: "Margo, hij komt naar ons, het is voor u." "Nee," zegt zij, "Agathe, het is voor u." Hij had nog een beetje haar in die tijd, van dat bruinrood kroeshaar en het plakte op zijn hoofd van verlegenheid. Zijn mica-boord met die grijze plastron was ook veel te nauw en hij had vergeten de fietsspelden van zijn broek te halen. "Juffrouw," zei hij, "gij kent mij niet, hoe zoudt ge? ik ben niemand, maar ik ken u wel"—"Hoedat, meneer?"—"Ik heb u gezien bij de prijsuitreiking van de Retorica in het Sint Amandscollege waar dat uw broer, geloof ik...' Ik zeg: "Onze Honoré?"—"Ja," zegt hij, "Honoré, ik heb hem nog speciale les gegeven in rekenen en in scheikunde. En sindsdien kom ik heel dikwijls langs uw deur in de Burgemeester van Outryvelaan." Ik zeg: "Onze Honoré is zeer content van uw lessen!" En Margo, die zotte trien, zegt: "Ja, hij is fel vooruitgegaan in rekenen." Wat om te treiteren was, want Honoré was blijven zitten, met vijfenveertig ten honderd. "Als 't niet derangeert," zegt hij, "zou ik u willen vragen, juffrouw, of ik u mag inviteren, als 't zou passen, ge weet nooit, om met mij naar de opera te gaan, ik heb toevallig een kaartje over."

'Louis, mijn ventje, dat is de dwazigheid van mijn leven geweest, 'Elixir d'Amour' van Donizetti is mijn ondergang geweest. 't Schijnt dat Donizetti zot gestorven is, wel, ik was nóg zotter.

'O, hij was zo charmant, uw Peter. Bonbons, bloemen. Maar mijn vader zegt: "Agathe, een onderwijzer, zelfs al geeft hij speciale lessen, dat is toch niets voor een Demarchie." Maar ja, kind zijn, van niets weten, uitgekeken zijn op uw familie en uw vriendinnen, en denken dat het is als bij Racine in het pensionaat: "Il faut que j'aime enfin..." en voor dat ge 't weet, zijn er kinderen en loopt er daar een in huis die wreed en jaloers is als een tijger en lastig. Gij denkt: iedereen moet zijn kruisje dragen, maar na een paar jaar vraagt ge u af, waarom eigenlijk? En 't is als bij Racine, maar 't is een andere scène, 't is van: "Et moi, je lui tendais les mains pour l'embrasser, mais je n'ai trouvé qu'un horrible mélange." En er komen altijd maar nieuwe kruisjes bij. Lijk verleden week, dat hij, expres, uwe schone Peter, nevens het bakje in de wc pist, alleen om mij en Hélène te verplichten het op te kuisen. Hélène zegt: "Mama, het is misschien het prostaat", maar Louis, mijn ventje, ik ken hem tot op de draad, hij doet het expres.'

De ammoniaklucht in de veranda van de Filips van Elzaslaan. De deur van de wc staat altijd open. Het bewuste bakje is een verroest, lichtgroen geverfd urinoirtje met geiriseerde kleuren rond het gekartelde schijfje met de bijna dichtgekoekte gaatjes.

'Maar ik heb me laten vertellen door Georges de elektricien dat het mogelijk is om een elektrische draad te koppelen aan dat bakje, zodat de elektriciteit hem bij zijn straal een schok geeft die hij nooit zal vergeten.'

'Maar Bomama, ge zegt dat hij er nevens pist.'

'Niet alles, natuurlijk. Het is genoeg dat er een klein straaltje contact heeft met de draad... Maar goed, ge denkt daar een keer aan, en ge doet dat niet, ge hebt toch teveel respect, 't is tenslotte de vader van uw kinders.'

Tante Hélène's hees lachje. 'Vooral, mama, dat ge hem zoudt straffen langs waar die kinders gekomen zijn.'

Louis was beledigd dat Bomama dergelijke intieme geheimen met een elektricien besproken had, maar toen lachte hij wat mee, met de vrouwen.

'Hij zou verschieten,' zei hij. ''t Zou lijk een bliksem zijn.'

'Ja, hé?' zei Bomama en haar gezicht lichtte op. 'Misschien dat wij het toch een keer zouden moeten proberen. Georges zegt dat ge die elektrische draad schoon open en bloot moet krabben.'

'Nee,' zei Louis beslist. 'Ge moogt geen kwaad met kwaad vergelden. Jezus heeft dat ook niet gedaan, zelfs niet als de joden nagels hebben geslagen dwars door zijn handen en voeten.'

'Jamaar, ik ben Onze Lieve Heer niet,' zei Bomama en legde toen een patiënce. Het waren nieuwe kaarten. Toen zij schudde en uitlegde leek het alsof verweg een poney driftig op bevroren straatkeien kletterde, nee, het was alsof een jongen langsfietste met aan zijn wiel een kartonnetje dat tegen de spaken kletterde.

'En wat hij gedaan heeft als ik in verwachting was van Marie-Hélène, God hebbe haar ziel!

'In 't putje van de winter was het en ik lag in bed met een buik van hier tot ginder. Hij stuurt Mona zogezegd om een heleboel boodschappen en hij zendt ook de kuisvrouw naar huis opdat ik helemaal alleen zou zijn en hij doet de deur open van de slaapkamer, dan de deur van de gang, dan de deur van de gang van het eerste verdiep en dan nog de voordeur, alles wagenwijd open, zodat de ijswind van onze straat naar binnen waait, en dan moest ik opstaan in mijn tabbaard, al die trappen af om de deuren toe te doen, ik moest mij vasthouden aan de leuning om met die buik niet naar voor te kantelen, en weer al die trappen op. En dat noemt zijn eigen: vader van mijn kinders! Nu gij, Louis! En wordt hij gestraft door uwe Onze Lieve Heer? Nooit van zijn leven! Maar ik wel! Met de dood van onze Marie-Hélène, en met mijn heup die kapot is, niet meer te repareren.'

Dat laatste was heiligschennis natuurlijk, maar Jezus, vergeef haar, zij meent het goed, zij kan het alleen niet uitleggen! Hij zei: 'God zal hem ook wel krijgen vandaag of morgen.'

'Geloof dat niet, ventje. Het is ongelijk verdeeld. Door onze schuld, maar ook door Onze Lieve Heer. Hij trekt soms *expres* de deugnieten voor.'

'Dat is niet waar. Waarom zou hij dat doen?'

Er verscheen een meisjesachtige, plagerige uitdrukking op haar gezicht. Zij verschoof haar gezwollen lichaam, de rotanstoel kermde als een heel klein konijn.

'Als hij van alles is, uwe Onze Lieve Heer, dan is hij ook op tijd en stond een schone smeerlap.'

Geschokt riep Louis: 'Dat moet ge direct, vandaag nog biechten!'

'Maar ventje,' riep ze triomfantelijk, 'ik heb dat al tien keer gebiecht aan de onderpastoor en hij zegt: "Madame Seynaeve, zaagt daar niet zo over, het is allang vergeten en vergeven in de ogen van Ons Heer, maar als ik u een plezier kan doen, wel, zeg dan twaalf onzevaders en tien weesgegroetjes." Ik zeg: "Mijnheer de onderpastoor, het is goedkoop."—"Zaag niet, madame Seynaeve," zegt hij.')

Toen Papa de weg langs de Kouter nam, werd zijn hinderlaag zichtbaar. Hij stootte met zijn elleboog tegen Louis' bovenarm. 'Louis, sleep niet zo met uw voeten. En houd u recht. Wij komen aan de Grote Markt. Allee, een beetje *tenue*.' Het was dus van tevoren geregeld, waarschijnlijk al drie dagen voorbereid, zij, de twee jongere Seynaeves, vader en zoon, zouden als lijfeigenen en laten, op de Grote Markt in het café 'Rotonde' hun eerbetuigingen moeten brengen aan de Grote Landvoogd, Peter, die er rond die tijd zijn dagelijkse partij bridge speelde. Vandaar ging hij dan naar zijn ander stamcafé: 'Groeninghe', waar de Leeuwevlag uithangt.

En ja, in de schaduw van het Belfort zag Louis Peter door de ruit met de palmen van het café 'Rotonde'. Zou Peter in de wc van café 'Rotonde' ook ernaast pissen?

Vader en zoon Seynaeve waadden door de bittere sigarewalm naar de grootvader. Peter staarde naar de kaarten in zijn hand, zijn andere hand, die met de zegelring, lag, met wijdgespreide vingers, alsof zij steun zocht, op een krant. Het was uiteraard onmogelijk dat hij zijn zoon en kleinzoon niet had opgemerkt. Het was ook redelijk dat hij hen negeerde. Zij naderden het tafeltje met het groene tapijt, met de drie asbakken en de deftig geklede heren, en bleven staan. Toen gooide Peter ineens zijn kaarten neer, waarop de drie andere heren meteen heftig begonnen te tellen. Peter stak zijn handen in de lucht, alsof het Louis' schuld was dat hij verloren had. Maar onmiddellijk daarna leek hij zich te vermannen in de tegenspoed, de landvoogd van de 'Rotonde', en zei: 'Aha, onze Louis.'

'Dag, Peter.'

'Wel, komt ge uwe nieuwjaarsbrief voorlezen?' De heren monkelden.

'Nee,' zei Louis kalm.

'Geen nieuwjaarsbrief, geen drinkgeld!'

'Ik heb hem al voorgelezen vier maanden geleden.'

'Potversnotjes! Het is waar. Met al de miserie de dag van vandaag vergeet een mens de tijd van het jaar.' Peter sloeg op de verweerde, groenpluche plek op de bank naast hem. Louis ging zitten, de kaarten werden opnieuw gedeeld. Papa was het niet eens met de manier waarop zijn vader speelde, hij kreeg zenuwschokjes in zijn lichaam, alsof hij de winnende kaart uit Peter's bruingevlekte hand wou rukken.
Peter verloor en betaalde.

Toen praatten de heren over Graaf d'Aspremont Lynden, hij zou weer Landbouw krijgen, zoals onder Paul-Henri Spaak, en wat kende die Franskiljonse nobiljon nu van landbouw? Hij heeft alleen maar tomaten gezien in een hors-d'oeuvre! En de Duitsers die aan het roeren zijn, het is lastig volk, het zijn harde werkers, akkoord, en het zijn patriotten meer dan wij hier in België, akkoord, maar ge kunt er toch niet gerust in zijn, kijk maar zoals ze Tsjechoslowakije hebben ingeslikt in één-twee-drie. Maar we mogen alles niet te zwart zien ook. Chamberlain heeft schoon werk geleverd, ze gaan hem de Nobelprijs geven. Schoon werk, ja, maar het heeft niet veel geholpen, want Hitler wil nog altijd Danzig terug en hij wil een autoweg naar Oost-Pruisen. Hij is zot van autowegen, Hitler.

Maar moeten we nu bewapenen lijk dat onze koning dat wil, of niet? We moeten gewoon neutraal blijven, dat is 't zuiverste. Mijnheer Daels, de voorzitter van de Openbare Onderstand, beweerde dat de trillingen in Hitler's stem op 228 per seconde werden geschat, terwijl een gewone mens in zijn sterkste koleire geen 200 haalt.

Toen sloeg Peter de sigarerook weg alsof hij een mug verjoeg. Het was een signaal. De heren begonnen gehoorzaam te kaarten. Papa en Louis mochten weg, wat aangegeven werd door een zelfde achteloos wuifgebaar van Peter. Papa vroeg of hij morgenavond kwam eten. Louis dronk te snel het bodempje van zijn chocolademelk op, hij verslikte zich. Peter schaamde zich tegenover zijn bridgepartners, hield zijn kaarten vlak tegen zijn gilet, hoestte als om het keffend geluid van zijn kleinzoon teniet te doen, en

zei: 'Morgen? Misschien. Als ik tijd heb. Wat is er te eten?'
'Constance dacht aan kalfsrôti.'
'Met worteltjes,' zei Peter, 'het is geen slecht idee.'
Op straat zei Papa gedempt: 'Hebt ge die rosse meneer goed bezien die naast Peter zat en die de hele tijd won?' Dat is meneer Tierenteyn. Ge zoudt het niet zeggen aan zijn figuur en aan zijn stom bakkes, maar hij is van de geheime diensten. Hij spioneert voor de Engelsen. Ja. Met zulke gasten is heel België vergeven. Zij zeuren wel over de vijfde colonne van de Duitsers, maar er zijn er véél meer aan de kant van de Fransen en de Engelsen, van die spionnen. Daarom, ik zeg het voor uw goed en voor later, Louis, altijd opletten met wie dat ge te doen krijgt, en zeven keer nadenken voor dat ge spreekt.'
Papa nam zijn hoed af en wiste zijn voorhoofd af met een rood en wit geruite zakdoek, de klassieke boerenzakdoek van ons volk van eeuwen her. Peter had kraakheldere witte zakdoeken die net eventjes als een streepje karton uit zijn borstzak staken. Eén keer gebruikt en verfrommeld, ging de zakdoek in de rechtermouw. Zakdoeken gebruikt men voor seinen, signalen, geheime tekens. Als ik groot ben zal ik daarvan op de hoogte worden gesteld. De zakdoek waarmee men zwaait bij een of ander afscheid moet wit zijn uiteraard, dan zie je hem beter. Mozes wuivend van op zijn berg naar de stammen beneden. De rood-en-witte ruitjes van Papa's zakdoek betekenen: eenvoud, verbondenheid met de armste mensen, afkeer van Franse kanten frutseltjes. De zakdoek is ook een hulpmiddel, om niet te zeggen een wapen voor een handelaar als Papa. Dat heeft Louis al twee keer gezien in het Gesticht toen Papa op bezoek kwam. Getraind door Peter ongetwijfeld, is Papa op zijn manier een goochelaar. Eerste beweging: zwetend zeggen: 'Wat is het hier warm!' en naar zijn zakdoek zoeken. Ten tweede: 'Aha, hier is ie!' en zakdoek uit de broekzak trekken. Ten derde: Met de zakdoek de paternoster naar boven rukken, tot de paternoster op de grond valt. 'Tiens, o pardon.' Ten vierde: Verlegen glimlachend om je eigen vroomheid, de

paternoster oprapen, weer opbergen, ingetogen kijken alsof het vingercontact met de ebbehouten kralen je weer kracht heeft verleend om verder te leven. Deze maneuvers kan Papa onmogelijk zelf bedacht hebben, Papa is daar te onrustig, te grillig, voor. Nee, systematiek, daarvoor moet je bij Peter zijn.

Louis sleepte opzettelijk met zijn voeten, maar Papa merkte het niet eens.

## XI DE ELAND

Zij speelden, Tetje en Bekka en Louis, in de kleiputten die een voorwereldlijke reus in een woedeaanval met zijn bergschoenen schoppend in de gele aarde geschapen heeft, de grond scheurde en okeren kloven verschenen in de aarde, toen zijn de Nerviërs gekomen en hebben er de aarde weggehaald om hun ovens mee te bouwen en hun hutten te dichten, later is een oude Belg op het idee gekomen om natte blokjes kleiaarde te bakken tot bakstenen, terwijl de oude Grieken marmer gebruikten, het is altijd zo geweest, de Belgen prutsen liever met bouwdozen, luciferdozen, de anderen bouwen met graniet en porfier en marmer.

Zij lieten een vlieger op die Tetje in een kwartier met zijn bruine, geoliede vingers in mekaar gefrutseld had. Louis probeert dit ook, maar het lukt nooit, de pap gemaakt van bloem blijft slap, de kranten raken nat, het touw sluit zich niet onwrikbaar zoals bij Tetje rond het kruis van de rieten stokjes.

Toen verkenden zij de omgeving en zongen, Bekka het hardst. Niemand joeg hen weg. In de smalle barak waar de hoofdmannen van de kleigravers kaartspelen als het regent, vonden ze lege conservenblikken waarmee ze voetbalden. Tetje probeerde een elektrische boor aan te krijgen, maar die was verroest of kapot, hij priemde met de gedraaide punt in de wanden, maar kreeg er geen gaatje in. Bekka trok een vieze overall aan, rolde de mouwen en de broekspijpen op, liep als Charlie Chaplin met haar voeten uit elkaar, tenen overdreven buitenwaarts. Een man verscheen en zei: 'Hé, smeerlappen!' Meteen snauwde Bekka: 'Ziet ge niet dat wij bezig zijn?'

'Dat zie ik.' De man droeg grijze sokken en sandalen, een pruimkleurige trui, een flesgroene broek die strak spande rond zijn tenger onderstel. Om zijn nek hing een medaillon van de heilige Antonius. Er was iets mis met zijn gegolfd en wollig haar, het zat als een muts die opgehouden werd door zijn oren. De man had net chocola gegeten, zijn lippen waren onduidelijk bruin.

'O, gij smeerlapkes.' Zuchtend ging hij op de drempel van de barak zitten. Hij bleef naar Louis kijken. 'Ik ken u,' zei hij. 'Ge moet niet van niks gebaren, ik ken u.'

'Dat kan zijn.'

'Zijt ge niet een van die turners die op de Grote Markt gymnastiek gedaan hebben op de Gulden-Sporenfeesten? In een wit broekje?'

'Nee,' zei Louis, ontweek de dwingende, heldere blik. Bekka's hees, schurend lachje. Tetje sloeg spijkers in de deur van de barak.

'Nee? Dan is 't iemand anders. Maar ge zijt wel van een goeie familie. Dat zie ik direct. Niet lijk die twee bohemers hier.'

'Schei maar uit, Vuile Sef.' Als een oud vrouwtje perste Bekka haar lippen tot een hooghartig pruilmondje.

'Ik ben tien keer properder dan gij. Waar of niet, Tetje?' Deze ging door met verwoed spijkers in het hout te slaan, in een hartvorm.

De man aaide over zijn borst, de binnenkant van zijn dijen.

'Is 't weer zover?' vroeg Bekka achteloos. Vuile Sef gromde iets. Er verscheen een geslagen uitdrukking op zijn gezicht die Louis meteen aan Bernard deed denken, een kleintje dat op de speelplaats draalde bij de grotere jongens alsof hij steeds op het punt stond iets pijnlijks te vertellen, maar er kwam nooit een geluid uit Bernard, tot woede van Zuster Adam en medelijden van Zuster Engel, die probeerden hem aan de praat te krijgen. Hij werd steeds magerder, Bernard, rende tien, twaalf passen en bleef dan weer een kwartier onbeweeglijk staan, verstard in een hulpeloze stilte. Toen Louis hem zei: 'Bernard, waarom doet gij zo dwaas?', had Bernard hem alleen maar toegeknikt. 'Bernard, ge hebt ook het poeder niet uitgevonden, hé?' Bernard knikte en zijn verdriet werd nog verdrietiger. Als je hem een duwtje gegeven had, was hij omvergevallen. Louis gaf Bernard een tikje tegen zijn schouder. De jongen knikte. Louis tikte met zijn wijsvinger tegen Bernard's keel, voelde het kraakbeen. 'Doe maar,' zei Bernard. Waarop Louis hem een schop gaf tegen zijn enkel. Dagen lang achtervolgde Bernard hem, met de smartelijke geite-ogen, steeds vermagerend, papierwit. Toen hadden zijn ouders hem weggehaald. Volgens Zuster Imelda lag hij nog steeds op zijn bed.

'Hoe heet ge?'
'Louis.'
'Ik dacht zoiets. Een naam van een goeie familie. En waar gaat ge naar school?'
'Laat hem gerust,' zei Tetje en hief zijn hamer en liet hem neerkomen op twee centimeter van Vuile Sef's gebeeldhouwde golven rood en bruin haar. De man bleef zijn spannende broek strelen terwijl hij overeind kwam.
'O, hij is jaloers. Hij kan niet verdragen dat...'
'Tien frank,' zei Tetje en liet de hamer vallen, vlak voor Louis' voeten.
'Gij wordt duurder met de dag.' Vuile Sef deed een oude joviale marktkraamster na, die de klanten toeriep. 'Zeven frank en geen frank meer! Te nemen of te laten!' Bekka nam Louis' pols vast en trok hem mee op het ogenblik dat Tetje knikte, en Vuile Sef in de barak ging. 'Kom,' zei zij.

Een hele tijd gooiden zij platte keitjes over het grauwgroen oppervlak van een stinkend stilstaand water, maar de keitjes ketsten niet op.
'Wat doen ze toch, die twee?'
'Wat peinst ge?' Zij vechten, dacht Louis want af en toe bereikte hen een gesmoorde kreet en wat gestommel.
'Ja. Zij vechten,' zei Bekka. Zij trokken hun schoenen uit en stapten in de gele modder waar wolkjes muggen over zwermden. De grond was mals en koel tussen de tenen. Bekka vertelde dat haar vader binnenkort naar Frankrijk ging om de oogst te doen, en dat hij haar ge-

vraagd had om op haar moeder en Tetje te passen.

De vechters kwamen uit de barak, Vuile Sef ging meteen zonder opkijken naar de autoweg. Toen hij langs de framboosrode hijskraan liep, sloeg hij fel op een van de stangen. Tetje raapte de hamer op, stak hem tussen zijn hemd en zijn bloot broodkorstbruin vel, en zei dat ze zo stilletjes aan naar huis moesten.

'Maar wij zijn nog maar juist aangekomen!' Ook hier, in de weidse speelplaats van de kleiputten, duizendmaal groter dan die van het Gesticht, breekt plots iets af, zonder aanwijsbare reden, waarom wordt deze middag onderbroken?

Bekka deed alsof haar broer niet bestond toen zij terugliepen. Tot zij plots een gilletje gaf. 'Maar gij zijt toch twee rare gasten. Gij ziet mij hier lopen in die smerige overall en gij zegt er niets van.'

Zij trok de overall uit en gooide hem over een boomstronk, als een neergeschoten vogelverschrikker.

'Hebt ge ooit van zijn leven! Het scheelde niet veel of ik was zo naar binnen gegaan bij ons vader.' Maar het klonk alsof dat helemaal geen ramp was geweest, en dat zij het zei om de stilte die uit Tetje uitwasemde te verbreken, of om tijd te winnen, om... Bekka is een Zuster, Zuster Rebecca.

'Ik dacht dat ge hem mee naar huis wilde nemen, voor Vake,' zei Tetje sullig, afwezig.

'Ons Vake in die vuiligheid? Wilt ge dat ons Vake iets aantrekt dat uit die barak komt?' riep Bekka bitsig. 'Wij zijn niet allemaal zoals gij!' Toen zij hun straat zagen liggen in de verte, ging Tetje sneller. 'Ik zal u een Prince Valiant-boek kopen,' zei hij tegen zijn zuster. Een zoenoffer.

'En een zakje zure spekken,' zei Bekka meteen. 'Van alle kleuren.'

'Ook goed.' Tetje ging nog sneller, met zijn hoofd voorovergebogen. Er lagen veel kartonnen dozen, blikken, flesjes langs de weg, maar hij schopte er niet tegen.

Mama begon te krijsen toen ze Louis' schoenen en sokken zag vol okergele korsten en klodders. 'Gij zijt weer met die schooiers gaan spelen.'

'Niet wáár.'

'Gij zijt gezien geweest, manneke, leugenaar. Kijk, ge wordt helemaal rood. Ge hebt een rode kop van het liegen!'

Hij moest in de veranda knielen en twee ingebonden jaargangen van *Ons Volk Ontwaakt!* naast zich houden op zijn vlakke handpalmen, op zijn gestrekte armen. Toen hij er een tijdje zat, kwam zij moeizaam sloffend, haar dikke buik vooruit, bij hem. Hij wou overeind kruipen maar zij zette een bloempot met een geel en roze gevlekte hortensia op zijn hoofd. 'Voilà. En verroer niet of ge krijgt ervan met de matteklopper.'

Amechtig liet zij zich in de sofa zakken. Af en toe voelde hij haar blik in zijn nek.

Papa en Raspe kwamen langs en sjouwden met riemen papier. Raspe zei: 'Kijk eens, Staf, een moderne bloempot.' Zij bleven staan, het pak tussen hen plooide lichtjes door. Papa hijgde. 'Die bloem mag wel eens een beetje water krijgen,' zei hij. Raspe gierde het uit en trok aan het pak papier. Papa volgde. Louis kon het niet tegenhouden. Zijn armen schrijnden, zijn nek kreeg een kramp, maar dat was het minste zeer, hij voelde de tranen over zijn kin lopen. Hij probeerde geen geluid te maken maar een hoog snikje ontsnapte hem, als een kleintje alleen in bed. Toen hoorde hij de sofa kraken, zij kwam tegenover hem staan.

'Nu voelt ge een keer wat het is,' zei zij.

Ik moet iemand anders zijn. Ik ben hier niet. Dat gevaarte vóór mij, die bultige zak in de gebloemde jurk met dat lieflijk hoofd daarboven waar ik niet durf naar te kijken, want anders ga ik nog meer huilen, zij, zij, zij kijkt naar een andere jongen. Raspe noemde mijn vader die tenslotte toch zijn baas, zijn werkgever is, bij de voornaam. Dat zal ik nooit dulden. Het kind in haar buik kijkt dwars door de vlezige wanden naar mij, en denkt dat zijn broer ziet. Niks van. Zijn broer, Louis, is elders, binnen de vertrouwde, veilige omheining van het Gesticht, vele kilometers ver.

Mama zei van alles, het klonk verontschuldigend, hij hoorde het met moeite, alsof zijn oren overspoeld waren door tranen. Zij zei dat dit de straf was geweest in de Normaalschool, waar zij vaak onschuldig veroordeeld werd. 'Veroordeeld?' zei hij.

'Goed,' zei Mama bitter, 'gij staat mij uit te greiten, goed, we gaan een keer zien wie dat er aan 't laatste eindje trekt.'

Na wat een half uur leek begonnen zijn armen te snokken, te rillen. Hij liet ze zakken, bleef met de wankele, stenen hoed op zitten, met zijn billen tegen zijn hielen, en riep naar haar in zijn rug: 'Vergiffenis. Ik vraag om vergiffenis, Mama.'

Zij waste zijn gezicht met een keukenhanddoek. Hij zat aan de tafel en knipte plaatjes uit *Bravo* die hij later in een schrift zou plakken, aan Vlieghe laten zien.

' 't Is voor uw goed dat ik het doe,' zei zij. 'Verstaat ge 't of niet? Want anders groeit ge op lijk een ongehoorzame wildebras.'

Zij aten samen mastellen om vier uur.

'Het kindje zal een schoontje zijn. Met blond krulhaar en blauwe oogjes. Ik zie het dikwijls voor mij. Ik kijk drie vier keer per dag naar het portret van Gary Cooper, het schijnt dat het van invloed is. Ik zou ook naar Jean Harlow moeten kijken voor het geval dat het een meisje is, maar ik denk dat het een jongetje wordt. Wat denkt gij? Niets natuurlijk, het is altijd hetzelfde met u, het is teveel dat ge antwoordt aan uw moeder. Is dat wat ze u leren in 't Gesticht? Gij zijt helemaal niet content dat ge een broertje krijgt. Terwijl dat het speciaal voor u is dat ik zo afzie. Omdat ge niet alleen zoudt opgroeien, omdat ge een kameraadje zoudt hebben om mee te spelen.'

Voor mij moet ge 't niet doen. Nog net hield hij de woorden tegen. Zij wreef over haar buik, automatisch, zoals Vuile Sef die middag. Als zij het kind er maar niet uitduwt, hier, waar ik bij ben.

'Dat het maar rap komt. Hoe eerder hoe liever. Want soms houd ik het niet meer uit,' zei Mama.

Toen zij de ratel van de mosselkar hoorden buiten, mocht hij een emmer mosselen halen. Moeizaam sjouwde hij met zijn pijnlijk uitgerekte armen de emmer in de keuken. 'Ge wordt een sterke vent,' zei zij. Hij mocht uien snijden, zij stak een lucifer in zijn mond tegen de tranen. Alsof hij nog tranen over had.

Peter Benoit, de grootste Vlaamse toondichter aller tijden, die in een nietig krotje op de Markt van Harelbeke was geboren, at het liefst rauwe mosselen. Hij had een leeuwekop met een baard en zijn vriend, de machtige dichter Emmanuel Hiel ook. Samen zaten zij op een terras en slurpten rauwe mosselen terwijl de ene dichtte en de andere zijn onsterfelijke melodieën zong tot verbijstering van de voorbijgangers die toch vol ontzag hun hoeden of hun petten afdeden.

In de radio stootte een Duitse stem kelige geluiden uit.

'*Jetzt*', zei Mama. 'Hebt ge 't gehoord? Hij zei: *Jetzt*. Dat zei de Duitser ook altijd die mij pianoles gaf in Veertien-Achttien. Wij speelden quatre-mains samen. En als 't in de les aan mijn toer was riep hij: *Jetzt! Jetzt!* en ik verschoot iedere keer omdat ik dat zo'n raar woord vond. Ik zou willen dat ik *jetzt* naar 't moederhuis mocht.'

Zij speelden met het ganzenbord. De avond viel. Louis speelde vals, Mama merkte het niet.

'Ik heb die vent gezien, die bij Papa en Peter in de auto zat, Holst.'

'Een brave jongen,' zei Mama, 'maar een beetje raar. Hoe vond je hem? Een schone vent, hé? Hij heeft nog achter mij gezeten.'

'Achter u in de klas?'

Haar lach parelde, hoog, in watervalletjes, zoals een trillerig gezang in de radio, Mimi Colbert, Papa's geliefde zangeres, coloratura, in 'De klokken van Charleville'.

'Maar nee, zotje. Achter mij gelopen, om met hem te gaan. 't Wordt tijd dat iemand u op de hoogte brengt, geloof ik. Gij weet toch wat dat wil zeggen, jongens die met meisjes gaan?'

'Natuurlijk.' Ik word weer rood.

'Maar ge ziet van hier, dat kon natuurlijk niet.'

'Waarom niet?'

'Hij was veel jonger dan ik. En daarbij, mijn vader had mij bont en blauw geklopt.'

'Maar waarom?' riep Louis ongeduldig.

'Maak me niet nerveus.' Zij veegde de pionnetjes van het bord in een kartonnen doos. 'Die gasten van Holst, dat zijn bosmensen. Zij wonen in 't bos. Zij kennen niets anders dan het bos. En zoveel te beter, dat soortje moet in zijn bos blijven.'

'Toch zat hij in Papa's auto.'

'Uw vader is veel te goed. Holst kwam naar hier om kinderkleedjes te brengen. En hij wilde per se in Papa's auto zitten en rondrijden, dat hebt ge met die bosmensen. En uw vader wilde natuurlijk pronken en heeft hem meegenomen. Die kinderkleedjes waren lelijke, ouderwetse modellen, ik heb ze in de vuilnisbak gesmeten. Mijn kind moet geen afdankertjes van anderen dragen.'

'Van wie waren die kleedjes?'

Zij was het ganzenbord aan het opbergen in de lade onderaan het buffet bij de kaarten en het damspel, zij richtte zich te snel op, greep naar haar lenden, wreef er over.

'Maar nu dat ge 't zegt... Van wie? Ik heb er nog niet bij stilgestaan. Meerke zal ze nog hebben liggen van vroeger. Nee, want dan had ik dat thuis gezien. Ik ga er toch eens naar vragen.'

Ineens riep zij: 'Nondedju! Ik weet het. 't Is niet mogelijk. Weet ge, Louis, die kleertjes zouden best eens van Jeannette kunnen zijn! Nee, dat zouden ze niet durven... Nondedju! Zij heeft het wel gedaan, het waren de kleren van de kleine Jeannette!'

Jeannette was het dode dochtertje van Tante Berenice, Mama's zuster, die in de Walen woonde, getrouwd was met een Arabier; of was het een Egyptenaar? in ieder geval één die bekeerd was tot de Islam, de walgelijke godsdienst die ooit Europa heeft bedreigd met het teken van de Sikkel en door Karel Martel tot staan is gebracht. Louis vond het net zo schandelijk als Mama, dat Meerke, Mama's moeder, zijn aanstaande broer in meisjeskleren wou steken die nog roken naar de Islam. En naar een dode.

'Ik dacht dat Tante Berenice niet meer in Meerke's huis binnenmocht omdat zij met die heiden getrouwd is en aan haar geloof verzaakt heeft.'

'Ach, Louis, dat is al lang bijgelegd. Gij leest ook de gazet van verleden jaar, gij.'

'In het Gesticht zijn er geen gazetten,' zei Louis nijdig.

Op het ogenblik dat hij naar bed moest en zijn natte en van alle kleisporen ontdane schoenen naast Mama's geruite sloffen zette bij de dode, loodkleurige kachelpoten, kwam Papa binnen.

''t Is verschrikkelijk.' Papa's hoed viel van zijn hoofd toen hij in de cosy-corner zakte, zijn kersrood bol gezicht glom van het zweet. 'Geef mij gauw een Pils.'

Louis rende naar de keuken, zocht koortsachtig onder het aanrecht. 'Er is geen bier meer,' schreeuwde hij, en vervloekte zijn slordige moeder die Papa zo veronachtzaamde, alleen omdat zij een kind verwachtte.

'Achter de gordijnen, blinde uil!' riep Mama en babbelde onverstaanbaar verder met Papa. Ik mis het allerbelangrijkste, het begin!

'Merci.' Papa klokte het glas bier in twee teugen leeg, vervolgde. 'En ik had juist een reclame opgehaald bij de dentist in Kuurne, ik kom aan de steenweg gereden en ik zie dat heel de straat in brand staat. In lichtelaaie. 't Zag zwart van 't volk, 't was al zwart in de lucht van de rook, de gendarmen wilden mij doorlaten, maar de mensen op straat verroerden geen centimeter, ik claxonneer lijk zot, de gendarmen zwaaien dat ik mocht doorrijden want ze hadden gezien wie dat ik was, en dan gingen ze eindelijk opzij, die gapers, maar aan de kant van de brand, en, Constance, ik zie dat die grote schuur aan de draai van Harelbeke in brand staat. 't Was om te schreien, al dat schoon vlas in brand, en ik forceer een beetje, ik geraak tussen 't volk en de brand, en de vlammen sloegen uit, recht naar mijn auto, en kijk, kijk, voel, de helft van mijn baard is weg, heel de rechterkant is verschoeperd!'

Zij, de slavin die dit met open mond had aangehoord, stond op, zonder enige last van haar gezwollen pens. Papa nam haar hand beet en wreef ermee over zijn wang.

'Voelt ge 't? Louis, kom hier. Voel!'

'Ge hebt het warm,' zei Mama.

'Nee, maar voelt ge dat de stoppelkes minder zijn dan aan deze kant, Louis!'

'Ja,' zei Louis, het schuurpapier tegen zijn vingertoppen. Hij liet zijn vader's gezicht los. Papa leunde achterover, met zijn nek in de kussens.

'De vlammen vlogen dus tegen uw auto?' zei Mama.

'Mijn banden, mijn carrosserie aan de rechterkant, 't is al zwart.'

'Hoe dat ge uw venster niet toegedraaid hebt?'

'Maar 't was om te stikken van de hitte. Dan draait ge uw venster toch open!'

'Gij zijt helegans geschonden,' zei Mama. Papa kwam overeind, steunde met zijn hand op het kussen, kneep zijn ogen tot spleetjes.

'Lach maar, Constance. Maar ik had er in kunnen blijven. Want ik moest uitwijken voor dat stom volk en 't scheelde geen haar of ik reed regelrecht in die brandende schuur.'

Haar buik schuurde langs de tafel, zij boog zich over haar man en streelde zonder dat hij er om vroeg, over de gave, rode wang van de snoever. 'Stel u voor, gij in een brandende schuur!' Papa scheen dat geestig te vinden en knipoogde naar de vleister.

'Was het in Harelbeke?' vroeg Louis.

'Vlakbij uw Hert.'

Louis' Hert was een eland die in brons was opgericht om de gesneuvelde Canadese soldaten te herdenken, een beest dat bij avond net echt leek, met een gewei van reusachtige bladeren die opwaarts vlotten. Elke keer dat de familie naar Meerke ging in Bastegem, kwam de auto daar voorbij en dan likte Louis zijn duim nat, wreef er mee over zijn handpalm en sloeg een kletsende vuist in die natte hand.

Die nacht gaf Louis de ontzaglijke zware eland de sporen dwars door vlammen. Zijn moeder in een blauwe jurk met witte gasvlammetjes als noppen spreidde haar armen toen hij op zijn eland langs haar daverde. Op hetzelfde ogenblik schoten de woeste kroesharen op het voorhoofd van de eland in brand, de vlammen likten langs het gewei waaraan Louis zich vasthield, toen brandde het hele gewei, de eland werd zacht en wit als de koe Marie van Baekelandt en steigerde, Louis viel van de flanken in lakens en werd wakker in lakens waar de eland over gekwijld had.

## XII NONKEL FLORENT

Na het middagmaal van varkensgebraad, schorseneren en gebakken aardappelen gingen Vader Staf en zoon Louis Seynaeve die zondag naar het café 'Groeninghe', ruimschoots op tijd vóór de vriendenmatch Walle Sport (-ing Club) tegen Club Brugge. Er zaten al veel getrouwen in de middeleeuwse zaal met de ramen in glas en lood, de eiken meubelen, de koperen pannen, de foto's van de Landdag van het Vlaams Nationalistisch Verbond, de leuzen in gotisch schrift: 'Hutsepot', 'Bloedworst naar Moeders wijze', 'Levet scone', 'Were Di'.

Papa werd niet onthaald als gewoonlijk, leek het. Men groette hem mat en keuvelde verder, pint in de hand. Natuurlijk merkte Papa het niet. Hij is van beton, mijn vader. Papa begon uitvoerig tegen Noël, de uitbater achter de toonbank, over zijn recente verbranding op de weg bij Harelbeke. Met gebaren en een zelfverzekerde, hoge stem —omdat Peter niet in 'Groeninghe' was—vertelde hij hoe zijn brandnieuwe deukhoed op zijn hoofd in vlammen was geschoten, hoe zijn polshorloge gesmolten was, hoe een voorband uiteengespat was door de helse hitte, maar Noël had het te druk met tappen en zei alleen maar: 'Ja, 't is iets, hé! 't Is iets tegenwoordig.'

Louis had teveel tafelbier gedronken en met de limonade die hij nu aangeboden kreeg van zijn vader er boven op moest hij vreselijk pissen, maar hij durfde de zaal niet door, naar de aanlokkelijke eikehouten deur waar een silhouet van een ridder in gebrand stond, en waar de Groeninghers om de minuut heenwandelden, soms met de hand al naar de gulp gestrekt.

Mijnheer Leevaert, leraar aan het Atheneum, kwam bij Papa aan de toonbank. Zijn verwoest, bijna paars gezicht boog zich naar Louis. 'Is dat dezelfde Louis die ik nog op mijn knieën heb gehad?'

'Ja, meneer,' zei Louis. (Als ik hem daarmee een plezier kan doen.)

Papa heeft een groot ontzag voor mijnheer Leevaert omdat hij veel boeken leest en de boezemvriend is van Marnix de Puydt, dichter, pianospeler en beroemdste telg van Walle. Die twee zijn onafscheidelijk, Siamezen.

'Noël, een Pils zonder te veel schuim voor onze Louis!' Papa wou protesteren maar kwam niet verder dan een besmuikt: 'Omdat het zondag is.'

Louis kent zijn wereld, hij heft het glas naar mijnheer Leevaert. 'Santé.'

'Gezondheid,' roept Papa.

'Gezondheid, Mijnheer Leevaert.' Niet te snel drinken. Niet verslikken. Weer een blunder. In het Frans toosten, in dit café, ik zal het nooit nooit meer vergeten, het is Byttebier zijn schuld, die in het Gesticht zijn glas water of melk heft en 'Santé' roept waarbij Hottentotten altijd proesten. Wanneer zal het ooit eens mijn eigen schuld zijn? Later.

'Staf.' Mijnheer Leevaert scharrelt in zijn binnenzak en haalt een vliesdun geplooid papier boven dat hij met delicate pianovingers ontvouwt. Mama die quatre-mains speelde met een ulaan, *jetzt*, zegt dat echte pianisten niet van die lange, smalle vingers hebben, integendeel, soms stompe, korte vingers, maar wel *brede* handen. 'Staf, ik heb hier een document gekregen van Joris dat onze al zo wankele wereld op zijn kop zal zetten.'

Louis vroeg zich af wat er zou gebeuren als hij nu, met op elkaar geperste dijen, in zijn broek zou plassen. Of iemand het zou merken. Zijn de Groeninghers niet allemaal opgeslorpt in hun eigen verhalen? Ik doe het ook nog. Neen, hij trachtte mijnheer Leevaert's verhaal te volgen om de druk, die op pijn begon te lijken, in zijn onderbuik af te weren. Joris was Joris van Severen, de leider van de Dinaso's die op zoek was naar het ideale Rijk, dat van alle Nederlandstaligen. Frans-Vlaanderen tot Friesland, dat was Dietsland, Holland, België, Luxemburg en nog hier en daar wat, dat was de Boergondische staat.

Maar nu zou—volgens het slordig getikte en van minieme potloodkrabbels voorziene papier—de partij zich moeten scharen onder de vlag van België, onder de kepi van onze Koning en zijn dynastie. Joris riep op een onafhankelijk, neutraal België te dienen, een solidair volk te zijn, zonder klassenstrijd, in een aristocratische orde.

'Tiens, tiens,' zei Noël met een dienblad vol bruine glazen roerloos voor zijn borst.

'Een bastion van vrede,' las mijnheer Leevaert, 'maar ook van orde en waarachtige beschaving.'

De dichtstbijzijnde tafeltjes waren stil. Louis rende naar de deur, duwde, maar de deur die zo veelvuldig was opengezwaaid voor de Groeninghe-pissers bleef onwrikbaar dicht. Het bloed stuwde naar zijn hoofd, hij schudde aan de klink, zag de grijns op een man met bril en baard die naar de deur ernaast wees, merkte toen dat hij aan het sjorren was bij de sierlijk in het hout gebrande omtrek van een jonkvrouw, plofte tegen de ridder aan, die week met een smak.

Toen hij terugkwam zei een Groeningher dat de Dinaso's niet consequent waren, jazeker, maar dat politieke zuiverheid niet altijd een deugd was. Een andere zei dat hoe dan ook de Belgische staat in mekaar zou storten, dat lag in de lijn van de geschiedenis. Dat kon Louis begrijpen, zijn geschiedenisboek vertelde over een reeks van rijken die vergingen, maar meestal duurde het toch een tijdje. Een volgende zei dat de Vlaamse taal het enige criterium was. Nieuw woord, althans een nieuwe betekenis, want een criterium was totnogtoe een wielrenners-koers met Karel Kaers en Marcel Kint, de twee adelaars.

Louis zag op de staande klok dat de match Walle-Brugge binnen het uur zou aanvangen en dat Papa geen aanstalten maakte om te vertrekken, zozeer hing hij aan de lippen van mijnheer Leevaert die het over de lotsverbondenheid van de Germanen had.

Kan men dronken worden van één glas bier? Kan men een onbedaarlijke honger hebben een uur na zich volgepropt te hebben met varkensgebraad, schorseneren, aardappelen en appeltaart?

In een waas zag Louis hoe de dooraderde kop van Leevaert vervangen werd door een brouwersknecht met een leren schort aan, die Papa bedreigde met een worst van een vinger. Want wat bleek? Wat verklaarde de schichtige, ongemakkelijke blikken van de cafébezoekers toen de Seynaeves waren binnengekomen? Een vernederend, schokkend feit, dat door de brouwersknecht, brulaap, wrekende en gekwetste supporter, werd verwoord. Gisteren had men Florent Seynaeve, Papa's jongste broer, van de reservebank van Walle-Sport weggekocht. Onder het voorwendsel dat hun vaste keeper, Herman Vanende, onder de wapenen was geroepen, had Stade-Walle groot geld geboden en betaald om de overloper vandaag al tussen de doelpalen te krijgen.

'Groot geld, groot geld,' Louis zag dat Papa niet op de hoogte was, dat hij tijd probeerde te winnen, iets wilde verzinnen.

'Er is sprake van een moto, een Indian!'

'Zonder te spreken van wat er onder de tafel wordt geschoven. Ni vu ni connu.'

'Spreek uw moedertaal, Hanssens!'

'Gij kunt het niet beter zeggen, Willemijns,' zei Papa. ''t Gaat hier, lijk in alles, om een taalkwestie.'

Mijnheer Leevaert haalde zijn wenkbrauwen op, bestudeerde Papa met een schijn van een monkellachje. Hij dronk van zijn zesde biertje.

'Ik heb er dikwijls over gediscuteerd met mijn broer. 'k Zei hem: "Florent, Walle-Sport is eigenlijk, als ge 't goed ingaat, een chiqué-club. Een goeie club, een schone club, daar niet van, op sportgebied is er niets op te zeggen, máár..."'

Papa keek om zich heen, niet naar Louis.

'"Maar volksvijandig. Ja, ja, ja. Spreekt de directie geen Frans misschien thuis? En zelfs in de kleedkamers? Hebben de spelers niet een air van kijk-naar-mij? Zijn het geen fils-à-papas die hun neus optrekken voor 't gewoon volk?" "Staf," zei mijn broer, "als ik er goed op peins, ge hebt gelijk. Want 't geen dat ge niet weet, volgend seizoen komen er twee spitsen bij, een uit Charleroi die geen woord Vlaams kent en een zuivere Fransman van Stade-Reims."'

De Groeninghers bespraken dit, allemaal tegelijk. Het was waar dat de Walle-Sport-spelers meer bekommerd waren om hun proper wit-rood hemdeke dan om hun publiek. Dat ze eerder elegante cinema met de bal vertoonden dan resultaten.

En moet ge niet eerder een club steunen die wat minder presteert maar die van ons is, van ons volk?

Papa is een redenaar die de massa's in een oogwenk kan doen veranderen van opinie. Papa, die daar, zwetend en gelukkig, staat te kouten is in aanleg iemand als Danton of Hitler. Louis gloeide van trots.

'En 't is daarom dat ik nu met onze Louis naar Walle-Stade ga om voor mijn broer te supporteren.'

Het gemak waarmee hij de leugen uitsprak. De vanzelfsprekendheid waarmee hij zijn favoriete ploeg van zich afgooide. De durf van zo'n levensgroot, op het moment zelf geschapen, verraad! Louis nam zijn vader's arm vast en zei luid:

'Het is tijd, Papa.'
'Ge hebt gelijk, jongen.'

Op straat, een ijl gevoel in zijn hoofd en een logge klomp in zijn maag, vroeg hij: 'Gaan wij nu naar Stade?'

'Ge hebt het mij toch horen zeggen.'
'Tegen wie spelen zij?'

'Dat zullen wij daar wel zien,' zei Papa en boerde, iets wat beleefd is na het eten bij de bedoeïenen in hun tenten.

'Schoon volk,' zei Papa toen ze achter het doel gingen staan en achter de schrale schouders en de brede heupen van Nonkel Florent. 'Sommigen mogen dan wel zeggen: arm volk, ik zeg: het is *mijn* volk.'

Nonkel Florent had een grofgebreide trui aan en een beige pet. Hij zakte een paar keer door de knieën en sprong, zich helemaal uitrekkend naar de bovenlat. Hij had dikkere beenbeschermers aan dan zijn ploegmaats.

'Dat komt omdat hij delicate enkels heeft,' zei Papa. 'Het

zit in de familie. Dat en zwakke darmen. Voor de rest zijn wij van arduin, wij Seynaeves, hé, vent?'

Tussen de opeengepakte mensen veranderde hij in een olijke, luidruchtige arbeider. Hij wuifde links en rechts met een slap handje naar lieden die hij niet kende. Hij is zelfs blij dat ik mee ben, een beetje trots misschien wel. Anders is het niet te verklaren dat hij af en toe zijn arm rond mijn schouder legt in het bijzijn van het gemeen volk met petten op, bierstemmen en zelfgedraaide sigaretten in de mondhoeken. Stade speelde tegen S.K.Waregem.

'Schopt hem naar 't hospitaal!' 'Charlatan!' 'Naar voren, Van Doren.'

'Afzijds!' 'Pinantie!' Een vette vrouw liet als de actie wat luwde een rauwe kreet horen, een onmenselijke zang, alsof de voddenkoopman op zijn ronde gefolterd werd: 'Wat gaat er daar van koo-meun?'

Als S.K.Waregem aanviel hoorde je alleen het droog zinderend tikje van de schoen tegen de bal. Als Stade-Walle voor het doel kwam, krijste Papa luider dan iedereen.

Nonkel Florent weerde ballen af met de vuist, de knie, de schoen eerder dan ze op te vangen. 'Seynaeve, houdt de muit toe.' 'Seynaeve, peinst op onze kindjes!' De voetbalkenners gaven te kennen dat Stade een mooie aankoop had gedaan. 'Dat geloof ik,' zei Papa en durfde nog niet te zeggen: Het is mijn broer.

Pas toen, na de match, in het café van het stadion, Nonkel Florent verscheen in zijn geruite golfbroek, met kletsnat haar en op de schouder geklopt werd door de verhitte Stade-supporters, drong Papa naar voren. Nonkel Florent gaf Papa een Engelse sigaret. Papa rookte haar op, puffend, zonder te inhaleren, het volmaakt rondgerold staafje tussen duim en wijsvinger, als een meisje. 'Florent, ge moet uw rechtervoet meer naar voor zetten als ge uitkomt, ge staat nog teveel met uw voeten op één lijn.'

'Staf, ge kunt mijn kloten kussen,' zei Nonkel Florent. 'Hebben we gewonnen of niet? Is er één in mijn muit geraakt?'

'Ge hebt geluk...' Papa zei het tot de joelende drinkebroers om hem heen, 'dat ge mijn jongste broer zijt, of anders...'

'Of wat?'

'Of ik leg u over mijn knie.'

'Gij, Staf? En hoeveel man gaat ge daarvoor nodig hebben?'

De supporters stootten elkaar aan. Louis voelde zich een broer van Papa en Nonkel Florent. Waarom was Vlieghe er niet bij? Of desnoods Dondeyne of zelfs Dobbelaere?

Een slungel met een wipneus zei dat als de linksbuiten van S.K. Waregem erbij geweest was, die nu aan 't afweergeschut stond bij de Duitse grens, Nonkel Florent geen enkele kans had gehad, want die linksbuiten schoot de ballen rakelings langs de grond.

'En gij kunt misschien wel een hoge bal wegslaan, maar in de tijd dat heel dat lui lichaam van u op de grond gezakt is, heb ik al tien Onze Vaders gezegd.'

Hij werd bijna gelyncht, trakteerde gauw. Hij wauwelde iets tegen Louis, die, hoogrood, knikte en toen een schuimende pint in zijn hand gedrukt kreeg.

'Ah, nee!' riep Papa en zette het glas met een afschuwelijk scherp geluid op de glazen tafel. 'Zijt gij helemaal onnozel?' Het gemorste bier vloeide op de vloer. 'Hola,' zei de Waregem-supporter, 'is dat de mode hier in Walle als een mens een pintje offreert?' Nonkel Florent zei: 'Toe, Staf, laat die jongen...'

'Nooit!' schreeuwde Papa als op het voetbalveld.

'Hij kapt nog liever mijn handen af,' zei Louis, de omstanders lachten, Nonkel Florent het hardst.

'Gij gaat er een piskous van maken.'

'Hij heeft toch al zijn Plechtige Communie gedaan.'

'In Frankrijk geven zij kinderen van vier jaar al hun glaasje wijn.'

'Maar zeker. Om bloed te kweken.'

'Nee, nee en nee,' zei Papa. 'Dat ze hun eigen doodzuipen in Frankrijk, vrouwen en kinderen en clochards in de goot, zoveel dat ze willen, hoe meer hoe liever, maar bij ons in Vlaanderen...'

'Walle is smalle!'

'Voor Deinze gaan wij niet deinzen,' riep iemand gevat. Nonkel Florent zei, 'Staf, gaat ge uitscheiden?'

'*Hij* is begonnen,' zei Papa als een Hottentot, en toen: 'Kom jongen.' Jongen. Het had nog nooit zo teder geklonken. Maar het duurde lang voordat de dienster zich gewaardigde te ontvangen. Papa wendde zijn rug naar zijn jongste broer en diens verheerlijkers en met het daartoe geëigende houten staafje prikte hij gaatjes in een met bruin papier beplakte doos die naast het portret van Koningin Astrid hing. De hoofdprijs was een porseleinen beeld van een Oosterse danseres, met gouden en zwarte franjes rond haar heupen. Papa prikte twaalf keer verkeerd en kreeg als troostprijs twaalf repen chocolade met witte crème. Hij at er zes op toen zij naar huis gingen, Louis drie.

'Gij hebt nu zelf gezien wat voor een gemene club Stade is. Arm volk. Ons Vlaams volk, 't is proper. Ik doe het voor onze Florent, maar anders zou ik geen stap meer in Stade Walle binnenzetten. Die ploeg is niets waard.'

'En Nonkel Florent?'

'Is ook niet fameus. Die lage ballen, daar is hij veel te dik voor.'

# XIII NONKEL ROBERT

Louis glipte weg, maar toen hij voor het huis van Tetje en Bekka Cosijns stond waren de luiken dicht. Hij durfde niet aan te bellen en wachtte bij de voordeur. Aan de overkant, bij de schoenmaker, hielp een oude man een jong meisje een gasmasker opzetten, hij schikte de blonde haren van het rondogig beest met de slurf. In de Snellaertstraat was het snerpend geluid van de scharensliep te horen. Ineens dacht Louis—en de gedachte groeide, een savooikool die zwol, zijn binnenste innam—dat Bekka die nacht gestorven was en dat de familie Cosijns naar de begrafenis was.

In de naar machine-olie van Bekka's overall stinkende keuken zat Bekka erwtjes te doppen en zag hoe de reusachtige doodsengel zich door het open raam hees, op de vensterbank hurkte, nadat hij zijn brede, fluisterende witte vlerken onder zich had opgeborgen. Zijn ellenlange doorzichtige vingers gleden naar de erwtjes. De engel at ze op, sneller dan Bekka ze kon doppen.

'Niet doen, Holst,' zei Bekka. 'Alsjeblief, mijn moeder zal...' De engel gleed van de vensterbank, schudde zijn schouders zodat zijn vleugels weer mooi overeind rezen en spreidde de armen. Bekka liet de blikken pan met de schaarse erwtjes vallen en wipte naar de engel op om tegen zijn genadige borst te liggen, maar op dat ogenblik werd Holst onzichtbaar en wiekte weg zodat zij op de vloer terecht kwam met haar mond op de rand van een metalen bak die in de barak van de kleiputten had gestaan, haar tanden rolden over de vloer als ongave, witte erwtjes.

Louis haastte zich naar Mimi, de bakkerin, die met gekruiste armen in de deuropening van haar winkel stond.

'Een bruin broodje en een wit,' zei zij.

'Nee.' Vanuit de winkel vlotte een geur van vanille.

'Wat dan?'

'Niets.—De straat is zo leeg. Is er misschien een begrafenis?'

'Niet dat ik weet. 't Zou kunnen natuurlijk.'

'Maar ge zoudt er toch over gehoord hebben.'

'Ge zijt zo nerveus. Scheelt er iets?'

'De Cosijns zijn niet thuis.'

'Zij zijn naar de kermis.'

Bevend van woede liep Louis de Zwevegemstraat uit. Nooit meer. Nooit meer zeg ik ze goedendag. Het zijn bohemers, vreemdelingen. Zigeuners. Geen woord hebben ze mij gezegd over de kermis. Maar Papa en Mama ook niet, hoe kan dat? Bekka en Tetje zitten nu te joelen op de *montagne russe*, met de poedersuiker van oliebollen op hun gezicht.

Hij kwam voorbij het kasteeltje 'Flandria' waar Franstaligen aan het tennissen waren. Hij haakte zijn vingers in het traliewerk. De jongemannen met gelakte haren, lange witte broeken, speelden het gracieus, onbegrijpelijk spel met de witte ballen, rekten zich, wiekten met gebronsde armen, riepen Franse teksten naar dames die op het terras zaten en ijsjes uit kristallen bekers aten. Tegen deze onbezorgde, onbestrafte, arrogant in zichzelf opgaande, spelende wereld voelde hij zich verbonden met Papa die de 'Flandria' aanwees als 'de burcht van de vijanden van ons volk'. Als ik groot ben zal ik daar spelen in zo'n wit kostuum, ik zal de gehate taal, het Frans, meester zijn, méér dan zij. Straks, binnenkort, goed opletten in de Franse les van Zuster Engel.

Alhoewel het niet mocht zonder Papa of Mama, stapte hij naar Bomama's huis. Waar moet ik anders naar toe? Naar de kermis? Wáár is die kermis? Ik kan het moeilijk aan een voorbijganger vragen. Die zou zeggen: 'Zeg, ventje, gij zijt zeker van alhier niet?' Overigens, ik heb geen frank op zak.

Tante Hélène zei dat Bomama in bed lag omdat zij een valling had. Een bevalling? Dat kan niet bij oude vrouwen met een voet in het graf, zo'n kind wordt blindgeboren. Valling! Een verkouding! Tante Hélène zei dat het niks betekende, het was zelfs waarschijnlijk dat Bomama helemaal niks had maar een kou voorwendde. Waarom? Dat zei Tante Hélène liever niet, zij trok haar wenkbrauwen op in de richting van Nonkel Robert die het kruiswoordraadsel van *De Standaard* aan het oplossen was. Hij had Louis met moeite gegroet, iets gegromd met een potlood tussen de tanden.

Nonkel Robert was één jaar ouder dan Nonkel Florent, maar zag er tien jaar ouder uit. Hij woog meer dan honderd kilo.

'Een zwijn,' zei Papa. 'Geen beetje discipline, hij laat zijn eigen gaan, hij mest zijn eigen vet, hij gaat toevetten.' Mama zei dat Nonkel Robert's 'nonchalance' begonnen was toen op een zomernacht zijn verloofde onvindbaar was gebleven en 's anderendaags geweigerd had uitleg te geven, alleen beweerde dat haar geweten rein was, maar Nonkel Robert had de voordeur uit haar hengsels gesmeten en was nooit meer teruggekeerd naar haar met wie hij gezworen had tijdens zijn aards bestaan het leven te delen. Hij had puisten gekregen in de volgende weken, waarvan je de sporen nog kon zien, rozige ongelijkheden op de wangen en in de hals.

Alle ramen stonden open. Tante Hélène zou met de Grote Kuis beginnen. Er hing een geur van ammoniak. Of was het opnieuw de lucht van het metalen urinoirtje?

'Voilà.' Nonkel Robert schoof de krant van zich weg. 'Hoe is 't met uw mama? Doet zij d'r nog een beetje aan voort, aan haar dracht? Voor mij gaat het een tweeling zijn.'

'Wat kent gij daarvan?' zei Tante Hélène en knoopte een sjaaltje tot een tulband.

'Ge ziet het aan haar ogen.'

'Wat hebben haar ogen?'

'Zij staan alzo.' Hij werd een pafferige debiele vrouw met gesperde, schele ogen, zoog zijn wangen in zodat zijn onderkinnen uitbultten. Zoals bij Papa in 'Groeninghe', leek de afwezigheid van Peter, patriarch en al-ziende meester, een zekere uitbundigheid los te maken in deze zoon. Als de kat weg is, danst de dikke, puisterige muis.

'Zij moet het zelf weten, Constance, zij is groot genoeg, maar ik hoop dat zij ons moeder niet gaat nadoen met haar zeven kinderen,' zei Nonkel Robert en bleef scheel kijken. 'Hé, jongen?' De ogen weken uiteen, vestigden zich op Louis als op een volwassene.

'Dat is toch iets dat ze alleen kan beslissen,' zei Tante Hélène snibbig. 'Ons broer zit er ook voor iets tussen.'

'Tussen, tussen, zeg dat wel.' Nonkel Robert staarde naar een zwerm mussen die in het tuintje neergedaald was. Tante Hélène pelde een banaan, gaf de helft aan Louis, de helft aan haar bolle, botte broer.

'Kinderen! Waarom kopen ze niet gauw een hond, een tekkel. Of een papegaai. Als ze met alle geweld wat leven in huis willen. Hé, jongen?'

Op een morgen zal Nonkel Robert uit zijn bed stappen, in de spiegel kijken om zich te scheren en ontdekken dat alle puisten van zijn vroeger verdriet weer ontbot zijn in kratertjes, blaasjes, etterbuilen. Een melaatse waar geen Pater Damiaan nog iets kan aan verhelpen. Het voorgoed beschadigde zwijn in zijn grijs pak zal niet meer naar de bank durven gaan, de straat niet meer opdurven, geschroefd blijven in zijn stoel met zijn kruiswoordraadsel. Maar dat zou Bomama teveel verdriet doen. Nee. Wij zullen genadig zijn, hem sparen.

Bomama had zeven kinderen, zoals de zeven kleuren van de regenboog, zoals de zeven plagen van Egypte, zoals de zeven broertjes van Duimpje. Wij rekenen daar de eerste Hélène, liever gezegd Marie-Hélène bij, een kind van twee dagen telt ook mee als genummerde ziel in de registers van Onze Lieve Heer. Het was overigens onverantwoord en Onze Lieve Heer tarten om een kind (Tante Hélène, die nog altijd aan het frummelen was om haar nekhaar onder de tulband te krijgen), dezelfde naam te geven als een afgestorven kind. Alsof Bomama tot God zei: 'Ge hebt u misdragen door één Hélène van mij weg te nemen, ik zal dat zelf repareren, ik heb meteen een ander reservewiel klaar, een andere Hélène.'—Als ik kinderen heb zal ik hun namen zorgvuldig verschillend kiezen, zodat God ze goed uit elkaar kan houden. Dan kan hij er nog altijd zijn gedacht mee doen.

'Aan de andere kant,' zei Nonkel Robert, 'moet de Bond van Kroostrijke Gezinnen ook in leven gehouden worden. Wij zouden toch niet willen dat de Bond failliet gaat, want dan krijgen we geen korting meer op de trein. Hè, jongen?'

Een vliegtuig scheerde over het huis. Louis holde naar de tuin, maar het bleef onzichtbaar, de lucht trilde na. Nonkel Robert versperde de deur. Zijn buikomvang leek op die van Mama.

'Wij vliegen buiten, gij en ik. Ons Hélène krijgt de kuisjeukte. Op zo'n moment is het vrouwvolk gevaarlijk. Kom, wij zijn weg.'

'Gij moet mij niet naar huis brengen, Nonkel.'

'Ik ga een eindje mee.'

Tante Hélène hield een bezem in de hoogte alsof zij er Louis mee tot ridder zou slaan. Zij liet hem zakken, trok haar lippen wijd vaneen, toonde haar witte tanden. 'Wanneer moet ge weer naar Haarbeke?'

'Binnen vijf dagen.'

'Wij gaan dansen. Vanals dat ik wat tijd heb. Denk niet dat ik het vergeten ben.'

Nonkel Robert nam de richting van de Vogelmarkt. Louis koos de kant van de huizen, het was een vergissing want zijn gevaarte van een oom liep steeds, uit angst voor een mogelijk voorbijrijdende auto, tegen hem aan. Nonkel Florent naderde op zijn fiets. Hij stopte, stond op één been, keek zijn broer niet aan die onmiddellijk zei: 'Wij gaan een toerke doen.'

'Hij mag niet op café, Robert. Van mij moogt ge, Louis, maar als uw vader erover zou horen, 't zou weer mijn schuld zijn.'

'Wij gaan naar de Verloren Weiden.' Nonkel Robert was bang voor de nieuwe keeper van Stade Walle.

'Een beetje marcheren zal u deugd doen.' Nonkel Florent stond op beide trappers en wiegde. Zo staan de spurters, de prinsen van de wielersport, in een *sur-place*. Maar ook de klimmers van de Tour de France, bevroren op een krantenfoto, met achter hen de hemelhoge, besneeuwde bergen.

Felicien Vervaecke met zijn petje op. Een grimas van pijn kliefde zijn gezicht vol zwarte vegen. Hij zal de Tour winnen dit jaar. Nonkel Florent schoot naar voren, riep over zijn schouder: 'Zorg dat ge op tijd zijt om te kaarten, papzak!'

Zwijgend sjokte Nonkel Robert verder. Louis vertraagde zijn stap tot aan het park, waar zijn oom op een bank neerviel en naar adem snakte.

'Wij hebben een schoon traject afgelegd, hé, jongen?'

Een zeer oude politieagent kwam voorbij die dwars door Nonkel Robert heen keek, aan zijn holster voelde en verdween achter de rododendrons. 'Kaersemaekers van de tweede Wijk. Hij gebaart dat hij mij niet kent omdat gij bij mij zit, en omdat hij niet weet wie gij zijt. Een serieuze mens, maar als hij zat is, houdt u vast aan het gras. Hij gaat altijd met mij mee naar de paardenkoersen in Waregem. In burger dan. Na zijn werk gaat hij behangen bij de mensen. Steek dat goed in uw hoofd. 't Is wel tegen het reglement, maar ge kunt geen betere werkers hebben dan de politie voor het schilderen en behangen. De gendarmen voor de loodgieterij. En de pompiers voor de elektriek. Ge moet natuurlijk uw voordeur sluiten want als de controle d'r op komt...'

Tegenover hen, tussen dahlia's en rozen, stond het kraakwit standbeeld van Koningin Astrid. Onze Koning had aanwezig moeten zijn toen het onthuld werd verleden jaar, heel Walle stroomde toe om de treurnis van de vorst te beloeren, maar hij had last van zijn rug, er kwam een generaal, een burggraaf, in zijn plaats, met de Koning zijn complimenten.

'Ge vertelt ook niet veel, gij. En toch ben ik zeker dat ge in het pensionaat een haantje de voorste zijt. Zijt ge benauwd van mij?'

'Nee, Nonkel.'

'De meeste mensen zijn op hun ongemak bij mij.' Hij haalde een homp okeren, droge kaas uit zijn broekzak, knabbelde eraan. 'De meeste mensen peinzen dat ik een luilak ben, zij denken dat op een bank werken pure luilakkerij is. Dat is niet juist. Wij doen serieus voort in de bank. Alhoewel het tegen mijn goesting is. Ik was liever beenhouwer geweest. Ik heb een diploma van de hotelschool, vergeet dat niet. Maar uw Peter zegt: "Robert, trouwt eerst en ik installeer u direct." Maar om te trouwen moet ge godvermiljaarde met zijn tweeën zijn. En lijk dat hij getrouwd is, mijn vader, uw Peter, 't is ook geen schoon voorbeeld. Daarbij, waarom zou ik trouwen? Ik ben op mijn gemak, ik klop mijn uurkes, en 's avonds luister ik naar de radio of ga ik naar de cinema. Of lees ik mijn Lord Listers.'

'Mijn Papa leest die ook.'

'Het zijn die van hem.' Nonkel Robert stopte een nieuwe brok kaas in zijn zacht kolkende wangen.

'Trouwen. Zij hebben makkelijk zeggen. Wij zijn niet in Kongo waar dat ge vrouwen kunt kopen.'

Drie kwetterende verpleegsters kwamen langs. Nonkel Robert keek ze na, zocht toen zenuwachtig in zijn broekzak, kruimeltjes kaas zaten onder zijn vingernagels die hij schoon maakte met een lucifer.

'Zitten wij hier niet goed?'

'Ja, Nonkel.'

'Ik heb hier een keer twee meeuwen gezien. Peins een keer. Zo ver van de kust. En op een keer'—hij ging verzitten, hapte naar adem—'op een keer, hier op datzelfde bankje waar dat wij zitten, hebben we onze chef een schone toer gelapt. Want onze chef kwam hier vroeger ook altijd zitten, 's middags, met zijn boterhammen met gehakt, naar de rozen kijken. En twee deugnieten van de rayon Deviezen passeerden en zij deden alsof zij de chef niet hadden opgemerkt. Zij gingen met hun rug naar hem toe, op dat bankske daar, zitten babbelen, luid genoeg dat hij alles kon verstaan. Dat was in de tijd dat Thérèse, de vrouw van de chef, een kleine verwachtte in de kliniek van Maria Middelares. "Wel," zegt de ene, "Tavernier is weer naar de kliniek geweest." "Hoe dat?" zegt de andere. "Wat doet Tavernier in de kliniek?" "Allee," zegt de eerste, "ge gaat toch niet zeggen dat ge niet weet dat Tavernier alle dagen achter de rug van de chef naar de chef zijn vrouw gaat in de kliniek!" "Maar," doet de andere, "maar weet de chef van niks?" "Natuurlijk niet," zegt de eerste, "Tavernier wacht totdat hij de chef schoon achter zijn bureau ziet zitten en dan koerst hij naar Thérèse met vers fruit en een boeketje viooltjes."—"Dat wil dus betekenen dat dat kind van Thérèse."—"Maar allee," zegt de eerste, "heel de bank weet dat toch." En zij wandelden verder. De chef is lijk een tijger de bank binnengesprongen, hij sleurde Tavernier van achter de kassa en beet in zijn oor. Tavernier die zag dat de chef zo zot deed, dacht dat hij het mond-en-klauwzeer had en schreeuwde om een dokter. Wij lagen plat van 't lachen. Krom, plat lagen wij.' Nonkel Robert verviel in een lang stilzwijgen.

'En dan, wat is er dan...?'

'Dan hebben ze 't toegegeven, die twee. "Chef, 't was om een beetje met uw kloten te spelen, om te lachen." Maar dat is toch in de chef zijn hoofd blijven spoken. 't Schijnt dat hij wreed lastig is thuis. En in de bank spreekt hij niet veel meer met ons.'

Nonkel Robert wiegde zijn hoofd, de spekrollen boven zijn kraag bewogen. Hij floot een deuntje uit 'De Lustige Boer', zei toen:

'En dan zouden ze willen dat ge trouwt.'

Arbeiders kwamen van hun werk, gehaast, zonder één woord. Wachtten op de tram.

'Wel, zitten wij hier niet goed?'

'Zeer goed, Nonkel.'

'Kijk, moest ge nu getrouwd zijn, dan zoudt ge direct naar huis moeten gaan. Waar hebt ge gezeten, Louis?—Hoe komt het dat ge zo laat zijt?—Hebt ge weer bij 't vrouwvolk gezeten?—Doe uw schoenen uit, ge schraapt mijn parket kapot!—Legt uwe paraplu niet op die zetel, Louis!'

Nonkel Robert knikte een paar keer goedkeurend, alsof iemand anders dit uitgesproken had, raakte steunend los van de bank. 'Allee, heft uw gat op!'

Achter de kiosk waar 's zondags de muziekkorpsen van Zuid Westvlaanderen wedijverden. Langs een tuin vol heesters en exotische planten waarvan tante Berenice, de geleerde onder mama's zusters en broers, de Vlaamse en de Latijnse namen kende. Bij een schommel.

'Zet u.' Nonkel Robert wees naar het verveloos plankje.

'Wij moeten naar huis, Nonkel.'

'Niet kinderachtig doen.' Nonkel Robert bukte zich, liet de plank zwaaien, ving haar weer op in zijn brede handen. Louis ging zitten, trok zijn benen op. Geestdriftig kraaiend duwde Nonkel Robert tegen Louis' schouderbladen. Louis schoot de hemel in, zijn schoenen hingen hoger dan zijn neus, de wereld vol bomen wiegde, kantelde vijf, zes keer. Louis voelde zich ijskoud worden, de savooikool in zijn ingewanden werd week, nat, breidde zich uit als een kwal met honderd gulzige grijpgrage slierten van vingers over zijn borst, zijn mond. Hij zag het groen, de kantelen van het postkantoor, de getraliede kiosk, de marmeren koningin driedubbel, hij werd steeds opnieuw door de juichende Nonkel Robert een weerzinwekkende ijlte ingeduwd, hij gilde, wou zich voorover laten vallen, durfde niet, de angstkramp zinderde door zijn armen, en toen kotste hij deinend en zwaaiend, hij werd zuur en heet en ijskoud. Nonkel Robert vloekte, trok aan een van de touwen waardoor Louis in een zwengelende beweging van het voetplankje schoot, zich aan het touw vast klampte, maar zakte, met verzengende handen. 'Laat mij,' riep hij, maar zijn keel weerhield elk geluid, schrijnde. Hij plofte in het zand en kreeg de plank in zijn nek en snikte. De vernedering was niet in te dammen, zijn gehuil stootte uit hem terwijl hij zijn wang langs het zand wreef. Hij zag de opgeblazen pop in een grijs pak die hulpeloos het touw vasthield en iets zei tot twee dames met een kinderwagen.

Louis veegde zijn ogen, neus en mond af met zijn mouw, kwam overeind, maar zijn knieën hielden geen stand, hij tuimelde zijwaarts, kroop op handen en voeten.

Nonkel Robert hees hem omhoog en hield hem tegen zijn buik.

'Allee, kalmeer. Hé, jongen! Allee, hé?'
'Het is mijn schuld niet, Nonkel, het is... mijn lichaam...'
'Ja, ge hebt nog niet gegeten, dat is het. Dat komt ervan. En ik had het nog zo goed gezegd tegen ons Hélène: "Geeft die jongen een paar boterhammen met hoofdvlees."—Gij gaat toch niks zeggen tegen uw Papa, hé, jongen? Want hij zou het weer op mij steken. En Constance zou denken dat ik het expres gedaan heb, terwijl ik het deed om u plezier te doen, omdat ge ernaar vroeg, om te mogen schommelen.'

Louis schraapte zijn zure keel. Ademde diep.

'Kom, naar huis. En rap,' zei Louis als een bevel. Nonkel Robert wou hem een hand geven, maar Louis deed alsof hij kots aan zijn broek afveegde. Zij liepen door het park. Louis floot het deuntje van 'De Lustige Boer' heel hard.

'Ik heb lelijk verschoten. Ik heb het nog op mijn zenuwen,' zei Nonkel Robert. 'Nu versta ik waarom mensen sigaretten roken. Of aan de drank geraken.'

## XIV HET LAND VAN DE GLIMLACH

Volgens Papa was Het Pakket van de Soldaat (een vrijwilligersorganisatie die trachtte wat zon te brengen in het monotone leven van onze soldaten die over onze grenzen waakten) zijn eigen uitvinding en ontstonden de variaties die de winkeliers uit alle wijken van Walle bedachten als zij pakketjes met speelgoed en snoep en wollen sokken en ondergoed naar de grenzen stuurden alleen na grondig overleg met hem.

Zo had hij de Koko (Ko-op Kompagnie)- magazijnen geadviseerd hun pakket van Lutti-caramellen, tandpasta en schoencrème aan te vullen met leerzame artikelen uit zijn atelier, klasdagboeken, briefpapier dat ooit eens beregend was (maar zouden onze piotten, daar, aan de voeten rottend in het slijk, vlakbij Duitsland, wachtend, turend naar het waarschijnlijk toch aankomend monster van over de grens, letten op een paar rimpeltjes in het papier vóór zij naar hun moeder of geliefde schreven?), tijdschriften uit 1935 en 1936, de brochure 'Het Leven van de Heilige Rita', het recente en enige nummer van het reclameblad *De Leie*, en vooral de onooglijke, dus handige, schrijfboekjes (zo gemakkelijk voor adressen of dagboekgedachten), die op elke pagina bovenaan in gevarieerde lettertypes allerlei firmanamen droegen met een lijncliché voorstellende een motor, een sigarettenpakje, blikjes Mobiloil, vrouwenschoenen met bandjes rond de afwezige enkels, brillen, paraplu's.

Louis hielp in het atelier de pakketten gereedmaken, omslagen vouwen, plakken, rangschikken. Af en toe kwam een winkelier of industrieel zelf het lettertype van zijn 'reclame' uitkiezen, onveranderlijk de vetste, grootste letter.

'Ge gaat zien, meneer,' zei Papa, 'als die jongens weerkomen, met verlof, zullen ze in de loopgraven ons cahiertje zo dikwijls gelezen hebben, alle dagen de naam van uw firma gezien hebben in die schone letters, dat zij thuis gaan komen en naar uw winkel *vliegen* met vrouw en kind.'

De derde avond voor Louis terugmoest naar het Gesticht vond de Gala-avond van Het Pakket van de Soldaat plaats in de Stadsschouwburg.

Mama zat voor de spiegel van de dressoir en bracht onhandig, alsof zij het voor het eerst deed, lippenstift op haar geperst mondje, zij likte haar lippen en sipte aan haar kelkvormig glaasje Cinzano. Met een vet potlood maakte zij de scheiding in haar haar donkerder en ging er toen mee over haar wenkbrauwen.

'Zou ik mijn astrakan aandoen, Louis? Ik kan hem laten openhangen.'

'Ge zult wel moeten.'

'Het is lelijk, hé?' Zij duwde aan beide kanten van haar buik, terwijl zij er naar keek in de spiegel. Was 'het' haar buik of haar kind? Alhoewel zij het tegenovergestelde wilde horen zei Louis: 'Het trekt op niets.'

'Moet ik nu mijn astrakan aan of niet?'

'Het is veel te warm voor astrakan.'

'Dat geeft niet.' Haar neus was roze en glom. Louis voelde aan zijn eigen neus die, zei men, op die van haar leek. Alleen mannen met grote gebogen adelaarsneuzen zijn in staat tot grote dingen, avonturen. Met hier en daar een uitzondering natuurlijk. Mama trok zijn das wat strakker aan, plette zijn oren tegen zijn schedel, keurde, liet de oren weer los die begonnen te flapperen als in het oerwoud die van de olifant die gevaar gewaar wordt op kilometers afstand.

Men toeterde onder het raam.

'Viens, mon beau cavalier,' zei Mama.

Nonkel Florent reed hen in een Chevrolet naar de schouwburg. Hij wou zelf niet naar de Gala. Dat was niks voor hem, zei hij, volwassen mensen die doen alsof ze Chinezen zijn en zingen dat ze dood gaan of verliefd zijn. Mama stak haar elleboog uit naar Louis. Hij gaf haar een arm en trok haar de marmeren trappen op terwijl zij steunde op de leuning. Eenmaal boven, waar Wallenaars in donkere kostuums en avondjurken stonden te keuvelen en elkaar beloerden, sloeg zij zijn onbuigbare, ijzeren, gepantserde arm weg en snauwde: 'Laat mij gerust.'

De poudre-de-riz op haar wang had natte plekken.

Terwijl zij met een krampachtig grijnsje tussen de mensen gleed, zag Louis dat zij binnensmonds, binnenshoofds, heiligschennende vloekende verwensingen uitte.

Zij plofte in de stoel van de loge die Papa voor haar met veel moeite had gereserveerd. 'Ge krijgt de schoonste plaats van de theater, Constance, al moest ik ze zelf betalen.' Louis boog zich over de roodpluchen rand van het balkon. Over de voor drie kwart volle zaal vlotte een damp alsof de aanwezigen allemaal samen pijpen hadden gerookt of een brandje hadden aangestookt vlak voor de voorstelling.

Mama keek in haar handspiegel en poederde zich, iets wat niet één vrouw in de zaal deed, het was iets uit een Franse vaudeville. Lichtekooi.

Het programma, met een Belgische helm op de omslag, lag tegen haar buik, hij durfde het niet wegplukken.

Applaus. Een rijzige heer kwam moeilijk van tussen de plooien van het voordoek en begroette 'ons allemaal hier aanwezig voor het schoon doel dat de edelste van onze jongens te velde ten goede zal komen, volledig en integraal, Mijnheer de Gouverneur, Mijnheer de Voorzitter van de Breydelzonen, Mijnheer de Administrateur van het Groeninghe museum, Mijnheer de voorzitter van de Leiezonen en zeker niet te vergeten, wie zich zo onvermoeibaar heeft ingezet niettegenstaande zijn vele werkzaamheden, die Grote Leiezoon en behoeder van onze geestelijke levenswaarden, de schrijver van spirituele maar ook volkse boeken, ons aller Marnix de Puydt.' Op de vijfde rij stond een mollig mannetje met een lavallière en lange blond-grijze krullen te wuiven.

'Als een vrouwmens,' zei een zure stem naast Louis.

'Bezie dat haar, juist een vrouwmens'—'Gerard, houdt uw manieren!' Marnix de Puydt bleef wuiven met een poezelig handje. Mama glariede naar de lomperiken, zij wuifde hun hatelijke lucht weg met het programma. De spreker zei dat België pal zou staan in de storm en verdween, gehaast en gebogen, alsof applaus hem wegjoeg. De rode gordijnen gloeiden, muziek zwol aan, nestelde zich in alle gaten en nissen, overspoelde alle aanwezigen.

Een chique salon waarvan de meubelen een gouden licht verspreidden. Mensen in avondkledij, dunner, sierlijker dan de mensen daarnet in de foyer, keuvelden. Een generaal hief zijn glas en had het over iemands dochter die een prachtofficier zou geweest zijn als zij helaas niet een meisje was.

Dragonders kwamen binnengewipt samen met Lisa, waarover net sprake. Zij heeft een paardenspringerij gewonnen. Lang zal zij leven! Lisa heeft het over liefde. Niet flirten, maar beminnen. Zij scheidt van Graaf Gustav von Pottensterk, 'Gustl', maar zij zullen goede vrienden blijven.

'Nu,' zei Mama. Zij legde haar hand in de witgehaakte handschoen op Louis' blote knie. 'Nu, let op.' Haar als een natte keisteen glinsterend oog gericht naar de man, die binnenkwam onder applaus van de zaal.

Hij is klein zoals Napoleon, Hitler, Zuster Kris. Zijn gezicht is geel als oude pianotoetsen. Zijn gelakt, pijnlijk hard plat achterovergekamd haar is van eboniet, zijn ogen zijn de spleten van het ondoordringbare Oosten. Op vloeiende zwarte puntschoenen schuift hij in het licht van een onzichtbare lamp, kijkt smartelijk de zaal in, haalt diep adem en spreidt zijn benen.

Prins Sou-Chong heet hij. Hij komt hier in deze kamer, zingt hij, een heilige ruimte. Zijn hart klopt stormachtig. Maar dat hart moet stil zijn. Hij, Prins Sou-Chong, heeft zijn hart leren *zwijgen*. En als dat hart bij een Chinees breekt, wie gaat dat wat aan? Wij Chinezen tonen het niet.

Louis wil tegelijkertijd het hemelse lied van de gekwelde Chinees volgen, geen lettergreep missen van de kermende tenor, maar zich ook voor Mama verbergen, met zijn elleboog op zijn knie buigt hij zich voorover, zijn hand bedekt zijn wang, zijn wenkbrauw, zijn schrijnend oog en dit precies op het ogenblik dat op het toneel, in de chique salon zijn gele tweelingbroer, de prins, zich vermant, en hem aanmaant *niets* ooit te laten zien. '*Toujours sourire! Le coeur douloureux!* Niets mogen ze merken!'

En daar komt zij binnen, de oppervlakkige Westerse meid. Wil Zijne Hoogheid iets? Ja, zegt Zijne Hoogheid, een kopje thee. Nu blijkt dat dit salon in een paleis in Wenen staat. Zij praten samen zo charmant, en hij is zo galant, zingen zij bij zwellende violen en worden een paar.

Graaf Ferdinand Lichtenfels, maarschalk-luitenant, vindt dat Europa en China als vuur en water zijn. Kan ons niet schelen, roepen Prins Sou-Chong en Lisa. Alhoewel... Zij vinden ook dat zij elk van een andere wereld zijn. Ziet gij mijn vreemd gezicht niet, ziet gij mijn vreemde ogen niet? vraagt de prins. In de maannacht van april legt hij een appelbloesem aan haar voeten. Zij kussen terwijl het doek zakt.

'Wel?' vraagt Mama.

Louis wil zeggen: 'Schoon, het schoonste dat er op de wereld is.' Ik zal elk ogenblik in stompzinnige kleutertranen uitbarsten. O, waarom praat zij tegen mij?

'Is 't weer niet goed genoeg? Toch? Waarom kijkt ge dan zo stuurs? Waarom zit ge daar met zo'n vies aangezicht? Wat moet ik toch doen met u?' Zij groette een dame met een hoed vol fruit. 'Zeg goeiendag,' siste zij. Louis die naar zijn knieën en dijen kijkt, verbaasd dat zij niet saffraankleurig zijn, wel zijn ogen in schuine spleten voelt optrekken, knikt als een prins naar de fruitdame.

Harpen, klokjes, pauken weerklinken in het halfduister. Vanuit het gonzend donker licht een Oosters paleis op, bogen, gordijnen, pauwen. 'Ah,' doet het volk in de zaal. Lotusbloem, zingt de prins; zijn zusje Mi, dat niet op hem lijkt al heeft zij de zelfde opwaartse vegen in de ooghoeken, kweelt Tsji, tsji, tsi, tsjitsjitsji. Mama zoemt, tot Louis' afgrijzen, mee als de prins en zijn Lisa zingen van mijne liefde, uwe liefde, die zijn bei gelijk, en zij legt weer haar hand op Louis' knie. Prins Sou-Chong zingt: 'Haar is mijn hart gewijd. Waar zij niet is kan ik niet zijn.' Daverend applaus, bravo, bis. Dat moet verkeerd aflopen. Wie zo hoog, zo onmenselijk verheven zingt, moet eraan en ja, daar zegt Lisa dat zij haar geboorteland wil weerzien, het land dat haar roept: 'Kom naar huis, kom naar mij.'

Draken verschijnen met paddesnoeten en de bolle ogen van Tante Mona, zij wiegelen. Mandarijnen, meisjes met torenende hoofddeksels vol parels, priesters. En nu merkt men waar de rook vandaan kwam vóór de voorstelling: vanuit het wierookvat dat door een kale, vette, in het oranje gehulde priester de zaal ingezwaaid wordt. De eerste rijen kuchen. Slavinnen, bruidjes. Walle heeft dit nog nooit gezien.

'Ah.' 'Ah.' 'Schoon, hè?'

'Ja, Mama.'

Louis begrijpt niet zo goed wie er trouwt op het toneel, in al dat geklater? Waarom is Lisa zo nerveus en perst zij haar gespreide vingers tegen haar hart? De muziek geeft geen uitkomst. Waarom gooien die Chinees geschminkte kinderen papavers op de weg, die opspringen als knikkers? Prins Sou-Chong verschijnt, hij draagt een vracht medailles op zijn borst als Hermann Goering. Paarse en gouden mannen omringen hem, waaien met pauweveren langs zijn peinzend gezicht. Ah, nu snap ik het. Hij trouwt met drie prinsessen tegelijk en dat vindt Lisa vervelend. Terecht zet de prins haar op haar plaats. 'In China hebben vrouwen niks te vertellen,' fluistert Mama.

'Gij hebt mij bedrogen,' zingt Lisa. 'Gij zijt als een panter en wreed als China zelf! Sla me. Maar mijn hart kun je niet bevelen.' De prins slaat verwoed op een gong. Zij wordt weggesleurd. De prins stort in elkaar. Wat heb ik gedaan, wat heb ik gedaan? Want hij is zich de gruwelijke zeden van het Oosten niet bewust. Zo onwetend zijn wij. Zo doen wij toch de zonde. Of we 't willen of niet. Nog nooit is het voor Louis zo hartverscheurend duidelijk geweest wat er gaande is in het Gesticht, in de Oudenaardse Steenweg, in de hele wereld.

In de foyer waar de schouwburgbezoekers tateren in plaats van het gebodene ernstig te overdenken, drinkt Mama een Mandarine, haar aangeboden door Meneer Messidor van de bloemenwinkel die informeert of Louis voor dokter zal leren, later.

'Hij heeft sterke handen,' zegt Mama vaag. 'Dat wel.'

Mijnheer Messidor zegt, dat hij uit betrouwbare bron vernomen heeft dat in Duitsland de officieren meer dan ooit tevoren vreemde talen moeten leren, waaronder het Vlaams. Dat zijn tekenen aan de wand, Madame Seynaeve. En eigenlijk speelt 'Het Land van de Glimlach' zich in Duitsland af, want Wenen is nu Duits, en Frans Lehar is ook een Duitser, alhoewel hij geboren is in Komaron in Hongarije, en was dat wel een goede keuze vanwege 'De Leiezonen' in onze neutrale zone?

'Ik vind dat de Graaf van Luxemburg menselijker is,' zegt iemand.

'Nu dat ge 't zegt,' zegt Mama.

'Dieper van gevoel,' zegt iemand.

'Daar is iets van.' Louis begrijpt niet dat Mama zo ruggegraatloos instemt met het gezwets. Of komt het omdat zij haar kind, het nieuwe, het andere dat zich wegsteekt in haar buik, wil laten voelen dat ze goed is, inschikkelijk voor alle mensen.

Mijnheer Messidor zegt dat Mama goed moet uitkijken als zij speelgoed voor Louis koopt, want uit betrouwbare bron heeft hij vernomen dat het beroemde speelgoed uit Neurenberg bespoten wordt met ziektebacillen, op persoonlijk bevel van Hitler, en tegen de helft van de prijs aan smokkelaars verkocht die het in ons vaderland, in Frankrijk, in Holland verspreiden.

Na de pauze is Lisa treurig. De danseressen proberen haar op te vrolijken, het lukt niet. Zij zeurt dat alles voorbij is. Ook Mi, het zusje van Prins Sou-Chong, dat zo overdadig zong: Zig zig zig hi! (wat Louis onhoorbaar trachtte mee te zingen want hij moest het beslist aan de Apostelen voorzingen in het Gesticht straks, binnen drie dagen) is ongelukkig en wuift haar blanke verloofde of vriend of kameraad, diezelfde Gustl van in het begin, vaarwel. Lisa wil weg naar

Wenen. Sou-Chong verspert de uitgang. Maar dan wordt hij door Onze Lieve Heer met Zijn Genade overspoeld, want hij ziet in dat hij haar moet laten gaan, die gele heilige, hij zegt: 'Ga dan, gij, het kostbaarste dat ik heb op aarde! Adieu!' Alleen, alleen is hij dan en zingt dat hij weent en weer klinkt die gevaarlijke, smeltende melodie die de verschrikkelijke wet huldigt: '*Toujours sourire, le coeur douloureux*!'

Nieuwe rook, die ditmaal ochtendnevel moet verbeelden. De eerste rijen hoesten, kuchen. Een tuin vol krijsende kinderen, koelies die wagentjes voortduwen, soldaten, Chinees gejengel, zig zig zig hi! Gemiauw in brokaat. Mama is vervelend, onverdraaglijk. Zij plukt aan Louis' mouw. 'Ziet ge hem?'

'Ja, natuurlijk.' De prins hijst zich in het gouden jasje dat de Heer van Tienduizend Jaar hem nalaat, met een gesloten gezicht, toujours sourire.

'Nee. Dáár.' Zij wijst. (Doe dat niet, mama, men ziet u.)

'Waar?'

'Die van rechts.' Zij grinnikt, mijn moeder, wrijft over haar buik van genot op de maat van de muziek. 'Stomkopje!' Zij wijst weer, weet zij dan niet dat je niet mag wijzen als een hele feestzaal je ziet? ('Ge kunt haar niet onder de mensen brengen!' zei Papa.) Mama duwt met haar elleboog in zijn ribben en Louis ziet dan rechts een koelie met een weke buik die leemrood geverfd is (zoals rood is als je een tijdje in de zon gezeten hebt en je kijkt ineens in de schaduw naar iets roods). De man met Papa's neus en mond zingt, wiggelwaggelend in een wijde oosterse broek waar de buik overhangt, zijn gezang is opgenomen in het totale gekrijs. 'Osjin-tien-wuo-men.' Een koelie. Een vader. Half naakt en geverfd. Waarom loopt hij thuis niet zo rond? Zij, naast mij, met haar buik, is trots op hem, in ieder geval lacht zij vertederd om hem, om zijn overgave, zijn plotse vederlichte trippelpasjes. Vermomd durft hij wel, Papa-koelie. Applaus. Papa groet, niet ver van de Westers breeduit lachende Prins Sou-Chong in wie wij nu Alfred Lagasse, tenor en apotheker herkennen, en zoekt zijn zoon maar vindt hem niet.

Mama wuift, maar de koelie is te opgewonden, vindt zijn zwangere vrouw niet. Als het volk naar buiten drumt, blijft Mama zitten.

'Kom, Mama.' Want de mensen vragen zich af wat haar scheelt, of zij ziek is, of zij nu een kind ter wereld zal brengen begeleid door de na-ebbende oosterse tempelklokjes.

'Nee.'

Dan weet Louis wat ze zal doen, die krankzinnige moeder. Zij zal hetzelfde doen als hij, jaren geleden, toen hij, als een kleintje, voor het eerst in dit theater kwam, en de operette 'De Bommelbaron' zag. Toen de zaal bravo roepend, applaudisserend meezong met 'En laat de boel maar draaien —en laat de boel maar gaan' had hij gehuild omdat hij voelde dat het bijna afgelopen was, en toen het voetlicht eindelijk, na tien keer op en neer aan—en uitgaan, definitief gedoofd was, en de mensen weggingen, was hij in zijn stoel blijven zitten, wou er niet uit, wou niet begrijpen, aanvaarden dat de Goden en Godinnen in het hemels licht, in hun smokings en briljanten en ruisende baljurken, gepoederd en kwelend, hem in de steek lieten. Hij trappelde, zijn vingers die krampachtig de stoel omklemden werden losgewrongen. Papa sleurde hem weg bij zijn kraag en zijn haar.

'Kom nu toch. Wij moeten weg.' Zij poedert haar neus. Zij knipoogt naar hem. Vrouwen kunnen niet knipogen. Alleen Bomama. Zij staat nonchalant op, trekt haar witte handschoenen strakker aan, gaat snel door de lege gang aan zijn arm. Louis ziet dat haar jurk bij de benen kletsnat is. Hij glimlacht naar haar met gele dunne lippen en zij, zij herkent de prins niet die nooit, nooit iets zal laten merken van wat er woelt in zijn ondoordringbaar oosters hart, *toujours sourire.*

De laatste dag van de vakantie vertelde Bekka Cosijns dat haar grootvader de avond tevoren overleden was. Hij was al jaren blind, omdat hij ooit een slechte vrouw gestreeld had en toen over zijn ogen gewreven had. Bekka had alvast een zwarte sjaal over haar voorhoofd gebonden als een zeerover, en droeg schoenen van haar moeder die te groot waren, maar waarmee ze wel naar de begrafenis moest.

Nonkel Florent kwam langs op de fiets op het ogenblik dat Bekka op Louis' heup steunde om haar schoenen los te wrikken. Hij remde.

'Aan 't vrijen, Louis?'

'Hij? Hij is nog nat achter zijn oren,' zei Bekka.

'Ik moet binnen in 't leger. De Koning roept mij,' zei Nonkel Florent.

'Zonder u zou 't Belgisch leger niet compleet zijn,' roept Bekka uitdagend.

Zij keken gedrieën naar het meisje aan de overkant dat elke dag haar gasmasker aan trok, zij stond met haar handen in haar zij en sprak in zichzelf, want de monsterachtige, geribbelde slurf zwiepte heen en weer. Toen Nonkel Florent het peukje van zijn Engelse sigaret wou uitdoen op de richel van de vensterbank, klauwde Bekka ernaar. Zij haalde diep in, het rode stipje vervaarlijk dicht bij haar neus.

'Gij zijt er ook vroeg bij,' zei Nonkel Florent.

'Met wat?'

'Met roken. Onder andere.'

''t Is goed voor de zenuwen,' zei de zigeunerin. Ze vertrapte de peuk met haar naakte hiel.

De laatste avond van de vakantie zei Mama tegen Tante Mona, terwijl Louis in de cosy-corner in een van Papa's Lord Listers las, *Het Testament van Dokter Witherspoon*: 'Zie hem daar zitten, mijn Louis. Dat zit daar maar of dat loopt daar maar, en ge weet niet wat hij peinst, zijn aangezicht is lijk zonder leven.'

'Shirley Temple, dat is een vief kind,' zei tante Mona. 'Ge kunt al hetgeen ze voelt op haar gezichtje lezen.—Maar misschien is dat de nieuwe methode die ze volgen in het pensionaat, dat ze de kinderen van jongsaf aan leren om...'

Mama was ongerust. 'Louis, leren ze u in Haarbeke om zo'n gezicht op te zetten?'

'Maar nee. Mijn aangezicht groeit zo, dat is alles.'

'Ik kan niet zeggen dat het mij veel plezier doet.'

Toen hadden de twee vrouwen het over nieuwe gordijnen tegen de tijd dat het kind er zou zijn, over de mode die veel Schotse ruitjes voorschreef, en 's avonds organza en crêpe de Chine met nogal grote bloemen, en over een ceintuur in satijn-latex zonder baleinen als het kind er eenmaal was. Mama zei dat als alles ging zoals 't moest gaan, het kind geboren zou worden precies op de verjaardag van de dood van haar vader, en dat zoiets Meerke een groot plezier zou doen. 'Alhoewel met mijn moeder weet ge nooit,' zei ze.

## XV EEN KNUPPELTJE

's Ochtends, opnieuw in de rij, opnieuw gehoorzaam, opnieuw omringd door Hottentotten. De speelplaats leek kleiner geworden, vierkanter, geslotener. Zuster Sapristi zei: 'Seynaeve, uw mond houden,' alhoewel hij geen woord gezegd had. Maar Louis begreep het, zij was het die hem gisterenavond laat had overgenomen van Papa, ja, zoals een postzak in het Wilde Westen uit de stoffige koets wordt geladen. Zij had gegeeuwd. 'Ik dacht dat gij niet meer zoudt komen, Mijnheer Seynaeve.' Papa had hartelijk, kuchend, gnuivend gelachen. 'Zuster, de Seynaeves hebben de beleefdheid van de koningen. Zij zijn wel een beetje te laat soms, maar altijd op tijd.' Zuster Sapristi, doodmoe, geeuwend, knikte. Zij bracht Louis naar de slaapzaal, een late werkzuster was nog bezig in de keuken met pannen, Hottentotten snurkten, iemand vlakbij, Dondeyne?, zei in zijn slaap: 'Heui, heui, het sneeuwt!'

De keien van de speelplaats waren nat van de regen van vannacht. De rij van de kleintjes was schraal. Kleintjes mochten soms een paar dagen langer op vakantie blijven. Vlieghe is er ook niet. Tijdens de hele vakantie heb ik hem vergeten. Hoe kan het dat ik hem nu zo hevig mis. Kan hij alleen, kan ik alleen in het Gesticht gedijen? 'Wat dat ik in de vakantie tegengekomen ben! 't Was proper,' zei Byttebier naast hem.

'En bij u, was 't ook...?'

'Hoe? Ook?' Opnieuw wennen aan de geheimtaal, de verwijzingen naar iets wat te raden is.

'Bij mij was 't ook proper,' zei Dondeyne. 'Ik werd altijd maar uitgelachen. Lijk of dat ik uit een dierentuin kwam. Zij lachten met mijn kleren.'

'Draagt ge dan die kleren thuis?' vroeg Louis. De lange zwarte kousen, de lange korte broek, de matrozenkraag, de strohoed?

'Ik heb geen andere.'

Het verbaasde Louis. Hij was dankbaar dat Mama hem dit bespaarde, dat zij het onderscheid maakte tussen een geüniformeerde Louis in de gevangenis en een bijna speels, bijna jongensachtig kind bij haar thuis dat in gewone kleren —alhoewel niet de vieze, slordige van Tetje—mocht ravotten. Mama was verdrietig geweest gisteren omdat hij wegging. Of niet?

Hij zou haar vanavond een brief schrijven, met de ronde pen, alle komma's en punten en hoofdletters verzorgen. Lieve moeder, waarom moeten wij elkander altijd (of: immer?) zoo rap (of: gauw?) verlaten? Als ik u de volgende maand zal ontmoeten met mijn nieuwe broeder (of: broeder of zuster?) zal ik u mondelings zeggen hoe zeer ik uw genegenheid waardeer en waarderen zal tot mijn dood toe, uw kind (of: uw eerste kind?) dat u bemint, Louis Seynaeve.

's Avonds zat Vlieghe op zijn gewone plaats in de refter. Hij was bruinverbrand, had bredere schouders gekregen, zijn haar was opzij gekamd met een scheiding. Toen hij Louis zag deed hij het Apostolisch teken voor nood of gevaar, traag trok hij een horizontaal lijntje over zijn keel met zijn duim, maar meteen daarna knipoogde hij. Er was geen gevaar.

Zij aten roggebrood met smout en aardbeienjam terwijl Zuster Kris de boodschap van Paus Pius de Twaalfde voorlas, het was steeds dezelfde boodschap, het geloof zal zegevieren in de strijd tegen materiaal, materialisme, de beschaving zal triomferen, zij die menen dat zij de nederigen verheffen zijn in feite de godloochenaars. Vlieghe scheen de woorden van de Heilige Vader voor het eerst te horen of te begrijpen. Alsof hij een kleintje was gebleven. Zoals in de tijd dat hij en Louis kleintjes waren en op een dag van Zuster Kris in de klas te horen kregen dat er een wedstrijd was voor wie het mooiste bloemen kon tekenen en kleuren in waterverf. Je mocht zelf kiezen welke bloemen. De winnaar zou —houdt u vast—want dit is voor 't eerst in de geschiedenis— naar Rome, de Eeuwige Stad, afreizen op kosten van het

Vaticaan en daar in de appartementen van Zijne Heiligheid door de Paus in eigen persoon ontvangen worden en een autoped overhandigd krijgen met een nummerplaat van het Vaticaan, en daar zijn er niet veel van. De keuze van de bloemen is vrij, zoals ik al zei, maar iedereen weet dat de Heilige Vader het meest van het nederige viooltje houdt. Maar zelf legt hij op het graf van zijn moeder altijd rode rozen. Louis maakte, hij was er zeker van, het mooiste plaatje. Hij had bijna alle tinten van de waterverfdoos door elkaar gemengd, met in hoofdzaak rood en blauw. Als hij zijn ogen halfdicht kneep—en hij hoopte met bonzend hart dat de Paus en zijn kardinalen dat ook zouden doen—dan had hij het gevoel dat hij zo die bloem van het papier kon plukken. Als de Paus hem straks maar niet vroeg wélke bloem het was. Zuster Kris liep langs de banken. Bleef iets langer bij zijn bank staan. Zij wou niets verraden. (Zoals zij ook nu niets verraadt, terwijl haar messcherp profiel, dat van de adelaar, de boodschap van de Paus voorleest. Een woeste adelaar. Zoals Hitler er een cadeau gekregen heeft van het hele Duitse volk voor zijn verjaardag. Uit bewondering voor het moedig dier heeft hij het meteen vrij losgelaten in de Duitse lucht.) 'Het is niet slecht,' zei Zuster Kris bij de bank van Vlieghe. Het gaat tussen ons tweeën. Vlieghe mag niet winnen. Tergend traag gaat Zuster Kris naar het schoolbord, zij draait het om en verborgen schrijft zij een te lange tijd teveel namen. Geeft zij aan iedereen punten? Zij komt vanachter het bord, gooit het krijt in de bak, wrijft haar rechterhand af aan haar veelgewassen, bleekblauw schortje. 'Wie, o, wie?' zegt zij. Louie-o-wie! Met een felle zwaai draait zij het bord om. Er staat een maanmannetje in krijt op getekend, het brengt een reusachtige wijdgespreide hand naar zijn neus, de duim raakt de neus en uit de monsterlijke negerlippen zwelt een blaas, waarin de letters 1 April staan, en het is waar, die dag was Eén April, de dag waarop men de zotten zendt waar men wil. Zuster Kris lachte, niemand anders.

Zo tam, zo potsierlijk aan diezelfde Zuster overgeleverd,

lijkt Vlieghe nu. De eerste vergadering van de Apostelen vond die nacht plaats in de kamer waar de was opgestapeld lag in rieten manden.

'Ave Dondeyne', 'Ave Byttebier', 'Ave Vlieghe', 'Ave Seynaeve', 'Ave Goossens'. Vlieghe had een nieuwe tabbaard aan, wit met een kersrood biesje aan de hals en de mouwen. Hij haalde een prentje te voorschijn, slordig uit een tijdschrift geknipt.

'Voilà. Daarom zijn de Duitsers de sterksten van de wereld.' Een woudgroene metalen sprinkhaan met een geruite muil en een turkooizen onderbuik.

'De Dornier, 355 kilometer per uur.'
'Hoeveel Duitsers kunnen er in?'
'Zes. Zij noemen het Het Vliegend Potlood.'

De andere Apostelen knikten zwijgend. Goossens had de Verboden Boeken op zijn knieën, behandelde ze zeer voorzichtig.

'Het was weer proper bij mij thuis,' zei Byttebier. 'Wat ik tegengekomen ben.' 'Ik heb een verboden beeld thuis,' zei Louis meteen. 'Na de grote vakantie neem ik het mee. Het stelt een Duitse jongen voor die de eed aflegt aan Hitler. Het is goddeloos want Hitler denkt dat hij God zelf is.'

Zij namen het als iets vanzelfsprekends aan. 'Ik heb ook nog een dolk van een persoonlijke lijfwacht van Hitler.' Zij reageerden iets alerter. 'Hij is van roestvrij staal.' Hij wachtte, zei toen wanhopig: 'Als ge goed kijkt, zit er nog bloed aan.'

'Dat zal dan van Duitse bloedworst zijn,' zei Goossens. De Apostelen proestten en Byttebier sloeg drie keer op Goossens' rug. 'Gij zijt een geestigaard, gij.'

'Stil!' zei Louis nijdig. 'Wilt ge dat Zuster Kris ons hoort?'

'Het is Zuster Imelda die de nachtronde doet.' O, die Goossens. Wist hij dan niet dat van alle Zusters Zuster Kris de gevaarlijkste is? Al slaapt zij nu in het Slot, met een hoofdkussen op haar hoofd, dan nog kan zij geluidsgolven opvangen, dwars door de vestingmuren heen, dan nog begint haar neus te trillen als van een konijn en zeilt zij naderbij, onhoorbaar, ineens vlakbij.

'Bij mij thuis was het ook proper,' zei Dondeyne tegen Byttebier. Louis, de stichter en leider, zei: 'Goossens, neem de Akten en schrijf op.' Vlieghe die de officiële Evangelist was vanwege zijn mooi handschrift, keek niet eens op. Er zouden eigenlijk geen vakanties mogen zijn, die alles vertroebelen, verstrooien, te niet doen. Louis dicteerde. 'Een nieuw tijdperk treedt aan. De Apostelen thans aanwezig, zullen stappen ondernemen...'

'In overleg,' zei Byttebier.

'Zullen in overleg stappen ondernemen om...' Hij wist bij benadering niet wat er moest volgen. Vlieghe inspecteerde zijn vliegtuig. Zeer ver weg was de fontein voor het beeld van de heilige Jozef te horen.

'...Ondernemen om een heilig persoon die gevangen is gezet vanwege haar onverzettelijk geloof, namelijk Zuster Sint Gerolf...' Goossens schreef zwierig. Louis flapte de rest er uit. '... Een bezoek te brengen!'

'Dat zal niet makkelijk gaan,' zei Byttebier.

'In haar kamer?' vroeg Dondeyne bang.

'Ge kunt niet langs de buitenmuur naar binnen klimmen,' zei Vlieghe. 'In ieder geval gij niet.'

'Gij wel zeker!' zei Louis.

'Ik wel,' Vlieghe zei het achteloos maar zijn geweldige hoogmoed spoelde tegen Louis aan als een golf zout water. (Verleden jaar in Blankenberge, de golf die brak en hem midden in zijn gezicht een klap gaf.)

'Zuster Sint Gerolf is niet heilig,' zei Goossens.

'Het was bij manier van spreken. Schrijf dan op: een gelukzalig persoon.'

'Is zij ook niet.' Goossens legde het schrift op de vensterbank, pulkte een sok uit de dichtstbijzijnde wasmand, rook er aan, stroopte de sok als een handschoen over zijn rechterhand. Rebellie. Wou dus niet meer schrijven. Wat was er in de vakantie gebeurd? Een makke vleistaart die omgetoverd is tot opstandeling terwijl hij kersvers tot Apostel verkozen is! Hoe temde de landvoogd Willem Tell? Een leider mag alles, maar hoe? Ik krijg u plat, plat. Louis sloeg een flutterige nachtvlinder plat. 'Het plan dat ik u allen (alsof hij zich richtte tot een speelplaats vol leerlingen) wil voorleggen is het volgende...'

Goossens haalde van tussen de Verboden Boeken die hij zo gekoesterd had, een dubbelgevouwen blad, plooide het open en liet het aan Vlieghe zien (een nieuwe overtreding). Vlieghe legde het blad voor iedereen zichtbaar op een wasmand. Een man die voor de helft gevild was, stond wijdbeens te gapen of te schreeuwen, zijn ontvleesde kaken waren gesperd. Vanuit zijn kale schedel schoten stippellijntjes en cijfertjes als een aureool, bundels gele, oranje en baksteenrode spieren en zenuwen waren zichtbaar, ribben, doormidden gehakte aders kruisten elkaar.

'Zijn fluit is ook gevild,' zei Byttebier.

'Ge kunt beter zeggen: zijn trompet,' zei Goossens die dit tijdens de vakantie verzonnen had natuurlijk. Toen hij het schaamteloze rode deel zag, waarin rode nerven getekend stonden, begon Louis te klappertanden. Hij voelde koude rillingen door zijn lichaam trekken. Hij sprong overeind, nam het papier, hield het achter zijn rug.

'Niet scheuren!' riep Goossens.

'Nee. Dit is verboden.'

'Precies,' zei Byttebier. 'Een Verboden Boek.'

'Dat is toch de bedoeling,' zei Dondeyne.

'Dit is geen echt verboden boek,' zei Louis onzeker. 'Dit is vuil, smerig...'

'Ach, Seynaeve, loop naar de maan met uw zever.' In geen jaren had Vlieghe Louis bij zijn familienaam genoemd.

'Al de namen van de zenuwen staan er op, in 't Vlaams en in 't Latijn.' Goossens deed een stap in Louis' richting. Als een berggeit zal hij op mij springen.

'Goossens, gij zoudt beschaamd moeten zijn,' zei Louis. Hij legde het blad op de vensterbank. Op de achterkant stond een gebogen ruggegraat, die van een haring. Hij ging op het papier zitten.

Buiten struikelde iemand over een emmer.

'Geef dat papier hier,' zei Vlieghe en stak zijn hand uit,

greep Louis' tabbaard bij de hals en trok Louis van de vensterbank. Op het ogenblik dat de vastberaden, harde knokkels tegen Louis' borst schuurden voelde Louis iets zeer behaaglijks, warms als warm water over zijn onderbuik vloeien, zich verspreiden, zich samenknopen. Hij schrok zo dat hij Vlieghe liet begaan die het papier knorrig aan Goossens gaf, hij voelde en zijn vingers ontmoetten onder het linnen een knuppeltje dat een eigen leven was beginnen te leiden, het was een stompe zachte houtsplinter, nee, een gewricht dat zich in zijn fluitje had gewrongen van binnen in, het zou nooit meer weggaan, vastgeschroefd blijven aan zijn buik, een gezwel, een straf, eindelijk. Hij las in de blikken van de anderen dat hij door de engelen gestraft was. In paniek wou hij om hulp roepen, onweerstaanbaar gleed zijn hand weer naar zijn kruis, het melaatse, gebochelde, hete stigma stond er nog geplant. De engel van de Vuiligheid wiekte de kamer in, duwde twee vingers in Louis' oogkassen. De engel tilde Louis op en smakte hem met een uitzinnig maar dodelijk stil geweld tegen de deur die zich opende, Louis viel tegen de leuning in het trappenhuis, rende de trappen af, pas beneden stopte hij, bedaarde niet. Hij perste zijn onderbuik tegen de in marmer geschilderde koele wand, verpletterde de wortel die de engel in zijn lid had geplant tegen de oppervlakte, die warm water werd, maar zich niet opende als voor Mozes de Rode Zee.

## XVI HET SCAPULIER

Baekelandt kwam twee ijzersterke gasten halen. Vanzelfsprekend wees Zuster Imelda Byttebier aan die zij als een rund beschouwde dat zo snel mogelijk uit het Gesticht verwijderd moest worden, en Louis omdat zij merkte dat die er helemaal geen zin in had. 'Pak hem d'r ook maar bij,' zei Zuster Imelda en wees naar Vlieghe.

'En avant, marche!' blafte Baekelandt, en stapte weg, keek gefronst naar de daken van het Gesticht of er geen parachutisten op landden.

De drie moesten prikkeldraad helpen aanbrengen bij een slootje. Dubbel dik dwarsgevlochten roestvrij. Baekelandt zong de lof van zijn prikkeldraad dat hij met een schone procent gekregen had bij Bekaert. Tegen september zou het hele klooster omgeven zijn. De nonnen hadden geen idee van wat het kostte. 'Zuster Econome begint altijd meteen te roepen en te tuiten. Maar als ge u niet beveiligt, kost het nog veel meer, juist of niet?'

'Een tank rijdt er dwars door, door uwe prikkeldraad,' zei Vlieghe. 'Het moet niet eens een PZ zijn van de Duitsers.'

'Ola, manneke, maar het voetvolk moet er toch ook langs!'

'Het voetvolk,' deed Vlieghe smalend.

Baekelandt pruimde, spuwde. 'Wij hebben wrede dingen gezien en wij gaan nog veel wrede dingen zien.'

Zij werkten in de zon, dronken de sterk aangelengde karnemelk die Trees bracht, luisterden naar de sterke verhalen van Baekelandt, de kikkers in de sloot hielden niet op met kwaken. Zij zweetten, Byttebier kreeg alle complimenten van Baekelandt om zijn behendigheid en zijn spierkracht. Toen haalde Louis de draad iets te hard aan op een ogenblik dat Vlieghe niet oplette, Vlieghe gaf een stil gilletje, zijn duim was ontveld. 'Als ge daar niet tegen kunt,' zei Baekelandt toen hij de wond inspecteerde. Vlieghe haalde een vuile zakdoek te voorschijn en wikkelde hem rond zijn duim.

'Ik heb het niet expres gedaan.'

'Het is altijd hetzelfde met u,' zei Vlieghe.

'Hoedat?'

'Wij spreken er niet meer over.' Vlieghe nam zijn hamer op en sloeg krammen in een paaltje alsof hij Miezers verpletterde. Neen. Vlieghe gelooft niet in de Miezers. Wie wel? Louis zag dat zijn eigen zakdoek betrekkelijk schoon was, hij beet er in en scheurde er twee repen van en bond ze rond Vlieghe's duim. Hij deed er lang over. Toen de lintjes strak gespannen zaten nam hij de lichte hand op, bracht haar naar zijn gezicht, keek naar de roze vingertop die met de beginwelving van de nagel boven de rafeltjes uitstak en likte eraan, zoog eraan.

'Schei uit,' Vlieghe trok zijn vinger niet terug.

'Het is tegen de *klem*,' zei Louis onduidelijk, 'de roest moet er uit, anders wordt uw hand afgezet.'

'Roest,' riep Baekelandt. 'Splinternieuwe draad van Bekaert, recht van de fabriek!'

''t Is een echte infirmière,' zei Byttebier. 'Baekelandt, als ge nog eens een malheurke hebt met een koe kunt ge er onze infirmière bij halen.' Waarop Vlieghe zijn hand wegsnokte.

'Het is alleen voor u dat ik het doe,' fluisterde Louis.

'Ja, ja. Wij kennen dat,' zei Vlieghe.

Toen zij terug naar de muur van het klooster gingen en naar het hek, waarachter Zuster Sapristi tevergeefs tegen takken opsprong om een peer te plukken (die overigens toch niet rijp kon zijn) zong Louis: 'Dijn is mijn ganse hart, waar gij niet zijt kan ik niet zijn. Zo als de bloem verwelkt, als haar niet kust de zonne-schijn.'

'De zingende infirmière,' zei Byttebier.

'Het komt uit Het Land van de Glimlach.'

'Waar ligt dat?'

'In China.'

'Zij krijgen d'r goed van langs, de Chinezen. Zij doen niks anders dan weglopen met de Japanners achter hun gat,' zei Byttebier en ging naar Zuster Sapristi toe. 'Maar terwijl ze lopen maken ze alles kapot. De verbrande aarde,' zei Louis en nam Vlieghe's hand. 'Ge moet er mee naar de infirmerie.'

'Seynaeve, ge stinkt,' zei Vlieghe.

'Ik?' Verbouwereerd liet Louis de hand vallen. Vlieghe snoof, snuffelde, zijn neus ging op en neer als die van Zuster Kris als zij iets zondigs opving, als die van een konijn. (Het konijn heeft van God bij de schepping een glimlach meegekregen en die door onachtzaamheid verloren. Sindsdien zoekt het snuffelend, neusrimpelend vruchteloos naar die weggewaaide glimlach.) ''t Is uw nek die stinkt.'—Ik begin te rotten. Mijn nek als de beschimmelde rottende voeten in de doorweekte laarzen van soldaten in loopgraven.

'Dit is het.' Vlieghe haakte zijn middenvinger in de halsopening. 'Uw scapulier.' Louis rukte het scapulier van zijn nek, een grauw doorweekt vettig lapje dat ooit blauw was geweest ter ere van de Onbevlekte Ontvangenis. Het rook naar niks. Het was een list, een beproeving die Vlieghe hem wou opleggen en die betekende: 'Gij zult niet een merkteken dragen dat niet aan mij gewijd is!' Louis gooide het scapulier op de grond, durfde er niet op te trappen, schopte het achter een vlierstruik, gloeiend van angst, ik durf alles, de torren, de duizendpoten, de rupsen zullen het afgelegde teken opeten.

'Gij gaat naar de hel.'

Louis knikte. Het was onherroepelijk gebeurd. Toch veranderde de binnentuin niet, de heesters bleven roerloos, geen wolk ging sneller, ver weg kwaakten de kikkers, jengelden de kleintjes.

'En luister eens, ik heb liever dat ge van mijn vel blijft,' zei Vlieghe en zette het op een lopen met lange, op sprongen lijkende passen, zoals de neger op de Olympische Spelen een paar jaar geleden, die na afloop in een drieste negerachtige bui de hand van Hitler wou schudden. Louis ging Vlieghe achterna, maar had niet de minste kans om hem in te halen, Vlieghe schoot over de slootjes, Louis raakte buiten adem, hij wipte op zijn bronzen Canadese Eland en het dampende beest deed klompen aarde opspringen maar haalde de jongen niet in, Louis gooide vertwijfeld zijn tomahawk, maar Vlieghe rende maar door met de scherp geslepen bijl in zijn bloedende schedel geplant en schreeuwde, niet van pijn maar van triomf over de weiden, waar Baekelandt van zijn omheining opkeek.

Tijdens de recreatie speelden de Apostelen kaart. Goossens won, zoals vaak de laatste tijd. Usurpator. Een woord van de geschiedenisles. (Het volgend jaar leer ik Latijn.) Louis zocht naar sporen van zijn zonde bij de vlierstruik, naar de walg die Vlieghe moest voelen voor die zonde, maar vond niks in het gezicht, dat zich vosachtig concentreerde op de kaarten. Waarom heet hij geen Voske? Hij is voskleurig. Alhoewel sommige katten ook zo'n kleur hebben.

Een voskleurige kat die regeert als de Markies van Carabas, melk in de snorharen, laarsjes aan, bevelend. Vlieghe is mijn doodzonde. Hij weet niet wat hij doet. Is dit niet eigen aan wie bemind wordt, Mama, Bomama, Sint Franciscus, Bekka, noem maar op? Dat zij niet zien wie hen bemint? Dat alleen hij die bemint elke rimpeling, elke ademtocht opvangt, koestert? Vlieghe kreeg aldoor slechte kaarten.

Op een dag had Byttebier verteld over een kaartspel van grote mensen 'broekaf' genaamd waarbij wie verloor zijn broek moest uittrekken. Louis had het zo'n smerige gedachte gevonden dat hij het gebiecht had.

'Is dat alles wat je te vertellen hebt,' zei de onderpastoor korzelig. 'Dat ge dat woord gehoord hebt: 'broekaf'. Hebt ge zelf uw broek niet uitgedaan?'

'Jawel,' loog Louis.

'En dan? Vuile manieren gedaan?'

'Nee, nee, nee.'

'Wat dan wel?'

'Alleen mijn broek uitgedaan. En dan weer aangetrokken.'

'Weet ge 't zeker? Is dat alles? Wat deden de anderen?'
Koortsig zocht Louis naar een mogelijke bezigheid voor de anderen. 'Zij hebben er niet op gelet,' zei hij lam.

'Schrijf 200 keer: Ik zal mijn biechtvader niet lastig vallen met mijn prietpraat.' Toen hij al een aantal vellen klaar had, keek Zuster Adam over zijn schouder en zei: 'Hij is modern, onze onderpastoor, modern.'

Vlieghe gooide zijn kaarten neer. 'Niet één prentje. 't Slaat al tegen vandaag. Dat komt door Seynaeve. Hij trekt het ongeluk aan, die muiletrekker.'

'Zeg, een beetje beleefd, hé!' zei Louis automatisch.

'Gij moet uw mond houden want gij zijt in staat van doodzonde. Dat weet ge heel goed.'

'Ik kan moeilijk vannacht nog te biechten gaan.'

'Ge zoudt wel een beetje berouw mogen hebben, op voorhand.'

'Wat moet ik dan doen? Mijn ogen uitsteken met een patattemesje zoals Zuster Sint Gerolf?'

'Weer leugens,' zei Vlieghe. 'Dat zijt gij, leugens, leugens en niks anders. Gij bestaat van leugens. Zuster Sint Gerolf heeft dat nooit gedaan met dat patattemesje. Gij hebt dat helemaal...'

'Uit *uwe* duim gezogen!' riep Louis verblijd. Maar Vlieghe deed alsof hij niet begreep waar het op sloeg.

'Zij is niet eens blind, Zuster Sint Gerolf.'

'Wedden?' Louis sloeg met de rug van zijn hand op tafel. Het deed pijn.

'Voor hoeveel?'

'Voor alles wat ge wilt, ongelovige Thomas!'

'Ik wed nooit,' zei Vlieghe kalm. Zijn oom had angstwekkende schulden gemaakt op de paardenrennen van Oostende en zou dit nooit tijdens zijn leven kunnen terugbetalen.

'Wij zouden kunnen gaan kijken, dan weten wij het,' zei Dondeyne.

'Waar?'

'In de kamer van Zuster Sint Gerolf.'

'Daar geraken wij nooit binnen,' zei Goossens.

'Toch wel,' zei Vlieghe lijzig. Strateeg vol list en overmoed. 'Eerst moeten wij verkennen, hoe de ligging is, wat het beste uur is, hoe de aftocht kan gebeuren, enzovoort.'

's Anderdaags in de biechtstoel. 'Vader, ik heb gezondigd, het is mijn schuld, maar niet helemaal, een leerling die ik niet mag noemen, heeft mij verplicht te zondigen.'

'Was het weer van broekaf?'
'Nee.'
'Maar iets in dat genre?'
'Nee. Wel heb ik iets gedaan dat niet mocht.'
'Wat nu weer?'
'Het heilig scapulier.'
'Dat moogt gij afdoen zoveel gij wilt.'
'Ik heb het weggesmeten achter een struik.'
'Weggesmeten? Het is een *sacrementale*!'
'Ik kan het terugvinden.'
'Ga het zoeken.'
'Het was versleten. Mag ik het wassen, als ik voorzichtig ben?'
'Ja. Waarom hebt ge dat gedaan?'
'Uit een hoofdzonde. Uit nijd.'
'Ge weet toch dat het een voorrecht is om een scapulier te dragen? Dat het vroeger alleen werd toegestaan aan broederschappen...' Over oblaten, tertiarissen. Hij zweette nog meer dan de biechteling en zei uiteindelijk: '*Deinde te absolvo*'.

Die nacht zat de zwaargebouwde norse engel aan het voeteinde van Louis' bed. In de schaduw glinsterden, ritselden de witte zwanevleugels. 'Ge denkt dat ge er redelijk van afgekomen zijt, hé, muiletrekker? Met uw onvolmaakt berouw. Want ge waart voornamelijk bang voor de straf, dat kan nooit een volmaakt berouw zijn. En al die andere doodzonden die zich opstapelen de laatste tijd en die gij niet biecht en die uw schuld vermenigvuldigen? Ge steekt het toch niet in uw hoofd om zondag naar de communie te gaan?'

'Ik ken u,' zei Louis. 'Gij doet u voor als een engel, omdat ge nog de uitrusting hebt van vóór dat ge gevallen zijt. Ge doet u ook voor als Holst, die Mama kinderkleertjes heeft gebracht, maar uw eigenlijke naam is Beëlzebub.'

De vleugels ruisen alsof de wind er in zit, dan flapperen zij, dan schieten zij dwars door het houten wandje waarachter Dondeyne slaapt en verdwijnen en daardoor wordt Louis wakker, lijkt het wel, want over de waterachtige warmte in zijn onderbuik legt hij zijn hand en wrijft er, pulkt er. Tot hij de engel hoort mekkeren en overeind schrikt. Hij trekt het lint van zijn nieuw scapulier stuk en bindt het rond het vlezig takje dat uit hem groeit. Hij trekt de knoop hard aan tot een kermend piepje hem ontsnapt. Het takje krimpt ineen. Hij bidt resems Weesgegroetjes achter mekaar tot hij in slaap valt.

## XVII EEN VERKENNING

De gezonde wangen van Zuster Imelda kunnen in één wenk scharlaken worden. Vrouwen van sommige rassen, voornamelijk die uit het Noorden, uit de streek van fjorden en gletsjers, hebben een te dunne huid. De kleintjes schillen aardappelen, dweilen de vloer. Zuster Imelda zit breeduit als een klokhen op een melkstoeltje en geeft af en toe een hartelijk grommend bevel. De Apostelen vragen of zij kunnen helpen en zij vindt dat vanzelfsprekend. 'Straks moogt ge de ketels naar de refter dragen.'

'Zuster Imelda, hoe is het met Zuster Sint Gerolf?'
'Ach, jongens, wat wilt ge? De ene mens verandert rapper dan de andere.'
'Gij zijt nog jong, hé, Zuster Imelda?'
'Jongens, soms geloof ik dat ik echt nooit oud ga worden, dat mijn Zusters nog lange jaren miserie met mij zullen krijgen. Maar ja, ik loop ook meer in de gezonde lucht dan mijn Zusters, ik steek de handen uit, ik ben niet benauwd om een nachtje door te werken.'
'Zuster Sint Gerolf...'
'Die is van een chique familie, die heeft nooit geweten wat werken is, dat nooit geleerd, en op een zekere ouderdom wreekt zich dat.'
'Zij komt nooit uit haar kamertje, hé?'
'Jamais. Wij hebben er teveel mee tegengekomen. Maar dat is van ver voor uw tijd.'
'Dat kamertje van haar, is dat daar links van de kapel?'
'Nee, dat is van Zuster Econome. Die wil een uitzicht hebben op de notelaars. Zij is zot van noten. Omdat de olie van noten goed is voor de hersenen. Dat denkt zij toch.'
'Is het het tweede kamertje, waar altijd een gordijn voorhangt?'
'Dat is de studie. Nee, als ge 't absoluut wilt weten, cu-

rieuze neuze, het is dat kamertje waar de blauwe regen langs groeit. Ik bid alle dagen voor Zuster Sint Gerolf. Heel haar leven is zij godvruchtig en braaf geweest, en dan wordt ze zo gestraft. Zij was smoorrijk, dat wel, maar altijd godvruchtig en braaf. Maar ja, hoe komt zoiets? De hersenen. En dan wil de rest van de machinerie niet meer mee. Als ge teveel met uw hersenen bezig zijt, moet dat slecht aflopen. Ge kunt ook zonder hersenwerk Onze Lieve Heer dienen. Als ge maar gezond blijft en veel bidt is er niet meer nodig, Jezus weet dat wel.'

'En zit zij daar opgesloten, met de deur op slot?'

'Wat gaat u dat aan, Byttebier?'

'Ik mag er toch naar vragen, Zuster Imelda?'

'Zuster Sint Gerolf, jongens, dat is iets bijzonders. Zij komt van Moeskroen, uit een huis met drie piano's. Vroeger babbelde ik met haar over paarden. Haar vader fokte ze. Niet van die boerenpaarden lijk bij ons op het hof natuurlijk. Maar na een tijdje was er niet meer mee te redeneren. Dat komt meer voor, in zulke families. 't Is erfelijk, zeggen ze. Moeder-Overste wist ervan natuurlijk toen ze bij ons binnen kwam. Maar iemand uit zo'n familie weigert ge niet natuurlijk. En ik moet er bij zeggen: zij is altijd godvruchtig en braaf geweest gedurende jaren. Zij was altijd nogal op haar eentje. Maar dan is zij beginnen raar doen, bij de consecratie viel ze van haar stokje. Dan heeft ze haar eigen in brand gestoken.'

'Dat Slot van u, Zuster Imelda, dat moet schoon zijn van binnen.'

'Omdat wij daar onze zonden trachten uit te wassen door versterving.'

'Er zijn veel gangen, hé, en kelders en zolders, hé, lijk in een spiegelpaleis?'

'Waar haalt ge zoiets? 't Zijn gewone gangen met kamertjes.'

'Omdat,' zei Louis, 'als er een godsdienstvervolging zou komen en de Zusters moeten zich verbergen omdat ze door de vijand vogelvrij verklaard zijn, zo'n Slot eigenlijk verborgen kelders en onderaardse gangen zou moeten hebben, in 't geval dat...'

'Wie zou er ons vervolgen?'

'De bolsjewisten.'

'Voorlopig gaan die niet komen. Ze mogen zeggen van de Duitsers wat ze willen, en onze kerk heeft het niet gemakkelijk in Duitsland, maar ondertussen zouden zij toch de communisten tegenhouden.'

'Waarom zitten er overal tralies voor de vensters van het Slot, Zuster Imelda?'

'Dat is meer om het die van buiten moeilijk te maken om binnen te komen dan om die van binnen te beletten om buiten te gaan. Allee, help eens een beetje met die ketels patatten.'

'Direct, Zuster Imelda, direct.'

## XVIII EEN GOUDEN BIKKEL

Byttebier, de forse Apostel, zakte door de knieën, kruiste zijn handen en daarin plaatste Vlieghe zijn naakte voet. Vlieghe vlijde zich tegen Byttebier's borst, perste zijn heup tegen Byttebier's buik, en toen legde de boerse Christoforus Byttebier zijn wang en zijn oor tegen Vlieghe's dij en hees de jongen nog hoger tegen de muur. Vlieghe vond de vensterbank, trok zich op, klom toen langs de verroeste pijp, slingerde zich op het balkonnetje. Gelukt. De Apostelen beneden verwachtten een gil die door de nacht zou scheuren, een plotse aanval van verborgen nonnen, oorvegen, hulpgeroep, maar de nacht verroerde niet. Krekels. Vanaf het balkonnetje, als van onder een baldakijn op het Sint Pietersplein in Rome, maakte Vlieghe een zegenend gebaar naar de bewonderende gelovigen aan zijn voeten.

'Gauw,' zei Dondeyne. 'Gauw, gasten.' Alhoewel er streng bepaald was dat niemand één woord mocht zeggen tijdens de hele aanval.

Zij liepen achter elkaar, dichtbij de muur. Byttebier op kop. Toen de wenteltrap op, tot ze vóór de Verboden Deur van het Verdoemde Slot stonden. Krekels. De ratelende ademhaling van Schamphelaere die het dichtst bij de deur van de slaapzaal sliep.

'Waar blijft die onnozelaar?' lispelde Dondeyne. In het schaarse licht had hij gitzwarte kraalogen. Zuster Adam's regelmatige tred, afgewisseld door het geritsel van de gordijnen die zij bij elk hokje opentrok, kwam nader. Zoals voorzien. Zoals voorzien pakten de Apostels elkaar beet, toen zij aan de bocht kwam. Zij zakten in een stille omarming gevieren achter het kamerscherm dat bijna helemaal opeengestapelde bedden en een berg matrassen verborg. Louis' wang lag tegen een ijzeren stang, Goossens zat ongemakkelijk geknield, Byttebier lag als een zak boven op Dondeyne.

Vlieghe daagde niet op. Dondeyne's ogen sperden zich toen Zuster Adam, die waarschijnlijk eerder langs de kleintjes was gewandeld, naar de deur van het Slot stapte. Zij moet nu het gebonk van mijn hart horen, het kan niet anders. Als zij maar niet de deur van het Slot opendoet op het ogenblik dat Vlieghe er vóór staat aan de andere kant. Het zeilend habijt van de non deed stof en koelte opwaaien van onder het kamerscherm. Ik moet niezen. Zuster Adam rochelde, spuwde, niet in een zakdoek, want meteen daarna wreef haar schoen tegen de plankenvloer. Toen ging zij, door een plotselinge ingeving bewogen, naar de wenteltrap en daalde, verdween. Onzichtbare, onhoorbare Vlieghe, wat voer je toch uit! De Apostelen maakten zich los uit hun kluwen, de plankenvloer knetterde. Werd Vlieghe in het Slot, geblinddoekt, gemuilband, in bedwang gehouden door onhoorbaar sissende Zusters, die op zijn medeplichtigen wachtten?

Louis wou weg. Goossens hield hem tegen. Goossens voelt zich de nieuwe leider. In één seizoen: Apostel Nummer Eén.

Toen scheurde de muur voor hen, totaal onverwachts, in twee geluidloze panelen, zoals het voordoek van de Tempel op die Dag van Verdriet. Louis sprong achteruit, botste tegen Goossens aan die zachtjes vloekte. Dit was totaal onvoorzien. Wat uiteen schoof was een raam dat, mat-wit geverfd als de muren, sinds mensenheugenis nooit was opengegaan. Het raam ging verbazend stil verder open en Vlieghe grinnikte, wenkte. Het Slot wachtte op hen.

Nog wittere wanden dan de gangen van de slaapzalen. Heiligschennend liepen ze, schoorvoetend drongen ze verder door en volgden Vlieghe die het gebabbel van Zuster Imelda drie dagen geleden volgde, net alsof zij in het verhaal van de landbouwkundige non stapten, Vlieghe stond voor de open deur en ging als eerste naar binnen en het gebeurde in de tijd van de Oorlogen in Europa en Azië, in mijn tijd op aarde, dat wij haar zagen zitten op een eikehouten troon vol gekrulde ornamenten, Zuster Sint Gerolf, in de wereld Georgine de Brouckère. Op een armlengte afstand van Louis zit zij in haar edele kakstoel, slapend, vastgeregen met wit-en-bruine grof gevlochten touwen. Liefde in de maagstreek, liefde in het hete hoofd. Niemand mag haar eerder aanraken dan ik. Louis duwde Vlieghe opzij, als een voorbijganger op straat. Zij lijkt op Bomama, in het bleke, bloedloze. Een hoofd vol lellen en plooien, dat zij schuin houdt alsof zij water uit haar oor laat lopen. Zij zingt in haar slaap, maar dat kunnen alleen de Miezers—als zij bestaan—horen. Het kamertje is smal. De Apostelen zijn er teveel. Alhoewel niemand spreekt is het er te schreeuwerig, hun gehijg slaat tegen de zich vernauwende wanden.

Is zij nu blind of niet? Vlieghe trekt met delicate vingers haar ooglid naar boven. De ogen openen zich, matte, melkige knikkers zonder pupillen. Ik heb gewonnen. Of is het door het zwakke licht dat alleen het wit glimt.

Zuster Sint Gerolf wordt wakker met een elektrisch schokje. Zij kwijlt. Zij zoekt links en rechts, de bloedloze vingers graaien, zij snokt aan haar touwen.

'Zuster Sint Gerolf,' zegt Louis.

'Ja, Zuster,' zegt zij, helder, precies, in het schoon-Vlaams. 'Ja, Zuster. De Heer zij met u.'

'Zuster Sint Gerolf,' zegt Goossens.

Voor zij iets kan uitspreken met haar tandeloze mond, heeft Vlieghe er zijn wijsvinger in gestoken. Zijn duim—waar je nog het bleke ringetje van vlees kunt zien waar Louis de reepjes van zijn gescheurde zakdoek heeft vastgebonden—rust tegen haar pokdalige wang.

Zij sabbelt aan de wijsvinger en Vlieghe, met de onaantastbare ernst waarmee een Hottentot voor het eerst de mis dient, laat haar begaan. Het geslobber verloopt vredig. Als Vlieghe zijn vinger met een floepje terugtrekt, kreunt Zuster Sint Gerolf en schudt haar hoofd. Vlieghe doet een stap terug en Goossens steekt twee vingers in de open, doodse, zoekende mond. Zij slurpt, het geluid is dat van een kleintje in de refter dat soep slurpt.

'Ga weg. Ik ook.' Byttebier's stem is te luid, te vreemd. Zuster Sint Gerolf tracht haar lijf op te heffen, de touwen glimmen, spannen, kraken en de stank van de zwavelgassen brakende hel verspreidt zich snel in het kamertje.

Goossens duwt Zuster Sint Gerolf neer. 'Hola,' zegt hij vriendelijk. 'Hola.'

Dondeyne die als opdracht heeft om bij de muur het hele Slot in de gaten te houden, schuifelt dichterbij. 'Wij moeten haar om haar zegen vragen.'

'Hottentot,' zegt Louis. 'Zusters mogen niet zegenen. Zij zijn niet gewijd.'

'Wij mogen niets, helemaal niets,' zegt Zuster Sint Gerolf, opnieuw met die heldere welopgevoede stem.

'En dat is maar goed ook,' zegt Byttebier.

'Dat is waar, Zuster,' zegt Zuster Sint Gerolf. Op haar smal ijzeren bedje ligt een witte gehaakte sprei en daarover ligt een glanzend witter trapezium van licht, dat voortkomt uit het elektrisch peertje op de gang. Op haar nachttafeltje bevindt zich een stoffige asbak met de letters Roman-Bieren, waarin twee loden bikkels liggen. Louis steelt er een van zonder dat iemand het merkt en zegt, achteloos, als op bezoek bij een tante: 'Wij mogen niet te lang blijven, Zuster.'

'De Heer zij met u, Zuster.' Zij gooit haar lichaam naar voren, de troon en de stank wankelen. Zij bijt met haar naakt tandvlees naar onbestaande vingers.

'Ik zweer dat wij terug zullen komen,' zegt Louis.

'Het is tijd,' sist Dondeyne bij de deur.

'Niet zweren, Zuster. Hij heeft ook gezworen. Hij zei: "Sta op, neem uw bed op en ga naar uw huis."' Daarop viel zij in slaap of in zwijm, de Apostelen stootten elkaar aan, drumden bij de deur, renden in de koele, naar kalk ruikende gang.

Toen zij 's anderendaags samen na het middagmaal met de Meccanodoos een hijskraan bouwden zei Louis: 'Wij moeten nu iets ondernemen. Gij hebt het zelf gezien. Maar wij kunnen dat rustig overdenken in de komende dagen. Ondertussen moeten wij er elke nacht weer naar toe. Want ge hebt het zelf gezien hoe zij voor de rest van haar leven in dat kot moet zitten, wij moeten onze evennaaste helpen.'

'En moet ik elke nacht die muur opklimmen?' zei Vlieghe smalend.

'De gevangenen bezoeken is een werk van barmhartigheid.'

'Dat is juist,' zei Dondeyne, 'maar niet elke nacht.'

'Het goede niet doen is ook kwaad doen.' Maar zij bekommerden zich weer om de hijskraan. Louis knipoogde drie keer naar Vlieghe, het apostolisch teken voor: volg mij, ook door het vuur.

Achter de keukens zei hij: 'Hier' en stak zijn vuist naar voor. 'Wilt ge niet weten wat het is?' Zij gingen naast elkaar zitten op een doorkerfde, gerafelde autoband.

'Wat is het?'

Hij opende zijn vingers.

'Een bikkel?'

'Gij gaat het nooit ver brengen in de wereld,' zei Louis. 'Niet ver. Want ge gaat door de wereld lijk een blinde. Denkt ge dat dit een simpele bikkel is, niet meer of niet minder?'

Vlieghe keek hongerig naar de lucht, waar een vliegtuig gromde.

'Zal ik u vertellen wat deze bikkel is?'

'Begin maar,' Vlieghe trok rafeltjes van de autoband, kauwde er op.

'Zuster Sint Gerolf is van een goede familie.'

'Lijk gij zeker?'

'Moet ik u 't fijne ervan vertellen of niet?'

'Doe maar.'

'Familie de Brouckère is liberaal, het is te zeggen een familie van vrijmetselaars. Maar, zij, Georgine.'

'Wie is dat, Georgine?'

'Maar let toch een beetje op. Zuster Sint Gerolf haar naam is Georgine. En in haar familie was zij niet gaarne gezien omdat zij als enigste gelovig was en in 't geheim naar de mis ging. En om van haar af te zijn verplichtte haar vader haar om te trouwen met een baron, Stanislas heette hij, van Poolse afkomst, een pretentieuze dwazerik. Zij kregen een kind, die twee, maar in de plaats dat dat kind hun liefde aaneen smeedde...'

'Smeedde? Was 't een smid dat kind?'

'Luister. 't Was juist 't contrarie. Dat kind was een fraai, braaf kind dat niemand ooit kwaad gedaan heeft, het vertelde soms een beetje leugens en 't was natuurlijk wel een keer lastig, maar voor de rest was het een voorbeeld van goed gedrag en zeden. Alleen kon het niet zo goed spreken, het hakkelde, omdat het teveel tijd nodig had om te peinzen wat het moest zeggen.'

'Niet lijk gij,' zei Vlieghe. Vanuit de wolken was niks meer te horen.

'Maar wat dat er raar was, was dat de vader van het kind, de baron Stanislas, altijd lelijk deed tegen het kind, dat kind uitlachte of het stampen gaf.'

'Waarom?'

'Waarom? Omdat hij dacht dat het kind niet van hem was, maar wel van een tapijtverkoper, een tsjoek-tsjoek uit Egypte. Want zij hadden daar gelogeerd. Aan de Nijl. En dat kind...'

'Hoe heette het?' vroeg Vlieghe razendsnel.

'Gerolf. Dat heb ik u toch gezegd?'

'Nee.'

'Gerolf, die sukkelaar, had een kromme neus en nogal donker vel. Vandaar dat de baron dat in zijn hoofd stak. Op een dag, of liever op een nacht dat ze van een bal thuis kwamen begon baron Stanislas daarover. "Dat kind is van iemand anders. Van iemand uit Egypte. Kijk naar zijn neus, naar zijn vel. En ge wilt op vakantie gaan naar het Kanaal van Suez, smerige vrouw!" Maar, wat zij niet wisten, was dat het kindje, de kleine Gerolf dus, dat allemaal hoorde vanuit zijn bed. En dat ventje trok zich dat zo aan, dat hij er ziek van werd. Hij wilde eerst weglopen naar de streek van de Pyramides om zijn eigen, echte vader te vinden, maar hij had er de krachten niet meer voor, hij bleef maar in zijn bed liggen en teerde weg. Wat gebeurt er? Op een namiddag breekt er een storm los, het venster van de slaapkamer waaide open, de grote cactus die op de vensterbank stond viel omver, precies op Gerolfke zijn hoofd, zijn moeder die hem bouillon kwam brengen verschoot zich een ongeluk, want al de cactusstekels zaten in zijn aangezicht. "Maar och Here," roept zij en ze wil die stekels er uit trekken. "Nee, Mama," zei Gerolfke, "laat ze maar zitten, het is de moeite niet meer," en hij stierf op 't zelfde moment. Van heel Europa zijn zij naar de begraving gekomen, hele stoeten van adellijke personen. Maar ik ga te rap met mijn historie. Vóór dat Gerolf begraven moest worden had de moeder gevraagd aan de bisschop die haar biechtvader was of dat zij haar dood ventje mocht balsemen, en bij haar in haar slaapkamer houden. "Doe dat niet, madame," zei de bisschop, "als ge dat kindje alle dagen gaat blijven zien, gaat ge er teveel hartzeer van krijgen." "Maar ik wil hem niet in de put," riep ze, "niet in 't familiegraf van de familie van Stanislas die zo lelijk gedaan heeft tegen mijne kleine." "Madame," zegt de bisschop, "ge zoudt beter één klein kleinigheidje bewaren van uw dode zoon, en daarmee uit." "Wat?" vroeg ze, "een lokje van zijn haar in een medaillon rond mijn hals?" "Nee," zegt de bisschop, "iets dat ge kunt voelen." "Zijn rechterarm die hij altijd rond mijn hals sloeg voor 't slapengaan?" Dat was te ongemakkelijk om mee op reis te nemen, om kort te gaan...'

'Ja, hou het kort,' zei Vlieghe.

'Om kort te gaan, zij wisten niet wat te kiezen, zij hebben 't kind gekookt, het vel en het vet eraf gehaald en dan mocht de moeder kiezen welk gedeelte van het geraamte ze wilde houden voor dat heel 't geval weer in de kist ging. Een hele nacht heeft ze bij 't geraamte van haar kind gezeten en constant geschreid en dan zei ze: "Dat stukske daar, dat gewrichtje. Want het lijkt op een bikkel en onze Gerolf bikkelde zo gaarne." Zij hebben goud gegoten rond het gewrichtje, en voilà, hier is het, het is voor u.'

'Is dat goud?'

'Ze hebben rond het goud een laagje lood gelegd opdat

de kamermeiden het niet zouden stelen. Maar bewaar het goed, als 't nodig is kunt ge 't goud inwisselen in de bank.'

Louis gooide de bikkel een paar keer op, liet hem op de rug van zijn hand vallen, gooide hem weer op, ving hem met een maaiende beweging, en gaf hem aan Vlieghe.

'Het lag op haar nachtkastje. Nu is het van u.'

'Dat mens gaat er naar zoeken.'

'Dat is zeer goed. Want zij begon te vergeten dat het er lag. Zij heeft het een hele tijd niet in haar hand genomen, want er lag stof op. Nu het er niet meer is, zal haar verdriet weer schoon vers opsteken. En zal ze weer moeten denken aan haar kind dat verdwenen is voor goed en voor altijd en voor iedereen.'

'Gij zijt een propere smeerlap.'

'Ja, hè?' zei Louis happig.

'Niet alleen een smeerlap, maar een vieze vuile leugenzak.' Vlieghe liet de bikkel in de borstzak van Louis' schort vallen en stond op van de autoband en wandelde weg.

In de Aardrijkskundeles die over Albanië ging vertelde Zuster Sapristi dat Mussolini, een van de ergste ketters die het christendom had gekend, al duidelijk de goddelijke straf voelde, want hij kreeg heel vaak schokjes en rare scheutjes, om niks begon hij in zijn paleis te brullen en te huppelen van de zenuwen, lang kon een mens dit niet volhouden.

Louis vroeg zich af wat Papa daarvan zou vinden, hij die Louis foto's had laten zien waarop de machtige kale gestalte met naakt torso temidden van onaanzienlijke, ongeschoren boeren de oogst hielp binnenhalen, en gezegd had: 'Kijk, dat is nu een mens op zijn plaats. Voor het volk, door het volk. Ziet ge Paul-Henri Spaak al met een hooivork?' Mussolini was Albanië met opzet binnengevallen op Goede Vrijdag om te tonen dat hij op de dag van Jezus' kruisiging de Albaniërs wou kruisigen, de lafaard die honderdduizend man, honderdzeventig boten en vierhonderd vliegmachines had ingezet tegen dat handjevol bergbewoners zonder enig verweer. Mussolini, zei Zuster Sapristi, werd al beschreven door Corneille, als deze zich afvraagt: *'si l'on doit le nom d'homme à qui n'a rien d'humain, à ce tigre altéré de tout le sang romain.'*

Wat idioot was, vond Louis, want de Duce was niet bloeddorstig naar Romeins bloed, maar naar dat van de blauwzwarte Ethiopiërs en de Albanezen. En als hij in de Middellandse Zee het rijk van Julius Caesar wilde herstellen, wat was daar fout aan? Zij hadden toch geleerd dat Caesar een van de grootste mannen van de geschiedenis was.

De roze tong van Vlieghe was zichtbaar toen hij geeuwde. (Je hebt geluk, Vlieghe, dat ik geen luitenant in Mussolini's leger ben. In je onderbroek zou ik je wegsturen, de woestijn in van Ethiopië.

'Waarom, luitenant?'

Omdat je iemand bent die zijn luitenant blauwe bloemkes wijsmaakt, die beweert zijn luitenant door dik en dun te volgen, en die als er een bewijs moet geleverd worden van die genegenheid, iets wat een luitenant op elk ogenblik, waar dan ook, mag opeisen, het laat afweten, méér, de luitenant beledigt, vernedert. En avant, marche! Het zand in. Zorg maar dat ge een oase vindt vóór zonsondergang, renegaat!)

Mussolini is stom, zei Zuster Sapristi, want hij doet Hitler na en achtervolgt en kwelt de katholieken. Maar Hitler heeft een nieuwe godsdienst, hoe ketters en duivelachtig die godsdienst ook is. Mussolini heeft *niets* in de plaats. En is het niet ultra-stom om Zijne Heiligheid de Paus die de tiran nooit één strootje in de weg gelegd heeft nu op stang te jagen? 'Wie aan de Paus komt, moet sterven!' fluisterde Zuster Sapristi.

Op weg naar de slaapzaal gunde Vlieghe Louis geen blik.

Louis kon niet slapen. Op zijn bed, zoals de graaf van Montechristo op zijn brits in de vochtige, onderaardse cel, bedacht hij allerlei ontsnappingen uit het Gesticht, zag zich aankomen in het Slechte Huis op de weg naar Walle, of in Walle zelf aanbellen bij de donkere gevel waarachter Mama lag. Hij keek door het raam naar het wit oplichtende traliewerk van de draaimolen. Vaak had hij er op gezeten, in veilige warme dagen vroeger, en er koppig gewacht tijdens de spreekuren, op Mama en Papa die soms kwamen. Die ene keer dat hij als kleintje niettegenstaande de Zusters hem gewaarschuwd hadden dat Mama niet zou komen toch obstinaat bleef wachten, terwijl de ouders van de anderen keuvelden, kwebbelden. Tot het donker werd en koud. Ik heb niks misdaan, Mama. De Zusters die eerst meewarig langsliepen werden kwaad. 'Seynaeve, niet zo kinderachtig!' —'Louis, ze komt niet!'—'Zijt ge nog zo'n kleine jongen die niet eens een dag zonder zijn Mama kan?'—'Als ge nu niet direct meekomt, vliegt ge in het kolenkot'—'Goed, blijf daar maar.' Zuster Kris wrong zijn vingers van de metalen stang, trok aan zijn haar.

Vlieghe ziet mij niet staan. Zijn hoofd gonst van Twaalf Cilinders Delahaye zonder compressor, in het circuit van Pau zijn zevenhonderd bochten, gemiddelde snelheid 88 kilometer, de beste olie is Veedol, reageert op de minste druk op de starter, zelfs bij twintig graden onder nul...

Louis kroop weer in zijn bed. Vlieghe heeft geen hart. Een hart werkt bij elk persoon anders. Bij Vlieghe is het uitsluitend een mechaniekje, cilinder, carter. Bij mij een waakvlammetje, onderhevig aan elke tocht, hoe ziet een hart er uit? Katten eten hart, Jezus wijst naar zijn hart, een zakje vol vlammen. Richard Leeuwenhart. Het hart, sidderend, stormachtig, maar dichtgekneld van Prins Sou-Chong. 'Dijn is mijn ganse hart.'

Hij wist dat hij half sliep toen hij zich naar het bed van Vlieghe begaf, door de spleet van het gordijn keek, alleen een lange bult onder de dekens zag. Hij trok het gordijn weg van het slaaphok van Dobbelaere, Omer. De dikke ongure jongen sliep met dichtverkrampte vuisten. Louis trok aan zijn haar, Dobbelaere werd wakker met een soort genies, steunde op een elleboog. Hij droeg een tabbaard met fronsjes en plooitjes bij de borst, zoals bij sommige orden van Zusters in vreemde streken.

'Dobbelaere, gij zijt betrapt.'
'Ja?'

'Ja. Wij hebben gezien dat gij uw schoenveters gekruist hebt geknoopt.'

'Ik?'

'Waarom, Dobbelaere?'

'Omdat gij dat ook doet.'

'Alleen Apostelen mogen hun veters zo knopen!'

'Ja.'

'De eerste van de Apostelen zijnde, ben ik de genade. Vraag om genade.'

'Genade.'

'Gij meent het niet. Niet echt.'

Dobbelaere kroop op zijn knieën, de deken viel van hem af op de grond.

'Onderkruiper!' Louis greep met volle hand in de fronsjes, draaide zijn hand, een wollige bol linnen in zijn vuist, hij trok, de stof scheurde, Louis rukte harder, de gewelfde witte borst van Dobbelaere kwam vrij.

'Zijt ge niet beschaamd, Omer?' zei Louis. De rituele zin van Dobbelaere's moeder in de gang toen Zuster Engel voor haar zoon knielde. De dikke jongen bracht aarzelend zijn hand naar de gescheurde opening, Louis sloeg de hand opzij.

'Schuif op,' Louis ging liggen in het nauwe, naar slaap ruikend bed, vlak onder de sepia-foto van een gendarm, Vader Dobbelaere.

'Gij moogt geen vuile manieren doen, Louis.'

'Ik ben de genade, Hottentot!' Louis zag hoe de roze tepel van Dobbelaere opgericht was, hij trok eraan. Als aan de tepels van Mirza, de hond van Tante Violet, als niemand het zag.

'Au!'

'Hou uw mond.' Hij trok harder, perste zijn vingers dicht, liet los. 'Mijn straf zal mild zijn, niet omdat ik u gaarne zie, maar omdat ik de genade ben. Ga liggen. Plat, zeg ik.'

Louis zoog lang aan de tepel.

Toen begon Dobbelaere zijn haar te strelen. Louis liet het toe, telde tot elf, richtte zich op.

'Dat ik nog één keer uw schoenveters gekruist zie, vetzak.'

Op de gang tochtte het. Hij zag de Grote Beer, het Zevendruppeltje. Mama waarschuwde altijd voor tocht. Hij bleef kijken naar de sterren tot zijn ogen dicht vielen en zijn hoofd tegen de vensterpost bonkte. Sloop toen naar zijn bed, zoals de leeuw in de savanne vlak vóór hij briest.

## XIX ZIJN GEMENE MUIL

De koningin van het Gesticht, Moeder-Overste, kwam met haar gevolg binnen tijdens de les van Zuster Engel, en dat gevolg was Peter (die uiteraard een heel andere kant uitkeek dan waar ik zat) en zijn boezemvriend, de wijdbuikige kanunnik Vanhoore, wereldvermaard om zijn opwekkende Vlaamse jongensliederen. Zij hadden Zuster Engel niet verwittigd want zij schrok, schikte haar steeds onberispelijke kleren, loerde snel de klas in of er zich niet iets schandelijks had voorgedaan terwijl zij het Oostenrijks bewind aan het uitleggen was, en kwam van de estrade, maar ze werd er met een koninklijk wuifhandje weer heengejaagd. Vorstin en gevolg wandelden als in de huiskamer van een lakei, naar het achterste gedeelte van de klas.

Zuster Engel hernam de les, op haar ongemak, meer dan ooit de eigennamen overdreven articulerend. Minister Mercy d'Argenteau werd vervangen door Graaf Met-ter-nich-Win-ne-burg.

Louis durfde niet achterom kijken, maar had in de paar ogenblikken dat Peter, diens Vriend en de Overste langs zijn bank waren gegleden toch een eigenaardige glimp van een eigenaardige Peter opgevangen. Gewoonlijk vertoonde Peter als hij in het Gesticht kwam en zich onder de leerlingen begaf, altijd met een Zuster samen natuurlijk, want nooit mag een vreemde, al is hij nog zo hoog van rang en stand, zonder begeleiding van een Zuster in het Gesticht rondlopen, een springerig, bijna speels voorkomen. Speels? Toch wel. Weet je nog, verleden jaar toen hij met zijn hartsvriend de kanunnik kwam middagmalen in het salon van Moeder-Overste en klaagde over kiespijn. 'Ik zou tegen de muren opklimmen, Moeder, het is de straffe Gods en ik moet het aanvaarden, ik weet het, maar het doet toch zo'n zeer.' Moeder-Overste was in al haar staten, wilde een Zuster naar de infirmerie sturen om aspirines. 'Aspirines, Moeder? Nee. Laat maar. Ik heb een betere remedie. De korte metten!' En hij haalde zijn vals gebit uit zijn mond en legde het naast zijn bord soep. Moeder-Overste had groen gelachen. Appelgroen, zei Peter.

Nu evenwel was er iets korzeligs te lezen geweest op zijn geblutst gezicht.

Toen de les voorbij was, applaudisseerde de kanunnik met de rug van een hand slapjes tegen de palm van de andere. ''t Is wel, heel wel, Zuster, ik heb een heleboel bijgeleerd.'

'Jongens,' zei Zuster Engel en bracht een prachtig somber geluid voort: 'Oehoehoe.' De jongens vielen in en zongen het bekendste lied dat door kanunnik Vanhoore werd geschreven (en door Papa gedrukt op zeegroen glanzend papier met een roze omslag: *Liederen voor Onze Jeugd*).

'Oehoehoehoehoe doet de wind, Tokketokketokke doen de regendroppen.'

Toen het gezelschap instemmend glimlachend naar de deur ging, ontstond er een meningsverschil tussen Peter en de kanunnik, want zij fluisterden, de kanunnik legde zijn hand op Peter's voorarm, drong aan, bezwoer hem, maar Peter schudde verwoed zijn hoofd. Het heeft met mij te maken. Zij willen iets van mij.

Peter, die al de klink van de deur in zijn hand had, deed een paar passen in het klaslokaal, zocht en keek bijziende—zozeer bijziende dat de klas lachte—in Louis' richting. Overdreven speels turend zei hij: 'Ik geloof dat er daar iemand zit die ik eerder heb gezien.'

Louis gloeide, beet op de binnenkant van zijn wang.

'Ja. Ik geloof... Gij daar, Meneer, met uw krullekop. Ge moet niet rood worden. Zijt gij geen verre familie van mij?'

De klas, de kanunnik, Moeder-Overste, lachten uitbundig.

'Kom een keer hier.'

Louis kroop uit zijn bank. 'O, maar nu zie ik het, potverdikke, het is een Seynaeve...'

'Dat kan hij niet loochenen,' zei de kanunnik.

'Zeg eens, Seynaeve, wat is het verschil tussen een vlieg en een mug?'

'Een mug kan vliegen, maar een vlieg kan niet muggen.'

'Zeer goed. Tien op tien.' Een bitter, gemeen trekje verscheen onder de vierkante snor van de voorvader. 'Dat was om u op uw gemak te zetten. Let nu goed op. Waar is Cyriel Verschaeve geboren?'

'In Ardooie.'

'Zeer goed. En de datum?'

'Het is vóór 1900.'

'Niet mis. Maar niet helemaal juist. Peinst eens. Een inspanning.'

'1880.'

'In 1874, op de 30ste april,' zei Peter bedachtzaam. 'Maar ge waart er niet ver nevens.'

'Iets van niets. Een jaar of zes,' zei de kanunnik.

Peter is onderwijzer geweest, je kunt het zien aan de manier waarop hij nu, handen op de rug heen en weer loopt. Hij merkt niet hoe zeer Zuster Engel op haar ongemak is, nu hij haar functie overneemt.

'Jongens, vanmorgen, op weg hierheen, want wij zijn al zeer vroeg op de been, Mijnheer de Kanunnik en ik, heb ik een gevecht gezien, een verschrikkelijk gevecht, en het ene vechtende gedeelte was zwart en het andere was wit, en toen werd dat zwarte grijs en het witte werd rood. Ik zag dat en mijn hart sprong op in mijn ziel, zo mooi was dit gevecht, dat ik toch alle dagen zie en dat alle dagen moet gebeuren, willen of niet.'

Hij wreef het zweet van zijn voorhoofd met de kraakheldere zakdoek die hij uit zijn mouw haalde. 'Wat is dit voor een gevecht?'

De klas zweeg. Bevroren. 'Wel?' Een gevecht? Louis zag zwarte ridders, cowboys in het wit, witgepoederde Romeinse wagenmenners. Niemand stak zijn hand op.

'Ik ga een beetje helpen. Ik heb gezegd: 's morgens heel vroeg. En het is dagelijks.'

'Ik vind het zeer moeilijk.' Zuster Engel probeerde de klas te redden.

'Kom, kom, Zuster,' zei de kanunnik, maar je zag dat hij het ook niet wist. Peter schudde meewarig zijn hoofd. 'Zal ik het zeggen? Ja? Dit dagelijks gevecht, jongens, is dat van de zon met de zwarte wolken van de nacht!'

'Ach, ja,' zei de klas. 'Natuurlijk. Nu dat ge 't zegt.'

De kanunnik zei: 'Ik dacht: twee mussen die vechten voor een paardevijg.' De klas schaterde. Die kanunnik toch!

Peter kreeg Louis weer in het vizier, wenkte hem, nam hem mee op de gang.

'Wij lachen, Louis, maar dat is om wat er in ons hart omgaat... dat verstaat ge toch?'

'Ja, Peter.'

'Wij moeten gereed zijn om de beproevingen... dat verstaat ge toch?'

Louis knikte. Wat bedoelde hij? Wat kwam hij doen, behalve landkaarten, klasdagboeken, schoolgerief verkopen? Peter nam Louis' hoofd tussen twee knokige handen, mummelde wat. Schraapte zijn keel.

'Tante Nora is in de parloir.' Hij liet Louis los en draaide toen twee knokkels boven op Louis' schedel, het deed geen pijn, het was een onhandig gestreel eigenlijk. Louis dacht: Hij voelt dat ik zijn petekind ben.

'Zij zal het u uitleggen.' Het klonk als een snik. 'Ga nu maar, naar de parloir.' Inderdaad, Tante Nora, Papa's lelijkste zuster, stond er en naast haar als een vriendin, Zuster Econome. Tante Nora's trompetneusje met neusgaten waar je in kunt kijken, haar opgekrulde bovenlip, haar witte wimpers, alles was treurig, weerloos. 'Louis-tje, Louis-tje!' Zuster Econome nam haar hand als om er een geheim cadeautje in te stoppen. Nog niet zo lang geleden tilde Tante mij altijd op en zwierde mij rond.

'Louis-tje.' Zij haalde haar neus op.

'Het is een grote jongen, onze Louis,' zei Zuster Econome.

'Louis-tje, ik ga maar met de deur in huis vallen. Ge hebt geen broertje.'

Dan is het een zusje. Een piskous.

'Er is iets misgegaan en Onze Lieve Heer heeft gepeinsd dat het misschien beter was dat uw Mama...'

'Wat is er met Mama?' schreeuwde Louis.

'Zij komt overmorgen naar huis.'

Was zij dan op reis geweest? Wát had Onze Lieve Heer gepeinsd?

'Zij is nog een beetje ziek, maar de dokters vinden dat ze rapper zal herstellen thuis.' Tante Nora ging zitten, uitgeput na de volbrachte taak. Zuster Adam stond in de deuropening met een register, deed 'Psstt!', Zuster Econome schoof tot vlakbij haar, zij vormden één welig, zwart gevaarte. Met haar delicate vinger volgde Zuster Econome de kolommen cijfers in het opengeslagen register. 'Maar dan moeten de onkosten van de kleren hiervan afgetrokken worden,' zei zij gedempt.

''t Is wreed,' zei Tante Nora. 'Maar het is de gang van de wereld.'

De Zusters sisten, telden, een litanie van cijfers.

''t Gaat voor een volgende keer zijn,' Tante Nora veegde haar tranen weg.

'Is Mama triestig?'

'Dat gaat.'

'Natuurlijk is zij triestig, wat is dat nu voor een vraag?' zei Zuster Adam.

''t Was zo'n schoontje. Ik heb het gezien. Zo'n schoon manneke. Maar Onze Lieve Heer heeft het niet gewild.' Zijn Tante haalde Onze Lieve Heer erbij omdat ze in de spreekkamer van een klooster was, onder de onderzoekende blikken van nonnen en van Paus Pius XII.

Tussen haar wit-gele wenkbrauwen zaten dikke druppels zweet, of tranen die zij er met haar mouw had ingeveegd. Ja, van alle dwaze maagden werd deze Tante Nora uitverkoren om deze on-blijde boodschap te brengen. Papa, lafhartige echtgenoot, zendt zijn onsmakelijke zuster en zijn vader. Waarom komt hij mij zoiets niet persoonlijk melden? Tante Nora moest het register aftekenen. Zij had het ronde, schuine, beschaamde handschrift van Papa.

'Langs de bank van Brussel als altijd?' vroeg Zuster Econome. Tante Nora zei: 'Ja, Zuster', als een Hottentot.

In de patisserie aan de overkant at Louis een stuk chocoladetaart, Tante Nora drie éclairs.

'Hebben zij het gedoopt, mijn kind?'
'Hoezo, uw kind?'
'Ik wil zeggen Mama's kind.'
'Uw broertje? Natuurlijk.'
'Wie heeft het gedoopt?'
'Eh... de pastoor van 't hospitaal.'
'Was hij daar dan als het geboren is?'
'Ja. Nee. Zij hebben hem getelefoneerd. Hij was er direct.'
'Wist hij dan dat het dood zou gaan?'
'Hoe kon hij dat weten?' Zij smakte ongeduldig met haar lippen. 'Peins er niet meer op. Ik heb dat aan uw Mama ook gezegd. Vergeet het. Zo rap mogelijk. Het is een ongelukje. Het is de natuur.'

Het kind, pappig, vol rimpels, als de kleine Jezus die kirrend van plezier op de blauw-en-gouden voorarm van Maria zat, met dezelfde porseleinen wijde ogen, richtte zich op, sloeg naar een mug, keek naar Papa en begon te trappelen. Mama zei: 'Staf, er scheelt iets aan mijn kindje.' — 'Maar, nee, Constance.' — 'Toch wel, het is niet content.'

'Dan moet het maar leren content zijn.' Het kind hoorde dat en wendde zich af, het legde zijn kopje neer, het hield zijn adem in, bleef zijn adem inhouden tot zijn porseleinen ogen braken en bloedden.

'O, mijn vers schoon hoofdkussen,' riep Mama, 'en die kleertjes die Holst gebracht heeft, onder 't bloed!' Maar dat hoorde het kind niet meer. Het had zijn pijpje uitgeblazen, mijn broertje.

Tante Nora keek naar haar polshorloge en bestelde nog twee éclairs, vroeg: 'Zo al die jongens samen, 's avonds, hoe gaat dat? Spelen ze nog samen in de slaapzaal?'

'Wij mogen in de refter spelen tot het avondgebed.'
'En als de Zusters naar hun bed zijn, blijven die jongens

dan schoon slapen of steken ze nog deugnieterij uit?' Zij likte de vla van haar vingers en wreef ze af aan het tafellaken. Haar wangen waren rood als de aardbeientaart die achter haar op de schoorsteen stond. Zij heeft mijn moeder helemaal vergeten. Volgens Mama zal zij nooit gelukkig zijn met Nonkel Leon. Nonkel Leon heeft al eens in *Het Laatste Nieuws* gestaan, als winnaar van een dam-toernooi.

'Er zijn er voorzeker die rare manieren hebben. Nee? Hoe oud zijn de oudste jongens? Dertien, veertien. Zijn er al bij die een moustache hebben?'

'Ja.'

Zij wou iets zeggen maar deed het niet, omdat de vrouw van de patisserie langs kwam op weg naar de deur. Op straat was er het gesputter van een auto te horen, dat Louis in de verste verte vertrouwd voorkwam.

'Hoe is het met Nonkel Leon, Tante?'

'Ge kent hem. Altijd op zijn gemak. Nooit een woordje te luid of te snel. Als zij hem maar met gerust laten. Als hij geen dam-problemen oplost ligt hij in de canapé met zijn ogen toe en luistert hij naar de mussen.'

Zij keek weer op haar horloge. 'Waar blijft hij toch? Als er iets is dat ik niet kan uitstaan is 't mensen die te laat komen. En ik moet om zes uur thuis zijn voor onze Nicole die van de catechismus komt.'

'Wie moet er komen?'

Zij keek hem doordringend aan, een beetje scheel, en er brak een geniepig lachje door, voorwaar, zij was een dochter van Peter.

'Kijk een keer achter u.'

Papa deed zijn hoed af, en kwam nader.

'Dat had ge niet gepeinsd, hé,' kraaide Tante Nora. 'Ik heb u schoon liggen gehad!'

Papa viel neer op de stoel naast Louis. 'Zijt ge hier al lang?'

'Een uur!' riep Tante Nora. Papa bestelde een mille-feuilles en een koffie.

'Ik kon niet weg. De burgemeester wil een cliché van tien

bij twaalf voor de prijs van een van zes bij acht! Ik krijg overal van iedereen korting, zegt hij.'

'Enfin, gij zijt er. 't Is het voornaamste.'

'Is hij gereed?' vroeg Papa. Alsof 'hij' (ik!) in een andere kamer, in een ander land was.

'Ik moet nog zijn koffer halen, Zuster Imelda is hem aan 't pakken.'

'Ge hebt weer chance,' zei Papa tot Louis. 'Ge moogt vóór al de anderen naar huis.'

Hij at zijn mille feuilles in drie happen op.

'Naar huis?' Dit was onmogelijk. Zij logen. Het was een van hun vele verraderlijke spelletjes.

'Ja, voor de vakantie.'

'De grote vakantie. Maar dat is maar binnen twee weken?'

'Precies. Zijt ge niet blij?'

'Maar waaróm?'

'Om dat geval... met Mama...'

'Ge ziet, Louis, bij elk ongeluk komt er een geluk. Ja of nee? Nog een tasje koffie, Staf?'

'Nee. Geen koffie meer voor mij. Ik ben op van de zenuwen.'

'Gij vreet uw eigen op,' zei Tante Nora als een echtgenote.

Daarop gaf Papa haar met zijn wenkbrauwen en met een bijna onmerkbaar knikje een signaal. Zij nam haar tas en stond op. De bel van de patisseriedeur rinkelde, zinderde na.

'Ik moet het u uitleggen, Louis,' zei Papa meteen. 'In de toestand waarin ik ben, op van de zenuwen, kan ik geen stap in 't klooster zetten, geen stap. Want ik zou alles in 't lang en in 't breed moeten expliqueren aan die nonnen en ge weet al zo goed als ik dat zij absoluut niks maar dan niks verstaan wat er aan de hand is als er in een goed huishouden een drama gebeurt. Ze zouden zagen en zeuren dat het allemaal geregeld is door Ons Heer en dat onze beproevingen' (hij rekte het woord en bestelde een confiture-taartje) 'ons versterken enzovoort, enzovoort. En mijn hoofd staat daar niet naar. Ik zou, geloof ik, onbeleefd worden en in mijn commerce kan ik mij dat niet permitteren.'

Het confiture-taartje kwam, hij sneed er een achtste van en gaf dit aan Louis.

'Hebt gij een beetje uw best gedaan?' zei Papa. 'Hebt gij uw bulletin bij? Hoe is 't met rekenen?'

'Goed.'

'Goed.'

Papa kauwde, smakte, wachtte op Tante Nora. Zegt niets over het andere kind, niets over dit kind onder zijn neus.

'Ik heb niet veel punten in geschiedenis.'

'En ge waart daar zo goed in.'

'Dat komt omdat Zuster Kris ons niets vertelt over de geschiedenis van Vlaanderen. Wij moeten niets anders dan Franse veldslagen onthouden en de opkomst van de Franse industrie. En daar heb ik nooit iets over geleerd of gelezen.'

Louis' leugen had een groter effect dan hij ooit had verwacht. Papa zat meteen rechtop, zijn slaperigheid was ineens verdwenen, hij trommelde op het tafellaken.

'De Franse industrie!'

'Ja, meneer Seynaeve?' zei de vrouw van de patisserie.

'Wat, ja?'

'O, ik dacht dat ge mij riep.'

'Nu dat ge hier toch zijt, madame, geef ons nog twee boules de Berlin. Ik ga er naar toe.' Maar Papa bleef zitten, veegde de kruimeltjes van de milles-feuilles in zijn handpalm en gooide ze in zijn mond. 'Ik heb het altijd geweten. De Franse geschiedenis, daarmee beginnen ze. Om dat van jongsaf aan in onze Vlaamse jongens te pompen. Allemaal de schuld van Napoleon. Want hij is de eerste geweest om in zijn bezette gebieden maisons de la culture française op te richten om propaganda te maken voor Frankrijk en aan spionage te doen. Ja, Meneer Boon-apart legt zijn boontjes te weken in de kloosters. Zo gaat dat. Maar, olala, dat gaat nog een staartje krijgen!'

'Wat ge ook moet weten...'

'Zeg het! Zeg het!'

'In de recreatie hadden we vroeger 'Zonneland' en nu is het 'Mickey'. Al de tekenverhalen zijn in het Frans.'

'Het is niet waar!'

(Ik zou Christelijk medelijden moeten hebben met de goedgelovige die daar voor mij zit. Maar ik kan niet vergeten dat hij vergeet om ook maar één woord over Mama en haar verwoesting te zeggen. Wel leugenachtige praat over een trap waar zij van gevallen is.)

'Zuster Engel,' zei Louis. (Als ik zijn leugens wil overtreffen, dan mag ik niemand sparen. Ook de liefste, de zachtste, moet mee in de modder.) 'Zuster Engel beweert dat het niet de Vlamingen zijn die de Slag van de Gulden Sporen gewonnen hebben.'

Nu was Papa pas verbluft. Zijn mond, met de kruimels op de dunne lippen geplakt, viel open.

'Wat? Hoe zo?'

'Zuster Engel zegt dat er aan de Vlaamse kant voornamelijk Duitsers en Friezen en Hollanders en zelfs Franssprekende Henegouwers waren.'

'Dat is laster,' zei Papa.

'Vandaar dat ik niet veel punten in geschiedenis heb.'

Ik kan hem doen dansen als een jojo. Als je maar onverzettelijk bent. Louis neuriede: *'Toujours sourire'* uit 'Het Land van de Glimlach', maar Papa herkende het niet.

Tante Nora werd zichtbaar op straat. Zij droeg Louis' te zware koffer. Zij hield haar hoofd opgericht, schouders stijf achteruit, maar haar onderstel wiegelde, waggelde. Op straat huppelde Louis haar tegemoet. Papa naast hem, rende hijgend en voorovergebogen als een spion naar zijn auto. 'Gauw, Nora, dat ze mij niet zien!' Hij had moeite met de autosleutel, friemelde zenuwachtig terwijl hij zich achter de auto trachtte te verbergen.

Drie duiven daalden en gingen op de vensterbank van Zuster Econome's kamer zitten. Op de eerste verdieping van het Slot ging een raam open en verscheen een mouw met een flappende stofdoek. De straat was leeg.

De grote vakantie is begonnen voor mij. Vlieghe zit nog

opgesloten. Dat zal hem leren. Waar is hij nu? Bij Baekelandt waarschijnlijk, vóór de poort van de schuur waar Baekelandt vleermuizen op nagelt tegen het onweer en de bliksem. Als ik vannacht in Walle uit mijn raam naar de sterren kijk, zal hij dat ook doen, op de vensterbank zittend als de duiven bij Zuster Econome, maar met zijn rug tegen de raampost, hij schurkt zijn rug in de witte tabbaard met het kersrode biesje tegen het hout, en valt, valt in de armen van Satan.

De auto ratelde. De zon scheen over de straatkeien. De auto startte, denderde langs het bakstenen Gesticht. Toen Louis achterom keek naar de torentjes en het met mos begroeide dak van het Gesticht schoof de zon achter een wolk. God wil niet dat ik zijn schittering op aarde aanschouw. Hij trekt zich terug achter de wolken om mijn gemene muil niet te moeten zien.

## XX IN BASTEGEM

Louis liet de trein los en gooide zich in de hete mist, sprong in de armen van zijn Nonkel Florent, botste tegen hem aan. De trein stampte weg, de man met roetvlekken die bij de kolen bezig was in de tenderwagen wuifde naar de stationschef, die tussen rozenstruiken stond, kepi met gouden biezen vastgeschroefd op zijn schedel. De stationschef nam hun kaartjes en zei: 'Zij staat er al. Kijk maar.' Bij de neergelaten slagbomen stond Tante Violet. De stationschef stak zijn duimen achter zijn brede, grijze bretels, de omvangrijke ribfluwelen broek schoof omhoog.

'Zij heeft al de oren van mijn kop gezaagd. "Bakels, waar blijft die trein toch?" Ik zeg: "Juffrouw, daar hangt de horloge." "Maar die horloge gaat achter," roept ze. Ik zeg: "Juffrouw, kalmeert u!" "D'r gaat toch geen ongeluk gebeurd zijn, ge zoudt het gehoord hebben nietwaar?" Ik zeg: "Juffrouw, wij zijn hier niet in Spanje, waar dat de communisten de treins doen ontsporen." Zij zegt: "Maar Bakels, waarom regelt ge die horloge niet?" Ik zeg: "Juffrouw, als ge een horloge wilt hebben die loopt, koopt er u een." "Ik heb er een," zegt zij, "maar zij is kapot."'

Nonkel Florent duwde Louis naar de slagboom, naar boerenkarren, spelende kinderen, een seminarist en Tante Violet. Beerlucht verdrong de geur van de stoom. Tante Violet was in de rouw. Voor Mama's kind. (Of nog steeds voor Koningin Astrid die jaren geleden door haar man, de Koning, te pletter was gereden.)

Zij woog meer dan honderd kilo, iets meer dan Nonkel Robert.

'Dat zou niet erg zijn,' zei Mama, 'als de proporties klopten.'

'Nu is het nog vast vlees,' zei Papa, 'maar als de jaren gaan naderen...'

'Kijk naar uw eigen,' zei Mama, solidair met haar zuster met wie zij vroeger elke avond quatre-mains speelde. 'Volgens mij is 't haar schildklier die niet werkt.'—'Beter dan bij Mona bij wie zij te veel werkt.'

Met een belletje ging de wit- en roodgestreepte slagboom omhoog. Tante Violet waggelde naar hen toe en bood haar wang aan. 'Maar gij zijt groot geworden!' Zij had een wipneus met zwarte puntjes en de bolle strenge ogen van een onderwijzeres.

'Jongetje, doe een keer mijn bandje vast!' Hij knielde, eerste onduldbare revérence in dit boerendorp, in de lucht die gonsde van de muggen, en hij spande het lederen bandje aan en duwde het drukknopje in en de beide gezwollen enkels glommen, volmaakt gelijk gevangen en geplet.

'Ik dacht dat ge gemobiliseerd waart, Florent.'

'Ja. Op naar de linies,' zei Louis.

'Zij gaan van veel verder moeten komen om mij in kaki te krijgen. 't Is mijn kleur niet.'

'Gij zijt een rode, wij weten dat wel.'

'Nee. Ik ben voor Violet,' zei de charmeur.

Tante Violet hief, zoals bij haar boerenkinderen in de klas, haar vinger: 'Florent, 't is het ogenblik dat iedere Belg zijn plicht moet doen!' Misschien zei zij dat zo nadrukkelijk omdat zij op dat ogenblik langs haar school kwamen, een vriendelijk gebouwtje vlak tegen de kerktoren. Er waren geen tralies te zien, geen nonnen.

'Niet voor één frank per dag,' zei Nonkel Florent.

En misschien was het omdat zij langs haar school kwamen dat Nonkel Florent Tante Violet's schommelend achterwerk aaide en het leek alsof hij haar als een monsterlijke baby zou optillen en in triomf over de speelplaats dragen. 'Hoe is 't met de liefde, Violet?' 'Maar, Florent. Gedraag u.' Hij krabde in het haar onder haar belachelijk rond zwart hoedje, week uit, verwachtte een mep.

'Florent, schei uit! Mijn mise-en-plis.' Haar protest, halfslachtig en plagerig, leek op wat Mama zou doen in zo'n geval. Verder was er geen gelijkenis met Mama. Ook niet met Tante Berenice, de jongste van de Bossuyts die tot haar schande getrouwd is met een Bulgaarse ketter. Een tijdje geleden dacht ik dat het een Islamiet was.

'Ge hebt zeker wreed geschreid als uw mama haar kindje is kwijtgeraakt. Ge had toch zeker gaarne een broerke gehad?'

'Ja, Tante,' zei hij gehoorzaam.

'Ik moet er niet aan peinzen dat het mij zou gebeuren.'

Villa's met klimop langs de gevels. Schuingewaaide populieren. Knotwilgenrijtjes in de ongelijk verdeelde weiden. Alsof er ooit sprake kon zijn dat Tante Violet een kind kreeg. Waarom begint ze dan over die mogelijkheid, zo langs haar neus weg? Ooit zal Louis, dat weet hij zeker, inzicht, overzicht krijgen in al die on-affe zinnen, toespelingen. Als je goed oplet, waakzaam bent, zullen de raadsels, die zij kruimelgewijs in hun moppen en leugens laten ontsnappen, aan het licht komen, tot op het dunste draadje uitgerafeld worden. Nu nog niet. Nu zeggen ze nog altijd: 'De ratten zitten op het dak,' als ik langskom, bleke natte rat met gespitste, puntige, elegante oortjes tegen mijn schedel aangeplakt, met schubbige wiebelende staart wriemelend in het geniep van hun verdoemde verborgenheden.

'Moet ik uw koffertje dragen?'

'Nee, Tante.'

'Laat hem maar, Violet, hij moet nog spieren kweken.'

Nonkel Florent knipoogde. Was het een tic? Hoe knipoog je als je een éénoog bent, zoals de deken van de Brugse weversgilde in Dertienhonderd, Pieter de Coninck, de listige?

Bij de boerderij van boer Liekens, waarvan het strodak verder naar voren helde met platter ineengezakt stro dan toen Louis het voor het laatst gezien had (op weg naar het station, laatste beeld van Bastegem, het goud-en-amber-meterdikke roggestro), speelden de vier Liekens-kinderen met een biggetje, zij pookten in de roze en witte buik met gevorkte takjes. Ivo, de oudste, grijnsde en riep 'Heui,' maar kwam niet tot de haag.

'Doorlopen, Louis,' zei Tante Violet. 'Gebaar dat ge ze niet ziet.' Hij keek toch of tussen de hokken van eternitplaten, achter de mesthoop, naast de stallen Iwein-de-koe niet te zien was.

Het was verboden om met de Liekens-kinderen om te gaan, en vooral om hun erf te betreden. Terwijl men er vroeger elke dag om melk en eieren ging. Maar vader Liekens had zoiets schandelijks uitgehaald dat het niet eens in *De Scheldebode* kon afgedrukt worden.

Zondagnamiddag op het dorpsplein. De boeren die whist spelen onder de platanen van de herberg 'Het Dambord' staren verbijsterd naar Iwein Liekens die strompelt, zakt, zich herneemt, verder wankelt en tegen de betonnen rand van het Monument der Gesneuvelden kwakt, in een poel van bloed dat uit het zitvlak van zijn blauwlinnen broek stroomt. Hij mompelt dat een hete stier hem heeft aangevallen. Sindsdien noemt men hem Iwein-de-koe.

'Heui, heui,' riep Ivo Liekens hen nog achterna, alleen een pauw reageerde, Leo, Leo, Leo (een Paus die dol was op biljarten en die onze eigen Jan Berchmans heilig verklaarde).

Tante Violet had een paarsig wratje onder haar kin. In haar rouwkleren waggelend leek ze op de kronkelige lijntekeningen van Dubout in het blad *Hebdo* (een van de Verboden Boeken van de Apostelen), uit hun vet knallende reuzinnen met aardbeineuzen, wratten en piekhaar, steeds klaar om hun dwergen van echtgenoten te bewerken met deegrol of paraplu. Louis wees op zijn kin. Nonkel Florent kwam dichter bij Tante Violet lopen en keek, proestte het uit, zij zag het, hij snoot zijn neus tussen zijn vingers.

'Het komt van het scheren,' fluisterde hij. Oom en neef kregen de slappe lach die op en neer borrelde tot aan het hekje van 'Zonnewende', de villa van de Bossuyts. Het laantje naast het huis was overwoekerd door dahlia's in alle kleuren, hommels hingen er boven te beven. Bij de schuur die men de 'garage' noemde en waar Louis eens twaalf harde slagen op zijn billen had gekregen van Nonkel Omer, herkende Hector, de kalkoen, zijn speelkameraadje, hij begon meteen in de zandige aarde te krabben en ter plekke te trappelen, hij schudde zijn kop, de lellen flapten hoorbaar.

Meerke zat met beide voeten in geruite sloffen op de nikkelen ronde rand onderaan de potkachel, alsof zij haar voeten warmde, het was een oude gewoonte, Meerke was oud. Zij sprong overeind, veegde gedachteloos haar handen af aan haar schort. Nu pas merkte Louis hoezeer hij gegroeid was, hij was bijna zo groot als Meerke geworden.

'Maar ge moet nu eens kijken wie dat er hier is,' zei ze. Tandeloos, bezorgd Meerke, *petite mère*. 'Zet u, zet u, zet u toch,' en wees een rotanstoel aan waar een schotsgeruit kussentje in lag, tot pannekoek geplet door Tante Violet's machtig achterste. Boterhammen met smout en kweepeerjam. Omdat Nonkel Florent (die sedert ze binnen gekomen waren onhandig beleefd was en stil) gek was op kweepeerjam. Op het dak van de garage trippelden de duiven van Nonkel Armand, die afschuwelijke ziekten hadden die, als je ze als mens krijgt, ongeneeslijk zijn. Minuscule duiveluizen kruipen door je poriën en richten verwoestingen aan in je vlees. Als mens word je verdrietig, korzelig en je sterft koerend met plotse snokjes van de schouders. Toch at Peter graag jonge duiven. Een van de duiven van Nonkel Armand heette Coco, de naam van een papegaai.

'Hebt gij uw best gedaan?'

'Ja, Meerke. Ik heb tachtig procent in aardrijkskunde.' De koffie werd gedronken uit het geribd blauw en wit servies dat Nonkel Armand had gewonnen op de boogschieting, vroeger, vóór hij een zedeloze dronkaard was.

'En in godsdienst?'

'Zeventig procent.'

'En rekenen?'

'Vijftig procent.'

'Dat is zwak,' zei Tante Violet. 'Zeer zwak.'

'Het is nochtans het enige dat ge goed moet kennen voor later,' zei Meerke. 'Dat en de Franse taal en grammaire.'

'Ja,' riep Nonkel Florent, 'anders gaan ze u heel uw leven

op flessen trekken. In het onderwijs wordt er niet genoeg gelet op rekenen, hé, Violet?' Zij antwoordde niet. Meteen toen zij binnengekomen waren was zij zonder haar hoed af te doen of haar tasje los te laten naar het ovale raampje naast het buffet gegaan. Zij was opgeslorpt door wat er in de lege dorpsstraat te zien of te verwachten was. Meerke legde uit dat pastoor Mertens in het huis naast de melkfabriek binnengegaan was, zeker meer dan anderhalf uur geleden. De laatste tijd hadden ze opgemerkt dat hij er steeds langer bleef, bij een vrouw met zes kinderen.

Tante Violet had een totale verering voor priesters geërfd van haar moeder, maar in haar dik en eenzaam bestaan gevuld door godsvrucht, het onderwijs en gulzigheid, was pastoor Mertens een overmatige passie geworden, zij volgde zijn doen en laten met de vervormde verrekijker van de liefde. Pastoor Mertens was haar idool en haar beul.

In het jaar Zoveel was Mama een meisje dat Constance Bossuyt heette en samen met haar zusjes Violet en Berenice naar het pensionaat van de Zusters Maricolen ging, als externe. De mussen vallen uit de lucht, de koeien liggen te walmen en Maurits, de oudste jongen uit het aloude boerengeslacht Coppenolle van de overkant van de Leie vertelt hijgend en stokkend aan Tante Violet—die toen nog mijn Tante niet was uiteraard—dat hij niet kan leven zonder haar, zij hoort dit gevleid aan, hij denkt dat zij zijn liefde beantwoordt want zij rent niet weg met het gekrijs van een varken, en hij slaat zijn arm om haar heen en kust haar. Eenmaal thuis evenwel overvalt haar een angstig gevoel, de zonde van onkuisheid—want zijn tong stak in haar mond—brandt in haar ziel en snikkend biecht zij het op aan Meerke, haar moeder, die onmiddellijk haar zelfgebreide sjaal omslaat en zich naar de pastorij spoedt. Maar de pastoor die zij aanbidt en die met wichelroeden over de akkers gaat vóór dat de boeren een akker kopen en die elektriciteit in zijn vingers heeft als hij speels over de haren van de zusjes Bossuyt aait, is er niet, Meerke is verplicht om haar kommerverhaal aan de kersverse onderpastoor Mertens te doen en deze zegt: 'Madame, dat moet in de knop gebroken worden', of: 'in de wieg gesmoord', of: 'versmacht', of: 'met wortel en al uitgeroeid'. De nacht valt over de boerderij, de olielamp sputtert en aan de tafel die ruikt naar deeg zitten aan de ene kant Boer Coppenolle, zijn vrouw en zijn ouders, aan de andere kant Meerke met de trillende schuldige Violet. Maurits, de dader, op zijn knieën in de hoek van de kamer bij de bezems en de borstels, houdt zijn ogen neergeslagen. Onderpastoor Mertens zit brandewijn met kersen nippend tussen de families. Lucie, de meid, pookt heftig in de kachel om haar ongenoegen te manifesteren, de stem van de priester te verbrijzelen. Zij wordt weggestuurd.

'Wie is er het eerst begonnen? Nee, niet met kussen, maar wie heeft er het eerst aanleiding gegeven? Waar heeft hij zijn arm gelegd, waar precies? Toon het aan. Hoe lang lag die arm daar? Maar als men iemand kust legt men toch gewoonlijk zijn arm niet zo laag? En wat hebt ge dan gevoeld, Violet? Zeg het gerust, ik heb meer van die zaken gehoord in mijn biechtstoel. Iets warms? Gij weet het niet. Dat is eigenaardig, al het andere weet gij zo goed. Hoe lang heeft de kus geduurd? Was het met zijn lippen bovenop en snel zoals een broer zijn zuster een kus zou geven op haar naamdag? Het was anders. Hoe anders? Spreek vrijuit. Hebt gij u niet verweerd? Niet weggeduwd? Wat wilde hij nog meer? Denk eraan dat gij hier onder eed staat.'

De kleinste kinderen van Boer Coppenolle dreinen. De geknielde wordt opgedragen ze naar de voutkamer en naar hun bed te brengen.

'Spreek vrijuit, hij kan u nu niet horen. Gij moet niet beschaamd zijn, hij is er niet meer bij. Heeft hij, tijdens het kussen, zijn hand op uw nek, rond uw keel gelegd als om u te wurgen, om u te dwingen zijn ontuchtige handelingen te ondergaan? Waar sprak hij over? Dat weet gij niet meer? Zei hij niet: "Lieveling, schat van mijn hart, mijn oogappel?" Waarom niet eigenlijk? Antwoord! Wij weten dat er méér is geweest. Wij zijn het gewend dat onze parochianen eerst beginnen met alleen maar de helft te vertellen!'

Monotoon, zonder aanwijsbare dreiging, herhaalt en tast en priemt onderpastoor Mertens, hij krijgt nog een brandewijn en dan nog een, Meerke knikt zorgelijk, boer Coppenolle slaat met zijn vlakke hand op de tafel, het tergend trage onderzoek blijft duren, Maurits geeft nukkig antwoord, doodsbang, en Violet, ach, Violet...

Onderpastoor Mertens zegt dat er vele dingen verborgen zijn gebleven, maar dat wij in de eerste plaats moeten vergeven, dat wij de deftigheid van beide families moeten bewaren, in elk huishouden ontstaat op een gegeven moment een crisis, wij zullen dit maar met de mantel der liefde bedekken. In zijn mantel gehesen door Meerke zegt hij: 'Te absolvo, mijn dochter,' en vertrekt in de nacht vol sterren en windenlatende koeien.

'En van die nacht af,' zei Mama tegen de ademloos luisterende Dames van het Pakket van de Soldaat, 'is mijn zuster dezelfde niet meer geweest. Zij speelde geen piano meer, zij zong 'Violetta' niet meer, zij die nochtans een schone sopraan had, en het enige wat zij nog met goesting deed was bergen boterhammen met spek, borden vol aardappelen met kaantjes eten, maar daarvan is zij niet dikker geworden, wel van de schaamte en de paniek van die nacht die zich op haar schildklier heeft gezet zodat de schildklier niet meer werkte, het tegenovergestelde van Mona, de zuster van mijn man bij wie ze te sterk werkt, met het gevolg dat wij kennen en waar wij beter niet over spreken, 't schijnt dat Mona nu een electricien aan de hand heeft die tien jaar jonger is dan zij, enfin. Nee, onze Violet kreeg een schrik voor alles wat met mannen te maken had. Zij heeft het nog. In haar klas slaat zij nooit de meisjes, wel de jongens. En van die nacht af is ze beginnen zwellen en heeft zij zich aan die onderpastoor gehecht en hielp ze bij de congregatie. Soms hoort ze natuurlijk dat er met haar gelachen wordt of dat er iemand haar 'de ballon' of 'de walvis' noemt, dan eet ze nog meer boterhammen. Ik heb er compassie mee. "Constance," zegt ze, "ik ga doodgaan zonder ooit..." Mama's stem in het salon wordt licht als een vlinder... "de man gekend te hebben." Ik zeg: "Zottekonte, gij zijt nog in de fleur van uw leven en er zijn honderden mannen die liever een schone pak vlees hebben."' De dames van het Pakket van de Soldaat beaamden het.

Tante Violet, in de fleur van haar leven, loerde bij het ovale raampje, haar brede rug was zwart, gesloten als van een non. 'Hij is daar,' siste zij. 'Hij gaat naar de pastorie. Hij haast zich. 't Is tijd voor het lof. Nee, hij haast zich niet. Hij trekt een takje onkruid uit en gooit het achter de haag. Hij heeft zijn sleutels niet bij zich. Ah, ja, toch wel.' Zij kwam tot bij de kachel, deed haar potsierlijk hoedje af.

Nonkel Florent zei dat hij niet lang kon wachten.

'O, maar ge moet blijven totdat Armand terugkomt,' riep Meerke, 'hij gaat het u nooit vergeven.' Zij liet een reutelend geluid horen. Zij heeft zeven kinderen gehad waarvan er vijf in leven gebleven zijn, de andere twee zijn vroeg gestorven—de tweeling net twee jaar—de tweeling werd blauw van het hoesten, hun keel groeide toe, liet slechts slijm door en lucht en dan niets meer, geen reutelend geluid meer.

'Armand gaat het heel erg vinden, hij ziet al zo weinig volk.'

'Nee, hij ziet geen volk in de vijf-zes cafés die hij per dag aandoet,' zei Tante Violet.

'Volk om serieus mee te spreken, wil ik zeggen.'

'In dat geval...,' zei Nonkel Florent en kreeg een Elixir d'Anvers. Hij vond het te zoet. Hij kreeg een glas Pils. Hij vond het te slap. Hij kreeg een Jenever. Die was goed.

'De Paus zou willen tussenkomen bij de gouvernementen, zijn gedacht willen zeggen over de toestand, maar hij mag niet van Mussolini, het verdrag van Lanteranen of Lateranen verbiedt dat hij zich bezighoudt met wereldlijke zaken.'

'Dat is maar best zo, Meerke. Want waar gaan we anders naar toe?'

'Dan moet Hitler zich niet bemoeien met de Kerk in Duitsland,' riep Tante Violet. 'In de Duitse kerken zit er altijd een politieman in burger die de gelovigen op zijn notaboekje schrijft.'

'Dan kunnen zij martelaren worden,' zei Louis. Eén duif op het dak van de garage pikte nijdig naar de anderen. Waarschijnlijk was dat de duif Coco.

'Het is niet schoon van u, Louis, van te spotten met de katholieken,' zei Meerke.

'Maar ik zei dat niet om te spotten,' zei Louis verbouwereerd.

Twaalf bruine koeien en een wit-zwarte, een Hollandse, zwalkten door de dorpsstraat, twee jongens op blote voeten sloegen ze met rijsjes.

'De Koning van Engeland heeft een magnifieke voyage in Amerika gedaan. Hij en de Koningin hebben thee gedronken bij de President.'

'In 't Witte Huis?' vroeg Louis.

''t Zou kunnen,' zei Meerke. 'En niet alleen de thee kwam uit Londen, maar ook het water. Maar zij hebben dat water niet kunnen gebruiken, omdat de Amerikanen het eerst hebben laten onderzoeken, en er moeten beestjes in gezeten hebben, in ieder geval zij hebben door hun scheikundigen Amerikaans water laten namaken zodat de Koningin 't verschil niet proefde. Zij was er van aangedaan, de Koningin.'

'Het was een delicate attentie,' zei Tante Violet. 'Wij Belgen, zouden daar ons broek aan vagen. Water is water, zouden zij zeggen bij ons.'

'Hitler heeft sedert dat hij aan de macht is vierhonderddertig redevoeringen gehouden. Ge moet het toch kunnen.'

'En iedere keer toch iets anders. Iedere keer moet er toch iets anders in zitten, in zo'n redevoering.'

'Ach, al lachend zegt de zot zijn mening,' zei Nonkel Florent.

'En zo'n zot heb ik liever niet in mijn kot,' zei Meerke. 'Toch schijnt het dat hij zou durven langs onze kant komen.'

'Ge hebt toch gehoord van die Duitse toerist die zijn paspoort moest laten zien van de gendarmen. "Kijk maar een keer goed naar mijn paspoort," zei hij, "'t is de laatste keer dat ge 't ziet, want binnenkort zijn *wij* het die naar *uw* papieren gaan vragen."'

'Komt dat tegen!'

''t Schijnt dat ze in Duitsland met moeite te eten hebben. Ze maken margarine van een hoop chemische brol, geen druppelke melk komt er aan te pas. Resultaat: alleman mond- en klauwzeer.'

'En zodanig bezig met hun versterkingen dat ze daar zoveel volk naartoe moeten sturen dat er in de cafés van Berlijn geen garçons meer zijn.'

'En 't vrouwvolk dat op 't land moet werken, zodat ze niet voor hun kinderen kunnen zorgen.'

'Maar dan maken ze maar nieuwe kinderen. In 't koren. Hé, Violet?'

'Maar, Florent, peins een keer aan iets anders.'

'De Duitsers gaan ons komen lastig vallen. Zij kunnen niet verdragen dat wij, Belgen, op ons gemak zijn *entre nous*.'

'Wij hebben nooit andere landen lastig gevallen. In heel onze geschiedenis niet. Het zijn altijd de anderen geweest die hun miserie hier kwamen uitvechten.'

De lucht werd schaliegrijs met blauwe schijnsels. 'L'Heure bleue,' zei Mama. Vaak had Louis bij valavond 'l'heure bleue' gefluisterd op de speelplaats, de perelaar werd een donkere sprietelige massa, een reusachtige spons, waarin nachtdieren wriemelden en Miezers, ongezien.

'Nee, 't is te laat, ik moet de laatste trein halen,' zei Nonkel Florent en dronk zijn laatste jenever uit. 'Zeg aan uw charmante Armand dat ik op hem gewacht heb en dat ik niet content ben. Zeg dat hij in 't vervolg mijn botten kan kussen.'

''t Is zijn schuld niet', smeekte Meerke. 'Hij let niet op de tijd. Hij vergeet waar hij is.' Armand, de oudste, is haar zorgenkind, haar lieveling. (Als Mama dat broertje had gekregen, zou ik nu ook de favoriete zoon zijn.)

Meerke liet weer het keelgeluid horen. Zoals de jakhals

als hij zich verslikt in een te grote homp rotte zebra.

Tante Violet legde haar breiwerk neer, zette haar goudomrand brilletje af. 'Doet de complimenten aan uw moeder. Niet vergeten.'

Nonkel Florent zei: 'Allee, stel het wel.' Toen werd hij gewaar dat Louis bestond, in het bijzonder en enkelvoudig en uniek, hij krabde in Louis' haar, net als bij Tante Violet aan het station en gromde: 'Allee, gastje. Salut. En dat ik geen klachten hoor!' en daarin leek hij op Peter, die precies zo, bijna verlegen, als opperhoofd van de Seynaeves zou gegromd hebben, hier in het andersoortig boerenkinkelrijk van Mama's voorvaderen.

Na de karnemelkse pap zat Louis bij de dode kachel en keek de tijdschriften en kranteknipsels in die Tante Violet hem aanreikte en die over het leven, de dood en de begrafenis van Koningin Astrid gingen. Het papier was klam en rook naar de motteballen in de kist met het blauwomrand etiket: ASTRID.

'Een zwaan uit het Noorden noemden zij haar, en het was waar. Het is dat Onze Lieve Heer haar zo rap mogelijk bij hem wilde roepen, anders is het niet te verklaren. Zij hadden zo'n gelukkig huishouden, Leopold en zij, zulke schone mensen, kijk hier, zij in 't wit en hij in zijn uniform.'

'De lakeien van 't kasteel van Laeken hebben het gezegd, nooit hadden ze woorden, die twee,' zei Meerke.

Toen Nonkel Armand niet kwam opdagen en Meerke zenuwachtig werd, zei Tante Violet terwijl ze boterkoeken at: 'Gij zoudt hem beter één keer en voorgoed de les lezen, moeder. Maar ge durft niet. En hij, hij weet dat hij altijd gelijk krijgt van u en hij profiteert er van.'

'Die jongen zou moeten trouwen, dat is alles.'

'Waarom zou hij? Hij wordt hier verzorgd lijk prins Karel, zijn eten staat gereed elke dag, ook al laat hij het uitdrogen, zoals nu weer, op de stoof. Zijn kleine was, zijn grote was, zijn kostuums, zijn plastrons, 't wordt allemaal op tijd gewassen en gestreken en voor wie? Voor dat vrouwvolk waar heel de gemeente schande over spreekt en voor die meisjes die hij stekezot maakt zodat ze bij mij komen bleiren: 'Violet, kunt ge geen goed woordje doen voor mij bij uw broer? Waarom doet Armand zo lelijk tegen mij, nu dat ik hem zijn goesting heb laten doen bij mij?'

'Violette, je t'en prie, devant le garçon...'

'Le garçon,' zei Louis geeuwend. Zijn hete wang lag op zijn voorarm op de nikkelen stang van de kachel. Het werd zoel aangenaam grijs en lauw en donker, de Miezers fladderden geruisloos langs Tante Violet en Meerke's gekabbel in de lucht van de kranteknipsels, iemand trok aan hem en tilde hem half op, iemand met een rauwe, spotzieke stem die half sprak, half neuriede: 'In zijn nestje moet dit ventje, zonder vestje, zonder hemdje.'


Een vrolijke Nonkel Armand verscheen bij het ontbijt. Hij had een doorploegd gezicht vol lachrimpels, een lange bovenlip en leek op Marcel Kint, de Zwarte Adelaar van Zwevegem, zoals hij gefotografeerd werd na een eindspurt, stralend, oppersterk tussen de uitgeputte, amechtige sukkels. Nonkel Armand's zwart, achterovergekamd haar zonder scheiding glinsterde van de brillantine. Hij pulkte aan de kalknagels van zijn tenen en zijn rauwe, doorrookte stem zei dat hij Louis zou meenemen achter op zijn moto een dezer dagen. 'Wij gaan gas geven, vent!' Toen krabde hij lang in de grijze krullen op zijn borst, at eieren met spek zonder één woord te richten tot zijn aanbiddende moeder, zijn jaloerse zuster. Zijn ogen waren kobaltblauw met zwarte wimpers die geverfd leken als die van Alfred Lagasse, tenor en Prins Sou-Chong. Toen hij op zijn motorfiets wegreed toeterde hij hartverscheurend lang, de dorpelingen vloekten of maakten een kruisteken.

In de namiddag kwam Raf de Bock, de zoon van de ijzerwinkel, Louis bezoeken. Zij liepen als trapezisten op de treinrails. Raf zou als hij naar het college ging volgend jaar, bij de KSA ingelijfd worden, zei hij trots, met de metalen glans van de winkel van zijn ouders over zijn gezicht en handen.

In het Gesticht had Louis beslist Raf tot Apostel uitgeroepen, zelfs in Raf's huidige staat van onschuld, onaangetast door list of voorzichtigheid want dat was te wijten aan zijn opvoeding in boerenbuitenscholen. Maar zijn fel verlangen om bij de Katholieke Studentenactie ingelijfd te worden stemde tot nadenken. De KSA, de schildwachten van Jezus Christus, verschilden niet zo erg van de scouts, zij hadden een groter ideaal, dat wel, maar dat was niet zo moeilijk, de scouts hebben géén ideaal, behalve dat van tenten optrekken en knopen leggen, scouts hadden een Franse lelie op de riem en werden overigens geregeerd door Engelsen (vanwege hun stichter Baden-Powell) die hun Engelse ceremonies opdrongen, thee drinken, onze stambroeders in Zuid-Afrika in concentratiekampen achter prikkeldraad laten verhongeren, onze geloofsbroeders in Ierland mitrailleren, *fair play* mijn kloten.

Raf en Louis kropen onder het verroeste prikkeldraad door, dwarsten een weide met koeien die naderden, maar zij liepen geen stap sneller. Louis' hart bonsde. Het waren geen gevaarlijke stieren, natuurlijk niet, niet een van die gevaarten die boer Iwein-de-Koe had besprongen met beestachtige wellust en waarvoor de arme man tot het uur van zijn dood werd uitgelachen, maar de horens en de bloeddoorlopen ogen kwamen toch te dichtbij. 'Melkfabrieken!' riep Louis en bereikte het prikkeldraad.

Langs de dreef, langs het preventorium waar rijkeluizen zonnebaadden in hun zijden pyjamas, langs het voetbalveld van Bastegem Excelsior. Waar het gras hoog stond tussen schots-en-scheve struiken. Raf viel op zijn knieën, Louis deed hem na. Zij kropen door de struiken, naderden het kasteeltje in roze baksteen. 'Niet zo vlug,' snauwde Raf. Louis had natuurlijk nooit een wit hemd moeten aantrekken, aan camouflage moeten denken zoals Raf die een donkergrijze trui aan had.

Eigenlijk was het jammer dat hun expeditie overdag plaats vond, anders hadden zij zich kunnen insmeren met modder. Alleen hun oogwit had geflikkerd in de schijn van het kampvuur. En de glans van zilverbuks en tomahawk. Op hun ellebogen sleepten zij zich voort, uit het kasteeltje noch uit de bijgebouwen was er iets te horen. 'Zij zijn godverdomme niet thuis.' Raf richtte zich op en liep dwars door de uitgedroogde beek, sloeg struiken weg en zonder zich om de gezwinde Sioux aan zijn zij te bekommeren rende hij ineens naar een eik. Uit de glas-in-loodramen van de eerste verdieping werd geen Winchestergeweer gericht. Het grint van de oprijlaan kraakte onder Louis' schoenzolen, zijn mocassins had hij in de tent gelaten. Hij botste tegen Raf aan achter de eik. Louis kreeg een zet tegen zijn schouder, stond in de open, kwetsbare vlakte. Vlakbij stond een sportwagen met de linkerdeur open. Op de arduinen trap die naar het bordes leidde waren geen bloedsporen te ontwaren. Raf kwam zijn verkenner achterna. Uiterst nonchalant, met de handen in zijn broekzakken waarin hij waarschijnlijk zijn vingernagels tot bloedens toe in zijn broekzakken grifte ging Raf Louis voorbij. Louis stapte op Raf's schaduw. Het kasteeltje leek verlaten. Louis keek in een kamer.

De linden geurden. Raf scharrelde in de vuilnisbak, zocht tussen conservenblikken, koffiedik, natte kranten, honderd bruine sigarettepeuken en plukte er een iel, verfrommeld en gerafeld satijnen lapje uit. Het deksel van de vuilnisbak klapte dicht met een afschuwelijke metaalklank die vogels deed opfladderen, de slag van een zwaard op een kuras die stemmen wekte uit de kelderkeuken, een krakerige onzekere bas die onverstaanbaar vloekte en een schelle vrouwenstem die zei: 'Och, Here!' Een ogenblik zag het er naar uit dat Raf het huis in zou rennen want de slungel deed een stap op de arduinen, bemoste trap en hield zich aan de verweerde leuning vast, maar gelukkig rende hij toen, zonder enige dekking, de struiken weer in.

Ook op de eerste verdieping van het huis was lawaai te horen geweest, alsof men daar een kast verschoof. Toen de twee schamele overvallers hijgend en puffend in de droge sloot vielen, meisjesachtig giechelend, hoorden zij vanuit het onzichtbaar kasteel klaterende marsmuziek die vrij gauw vervangen werd door de vette trompetklanken die Peter 'dierlijk' noemde, die van Amerikaanse negers voortkwam, en die als wij ons niet verweerden, onze beschaving zouden overwoekeren.

De kamer die hij door de vervormende ruit van de erker gezien had in zijn bevende angstige verrukking was een hoge ruimte met een immense koperen kroonluchter van tientallen takjes en twijgen, matglimmende roodbruine stoelen met groene zittingen, een ovale tafel met een marmeren blad, de buste van een man met een pruik uit de tijd van Louis de zoveelste, het schilderij boven de schoorsteen van een naakte blonde vrouw op een heftig rood bed. Suzanna zonder de twee grijsaards. De glinstering van porselein in een sierkast. Een kruisbeeld van ouden antiek. Het slijk der aarde was daar kwistig gebruikt. In zo'n kamer, minus het schilderij van Suzanna, woonde Zijne Eminentie Hendrikus Lamiroy, bisschop van Brugge. Waarom ben ik geen rijke jongeling? Ik wil alles opgeven en Hem volgen maar moet ik dan niet eerst die rijke jongeling zijn in zo'n kamer? Raf sleepte met zijn voeten, af en toe sloeg hij met een boomtak de struiken plat.

'Zij was toch thuis, Madame Laura. Maar wij keren morgen weer. Ge moet haar gezien hebben vóór dat ge dood gaat. Met een beetje geluk hadden wij haar op ons dooie gemak op het terras kunnen zien zitten. Verstaat ge dat? Zij komt speciaal naar de buiten voor de verse lucht en om op haar gemak te zijn, zonder telefoon, zonder cliënten en zij is nog maar gearriveerd of ze sluit haar eigen op in haar slaapkamer. Zij wandelt nooit, meestal zit zij op haar lui gat sigaretten te roken in de veranda en af en toe in de schaduw op het terras. Maar wij laten ons niet afschepen, hé, Louis? Morgen gaan we d'r weer naar toe en voorzichtig deze keer. Wij kunnen een verrekijker meenemen. Want als ze ons ziet zou ze ons durven wegjagen of laten slaan door Holst. Want Madame Laura heeft geen klein beetje pretentie, zij heeft een groot gedacht van haar eigen en een mens vraagt zich af waarom eigenlijk. Wie peinst zij dat ze is? Zij is toch van klein volk, van de Vandeghinstes uit Meerhem. Haar vader heeft een attaque gehad als zij weggelopen is naar Brussel met al zijn spaargeld, adieu Vader en merci. Vraag het maar eens aan uw Nonkel Armand. Hij gaat het misschien niet willen geweten hebben, maar hij kent haar tot op de draad, Madame Laura, want hij is er zot van geweest een zomer lang, d'r was zelfs sprake van trouwen, een geluk dat het niet door gegaan is want dat zou uw Nonkel zijn ongeluk geweest zijn, wat zeg ik? zijn dood, want uw Nonkel Armand, ge zoudt hem dat niet aangeven met zijn lachende muil, is veel te serieus. Ge zoudt denken dat hij alleen maar een charmante zwanzer is, maar waarom denkt gij dat hij zijn eigen zo in de drank smijt en in 't slecht vrouwvolk? Omdat hij problemen heeft, Armand, ik zeg het u, en daarom is het maar best dat hij op tijd en stond geweten heeft wat voor een vlees hij in de kuip had met Madame Laura die de mannen verblindt met heel hare cinema.'

Haar cinema, dat wist Louis, dat was wat vrouwen onder hun rokken hebben, dat waarvan de aanblik sommige mannen (zoals Nonkel Armand?) hun handen voor hun gezicht doet slaan, verblind als zij zijn door de scheur van een bliksem.

Op het terras van het preventorium hield een verpleegster een bedpan in de ene hand en zwaaide hen toe met de andere.

'Vrouwen weten het verschil niet tussen goed en kwaad,' zei Raf. Vanwaar kwam die zelfzekere wijsheid? Raf was misdienaar. Raf kreeg vaak rammel van zijn vader, de ijzerhandelaar, een mannetje met een Clark Gable-snor, die vaak hoofdpijn had. En als hij hoofdpijn kreeg, dan sloeg hij.

Zij scheidden bij de dreef. Louis bleef even naar een blonde merrie kijken met vlassige plukjes aan haar enkels, hij riep haar maar zij kwam niet. Toen zag hij in de verte, tussen de acacia's, Raf die aan het vodje dat hij uit de vuilnisbak

gestolen had rook en erop knabbelde. Nee, hij was toch niet
verkiesbaar als Apostel.

Tante Violet zei dat Mama getelefoneerd had vanuit de
Alpen waar zij uitrustte met haar vriendin Madame Esquenet. Zij had watervallen gezien, en reebok gegeten alhoewel het niet het seizoen was.

'Heeft ze nog iets bijzonders gezegd?'
'Wat zou ze moeten zeggen, manneke?'
'Heeft ze niet gevraagd hoe dat het met u ging?'
'Jazeker. Ik heb haar gezegd dat we content waren dat ge hier logeerde. Dat ge gehoorzaam en beleefd waart.'
'Zei ze niets anders?'
'Maar wat dan, Louis?' vroeg Tante Violet kribbig.
'Heeft ze dan geen groeten aan mij gedaan?'
'Natuurlijk, Louis, dat zei ik u toch.'
'Nee.'

Mama had niets bericht over zijn vermoord broertje.
Niet geïnformeerd naar Holst die de moord begaan had,
Holst, de aartsengel die zijn gitzwarte vleugels heimelijk
in het wit geverfd heeft, die de opdracht gekregen heeft van
de hemelse krachten om Louis door dik en dun in weer en
wind te beschermen tegen het kwaad, en die Mama's kind
met de duivelse sidderende wiekende vlerken de dood heeft
ingewaaid opdat ik mij niet zou hechten aan dit broertje,
hem niet gaarne zou zien, wat ik zeker gedaan had als hij in
leven was gebleven. Zodat ik nu helemaal kan opgaan in de
liefde van Onze Lieve Heer, wat mijn roeping is, ik vergeet
het te vaak.

Hij hielp Meerke erwtjes doppen. Zij zat haar grauwe,
verschrompelde voeten te weken in een bad met *Saltraten
Rodell*. Louis trachtte, terwijl hij in het geniep van de erwtjes at, een glimp van de geheimzinnige dingen die Meerke
haar 'eksterogen' noemde op te vangen, maar zij wikkelde
(beschaamd?) haar voeten meteen in de geruite handdoek.
Louis gooide het melkige water in de richting van Hector,
de kalkoen, trof hem niet.

'Eindelijk is zij een keer verstandig, Constance. Zij zou dat meer moeten doen, Staf en heel zijn tralala in plan laten, gewoon op reis, want hele dagen eten koken en een vent zijn onderbroeken wassen, zijn kousen stoppen... O, ik ben gelukkig dat ik daaraan ontsnapt ben.' Er hokten afgunstige Miezers in Tante Violet's keel.

'Zij heeft nog geen kaartje gestuurd,' zei Meerke. 'En nochtans doet ze dat gewoonlijk direct als ze in den vreemde is.'

'Zij zal iets anders aan haar hoofd hebben,' zei Tante Violet.

'Wij hebben magnifieke kaartjes in kleur gekregen van uw Mama,' zei Meerke, 'uit Holland, uit Lourdes, uit Parijs, de Sacré Coeur, het Pantheon, maar dat is lang geleden, hoe lang, Violet? Dat kaartje met Napoleon op zijn paard?'

'Ja, uit Parijs,' zei Tante Violet kregelig, die alleen maar naar Fatima geweest was met de Bond der Vlaamse Onderwijzeressen. Zij had een Pruisischblauwe haan in keramiek meegebracht, Nonkel Armand had hem in zijn armen genomen, en was ermee in het kippenhok gaan slapen, kakelend in zijn roes. 'Een jaar of tien geleden.'

'O, maar wat ben ik een dwaze maagd!' zei Meerke. 'Het is niet moeilijk. Hoe oud zijt ge nu, Louis?'

'Elf geweest in april,' zei hij tegen zijn zin.

'Al dat ge moet doen is optellen. Negen maanden meer. Potverdikke, wat ben ik toch soms een domme konte.' Zij telden alle twee, Meerke en Tante Violet die op haar vingertoppen tikte met een ringvinger waar nooit een ring aan gezeten had, nooit zou zitten.

'Maar moeder,' riep zij schel, 'nu weet ik het weer, Constance heeft die kaart opgestuurd de 15de juli, want er stond op dat de Parijzenaars in de straten dansten voor hun quartorze Juillet en Constance had meegedanst om de inname van de Bastille in 1789 te vieren. Staf heeft er later nog over staan nukken omdat ze met een Tunesiër gedanst had.'

'Dat was de eerste keer dat uw Mama buiten België kwam. Zij was nerveus! Zij liep tegen de muren op! "Wat moet ik aandoen als wij naar de opera zouden gaan? Ge weet nooit. Of naar de Folies Bergère waar alle jonge trouwers naartoe gaan?" Het was de schoonste dag van haar leven.'

'Uw vader was toen ook gelukkig,' zei Tante Violet. 'Zij hielden elkaars handje vast, mijn zoetje alhier, mijn engelke aldaar. Maar zij zijn toch vroeger naar huis gekomen dan verwacht.'

'Teveel weelde waarschijnlijk,' zei zij die Mama had gebaard.


Mama heeft Papa, Constance Bossuyt heeft Staf Seynaeve voor het eerst gezien op de trein van Walle naar Gent. Op de achtergrond het met klimop en rozestruiken opgekalefaterd station van Bastegem. Constance stapt op samen met Ghislaine, de dochter van de verfwinkel die vier jaar later gestorven is aan leverkanker terwijl die sloore nooit een druppel alcohol gedronken en zelfs geen chocolade gegeten had.

Papa ging naar de drukkersschool. En Constance naar de Normaalschool omdat haar vader, de sasmeester Basiel Bossuyt, tot op zijn sterfbed (nadat hij uit de appelboom gevallen was) bevolen had: 'Denk eraan, Amelie, dat ze aan de Staat geraken, alle vijf. Tenzij Berenice, die zal waarschijnlijk toch naar het klooster gaan. Maar de twee anderen in 't onderwijs, veel vakantie, 't is proper werk. En ge leert nog alle dagen bij samen met de kinderen.' (Het merg was uit zijn ruggegraat gelopen, dat kunnen ze niet meer repareren.)

Toen kwam het goddelijk want voorbestemd moment dat Constance's blik die van Staf kruiste terwijl zij, spotziek lacherig brutaal boerenmeisje, het hoogste woord had in het compartiment (in het middengedeelte van de trein vanwege de veiligheid). De speelse maagd zag hoe de sproetige knul een halvekilo-zak Lutti-caramellen op zijn schoot had. Zijn wangen bulten en bewegen. Dit duurt weken, en elke keer loopt het water uit haar mond. Hoe kon de snoeper het gretig gelonk van de snoepzuchtige ontwijken? Het duurde weken en toen zei Papa: 'Gij kijkt zo raar naar mijn Lutti's? Zoudt gij er soms eentje willen?' De eerste woorden van Amor zijn pijlenarsenaal. Ghislaine vond het niet *comme-il-faut*, maar Constance aanvaardt een Lutti en hij smelt in het zoetwatermeertje van haar mond en hij, bijna balorig van verlegenheid, houdt haar weer de gekreukelde papieren zak voor en zij neemt er maar meteen twee. Voor het station van Gent splitst het tramwezen zich.

'Au revoir, Meneer.'—'O, nee, à bientôt,' zegt de student in de grafische ambachten op de rand van het baldadige, en 's anderendaags wenkt hij haar vanuit een van stoom sissend raampje en offreert haar, behalve Lutti's, roomsoezen en doopsuiker, marsepein en pepermunt, Ghislaine is wel verplicht, om hem geen affront aan te doen, om mee te kauwen en te zuigen, 's anderendaags is er pruimentaart waarvan hij beweert dat zijn moeder die speciaal gebakken heeft maar is hij onnozel of wat? Wij kunnen toch de blauwe krullettertjes lezen, schuin in een hoek van het getand papier, Patisserie Merecy, Walle. Vijftien kilometer is het van Bastegem naar Gent en Constance wordt getemd op die afstand, zij hapt toe, elke keer in de volgende dagen.

Ghislaine verklapt het aan Berenice en Berenice aan haar ouders. Basiel Bossuyt, die dezelfde puntige snor tracht te kweken als Wilhelm II die in zijn Hollandse ballingschap hout hakt elke morgen vóór zijn villa, Basiel Bossuyt, die de Kaiser heeft bevochten door te spioneren voor de Geallieerden vanuit zijn ideale positie als sasmeester, zegt dat die gast uit Walle zich moet presenteren op het Sashuis, zondagnamiddag om vier uur dertig.

'Het is een van die seigneurtjes met veel drinkgeld, ik ga hem een keer onder de loep nemen.'

'Die peinzen dat ze zich van alles mogen permitteren tegenover meisjes van de buiten,' zegt Meerke.

'Hij is dus van Walle,' zegt Basiel Bossuyt nadenkend, zijn pijp walmt.

'Precies,' roept Meerke. 'Een die te stom is om in zijn eigen stad te studeren en die in alle scholen van Walle buitengevlogen is en daarom naar Gent moet met de trein, met zakken vol caramellen om 't vrouwvolk te verleiden. Zij is veel te jong.'

'Doe niet zo kwezelachtig,' zegt Basiel Bossuyt, maar Meerke kan het niet laten, Pastoor Mertens die nog maar pas geïnstalleerd is, wordt geraadpleegd. 'Madame Bossuyt, uw man heeft gelijk dat hij de situatie wil overzien. Het is veiliger dat die jongen naar uw huis komt dan dat hij samen met uw dochter na de lesuren rondhangt in slechte gelegenheden te Gent. Ondertussen zal ik eens informeren bij de deken van Walle uit wat voor een soort familie die jongen komt, en of hij serieuze intenties heeft.'

Constance prevelde 's anderendaags hoogrood, quasi-nonchalant dat als het Staf uitkwam hij het vieruurtje kon komen gebruiken zondag in het Sashuis.

Hoe moet Papa niet gehuppeld en gedanst hebben tussen de denderende drukmachines van zijn school! Hoe trilde de zethaak niet in zijn inktbevlekte hand! Die zondag bracht hij een bos viooltjes mee voor zijn duifje, een boeket roze rozen voor Meerke—want hij is van Walle, vergeet dat niet, Walle vlakbij de Franse grens, ge voelt dat, een zekere chic, savoir-vivre, frivoliteit en pretentie, in Walle kent men zijn wereld, vandaar de roze rozen—en een doos Hollandse sigaren voor Mama's vader die wijst en zegt: 'Zet u. Kunt ge whisten?' Mama's zusters komen o zo toevallig in de woonkamer en geven een zedig handje aan de snoepdolle vreemdeling. Zij vinden hem maar raar en blood, zeggen ze aan hun zuster, die dat ook vindt, het liefst die whistende (die overigens verpletterd wordt door haar gewiekste ouders) zo snel mogelijk ziet verdwijnen. De twee volgende zondagen zit hij er weer. Rozen en sigaren, en voor haar een veldboeket dat hij nooit zelf heeft bijeengegaard zoals hij zegt.

Zij gaat met Ghislaine in het achterste compartiment van de trein zitten maar hij vindt haar, met likeurbonbons, borstplaat en Haagse hopjes.

De volgende zondag is zij niet in de woonkamer van het Sashuis. Vanuit de slaapkamer die zij met Berenice deelt heeft zij hem zien komen, bloemen tegen de borst, aktentas in de hand en met die onverbiddelijke onherroepelijke puntschoenen in haar richting schrijdend, naar haar die droomt van een arrogant uit een oesterkleurig sigarettepijpje rokend Zuiders type dat de rook wegwuift voor haar verhit gezicht en dan 'Marinella' zingt met de fluwelen stem van Tino Rossi en dan tegen de deurpost leunt met een smokingschouder en onbeschaamd ergerlijk zelfverzekerd met een gesluierde stem zegt: 'Komt gij eens hier, schoon wijveke.'

Zij hoort terwijl zij de deurklink vasthoudt vragen: 'En waar is Constance?' en de verontschuldigingen van haar moeder die haar handen aan haar schort moet afwrijven en het triomfantelijke gekef van Violet, de ingetogen mildheid van Berenice en haar bedaarde vader die zegt: 'Constance is een beetje ziekjes.' 'Kom, vader,' zegt Violet, 'kom kom, val toch met de deur in huis. Zij wil hem niet zien, amen en uit.' Waarop de bloemenman dapper slikt en zegt dat het jammer is want hij had net een passend cadeau meegebracht. 'Ah, dat is iets anders,' zegt Meerke. 'Een schone cadeau,' zegt de onzichtbare pretendent. Constance perst haar sierlijk roze oor, haar bruine wilde krullen tegen de deur maar nu is er alleen het geschraap van stoelen, het gekraak van pakpapier te horen en dan een veelvoudig gekerm en gegrom van verbazing en bewondering. Zij tintelt van nieuwsgierigheid. Zij denkt dat het een ring is, alhoewel Staf niet het type is om haar dit voortvarend op te dringen.

'Constance!'

'Laat me gerust!' loeit ze tegen de beige gelakte deur.

Haar moeder komt en legt haar oor tegen het paneel van de deur aan de andere kant.

'Laat me gerust! Waarom ik? Wat heb ik meer dan andere vrouwen?'

'Ge zoudt toch tenminste goedendag kunnen komen zeggen. Al is het maar één minuutje. Hebt gij dan géén manieren, lompe boerentrien die ge zijt!'

'Nee!'
'Constance, moet ik komen?' brult haar vader.
'Laat haar maar,' zegt hij die een cadeau gebracht heeft.
'Ik ga al. Ik ga wel. Ik heb het verstaan, goed verstaan.'
Zij zit in het voorste compartiment. Ghislaine op haar uitkijkpost bericht dat Staf meteen naar het middengedeelte van de trein gelopen is, links noch rechts geloerd heeft, haar niet gezocht heeft. Hij had wel een zak Lutti's bij zich, van ongeveer een kwart kilo. En de laatste, de volgende zondag ziet zij hem weer vanuit haar en Berenice's meisjeskamer, zijn tred is beslist, zijn week gezicht in een strenge plooi, het rozenboeket als een knuppel in zijn hand. Hij zakt in de rotanstoel en spreekt. Hij wil een laatste keer met haar spreken. Hij wil met haar trouwen. Zij heeft zijn hele leven veranderd ten goede. Zij heeft hem verblind voor de rest van zijn leven op aarde.
'Ik wil u niet zien!' schreeuwt Mama in het trappenhuis.
Hij stort zich uit zijn stoel, omhelst de knoestige artritische knieën van haar die zijn grote liefde heeft geworpen. Basiel snuift misprijzend. Hij zou de smeulende kop van zijn pijp in het dunne haar van de knielende willen uitkloppen.
'Ik kan het niet helpen,' snottert de jonge Staf en heeft voordien maar één keer zo gesnikt, toen hij niet ingezet werd in de match tussen de reserves van Walle Sporting Club en de juniores van de Athletic Association Ghent.
'Constance,' beveelt Basiel Bossuyt.
'Constance, alstublief!' krijst Meerke.
Staf klautert moeizaam overeind en zegt met een wanhopige grimas: 'Het zij zo.' Hij wandelt het huis uit, klimt over de lage doornhaag en daalt de berm af naar de Leie. Na tien minuten ziet Mama Papa's strohoed met het blauwe lint (de kleur van Onze Lieve Vrouw) op het water van de Leie drijven en verroert geen spier. Het gezin evenwel onder haar voeten is de stille man gevolgd en bespiedt hem tussen de bonepersen. Hij zit op tien meter van het kolkende ruisende water van het sas en haalt een pistool te voorschijn en houdt het vóór zich alsof hij er baarsjes mee wil schieten.

De zusjes Berenice en Violet kletteren kermend de trappen op. 'Hij wil zijn eigen doodschieten.'
'Zijn bloed zal over ons neerkomen,' krijt Berenice.
'Hij doet het toch niet.'
'Maar als hij het toch doet?'
'Dan had hij het al gedaan. Hoort gij een schot?'
'Constance, moet ik komen?' briest Basiel Bossuyt.

Dit gejengel, gelamenteer, geweeklaag blijft een uur duren en volgens de Bossuyts werd onder de druk van hun aanhoudend geluid de grendel van de deur geschoven. Maar ik weet beter. Holst klom aan de achterkant van het huis op een ladder en wipte door het raam. Hij kauwde op een grasspriet en zei tot mijn verbijsterde Mama: Gij triestige truttige troela, zijt ge niet beschaamd? Ik ben beschaamd in uw plaats. Voor één keer dat er u iemand gaarne ziet, ge zoudt op blote knieën die mens om vergiffenis moeten vragen, ja, gij die boekjes leest en films ziet over liefde en dan schreit van aandoening, gij hebt het hier onder uw snotneus en ge wilt het niet erkennen, blinde geit.—Waarom trouwt gij niet met mij, Holst, ik zou het liever hebben. Wij kunnen deze week nog naar de pastoor en naar het gemeentehuis gaan.—Ik zou niet liever willen, Constance, maar ge weet, ik heb mijn kalm maar toch vurig hart verpand aan Madame Laura van 't Kasteeltje.—Het een sluit het andere niet uit. Ge moogt blijven verpanden als wij getrouwd zijn.—Nee, Constance, zo zijn wij niet getrouwd. Daarbij, ge weet dat ik niet licht spreek als ik zeg dat gij voor die man voorbestemd zijt. Ga naar hem toe want elk moment kan 't schot weerklinken, ik heb het al gehoord met mijn engeloren die geen verschil weten tussen gisteren en morgen. En ik ga u een plezier doen, ik ga dag en nacht ongezien onhoorbaar over uw eerste en waarschijnlijk enige kind zorgen, het zal Louis heten of Lodewijk, lijk dat ge wilt, en er zal hem nooit iets overkomen, hoogstens een gebroken rib of twee en een griepje.—Meent ge dat serieus, Holst?—Erewoord, zegt Holst en vouwt zijn vleugels dicht rond zijn reuzentorso en Mama hoort het gewijde ruisen, zij doet de grendel van de

deur en met haar gesperde, gevaarlijk grijze geiteogen gaat
ze naar het sas, zij merkt niet dat haar als Apaches juichende
zusters haar meesleuren, Constance Bossuyt valt in Staf
Seynaeve's armen, terwijl de rondvaartboot 'De Schelde'
over de Leie komt gevaren met joelende katijven, fluitende
kinkels die het liefdespaar gore gelukwensen toeroepen. Zo
wordt hij geboren, die het zal opnemen tegen alle prinsen
van de duisternis, Louis de Schone.

'Reizen, reizen,' zei Tante Violet, 'ik droom er ook van.'
'Dromen zijn bedrog,' zei Meerke.
'Niet dromen ook,' zei Tante Violet.


Hij liep met Raf langs het voetbalveld dat er verlaten bij
lag.

Een eenzame man met een regenjas en een vilten deukhoed stond in de goal, benen wijd gespreid. Hij ving onzichtbare ballen op tijdens een onbestaande oefenwedstrijd.

'Dag, Meneer Morrens,' zei Raf beleefd.

'Bastegem Excelsior!' riep de man alsof er net een doel-
punt was gemaakt. 'Naar de Tweede Divisie!' schreeuwde
Raf. De man lachte breed. Zijn tong, beslagen en gepunt,
bleef op zijn onderlip hangen.

'Zeg dat wel, zeg dat wel,' zei hij en schopte in het zandig
stof voor de goal, een naakte plek in de groenig-grijze weide. Toen streelde hij een van de doelpalen.

'Jantje Vandervelde,' fluisterde Raf.

'Hier,' zei de man, 'heb ik in het jaar Vijfendertig een
corner zien ingaan van Jantje Vandervelde. Die corner had
zo'n schoon effect dat hij er direct indraaide zonder dat
iemand er aan geweest was.'

'Gaat ge nog een Engelsman kopen, Meneer Morrens?'
Uitermate slaafs vroeg Raf dat, dat voorspelde iets kwalijks.

'Het is de moment niet, jongen,' zei de op zijn tenen wip-
pende man. 'Toch zijn de jonge Engelse voetballers de beste
van de wereld.'

'En voor u is dat maar een checkje uitschrijven, Meneer

Morrens.' De man raakte zijn tenen met zijn vingertoppen, fabelachtig bleef de vilthoed zitten, de vingertoppen beroerden het zand naast de schoenen. Raf wachtte tot de man zich na tien forse strekkingen oprichtte, zich vasthield aan de doelpaal.

'En 't zou ook goed zijn voor uw Engelse uitspraak, want een taal dat moet ge onderhouden.'

'Jongen,' zei de man. 'Heb ik nog niet genoeg miserie gehad?'

'Ge moet er iets voor over hebben,' zei Raf.

'Wij moeten dringend een links-back hebben en ik weet een gastje zitten bij Chelsea, een droom,' zei de man dromerig.

'Wel, wat belet u om...'

De man zuchtte diep, liet de paal los. 'Nooit meer,' zei hij. Hij onderzocht Louis, die even heel heftig hoopte dat hij een mogelijke links-back zou zijn. Later. Niet in de voorhoede, daar ben ik nooit snel genoeg voor.

'Hij zit op 't pensionaat,' zei Raf.

'Niet lang meer,' zei Louis meteen.

'Bij de nonnekes,' zei Raf.

'Dat is iets anders,' zei de man. 'Conditie, dat leert ge niet bij de nonnen. U kapot lopen en in 't wilde weg schoppen, ja, dat wel, maar geen conditie.'

'En de Engelsen,' zei Raf, 'beginnen direct met conditie, hé?'

'Van jongsafaan. En vooral', hij stak zijn vinger resoluut in Louis' richting, 'de Engelsen zoeken hun jonge gasten bij 't werkvolk, dat is 't belangrijkste, want met fils à papa's komt ge in nesten. Geen blauw bloed. Vooral niet. Het blauw bloed kunnen we beter golf en cricket laten spelen. Of tennis. Ik weet er alles van. Want ik heb het geprobeerd.'

'Dat kan niemand ontkennen,' zei Raf. 'Die laatste gast die ge gekocht hebt en waar dat ge zoveel miserie mee gehad hebt, was dat geen baron?'

'Een *earl*,' zei de man en het dromerige kreeg weer de bovenhand, hij verjoeg het door de handen in de heupen te slaan, zijn bovenlijf een cirkelvormige beweging op te leggen. 'Een *earl* die mijn ondergang geweest is. Twee weken in de Nieuwe Wandeling van Gent, op water en brood. Was notaris Baelens niet tussengekomen met zijn Liberalen, tot aan de minister, ik zat er nog, tussen de moordenaars en de brandstichters. Alleen maar omdat ik opgekomen ben voor de belangen van Bastegem Excelsior en de belangen van die jonge gastjes die uitgebuit worden.'

'Maar die *earl* werd niet uitgebuit,' zei Raf slaafs aarzelend.

'Mijn enige fout is dat ik te vriendelijk ben geweest, te goedgelovig, teveel liefde heb gehad voor de opkomende jeugd, dat is een grote fout de dag van vandaag.'

Hij richtte zijn onderzoekende ogen lang op Raf, wat hij zag beviel hem niet. Raf grijnsde hem toe en trok Louis dan mee bij zijn mouw.

'Allee, Meneer Morrens, *goodbye*.'

'Naar de Tweede Divisie!' gilde de man hem achterna en schopte wild in de lege lucht.

Mijnheer Morrens woonde bij zijn moeder en had miljoenen geërfd van zijn vader, de textielfabrikant. Het grote leed van zijn leven was dat hij, na een schunnige geschiedenis waarover Raf niet wou uitweiden—'later ga ik u dat eens haarfijn vertellen'—en waardoor hij in de gevangenis was beland, nooit meer op de training of de matches van zijn beminde ploeg mocht komen. Wel werd hem toegestaan de clubkassa te spekken en aan de bestuursvergaderingen deel te nemen.

Madame Laura was er niet. Het huis doodstil, zinderend leeg.

Volgens boer Santens, listig ondervraagd door de frettige Raf, was zij deze week op een nacht in een taxi aangekomen met een hooggeplaatst persoon en twee jonge vriendinnen. Het gewone geschreeuw en gerinkel van glazen en schetterende dansmuziek was te horen geweest. Vanaf zijn akker, bij dageraad, had boer Santens Holst gezien die de chique witharige heer-uit-de-stad half-gesleurd half-gedragen had naar de taxi. En de twee vriendinnen? Een uur of drie later, verfomfaaid vertrokken in een andere taxi samen met Madame Laura. Hoe zag Madame Laura eruit? Daar was niets aan te zien, misschien een beetje bleek, maar rechtop in haar witte mantel. Die met de grijze kraag van vison? Nee, die witte bontjas, een soort konijnevel. Weet ge zeker dat het een andere taxi was? Want als het dezelfde was zitten zij met zijn allen hier niet ver vandaan, misschien bij professor dokter Vandenabeele, ook een amateur van feestjes, en het is normaal, zelfs de geleerdste en vroomste en oprechtste Vlaming moet, als hij een hele dag in die vrouwen heeft staan snijden en naaien en oplappen 's avonds een verzetje hebben.

'Een andere taxi,' zei Raf peinzend toen hij met Louis terug naar het dorp liep.

'Dus weer naar haar appartement in Brussel.' 'Waar is Holst nu?' vroeg Louis. 'O, die zal weer aan het zwerven zijn in de bossen om de sigarerook van Madame Laura haar vooraanstaande cliënt uit zijn lichaam te verjagen in de verse lucht. Ieder potje vindt zijn dekseltje, zeggen ze, maar ik heb het toch nog niet veel zien gebeuren. Zoals Holst nu, een bosmens die vanaf zijn veertien jaar zot is van Madame Laura en die haar schoenen kuist, haar op handen draagt en als het te pas komt ook haar cliënten, wat kan er daaruit voortkomen? Vooral daar Madame Laura een hete is.'

Madame Laura die van binnenin zo koortsig ontvlamt dat haar jas van konijnevel in brand schiet, vlammen uit haar middenrif, goud en rood en walmen zoals bij Jeanne d'Arc, smartelijk huilend naar haar biechtvader.

'Zij kan ook geen dag rustig thuis blijven,' zei Raf bij de spoorbomen.

'Dat zegt Pascal, alle ellende komt omdat de mens geen vierentwintig uur in zijn kamer kan blijven.'

'Pascal Geeraardijn?'

'Nee, de filosoof.' Zuster Kris had er over verteld, over zijn rekenmachine, en hoe hij zijn werelds leven vaarwel zei en hoe ziek hij was, vandaar dat hij zo goed de miserie en de grootheid van de mens kon voelen.

'Zo'n hete,' zei Raf, 'dat ze haar eigen zusters niet gerust kon laten', en Louis begreep het niet. Het was waarschijnlijk iets als de felle koppige rusteloosheid van Zuster Sint Gerolf die om die heetheid door haar zusters gegijzeld werd. Uw eigen zusters niet met rust laten, pesten, folteren met uw godsvrucht en de eisen van uw ziel.

## XXI NONKEL ARMAND

Het werd frisser 's avonds en omdat de winter ineens voor de deur kon staan breide Meerke een trui voor Nonkel Omer die een dezer dagen terug zou komen van het Albertkanaal. Tante Violet plooide en knipte pakpapier dat omgetoverd werd in strakke omslagen voor de boeken van de bibliotheek. Louis mocht er de paarsomrande etiketten op plakken, dan schreef zij er met de ronde pen de titels en de nummers op, 'De lotgevallen van Broeder Alfus', 'Vader Regeltucht', 'Hoe bestrijden wij onze Ikzucht', 'De Loteling'. Louis' tong had een klef vliesje gekregen van de lijm. Tante Violet had hem verboden in de boeken te kijken, want zij hoorden in de afdeling van de volwassenen. Hij herkende *De Bliekaerts* van Edward Vermeulen, een boek dat Papa wel tien keer gelezen had. Vermeulen, ook genoemd Warden Oom, was een favoriet auteur van Papa omdat hij steevast onder elk van zijn titels schreef: 'Uit ons volk voor ons volk.' Er kwamen veel boeren in voor die opeens tierden en met de vuist op tafel sloegen dat de potten dansten, vervloekingen en verwensingen uitend. *De Zotte van het Abeelenhof.*

'Later, als gij onderscheidingsvermogen hebt, dan moogt ge lezen wat gij wilt. Nu zouden ongeschikte boeken alleen maar uw ziel schaden,' zei Tante Violet.

'Als ge iets leerzaams wilt lezen, boven liggen nog een heleboel boeken van Nonkel Omer zijn studietijd. Geschiedenis en aardrijkskunde,' zei Meerke.

'Ik ken alle hoofdsteden van Europa,' zei Louis en raffelde ze af. Hij was aan Litauen Kovno, Letland Riga, toen Nonkel Armand binnengestommeld kwam. Meerke stond meteen op. 'Wij hebben gewacht met eten, ik moet alleen nog de koteletjes bakken.'

Nonkel Armand kwakte in de piepende rotanstoel, starogig, kwijlend. 'Olala, olala,' bracht hij uit en streek zijn glimmende zwarte platte haren platter.

'Ik ben toch thuis geraakt.' Een verzadigde uitdrukking gleed over zijn gezicht. Hij probeerde tevergeefs zijn bottines los te knopen. Louis wou helpen, maar Tante Violet zei vóór hij een beweging had gedaan. 'Gebaar dat ge hem niet ziet.' Meerke kletterde met potten en pannen. Nonkel Armand sliep.

'Polen Warschau, Roemenië Boekarest, Hongarije Boedapest...'

'Picardie,' zei de slaapdronken stem. Het geplooi en geritsel van Tante Violet's bibliotheekpakpapier.

'Pi-car-die.' Nonkel Armand trok moeizaam zijn bloeddoorlopen ogen wijd open, beval: 'Wel, welweter, wat is de hoofdstad van Picardie? Nee, eerste vraag: Wáár ligt Picardie?'

Met een kwieke verrekijker de kaart van Europa afzoekend, staatkundig, schaal: honderd achtentwintig miljoen. Rechts in het eigeel: Rusland, Noorwegen in het roze als België en Griekenland, Finland, Frankrijk en Polen in het groen van jonge haver, onooglijke wijnrode stipjes: Monaco, Andorra, Danzig en een minuscuul bladje veldsla: Luxemburg.

Pi-Picardie.

'Het ligt niet in ons werelddeel,' zei Louis. Nonkel Armand lachte als de Zotte van het Abeelenhof, het ging over in gerochel.

'Laat hem,' zei Meerke die met de borden aankwam.

'Gebaar dat ge hem niet hoort,' zei Tante Violet.

Ook nu, ook hier vernederd. Op de top van zijn kunnen wordt de aardrijkskundige belaagd. Hebben de Duitsers in de laatste maanden Oostenrijk (in het rood oker gekleurd), Tsjechoslowakije (in het violet) gesplitst, verdeeld in staten met nieuwe hoofdsteden, waarom werd ons dat niet gemeld in het Gesticht? Of had ik het al een hele tijd moeten opvangen in de radio in plaats van te huppelen bij de *Ramblers*. Hulpeloze woedende Mercator.

'Picardie bestaat niet,' zei hij uitdagend. 'Picardie,' dreinde hij smalend.

'O nee?' Nonkel Armand was klaarwakker, hij haalde een sigaret te voorschijn, duwde haar tegen de rode hete pot van de kachel. 'Zal ik u eens het volkslied van Picardie vóórzingen?' grinnikte hij verwaten, een Leliaertse edelman die de onwetende volksjongen in het jonge haverveld wou tarten met zijn onheldere bariton die uithaalde over rozen in Picardie.

Meerke gaf haar dronken lievelingszoon een por. 'Schei uit, wat moeten de mensen in de straat wel peinzen!'

'*Le pic-hardi*, dat zou u op een spoor moeten zetten, welweter, de stoutmoedige piek.'

Tante Violet plette een stapel gekafte boeken tegen haar borst. Het balkon van Europa. Wáár lag het confettivlekje Picardie? De oude Hottentot bleef grijnzen. Ik sta voor aap.

'In Australië zijn koala's, panda's en kangoeroes,' zei Louis. Nonkel Armand, kluivend aan zijn kotelet, hield het kromme botje, boemerang, sierlijk vóór zijn kin. 'Dat is waar, maar daar vraag ik niet naar.'

'Waar is Picardie?' zei Louis gelaten.

'Knoop het goed in uw oren. Op de weg naar Hingene, even voorbij de Molens, dan het eerste straatje rechts, na de populieren, vlak tegenover de tegelfabriek.'

'En daar halen zij zijn zakken leeg zonder dat hij het weet met zijn zat hoofd.'

Tante Violet at haar vierde kotelet, 'maar het zijn kleintjes', in het putje van haar kin brandde een diamantje vet.

Dat Nonkel Armand, een bijna veertigjarige die gestudeerd had voor landbouwingenieur, hem zo in de luren had gelegd, het walgelijk café 'Picardy' op één lijn had gesteld met de mysterieuze, beloftevolle, welluidende hoofdsteden van het veelkleurig Europa, het deed Louis trillen van woede. *Toujours sourire*.

'Ik ben naar het kasteeltje geweest,' zei hij.

'Welk kasteeltje?' vroeg Tante Violet alsof zij het niet wist, alsof hij Castel Gandolfo bedoelde.

'Van Madame Laura, die hete.'

Meerke's hoofd werd naar boven gerukt, Tante Violet liet haar onderlip zakken, haar brokkelige tandjes als stukjes raap.

'Nondedju,' riep Nonkel Armand. 'Een hete?'

'Iedereen weet dat toch,' zei Louis.

'Nondedju, nondedju.'

Tante Violet wou iets zeggen, zij keek vertwijfeld naar haar moeder die vroeg: 'Wat gingt ge daar doen?'

'Madame Laura goedendag zeggen.'

Nonkel Armand's regelmatig gerimpeld gezicht met de vettige lippen, met de groengrijze vlekjes van pupillen in het gebarsten oogwit kon slangen en vrouwen en landbouwers bezweren, in toom houden, maar mij niet. Tante Violet snoof de lucht uit haar ronde neusgaten.

'En wat zei zij?' vroeg Nonkel Armand.

'Zij was niet thuis.' (Helaas, helaas.)

'Gij hebt daar geen zaken,' zei Nonkel Armand als tegen een volwassene en veegde zijn lippen af met de mouw van zijn zondagse jas, iets wat hij in de 'Picardy' nooit zou doen, want daar is hij bekend als een dandy, een jonker met charme en manieren, Willem van Gulik, de Kanunnik-soldaat die Vlaamse ridders in de Gulden Sporenslag in 1302 heeft aangevoerd.

'Zij is vertrokken met een taxi,' zei Louis.

'Spreek over iets anders,' riep Meerke.

Later, iets ontnuchterd, ondervroeg Nonkel Armand hem: 'Wie is de president van Frankrijk?'

'Daladier.'

'Mis! Leclerc met zijn dwaze moustache.'

'En wie is er baas in Italië?'

'Mussolini.'

'Weeral mis. Ge kent er niks van. Wat leren de Zusters u? De hoogste autoriteit is nog altijd Koning Victor-Emmanuel, die zevenmaander!'

'Spanje?'

'Franco.'

'Juist. De Generalissimo. Een slim ventje. Ge zoudt het niet zeggen met dat rattekopke onder zijn muts, maar hij heeft zijn dossiers goed bestudeerd, Franco. Want hij krijgt al het goud weer van de Banque de France dat daar vóór de burgeroorlog in garantie lag te blinken voor de Republiek. Maar nu zijn de Fransen verplicht om zijn wettelijk gouvernement te erkennen, dus gaat dat goud naar 't enige bancair organisme dat wettelijk is, verstaat ge? En Japan?'

'Hiranuma.'

'Correct. Gij kent uw dossier.'

'Hij is de eerste van zijn klas in aardrijkskunde,' zei Meerke.

'Daar is hij vet mee. De aardrijkskunde verandert lijk het weer vandaag de dag. Zelfs ik kan het niet meer volgen. En hij zou beter Duits beginnen leren want morgen of overmorgen staan ze hier bij ons in de keuken. Hoe zegt ge 'hesp' in het Duits, Ludwig?'

Louis haatte Nonkel Armand, de mislukte ingenieur die 'aan de Staat' was geweest en die door de Staat de straat opgestuurd werd vanwege weerzinwekkende dronkenschap. Papa had gelijk, mensen zoals Armand Bossuyt, zoals de meeste zich suf zuipende Fransen, zou men in werkkampen moeten opsluiten zoals Hitler doet, die nooit één glaasje alcohol heeft aangeraakt, als voorbeeld voor zijn ontwakend volk.

'Hesp in het Duits, vraag ik.'

'Schinken!'

'Nein!' brulde Nonkel Armand. 'Schweine-poepe-fleisch!'

En Tante Violet, opgeblazen maagd, lachte met hem mee. Zelfs Meerke kon haar glimlach niet tegenhouden.

Later trok Meerke de schoenen uit van haar snurkende zoon in de rotanstoel. 'Ga maar gauw naar boven,' zei ze tegen Louis, 'gij met uw vuile praat. Waar hebt ge die vuile praat geleerd, van die hete Madame Laura? Ofwel hebt ge hier op 't dorp slechte kameraden ofwel zijt ge slecht van uw eigen.'

'D'r zijn geen kinderen meer,' zei Tante Violet. Nonkel

Armand stootte een rauw gesnurk uit, hij droomde van slechte vrouwen achter wijnrode gordijnen die schaterden terwijl hij vertelde hoe hij zijn wijsneuzig neefje verpletterd had met zijn kennis van het Duits.

## XXII EEN TIMMERMAN

Weer had Mama getelefoneerd en weer had ze ongelofelijk veel complimenten gedaan aan Louis, zij was aan het uitrusten en aan het genezen, maar er waren nog wat complicaties, zodat Louis nog wat langer moest blijven logeren, maar zij wist dat hij het naar zijn zin had bij zijn Tante en zijn Grootmoeder. Ja, dat waren haar eigenste woorden van over de Alpen, en nu gaat ge naar Jules de timmerman en ge zegt: 'Jules, ik ben gezonden van mijn Tante voor dat flesje, want zij heeft weer hartkrampen.'

'Maar ik ken die mens niet.'

'Hij gaat u niet bijten.'

'En als 't flesje niet gereed is?'

'Zijn flesjes zijn altijd gereedgemaakt, Louis, ge zijt groot genoeg. Ga dat flesje halen en breng het hier. Zonder ervan te proeven, want in dat geval ligt ge een paar maanden in 't hospitaal met zulke gaten in uw maag. En moest ge Raf tegenkomen, ge zegt hem: "Mijn Tante wil niet dat ge nog één stap op ons erf zet." Zonder uitleg. Als hij naar Madame Laura's huis wil gaan, moet hij daar alleen de gevolgen van dragen.'

Uit de gevel van het timmermanshuis steeg een geur van varkens, maar in de serre die aan de boerderij paalde en krakkemikkig gebouwd was als naar een van Dobbelaere's tekeningen (de papieren droomgebouwen van het Gesticht stonden vast wel ergens verspreid over de aarde als je maar lang genoeg zou kunnen zoeken), rook het fel naar pasgezaagd hout. Louis stond in de deuropening tegenover de bergen houtkrullen, de schaafbanken, de glimmende boomzaag, de rijen stoffige beitels toen hij achter zich een luid gepiep hoorde, een slechtgeolied hek, een kleine big. Een voorovergebogen gestalte in een zwart lakense jas liep als tegen een stormwind vlak langs de ovenmuur en was verdwenen, de gekalkte bobbelige muur had de man opgeslorpt, die een zwarte breedgerande hoed had opgehad en met twee handen een rood en wit geblokte handdoek of flard gordijn tegen zijn gezicht had geperst.

'Heui.' Jules de timmerman kwam door de boomgaard naar hem toe, lang, tanig met witte volle knevel. Hij pruimde, schopte zijn klompen uit in de keuken. 'Zet u. Hoe is 't met ons Violetje?'

Ook binnen wasemden de muren de zure varkensstank uit. Op de kachel, op de tafel, op de vensterbanken stonden flesjes, potjes, retorten, de meeste leken gevuld met pis. Louis ging zitten naast een vogelkooi waarin een tiental witte muizen krioelde, het geluid was niet ongelijk aan dat wat de Zorro-figuur van daarnet had voortgebracht, iets ijler en minder pijnlijk.

'Wij gaan een keer zien,' gromde Jules en reikte Louis een bestoft, klam, mosgroen flesje aan met een nat vodje als stop. 'Dat is voor Violetje.' Hij greep met twee vingers Louis' kin en zei: 'Selder. Kilo's selder moet ge eten en binnen een maand zijt ge genezen.'

'Maar ik ben niet ziek.'

'Dat denkt gij. Mij kunt ge niets wijsmaken.'

'Heeft mijn Tante of mijn Nonkel u gezegd dat ik ziek ben?'

'Zij moeten mij niks zeggen.' De twee vingers lieten niet los, een bankschroef. De krankzinnig lichte blik van de timmerman liet niet los, hij neemt mijn ziel in, deze heksenmeester. Holst, sta mij bij. Ik had hier nooit alleen moeten komen. Louis wrong zijn kin los, zag zichzelf in een ovale spiegel die omkranst was met ivoren bloemen en takken, een jongen met haar, plat en nat van het zweet, met de geblutste neus van de Seynaeves, de ongevormde smalle mond die openstond.

'Selder en prei,' zei de timmerman, 'zoveel ge kunt, en dit.' Louis nam een bultig envelopje aan, het formaat van een visitekaart.

'Een koffielepeltje op de nuchtere maag in kokend water.

Ge moogt er een klontje suiker in doen als ge 't te brak vindt. Elke zondag, drie maanden lang. En ge gaat slapen als een roos, al uw zwarte gedachten zullen verdwenen zijn.'

De muizen luisterden met scheve kopjes, platte oortjes.

'Het is tien frank voor 't flesje. Uw poedertje krijgt ge cadeau.'

Louis stotterde. 'Niks gezegd... mijn Tante... geen geld meegegeven.'

Jules' witte snor krulde op. 'Het is altijd hetzelfde met Violetje. Maar ik krijg mijn tien frank wel. Al moest ik ze met mijn zweep komen halen.'

Naast de ivoren spiegel, die uit een patriciërshuis gestolen was of op een veiling gekocht, hing de sepiakleurige foto van een priester waaronder een olielampje brandde. 'Pastoor van Haecke,' zei Jules. 'Die kent men zeker niet in Walle? Nee? En toch gaat er ooit een kerk voor die man gebouwd worden, misschien wel een basiliek, de dag dat de regering al die dokters en chirurgen met hun moordenaarsmanieren in de bak gaat draaien. Niemand heeft zoveel kwaad berokkend aan België, niemand heeft zoveel kindermoorden op het geweten, niet eens de joden.' Het was een tekst die hij citeerde, voorlas uit de krant van zijn hersenen. 'En omdat hij dit aangeklaagd heeft en daarover gepreekt, hebben zij Pastoor van Haecke klein gekregen. Maar zijn lijk zal opgegraven worden en in een basiliek gebracht, onder het marmer.'

Om dit te beamen schraapte een schoen tegen de plankenvloer, boven zijn hoofd. De timmerman keek angstig naar de zwart en bruin berookte planken. Zijn woordeloos gebed werd verhoord. Het werd stil daarboven. Hij stak een verse pruim op. 'Als ge 't niet laten kunt, vent,' zei hij kauwend, traag, nadrukkelijk, 'trek er aan.'

Louis begon te beven. Tot zijn afgrijzen boog de timmerman met zijn lucht van varkensvoer zich voorover, vlak bij hem. Boven hen knielde Zorro en legde zijn oor tegen de planken.

'Trek er aan, uw duiveneitjes kunnen er tegen. Ge moet

niet benauwd zijn, ge gaat niet in een albino veranderen lijk
dat de dokters zeggen, die gekweekt worden door Satan en
Kaassimolar.'

'Wie?'

'Kaassimolar, de hond van de hel, de chef van de liberalen
die zesendertig legioenen heeft.'

Louis wou het mirakelflesje, het kruidenpoeder naar zijn
hoofd of naar de olielamp met haar wollig streepje rook
gooien, de hand van zijn slechte kameraad Raf vastpakken
en weghollen. Waar was de engelbewaarder die dit kon
bezweren? De timmerman spreidde zijn knieën, legde een
hand op de kooi met luisterende muizen.

'Ja, waarachtig, gij zijt een kind van Constance, dezelfde
lepe snuit. Leep maar blind. Ik heb haar dikwijls gezegd:
"Constance, ge bedriegt uw eigen waar dat ge staat. Ge
weet waar dat de waarheid in het leven te vinden is en ge
wentelt u in het genot van leugens en bedrog." Maar heeft ze
geluisterd? Nee. Er is door haar gezegd in het bijzijn van
getuigen: "Ik wil niet naar Jules luisteren, ik heb meer vertrouwen in Snoeck's Almanak!" En die uitspraak, niet uit te
wissen, staat voor altijd opgetekend. Ze heeft niet willen
luisteren en gij ziet wat er van gekomen is. Niet eens een
tweede worp!

'Ik zeg het niet gaarne, maar ze gaat nog veel afzien. Niet
van de vliegende tering, niet van het speen of van de kanker,
maar van haar eigen. Want de Duitsers gaan komen met
hun Antichrist samen met de communisten en Constance zal
de zielekracht niet hebben eraan te weerstaan. Want zij
heeft nu al niet kunnen weerstaan terwijl de beproeving een
scheet in een fles was. Want zij heeft haar lichaam en ziel
overgeleverd aan een van die jonge dokters die nog maar
drie weken van de Universiteit kwam en dansliedjes van de
radio zong terwijl hij in haar krabde.'

De timmerman was krankzinnig. Louis die niet meer wilde luisteren zei snel: 'Gaan de Duitsers komen?'

'De Duitsers hebben de beste dokters ter wereld, de beste
mecaniciens, de beste ingenieurs. Gezonden door Belial in

zijn tanks vol vuur en zwavel, die tachtig legioenen commandeert, en zich nu Maarschalk Göring noemt.'

Dat deze fanatiekeling het beroep van de voedstervader van Jezus mocht uitvoeren, het was ongehoord. De gilde van de timmerlieden had hem met hoongelach uit het gildehuis verdreven in de tijd van de middeleeuwen. Door het bestofte raam kon je drie patrijsjes zien hangen aan de deur van de schuur. Drie-vier dagen moeten ze hangen. 'Toch is er nog nooit zoveel difterie geweest in Duitsland als de laatste tijd, zoveel mazelen, buikloop, kinderverlamming. De mannen vallen omver op hun akkers. Maar dát zetten ze niet in de gazetten.'

Tegen de plankenvloer boven Jules' hoofd verschoof de luisterende man zijn enkel of zijn knie. Jules keek naar de plek van het geluid. 'Hij kan niet slapen,' zei hij bezorgd.

'Maar gaan de Duitsers nu naar België komen of niet?'

'Ja. Niettegenstaande. Zij kunnen niet anders. Hun Antichrist gebiedt het hun. Dat staat geschreven en gedrukt. Vergiftigd met pillen en chemische middelen gaan ze komen. Goed weten. Daladier en Chamberlain geloven van niet. Ze zouden beter de oude boeken lezen waarin het aangekondigd staat. En de drie gezusters Bossuyt die mij uitlachen en mij "kwakzalver" noemen gaan er moeten aan geloven, zij gaan knabbelen op de schors van de bomen.'

'Zij lachen u niet uit!'

'Nee zeker! Uw moeder op kop! En ik heb nochtans mijn plicht gedaan, hen bijgestaan met raad en daad als zij kwamen smeken: "Jules, gij zijt de enige die ons kan helpen!"'

'Waarmee?'

'Later,' zei de timmerman. 'Later zal ik het openbaar maken, dat ik hen alle drie geholpen heb.'

'Zeg het mij nu,' beval Louis. De kwakzalver herkende het ijskoud bevel van hertog Louis-de-Schone, bijna deemoedig zei hij: 'Met hun vrouwenziekten.' Louis keek van hem weg.

'Ik heb ze alle drie genezen,' zei Jules. 'En ik heb ze alle drie, één voor één, gevraagd om met mij te trouwen na de dood van mijn Bertha, en alle drie, één voor één, hebben ze mij uitgelachen, uw moeder op kop.'

'Ook Tante Violet?' riep Louis.

'Ook. Violetje ook.'

Het was koddig en onbegrijpelijk tegelijk.

'Gij slaapt toch niet in hetzelfde bed als zij? Lach niet, snotneus. Tenzij dat ge wilt lachen met al de jonge jongens die in het fleur van hun leven weggekwijnd zijn, geen bloeddruk meer hadden omdat het zweet van vrouwen zich gemengd heeft met hun zweet. Waarom denkt ge dat de meeste vrouwen veel ouder worden dan mannen? Omdat ze 't water uit het lichaam van jonge jongens wegtrekken en opslorpen!'

Ineens wist Louis dat de zacht raaskallende man gelijk had want het schoot hem (als een fluistering van de man boven Jules' hoofd dwars door de plankenvloer) te binnen dat er ooit in de jaren twintig een Roemeens jongetje in het huis van de Bossuyts verschenen was, gestuurd door een vereniging van vluchtelingen en het had bij Tante Violet geslapen, want Tante Violet en Meerke vertelden ongelovig en spottend dat het jongetje de eerste nacht uit het bed van zijn nieuwe pleegmoeder Tante Violet klauterde en in een hoek van de nachtdonkere kamer ging staan en daar een fluitend windje liet, want dat was hem zo aangeleerd in zijn deftige uitgemoorde Roemeense familie. En dat kind, éénmaal terug in zijn vaderland, had nooit meer gereageerd op de tien-twaalf brieven van Tante Violet en was dus daar in het Oosten weggekwijnd, voorgoed aangetast door de giftige natte walmen uit Tante's lijf. Tante, die nog een Roemeens woordenboek had en het Weesgegroet in het Roemeens kon opzeggen. Louis besloot om nooit meer te lang naast Tante Violet op de sofa te zitten.

'Hoe is het met Berenice?'

'Goed.'

'Goed. Is dat nu een antwoord?'

'Ik heb haar een hele tijd niet gezien.'

'Van de drie was ik het liefst met haar getrouwd. Maar

nee, ze moest en zou met een joodse ketter trouwen om mij te affronteren.' Hij verviel in een bedroefd stilzwijgen. Boven hen het delicate geschuif van kousevoeten. 'Eerst Berenice, dan Violet en dan als laatste Constance. Hoe is het met Constance? Ik peins dikwijls aan haar. Zij was nerveus, maar zij kon goed slakken plukken.' Louis haalde diep adem. Mama en slakken. Hij wou de timmerman om uitleg vragen, een verklaring eisen voor dit waarschijnlijk beledigende zinnetje. De man merkte zijn verbazing. 'Zij was de rapste in het slakken plukken,' zei hij, 'want ik gaf haar twee frank voor twintig slakken.' Hij zag dat Louis' wrevel aanhield. 'Voor siroop tegen de hoest,' zei hij als tegen een kind. 'Zeg het haar als ge haar ziet: "Jules zegt dat er niemand zo rap slakken kon plukken." Zij zal content zijn.'

De muizen scharrelden en piepten weer. Die avond, toen hij Raf in het geniep ging bezoeken in het magazijn van de ijzerwinkel, en hij zijn enige Bastegemse vriend polste over de man die zijn gezicht verborgen had achter een handdoek tijdens zijn schielijke vlucht langs de gevel zei Raf: 'Dat moet Konrad zijn die weggejaagd is uit Duitsland.'

Louis schrok. 'Een spion?'

'Ja. D'r komt meer vreemd volk bij Jules. Zogezegd om samen Esperanto te leren.'

'Maar zijn zij van de vijfde kolonne?'

'Nee, dwazerik. Zij zijn tegen Hitler.'

'Maar dan gaan zij in de bak vliegen of gefusilleerd worden als de Duitsers komen!'

'Tegen de muur,' zei Raf. 'Alhoewel tegen die tijd...'

'Binnenkort.'

'Nog lang niet.'

Louis wedde met zijn vriend dat de neutraliteit van België zou geschonden worden, zoals dat in de krant geformuleerd stond, binnen de drie maanden. Hij zette twaalf knikkers in, de tot volmaakte ronding geslepen, zijn vingers gehoorzamende stuiters, de albasten oogballen in het satijnen zakje met het zilveren geknoopte ondergoedlint dat Mama zelf voor hem genaaid had. Als Raf verloor zou hij Louis overhandigen wat hij uit Madame Laura's vuilnisbak had gestolen. Zij sloegen heftig hun handpalmen tegen elkaar.

'Wie is daar?' riep een verschrikte mannenstem. Raf duwde Louis achter een rek met gespikkelde kookpannen. Gummilaarzen slisten door het magazijn. Raf's vader, de mepper-met-hoofdpijn, verschoof een tafel, verdween. Hij moest zich volgende week melden, zei Raf, want de reserve-onderofficieren van de artillerie werden ingezet in Luik op de tentoonstelling van het Water, waar zij verkleed als Romeinen een stoet moesten vormen naast strijdwagens. Er zouden in Luik ook Algerijnse ruiters te zien zijn die een *fantasia* zouden rijden, krijsend in wapperende boernoes, en salvo's richtend naar de lucht. Het was een listige maneuver om alvast op Belgische bodem Franse keurtroepen beschikbaar te hebben voor de verdediging van de Belgische grenzen.

## XXIII MEERKE

Louis had op weg naar huis de envelop die Jules hem had gegeven willen weggooien, en wat een geluk dat hij het niet gedaan had want door een misverstand—een van de zovele—was de boodschap verkeerd doorgedrongen tot de timmerman. Van wie je je kon afvragen hoe hij ooit in staat was een hechtgetimmerde kast, een onwankele tafel, af te leveren. Het gemalen onkruid of kruid was voor Meerke en haar zwarte gedachten bestemd. Zij sipte met pijnlijk vertrokken gezicht aan het kooksel. Louis zei niet dat zij er een klontje suiker bij mocht doen. Zij las af en toe iets voor uit *Zondagsvriend* en murmelde:

'Wankele gezondheid. Mijn huishouden heeft nooit anders dan gewankeld. Fortuinen uitgegeven aan Jules zijn poeders en zelfgedraaide pillen. Keren van de jaren. Kritiek moment voor de man als voor de vrouw. Tegen droefgeestige gedachten. Als vermoeide organen niet meer regelmatig werken. Bloed beladen met voedselafval en vergiften van eigen maaksel.' (Las zij zonder bril in *Zondagsvriend*.)

'Lichamelijk en moreel verminderd, maar Kruschensalts verplichten lever en nieren zacht maar zeker de onzuiverheden uit te drijven, de sombere stemming wordt verjaagd, honderdtwintig kleine dosissen voor tweeëntwintig frank.

Liegen dat het gedrukt staat, jongen.

Natuurlijk dat de Duitsers gaan komen naar ons arm België en zijn koning, zoals in Veertien-Achttien, ulanen vóór de tanks te paard, en zij gaan de weg niet moeten vragen in onze negen provincies want onze Koning Albert is met een Duitse getrouwd en het is maar goed dat die sukkelaar het niet meer beleeft, hoe dat ze haar gunsten geeft aan jonge gunstelingen uit zijn verschillende regimenten, hoe ze hen daarna horloges geeft en sigarettenkokers met haar voornaam er in gegraveerd, zij koopt ze met tientallen ineens vanwege de extra-korting boven op de korting die zij krijgt als vorstin. En natuurlijk dat ze elke avond met Hitler telefoneert, "Führer, de Belgen zijn goedlevers, het Belgische leger is zwak, de manschappen luisteren niet naar hun officieren en fluiten ze uit, kom maar op uw gemak, Führer, en plakt dat stukje land maar bij uw Rijk, dat ge de Noordzee als grens hebt."

Het is in de benen dat het begint. Ge wilt opstaan maar de benen zijn van flanel. Ge zegt een schietgebedje. Maar er schiet geen leven in uw kuiten. Er hangt twintig kilo aan elk been. Het waren de benen die het mij vertelden dat het een tweeling zou zijn. Marc en Mariette. Marc is een kwartier eerder gekomen, het scheelde niet veel, maar daarna was ik toch content dat hij een kwartier langer heeft geleefd. In die tijd was het *pleuris*, het vliegend pleuris vooral, zonder pardon. Mijn vent, Basiel, wilde als onze Omer gekomen is het kind nog een keer Marc noemen. Ik wilde niet.

Ik wilde nooit wat Basiel wilde. Het is maar op 't laatst, als hij zijn paternoster in zijn handen had, de dag van de appelboom, dat ik ingezien heb hoezeer ik hem gekloot heb zijn leven lang. Ik was jaloers op zijn schaduw. "Hoe lang gaat gij weer wegblijven vanavond, Basiel?" "Ge gaat mij wel zien komen," zei hij. "Hoe lang, vraag ik u!" vroeg ik in mijn jaloerse koleire. "Wilt ge 't op de minuut weten?" schreeuwde hij en ik: "Ja, ja, ja. Op de minuut!" Hij mocht niet eens te lang wegblijven als hij konijnevoer ging trekken, ik rekende uit hoeveel minuten hij daarvoor nodig had, hoeveel stappen over en weer, en als hij niet afkwam en dan veel te laat kwam, deed ik alsof ik hem niet zag staan met zijn sikkel en de klaver in zijn handen, en dan schopte hij zijn klompen zo geweldig uit dat ik elke keer dacht dat zij zouden splijten.

Als hij dan verplaatst werd hier naar het sas van Bastegem, was het tegen zijn gedacht, want ik had de aanvraag gedaan achter zijn rug en ondertekend: Basiel Bossuyt, sasmeester en dan was het te laat, hij kon zijn oversten niet beledigen door te zeggen dat hij die aanvraag introk, en voor tien frank meer in de maand heb ik hem doen verhuizen hier naar Bastegem waar dat hij niemand kende en met niemand kon kaarten, voor die tien frank meer heb ik hem zijn asem afgesneden.

En hier in Bastegem zag ik hem langer en langer zijn bottines kuisen, hij deed dat gaarne, hij had dat overgehouden van zijn militaire dienst, zijn schoenen blonken totdat ge er u kon in spiegelen, en het was ook goed om bij na te denken, zei hij, als ge uw schoenen kuist kunt ge goed nadenken en ik natuurlijk roepen van: "Ge moet alleen maar over mij en over onze kinderen nadenken, meer niet!"

Hij snoepte zo graag, daarom kwam hij zo goed overeen met uw vader, die twee waren altijd aan het knabbelen samen. Hij at ook de karnemelkse pap met bruine suiker op als de kinderen wat lieten staan, rap rap achter mijn rug en de kinderen lieten expres een bodem over. Het is maar na zijn begraving dat zij hun borden helemaal leeg aten. Ik heb ze daarvoor nog kletsen gegeven. Het was schreien of kletsen geven in die tijd, en in die tijd kon ik niet schreien, het was lijk dat ik al het verdriet van België over mij liet komen.

Ik was streng voor mijn eigen, ik heb niets anders geleerd bij mij thuis en daarom was ik streng met hem en hij, op zijn beurt, streng met de kinderen, bij het minste geringste vlogen zij tegen zijn hand, en ik was daar mee akkoord, behalve als het om Armand ging die ik altijd heb voorgetrokken omdat hij mijn oudste was en daarom is het dat hij een vod en een spons is die zijn eigen niet kan weren in het leven. Door te goed zijn met hem heb ik hem bedorven, daar is geen omkeren meer aan, dat heeft Basiel mij voorspeld die nu gelukkig is want hij is zonder het vagevuur te passeren recht naar de hemel gegaan.

Wat is dat toch dat ik niet kon verdragen dat hij content was om iets dat niet van mij kwam, ik was zelfs nijdig op zijn decoraties die hij gekregen heeft omdat hij Duitse soldaten van de Landstorm, Lotharingers, heeft gesignaleerd in het koren als zij wegtrokken op 't laatst van de oorlog. Als hij naar de vergadering van de oudstrijders ging en in de spiegel keek of zijn decoraties recht zaten, iedere andere vrouw zou fier geweest zijn op een vent die die onderscheidingen had gekregen van Zijne Majesteit zelf en ik kon zijn snor wel van de spiegel trekken omdat hij stond te lachen naar zijn eigen in de spiegel en ik me voorstelde dat het naar een slecht vrouwmens was. Wat is dat toch dat ik hem al zijn tijd op aarde gekloot heb en dat hij mij nooit een peer in mijn aangezicht heeft gegeven, hij had het makkelijk kunnen doen, hij woog dertig kilo meer dan ik, was het omdat hij gaarne het bloed vanonder zijn nagels gepest werd? Omdat hij dan in plaats van de belangrijke seigneur in het dorp, want dat was een sasmeester in die tijd, een simpele gekleineerde vent was thuis met een vrouw die hem van zijn piedestal trok of was het, het is bijna niet mogelijk, omdat hij mij vergaf, omdat hij mij gaarne zag tot in zijn graf.'

Zij stak het zwak lampje op de vensterbank aan, en zat toen met haar eksterogen in het Saltraten Rodell-bad. ''t Zijn wrede tijden,' zei zij. 'En dat ik met Violet geschoren zit en zal zitten tot aan mijn graf, het is mijn straf.'

Zij plukte aan haar tenen, die de verdoemde kwade wortels moesten loslaten. 'Gelukkig dat Pastoor Mertens ons bijstaat. Denk eraan, Louis, voor de rest van uw leven, gouvernementen komen en gaan maar de Kerk zal altijd blijven bestaan, en wie zich tegen de Kerk keert zal ten onder gaan.'

## XXIV IN GODS GEWIJDE NATUUR

Nonkel Omer stak zijn hand met het glinsterende polshorloge in de lucht, sloeg zijn hakken tegen elkaar. 'Heil Hitler,' riep hij en liet zijn koffer vallen.

'Onnozelaar,' zei Tante Violet vertederd.

Nonkel Omer droeg een zwarte hoornen bril die zijn natte bruine ogen fel vergrootte. 'Gij gaat een lange worden als uw vader,' zei hij. Het was kwaadaardig bedoeld, want Papa was niet zo lang, dat had Louis de laatste weken ontdekt, de imponerende gestalte op de speelplaats van het Gesticht was, eenmaal in Walle, op straat, naast Tetje's vader of de bakkerin, geslonken tot middelmaat.

'Waar is onze Armand?' riep Nonkel Omer vrolijk.

'Hij is wat verlaat,' zei Meerke.

'Altijd hetzelfde,' zei Tante Violet en hielp Nonkel Omer uit zijn jasje dat moderne gleuven had in de rug. Toen haalde zij zijn uniform uit de koffer, keurde het en hing het over een stoel.

'Hitler gaat nu een tijdje uitblazen van zijn annexaties,' zei Nonkel Omer, met volle meisjeslippen. 'Hij heeft de wereld laten zien wat hij kan en wat hij durft en het is nu welletjes. Hij is slim genoeg om geen hooi meer op zijn vork te nemen.' Nonkel Omer sprak bijna schoon-Vlaams, hij was regent geweest in het Onze Lieve Vrouw Onbevlekte Ontvangenis-internaat in Deinze. 'En moesten er Duitse generaals zijn die 't hoog in de bol krijgen vanwege het succes van hun legers, dan zal Hitler daar een stokje voor steken. Want hij is toch eerst en vooral bekommerd om werk voor iedereen, en voor de voeding van zijn volk. 't Is niet als bij ons waar onze ministers alleen maar denken aan zwart geld en aan postjes verdelen onder hun politieke vriendjes.'

Hij sloeg op Louis' dij. 'Zijn de nonnekes nog altijd zo zot van u?'

'Van mij?'

'Maar vent, ik ben u toch komen bezoeken verleden jaar. De nonnekes draaiden rond u lijk rond het kindje in de kribbe! Maar, bij God, wat zie ik nu? Hij krijgt al een snor!'

'Ik?' Onweerstaanbaar schoot Louis' hand naar zijn bovenlip. Het was totaal verzonnen.

'Het is nog maar een schijntje, maar toch past het niet bij een korte broek. Violet, wij gaan hem een van mijn golfbroeken moeten aanpassen.'

Ongelovig staarde Louis naar zijn oom die met hem stond te schertsen als met een gelijke, terwijl hij Louis verleden jaar nog in de garage had afgeranseld als een kleintje.

'Hoe is het met uw Mama?'

'Haar kind is dood.' Verplichte stilte.

Nonkel Omer streek over zijn haar, wreef zijn glimmende vingers af aan het paars- en groenbebloemde kussen naast zijn billen.

'Kom,' zei hij. 'Vooruit, Louis, in Gods wijde natuur!'

'Wij eten om zeven uur,' zei Tante Violet. 'Schaperagoût, dat hebt ge niet aan het Albertkanaal.'

Door de velden. Zij hadden het over Bartali die dit jaar beslist weer de Tour de France zou winnen, er staat geen maat op die man. Felicien Vervaecke zou de rit tegen het uurwerk winnen, dat was ook al geregeld, verleden jaar had hij twee minuten gepakt van Bartali. En hoe kinderachtig zijn die Fransen toch, weet ge nog, verleden jaar kwamen Magne en Leducq samen aan in het Prinsenpark en reden arm in arm over de eindmeet.

Nonkel Omer spreidde zijn armen, zijn borstkas zwol, zijn bretels zouden met één klap springen, hij blies als een paard.

'De lucht van Bastegem,' zei hij. ''t Is godverdomme iets anders dan de Kempen!'

Die vloek! De zedenverwildering van onze Vlaamse jongens die in kazernen samenhokken zonder controle, zonder geestelijk onderricht, had zelfs Nonkel Omer aangetast, hij die verleden jaar nog met een reusachtige vlag met PX er op geborduurd en de letters KSA Gouw Oostvlaanderen voorop in de stoet gelopen had van de Sint Jan Berchmansfeesten, de foto stond op Meerke's nachttafel, Nonkel Omer in pofbroek met schouderriem en halsdoek, een versteende marspas met opgetrokken knie, naast hem droegen koorknapen op een fluwelen kussen het hart zelf van de heilige Jan Berchmans en verderop bevroren in de wind de gewaden en blanke vleugels van de maagden die het beeld van Onze Lieve Vrouw van Diest droegen waarvoor de heilige dagelijks uren geknield lag.

'Uw engelbewaarder heeft u horen vloeken, Nonkel.'

'O, ik denk niet dat hij ervan verschoten heeft. Als ik een engelbewaarder heb.'

'Iedereen heeft er toch een. Zelfs de heidenen. Maar zij weten het niet.'

'Ik zie mijn engelbewaarder niet zo veel meer de laatste tijd. Gij de uwe?'

'Soms,' zei Louis verlegen.

'Hoe ziet hij eruit?' vroeg Nonkel Omer zakelijk, als ooit voor de klas.

Zij bleven bij een sloot staan waar damp uit rees. Het zou onweren. 'O, God,' zei Nonkel Omer gedempt, hij boog zich vooroverendeed alsof hij een schoenveter dichtknoopte. Een rode sportauto reed langs hen, achter het stuur zat een blonde vrouw.

Haar haren wapperden, zij had de holle wangen van Marlene Dietrich, één bevroren ogenblik bleven haar schuine, met mascara omrande, bleekblauwe ogen op Louis gevestigd. De handschoenen op het stuur waren van kanariegeel leer, zij droeg een kameelharen jas met opgerichte kraag van langharig bont.

De bloedrode lippen naar beneden getrokken, misprijzend of in de kramp van de aandacht voor de kronkelwegen met knotwilgen en abelen. Zij reed in de richting van haar kasteeltje. Het begon te regenen, de druppels waren dik en koel.

'Maar bezie dat toch eens,' zei Nonkel Omer. De rode

auto schoot door de dreef, verdween achter het preventorium waar vlaggen uithingen.

'Zij gaat met haar zatte kop tegen een boom aanrijden een dezer dagen,' zei Nonkel Omer.

'Dan is zij van ze af,' zei Louis.

'Van wie?'

'Van de mannen.'

Nonkel Omer stroopte zijn broekspijpen op en sprong over een grachtje. 'Welke mannen?'

'Al die mannen die met haar willen trouwen.'

'Zoveel zijn het er niet.'

'Nonkel Armand bijvoorbeeld.'

'Uw Nonkel Armand,' zei Nonkel Omer, 'is een ro-man-tische ziel.'

Wat betekende dat? Dat hij vuile Franse romans las. Romaans is Frans. Wij zijn Germaans. God heeft dat zo verdeeld op aarde. Verschillende rassen, sommigen liggen Hem nader aan het hart, om de redenen die Hij alleen kent. Madame Laura wekte dus mannen hun ro-man-tische, hun rode-mannen-tische ziel.

'Is dat goed of slecht, romantisch?'

'Op zijn ouderdom heel slecht,' zei Nonkel Omer. 'Zag zij mij?'

'Ik geloof het niet.'

'Weet ge 't zeker?'

'Zij heeft u misschien gezien maar niet herkend. Anders zou zij toch haar auto gestopt hebben.'

'Misschien was zij gejaagd om naar haar huis te rijden.' Nonkel Omer versnelde zijn pas, hij nam een weggetje dat naar de dreef leidde.

'Gaan wij naar haar toe?'

'Nee. Nooit van zijn leven.'

Louis had moeite om hem bij te houden.

'Ik denk dat ze weer aan 't smokkelen is, dat zij van de Hollandse grens komt, bij Sas-van-Gent. Want zij reed zeer gejaagd. Dat zou ik ook doen als ik met al die diamanten in mijn auto zat. Dat is het, zij koerst naar huis met die Hollandse diamanten in haar broek.'

Dat moest pijn doen, langs je vel schuren in je broek, of zou zij ze eerst in zeemleer of watten inpakken? Dat zou wel. Nu begreep Louis waarom Raf zo ijverig naar Madame Laura's broekje zocht, hij dacht dat er een edelsteen in kon blijven plakken.

'Er zat toch niemand naast haar in de auto?'

'Nee, Nonkel.'

'Ook niet van achteren?'

'Er had wel iemand plat op zijn buik kunnen liggen, naast haar.'

Weer vloekte zijn oom, hij stapte nog sneller als op mars langs het Albertkanaal met zijn evenzeer tot goddeloze vloekers ontaarde Vlaamse soldaten. Even dacht Louis dat het om te schuilen was onder linden, want de regen was sterker geworden, maar Nonkel Omer rende dwars door weiden, kroop hijgend onder prikkeldraad, rende tot hij in zicht kwam van het kasteeltje. De sportauto stond onder een afdak. Holst kwam te voorschijn, liet gemekker en geblaat achter zich in de stallen.

'Zij is thuis,' zei Nonkel Omer.

'Zij luistert naar de radio in haar bed,' zei Holst en zijn bonkige gestalte ging hun voor in een lage bedompte kamer van een zijgebouwtje. Holst was ongeschoren, zijn haar stond in pieken overeind. Hij hees zijn fluwelen broek omhoog en wees naar de rieten stoelen bij de kachel, wendde hun zijn machtige rug toe en schopte zijn klompen uit. De kamer was bijna leeg, aan de muur hing een fietswiel. Een verdord palmtakje. Wit zand op de rode tegels. Een kom melk waarin een goud en paarse vlieg dreef.

'Ik zeg in mijn eigen,' zei Nonkel Omer ineens plat sprekend, 'ik ga Holst een keer goeiendag gaan zeggen.'

'Dat is wel,' zei Holst en schonk voor zichzelf en voor Nonkel Omer een glaasje jenever in.

'Zo, ze luistert naar de radio.'

'Naar de nieuwsberichten in drie-vier talen.'

Regen, regen. De schapen. In zijn huis leek Holst anders, jonger dan in de auto vóór het Gesticht. Hij leek de weg niet te vinden in zijn eigen kamer, pookte het vuur op, zocht zijn sloffen, hield zich ver van de gekalkte wanden en de ramen, vond in de kerselaren kast een rode fles, schonk er uit in een koffiekopje, gaf het aan Louis.

'Hier,' zei hij. 'Gij zijt kletsnat, dat zal u deugd doen.' Het was een scherp-zoet vlierbesdrankje met citroen.

'Ik heb een haas voor u als ge wilt, Omer. Twintig frank.'
'Vers?'
'Van eergisteren. Zij wil hem niet. Zij eet niet.'
'Heeft zij het aan haar maag?'
'Zij!' riep Holst.

Zij zwegen. Bomen die ineens ruisten. Luiken sloegen tegen een muur.

'Zij volgt de toestand op de radio,' zei Nonkel Omer.
'Gij hebt kinderkleertjes gebracht naar mijn moeder,' zei Louis. Holst telde op zijn vingers. 'Drie gettenbroekjes, vier borstrokjes, twee mutsjes, een vest in wol met een ruitjestekening. En niet uit de Sarma, ik heb 't etiket gezien, uit een winkel van de avenue Louise. Kleertjes voor een koningskind.'

'Heeft Madame Laura dat uitgezocht?'
'Zij of een van haar meisjes.'
'Maar ze zagen er niet nieuw uit.'
'Zij heeft er een paar dagen mee zitten spelen.'
'Maar als zij zo met haar oren aan de radio hangt,' riep Nonkel Omer ongeduldig, 'dan wil dat zeggen dat zij op de hoogte is dat er iets op komst is. Of luistert ze naar de beursberichten?'

'Ook.'
'Het heeft met haar notaris te maken,' besloot Nonkel Omer.

'Mijnheer de notaris Baelens, die in Brussel op zijn eentje Hitler wil verslaan, die het liefst direct Duitsland zou binnenvallen met zijn Ardeense jagers. En het is door zulke gasten dat België nu moet mobiliseren en dan weer demobiliseren, één hoop miserie op kosten van de Staat.'

De vermelding van de notaris had een zonderlinge uitwerking op Holst. Hij greep de pook en zwaaide er mee, zijn ogen werden lichter, de knokkels van de hand om de pook werden wit, hij nam de fles vlierbessesiroop, dronk ervan en hoestte. Toen zei hij kalm: 'De notaris, de notaris, ik hoor niets anders.'

'Wil zij nog altijd met hem trouwen?'

'Vraag het haar zelf,' zei Holst. 'Vragen is vrij en 't refuseren staat erbij.'

Louis' engelbewaarder zat niet goed in zijn vel, God gaf hem signalen en bevelen die hij niet begreep. Holst was gewoon door de hemelse scharen niet goed genoeg getraind voor zijn taak als engelbewaarder.

In haar slaapkamer lag Madame Laura op haar bed in négligé, met natte haren, met de diamanten in haar schoot te spelen. Nu zij geen kinderkleertjes meer had.

'Zij heeft keus genoeg,' zei Nonkel Omer, 'ministers, bankiers, senators, ze moet maar haar vinger opsteken of er zit een trouwring aan. Alles hangt af van wie er het eerste bij is. De notaris?'

'Gij,' zei Holst. 'Gij, gij zijt met mijn kloten aan het spelen.'

Nonkel Omer schrok, hij hief zijn hand met het fonkelende polshorloge bezwerend voor zich.

'Heft uw gat op,' zei Holst. Nonkel Omer kwam overeind.

'Heft u weg,' zei Holst. Nonkel Omer dronk zijn glaasje jenever leeg, en zei toen: 'Laura Vandeghinste is geen spek voor uw bek. Onthou dat.'

'Bemoei u met uw eigen,' zei Holst toonloos.

Louis dronk zijn kopje stroperige zoetigheid op. De regen minderde. Holst knikte Louis een paar keer toe. 'Doe de complimenten aan uw moeder.'

'Ik zal niet mankeren,' zei Louis en knipoogde naar de reus, die pokdalig, getaand als de bleekste peperkoek, bleef knikken, en toen een haas ging halen met kapotte oogkassen. 'Beloofd is beloofd,' zei hij.

Nonkel Omer keek naar het lijk, stak zijn hand niet uit.

'Ziet ge hem niet gaarne?' vroeg Holst.

'Ik wel, maar mijn portemonnee ziet hem niet gaarne.'

'Pak hem mee, gij kunt het verrekenen met madame Seynaeve.'

Nonkel Omer nam zonder vragen *Het Laatste Nieuws* van de tafel en wikkelde het dier er in. Holst die de haas had gedood en ook het kind van Mama, mijn broertje, Holst die verantwoordelijk was voor mijn zieleheil, wou mij iets dringends, iets beslissends zeggen, maar hij deed het niet omdat Nonkel Omer er bij stond.

'Mama is in Zwitserland,' zei Louis.

'Ik kan wachten,' zei Holst. 'Ik zit niet te springen om twintig frank.'

Waarschijnlijk zou Holst met Mama telefoneren vanavond, haar zeggen: 'Ik heb uw zoon ontmoet, Constance, hij houdt van u, dat kind mist u, Constance, waarom verbergt ge u in de Alpen, waarom hebt ge liever het gezelschap van die geit van een madame Esquenet dan dat van hoe heet hij ook weer, Louis?'

## XXV VIJGEBLAADJE

Toen Louis te vroeg afscheid nam van Meerke, want hij moest nog wachten naast zijn koffer tot Nonkel Armand klaar was met zich te scheren in de keuken, speelde in de radio het mandoline-ensemble 'Ons Streven' het lied: 'Sluit de rijen!' Toen vertelde een professor het waargebeurde feit dat een okapi uit Belgisch Kongo sinds de inval van de Duitsers in Polen al zijn eten weigerde, een onzegbaar verdriet was in de ogen van het beest te lezen. De directeur van de dierentuin van Parijs had samen met eminente dierenartsen de hele nacht gewaakt, met bananen klaar in de hand. Maar tegen de dageraad, tevergeefs zoekend naar een straaltje zon in de grauwe Franse lucht, had de okapi de geest gegeven.

'Hoe triestig,' zei Meerke.

'Dat ik wegga?'

'Dat ook Louis, dat ook. Maar dat arm beestje.'

'Biefstuk van okapi voor de Parisiens vandaag,' Nonkel Armand veegde de vlokjes schuim van zijn gezicht.

Op het erf, niettegenstaande Meerke's verbod, kwam Raf aangewandeld.

Hij bewoog als een meisje. Louis zei: 'Nog één minuutje, Nonkel Armand, alstublief,' en rende naar zijn vriend die bij Hector de kalkoen stond. 'Dag Hector,' zei Louis, 'au revoir, ik ga u niet meer levend zien.' De kalkoen schreeuwde, spreidde zijn vleugels, schudde ze.

'Kent ge 't verschil tussen een vrouw en de stad Brugge?' vroeg Raf.

'Nee. Zeg maar.'

'De stad Brugge heeft maar één keer per jaar een bloedprocessie.' Raf proestte het uit, hield een slap handje voor zijn mond, Hector overstemde hem met zijn keelscheurende roep.

'Jaja,' zei Louis. Hij begreep de oplossing van het raadsel niet. Gingen vrouwen dan naar een andere bloedprocessie, in een ander land, meerdere keren per jaar? Het was alsof hij in een matglazen kubus zat, Raf plette er van buitenaf zijn neus tegen en proestte het uit.

'Ge moogt zeggen van mij wat ge wilt, maar ik ben sportief,' zei Raf. 'Ik heb het vanmorgen gehoord op de radio, het grof spel gaat beginnen in Polen. Onze koning en de Paus willen tussenkomen maar Hitler vaagt er zijn broek aan. Daarom, voilà...,' hij graaide in zijn broekzak en stak het zijden voddetje met de kanten randjes in Louis' hand. Louis stak het onmiddellijk in zijn jaszak. Niemand, zelfs Hector niet, had het gezien. 'Ge hebt gewonnen. De Duitsers gaan komen. Gij ziet dat ik sportief ben.'

'Eén man, één woord,' zei Louis.

'Altijd geweest. Wie weet wanneer we ons terug gaan zien. Draag goed zorg voor Madame Laura's vijgeblaadje.'

'Ontrief ik u niet teveel?'

'Ik heb er nog twee thuis,' zei Raf. Zij gaven mekaar de hand, kruisvaarder Louis-met-de-Bijl die zijn bange leenman achterliet in het dorpse nest Bastegem, tussen de koeien.

Meerke zei: 'Gaat ge goed opletten? Altijd direct zonder tegen te spreken doen wat uw Mama zegt?'

Tante Violet waggelde mee naar het hek en vroeg of Louis Meerke een groot plezier wilde doen en een *lettre de château* schrijven. Een raadsel. Opnieuw. Een brief van het kasteel. Het kasteel van Madame Laura waar ze in het wit op het bordes staat, hoogmoedig glimlachend naar haar nieuwe bruidegom, de notaris?

Tante Violet las het raadsel op zijn gezicht. 'Een schone brief, goed leesbaar, waarin dat ge Meerke bedankt voor haar gastvrijheid. Dat is een *lettre de château*, zei zij die tot in haar kist een schoolmeesteres en bibliothecares zou blijven.

Nonkel Armand perste zijn gezicht in een leren vliegeniersmuts, trok handschoenen aan en kroop in de auto die hij van Mireille van de 'Picardy' had geleend. Zij wuifden naar het huis en de dahlia's en de barstensvolle Tante Violet die net een kwart kilo hoofdvlees met mosterd had gegeten van verdriet omdat Louis wegging.

'Houd u vast,' zei Nonkel Armand, ''t is van tachtig per uur!' Toeterend reed hij door het dorp. Toen zij voorbij de 'Picardy' reden vertraagde hij, loerde, maar uit het ontuchthuis, kletsnat, met dichte luiken, was geen teken van leven te zien. 'De volgende keer ga ik u meenemen,' zei Nonkel Armand, 'het wordt stilletjes aan tijd dat ge de wereld kent. Maar niet op zaterdag of zondag, want dan komt dat crapuul van de paardekoersen. Nee, gewoon door de week. Wij gaan een scheetje lachen, alle twee.'

Op de weg naar Walle kreeg de auto vaart zodat Nonkel Armand moest roepen. 'Wie gaat er volgens u de meester van de wereld worden?'

'Jezus Christus,' zei Louis.

'Maar nee, kwezelke. De communisten of Hitler?'

Het was ondenkbaar dat de communisten die priesters en zusters doodgefolterd hadden in Spanje, die wilden dat er geen vaderland meer zou zijn en geen godsdienst, zouden heersen over de volkeren. Dat zou God niet toelaten. Of wel, voor een tijdje, als beproeving?

'Hitler,' zei hij.

'Akkoord. De minste van de twee kwalen.' Onderweg, terwijl Louis zich voorstelde hoe hij straks het best aan Mama om een leren vliegeniersmuts zou vragen, vertelde zijn oom over de diverse cafés langs de weg, waar hij kind aan huis was, over Marie-José van de 'Gouden Klok' die een klant had gebeten en in de gevangenis was beland, want een mensenbeet is uiterst gevaarlijk, dat weten de heren van het gerecht maar al te goed, gevaarlijker dan een varkensbeet, zoveel vuiligheid hebben wij in ons speeksel, over Adrienne, van de 'Mercator', een kind uit de duizend, koekegoed, maar als ze dronken was een paardezaag, altijd maar klagen over haar man, een elektricien met één been, over Michou die zo op haar zusje Corinne leek dat ze ermee klanten voor de zot konden houden, ik bespaar u de details, over Barbeà-papa, een geitebok die bier dronk en elke dag moest gewassen worden en ingewreven met eau-de-cologne.

Louis kreeg een opdracht. In de tampende, ratelende auto, met Vlieghe naast zich waarvan de zoete geur naar hem oversloeg, was een op de maat van de razende wielen neuriënde stem hoorbaar, snel, slissend: Louis Seynaeve, gij zijt uitverkoren om uw oom te redden, hij wiens voorkomen de slechte vrouwen behaagt, hij die op dit ogenblik zijn verdorven gekeuvel onachtzaam ginnegappend verder zet. Met de hulp van de Heilige Maagd zult ge hem bevrijden van de vreselijke kwaal die dronkenschap heet, en daarvoor moet de oorzaak met wortel en al uitgeroeid worden als de eksterogen van uw grootmoeder, namelijk Madame Laura want haar ziel is rot tot op het merg en zij is het die mannen aanzet om haar te vergeten in schadelijke likeuren.

Louis' antwoord op die haastige zangstem was zonder woorden, hij betastte in zijn jaszak de gladde ijle stof met de zachte rafelige korstjes van kant. Nonkel Armand draaide zijn raampje open om zijn sigarettepeuk weg te gooien. De naar vlas stinkende windhoos die naar binnen sloeg deed Louis niezen, hij zocht zijn zakdoek, het broekje viel tussen de zittingen, Louis niesde drie-vier keer, ondertussen pakte Nonkel Armand het frulletje ondergoed op. 'Hé, wat hebben we hier? Hoe komt dat hier? Ik weet het al, Solange moet het hebben laten liggen, zij heeft 't laatst met Mireille's auto gereden. Naar de Rotary-club. Wel, nondenonde!' (De non, de non! Solange!) Louis keek naar de bochtige Leie, de molens, de graansilo's, het voetbalveld van Walle Sporting Club.

Thuis in de Oudenaardse Steenweg waar de buren Mireille's auto bewonderend bekeken, kuste Mama haar broer langer, inniger dan haar zoon. Zij was magerder geworden en lichtroze verbrand.

'Het spijt mij, Armand,' zei zij. 'Ik had u gaarne plezier gedaan met een neefje. En u, Louis, met een broertje.'

'Het zal voor een volgende keer zijn, Constance.'

'Al dat zeer en al dat wachten voor niks.'

Papa had een lichtgrijs pak aan, Mama knoopte zijn das dichter rond zijn nek, Papa maakte een geluid alsof hij gewurgd werd. Hij moest straks naar het jubileum van De Zusters van Liefde in Hulle. De bisschop van Brugge zou er ook zijn voor de a-ca-demische zitting.

'Gij liever dan ik, Staf, naar al die zwartrokken,' zei Nonkel Armand.

'Heeft hij gedronken onderweg?' vroeg Mama toen ze boterhammen met platte kaas en sjalotjes klaar maakte in de keuken.

'Nee, Mama. Geen druppel.'

'Zijt ge nergens afgestapt? Niet liegen.'

'Hij wilde misschien wel, maar hij is niet bezweken voor de verleiding.'

'Gij begint hoe langer hoe meer als uw Peter te spreken,' zei zij. 'Met die stadhuiswoorden.'

Uit de voorkamer weerklonk gegiechel en geschater, Papa's hoge stem riep jodelend: 'Olalaietie.' Mama liep naar het gekraai van Nonkel Armand toe: 'Paris, c'est une blonde, Paris, reine du monde.' Papa danste blazend en jodelend in het midden van de kamer, de das die Mama zo zorgvuldig had gestrikt zat schots en scheef, op zijn kalende schedel zat het broekje van Laura Vandeghinste, kasteeldame en aanstaande notarisvrouw, zijn schaarse rosblonde krulhaar stak tussen de kanten pijpjes, hij leek op een robuuste grootmoeder uit vroegere tijden, die in een alles uiteenrafelende wervelstorm was geraakt en uit kwam blazen in de vertrouwde Vlaams-antieke voorkamer van de Seynaeves.

Wat Louis niet verwachtte was Mama's lach. 'Maar Armand toch, wat steekt gij uit met mijn vent? Ge zijt nog maar binnen en...'

Papa haalde het frutsel van zijn hoofd, keek er naar, trok eraan, het elastiek rekte zeer ver uit.

'Loopt gij daarmee op zak, broer?'

'Ja, zuster. Ik heb dat altijd bij mij. Om leute te maken.'

'Het komt van Parijs,' zei Papa.

'Het is een cadeau voor u, Constance,' zei Nonkel Armand opgewekt.

'Ehwel, merci.'

'Het is een vijgeblaadje', nee, Louis zei het niet hardop.

Zij aten die avond hutspot alhoewel het er het weer niet voor was. De radio vertelde over de negen schamele Poolse legereenheden die op nog méér naderend onheil wachtten bij de grens, zonder transmissiemateriaal of luchtafweer.

## XXVI ZUSTER KOEDDE

Zuster Engel schudde meewarig haar kap, maar het was rein bedrog, om Zuster Adam en Zuster Kris die toekeken te laten zien hoe engelachtig mededogend zij wel was in haar rol van beul.

'Louis,' zei Zuster Engel, 'ik ben verplicht om u te straffen. Hoe zeer het mij ook zeer doet. Een zero voor gedrag, een uur op uw knieën in de kapel, dan tweehonderd regels: "ik moet leren deemoedig zijn, vooral in tijden van nood."'

'Dat kan niet op één regel.'

'Driehonderd keer.'

'Maar Zuster, dat maakt twee maal driehonderd regels, zeshonderd!'

'Tiens, nu kan hij wél rekenen,' zei Zuster Kris.

'Driehonderdvijftig,' zei Zuster Engel. 'En dan ben ik nog mild. Wat hebt gij toch in uw vel? Sedert uw vakantie is er geen huis met u te houden. Gij wilt u onderscheiden door baldadigheden.'

Louis drentelde langs de twee beamende Zusters. Zuster Engel had gelijk, hij was lastig. Zoals de Graaf van Monte Christo rebels was in zijn cel. Zoals Zuster Sint Gerolf ergens in het Slot lastig was achter slot en grendel. (Niettegenstaande geruchten dat zij opgenomen was in een ziekenhuis voor nonnen in Limburg. Maar dat waren de overbekende afleidingsmanoeuvres, de doorzichtige vijfde-colonnetactieken, er was veel meer reden om aan te nemen dat de cohorte der Zusters uit het hele land in geheime spoedvergadering tijdens de vakantie besloten had haar onder te brengen in een hok van drie bij drie meter, dat in allerijl door nachtelijke metselaars als een erker zonder licht tegen de Slotmuur werd gebouwd, zoals de strafcellen in de tijd dat dit klooster werd opgericht door enkele Zusters van de Derde Regel met Goorik van der Houtstrate, pastoor, waarop Paus Nicolaas de Vijfde de Zusters toestond het gezegend en vermaledijd habijt te dragen. De cohorte sprak: 'Wederstand tegen de overste; val neer, Zuster Sint Gerolf, met de roede in de hand; overhandig de roede aan uw overste; Zusters, tuchtigt haar.')

Louis had Vlieghe teruggezien. Vlieghe die Vos had moeten heten, of Voske vanwege het donkerrode stekelhaar, veel zachter dan het er uit zag, de onrustig over en weer schietende roofdierogen, de spitse, natte mond. Vlieghe had hem een hand gegeven, 'Ah, ge zijt daar!' en daarmee alle regels voor begroeting van de Apostelen geschonden. Ook de andere Apostelen hadden de wetten en gewoonten van hun Verbond achter zich gelaten in de nu al weer wegdrijvende fata morgana van de vakantie, de tijd van een oase, en babbelden als gewone leerlingen, als Hottentotten. De Apostel Petrus, stichter, grondvester, stond alleen.

Polen was onder de voet gelopen. En dan? Dat in het opwaaiend zand daar in de verre woestijn van de vakantie dappere kurassiers en lanciers voor hun belachelijk onbewapend vaderland verpletterd werden met hengst en al door de onaantastbare en ongelooflijk wendbare tanks van de gestaalde vijand (in de tanktorens: meedogenloze Apostelen, baret met het Doodshoofd op de doodsverachtende kop), het was de wet.

'Het komt door de oorlog dat ze zo lastig zijn,' zeiden de Zusters, reuzenvleermuizen tegen de kapelmuur geplakt.

'De vakantiehuiswerken... een schande...'

'Zelfs hun handschrift is achteruitgegaan.'

'De ouders... geen tijd... zo slordig...'

'Een reden te meer om hun kinderen bezinning te leren.'

'De geschiedenis is een les. Zeker de geschiedenis van vandaag.'

Moeder-Overste in de refter na het gebed: '... dat ik het niet langer meer zal dulden, dat opstandig gedrag. Dat er vanaf vanavond een strengere toepassing zal zijn van onze reglementen. De weerbarstigen zullen niet meer tot aan het einde van de trimester onder ons blijven maar terstond verwijderd worden. Zelfs al zou dit een blaam op ons Gesticht werpen. Dat ik mij daar zeer goed rekenschap van geef. Toch het kwaad. Moet uitgerukt.'

Zuster Econome: 'Zelfs al snijdt het in het vlees van onze financies.'

Zuster Kris: 'Wij zijn een doodarm klooster en het bestaan van onze gemeenschap is bedreigd. Toch zullen wij... Met wortels en al...'

Zuster Sapristi: 'In een tijd als de onze moet er samenhorigheid zijn, jongens, alstublieft. Doe een beetje uw best.'

Zuster Econome: 'Maatregelen. Vooral nu.'

Zuster Sapristi: 'Luistert niet naar het kwaad, jongens. Niet naar slechte vrienden die denken dat in de oorlog alles zal mogen.'

En de nieuwe Zuster (een asperge die gevlucht is uit een strenger klooster, of weggejaagd uit een Brugs hospitaal, of met een onzichtbare vorm van melaatsheid teruggestuurd uit Belgisch Kongo, die Zuster Thérèse heet maar al gauw om haar koud gezicht Zuster Koedde genoemd, 'koude' op zijn Brugs uitgesproken, een kwieke vloek, Koedde), dook op in de kapel waar Louis op zijn knieën zat, zij kwam los van de muur als de heilige Theresa uit haar nis.

'Niet zitten.' Een geruis en de hand die zijn schouder optrok. Drie dagen later, ook ineens vanuit een geluidloze koude deur: 'Seynaeve.'

'Ja, Zuster.'

'Wat heb ik u daar horen zeggen? Daarjuist op de speelplaats? Dat woord. Zeg het nog eens als ge durft, in mijn aanwezigheid!'

'Welk woord?'

'Het woord voor uitwerpselen. Spreek het uit, Seynaeve. Of is uw onkuisheid zo beschaamd over zichzelf dat...'

Hij wist het in een flits, het woord, de onschuld zelf. Voorzichtig triomferend zei hij: 'Zuster, ik had het over *kaka*, Zuster.'

'Ja, en...'

Hij onderbrak haar meteen. 'De kaka is een Australische

papegaai, Zuster.' Hij wou uitleggen dat hij het woord zo
hard geroepen had omdat Dondeyne het moest invullen in
het kruiswoordraadsel van 'Zonneland', toen ze hem sloeg
zonder dat een plooi van de romp van haar kleed bewoog,
de knokkel en de ring troffen zijn kaakbeen. Zij scheen
hem een trap te willen geven, haar achterste been verhief
zich. Hij hield zijn handen voor zijn gezicht, wachtte.

'Handen weg.'

Hij gehoorzaamde en zei: 'Een Australische vogel, de
Kaka, Kakatoe. Zoals de Lori.'

'Maak dat ge wegkomt, Farizeeër.' Zuster Koedde was
door haar hemelse Bruidegom onder de ontuchtigen gezonden om te ondervragen, niet om te leren of te weten.

In die dagen schopte Louis de kleintjes tegen hun enkels,
hij maakte zich meester van de Meccanodozen en de bouwdozen van de Hottentotten in de recreatiezaal, 's nachts zat
zijn bed vol onkuis wriemelende Miezers.

'Vlieghe.'

'Wat nu weer?'

Zij hadden overlopertje gespeeld, hurkten, bezweet in de
schaduw van de perelaar waarachter Zuster Koedde onmogelijk kon schuilen. Zij zat ook niet in de takken.

'Op een dag...'

'Zeg voort.'

'Op een dag ben ik van niemand meer benauwd.' Vlieghe's mond staat open, zijn tong roze als een zuurstok.

'Niets zal mij kunnen kapot maken. Geen verklikkers
zullen mijn ziel kunnen verstrooien.'

'Gaat ge weer zeveren?'

'Het enigste...'

'Zeg voort.'

'... waarvoor ik benauwd zou kunnen zijn is dat er in mijn
ziel geen plaats meer zal zijn voor u.'

'Gij leest teveel dwaze boeken.'

'Op een dag zal ik een huis met veel kamers hebben, en
daar wil ik geen ouders, geen Tantes of Nonkels of Zusters
zien. Met geen stokken zal ik uit dat huis te slaan zijn. De

enige die ik binnen zal laten zijt gij, als 't nodig is 's nachts. Want uw ziel is als de mijne. Ik zie mijn moeder niet liever dan u. En als ge in mijn huis komt zal ik uw knecht zijn, gij moogt mij commanderen, mijn postzegels meenemen. Gij moogt in mijn ziel binnen en buiten wandelen als in een duivekot. Ik zal een toren hebben en daar zal ik mij opsluiten met mijn Colt en mijn kruisboog, en iedereen die u wil afnemen van mij, gaat eraan. Zij kunnen mij verslaan natuurlijk maar vóór die tijd gaan zij bloeden, goed weten, dat zegt Seynaeve u.' Hij wist dat hij raaskalde zoals een ridder in de maneschijn voor de tinnen en de schietgaten van een burcht, zoals in datzelfde maanlicht de kalkoen Hector. De woorden plakten als de goedkope chocolade die Papa in het café 'Groeninghe' kocht, aan zijn gehemelte vóór ze bleven komen, ze bleven komen.

'Wij gaan samen in de hemel komen. Als zij u daar niet binnenlaten wacht ik in de kou voor de poort totdat ge uwe tijd in 't vagevuur hebt doorgebracht. En ik ga Onze Lieve Vrouw smeken dat ze u rap genadig is. Zij zal luisteren.'

Zuster Koedde kwam vanachter de perelaar, maar zij las in haar brevier en zag hen niet. Vlieghe had vingernagels met zwarte randen, ook tegen de maantjes. Hij aaide er mee langs zijn knieschijf waar een scharlaken ster op getekend zat.

'Gaat ge nog lang onnozel doen?' vroeg Vlieghe. 'Vertel uw zever aan iemand anders.' Het klonk aarzelend, onoprecht.

'Vertel voort,' zei Vlieghe.

'Nee.'

's Anderendaags hief de pastoor de kelk en de hostie en het overviel Louis dat daar in die beverige hand Zijn lichaam, Zijn bloed niet aanwezig was. Hij keek om zich heen, doodsbang, ik ben bezeten, iemand moet de duivel uit mij drijven, uit de glas-in-loodramen dwarrelen stofdeeltjes die elk ogenblik samengebundeld zullen worden tot een dikke alles verterende bliksemstraal die mij zal treffen, hier, in de plooi tussen mijn wenkbrauwen, elk ogenblik zal de onderpastoor de kelk overnemen van de oude man, zie, de pastoor's handen trillen want mijn ongeloof zindert door de kapel, als de onderpastoor goed mikt zal de kelk die hij naar mij slingert tegen mijn tanden slaan, de wijn kwakt, spat over mijn gezicht, ik zal het wel moeten proeven, dat bloed van Jezus, het smaakt zout als brem, ik zal er druppels van inslikken, ik verslik me en stik in de eeuwige ongenade.

Jezus heeft bestaan. Zelfs Voltaire die uit zijn sterfbed viel met zijn ketterse bek in zijn pispot en daarin verdronk, ontkende dat niet. Maar is Hij wel dat schijfje ouwel daar? Is het geen uitvinding?

Louis liep, zoals altijd achter Byttebier, met gevouwen handen, het hoofd voorovergebogen naar het altaar, elk ogenblik kon de Gezalfde die overal alomtegenwoordig is zijn tomahawk gooien en hem in de klamme nek treffen. Of zijn vogelpikpijltje van verschroeiende, roodgloeiende wraak, sneller dan het geluid, kon, van voren, tussen keel en kin dringen zodat hij tegen Vlieghe achter hem viel, Vlieghe pakte hem op, barmhartige Samaritaan, en legde hem behoedzaam neer op de treden van het altaar, naast de fietsschoenen van de onderpastoor.

Louis slofte verder, bad, stak zijn tong uit, bad en de Heer Jezus had medelijden met zijn dwaling en met de twijfel die elk van zijn Christenkinderen overvalt (zeker als zij dodelijk beledigd zijn geweest door een rossige vossige ellendeling op het ogenblik dat zij hun genegenheid uitspraken) en de God in de kapel van Haarbeke rukte Louis' uitgestoken tong niet uit met zijn gietijzeren tangen van vingers. Louis klappertandde. 'Vergeef mij, alstublieft!' 'Mond open,' siste de onderpastoor, die naast de pastoor stond (klaar om de wankele oude man terstond ter plekke te vervangen als hij ineen zou zakken, snel de gouden ciborie in de vlucht op te vangen met zijn forse behaarde handen die zo klemvast op het stuur van zijn Indian-motor lagen). De hostie, Zijn levend lichaam, lag als een zijdepapiertje op Louis' tong. Louis kwam overeind, zonder op de communiebank te steunen als de logge luilak Dondeyne naast hem. Hij liep naar achteren zonder naar Vlieghe te kijken en tijdens deze verwarrende wandeling was het dat hij, de ouwel tegen het tandvlees achter zijn kiezen drukkend, de goedheid van Jezus die hem voor bliksem en dood had behoed negeerde, vernietigde. Je durfde mij niet te vellen op je altaar, omdat je er gewoonweg niet was, anders had je 't gedaan. Hij kauwde, beet, vermorzelde. Een immense, jachtige trots zwol in zijn hele lijf, ik kan wel pissen van trots. Hij slikte de laffe of niet aanwezige Jezus door. Als de joden, dacht hij, als de joden zal ik verjaagd worden over de wereld; Jezus die bestaan heeft en vaak bestaat, zal mij achtervolgen met zijn engelen, laat ze komen.

Iemand had alles gezien. Zuster Koedde, een bonestaak met een lang witmetalen gezicht, niet ongelijk aan de wereldkampioen Marcel Kint, de Zwarte Adelaar, met ineengevouwen zwarte vlerken, geperst tegen de muur naast de biechtstoel. Zij klikte met haar tong en wenkte hem. Hij volgde haar.

Zij bleven staan toen Zuster Koedde hem bij de deur van de bibliotheek tegen hield. Zij speurde de gang af. Toen duwde zij hem in de muffe ruimte vol blauwgekafte boekeruggen. Als tijdens een les turnen—turnden de Zusters achter de viervoudig vergrendelde deuren van het Slot?—hupte zij op de tafel, een zorgeloos wezen ineens, en zat met bengelende benen op het Perzisch tapijtje.

'Beken.'
'Wat?'
'Wat hebt ge gedaan in de kapel? Beken.'
'Ik ben te communie gegaan.'
'Zoals gewoonlijk? Zoals altijd?'
'Ja.' Een vermiljoenen kruis begon op zijn voorhoofd te gloeien.

'Seynaeve, ik stond op twee meter van u verwijderd. Ik ben niet blind.'

'Gij weet toch alles, waarom moet ik dan nog bekennen?' zei Louis.

De verbolgen Heer had meteen een van zijn bruiden gezonden.

'Ik weet meer dan ge denkt.'

'Ik beken,' zei hij en wachtte op het noodlot. Christus verloochenen. In welke ban werd je dan geslagen?

'Wie is het geweest?' vroeg zij. En bokkig toen hij niet antwoordde: 'Welke jongen was het die aan u is geweest?' Aan mij geweest. Aán mij.

'Dondeyne,' zei hij. Dondeyne die altijd de neiging had om vlakbij je te komen staan als hij tegen je praatte, had hem aangestoten, vlak voor het knielen.

Zuster Koedde was niet koud meer, zij ademde diep, plette haar handen diep in de paars en rode haartjes van het tapijt.

'En dat gebeurt onder de ogen van de gelovigen? In de kapel zelf? In aanwezigheid van Onze Lieve Heer?'

Louis knikte. Zuster Koedde ondervroeg, het was haar natuur, of liever, de natuur van haar ambt.

'Wist ge dat Onze Lieve Heer u zag op dat ogenblik?'

'Hij ziet ons overal altijd.' Zijn antwoord volgde als in de catechismusles. Zij zocht naar een zakdoek in de vele zwarte wijde plooien, bette haar gezicht.

'Kom hier.'

Zij greep zijn beide oren vast met benige vingers. 'Hoe heet ik?'

'Zuster Thérèse.'

'Zo noemt ge mij niet als ge onder uw kameraden zijt.'

'Neen.'

'Ik weet alles. Ik weet wat ge over mij vertelt. Dat ik niet toegelaten werd tot de Orde omdat ik geen bruidsschat had, en dat men mij hier alleen maar ge-dóógt.' Zij liet zijn oren los.

'Gedoogt?'

'Omdat het klooster in Balen opgeheven is en dat men hier in Haarbeke mankracht kan gebruiken. Anders hadden zij mij hier nooit toegelaten.'

'Ik heb niets misdaan,' zei Louis.

Zij meesmuilde, het was een mirakel. Ik zal dit aan Vlieghe vertellen, hij zal het niet geloven. Ik vertel hem nooit meer iets onder de pereboom.

'Dondeyne,' zei zij peinzend. 'En wie nog meer?'
'Niemand anders.'
'Leugenaar. Kom hier. Wat dééd Dondeyne? Waar heeft hij u aangeraakt? Hoe deed hij het? In de gauwte? Wáár heeft hij zijn hand gelegd? Toon het mij. Doe het voor.'

Louis' hand, die van Dondeyne, stootte tegen haar heup.
'En dan?'
'Niks.'
'Niks meer? En wat doet hij in de slaapzaal met u? Ook niks meer?'

O, onkuisheid was het waar zij naar zocht! Dit geniepig speuren naar het zesde gebod, dit monsterlijk vermoeden van de uitwendige zonde van onkuisheid.

'Zuster!'

'Kom hier,' zei zij ten derde male en haar stem sloeg over bij de *ie*, zoals de haan ten derde male kraaide naar de apostel Petrus en opnieuw veranderde er niets aan de zwart gebeeldhouwde golven en de plooien van haar kleed toen zij zijn pols pakte, hem vlakbij zich trok. De stof waar hij tegen lag was niet ruwer of armoediger dan die van de andere zusters zoals men zou kunnen vermoeden bij iemand die geen bruidsschat voor Christus had ingeleverd.

Zuster Koedde klemde Louis' middel tussen haar knieën als tussen twee reusachtige duimen die zijn ribben omsloten en toen persten. Haar mouw waaierde uit, zij legde een hand in zijn nek, hij zag twee straaltjes zweet van onder haar hoofdband stromen naast haar wenkbrauwen waar blauwe gezwollen aderen vertakten, de kleur van de wallen onder haar ijskoedde ogen, en toen prangde zij hem tegen haar naar koelte, nootmuskaat, en stijfsel geurende borst. Zij *prangde*, Vlieghe. Haar knieën losten even hun klem en sloten zich weer. Hij werd geplet. Een zonderlinge straf. De knieën openden en sloten zich sneller, toen openden de knieën zich alsof haar hele habijt geeuwde en bleef zij achterover liggen met een rode streep dwars over haar keel waar de halsdoek weggeschoven was, het leek een pas geheeld litteken. Met een gesmoorde klap sloegen haar benen tegen elkaar.

Toen zij op een elleboog overeind kwam keek zij lichtjes scheel. Zij liet de kralen van haar rozenkrans door haar vingers glijden, frummelde aan haar lederen buikriem en nam haar kruisbeeld en legde het tegen Louis' mond. Zijn lippen raakten de metalen borst van Jezus.

'Hij ziet u gaarne,' zei zij. 'Al zijt ge nog zo'n zondaar.'
'Ja, Zuster.'

Zij kuste meteen, met toegespitste, kleurloze mond de doornenkroon en de golvende haartjes van haar God, en sprong van de tafel, sloeg stof of pluisjes van haar kleed. Toen zij, ineens gehaast, de deur van de bibliotheek voor hem openhield, als een dienares, zei hij: 'En toch is de Kaka een Australische papegaai, Zuster.'

'Farizeeër,' mompelde zij, dit keer bijna monter, een mirakel.


Een rimpelloze roodblonde man met een golvende baard die zeer precies in twee identieke punten verdeeld was en gekamd, schold Louis uit in het Latijn. Terwijl hij toch Aramees sprak? Of was het Galilees? Hij droeg een melkig witte tabbaard met op zijn hartstreek een bultig fluwelen kussentje in hartvorm waaruit gouden vlammen sloegen. In het vuur van zijn Kerklatijns betoog vol smalende uithalen verschoof zijn doornen kroon vol gouden spikkels zodat de wonden in zijn schedelhuid openbraken en twee streepjes bloed van onder zijn haar naast zijn wenkbrauwen liepen waar gezwollen blauwe adertjes uitpuilden.

'Zijt gij het?' hoorde Louis zichzelf vragen.
'Dat gaat u niet aan. De vraag is of gij het zijt,' zei de man met een Brugs accent.
'Ik ben het.'
'Dan ben ik het ook.'
'Hebt ge zeer?'
'Zeer.'

Louis viel aan de doorboorde voeten en kuste de lange, elegante tenen waar vier sierlijke eksterogen op zaten. De man had toch nooit te nauwe schoenen gedragen? De tenen krulden op. 'Gij moogt mij niet zo kietelen,' zei de man strenger dan zijn zwakke, melodieuze stem kon verdragen.

Een wind stak op die zand en sneeuw joeg door de straten van een stad die uit lucifers gebouwd scheen, zo rafelig dun breekbaar waren de gebouwen van Lucifer's stad.

'Gij noemt uzelf uitgezonden,' zei de man, 'zijt gij niet beschaamd, lafaard, scheurmaker? Waar zijn uw tekenen, wonderen en krachten?'

'Dáár.' Op Louis' wenk kwamen elf officieren, die vijfhoekige platte kepi's droegen, aangereden, hun lansen gericht naar de horizon waar men schildpadden van tanks kon zien en Stuka's.

'De sukkels,' zei de verontwaardigde stem vlakbij.

'Zij zijn u toegewijd, rabbi.'

'Dat is niet genoeg.'

'Heer, hoe kan ik u dienen?'

'Als missionaris bijvoorbeeld. Gij lijkt mij daar wel geschikt voor.'

'Gij zegt het.'

Louis zag Louis. Hij had een KSA-uniform aan, onder zijn oksel zat een lans, de stok van een vlag met PX erop. Hij steeg van zijn paard en ging naar de reuzenvarens toe en de grijsbehaarde slingerplanten. De jungle dampte. Negers met gevijlde tanden als puntige brokjes kokosnoot zaten in de dampende struiken. Louis riep hen, zegende hen, sloeg hen met zijn vlag tot ridder, zij kregen tranen in de ogen, om hem, de blanke jongen die hen kwam redden van het eeuwig vuur. Toen was Louis ineens alleen in een niemandsland tussen savanna, selva, steppe, rimboe, taïga (reciteerde hij), er was alleen gegons van reusachtige meikevers en libellen te horen, én het geknars van krokodilletanden, én het gekrijs van kakatoes én een laag treurig gegrom van schildpadden als tanks.

'Zij willen niet luisteren, zij zijn gevlucht,' riep Louis wanhopig, 'zij zijn benauwd van u en van mij, de inboorlingen, want zij herinneren zich nog te goed (sprak hij in het schoon-Vlaams) hoe Mussolini hun stamvaders heeft vermoord, hun hutten heeft verbrand.'

'Mussolini?'

'Dat zegt Zuster Engel.'

'Die ken ik niet.'

'Zij heet Zuster Marie-Ange.'

'O die. Die ken ik goed. Een serieus meisje.' De man haalde zijn neus op met een katachtig geblaas. Hij was van Brugge en verkouden. Ik moet hem een zakdoek geven. In Brugge noemen ze dat: een zakneusdoek. Hoe kunnen wij de heidenen dwingen hém te beminnen? Ik vraag mij dat af en ik slaap waarschijnlijk tegelijkertijd.

'Gij hebt de Farizeeërs uit de tempel geranseld, hé?' vroeg een vijfjarige Louis.

'Ja. Altijd veel miserie gehad met de Farizeeërs.' Hij niesde, veegde zijn neus af met zijn melkwitte mouw. 'Kom hier.' *Ie, ie, ie* weerklonk het in de dalen tussen de turkooizen bergen met de sneeuwtoppen. Omdat Louis zich niet verroerde kwam de man zelf nader en scheurde met een snerpend geluid zijn tabbaard, een blanke gewelfde borst werd zichtbaar met een even blanke tepel, als van een marmeren beeld zonder aders.

'Leg uw vinger op de wonde.'

'Maar er is geen wonde.'

'Omdat ge niet wilt zien. Omdat ge precies als uw moeder Constance zijt, die alleen ziet wat ze wil zien.'

Louis had moeite om zijn ogen open te houden, maar hij zocht en loerde en staarde tot hij een ijle vertakking in het albast zag—albast dat was het, geen marmer, albast—als de acht geknikte poten van een hooiwagen. Tegen zijn wil ging zijn wijsvinger de lucht in en ja, een gleuf ontstond in de borst, een bultige spleet die vetglimmende albasten lippen kreeg, die uitstulpten. Het zal mij toch niet gebeuren dat zijn vel scheurt. Zijn wijsvinger drong in de koele, beweeglijke plooiende lippen die zich om het eerste, het tweede kootje sloten, en als de slurf van—van—van—. Met een elektrische schok trok Louis zijn vinger terug, zijn vingernagel haperde, scheurde. Steunend, ik ben wakker, het is gebeurd, waar?

In de dorpsstraat was een melkboer al bezig met zijn koperen melkbussen, maar toen Louis de vitrage wegschoof was hij al de hoek om. De dorpsstraat lag er vredig bij, onaangedaan. Alhoewel er geen wolkje te zien was zou het best kunnen regenen vandaag. Rook uit de schoorsteen van de bakkerij. Onzichtbare emmers. De olmen en de kerktoren waaruit de klok zou weerklinken die de dag zou inluiden. De grauwe gotische gebouwen van de brouwerij vingen het eerste zonlicht in hun matte ramen.

Louis dacht dat hij geacht werd dankbaar te zijn dat hij hier mocht verblijven (niet wonen), hoe voorlopig ook, in deze beschutte plek van Vlaanderen terwijl de Antichrist en de communisten elders hun woeste barbaarse vurige tintelende driften botvierden, een verwoestende vreugde, dansen op de ongewapende lijken.

Hoe ik—het vervaagt naarmate de zon opkomt—met mijn vinger in het lichaam van Jezus gezogen werd. Daar helpt de stompzinnige bange glimlach van Prins Sou-Chong niet tegen. Lang niet.

'Gij zijt vroeg,' Dondeyne stond naast hem in zijn slaapkleed en trok aan zijn ziek, rood oor.

'Gij ook.'

'Ik kan niet slapen.'

'Vanwege uw zonden.'

'Dat zal het zijn.'

'Omdat ge niet genoeg berouw hebt.'

'Denkt ge, Seynaeve?'

'Omdat ge weet dat ge straks zult branden in het eeuwig, onblusbaar vuur, een gasvlam vierentwintig uur per dag en nacht op uw vel.'

'Echt waar, Seynaeve?'

De naakte, vuile voeten van Dondeyne gleden over het hout, hij stond bij het raam, rilde. Hij had vast kippevel, de Hottentot. Kiekenvlees. Ellendig kwieke Miezers zwermden bij het raam, torren als stofdeeltjes die snurkten, zich splitsten, vertwijfeling en angst verspreidend, zij drongen dwars door Dondeyne's zieke oor in zijn hersenen.

'Ga maar weer naar uw bed,' zei Louis. 'Zo'n vaart zal het niet lopen. Als ge maar berouw toont.' (Toont, niet: hebt.) 'Het is nog niet te laat. En dat hellevuur, misschien is het maar een manier van spreken. Nee, Dondeyne, ge gaat naar de hemel gaan, in de speciale afdeling voor de dwazeriken.'

'Denkt ge, Seynaeve?'

'Ge gaat u daar met de andere onnozelaars krom lachen om de gasten die kronkelen in het vuur vanwege hun hovaardij.'

'Wie zijn die gasten?'

'Eén vooral. Eén gaat er niet aan ontsnappen. Als een kieken aan het spit.'

'Wie?'

'Vlieghe,' zei Louis.

Toen hij de naam uitgesproken had kwam er treurnis over Louis, de naam hing in de steeds lichter wordende slaapzaal met de eerste kreunende geluiden van de Hottentotten. Louis probeerde de naam weg te wuiven, zich weer te verplaatsen in de dampige, drassige nacht van daarnet waar er geen plaats geweest was voor Vlieghe. 'Het zou beter geweest zijn voor Vlieghe,' zei hij, 'dat hij nooit geboren was,' zei hij, maar het klonk niet afdoende, het was de gemelijke stem van zijn Tante Violet.

Karren dokkerden over de keien, de dorpsklok luidde, het hele Gesticht werd wakker.

# XXVII DE MANDE VAN DE SCHANDE

In de volgende dagen zag men de Zusters meer dan ooit tevoren samenklitten, zij fezelden in de gangen, soms ving men een verschrikte uitroep op (*Athenia!*).

Hitler die totdantoe op afstand gehouden was door een kloostermuur met een rand vol flesscherven drong door de spleten van het Gesticht, hij brulde dat hij de eerste soldaat van Duitsland was, wat was daar verkeerd aan? Hij kon moeilijk zeggen dat hij de laatste was. In Belchatow werd het klooster van de Onbevlekte Ontvangenis door drie bommen getroffen. Een van de kleintjes zei steevast: De Onbevlekte Gevangenis. Ballonnetjes met een onbekend gas gevuld en elektrische ontstekingen daalden over Europa.

Ambulancewagens met een zeer duidelijk aangebracht Rood Kruis op hun dak werden gemitrailleerd. En maar steeds de roekeloze Poolse vaandrigs te paard met hun nutteloze lansen die weggemaaid werden.

Hadden dertig Poolse vliegtuigen nu Berlijn platgebombardeerd of niet? In Frankrijk was iedereen verplicht, op straf van boete, zijn gasmasker bij zich te hebben, ook naast het bed. Als er alarm weerklinkt, ga liggen waar je je ook bevindt, verroer niet, geen millimeter, begrepen, jongens? Het weer blijft slecht, honderden hectaren in het Rijnland zijn overstroomd, hoe kan het Duitse leger ooit door die prut waden? De eerste encycliek van Paus Pius de Twaalfde zegt dat vredesverdragen het merk zijn van rechtvaardigheid en gelijkberechtigdheid (dit vertelt Zuster Kris die ooit in Rome is geweest) en dat Polen, martelares, zou herrijzen, en dat Italië (waar zij een week lang elke dag spaghetti voorgeschoteld kreeg, een soort dunne macaroni) de grote tuin van het Geloof was, door de Apostelen aangelegd en geplant.

De Apostelen die hun verbond hadden verraden, die hun regels in de vakantie waren vergeten, omringden Baekelandt. De man had het prikkeldraad rond het Gesticht verdubbeld en liet elke nacht zijn honden en zijn varkens los die in deze dreigende tijden ook hun plicht moesten doen, want zij konden de vijand ruiken, kilometers ver.

Vlieghe, praatjesmaker, bemind en gehaat kruidje-roerme-niet, had het hoogste woord toen Baekelandt klaagde over het slechte weer. De overstromingen in het Rijnland waren een zegen, zei hij, want ze hadden de Hollanders op het idee gebracht om in geval van nood zelf nog grotere overstromingen te verwekken.

Baekelandt knikte. 'Watermaneuvers, zoals in Veertien-Achttien.' Wat Vlieghe aanmoedigde, de ingenieur. 'Het enige wat de Hollandse minister moet doen is telefoneren: Mannen, schei uit met pompen. En heel 't land zakt ineen van 't water. Er kan geen zwaar geschut meer op de wegen rijden, in de grote plassen kunt ge niet eens met een velo door. Het enige dat boven water blijft zijn de grote betonnen blokken waar de kanonnen, de mitrailleurs en 't afweergeschut op staan. De vijandelijke vliegers kunnen die alleen maar beschieten door een demi-piqué uit te voeren, maar dan kunt ge ze ook makkelijker afschieten met uw automatische kanonnen.'

'Vlieghe, zij zouden u Generaal moeten noemen,' zei vleistaart Byttebier.

' 't Is omdat hij Vlieghe heet dat hij alles van vliegen weet,' zei slijmerige Goossens.

'Maar als ze zo rap over uw stelling vliegen, hoe herkent ge dan welke vliegers het zijn?' vroeg Dondeyne, Hottentot.

'De Fransen hebben een kokarde van blauw wit en rood, de Engelsen hebben rood in 't midden op de zijkanten, de Duitsers een zwart kruis met een witte boord op de zijkanten en een hakenkruis in een witte cirkel op een rode rechthoek op de stuurafdeling. Voilà.'

'Ge weet dat zo goed,' zei Baekelandt wantrouwig.

'' t Staat in de gazetten.'

'Ik zou daar toch niet teveel mee lopen te pronken, de mensen gaan peinzen dat ge een spion zijt.'

Dat was het. Als spion moet hij opgepakt, deze vliegerzieke Vlieghe. Handboeien aan. Zeven jaar opsluiting in een fort. Na twee jaar, als hij goed murw is, ga ik hem opzoeken met boeken en bananen.

'Göring is in staat om zijn hakenkruisen weg te verven en te vervangen door de Belgische kleuren, om het afweergeschut te bedriegen,' zei Baekelandt. 'Ik betrouw hem voor geen haar.'

'Dat zouden de Engelsen ook durven doen,' zei Louis. (Papa in de huiskamer in Walle schrok op en beaamde, trots op mij. En Vlieghe's vader, Vlaams nationalist maar tegen de Duitsers, gaf mij ook gelijk.)

'Göring heeft leren liegen en bedriegen op bevel van Hitler, want hij was een deftige gedecoreerde vlieger in Veertien-Achttien,' zei Baekelandt, 'maar sedert hij Hitler gevolgd heeft doet hij alles wat zijn Antichrist zegt, en hij heeft op bevel van Hitler elke dag lessen gevolgd bij Goebbels in 't liegen en bedriegen. O, ge moet ze mij niet leren kennen, de Duitsers.'

'Zij gaan naar hier komen uit pure deugnieterij,' zei Goossens.

'Mussolini, dat is tenminste een vent,' zei Baekelandt, 'hooien en dijken delven en moerassen droogleggen samen met zijn volk.

Mussolini weet dat ge moet betalen, zweet vergieten en afzien om iets uit uw land te halen en om uw land in de hand te houden. Maar Hitler, dat is een zwerver uit Oostenrijk, en hij schamoteert en jongleert met zijn volk. Die uit de bergen steekt hij op het plat land, die van het land steekt hij in de mijnen. Hij peinst niet aan zijn volk, noch aan zijn beesten.'

Na de Franse les gaf Zuster Adam uitleg over de barbarij van de communisten. En hoe schandelijk het was dat Stalin, omdat hij zogezegd neutraal was, nu als de gelijke van katholieke koningen en presidenten beschouwd werd, van dezelfde rang als onze Koning Leopold die echt neutraal was uit de grond van zijn hart, vooral sedert hij onze Koningin had verloren in Küssnacht, Zwitserland.

'Toch moet er iets van aan zijn,' zei Zuster Kris, 'als Hitler zegt dat hij zelf Duitsland is, want de Duitsers staan toch allemaal achter hem en daar zijn toch veel Katholieken bij.'

'Niet bij de Pruisen, Zuster,' zei Zuster Koedde, 'en die geven de toon aan.'

'Het Engels Bijbelgenootschap heeft honderden kilo's losse blaadjes uit de Bijbel per vliegtuig over Duitsland laten strooien. De Protestanten helpen elkaar over de grenzen. Daar zouden wij een voorbeeld moeten aan nemen.'

En Vlieghe? Hij bloeide op in die tijd, tekende vliegtuigen, tanks, kanonnen in zijn tekenschrift, met precieze, gelijke, sluitende lijnen op gevlakgomd papier en dan ging er geen millimeter waterverf over die lijnen, niet zoals bij Louis die altijd, te haastig, te Seynaeve-ongeduldig, zijn tekeningen van de Kleine Koning van O. Soglow morsig en spatterig volverfde. En terwijl Vlieghe rustig wachtte tot de waterverf droogde, meldde hij welke boten, zonder voorafgaande waarschuwing, gekelderd werden, de Engelse *Athenia* bijvoorbeeld, en waar het gebeurde, tweehonderd mijl ten westen van de Hebriden, veertienduizend ton de dieperik in. 'De hele Engelse vloot gaat eraan,' legde hij uit aan de gapende oud-Apostelen, 'want de Duitsers zijn bereid om tweehonderdvijftig vliegtuigen per week op te offeren om één kruisschip te vernietigen. Nu kunnen de Duitsers duizend vliegtuigen per maand bouwen. Terwijl de Engelsen *drie* jaar nodig hebben voor één kruiser. Reken zelf uit.' En de apostaat beschouwde zijn tekening van een onderzeeër, plette er zijn veelkleurig vloeipapier op en nam het penseeltje weer op, de tip van zijn tong verscheen, hij verfde. Terwijl hij Vlieghe beloerde drong Louis dwars door de muur van het Slot, maakte Moeder-Overste wakker door zachtjes over haar gezicht te blazen. Seynaeve?—Nee, Nick Carter, zei Louis, ik kom u melden dat de genaamde

Vlieghe een levensgevaarlijke intrigant en spion is, die België naar de keel wil grijpen.-—Voor de vijfde kolonne, mijn kind?—Voor de Duitse geheime Dienst zowel als voor de Russische. Hij weet alles van machines en motoren maar hij heeft niet het minste eergevoel. Hij is een agent van Satan die geen liefde wil kennen—Maar zijn vader, alhoewel secretaris van de VNV'ers, is toch lid van de kerkfabriek?— Een dekmantel, Moeder-Overste, voor vader en zoon.

Ongestoord tekende Vlieghe met passer en regel in de recreatiezaal ook op de avond dat de Russen het argeloze Finland binnenvielen. Goossens pulkte aan de kegel van een zilverspar, Byttebier sliep, Dondeyne las in een boek van het Davidsfonds *Uit Gezelle's leven en werk* dat Louis van Peter gekregen had (en waarin hij een geheimzinnige regel had onderlijnd met rood potlood: 'Engel heeft eene E bespeure ik in zijn spelreke eerst van al, toch geen Engel die zoo treurig als gij zijt ooit wezen zal') en Vlieghe tekende een Messerschmidt terwijl hij aan Dobbelaere, de hoveling, vertelde dat al het Duits materiaal minderwaardig was, dat hadden de Zwitsers ondervonden toen zij Messerschmidts gekocht hadden, de motoren deugden aan geen kant. Laatst waren ook dertien Stuka's—, dat zijn ééndekkers, Dobbelaere, met een bom van vijfhonderd kilo onder de romp— met vijfhonderd kilometer per uur door de mist gedoken en waren tegelijkertijd te pletter gevallen, een proper gat in de Poolse klei. Natuurlijk schreven ze daar niet over in de gazetten en werden die dertien piloten als helden gedecoreerd, kwestie van hun moeders te kalmeren. Louis wilde dat lijzige betweterige niet meer aanhoren en ging naast Dondeyne zitten die, aangetast door Byttebier, aan het indommelen was. Om Vlieghe te verbannen las hij in zijn Gezelleboek. 'Neen, liefste kind van mijn gebeden en tranen, niemand op aarde zou...' 'En waarlijk, waarlijk zo zit ik hier, zonder noenmaal, zonder noenmaal, zonder iets, verlangende enkel naar één ding, het eeuwige dat mij wêer gelukkig kan maken, dat gij zoudt weerkeren, gij en geen ander om alleen mijn vriend te zijn.'

Kon het anders of een engel, niet Holst-engelbewaarder, maar één van die losfladderende postbodes van engelen derde klasse, schoof dit onder zijn neus, deze formulering van wat hem kwelde? Door de Vlaamse Kop bij uitstek! Hij durfde nog even verder te kijken. '... Heb ik u ooit in iets te kort gedaan, luister, ik, een priester, vraag u om vergiffenis.' Het sein was onmiskenbaar. Als Gezelle, heilige, miraculeuze kunstenaar en tot priester gewijd genie zich vernederde op deze met okeren sproetjes bespatte gelige pagina's, dan zeker Seynaeve, worm zonder woorden! Hij kwam half overeind om de knieval te doen en de pietepeuterige tekeningen te gaan bewonderen, als inleiding om Vlieghe vergiffenis te vragen, toen hij merkte dat Vlieghe hem aankeek (al een tijdje?) (zoals niet één keer de laatste dagen!) terwijl hij niet opgehouden was met praten. En toen, zoals het in de boeken staat, stond mijn hart stil. 'En toen,' zei Vlieghe, 'toen is die jonker op de smerige Constance gevallen.'

Dit is de druppel. De boodschappende engel is Belial. Vlieghe heeft zijn doodvonnis getekend.

'Zeg dat nog eens!' riep Louis terwijl hij nu helemaal overeind sprong.

'Wat?' (Huichelachtige vossebek!)

'Dat wat ge zojuist... de laatste zin...'

'Hoort ge niet goed, Seynaeve? Ge moet uw oren beter uitkuisen.'

'Een dove Petrus,' zei Goossens.

'Herhaal die zin! Direct!'

Vlieghe deed alsof hij zich iets probeerde te herinneren. 'Ik zei dat een Junker op het meer van Konstanz gevallen is, in Zwitserland: Een JU 52 met drie motoren.'

'Gij spreekt het nu anders uit!'

'Waarom?'

'Wanneer is dat gebeurd?' vroeg Louis zinloos.

'Verleden week donderdag.'

Louis nam zijn boek weer op, de letters dansten. Een jonker (jong, jager) is in (nee, op!) het meer (meer dan water alleen, een moeras) gevallen (als een gevallen engel) in

Constance (dochter van Meerke, welig). De letters vloeiden in elkaar, verdubbelden. Toch drong de warhoofdige, waterhoofdige Gezelle onverbiddelijk aan met zijn gebed. '... Alles tussen u en mij was om Jezus' wille en in zuiverste bedoeling en gij handelt zoo met mij? Oh, ik bidde...' Louis klapte het boek dicht en gooide het naar Dondeyne die zijn knieën sloot en het opving.

'Gij... gij...' stotterde Louis tot Vlieghe die weigerachtig verbaasd bleef zitten met het penseel dwars tussen zijn tanden.

'Gij... Mattheus, tollenaar... gij gaat nog aan de blote voeten van mijn moeder om vergiffenis vragen...'

Hij liet hem, verbaasd mummelend, achter, voorgoed.

In de ijskoude refter werd die avond gebeden voor Finland. Het was een eeuwige schande dat de bolsjewieken een land durfden aanvallen dat vijfenveertig keer minder manschappen had. Zuster Kris vertelde dat de Duitsers allerlei tanks en troepen die in Polen gevochten hadden nu langs onze grenzen hadden gelegd onder het leugenachtig voorwendsel dat zij die niet allemaal in hun versterkingen van de Siegfriedlinie konden onderbrengen.

Onze Koning en de Koningin van Holland hebben elkaar ontmoet in Den Haag en samen een ontroerend telegram gezonden naar de oorlogvoerende naties. Want, kinderen, het zou wel eens gauw aan onze toer kunnen zijn. Wij moeten bidden. En een voorbeeld nemen aan Burgemeester Adolphe Max van Brussel die zo pas ontslapen is in de Heer, het model van de kleine maar dappere Belg.

In Veertien-Achttien wilde een Duitse generaal hem—onder de bezetting!—een hand geven. Nooit van zijn leven, zei Adolphe Max. De Duitse generaal trok zijn pistool uit zijn holster en legde hem op tafel. Waarop de burgervader rustig zijn vulpen uit zijn borstzak haalde en naast het Duitse wapen legde. Hij werd toen in het cachot gegooid, maar is ontvlucht met een vals paspoort dat hij uit de bureaulade van de commandant had gepikt. Op de dag van de overwinning van Veertien-Achttien, toen alom op het stadhuis applaus en gejuich weerklonk, liep hij regelrecht naar zijn bureau, riep zijn schepenen bijeen, klapte in de handen en zei: 'En nu, heren, aan het werk!'

Louis deed 'Psst' naar Dobbelaere, als een non, hij wenkte Goossens en Dondeyne, hij trok zijn wenkbrauwen op naar Byttebier. Zij kwamen, Byttebier en zijn broertje René die niettegenstaande zijn prille leeftijd van acht jaar 'wijs' bevonden werd omdat hij zijn moeder die een hartaanval kreeg in de keuken meteen het laatste sacrament had toegediend. Hij had het al ettelijke keren nagespeeld, hoe hij prompt machineolie van zijn vader had gehaald en er mee een kruisje op haar oogleden, oren, neus en zieltogende lippen had gemaakt prevelend: 'De Heer vergeve u wat gij hebt misdaan, Amen.'

Zij kwamen samen in de koude wind, achter de keukens en vluchtten samen in een wc, dicht tegen elkaar tussen de stinkende arduinen schotten met gebleekte plekken in het zwartblauw.

'Luister goed, gij ook, René,' zei Louis, 'er is onder ons een adder aan onze borst, een slechte Belg die militaire geheimen doorgeeft aan de vijand. Hij heeft al die tijd de gedaante van een Apostel aangenomen, nu is hij ontmaskerd.'

'Dat is slecht,' zei het weekdier Dobbelaere.

'Méér dan slecht,' zei Goossens.

'Wat doen we daarmee?' zei Byttebier. 'Aangeven aan de veldwachter?'

'Nee,' zei Louis. 'Apostelen regelen dat zelf.'

'Wie is het?' vroeg René. 'Ken ik hem?'

'Het is beter dat wij zijn naam niet luidop zeggen,' zei Louis.

'Hij moet boeten!' riep Dondeyne.

Louis, Petrus-de-steen, leidde hen naar de doodstille keuken. In zijn wrede oppermacht zag hij de kleine René, die daarnet in de wc nog bloosde als een appel, spierwit rillen van de opwinding, Dondeyne stotteren zonder woorden, de logge Byttebier angstig knikkebollen. Hij gaf zijn instructies, stuurde Goossens naar buiten als schildwacht, verstopte René achter de aluminium kookketels en duwde hem een broodmes in de hand, Dondeyne plaatste hij achter de deur, Byttebier en Dobbelaere in de bijkeuken, hij ademde diep zoals Julius Caesar bij een bergpas vlak vóór hij de Oude Belgen in een hinderlaag zou lokken. Hij zei: 'Trouw totterdood.' Alleen Dondeyne kreunde iets terug. Toen liep hij over de speelplaats, de platanen van de kloostertuin waren gitzwart, vanuit de muziekzaal viel een trapezium van klaarte over de keien, en hij vond Vlieghe en dacht: ik moet straks in de Akten eerst en vooral noteren hoe laat het was, wat het slachtoffer zei, hoe hij zich gedroeg vóór de boete.

'Ik moet u iets laten zien, Vlieghe,' zei hij en betrapte zich op slordig en Julius Caesar onwaardig gedrag, want hij had zijn benadering helemaal niet voorbereid, een leider improviseert niet, tenzij in de hitte van het gevecht. Caesar plande alles, vooral zijn eerste manoeuvres, tot in de puntjes.

'Wat nu weer?' (Vlieghe's geliefkoosde zin.)

'Iets.'

'Wat?'

'Iets waarvan gij zult verschieten.' (Geen uitgerekte, overslaande *ie*.)

'Ge gaat van ver moeten komen om mij te doen verschieten.'

Louis wist niets meer te bedenken.

'Toch,' zei hij. 'Dit moet het laatste woord zijn. De order van de Zwijgende Eed.'

En er was geen hersenwerk meer nodig, Vlieghe werd gevangen in het spinneweb van zijn nieuwsgierigheid. Hij hinkelde met een onbestaand blokje hout, hij haalde zijn schouders op, veinsde onverschilligheid. 'Waar?'

'Kom mee.'

Het was kinderlijk eenvoudig, de vos volgde, met de handen in zijn schort, vlak naast Louis. In het licht van de muziekzaal: de geschramde knie met het kruis, een gezwollen gevlekte schijf ivoor. Louis kon hem nog tegenhouden, hem terugsturen, 'het was een kwalijk Hottentottengrapje, een van mijn vele uitvindsels', maar de argeloosheid zelf van Vlieghe smeekte al om vergelding. Dat hij Louis en zijn Mama beledigd had, dat verbleekte, het was zijn onschuld die bestraft moest worden.

Het portaal met de trapjes naar de avondstille keuken was nog donkerder geworden. Uw graf, Vlieghe. De leuning glom. Louis ging voor. Dondeyne ademde onhoorbaar achter de deur. Wat hoor ik? Het gesmoorde gebonk in mijn slapen.

'Wel?' Vlieghe deed alsof hij Dobbelaere niet zag die in de bijkeuken aan tafel zat en om een of andere onverklaarbare reden het bleekblauwe werkschort van een keukenzuster had aangetrokken en zijn vork in zijn vuist hield alsof hij er mee op het hout wou slaan, en die, bij Julius Caesar! de deur had opgelaten! Wat als een tactische hinderlaag was opgezet leek het idiootste verstoppertje spelen van achterlijke kleintjes!

'Zet u.'

'Nee.'

Louis leunde tegen de deur van de ingang, voelde met zijn schouder de logge klomp Dondeyne dwars door het hout en zei kalm: 'Vlieghe, wie denkt ge dat ge wel zijt?'

'Ik? In ieder geval geen sterrenkijker zoals gij.'

'Het is uw schuld,' zei Louis en wou vervolgen: 'dat de heilige Liga van de Apostelen ineens verdord, dat onze vriendschap verschrompeld is, dat...', maar hij stokte, de vos vóór hem was wantrouwig, in het schijnsel van de lamp buiten blonken de felle amandelvormige ogen, niet in het nauw gedreven maar op hun hoede, een vervaarlijk verdedigend leven, en Louis werd een zoete weeïge lucht gewaar die uit zijn kille kleren steeg, een zacht week gevoel overstroomde hem, iets zondigs.

De deur achter hem piepte, of was het de keel van Dondeyne? Louis deed een stap naar voren, de deur waaide vrij, Dondeyne had een pook in de hand.

'Wat is dit voor een zottekesspel?' zei Vlieghe.

'René,' beval Louis en het jongetje, opnieuw roodglimmend, duwde zich af van de kookketel en hield het broodmes voor zich met beide handen, als een gift aan het kind in de kribbe.

Dobbelaere kwam in de keuken en zei 'Jaja', en likte aan zijn vork.

'Vlieghe, wij gaan u opeten,' zei Louis.

'Maar Seynaeve toch,' zei Vlieghe, 'wanneer gaat gij eens uitscheiden met uw carnaval?'

'Aan stukjes kappen,' zei René. Dobbelaere prikte vastberaden in Vlieghe's linkerdij, de vork bleef niet steken in de welving. 'Wacht!' riep Louis. 'Wacht,' schreeuwde Vlieghe van pijn of van verbazing, een Franse ridder die tijdens de Gulden Sporen-slag de plagerige steek van een goedendag voelt.

Maar Dondeyne die de slachting niet aan de andere paladijnen wou overlaten, die als Apostel méér rechten had...

Maar Dobbelaere die zijn eerste steek wou verbeteren...

Maar René die onvoorwaardelijk in dit Laatste Sacrament geloofde en het broodmes voor één keer wilde uitproberen...

Maar Byttebier die nergens te zien was...

Maar Louis sloeg op René's pols en het mes kletterde op de grond en in dezelfde zwaai pakte hij Vlieghe, sinds maanden niet zo dichtbij, bij de kraag van zijn schort en stootte met de andere vuist in zijn maagholte en liet de kraag los. Verwonderlijk sierlijk viel de jongen achterover op de glimmende keukentafel, wijdgespreid zoals Zuster Koedde, en bleef liggen.

'En toen?' vroeg de onderpastoor, 'nadat ge uw vriend bedreigd hebt met uw kannibalisme?'

'Toen,' zei Louis in het bedompte hokje. Hij had, niettegenstaande de onderpastoor dreigend had aangedrongen, de namen van zijn medeplichtigen niet uitgesproken.

'De waarheid,' zei de grote jongens-stem, en Louis antwoordde niet: 'Wat is waarheid?' zoals Pilatus, de handenwasser.

'Toen hebben wij hem met rust gelaten, Eerwaarde Vader.'

'Omdat ge tot bezinning zijt gekomen?'

'Ja. Ja. Dat was het, Eerwaarde Vader.'

De onderpastoor snoof van onbehagen of verveling of ergernis tegenover deze schamele Hottentottenovertreding. Wist hij dan niet dat de zondaar tegenover hem een slechte biecht aan het spreken was, kon het hem niets schelen dat de ketter tegenover hem achter het betralied hout wetens en willens het Sacrament van de biecht aan zijn apostaten-laars lapte? Dacht hij er van af te zijn met de strafmaat en de formules voor een kinderzonde?

Omdat Louis die ochtend bericht gekregen had dat zijn vader in aantocht was om hem uit het Gesticht weg te halen nu de wolken van de oorlog zwarter werden en dreigden de duif van de vrede weg te jagen uit ons klein maar dierbaar land, vermoedde hij—gebelgd—dat de officiant aan de andere kant van het vettig en bestoft traliewerk méér met zijn gedachten bij de kaart van Europa was dan bij die andere slijmerige innerlijke burgeroorlog van zijn ziel waar de donkerte het won, hij zei, haastig: 'Eerwaarde Vader, wij hebben hem niet met rust gelaten, ik en mijn medeplichtigen hebben volhard in de zonde, de Dikke heeft zijn vork met een vervaarlijke kracht in de hartstreek gestoten, de Lompe heeft een soeplepel in de oogkas van het offer gestoken dat toen in bezwijming is gevallen, de Lompe schepte met de lepel als in een gekookte aardappel en wierp toen het orgaan achter zijn schouder.'

De onderpastoor kwam overeind, het hout kraakte als een verre specht.

'Terwijl de Kleine die verdorven is tot op het merg van zijn gebeente door de aanblik van zijn stervende moeder, juichend de kleding van het bovenlijf verwijderde, met zijn broodmes een kruis maakte zoals zijn dode moeder deed voor zij brood aansneed, en vervolgens van de naakte sidderende borst schuin een schel afsneed.'

'Een schel?'

'Een snede, Eerwaarde Vader. In Westvlaanderen noemen wij dat een schel, een schelle, verschoning.'

'Verschoning?'

'Verontschuldiging, Eerwaarde Vader. De Kleine sneed een snee van de huid en het vet en dreigde toen dit gedeelte van het lichaam te nuttigen, maar een ingeboren gevoel van medelijden met zijn evennaaste heeft het hem belet, waarop hij knielde en bitterlijk weende.' Louis hijgde, hij had te snel, in één ademtocht, gesproken.

'En gij? En gij, mijn zoon, wat was uw houding tegenover deze misdaad?' De stem klonk fors en aandachtig, maar spotziek imiteerde zij de toon en de stijl van mijn relaas.

'Ik heb het broodmes uit de Kleine zijn hand gewrongen en het slachtoffer zijn hart doorboord dat kwaadaardig was.'

'Maar, kind, daar zat toch al een vork in, die van de Dikke.'

'D'r naast! D'r naast! Er is plek genoeg in één hart voor vork én mes.' Een lucht van bloed waaide door het biechthokje, de geur van een tobbe dampend varkensbloed waarvan men bloedworst maakt met uien of met rozijnen.

De onderpastoor liet tot drie keer toe een knisperig zuiggeluidje horen alsof hij een rafeltje vlees tussen zijn tanden uitzoog.

'Seynaeve!' Zijn naam was tot ver in de beuk van de kapel te horen. Mocht dat? Mag de biechtvader zo brutaal de biechteling identificeren? Zal ik roepen: 'Onderpastoor Johannes Maes, wat is er?'

'Seynaeve,' herhaalde de priester milder. 'Gij zijt mij d'r een! Gij zoudt ons iets wijs maken, gij! Denkt ge dat ik niets anders te doen heb dan uwe prietpraat aan te horen? Weet ge wel waar dat ge u bevindt, snotjongen? Ik kan u hiervoor direct uit de school laten verwijderen.'

'Dat doet mijn vader al morgen of overmorgen.'

'Veel geluk,' zei de stem. 'Gij gaat het ver brengen met uw fantasie. Het zou mij niet verwonderen als gij later in de gazet zult schrijven. Of boeken schrijven. Maar dan zult ge toch uw overdreven stijl moeten inbinden. Neem een voorbeeld aan Filip de Pillecijn. Weids maar toch simpel. Ik zal u *Pieter Fardé, de roman van een minderbroeder* meegeven, uit de Keurreeks.'

'Ik heb het al gelezen.'

Dit scheen de priester te ergeren. Hij ging verzitten, Louis hoorde zijn buik rommelen, vlakbij, alsof het zijn eigen buik was. De priester praatte binnensmonds.

'Ik zal maar niet zeggen dat er in de hemel meer blijdschap zal zijn over één zondaar die zich bekeert dan over negenennegentig... Ik zeg niet: Ga en vrees niet... Seynaeve, maak in vredesnaam dat ge wegkomt.'


Louis liep naar de grot van Bernadette Soubirous. Hij was doodmoe. De kruin van een eik was bloedrood. De vrieslucht was stil, zonder vogels.

'Wacht,' riep Louis, René liet zijn mes zakken, Dondeyne legde zijn pook vlak naast de sidderende Vlieghe die in bedwang werd gehouden door Dobbelaere. Louis wrong het broodmes uit de klamme kinderhand en hield het dwars tegen Vlieghe's keel.

'Niet doen, Louis, gij gaat recht naar de hel gaan,' zei het doodsbang roofdierachtig snuitje.

'Zeg dat het u spijt,' zei Louis verstikt.

'Dat het mij spijt.'

'Dat ge uw straf verdient.'

'Dat ik, dat ik mijn straf verdient.'

'Zonder 't.'

'Zonder t. Verdien.'

René trok aan Vlieghe's schort. 'Ja,' zei Dobbelaere. Terwijl Louis met de botte kant tegen Vlieghe's keel duwde trokken Dobbelaere en Dondeyne juichend giechelend

Vlieghe's broek uit, tot aan zijn schoenen. De besmeurde onderbroek werd door René afgerukt. Louis sloeg de hand die naar de onderbuik gleed weg.

'Zie dat daar liggen,' zei hij.

'Een schoon zwijntje,' riep René blij.

'Op zijn bloot gat moet hij krijgen,' zei Byttebier die nu pas uit de bijkeuken kwam met een kletsnatte dweil.

Onder het alziend oog van Louis, scherprechter van Vlaanderen, werd Vlieghe door gretige handen omgedraaid, de bleke billen met de roze streep erboven waar het elastiek gezeten had waren weerloos, onschuldiger dan Vlieghe's gezicht ooit kon zijn. Is dit de deemoed, de armoede niet die van ons verlangd wordt door de Heilige Maagd? 'Wacht,' zei Louis. Meteen verhief Vlieghe zich op één elleboog, de martelaar was helemaal niet lijdzaam, verzon alweer listen. Dit merkte zelfs René, de onbarmhartige snotneus, hij duwde Vlieghe terug, wang tegen afgesleten, glanzend hout.

Omdat hij het Byttebier, die zich afzijdig had gehouden in de bijkeuken, die misschien zelfs op een tussenkomst van beschermheiligen of Zusters had gehoopt en nu grijnzend met zijn dweil zwaaide, niet gunde, zei Louis: 'Wij gaan hem niet slaan.' Hij sleurde een hengselmand die half gevuld was met renetten tot bij de tafel. Vlieghe werd met zijn hoofd en opgevouwen armen naar vóren gekanteld, hij kermde stilletjes: 'Alstublieft.'

Zijn kont en moedeloos spartelende dijen staken uit de mand, dit deed Louis denken aan een fragment uit een plaatje waarop allerlei figuren spreekwoorden uitbeeldden, het stond in in in Verschuerens Modern Woordenboek, nee, in een boek van Peter, en het spreekwoord was: 'een halve mens', of 'hij laat zijn maan schijnen', nee, 'zijn gat aan de mand vegen'. Zoiets.

'Voilà, hij is door de mand gevallen,' zei Louis. Dat het toepasselijk was, ontging de anderen die er besluiteloos bij stonden. Byttebier wrong de dweil uit. René vroeg of Vlieghe zo de hele nacht moest blijven.

'Dan moeten wij hem vastbinden,' zei Dondeyne.
'En een muilband aandoen.'
Flutterige, nutteloze handlangers. Er moest nog iets dwingends, noodzakelijks, reglementairs gebeuren. Goossens keek vanuit de nacht door het raampje, stond toen in de deuropening met zijn mond wagenwijd open.
'Maar, dat is...'
'Dat is een Hottentottententoonstelling,' zei Louis, niemand lachte. Louis nam de lauwe bikkel die hij van Zuster Sint Gerolf's nachtkastje gestolen had uit zijn broekzak en duwde hem in de droge opening tussen Vlieghe's billen. Tot er geen glimp meer was van het onedel metaal. Vlieghe huilde, zijn gehalveerd blanke lichaam schokte, de fruitmand piepte.
'Verzegeld,' zei Louis. De medeplichtigen keken hem aan met ontzag. Vlieghe bad om vergiffenis, maar de woorden strompelden over elkaar, haalden elkaar in.
En Louis stotterde ze na, vóór de grot. Hij durfde niet naar het afgebladderde ongave stenen gezicht van de Heilige Maagd te kijken, toen hij het waagde zag hij dat ze verdrietig was, hij zei de akte van berouw twee keer, drie keer, maar een deuntje als een flard van een telrijmpje in de koude donkere keuken kreeg de bovenhand: 'de mande van de schande, de mande van de schande.'


Hij stond met Baekelandt te praten bij de haag waarin de tuinman prikkeldraad had aangebracht waaraan verroeste keukenpannen, flessen, stangen hingen, waar de helmen, geweren en gamellen van de in het duister heimelijk naderbij sluipende Duitsers tegenaan zouden slaan in een hels lawaai, toen Zuster Koedde en Zuster Engel molenwiekten.
Louis ging naar hen en naar Mama toe, die in de bleke zon een koffer neerzette op de rand van de paardemolen. Zij had een belachelijke fluwelen baret op met een fazantepluim. Zuster Koedde en Zuster Engel keken toe hoe zij haar zoon een hand gaf.

'Ik kom u halen.'
'Ik zie het.'
'Ik ben met de autobus gekomen.'
'Ah ja?'
'Moet ge geen kameraadjes meer goedendag zeggen?'
'Dat heb ik al gedaan.'
'Zijt ge niet content dat ge me ziet?'
'Ja. Ja, Mama' (gezegend onder alle vrouwen).

De zusters babbelden met haar over de vervolgde Kerk. In München was een oude, gebrekkige kanunnik gevangen gezet omdat hij gepreekt had tegen het regiem. In Duitsland mag er geen godsdienstles meer gegeven worden in de scholen. De Duitse vrouwen moeten in het moederhuis een briefje ondertekenen dat ze hun kind niet zullen laten dopen. In de kerken mag er maar één kaars meer branden. En het affront dat ze de Paus hadden aangedaan toen hij vroeg of priesters de gevangenenkampen mochten bezoeken. 'Bemoei u daar niet mee, Heilige Vader, daar is het Rood Kruis voor', hadden ze tegen hem gezegd die toch tien jaar nuntius was geweest in Duitsland en daar gaarne gezien werd.

Vlieghe gaf Mama een hand. 'Dag, madame Seynaeve.' Louis nam hem bij zijn elleboog en trok hem mee.

'Ik kom u *au revoir* zeggen, Louis.'
'Dat is... vriendelijk.'
'Gij hebt mij zeer gedaan, Louis.' Vlieghe stak zijn hand in zijn zak en één verscheurend ogenblik dacht Louis dat hij er de walgelijke bikkel zou uit halen, maar wat te voorschijn kwam was een ivoren pennehouder. In het platte heft zat een gaatje waardoor je de Sacré Coeur (basiliek of kathedraal?) van Parijs kon zien, in pastelkleurige details.

'Dat is voor u. Om te tonen dat ik u vergeef.'
'Merci.'
'Ik versta niet waarom ge dat gedaan hebt.'
'Ik ook niet.'
'Maar ik ben niet kwaad op u. Ik denk dat uw hart niet slecht is.'

Louis schaamde zich voor de woeste, wrede gedachten

die als Miezers in zijn vel tolden en tintelden. Zou de bikkel er langs zijn mond uitgekomen zijn? Kon dat? Als je mensen vernederde vroegen ze dan niet, zoals Vlieghe hier nu, om nog méér schande in de mande?

'Ik zal altijd aan u peinzen,' zei hij en vóór de tranen konden komen liep hij naar zijn moeder en tilde de koffer van de paardemolen.

'Stel het wel!' riep Vlieghe hem na.

Langs de zorgvuldig door Zuster Imelda gesnoeide coniferen. De koperen windhaan. De bloempotten op de vensterbanken van het Slot. Door een bres in de doornenhaag, Vlieghe die wuifde onder de pereboom en wuifde en wuifde.

*november 1947*

*EINDE*

## II
## VAN BELGIË

De tijden zijn slecht, zegt de radio, zeggen de gazetten. Nee, het verbetert er niet op, contrarie.

Een vliegmachine met twee Duitse officieren die zo lamdronken zijn dat zij de Maas aanzien voor de Rijn landt recht in de fietsen van onze 13de Divisie. De officieren krijgen muilperen tot zij ontnuchterd zijn en worden dan ondervraagd, carbure-lampen in hun gezicht, derde graadsondervraging, gij liever dan ik.

Zij antwoorden beleefd, die officieren, maar in één keer springt die Duitse majoor overeind en smijt een bundeltje papieren dat hij op zijn hart droeg in de brandende kachel. Onze Belgische commandant vliegt naar de kachel, verbrandt lelijk zijn hand, ook derde graad, maar hij kan dat Duitse papier toch uit de vlammen frommelen. Wat staat er nog te lezen op die verschoeperde bladzijden? Dat de Tweede Duitse luchtvloot België, Holland en Noord-Frankrijk zal aanvallen, dat er parachutisten zullen landen, bruggen over de Maas bezetten, etcetera, etcetera.

'En wanneer?'

'Dat stond er niet bij geschreven.'

De radio knettert van 't slechte nieuws. Ook uit de streken waarover ge nooit iets hoort. Uit Canada bijvoorbeeld, dat zijn troepen ongegeneerd laat landen in de Engelse havens, dat uit zijn eigen schatkist 55 miljoen pond lost voor een oorlogslening aan den Engelsman, rekent dat eens uit in Belgische franks.

'Maar waarom zouden Duitsers bij ons binnenvallen, nu een keer serieus? Zij zijn toch niet helemaal onnozel. Zij zouden heel hun front dat nu schoon opeen getast ligt tegenover de Franse grens, kilometers en kilometers moeten uitrekken. En het front van de Geallieerden zou dan extra-versterkt worden met ons Belgisch materiaal en onze Belgische manschappen. En iets anders, pardon Gaston, doen de Duitsers op het moment geen goeie zaken met ons? Om maar iets te noemen, die tienduizend treinwagons die we hun zo rap mogelijk moeten leveren, zij zitten d'r om te springen. Affaires gaan voor, Isidoor.'

'Strategisch gezien,' zei Peter, 'zou het voor de Duitsers niet slecht zijn als ze ons zouden aanvallen. Want het Frans leger dat nu vastgevroren zit in zijn forten en kazematten en daar zit te kaarten en Pernod te drinken zou verplicht zijn van zich te e-par-pilleren en zich uit te dunnen, en als ge weet dat de Duitsers specialisten zijn in de verrassingstechniek, kijk maar eens naar Polen.'

'Apropos, gehoord over de mobilisatie van de Duitse honden? Iedere Duitser met een hond moet hem gaan presenteren voor een speciaal examen. Ja, ze kunnen organiseren, die gasten.'

'Kweet niet, Piet. Ge moet toch 't materiaal hebben om te kunnen organiseren. En de Duitsers hebben simpelweg geen petroleum genoeg. In heel Berlijn is er geen taxi meer te krijgen.'

'Ze gaan wel Engeland aanvallen, dat wel. Want ze drukken al een hele tijd Engelse bankbiljetten.'

De tijden zijn slecht. Behalve voor de radiowinkels. En behalve voor de hertogin van Windsor. Zij heeft op de modeshow van Lucien Lelong in Parijs voor fortuinen gekocht. Vooral tulbandhoedjes. Delfts blauw is nu zeer in de mode, Constance! En een nieuw blauw dat Fins-blauw heet, het lijkt op Delfts maar meer naar het grijs toe.

Enfin, Finland ligt nu helemaal plat. De Paus die verleden week de verjaardag van zijn kroning vierde, is er niet goed van, schijnt het.


In ieder geval is het niet het ogenblik om zonder auto te vallen.

Mama knipte Papa's haar opdat hij een beetje proper zou zijn om het pijnlijke bezoek aan Majoor Nowé de Waelhens af te leggen. Papa was in de war. Louis kende de tekenen, het gefriemel met zijn vingers, het gesis tussen zijn tanden, de onvaste stem waarmee hij tegen Mama tekeer ging en haar de schuld gaf van de catastrofe.

'Nooit geen miserie gehad met mijn auto's of mijn moto's. Die Gilette, een droom! Die Harley-Davidson, een parel! Lijk een vliegmachine! Mijn model T-Ford, nooit van zijn leven één mankement gehad! En nu, ineens, was mijn DKW niet goed genoeg meer. Madame uw moeder vond dat hij teveel schudde, dat hij teveel lawaai maakte, dat zij het er te koud in had. En dwaas dat ik ben, ik luister naar haar! Ik ben zo achterlijk van haar gedacht te doen!'

'Staf, zit stil of ik snij in uw oor!'

Papa bleef versteend zitten. De DKW (waarvan Mama niet alleen beweerde dat het er in tochtte, maar ook dat hij niet vast genoeg op de weg lag, sinds zij op een landweg waar bietekarren slijk en smurrie hadden achtergelaten een lelijke schuiver hadden gemaakt) had Papa na haar gejeremieer geruild voor een Fiat behorende aan Thiery, de zoon van Majoor Nowé de Waelhens. Plus drieduizend frank. 'Ik ga dat geld zo direct bij mijn moeder halen,' zei Thiery. 'Mag ik ondertussen die DKW een keer goed uitproberen op de baan naar Doornik, meneer Seynaeve?'

'Maar zeker, Thiery.'

Thiery schoot weg, zwaaide met zwier naar Papa die naast de Fiat (het gemeenste model) stond en kwam niet meer terug. Na een paar uur vloekend wachten ging Papa naar de Fiat-garage, want er was een licht geratel in de motor te horen.

'Gij komt juist van pas,' zei de garagist. 'Zet die Fiat maar schoon in 't hoekje daar.'

'Hoe dat?'

'Maar mijnheer, omdat ik nu al drie maanden sta te wachten op de tweede en de derde en de vierde betaling van die auto.'

Papa staarde somber voor zich uit. Mama klikte met de schaar. Louis verheugde zich op de confrontatie met de verraderlijke Thiery.

'Voilà,' zei Mama en vouwde de handdoek met Papa's haar op.

'Voilà,' zei Papa. 'Dat hebt ge als ge de mensen vertrouwt, als ge te goed zijt.'

'Goed?' riep Mama. 'Zeg maar gewoon: dwaas. Thiery heeft die DKW al lang verkocht en 't geld aan 't slecht vrouwvolk gehangen.'

De villa van de majoor was een buikig gebouwtje met gele stenen, zwart gevoegd. 'De Vlaamse kleuren,' zei Papa bitter toen zij in de oprijlaan liepen. Hij schrok toen een hond in het huis oorverscheurend blafte.

Mevrouw Nowé in eigen persoon deed open, een moedeloze lange vrouw met een lange neus en een schriele nek. Zij mochten op een gebloemde bank zitten. Papa hield zijn knieën bij elkaar terwijl hij het hachelijk geval uiteenzette.

'Ik weet het, ik weet het, mijnheer,' zei mevrouw Nowé met een Frans accent. 'Ik doe al drie dagen geen oog dicht. Geen oog. Van sedert Thiery verdwenen is. Ge weet hoe dat is, hé, mijnheer, als ge maar één kind hebt.'

'Het is ook mijn geval, Madame,' zei Papa en keek Louis beschuldigend aan.

'Het is alsof ze het ruiken dat Thiery weg is, Mijnheer. Van alle kanten komen ze hier aan de deur, telefoneren ze, en klampen ze mij aan op straat, in de Sarma. Maar hij moet het in een *folie* gedaan hebben, onze Thiery, in een folie. Ik zou u dat geld met plezier, wat zeg ik?, op mijn blote knieën terugbetalen...'

'Of mijn auto teruggeven,' zei Papa. 'Mijn auto terug en we spreken er niet meer over.'

'Ah, de auto!' Zij sloeg haar ogen ten hemel en legde een knokige hand tegen gepunte sleutelbeenderen. 'Van kleinsaf aan was hij stekezot van auto's.' Zij keek verstrooid de tuin in.

'Wat gaan we daarmee doen, Madame?'

'Ik ga het u eerlijk zeggen, Mijnheer. Momenteel... de slechte tijd, verstaat ge...? Surtout dat mijn man nu in Greben-Smael het fort moet helpen commanderen. En ge zijt patriot genoeg, nietwaar, om te weten dat ik die mens op zo'n moment, nu dat de Duitsers elk moment kunnen attaqueren, niet kan lastig vallen voor een beetje geld.'

De tuin kreeg weer al haar aandacht. Een harige jonge

militair was er doende met een tuinslang.

'Ik zou natuurlijk niet direct naar de politie willen gaan,' zei Papa bruusk.

Zij spreidde haar dorre, beringde vingers tegen het schrompelig halsvel. 'Maar Mijnheer, wat horen wij nu? Hebt gij dan helemaal geen hart voor uw vaderland?'

'Toch wel. Toch wel,' zei de man die vaak in het café 'Groeninghe' schreeuwde: 'Belgiekske nikske.'

'Waarom dan een deftige familie met de politie bedreigen voor een histoire van niemendal.'

'Een DKW is niet niemendal, Madame.'

Zij onderzocht Papa van zijn schoenen tot zijn wenkbrauwen.

'Tiens. Gij ziet er nochtans een redelijk treffelijke mens uit, Mijnheer.'

Papa wachtte. De jonge militair schudde de leegdruppelende tuinslang op en neer.

'Ik zou u niet aanraden om naar de politie te gaan,' zei de lange vrouw. 'Gij zoudt er slecht bij varen. De Nowé de Waelhens-familie heeft een lange arm.'

'Madame, ik heb ook relaties,' zei Papa.

'Die relaties gaan u niet veel helpen. Want wij kennen uw soort relaties, Mijnheer, en die relaties zouden misschien een dezer dagen tegen de muur kunnen gezet worden. Want gij zijt gesignaleerd, Meneer Seynaeve. Wij weten wie er betrouwbaar is en wie niet voor België op deze moment.'

'O, gij lelijk lang leegvel!' Papa sprong hoogrood overeind. 'Wij gaan gasten van uw genre een les lezen. Het Vlaamse volk zal rekenschap vragen, Madame, het is genoeg uitgeperst geweest! En mijn DKW moet ik terughebben, al moest ik uwe Belgische drapeau...'

Wat hij ermee zou doen bleef een raadsel. Hij kokhalsde, slikte. Mevrouw Nowé de Waelhens rende naar het raam, zwaaide en riep als in doodsnood naar de jonge militair: 'Arsène! Arsène!'

Arsène kwam naar het huis gedraafd, klom door het open raam, plofte met brede platvoeten op het tapijt, bleef hijgend staan met een brandende Franse blik.

'Arsène, smijt dat volk buiten. En rap!'

Papa boog. 'Dat volk gaat al, Madame la Majorette. Mes hommages.'


Omdat de Engelsen de ijzermijnen van Zweden willen bezetten, zijn de Duitsers wel verplicht om Noorwegen en Denemarken binnen te vallen. In een scheet is het gebeurd. Er gaat niets boven de Duitse organisatie.

Mussolini beweert dat er het een en ander te verwachten is van zijn kant. Maar dan in de lente.

In Polen mogen alleen de Duitsers leren schoenen dragen. De wet van de overwinnaar. Hoe zoudt ge zelf zijn?

Aan onze grenzen staan de Fransen te trappelen om België binnen te vliegen. Zogezegd om de Duitsers voor te zijn. Zij waren al op weg, de Fransen, met drapeaus en trompetten, toen wij ze hebben tegengehouden.

'O, pardon,' zeiden de Fransen. 'Excuseert, wij waren van mening dat uwe Koning Leopold ons geroepen had. Pardon.'

Ongegeneerd volkje. Maar wat wij er van gezien hebben, van de Fransen, heeft diepe indruk gemaakt. Zij hebben in plaats van de gamellen van vroeger nu allemaal een marmite bij zich. En hun tenten kunnen ze gebruiken als regenjassen.

Onze regering wil in het geval dat de Duitsers toch zouden komen, *heel* het land, iedereen inbegrepen evacueren. Waar naartoe? Daarover moet de regering nog discuteren.

Theo van Paemel, politieman in burger die elk jaar met Papa naar de IJzerbedevaart gaat, zat breeduit in de voorkamer.

'De Nowé de Waelhens hebben een lange arm,' zei hij. 'En daarbij, Staf, 't is de moment niet. Gezien de algemene toestand zoudt gij u beter wat koest houden, kameraad.'

'Ja maar, het onrecht...,' zei Papa.

'Dat arrangeert zijn eigen,' zei Van Paemel. 'Ik ga mij persoonlijk bezig houden met dat Franskiljons apejong van een Thiery. Van als dat hij weer opduikt, heeft hij het aan zijn vodden. Maar gij, Staf, gij moet op uw eigen passen. Want ge hebt een dossier op onze bureau, een vuist dik.'

'Waarover?' riep Mama.

'Constance, zijt ge vergeten dat ge Duitsers in huis gehaald hebt als ge die drukmachines gekocht hebt in Leipzig? D'r zijn er die zeggen dat ge die machines cadeau gehad hebt van Goebbels om er Nazipropaganda mee te drukken. Wij hebben ook een brief gekregen waarin staat dat ge een portret van Hitler op uw schouw had staan. Of was het een beeldje?'

'Een pop,' zei Louis. 'Een popje van een Hitlerjongen.'

'De mensen zien daar geen verschil in, ventje. Nee, Staf, ge staat op de lijst, als gevaarlijk voor de veiligheid van de staat.'

'Eh wel, merci,' bracht Papa uit.

'En moest ge tegen de lamp lopen, Staf, dan kunnen wij als burgerpolitie, niet veel voor u doen. Ge valt onder de militaire jurisdictie, omdat we in tijden van oorlog zijn.'

'Maar d'r is toch geen oorlog in België!'

'Tijden van oorlog, dat begint als 't leger gemobiliseerd is. De wet van 1899.'

'Eh wel, merci.'

'Een andere brief die binnengekomen is, spreekt van een plakkaat dat achter op uw auto geplakt zat. Een plakkaat van REX. En vergeet ook niet, dat uwe DKW een Duitse auto is. Zulke details spelen allemaal mee.'

'Iedereen is tegen mij,' zei Papa en schonk Theo van Paemel nog een jenever in, zijn vijfde.


De Duitsers hebben de oorlog verloren. Zeven destroyers zijn gezonken bij Narvik, een derde van heel de Duitse vloot. Dat kunnen ze niet meer inhalen.

Eerste minister Pierlot biedt het ontslag aan van zijn regering. Om een kwestie van het budget. Maar onze Koning accepteert dat niet. 'Hoe haalt ge 't in uw hoofd, Pierlot! 't Is echt de moment niet.'

In Finland liggen de gewonde soldaten uren lang te gillen op de bevroren meren. Elanden en wolven sluipen dichterbij. In Polen worden collegejongens van Louis' leeftijd onthoofd omdat ze een vlag met een hakenkruis hebben gescheurd.

In de lichtstad Parijs lopen de slechte vrouwen met rode zaklampen door de verduisterde straten.


De straten van Walle raakten bevolkt door vreemdelingen in uiterst trage auto's waarop kisten en matrassen gebonden waren, waaruit koffers, fietsen, kinderen puilden. Onder hen, maar in een Chevrolet die in niets verraadde dat zij hun hebben en houden meesleepten, bevonden zich Mama's vrome zuster, Tante Berenice, en haar man, Nonkel Firmin Debeljanov die uit Bulgarije afkomstig is, een streek waar mensen zeer oud worden door yoghurt te eten en de Orthodoxe godsdienst te belijden. Zij kwamen in de Oudenaardse Steenweg voorrijden. De twee zusters snikten. Nonkel Firmin knikte nors. Toen Louis zijn hand uitstak keek hij de andere kant op.

Tante Berenice had een breder, boerser gezicht dan Mama. Ook droeg zij geen spoor van schmink, want haar man was uiterst jaloers sinds hij zich op vijftienjarige leeftijd bekeerd had tot het Adventisme. Tante Berenice lachte vaak, met papierwitte, vierkante tanden. Haar man was somber. Als hij eens, tegen zijn zin, moest lachen weerklonk een onduidelijk gemekker. Hij praatte niet veel, onder andere omdat, naast een aantal andere organen, zijn stembanden waren beschadigd toen een operatie aan zijn amandelen bijna fataal was afgelopen. Hij werd wakker in de nacht voor dat hij uit het ziekenhuis ontslagen zou worden. Naast zijn bed stond een geëmailleerd spuwbakje. Daar had die avond een jong kalf van een infirmière Eau de Javel in gegoten en laten staan. Nonkel Firmin, half wakker en dood van de dorst had het metalen bakje—dat in zijn slaapdronken brein leek op het eetbakje van zijn kinderjaren in een Bulgaarse loofhut—leeggedronken. Het bleekwater had alles van binnen in hem verschroeid.

Zij bleven een paar dagen, sliepen op een matras in de voorkamer. Zij waren gehaast om Frankrijk te bereiken voor de grens gesloten werd, maar Mama drong aan dat haar zuster zou blijven en Tante Berenice had medelijden met haar en bleef.

'Waarom willen zij zo nodig weg uit België?' vroeg Louis.

'Omdat uw Nonkel Firmin een jood is,' zei Papa. 'Joden vluchten altijd met hun geld. Of liever: met *ons* geld.'

Nonkel Firmin was de eerste jood die Louis met eigen ogen zag. In Bastegem had Raf eens een donkerhuidig, gemelijk type aangewezen die bij een bestelwagen vol tapijten stond. 'Kijk, een jood!' Maar Louis had het niet helemaal geloofd. Nonkel Firmin, met zijn geluifelde ogen, zijn inderdaad kromme neus, zijn volle, natte lippen was aanzienlijk meer een jood. Omdat die jood tijdens het avondeten weerloos apart nukkig naast de kachel zat, zei Louis: 'Nonkel, uw volk wordt vervolgd, dat is niet rechtvaardig.'

De jood snerpte. Een scherpe uithaal die eindigde als het geluid van het steentje in het krijt tegen het schoolbord. Zei toen schor: 'Mijn volk, mijn volk! Wat Hitler met de joden uithaalt, moet hij zelf weten!'

'Firmin heeft een Belgisch paspoort,' zei Tante Berenice.

'Waarom loopt hij dan weg?' vroeg Mama.

'Omdat de Belgen precies zulke bekrompen geesten zijn als de Duitsers, Constance,' zei de schorre al-dan-niet-jood. 'En daarom is het verstandiger voor mensen van mijn soort ook al zijn zij niet joods, om zich zo ver mogelijk van hen te verwijderen in tijden van nood.'

'Gij zijt welbedankt, Firmin,' zei Mama en later bij Papa

in de keuken, terwijl Louis op de gang muisstil in Tante Berenice's handtas snuffelde: 'Ik weet niet wat ik over die Firmin moet denken. Want hij is toch besneden.'

'Hoe weet gij dat?' vroeg Papa meteen.

'Berenice heeft het mij verteld.'

'Spreekt gij samen over zulke dingen? 't Is proper. In mijn eigen huis!'

Louis vond niets opwindends in de tas, stal twintig frank, liep op de toppen van zijn tenen naar de voordeur, sloeg haar buitensporig hard dicht, sleepte met zijn voeten door de gang, zingend van *a long way to Tipperary*. Toen hij de keuken binnenviel praatten zijn ouders over een massale aankoop van koffie, suiker en kolen.


'Wat zouden de Duitsers in Godsnaam bij ons willen komen zoeken?'

'Basissen voor onderzeeërs. Vliegvelden aanleggen. Om naar Engeland te gaan.'

'De Donau blijft bevroren.'

'Frankrijk moet zijn hart beschermen en dat hart ligt tussen Parijs en Brussel. Daarom gaat Frankrijk vandaag of morgen bij ons binnenstormen met tanks en spahi's en vuile boekjes.'

'Niet zo lang wij neutraal zijn.'

'Onze prinses Marie-José heeft een kindje gekregen in 't Koninklijk Paleis van Napels. 31 kanonschoten, Constance. En Prins Umberto, de leegganger, is te laat uit Rome aangekomen. 't Lag al in zijn wieg. Een meisje. Zij heeft er al twee. Maria-Pia van vijf jaar die al sjaaltjes breit voor de soldaten van Mussolini, en de kleine hertog van Napels die die zachte ogen heeft van zijn grootvader, onze Koning Albert.'

Voor het eten zaten Tante Berenice en Nonkel Firmin wel een minuut voorovergebogen met dichte ogen. Zij dachten dan aan de vele verhongerende kinderen in landen aan de Evenaar, verklaarde Tante Berenice, dan pas besefte je hoe dankbaar je moest zijn dat God je uitverkoren had.

Door vroomheid hadden zij elkaar gevonden, dit paar. In die tijd ging Tante Berenice om met Hespe Renard, een gezette onderwijzer die met haar de zot hield, want hij kwam elke keer schromelijk te laat op afspraken, of kwam helemaal niet. Na één van dergelijke afspraken was zij wanhopig en dwaalde doelloos alleen in de wereldstad Gent, toen zij binnen in zichzelf een stem hoorde, met moeite verstaanbaar, alsof zij uit een weelderige witte baard golfde. 'Ga naar de overkant van deze straat en neem de tweede straat links.' Zij was evenwel zodanig in de war vanwege de niet verschenen Hespe (zo geheten omdat hij vaak in cafés verklaarde dat het mooiste van een vrouw haar hespen, hammen in het schoon-Vlaams, waren) dat zij de tweede straat rechts insloeg. Daar vond zij een krakkemikkige gevel waarin een open deur die een roze gloed vrijliet, als een verhevigd olielicht bij het altaar. Onbevreesd stapte zij naar binnen en bevond zich toen in een kaal zaaltje, waar vier oude vrouwen, een postbode en een arbeider die een dichtgeslagen blauw oog had en overeind gehouden werd door zijn dochtertje van elf, luisterden naar een prediker met een stem als een scheermes. Deze prediker, Firmin Debeljanov, verwoestte Tante Berenice met joods-Bulgaarse blikken terwijl hij het gebruik van alcohol en tabak veroordeelde, terwijl hij de komst van God, de Advent, aankondigde, terwijl hij uitlegde dat deze komst al eens verkeerdelijk door de Stichter van zijn Kerk was voorspeld voor het jaar 1843, terwijl hij de definitieve komst situeerde rond 1982.

Kort daarop trouwden zij en verkocht Tante Berenice encyclopedieën, atlassen en godsdienstige naslagwerken bij de notabelen van West- en Oostvlaamse dorpen, terwijl Nonkel Firmin in de auto wachtte en bad. Nonkel Firmin vond de Belgen een grof en vuil volk en weigerde uit een glas te drinken, van een bord te eten of bestek te gebruiken dat niet onder zijn ogen door zijn echtgenote gewassen was.

Op een zaterdag bracht Papa varkenskoteletten mee. 'Alleen maar om zijn bakkes te zien.' Mama bakte ze. Toen de geur Nonkel Firmin in de voorkamer bereikte waar hij *Is er een Leven na de Dood*? las, rees hij uit zijn stoel, kwam in de keuken, wierp een ontzette blik in de pan en rende de straat op, Bulgaarse vervloekingen schreeuwend.

'Ziet ge dat het een jood is,' kraaide Papa. 'Hij heeft direct gereageerd op een onrein dier!'

Peter knaagde aan een kotelet en zei: 'Als het een christen is heeft hij in ieder geval joodse gewoonten.'

'En dat geblokt figuur,' zei Papa. 'Joden worden allemaal dik rond hun dertigste. Omdat zij aan geen sport doen. Wie heeft er ooit gehoord van een joodse sportmens?'

'Hij weegt niet veel meer dan gij, Staf.'

'Maar hij heeft toch een heel ander model, vader. Dat gij dat niet ziet!'

'Berenice is dezelfde niet meer,' zei Mama. 'Ik heb geen zuster meer.'


Onze Koning Leopold bijvoorbeeld, dat is een sportmens. Slank, hoewel hij, door zijn voorvaderen, kloek is van gebeente. Alhoewel Meneer Tierenteyn hem een keer een hand gegeven heeft en verschoot van de slapte ervan.

Het is ook een dromer, onze Koning. Hij droomt voornamelijk over vroeger, over de geschiedenis van zijn familie. Voor een Koning is dat aangeraden, want dan kunt ge de lessen van de geschiedenis toepassen op de dag van vandaag. Alhoewel de wereld altijd verandert, ge kunt er geen lijn op trekken. Maar als hij niet droomt legt hij toch zijn oor te luisteren, Zijne Majesteit. Maar ja, wat krijgt ge dan? Voornamelijk de socialisten Spaak en De Man die hem in zijn oor blazen dat we ons buiten de miserie van de ons omringende landen moeten houden, dat we exclusief integraal Belgisch onze eigen boontjes moeten doppen. De communisten en de Walekoppen zijn daar natuurlijk tegen. Als het aan hen lag zouden wij direct onze zogezegde Geallieerden te logeren moeten vragen. Nee, onze Koning vraagt altijd zijn eigen af: 'Wat is mijn plicht? Wat zou in deze omstandigheden mijn ridderlijke Papa beslist hebben?' En graaf Capelle, zijn secretaris, zegt dan: 'Eerst en vooral de dynastie bewaren Sire.'

Wat kan hij anders zeggen? Alhoewel.

Louis zat met Tetje en Bekka in de bioscoop waar de voorfilm pas begonnen was, met Double Patte en Patachon (de kleine dikke heette Harold Madsen en de lange magere Carl Schenström) en de twee komieken discussieerden met spastische bewegingen in een onoverzichtelijk korenveld hoe en waar en wanneer zij de grootst mogelijke schade zouden kunnen aanrichten aan iemand die hen beledigd had, toen een dronken jonge soldaat vlak voor het filmdoek kwam dansen en trappelen. Zwaaiend met zijn bierflesje schreeuwde hij met een geweldige, gebarsten stem: 'Boerenschijters, als gij denkt dat ik in mijn kloten ga laten schieten voor één frank per dag, voor de prijs van een pintje!' Onder het gejuich van de zaal werd hij met een paar schoppen in zijn kont weggejaagd door Tarara, de portier.

Louis zag hoe Bekka lijkwit was, op haar duim knabbelde, over haar ogen wreef.

'Zijt ge ziek?' vroeg hij. Zij knikte.

'Zij peinst dat het elk moment oorlog kan worden,' zei Tetje, zeer bezorgd voor zijn doen.

's Anderendaags, bij dageraad kwamen, zonder enig lawaai tenzij het geruis van engelenvleugels, tien verraderlijke, door niet één lid van onze Generale Staf voorziene, zweefvliegtuigen met tachtig Duitse parachutisten over het Fort Greben-Smael gegleden. Het fort werd ingenomen. Majoor Nowé de Waelhens verloor zijn rechterbeen, menig soldaat het leven, in de plotse rook, de knallen, de donder, de vlammen.

Het was zover, eindelijk. 'Eindelijk,' fluisterde Louis voor de spiegel in zijn slaapkamer.

De eerste dag al, toen de tanks van Guderian binnenrolden, toen de Belgische luchtmacht in luttele uren van 171 vliegtuigen tot 91 werd herleid, toen Louis bij de radio zat, overweldigd door een onzinnige, popelende, juichende koude, die eerste dag al sprongen de Fransen (die daarop gewacht hadden sinds de tijd van Napoleon) ons land binnen.

In de streek van Walle hielden zij zich op, niet zo happig om naar het bolwerk te stormen dat zij aan de rivier de Dijle bij Leuven moesten vormen, terwijl de Belgen ondertussen de Hunnen moesten blijven weren met hun slordig geoliede geweren.

De Fransen, met hun helmen schots en scheef, stinkend naar knoflook en Pernod, vergrepen zich aan Vlaamse weduwen en wezen, drongen zonder aan te kloppen onze huizen binnen, eisten drank en vrouwen, ja, precies zoals in de middeleeuwen. Général de Fornel de la Lourencie bemerkte dat onze verwilderde reservisten in hun half burgerlijke half soldateske kleren zich tussen de vluchtelingen mengden en beval dat die weglopers opnieuw in compagnies zouden ondergebracht worden. Manu militari! Onder Frans commandement!

Zeg, alstublieft. Wie peinst hij dat hij is, wáár dat hij is!


'Staf, ik spreek mijn mond voorbij en moesten mijn chefs dit weten, ik vlieg met mijn klikken en klakken in den bak, maar ge hebt geen minuut te verliezen,' zei Theo van Paemel, jeneverglaasje in de hand. 'Ge moet direct de stad uit, Staf!'

'Serieus? Maar ik heb geen auto. Thiery is er mee weg!'

' 't Is gelijk. Maak dat ge wegkomt. Of wij zijn verplicht

u te komen halen. Want die nieuwe dienst, de Staatsveiligheid, draait zot. Gisteren hebben zij een boer aangehouden omdat hij papieren verbrandde op zijn akker, hij ligt zonder één tand in zijn mond in zijn cel. Een jonge student ook, die een bril aan 't tekenen was op een affiche van Bébé-Cadum.'

'Een bril?'

'Zij denken dat het geheime tekens zijn, voor de parachutisten of voor spionnen van de vijfde kolonne. Als wij u niet aanhouden, kan het gebeuren dat het volkje uit de Toontjesstraat u komt lastigvallen. Zij hebben gisteren een pastoor zijn soutane uitgetrokken om te zien of dat hij er geen Duits uniform onder droeg.

Gij staat op de lijst, Staf. Lijk al diegenen die ingetekend hebben op de vierdelige *Geschiedenis van Vlaanderen*.'

'Maar waar moet hij naartoe?' gilde Mama.

'Naar Frankrijk, als het nog kan.'

'In de muil van de leeuw,' zei Papa geschrokken.

'In de bek van de haan,' zei Louis. 'De Fransman is een haan. De leeuw, dat is voor Vlaanderen en Engeland.'

Papa keek verwilderd naar zijn pedant kind. Door het raam waren negers in lompen van uniformen te zien die met hun geweren opgericht als lansen de Lambeth-Walk dansten. Tommies, met die potsierlijke schijven van helmen op, deden het hun voor. Andere Afrikaanse tirailleurs verschansten zich achter kratten Roman-Pils tegen de naderende gemotoriseerde Duitse divisies.


'Louis, mijn zoon ik moet weg.

Constance, mijn vrouw, misschien gaan wij ons nooit meer weerzien. Maar ik denk van wel.'

Mama aaide Papa's natte wang. Papa droeg een groene regenjas met epauletten, zoals Gary Cooper als oorlogsreporter in een Oosters land.

'Had ik mijn auto nog, ik nam u mee, Louis, maar Thiery...'

Louis onderbrak hem. 'Wie moet er anders voor Mama zorgen?'

'Ge hebt gelijk. Gij zijt braaf.' Papa deed een paar stappen in de richting van de glinsterende rode brandweerwagen die door Tetje's vader was geleend, gekocht of gestolen. Tetje's vader had gezegd: 'Mijnheer Seynaeve, *à la guerre comme à la guerre*. Breek er uw hoofd niet over. De pompiers hebben toch auto's teveel. En hij is boordevol getankt.'

Bekka omhelsde haar vader, die toen snikkend achter het stuur klom.

Papa zei: 'Ik ga niet gaarne, Constance, ge weet het, maar Koningin Wilhelmina van Holland is ook vertrokken.' Toen Papa naast Tetje's vader ging zitten, weerloos, ongemakkelijk glimlachend en wuivend, zag Louis dat tegen de vooruit van de auto, binnen handbereik van zijn vluchtende vader, een dubbel pak Côte d'Or melkchocolade en een grote doos Lutti-toffees lagen.

Iedereen wuifde. De brandweerwagen startte moeilijk, wat de buren aan het lachen bracht.

'Hij is het niet gewend,' zei Bekka dof en staarde onafgebroken naar haar gedrongen zigeuner van een vader achter het stuur.

'Het is te hopen dat die twee een beetje overeenkomen op hun voyage,' zei de vrouw van de bakkerij. Toen het rode gevaarte toeterend verdween, nam Louis zijn moeder bij haar arm.

'Kom!' zei hij als een man.


De Duitsers gooien poppen uit, verkleed als soldaten. Dit verlamt voor uren de heroïsche weerstand van onze troepen. Moeten onze troepen zich terugtrekken tot aan de IJzer, zoals in Veertien-Achttien? Zij willen wel, maar wáár zijn de legerkaarten?

Alle Duitse soldaten hebben leren zwemmen. Als waterratjes zwemmen zij, met rugzak en mitrailleurs poederdroog, over onze kanalen en rivieren.

De Belgen moeten terugtrekken. Neemt dan tenminste uw munitie mee! Maar hoe, Marilou? Er zijn geen vrachtwagens! Schiet dan alles af, naar de mussen! De lentelucht, zwart van de rook.

Wat bij de ministeries werkt, bij de administratie, dat heeft auto's boordevol koffers en kinderen. Maar onze wegen, perfect gekasseid, perfect voor kermiskoersen, zijn niet bestand tegen zoveel verkeer. De bereden artillerie, de transportcolonnes, de manschappen per fiets wringen zich tussen de vluchtelingen. De motoren dampen, oververhit van het te trage rijden, de chauffeurs vallen in slaap, de paarden briesen. Iedereen denkt dat niemand anders in het holst van de nacht zal rijden. In het donker schiet men op alles wat beweegt. Wie langs de weg zit te kakken, sterft.

Bruggen storten in door overbelasting, Commandant Serthuysen de Branchard zit gekneld tussen ijzeren balken en blaast zijn laatste tabaksadem uit, pijp in de mond en de broek vol stront.

Over de Dender. Over de Meulebeek. Over de Maalbosbeek. Achteruit!

Door de lege dorpen slenteren de kinderen, kruipen in de achtergelaten auto's die nog lekken van het bloed.

In Bastegem, waar Meerke, Tante Violet en Nonkel Omer in de koele kelder zitten, verdedigt ons leger zich geducht. Jammer dat de soldaten niet in de kazematten kunnen schuilen die daarvoor zijn gebouwd, want de sleutels zijn nergens te vinden. Ons leger staat vóór de betonnen muren, achter prikkeldraad. Onze kanonnen zijn perfect, maar als je er veel mee schiet raken zij nogal gauw verstopt.

Met de Maginot-linie ongeschonden, rukken de Duitsers op, dwars door België, recht naar de munitie van ons leger die in Vlaanderen opgestapeld ligt, beschermd door Ardeense Jagers die, als vrouwen verkleed, op de eerste verdieping van de dorpshuizen wachten met de mitrailleur op de vensterbank.

Door de landelijke straten kletteren Arabische paarden met gammele karren waarin Players-rokende Tommies op elkaars schoot zitten.

De vijand nadert op rubberboten in het maanlicht en bezet een kerkhof. Nadert ons geliefde Walle.

Maar de Leie, 'Jordane van mijn hert', weerstaat. Zij staat laag, de Leie, overwoekerd door planken en planten.

Onze troepen krijgen moeilijk verbinding met elkaar, wie had er nu kunnen voorzien dat er zovéél telefoondraad nodig was?

De koeriers met de reddende tactische plannen zijn jongens uit Limburg die geen Westvlaams verstaan, die hun weg verliezen, die in de velden dwalen, kauwend op salami.


Louis mag niet op straat maar glipt toch weg. Langs de kant van Harelbeke, waar onsterfelijke muziek in het baardig hoofd van Peter Benoit is geboren, hangen waarnemingsballons en wiegen op de muziek van het orgel der vuurmonden.

Louis hurkt, steekt een wijsvinger uit en roept: 'Bhamm!' Een ballon spat open en stort verzengend neer over kermende Duitsers.

Walle wordt open stad verklaard. Dat komen politieagenten in elke wijk vertellen. Houdt u koest, mensen! Maar onze infanterie, opgehitst door de infame radio, wil doorvechten. Wat nu? De mensen van Walle kunnen niet vluchten, want de Franse grens is afgegrendeld door humeurige Franse douaniers die om documenten vragen, ooit in vreemde steden door spoken afgestempeld. De inwoners van Walle jouwen de Belgische, volksvreemde officieren uit. 'Crapuul! Als ge wilt sterven, doe dat dan ergens anders! Honderden zware Duitse batterijen staan op ons gericht, op ons Belfort, op onze cafés, op onze huizen!'

De inwoners van Walle weigeren uit hun huizen te komen, willen niet dat hun bruggen de lucht ingaan. Vrouwen lopen rond met witte manshemden aan een bezemsteel.

De officieren staan met hun mond vol gouden tanden. Que faire, Robert? Want stel u voor, Kolonel, dat de Duitsers, laf en geniepig als ze zijn, zich tussen de samengetroepte mensen van bij ons zouden wurmen, dan kunnen wij daar toch niet op vuren! Voor ge't weet treft ge een ondernemer uit Walle met zes kinderen, en schoolvriend van Paul-Henri Spaak. Mais non, Gaston!

In het lage, groene koren ontbrandt het vuur van mitrailleurs. Het zijn Belgische repetitiegeweren, ge hoort het, tien schoten per minuut. (Die van de Duitsers: 540 schoten per minuut.) Dan in het huis, in de gangen, in de kelders, dwars door alle muren, gedonder en geknetter, scherven en ontploffingen. 'Louis, blijf hier, Louis, laat me niet alleen,' roept Mama. Maar hij klautert de trap op en vindt de straat in de zon en in brand. Hij leunt tegen de gevel van de Bossuyts. Een vliegtuig duikt regelrecht naar hem. Louis richt zijn hoofd op om beter te kunnen zien, iets wat je nooit van z'n leven mag doen, want de schutter daarboven ziet namelijk een bleke vlek en richt daar zijn boordkanon op. Deze schutter doet het, Louis vraagt er om, smeekt er om. De ruit van de Bossuyts spat uiteen, de baksteen van de gevel verbrijzelt vlak naast Louis zijn op het allerlaatst gebogen hoofd. Het vliegtuig zwiept weer naar boven. Een siddering van almachtig springlevend leven schiet door Louis' lijf. Verbijsterd raapt hij verwrongen, warme scherfjes shrapnel op. Met een gekarteld randje geeft hij zichzelf een besliste, woeste pijn en triomf aanrichtende jaap in de wang. Hij rent zijn huis in en gilt, klettert de trap af naar de kelder waar zijn moeder haar vingers met de rozenkrans ertussen van haar gezicht weghaalt. Zij kijkt. Zij krijst. Zij neemt Louis in haar armen, stoot hem af, onderzoekt de bloedende scheur. 'Het is niks, niksmendalle, stoute jongen,' zegt zij beverig. 'Het gaat rap genezen. Was het af met koud water. Nu meteen.'

'Ik durf niet naar boven,' zegt hij. En weer drukt zij hem tegen haar lauwte aan en dan likt zij zijn wang met lange halen, slikt het bloed in. Tranen springen in haar ogen, plots parelend als bij een kleintje.

De Duitsers komen. De burgers van Walle worden verplicht voor hen uit te lopen met dekens in hun wijdgespreide armen. Maar onze infanterie geeft niet op. Waarom niet? Om die hazen van Engelsen toe te laten naar hun Churchill van mijn kloten terug te keren over het Kanaal. De Engelsen beweren dat het maar voor heel even is dat zij wegrennen als dieven in de nacht, dat kersverse Canadese troepen hen zo meteen zullen komen aflossen. Maak dat uw Mother wijs, Tommy!

Strooibiljetten sneeuwen over Walle, Franse en Engelse teksten die vertellen dat we ons beter kunnen overgeven, dat de toestand voor ons hopeloos is, dat onze leiders per vliegtuig gevlucht zijn.

Is onze Koning dan gevlucht? Maar nee, René, dat is een mens op zijn plaats en zijn plaats is bij ons. Zijn proclamatie luidt 'Officieren, soldaten, wat er ook moge gebeuren, mijn lot zal het uwe zijn. Onze zaak is rechtvaardig en rein.' Onze Koning heeft zelfs een briefje meegegeven voor zijn koninklijke collega, George van Engeland. 'Beste George, gij weet al zo goed als ik dat een Koning niet mag weglopen van zijn volk, lijk sommigen waarvan ik de naam niet zal noemen maar die mijn ministers waren.'

Churchill die gewacht heeft tot al zijn Tommies ongedeerd ingescheept zijn onder de vlammen van tienduizenden brandbommen, verklaart plechtig: 'Bon, all right, O.K. zegt aan de Belgen dat wij goed thuis gekomen zijn en dat zij nu de vuiligheid achter ons mogen opkuisen.'

Koning George stuurt een antwoord. 'Dear Leopold, doe niet kinderachtig, kom naar Londen, ge gaat hier goed verzorgd worden.'

'No, sir,' zegt onze Sire.


Holland geeft zijn eigen over!

De postcheck werkt niet meer!

Er is geen meel meer voor 't brood. De smeerlappen doen er aardappelmeel in!

In de stilstaande ambulancetrein op een zijspoor van het station van Walle brullen honderden gekwetsten. Een piepjong studentje in de medicijnen rent trillend heen en weer, onder de kreten 'Water, water, moeder!' Elk ogenblik zal daar de cholera uitbreken.

Vier dagen lang doet Nonkel Florent gouden zaken met de verkoop van de autobanden die hij van de achtergelaten wagens haalt en dan geeft België zich over. De eerste Duitsers worden in Walle gesignaleerd bij de Gentse Steenweg, op van die rare ongemakkelijke hoge Hollandse fietsen.

De meeste vaandels van onze regimenten worden verbrand. De overige worden verborgen in de Benediktijnerabdij van Sint Andries. De abt, Dom Nève de Mevergnies, neemt ze plechtig aan en geeft ze aan Dom de Meeüs d'Argenteuil die er over zal waken als over relikwieën. Het vaandel van het Achttiende Genieregiment wordt aan stukken gesneden; de officieren dragen ze onder hun hemd, de ene de Leeuw, de anderen de zijde, het borduurwerk en de nestel.

Tetje, Bekka en Louis, die nu openlijk met elkaar mogen omgaan, nu hun vaders in onherbergzame Franse streken dolen, lopen langs de Sarma waar het volk van de Toontjesstraat juichend, haastig, voorovergebogen, radio's, bontjassen, jurken, broodsnijmachines wegsleept. Zij staan op het punt om gedrieën door de kapotte etalageruiten te klimmen, wanneer een zwerm vervaarlijk gehelmde Duitsers in groene vliegeniersjassen iedereen wegjaagt en de oorlog voorbij is.


Mama ruimde de tafel niet meer op, sloeg de dekens niet meer over de bedden, liet de bloemkool aanbranden.

'Zal ik de bedden maken, Mama?'

'Hoeveel keer moet ik het u nog zeggen? Laat me gerust.'

Door de straten van Walle, langs de schichtige blikken

van het volk dat de gebouwen aan het herstellen was trok het Duitse leger naar Engeland. De getaande vrolijke jonge soldaten stapten in exacte rijen met gelijk afgemeten pas en armgezwaai en zongen tweestemmig van Erika, geen meisje maar een bloem. In de tanktorens zaten ridders met zwart geoliede jekkers, op hun baret glinsterde een doodshoofd.

Gehelmde motorrijders met zonnebrillen op, droegen metalen platen op hun borst.

'Tegen dat volk is niets bestand,' zei Nonkel Robert. 'Omdat ze het heilig vuur hebben. Wij hebben dat niet. Nooit gehad. Neem eens de radio. Wij zeggen: "Dames en heren, nu volgt het nieuws!" Zij zeggen: "Het opperbevel van de weermacht"... Weermacht, het woord zegt het al, uw eigen verweren uit alle macht.'

'Gaan wij nu allemaal Duits moeten leren?' vroeg Bomama. 'Daar ben ik te oud voor. En mijn mond staat meer naar Frans.'

'Schweine-poepe-fleisch,' zei Louis. 'Dat is hesp.'

''t Zijn vooral de naamvallen die moeilijk zijn,' zei Tante Hélène.

'Wij gaan ons moeten schikken,' zei Bomama.

'Wij hebben ons altijd moeten schikken. Wij hebben niets anders gedaan in onze vaderlandse geschiedenis!'

'Ja, maar voor het eerst zijn we onder Germanen. Van dezelfde stam, onder elkaar.'

'Wij zijn daar vet mee. Als ik iemand bezig hoor over "onder elkaar", dan weet ik hoe laat het is.'

'Hitler doet toch zijn best om de Vlaamse krijgsgevangenen eerder naar huis te sturen dan de Waalse. Hij ziet dus klaar in onze Vlaamse toestand, hij is op de hoogte dat we eeuwenlang uitgezogen geweest zijn.'

'Hitler is met Göring in Ardooie geweest, in Langemark, in Ieper waar er nog een boerderijtje staat waar hij als soldaat gelegerd heeft in Veertien-Achttien en hij zei tegen de boeren die hem nog gekend heeft van in de tijd. "En, Madame waar kan ik U plezier mee doen?"

"Ach, meneer Hitler, mijn neef zit gevangen bij u en wij

hebben hem zo wreed nodig voor den oogst. Zoudt U geen goed woordje voor hem kunnen doen?" "Maar Madame toch," heeft hij gezegd, "als 't maar dat is!" En in 't Duits begon hij direct orders te geven en 't was geregeld. Dat is toch een 'Heil Hitler' waard.'


Mama had—uitgerekend vandaag—migraine en hoezeer Louis ook aandrong, zij weigerde met hem mee te gaan, die eerste gruwelijke dag van het College.

Hij was in de loop van de week al ettelijke keren naar de gebouwen met de torens gaan kijken, eigendom van de bisschop van Brugge. Koning Leopold de Eerste, had Peter verteld, had er de eerste prijsuitreiking bijgewoond en het College had staatsmannen, wetenschappers, dichters, grote nijveraars voortgebracht. 'Dus Louis, denkt aan onze naam.'

Hij liep tussen tientallen jongens die, zoals hij, een boekentas droegen, en, niet zoals hij, onbeschaamd rakelings langs de priesters holden. In de grote gang die naar zijn klas leidde en die lichter, breder, smeriger was dan de gangen van het Gesticht (zodat men je beter in de gaten kon houden) wachtte een rijzige, kale priester hem op. Zijn vochtige donkere ogen achter een bril met uitzonderlijk dik montuur, zagen dat Louis wilde vluchten, langs de Leie wou rennen, en, op zijn leeftijd, terug naar zijn Mama wou. Ze lazen ook de zonde in Louis.

'Kom maar eens mee.' Louis liep naast de goedgesneden, elegante, onberispelijk gestreken toog. 'Een kleinkind van mijn vriend Seynaeve heeft meer plichten dan een andere leerling. Ja?'

'Ja, Eerwaarde.'

'Ik zal u niet wetens en willens achteruitsteken maar ook niet vóórtrekken. Ja?'

De priester bleef staan voor een immens kruisbeeld. Hij keurde Louis met gitzwarte, door de glazen gezwollen pupillen.

'Hij heet De Launay,' vertelde Louis bij valavond aan Bomama nadat hij huppelend en zingend binnengekomen was, want die eerste dag was wondergoed verlopen, hij was opgenomen in de kwebbelende troep leerlingen op de speelplaats als één van hen, niemand had opgemerkt dat hij uit een achterlijk nonneninternaat kwam.

'De Launay, De Launay, dat zegt mij iets. Hij moet van de Brugse tak zijn, ik zal eens bij Tante Margo informeren.'

'Maar wij noemen hem: de Kei.' (Wij!)

Zij hoorde zijn Latijnse verbuigingen aan. Daarna at hij drie grote hompen zeerog in gelei. Toen hij naar huis liep trachtten brandweerlieden bij de Leie met stokken en haken een bultige zak aan de kant te krijgen. Het was een dode soldaat met een romige bol vol rode gaten als gezicht. De opgeblazen handen zonder vingers peddelden. Rond zijn uitzinnig gezwollen buik was een touw gewikkeld. Volgens een postbode (die zijn avondronde aan het vergeten was) betrof het hier een deserteur die zo bang was geweest én voor de Duitsers én voor zijn Belgische oversten dat hij zelfmoord had gepleegd. 'Want kijk naar dat koord! Hij heeft dat koord eerst rond zijn eigen gewikkeld met een stuk beton eraan, en dan zijn twee polsen vastgebonden omdat hij benauwd was dat het koord los zou scheuren van die beton en dat hij dan toch zou beginnen zwemmen voor zijn leven en dat wilde hij zijn eigen beletten. Ge moet zot zijn van benauwdheid om zoiets te doen. Maar als ge 't doet kunt ge 't beter volgens een methode doen.'


Toen, na drie weken, kwam een vreemde het huis binnen met een sleutel. Mama stond onwennig in de gang waar het peertje doorgebrand was, omhelsde hem en trok hem binnen en in de keuken werd een vermagerde, verjongde, dieprood verbrande Papa zichtbaar, die meloenen en parfum bij zich had. Hij schudde Louis' hand, liet niet los.

Omdat hij dacht dat deze door het noodlot van de oorlog zo lang gescheiden getrouwde mensen hun terugzien alleen wilden beleven, liep Louis naar de straat waar Tetje's vader, Papa's trouwe metgezel, tegen een citroengele strandwagen geleund stond en huilde. Bekka klemde haar armen om zijn middel en riep: 'Páátje, Páátje toch!' boven het gemurmel van de buren.

Louis kroop in de strandwagen, hij had op de pedalen willen trappen, een blokje om rijden, maar vader en dochter Cosijns bleven er tegen aangekleefd, hun blijdschap leek op gejammer. (Zoals: 'Zo is dan deze mijn blijdschap vervuld' óók treurig was, onvolkomen. Iets is nooit vervuld, maak dat anderen wijs, Zuster Adam.)

'Wat wij tegengekomen hebben, dat is niet te beschrijven, in geen vijfentwintig jaar.

Dwars door de linies, op vijf centimeters van de tanks.

In kampen, met luizen en vlooien, en van het andere spreek ik niet.

In vuile Franse stront zeg ik, meer zeg ik niet.

De Fransen die met stenen naar ons smeten omdat wij gecapituleerd hadden. Die onze koning uitmaakten voor rotte vis. Zij die zich zelf hebben overgegeven met een fles wijn aan de mond.

Zij wilden ons laten werken! Ik zei: "Pardon, wij zijn geen werkvolk."

Dat wij hier levend in onze straat gearriveerd zijn, 't is een teken dat God bestaat.

Dat wij niet vermoord zijn, het is een mirakel.

Want de Belgische staat heeft zich niet gegeneerd. Samen met de Fransen. Niet de minste scrupules. Een nobele mens lijk Joris Van Severen in ketens geslagen en overgeleverd aan het Franse crapuul. Ge ziet, Louis, dat als het er op aan komt, ons Belgiekske Nikske zijn hand niet omdraait om ons, Vlamingen, uit te roeien.

Maar het bloed van Van Severen zal over hun hoofd komen!'

'Peinst er niet meer op, Staf,' zei Tante Hélène. Mama bleef wat verward verbaasd naar de vreemde kijken die met zijn klacht de keuken vulde en toen, alsof hij iets vergeten had, zei: 'En hoe is het op school, zeg dat eens?'

'Goed, Papa.' (Als er de Kei niet zou zijn, die de zonde in de geheimste hoeken, in de wc, in de slaapkamer, achter een haag, op weg naar huis, kon zien.)

De rellende jongens die naar mekaar sloegen met hun boekentassen bij het schoolhek riepen hem, maar de Kei hield hem tegen. De zon weerkaatste op het gave oppervlak van zijn schedel. Hij hees zijn buikband hoger.

'Ga daar zitten,' zei de Kei in de krijtige zilte klaslucht.

'Nee, dáár.' De Kei wees de bank van Maurice de Potter aan, hij wist dat Maurice Louis' boezemvriend was.

'Gij zult bemerkt hebben dat ik u af en toe tijdens de les of tijdens de speeltijd gadesla.'

'Ja, Eerwaarde.'

'Waarom denkt ge dat ik dat doe?'

Het antwoord lag zo voor de hand dat Louis aarzelde, maar dan toch maar zei: 'Omdat u aan mijn grootvader beloofd hebt dat...'

'Nee,' zei de Kei. Zijn wangen en kin waren glad als zijn schedel. Had hij geen baardgroei of schoor hij zich om het uur? Het gejoel bij het hek verstilde, een boot tufte op de Leie tussen de vele opgeblazen lijken die nog in het slijk aan beton vastgeklonken waren. De toog van de Kei, Mama zou de stof bij haar naam noemen, is te elegant voor een leraar, de boord ivoorwit zonder één barstje. Soms duwt hij tijdens een dictee zijn nagelriempjes terug met een zilveren instrumentje. Waarom spreekt hij niet verder?

'Wat ik zie, Louis, bevalt mij niet. O zeker, ge doet uw best en gij zijt begaafd genoeg, uw begaafdheid is het minste van onze problemen, nee, het is uw ziel die mij zorgen baart.' (Kijk naar uw eigen baardloze ziel!)

'Komt ge goed overeen met uw kameraden?'

'Nogal, Eerwaarde.'

'Met wie het best?'

'Met Maurice.'

'Dat dacht ik te merken. En wie komt er daarna?'

'Martelaere.'

'Niet eerder Simons?'

'Ook. Ja, misschien Simons eerst en dan Martelaere.'

'Ja, die indruk had ik ook. Het verwondert me niet. Gij zijt listig genoeg om u te verzekeren van de genegenheid van jongens die onschuldiger zijn dan gij. Jaja. Gij gaat het ver brengen. Bedankt, gij kunt gaan. O ja, nog een woordje. Ge weet dat ge binnenkort moet voorkomen voor het examen van het Fonds der Meestbegaafden. Ik zou mij toch maar goed voorbereiden. Als ik u was zou ik er niet te zeer op rekenen dat uw grootvader in de Commissie zit. Wat is er? Denk niet dat ik uw vijand ben, Louis. Vooral niet. Hoe zou ik dat kunnen zijn? Gelooft ge mij?'

'Natuurlijk, Eerwaarde.'

'Natuurlijk, zegt hij. Het is helemaal niet natuurlijk. Waarom zoudt ge mij geloven? Ik ben toch niet onfeilbaar zoals onze Heilige Vader.'

'Die is alleen maar onfeilbaar als hij vanaf zijn troon spreekt!' riep Louis. Waar wilde die priester naartoe, deze gladde variant van zeven gevaarlijke zusters samen? Mij strikken, verwarren.

'Goed, Louis. Het Concilie van 1870. Uitstekend.'

'Paus Pius de Negende!'

'De nonnen van Haarbeke hebben u grondig onderricht gegeven, bravo! Interessant Concilie overigens. Onder ons gezegd en gezwegen, Paus Pius heeft het helemaal naar zijn hand gezet. Vijfhonderddrieëndertig stemmen vóór en twee tegen. *Faut le faire*. Natuurlijk kan men twijfelen, en in zekere kringen doet men dat dan ook, aan de toerekeningsvatbaarheid van onze Heilige Vader, vergeet niet Louis, dat hij toen over de tachtig was en nogal ondermijnd door zijn jeugdkwaaltje van vaag epileptische aard, maar toch, Louis, wat een onverzettelijkheid, wat een tactisch vermogen! Vindt ge niet?'

Hij draaide aan zijn te grote matgouden zegelring, het wapen van zijn familie, het kon muggen, leerlingen, soldaten treffen met een onzichtbare verzengende straal.

Een knecht in een loodgrijs schort duwde de deur open met zijn voet, twee emmers in de hand, en excuseerde zich.

'O nee, dat geeft niet, kom maar binnen Coorens, er is hier niets dat het licht niet mag zien, hoor! Nee, wij zijn klaar met onze discussie! Doe uw werk maar gerust verder. Wij zijn al weg.'

De Kei duwde Louis naar de deur en in de gang beende hij meteen weg, de onberekenbare man van wie de leraar wiskunde zei dat hij een groot geleerde was maar geen leraar.

Hij maakte zijn stug huiswerk van scheikunde, Papa deed de vaat met veel gerinkel toen Mama, die een paar uur eerder naar bed was gegaan, begon te zingen 'Der Wind hat mir ein Lied erzählt.'

'Zij krijgt het weer,' zei Papa, plooide de vaatdoek netjes in vier.

'Wat krijgt ze weer?'

'Wie zal het ooit weten? En het is niet eens volle maan.'

Louis vond zijn moeder, zittend op de rand van het bed in haar onderjurk, op haar knieën lag een stekelige, glinsterende bontjas.

Haar stem was onvaster en schriller van die van Zarah Leander in 'La Habanera'.

'Zij kunnen u horen van op straat,' zei Louis.

'En dan? Wat is daar verkeerd aan?'

'Niets.' Hij zakte in een crapaud die als een staketsel in golven onderjurken, peignoirs, handdoeken stond, hij zette zijn voeten behoedzaam naast de zijden, satijnen, wollen frullen.

'Mijn huiswerk is gedaan,' loog hij.

'Het mijne ook,' proestte zij. De schaar in haar hand bewoog, ving licht op de punten. 'Wat doet hij?'

'Hij is aan het afwassen.'

Zij dacht erover na. Op haar schouders, in haar nek waren dieprode vlekken te zien alsof zij ze had aangestipt met verwaterde rode inkt.

Over het bed verspreid lagen plukjes zwart bont, uit de pels van een onbekend zwart beest gerukt. Mama knipte verder links en rechts in de mouwen van de bontjas.

'Waarom doet ge dat, Mama?'

'Ik ga maar content zijn als hij helemaal aan flarden is, dan gooi ik al die plukjes in een zak, ik ga ermee naar de St. Annabrug en dan beklim ik al de trappen van het Belfort en ik strooi ze naar beneden, dan hebben de Wallenaren voor het eerst in hun leven allemaal samen zwarte sneeuw gezien.'

Een laag klokkend geluid dat uitmondde in geproest.

'Het is paardehaar,' zei Mama, 'van een veulentje dat waarschijnlijk beige was en dat ze dan zwart geverfd hebben.'

'Wat gaat Peter daarvan zeggen?'

'Als ge iemand een cadeau doet, mag die iemand er mee doen wat hij wil. Daarbij, hij had dat veulen aan Tante Mona cadeau gedaan. Zij is toch zijn grote liefde.'

'Wie? Van Peter?'

'Wij gaan er maar over zwijgen.' Zij knipte driehoeken uit de kraag.

Toen nam zij een van de driehoekige plukken op van de plankenvloer, keek in de spiegel van de kleerkast en hield het zwartharige floddertje tegen haar onderbuik en barstte in een verstikt gegiechel uit. Louis wendde zijn blik af, aan zijn voeten lag de voorpagina van *Volk en Staat*. Terwijl uit Londen's Kathedraal roetwolken en vlammen sloegen stond Churchill met een sigaar tussen de pruillippen en een lauwerkrans op de kale schedel een lier te betokkelen.

'Een nieuwsoortige Nero,' stond eronder.

Vlak onder het raam marcheerden Duitsers. Jongensachtige stemmen dwars door de dreun van de laarzen. Mama liep naar het raam, trok de overgordijnen een paar centimeter opzij, en loerde. Haar billen spanden in de zalmkleurige onderjurk.

'Pas op. Dat zij geen licht zien!'

'Dat ze mij dan maar in de bak steken.' Zij liet het gordijn los.

'Gij zijt zot!'

'Ja, maar niet van u!'

'Dat weet ik wel.' Zij schrok van zijn bittere stem en kwam naar hem toe met haar lauwe, weke geur. 'Het is niet waar, ventje, ik zei dat maar om iets te zeggen.' Zij wou misschien over zijn wang strelen, maar haar beweging was te bruusk, hij kreeg de muis van haar hand met een bonk tegen zijn wang.

'O!' riep ze. 'Doet het zeer? Nee, hé? Ik kan er niks aan doen. O, ik doe alles mis!' Vlakbij de spiegel onderzocht zij haar nek, haar schouders, duwde op de vlekken die intussen sterker rood waren geworden. 'Maar kijk toch, hier ook al!'

In de spiegel van de kleerkast stonden zij beiden als op een foto in *Cinémonde*, een warharige filmster met een gleuf tussen de borsten en een jongen in korte broek die onwettig in haar nabijheid vertoefde, schandelijk in haar slaapkamer gedrongen was, met een behaaglijke schuldige koortswarmte in zijn gehele lijf.

'Ga maar gauw naar beneden.'

'Waarom?' vroeg Louis.

'Kijk wat uw vader uitsteekt.'

'Ik kan toch nog een beetje hier blijven.'

'Nee,' zei zij traag, als tegen haar zin.

Louis gooide keitjes naar Bekka die wegsprong achter de brokkelmuur van een huis in puin. Hij trof haar één keer en de straat weergalmde van haar gejank en zijn gevreesde Sioux-triomfkreet. Zij beweerde dat een van haar konijneribbetjes gebroken was, hij wou als de eeuwig dronken dokter met hoge hoed in alle cowboy-films ausculteren, zij zei:

'Blijf van mijn vel.' Daarna liepen ze naar de gaarkeukens en kregen van de Duitsers een kom soep.

Bekka's vader had geschreven. Hij maakte het zeer goed in Essen, de barakken waren Vlaams, de keuken ook, hij kon elke week dertig mark naar huis sturen, hij vroeg om haarvet, twee stukken Sunlight zeep, een rozenkrans en broeksknopen van het model dat 'vrijgezelleknoop' heet en die je kunt indrukken.


De zaken van Papa gingen slecht, de Wallenaren lieten weinig drukken, er was weinig papier, voor elke vijftig kilo moest je een vergunning aanvragen maar of je haar kreeg?

'Ik zou u willen plezier doen, Staf, ge kent mij, maar ik krijg onder mijn kloten als ik u papier geef zonder dat ge een lidkaart hebt van het VNV of DEVLag of van 't een of 't ander.'

'Maar ik heb alzeleven op kop gelopen, vlakbij de Vlaamse Leeuw, op de eerste rij, daar zijn foto's van, ik kan ze u laten zien. En de IJzerbedevaart, ik heb er niet één gemist!'

'Een lidkaart, Staf.'

'Moet ik droog brood eten, ik die voor Vlaanderen gevochten heb tegen de gendarmes?'

'Maar waarom wordt ge geen lid, dat versta ik niet, gij die een Vlaming zijt in hart en nieren?'

Onmachtige verwensingen slakend stormde Pa het kantoor uit. Maar Peter bleef onvermurwbaar. Als Papa lid werd, trok Peter zijn handen van hem af, 'en ik zal een keer die hele pak schuldbriefkes bovenhalen.'

'Maar, vader, dat gold vóór de oorlog, omdat we dan miserie konden krijgen met de Belgische Staat en 't Katholiek Onderwijs, maar nu gaat Vlaanderen zijn vleugels uitslaan, waarom mag ik er niet bij zijn?'

'Staf, beloofd is beloofd. Ge hebt het gezworen de dag dat ik u die lening van honderdduizend gegeven heb. Zoals ik heb moeten zweren aan de bisschop dat geen kind van mij officieel lid zou worden van een anti-Belgische groepering.'

'Ik zou hem kunnen vermoorden,' zei Papa thuis en 'ik zou in mijn recht zijn, wettelijke zelfverdediging, want hij wil mij en mijn huishouden verhongeren.'

'Wie? Peter?' vroeg Louis.

'De bisschop van Brugge. En dat is verre familie van ons! En dat legt dossiers aan over wie lid is van Dit of Dat. Ze moeten geen kwaad spreken van de Gestapo of van de Gepeoe, 't is even erg.'

'Wij moeten onze Kerkelijke Oversten eerbiedigen en beminnen en gehoorzamen en helpen in hun geestelijke bediening.'

'Louis, leer uw les en zwijg!'

'Dat *is* de achtste les, Papa.'

'Hoe zo?'

'Van de catechismus.'

Papa glariede en begon in *Gejaagd door de wind* te lezen, maar Mama rukte het boek uit zijn handen. 'Ik ben er aan bezig.' Hij begon voor de vierde keer aan *De Vlaschaard* van Stijn Streuvels. Om het spook van de armoede en de hongerdood van de gevel in de Oudenaardse Steenweg te verjagen werd besloten dat Mama zou gaan werken. Door voorspraak van mijnheer de Deken kreeg zij een baan in de ERLA, zij werd secretaresse van de directeur, Herr Lausengier, en sprak binnen een maand vlot Duits. Ook met de naamvallen. Zij werd slanker, schminkte zich uitdagender, maar proestte het niet meer uit.

In het café 'Groeninghe' waren Zwarte Brigade-mannen aan het kaartspelen. Marnix de Puydt en zijn kornuit Leevaert zaten achter de palmen die het zijkamertje van het café scheidden. Beiden waren rood aangelopen. Marnix de Puydt's vlinderdas droop, zijn welig krulhaar lag in slierten over zijn voorhoofd. 'Houzee!' prevelde hij.

'Houzee,' zei Papa.

'Een whisky, Staf?'
'Nee, bedankt. Twee limonades, Noël!'
'Dokter Borms,' zei Marnix de Puydt, 'voor wie ik de eer heb gehad te stemmen toen hij in de Belgische gevangenis zat in 't jaar Achtentwintig, vergeet de dichter niet die hem trouw is gebleven en vanavond, Staf, drink ik op zijn gezondheid, maar niet met een limonade.'
'Noël, breng mij een Geuze!' riep Papa. 'Als 't voor Borms is, ja dan...'
'Dokter Borms heeft mij de eer gedaan mij te vragen te willen zetelen in de commissie voor de terugbetaling van de activisten van Veertien-Achttien om uit te rekenen wat die mensen die voor Vlaanderen geleden hebben toekomt. Ik zal niet schromen rechtvaardig te zijn.'
'Ik weet niet of het een goed gedacht is,' zei Leevaert, persoonlijke vijand van Peter die hem een kwaad hart toedroeg omdat hij zijn vrouw Lea sloeg. Volgens Bomama was Peter ooit van plan geweest om met Lea naar de Côte d'Azur te vertrekken waar Lea's zuster een villa had, die leeg stond 's winters.
'Waarom niet, renegaat?' riep De Puydt.
'Waarom moeten we in het openbaar de activisten verbinden aan de ontplooiing van het hele Vlaamse Volk die we nu kunnen verhopen?'
'Verhopen? Verkopen!' schreeuwde De Puydt. Een van de Zwarte Brigade-mannen die aan het kaarten waren riep nog harder: 'Helà, een beetje kalm.' Zijn buurman die twee zilveren strepen had over de schouderpassanten zei: 'Puydt, ge zoudt beter naar huis gaan en daar dichten, zonder u te zwichten en zonder uw gat op te lichten.'
De Puydt keek het bulderend café hooghartig aan, hij plooide een palm opzij, een zwetende rode dwerg in de jungle, en stak een dreigende wijsvinger op. 'Ik tolereer niet dat in dit huis de herinnering aan het activisme belaagd wordt. De activisten hebben de grondstenen gelegd...' De rest ging verloren in het hoongelach en gejouw. Marnix de Puydt legde zijn klissen en natte krullen tegen zijn voor-

arm op de tafel. 'Mijn volk, mijn volk,' zei hij gesmoord.

'Marnix,' zei Papa. 'Er was laatst sprake van uw voordracht in Wannegem, iets over Cyriel Verschaeve, meen ik, en dat ge daar affiches en programma's en strooibriefjes voor nodig had. En aangezien ik nu juist een gat heb van een paar dagen en dat mijn machine toch in de rode inkt staat, dacht ik dat wij daar misschien nu een momentje... Ik heb een aantal modellen meegebracht!' Het oude vrouwengezicht rees. 'Modellen? Wáár? Ik zal ze toetsen aan het volmaakte, aan de canon van de schoonheid!'

'Aan uw kanon zeker!' riep de blokleider van de Zwarte Brigade.

De Kei duwde Louis een rol beschuit in de hand. 'Hier, ik heb het makkelijker dan u om te vasten. Ik ben het gewend. Uiteraard heb ik daarom ook minder verdienste.'

'Dank u, Eerwaarde.' Hij brokkelde een beschuit af, het broze kruimelig schuim smolt meteen in zijn mond.

'Ik dacht dat uw eerste gedachte zou zijn om dit met uw boezemvriend De Potter te delen.'

'Ge hebt gelijk, Eerwaarde. Ik dacht er niet aan.'

'Het is niet erg, maar ik meende dat hij u na aan het hart lag.'

'Maurice is nog een kind.'

'Misschien dat ge hem daarom nog meer moet verwennen.' Door de zwarthoornen bril leek zijn oog tweemaal zo groot. Toch lijkt hij mij niet te zien. Of ziet hij mij omgekeerd? Peter zei: 'Haal het oog van een watersalamander weg zodat de zenuw van het oog naar de hersenen kapot is, en zet dan het oog er omgekeerd in, dan groeit de zenuw terug, maar het dier zal alles omgekeerd zien.' Louis wou dat hij kwiek en makkelijk op zijn hoofd kon staan, zoals Vlieghe ooit.

'Waarom lacht gij?' vroeg de Kei.

'Zo maar. Het spijt mij.'

'Ach lach maar,' zei de Kei ongewoon mild. 'Een zo ernstig man als de Heilige Jeroom lachte ook vaak, zegt men, zonder reden. Zo ook, denk ik, lacht God soms. Want als hij de donkerte in ons is, moet hij ook het licht in ons zijn. Dus ook soms onze vreugde.' Ineens zoals af en toe tijdens de Latijnse les of de godsdienstles overviel hem vermoeidheid, een vleugellamheid die te wijten was aan zijn overmatig vasten, bidden, boete doen.

'Hoe méér en scherper ik naar u kijk, hoe minder ik mezelf kan zien. Dat maakt het me moeilijk om mezelf nederig te blijven beminnen in Jezus-Christus.'

Zoals gewoonlijk vluchtte de Kei ineens. Hij liep langs de jongens die vervaarlijk dichtbij de prille boompjes stoeiden die in vierkante tapijtjes aarde tussen de tegels van de speelplaats stonden.

Er werd verteld dat de Kei's moeder in haar doodsstrijd aldoor riep: 'Kei, Kei, waar zijt gij?' terwijl zij normaal tot haar zoon had moeten roepen: 'Evariste, Evariste, waar zijt gij?'

Bomama klaagde over het kleffe brood en de glazige aardappelen. Terwijl volgens haar Peter en zijn kornuiten banketten aanrichtten in het huis van de textielfabrikant Groothuis, waar er niet alleen gevreten werd tot men omverviel maar waar ook na de crème caramel en de champagne vrouwen op de schoot van mannen kropen.

Tante Hélène was opgewekt want er mocht weer gedanst worden in de Swing-Club Flandria op zaterdag en zondag. 'Wat ziet zij toch in die negerdansen? Zij is toch niet zo opgevoed?' zei Papa. Nonkel Florent vormde een toeter met zijn hand en deed een saxofoon na.

'Wanneer gaat gij een keer volwassen worden?' blafte Papa naar zijn jongste broer.

'Volgende week,' (want dan ging hij naar Bremen werken, samen met Nonkel Leon die zijn damspel en zijn waterverfdoos zou meenemen natuurlijk).

'Zoudt ge dat wel doen, Florent?' zei Mama. 'Ik kan u toch gemakkelijk in de ERLA onderbrengen.'

'Nee, Constance. Als ik dan toch mijn boterham moet verdienen, dan zie ik liever nog iets van de wereld.'

'En hij leert een stiel. Bankwerker of frezer of electriciën, dat komt toch altijd van pas, later,' zei Tante Hélène.

Nonkel Leon knipoogde achter de rug van Tante Nora. 'En wij zijn van ons vrouwvolk af. 't Gaat ons deugd doen om een keer andere soep te proeven. 't Kan niet alle dagen preisoep zijn. Het is ons beloofd: hoog loon, gelijke rechten als de Duitse arbeidskameraden, gelegenheid voor sport en vermaak. Vermaak, wat wil dat zeggen? Dat ze zorgen voor wat een jong manmens nodig heeft.'

'Als ge maar proper terugkomt,' zei Tante Nora.

'Voortdurend medische controle,' zei Nonkel Florent. ''t Staat op de affiches.'

Tante Mona zuchtte. 'Als ik onze Cecile niet had met haar danslessen, ik vertrok direct. Als typiste. De Duitsers zijn charmant, galant. Zij weten hoe dat een vrouw behandeld moet worden.'

Met zijn door de Kei zo zijdelings fnuikend nonchalant aangevochten vriend Maurice de Potter (eerste in latijn en wiskunde, hoe kan het anders als je vier-vijf lessen leert vóór dat de klas er aan toe is en als je alles onthoudt?) belde Louis aan bij Marnix—Commissielid voor Herstelbetaling—de Puydt. Louis had de drukproef bij zich van een strooibiljet. In rondo cursief bovenaan in corps 8 tussen aanhalingstekens: 'Mij worgt mijn wijdheid, ik stik van eindeloosheid, Cyriel Verschaeve.' In het midden, in de gerekte Hidalgo met forse voet: Vlaanderen, werkelijkheid en oerbeeld. In de Egmont daaronder: Voordracht door de heer M. de Puydt, dichter en toneelauteur. Onderaan, in Rondo cursief corps 12: Ingang vrij. Zaal Groeninghe, Wannegem. De datum had Papa vergeten te noteren.

De dichter gleed hen vóór op roodleren slofjes zonder hiel, hij knoopte de gevlochten ceintuur van zijn kamerjas goed vast, schikte zijn haar.

De eetkamer hing vol met portretten van bejaarden met baarden en brillen, zij leken op elkaar, weldoorvoed, borstelige wenkbrauwen, peinzend. Louis herkende Ernest Claes. En Stijn Streuvels uiteraard, die hing ook bij Papa in het atelier. (Want het geheim van Papa is dat hij Boer Vermeulen, de nukkige grimmige grijsaard uit *De Vlaschaard*, nadoet, die rots van boerentrots, doorploegd door de storm van het leven als een akker, enzovoort.)

'Dat zijn allemaal Vlaamse Koppen, hé, Meneer de Puydt?'

'Aan wie zegt ge het?' Hij stak een stenen pijp tussen zijn natte smakkende lippen. 'Ik heb gelukkig de gave van bewondering. In dit land bewondert men niet genoeg. Kenmerk van een klein land. Daarom is de titel van Verschaeve zo verheffend, *Uren Bewondering*.'

Zijn kuiten waren haarloos en papierwit, de enkels hadden een violetachtige gloed. Hij hield de drukproef vlak tegen zijn neus.

'Uitstekende arbeid, uw vader is een begenadigd artiest, in de lijn van onze grote drukkers die helaas in onze rampzalige Spaanse tijd naar Holland zijn getrokken.'

'Staan er fouten in?'

'Met de beste wil van de wereld... nee, geen fout te ontwaren.'

'Maar moet de datum van uw voordracht er...'

'Godverdomme, natuurlijk, dedju, dat hadden wij bijna... dedju!...

Hij ging aan de tafel zitten, het kleed had overal brandgaatjes, hij hijgde alsof hij de 500 meter had gelopen. Maurice zei nooit wat, dus nu ook niet, maar hij was wel onder de indruk.

'Zet u, zet u.'

'Derangeren wij u niet?'

'Jongeman, ik heb de hele nacht gewrocht, een zekere verpozing is me zeker toegestaan. Alhoewel... verpozen... als dat zou kunnen... is de grondtoon van de mens niet het irrequietum?' Gelukkig wachtte hij niet op een antwoord, hij blies felle rookwalmen in Maurice's snufferd.

'Ik zou u met genoegen enkele passages voorlezen uit het derde bedrijf van het stuk dat mij thans bezighoudt, een nogal nauwkeurige evocatie van Zannekin. Dokter Leevaert die een eminent kenner is van de veertiende eeuw verzekert mij dat ik de historische waarheid geen geweld aan doe, maar, jongens, ik ben óp. Alhoewel ik me realiseer dat gij, de jeugd van Vlaanderen, er alle belang bij zoudt hebben kennis te nemen van mijn kijk op ons verleden. Gij leest toch boeken, ik bedoel, naast uw verplichte schoollectuur?'

Zij knikten beiden gedwee. Maurice zat ongemakkelijk te draaien op zijn stoel, moest waarschijnlijk plassen. Van de weeromstuit moest Louis ook ineens zeer dringend.

'Help me onthouden dat ik u straks mijn *Psalmen en Palinodieën* moet meegeven, ge zult sommige hexameters beslist amusant vinden. En het is spijtig dat de uitgeverij de Kogge mij deerlijk in de steek heeft gelaten, vanwege zogezegde papierschaarste, anders had ik u als primeur mijn *Dood van Descartes* kunnen overhandigen, vijf bedrijven, waarin ik, vanuit de Germaanse gedachte definitief afreken met het Latijnse quasi-geredeneer dat ons volk, via de Franse overheersing, zo lamentabel heeft verschraald, om niet te zeggen verdord.'

Zonder adem te halen, brulde hij: 'Ma-ri-a!'

Een graatmager wezen, een honderdjarig weeskind in een krakerig wit schort, verscheen en keek Louis aan met een blik vol haat.

'Maria, schenk die jonge gasten een portootje in! Het is wel niet van hun jaren, maar wij kunnen ze niet vroeg genoeg losbandigheid leren, wie weet wat de dag van morgen brengt, nietwaar, heren?' Zij schonk in. De port was mierzoet en lauw.

'En?'

'Een beetje te warm,' zei Maurice.

De Puydt nipte. ''t Is godverdomme nog waar ook. Maria, zet die fles direct in de kelder. Nee, laat maar. Hoeveel staan er nog in de kelder?'

'Vier.'

'Er is hier iemand die achter mijn rug...' Met een dreun die de Vlaamse Koppen aan de muur deed trillen sloeg zij de deur dicht.

'Zij drinkt,' fluisterde Marnix de Puydt. 'Van mij mag ze, maar niet van deze porto. Want ik heb er twaalf flessen van gekregen na mijn recital bij mijnheer Groothuis.'

'Mijn grootvader heeft er mij over gesproken,' zei Louis, 'hij vond het prachtig.'

'Ja, onze Seynaeve heeft een zwak voor Debussy.'

De Puydt schonk zijn glaasje weer vol en dronk het in één slok leeg.

'Mijn vriend Joris Diels van de Koninklijke Nederlandse Schouwburg in Antwerpen heeft mijn *Dood van Descartes* uiteraard als eerste in het manuscript doorgenomen en heeft er mij oprecht mee gecomplimenteerd.'

'Is het in vijf bedrijven?' vroeg Louis, want hij moest toch iets zeggen, zeker in aanwezigheid van Maurice-de-stille.

De Puydt knikte lang. Hij dronk van de fles. 'Ik zie u denken, jongeman, is dat niet al te klassiek? En dan antwoord ik u, ja, het is klassiek, de tijd van het experiment is achter de rug, thans breekt de tijd aan van de re-con-structie, niet alleen van onze gemeenschap, maar ook van zijn vormen. Ik heb recht van spreken, want ik kom uit het kamp van de durvers, van hen die de grenzen van de taal hebben verlegd, in het spoor van mijn betreurde kompaan Van Ostaijen. Wat mij onder andere de eer heeft verschaft niet opgenomen te zijn in *Zuid en Noord* van Pater Evarist Bauwens Esjee, noch in *De Gouden Poort* van mijnheer de socialist Julien Kuypers. Het eerste kan ik verstaan, onze goede pastoor heeft duidelijk last van mijn eerder libertijnse en frivole aanpak, het tweede kan ik alleen maar uitleggen

door het feit dat ik niet behoor tot de genootschap van de
Grote Doofstommen, als gij begrijpt wat ik bedoel.'

Hij nam twee forse gulpen van de buikige fles.

De Grote Doofstommen? Ik moet dit aan... ja, aan wie
kan ik dit vragen? Louis merkte dat Maurice die alles wist
dit ook niet wist. 'Mijn *Dood van Descartes*, eigenlijk 'Dood
áán Descartes' is niet in alexandrijnen, nee, wees niet bang,
ik begeef me niet op het terrein van Verschaeve, het is ook
niet vervuld van het heimwee van de ziel dat grondvest,
inslag en drijfveer is van vele kunst, nee, het is eerder, bijna,
in een zekere zin, en nu gaat ge schrikken, een klassieke
komedie.'

Maurice deed alsof hij schrok. 'Over Descartes?'

De Puydt knorde van plezier en sloeg zijn papierwitte
benen over elkaar. 'Ja, ja! Ik hoef u de levensloop van Descartes niet te schetsen, die werd u voortreffelijk bijgebracht
door uw leraars van het College, maar toch wil ik u wijzen
op de hoogst bizarre laatste maanden van zijn bestaan, toen
hij na die ellendige omzwervingen waarbij hij vervolgd
werd door allerlei klerikaal tuig, asiel gezocht had bij
Koningin Christina.'

Maria duwde de deur op een kier en zei: 'Het vertrek is
verstopt.'

'Weeral!' kreet De Puydt. 'Maar Maria, wat steekt ge
toch uit?'

'Ik?' De oeroude versleten engel in weesuniform klappertandde.

'Ja, gij, wie anders?'

Maria's tandeloze grijns spleet haar gezicht. 'Het is Amadeus geweest!'

'Lieg niet! Mijn zoon beschuldigen, hoe durft ge?'

Ze bleef grijnzen. 'Dan is het Madame geweest.'

Die mogelijkheid deed De Puydt nadenken. Hij frummelde aan de panden van zijn kamerjas, trok ze over zijn
knieën.

'Wij hebben het al eerder meegemaakt,' drong Maria aan
met een hels genot, 'verleden jaar, met Madame, weet ge

wel, dat het verstopt was van ge weet wel.'

'Maria, laat ons gerust met die vrouwevodden, alstublieft! Zorg dat dat geregeld wordt, punt uit...'

'Ik ga proberen met een borstel,' zei Maria.

'De Koningin van Zweden,' zei De Puydt, 'had niet alleen een merkwaardige geesteskracht maar eveneens een zonderling karakter waardoor de vrouwelijke vodden, eh, charmes die zij ongetwijfeld had, vaak verdrongen werden door wat we bij uitstek mannelijke trekjes mogen noemen, bijvoorbeeld de neiging die wij mannen hebben om de grenzen van het menselijk vernuft, maar ook die van het lichaamsvermogen te verkennen. Zij reed te paard om maar iets te noemen, om vier uur 's ochtends, in de ijzige kou.

Nu was Descartes, die zoals ge weet, eigenlijk Du Perron heette, ja, zoals de Hollandse essayist die verleden jaar gestorven is en ons, Vlamingen, veel schade heeft berokkend door zijn fnuikend scepticisme, zijn laatdunkend Parisianisme, nu was Descartes Latijns uiteraard, Latijnser kon niet, kijk maar eens aandachtig naar zijn portret door Frans Hals, leverziek olijfkleurig ravenzwart, en dus helemaal niet bestand tegen het ijzige noordelijke klimaat, de man die al gevoelig was voor tocht, *vide* zijn brieven, rilde daar in het hoge Noorden van 's ochtends tot 's avonds, blauw van de kou...' De Puydt trok de kraag van zijn kamerjas dicht alsof hij zich wou wurgen, en begon met opgetrokken schouders te beven, liet de jas toen los en wiegde met een haarloos bleek been. 'Maar onze vrouwelijke Viking van een Koningin Christina was onverbiddelijk. Zij eiste dat hij bij dageraad al te paard zat en rijdende zou uitleggen hoe dat precies zat met twee ongelijksoortige substanties als materie en bewustzijn, en kon hij anders, zij, Koningin zijnde...'

'Nee,' zei Maurice, opgewondener dan Louis hem ooit had gezien.

'Nee!' schreeuwde De Puydt als in het café 'Groeninghe'. De fles port was leeg, zijn wijsvinger gleed langs de binnenkant van zijn glas, hij likte aan zijn vinger.

'Dus is hij gestorven, dat gebeurt in het vijfde bedrijf

waarin even een glimp wordt getoond van het laatste dat de arme man heeft geconcipieerd, namelijk geen wiskundig of filosofisch traktaat maar een ballet met rijmende verzen, de Triomf van de Vrede, nimfen van allerlei model verschijnen dansend ten tonele, dat vindt het publiek dat niet altijd mijn veelvuldige historische nuanceringen zal kunnen volgen een welkome afleiding, maar ondertussen, in een hoekje, spuwt Descartes bloed terwijl hij moet erkennen dat zijn kronkelige intelligentie van Latijnse oorsprong dorheid is, de elegantie van de verstening...'

'Hij dacht dat de lucht vloeibaar was,' zei Maurice de Potter. 'De zon en de sterren waren ook vloeibaar, anders konden zij niet bestaan, dacht hij.'

'Dat dacht hij, ja,' zei De Puydt korzelig. 'En precies deze aberraties in zijn denken worden vernietigd door de levenskracht, de bloedstroom zelf van Koningin Christina. Men kan zich ook afvragen of René, Sieur du Perron Descartes, naar zijn portret door Hals te oordelen, niet joods was, maar ik heb er toch van afgezien om dit te beklemtonen, het is het ogenblik niet.'

Louis en Bekka waren vergeten welke spelletjes zij deden in de kleiputten of ze waren ze ontgroeid. Zij hingen rond, gooiden met keitjes maar niet te ver, want in hun okeren paradijs vol klippen en groeven wandelden Duitse ingenieurs rond, in rubberlaarzen, met meetinstrumenten. Bekka miste haar broer die bij zijn grootouders in Roeselare ondergebracht was, een onbereikbare stad waar tapijtwevers en borstelmakers met een olijfkleurige teint woonden die men Egyptenaren noemde.

Op een dag dook Vuile Sef op bij de houten barak, met zijn beide handen in vuile windsels.

'Ik zit in de 'Patria', ik trek mij niks aan, ik zit mijn gazet te lezen en die Zwarte Brigade-mannen komen binnen, moortelzat, zij kwamen van een feestje, zij zingen en in een keer is er één, Schaarleider noemden ze hem, die naar mij komt en zegt: "Hoe komt dat dat ge niet groet als wij binnenkomen!" Ik zeg: "Houzee, Kameraad..." en ik steek mijn arm in de lucht. "Dat is niet reglementair," zegt hij, "ge moet eerst rechtstaan en uw arm gestrekt houden." Ik zeg: "Gestrekt? Maar uw Führer doet het zo!" Met een slag naar achter. "Allee, rechtstaan!" zegt hij. Ik zeg: "Ventje, loop naar de kloten", en dan hebben zij mij vastgepakt, ik moest mijn handen op de tafel leggen en met hun matrak hebben ze mijn handen kapotgeslagen.'

'Het gaat verzweren,' zei Bekka.

'Mijn vrienden zeggen dat ik naar de politie moet gaan. Maar zij kennen mij, bij de politie. Ik heb geen getuigschrift van goed gedrag en zeden. Hoe is het met uw broer?'

'Hij is bij mijn grootmoeder.'

'Heeft hij daar genoeg te eten?'

'Het is daarom dat hij daar naar toe is.'

'Ik had voor hem kunnen zorgen. Hij zou niks te kort gekomen zijn.'

'Ge kunt voor Louis zorgen,' zegt Bekka veelbetekenend, honds gevaarlijk heksje.

'Alstublieft!' riep Louis.

Over het stilstaand water van de poel, over het groene vlies daalden zwermen libellen met hun geaderde vleugels, hun metaalkleurige lijven waar het licht in vonkte.

'Gij wordt een kloeke beer,' zei Vuile Sef. Louis haalde zijn schouders op. Als de viezerik denkt dat ik als plaatsvervanger van Tetje zal dienen.

'Wat leert ge in 't College?'

'Latijns-Grieks.'

'Gij gaat toch nooit pastoor worden?'

'Hij!' zei Bekka schamper, het maakte Louis blij.

'Ik ga schrijver worden lijk Cyriel Verschaeve of Guido Gezelle.'

'Maar dat zijn pastoors!'

Zijn blunder was hemelhoog. 'Bemoei u niet met mij,' snauwde Louis.

'Wij kunnen daar toch over discuteren. Uw toekomst, dat is toch van belang. Als er zich iemand met mijn toekomst beziggehouden had op uwe ouderdom, dan was alles anders gelopen met mij. Waarover gaat ge schrijven? Over 't boerenleven en zo?'

'Nee, meer als Jack London.'

'Schrijver,' zei Vuile Sef. 'Ge gaat het zout in uwe pap niet verdienen. Kijk naar meneer Vrielynck.'

Meneer Vrielynck was een krakkemikkige grijsaard met een breedgerande zwarte hoed op geelwitte schouderlange klissen, die de Vlaamse taal bestudeerd had tot hij er bijna blind van geworden was. Hij kwam vaak langs de Filips van Elzaslaan, met zijn witte stok. Kinderen liepen joelend achter hem aan en tikten tegen zijn groezelige zwarte jas, riepen: 'Het Leeuw, het Leeuw!' omdat hij ooit in Radio-Walle een oproep gedaan had om het embleem van de Leeuw van Vlaanderen, op vlag of schild of boek, *Het* Leeuw te noemen, daar het dier dan geen geslacht had, een begrip was, dus onzijdig.

'Wat heeft meneer Vrielynck eraan overgehouden? Een medaille van de stad, dat is alles.' Vuile Sef veegde zijn gezicht af met de vuile flarden linnen aan zijn hand.

'Wat geeft dat?' riep Louis. (Als ik maar ooit in sepiakleur afgebeeld word, achteraan omdat ik de jongste ben, in het Standaardwerk *Vlaamse Koppen*, pijp in de mond, hoofd schuin, één vinger diep in de rechterwang gedrukt, een verdrietige blik. Misschien een snor. Nee, een korte baard.)

Vuile Sef: 'Die Zwarte Brigade-kerels kan ik in een zekere zin verstaan. Volgens ik hoorde hadden ze teveel gedronken omdat ze triestig waren dat hun leider Staf de Clercq het niet lang meer zal trekken, met zijn kanker van de lever.'

Mama die gezien had hoe hij afscheid nam van Bekka vóór haar huis, zei: 'Dat meisje hangt aan onze Louis! Er gaat daar

nog iets schoons van komen, hé, Louis?'
'Schei uit, Mama.'
'Ja, schei uit, Constance.'
Mama had iets vrolijks in die dagen, zij kwam dikwijls laat thuis omdat zij verplicht was met Herr Lausengier en zijn medewerkers in het restaurant 'De Gouden Kroon' op de Markt te dineren, waarbij, echt Duits, dossiers doorgenomen werden. Mama zei ook af en toe midden in een Vlaamse zin woorden als 'zweifellos', 'wunderbar' of het rare 'ähnlich'.

'Profiteer ervan, Constance,' zei Tante Nora. 'Ge zijt maar één keer jong in uw leven.'

'Zij zijn zo correct,' zei Mama, 'ge hebt er geen idee van, het is altijd van Frau Seynaeve alvoor, Frau Seynaeve vanachter.'

'Hoe? Zeggen ze geen Constance tegen u?' vroeg Papa.
'Een enkele keer,' gaf Mama toe.


De Kei had het over Lucretius die door de theologen van zijn tijd uitgescholden werd voor dolle hond. De heilige Jeroom was iets genuanceerder geweest in zijn oordeel. Volgens hem was Lucretius waanzinnig geworden door een liefdesdrank.

De leerlingen lachten onderdanig.

'*Clinamen*,' de Kei schreef het ongeduldig met hoekige letters op het bord. '*Clinamen*,' Louis deed zijn best om aandachtig te zijn, maar het was heet in de klas, hij had ook het gevoel dat de Kei de hele les uitsluitend voor hem bestemde, de soms verdubbelende ogen achter de glazen zwommen in doorschijnende olie, achtervolgden hem. *Clinamen*, de afwijking die steeds aanwezig is. In de beweging van de lichamen. Waardoor zij ontsnappen aan het noodlot. Wie kon het wat schelen? *Clinamen* ook zijnde de verbuiging. Wat de syntaxis toelaat. Let toch op. Toelaat dat de woorden in hun kleinste gemene delen. Gemene delen, slaat dit op mij? Verbogen worden. Verboden gemene delen. Van functie veranderen.

Volgens mij is deze Kei een of ander voordracht aan het voorbereiden en aan het uitproberen op deze slaafse klas vol proefkonijnen die dit onbegrijpelijk getetter aanvaarden. Een lezing die hij straks voor geleerde pijprokende priesters zal houden.

'Zodat wij misschien mogen besluiten dat de meeste levensbeschouwingen esthetisch zijn en daar niet willen voor uitkomen.' De bel ging, precies op tijd, op de laatste lettergreep.

'Ge waart aan het dromen,' zei de Kei op de speelplaats.

'Gij geeft lessen die de jongens niet begrijpen.'

'De jongens?'

'Ik ook niet. Dit is niet van onze leeftijd.'

'Op uw leeftijd sprak men vroeger al vloeiend Grieks en Latijn.'

'Vroeger, vroeger,' zei Louis. Sommige jongens stonden op een afstand naar hen beiden te kijken—vooral naar mij, de favoriete hoveling.

'*Plus est en vous*,' zei de Kei.

'Gij wilt maar één ding, dat ik een Jezuïet word.'

'Ik wil niet. Ik hoop.'

'Toch zijt gij niet gelukkig.' (Als tegen een Hottentot, in een fort waar Zusters zonder geweren, op wacht stonden.)

'Ik denk niet in dergelijke categorieën. Alhoewel ik gelukkiger zou zijn als gij wat meer eerbied had voor de mogelijkheden die de Heer u geschonken heeft.'

'Meer dan aan de anderen?'

'Louis, waarom wilt ge niet leren? Waarom, zoals men nu zo grif proclameert, de natuur laten betijen, elke impuls zijn loop laten, kracht, machtswellust, vernietiging, alles wat de natuur en de oorlog verheerlijkt, zo weerstandsloos aanvaarden?'

'Wie proclameert dat?'

'Onze nieuwe heersers,' zei de Kei. 'Zij verheerlijken het bloed. Zij willen terug naar een donker, bloedbespat verleden. Merkt gij dat dan niet?'

'Wat moet ik daartegenover stellen? Versterving?'

'Niet schamper doen. Niet tegen mij.'

Er ontstond beroering op de speelplaats. Een krijsend varken, maal tien, doordringend gepiep en geklaag, de leerlingen en een paar priesters renden, duwden tegen elkaar bij een boompje. Maurice de Potter was bij het tikje-spelen in volle vaart over een richel in de tegels gestruikeld en voorovergevallen op een der punten van het ijzeren hek dat een jong boompje beschermde, de hartvormige punt was door zijn linker oog gedrongen, Maurice bleef, met het hoofd gespietst en met de armen om het hek geklemd, half liggen, half hangen, een onbekende, spierwit. Liep het oog leeg? Lag het op zijn wang? Maurice werd door de tegen elkaar botsende priesters en leerlingen die gilden als tijdens de bombardementen in het begin van de oorlog, losgehaakt, weggedragen. Een aantal leerlingen van de Vijfde Latijnse gingen als een meute de dikke Voordekkers te lijf die Maurice achternagezeten had.


Met zijn klas defileerde Louis langs het opgebaarde lijk van was met het zwarte lapje voor de ogen, de wijdgesperde neusvleugels waarin propjes watten zaten.

'Pak zijn hand vast, Louis,' zei Maurice's moeder, 'ge moet niet benauwd zijn, het was toch uw kameraad.'

Hij verbeeldde zich dat de hand, koel rubber, van binnen uit kou uitstraalde, dat het besmettelijk was, dat de tere gevelde zeerover de lucht van de dood naar hem toeblies uit de bijna doorschijnende lippen, die zeiden dat ook de sterren vloeibaar waren.

Maurice's moeder zat met een elleboog op de rand van de kist. ' 't Is lijk of dat hij slaapt, hé, Louis?' Sporen van lippenstift in haar mondhoeken. Daarnet nog bijgewerkt, terwijl ze weet dat haar kind het niet meer kan zien. Tenzij de dag des Oordeels vanavond afgekondigd werd. Ik moet rouwen. Timmer die kist toch dicht. Waar is zijn schrift waarin hij de foto's van piloten uit *Der Adler* plakte? Hij heeft een zweempje van een sarcastisch lachje, merkt men dat niet? Waarom verjaagt niemand die vlieg in zijn nek? Omdat hij het toch niet merkt. En als hij vanuit de hemel naar zichzelf keek?

'Dat deed hij zeker,' zei de Kei een paar dagen later in de kapel, achter hem viel een gespierde Jezus voor de tweede maal in het fresco van Dolf Zeebroeck, een van de beroemdheden van Walle, hij exposeert in Brussel, zijn doods- en geboorteprentjes worden tot in Amerika verkocht, het is modern maar het wordt toch veel gevraagd.

'Alhoewel ge dat niet letterlijk moet nemen,' zei de Kei snel, omdat hij het koppige, lastige, kittelorige van Louis opving. 'Ge kunt ook denken dat iemand na zijn dood een gedeelte wordt in het geheel van miljarden gedachten en gevoelens die in het Heelal zijn opgenomen, in het Principe zelf en dat dit een zeker bewustzijn niet uitsluit. Maar zoiets schampt natuurlijk op u af. Louis, ge zijt veel te terre-à-terre.'

'Het is Maurice die nu terre-à-terre is,' Louis voelde de slappe lach in zich opwellen en voor het eerst in jaren kreeg hij een klap. Zijn oor gonsde, de tranen sprongen in zijn ogen. Vertroebeld zag hij hoe de Kei een half beschermend, half afwerend gebaar maakte.

'Ik ben al weken in staat van doodzonde,' zei Louis.

'Dat wil ik niet horen.'

'Maar ge moet! Als zieleherder!'

'Wilt ge nog een draai om uw oren?'

Louis wenkte met zijn beweeglijke wijsvinger. Kom op. Zoals de jongens op de speelplaats deden vlak vóór het opwindend geworstel.

'Gedraag u, Louis Seynaeve, bij het altaar.'

'Ik geloof al weken niet in God.' (Omdat jij er dan de vertegenwoordiger, de on-blije boodschapper van zou zijn!) 'Ik heb gisteren nog de hostie in mijn hand uitgespuwd, er een balletje van gedraaid en er op gestampt.'

'Ge staat te liegen.'

'Ja,' zei Louis mat. (Want er is een kwaad dat God heet, het heeft doodsengelen, bijvoorbeeld die ene die Maurice heeft opgetild en tegen de ijzeren speerpunt heeft gespietst en die nu rondwiekt, zoekend, kwijlend van het jachtige speuren naar een nieuw vers kind, en er zijn ook de gelaarsde gehelmde getaande engelen in tanks en Stuka's die mogen doden zonder enige verantwoording.)

'Kniel,' beval de Kei en wees naar een bidstoel. 'En bid de Heer Jezus een dankgebed dat gij nog in leven zijt.' Hij stond achter Louis' rug en legde zijn hand op Louis' nek. 'Gij,' hoorde Louis. 'Gij!' Hij wilde overeindkomen maar de koele hand drukte. 'Gij die goed zijt en mooi, een evenbeeld van uw Schepper, gij wilt u aan het kwaad overleveren vanuit een opstandigheid die ik begrijp als geen ander.'

(De Duitse wetenschap heeft een dodende straal ontwikkeld, die overal doorheen kan, bij voorbeeld dwars door de baksteen en het plamuurwerk van mijn kamer, die straal is listig gemonteerd op de hoornen bril van die man achter mijn kwetsbare rug en zal mij elk ogenblik vastpinnen.)

'Gij zijt onrein. Zoals ik,' riep Louis in de kapel.

De vingers knelden om zijn nek. Vastgepind door Mingde-onverbiddelijke in zijn ruimteschip die net zo kaal is als de Kei en eenzelfde zwart uniform draagt! Louis werd Flash Gordon en draaide zich om, zag een beteuterde radeloze man met een bril scheef op zijn vlezige neus.

'Kus mijn kloten, Kei!' zei Louis en rende langs de moderne kruisweg naar het licht van de open deur. K, k, k, het was een stafrijm, een stapsteen waarop men steunt met de stemme, dixit Guido Gezelle.

Nonkel Robert, opgeleid door slager Spinei van de Doornikse wijk, begon al aardig de knepen van het slagersvak te kennen. Zijn paté was nog wat bitter, teveel lever, maar zijn hoofdvlees daarentegen...

Bomama zei dat Louis zijn huiswerk moest meebrengen.

'Als ge hier bij de stoof zoudt zitten en af en toe iets tegen mij zeggen, zou ik al meer dan content zijn.'

Op de dag dat hij met Nonkel Leon zou vertrekken naar Essen (of was het Bremen?) was Nonkel Florent niet op het station verschenen. Nonkel Leon, buiten zinnen, wou niet alleen vertrekken, maar getuigen hadden getuigd dat Tante Nora haar schijter van een vent letterlijk in de trein had geperst toen de koperblazers het 'Naar Wijd en Zijd' aanhieven.

Andere getuigen fluisterden dat Tante Mona minstens drie keer werd opgemerkt in de tearoom 'Michelangelo' met een piepjonge Gefreiter, die haar jas uit- en aangetrokken had als een volleerde gigolo.

'Liever een gigolo in mijn bed dan een baksteen.'

'O, gij, zotte mus,' lachte Mama en plots brak haar lach af.

Peter beweerde dat hij uit betrouwbare bron had vernomen, dat het binnenkort zou rommelen in het Oosten. Alhoewel hij moeilijk kon geloven dat Hitler Stalin zou aanvallen, zoals Mijnheer Tierenteyn zei, 'want een niet-aanvalspact dat wordt niet op water geschreven.'


Papa werd in de spreekkamer geleid. De wanden waren behangen met dikgeribbeld bruin papier dat antiek leer moest voorstellen. Papa gaf de Eerwaarde Heer Principaal een hand en hoorde het oordeel aan. Zijn zoon was onhandelbaar, een moreel gevaar voor de andere leerlingen want hij trachtte anderen te beïnvloeden. Het College voerde geduld en tolerantie in zijn vlag en had natuurlijk het diepste respect voor de stamvader van de Seynaeves, maar tenzij er een grondige verandering te bespeuren viel in de kortst mogelijke tijd samen met een openbare boetedoening zouden er maatregelen genomen worden, misschien wel de meest drastische. Tenslotte moest men, hoe vooruitstrevend het College ook soms genoemd werd, het reglement van hogere orde respecteren.

De Kei stond met gekruiste armen bij de schoorsteen, naast het marmeren borstbeeld van Kanunnik Germonprez die het College in 1814 weer tot bloei had gebracht na de schabouwelijke opheffing van de Jezuïetenorde ten jare 1773, heilige data.

'Orde,' zei Papa. 'Maar ik wil niets liever dan orde. Ik zal ervoor zorgen dat Louis ogenblikkelijk doet wat gij hem oplegt. Hij is christelijk opgevoed door ons, hij zal het verstaan en als hij het niet verstaat sla ik hem bont en blauw!'

In de theatrale drift hoorde Louis het gebedel. Van een baviaan om een banaan.

'Want van jongsaf aan hebben wij dat in de gaten gehouden, Mijnheer de Principaal! Een christelijk leven. Want ge gaat toch niet beweren dat wij hem naar het Sint Jozefinstituut in Haarbeke gezonden hebben om hem daar verkeerd te laten kweken?'

'Wat hebt gij te zeggen, Louis?' vroeg de principaal, een kantoorbediende met een gouden pince-nez.

'Antwoord als mijnheer de Principaal u iets vraagt,' brulde Papa. 'Hebben wij u niet opgevoed in de eerbied voor het priesterschap?'

'Als het Flaminganten waren, ja.'

Papa wreef over zijn schedel om daar de woedende brand te doven, hij richtte zich smekend tot de Kei die geen kik gaf, hij sloeg zijn handen tegen elkaar, de vingertoppen vormden een ogiefje.

'Het is goed dat de Eerwaarde Heren u door en door kennen, Louis, en dat zij verstaan dat gij een rare geestigaard zijt, soms. Hij heeft dat van zijn moeder, Mijnheer de Principaal, ik versta er mij ook niet aan haar, soms, aan haar rare grapjes.'

'Gij zoudt beter uw Pasen houden,' zei Louis vroom.

'Mijn Pasen... mijn Pasen...?' sputterde Papa.

'Gij hebt dit jaar uw Pasen niet gehouden.'

'Ik? ik? Ik mijn Pasen niet... Maar ik mag doodvallen voor uw voeten, Eerwaarde Heren, als...'

'Waar hebt ge uw Pasen gehouden, Papa?'

'In Frankrijk,' riep Papa. 'Ik ben speciaal naar Rijsel geweest omdat ik mijn Pasen in 't Frans wilde houden.'

Dit was zo kras dat de twee ongelovige priesters elkaar aankeken.

'Ja, ik weet het, het klinkt raar uit de mond van een overtuigde Vlaming, maar ze hadden mij gesignaleerd dat er in Rijsel een prediker was, een Dominicaan die zo magnifiek kon preken, een tweede Lacordaire als u dat iets zegt...'

'Wij hebben er over gehoord,' zei de principaal zalvend.

'Ge bedoelt toch de vriend van Lamennais die na de Revolutie in Marseille verkozen werd voor de Constitutionele Vergadering?' vroeg de Kei.

'Nee,' zei Papa, 'ik bedoel de Dominicaan.'

'Het is dezelfde,' zei Louis die de walgelijke mildheid achter de hoornen bril geraden had.

'Het is nu gelijk,' zei Papa, 'in ieder geval, hij heeft zo magnifiek gepreekt, ik was helemaal in de wolken, ik ben helemaal opgefrist uit de kerk gekomen, ik voelde de grond onder mijn voeten niet meer.'

Maar het kwaad was geschied, de Seynaeviaanse leugen werd vastgepind als een vlinder tegen het pseudo-Cordobaanse leer, en de principaal zei kortaf dat de zaak in beraad zou gehouden worden, ondertussen mocht Louis de grond van het College niet meer betreden. Voor hoelang? Hij zou bericht krijgen.

'De Heer zij met u,' zei de principaal, de Kei gaf Louis een boek mee, *Traité de la Considération* van de heilige Bernardus en zei dat Louis er een resumé van moest maken.

Onderweg naar huis sjokte Papa zwijgend vlak langs de gevels, alsof de last van de wereld op hem drukte. Thuis zakte hij, even verweesd, in de cosy-corner.

'Constance, vanaf vandaag geen spek met eieren meer. Vanaf vandaag moet iedere frank hier zes keer omgedraaid worden. Daar heeft dat kind van u voor gezorgd. Want het drukwerk van het College kan ik vanaf nu op mijn buik schrijven. Vanaf vandaag is 't hier in huis water en brood.'

'Met confiture,' zei Mama. 'Ik heb juist een potje gekregen vandaag, reine-claudes, van een nieuwe jonge gast, de zoon van een tandarts. Zij doen alles om goed te staan bij mij, want ze weten dat ik het ben die beslist of ze naar Duitsland moeten of niet.'

'Ze moeten toch allemaal naar Duitsland na hun opleiding.'

'Ge kunt dat rekken en trekken. Als ge maar goed staat met dokter Lausengier. Maar daarvoor moeten ze langs mij passeren.'

'Laat mij die confiture eens proeven,' zei Papa. (Maar hij smeekte: wie moet langs u passeren? Waarom, als ik binnenkom, hef je niet eens je satanisch mooi gezicht van poudre-de riz naar mij?) 'Zijn dat reine-claudes?' Hij smakte. 'Smaakt meer naar mirabellen.'


Waarom was Nonkel Florent niet komen opdagen, die fatale namiddag dat Tante Nora zo hardnekkig haar man naar het Beloofde Land stuurde en daarna, uit wroeging en om bij te komen van de zenuwen, met twee snikkende vrouwen die hun mannen hadden weggewuifd, naar het dichtstbijzijnde café getrokken was en daar van twee armzalige kleine en zwakke jenevertjes dronken was geworden, en haar enkel had verzwikt? Tante Nora wees dreigend in de lafaard zijn richting. 'Het is allemaal uw schuld, Florent. Kijk!' Haar been ging in de lucht. 'Dat gaat nooit meer genezen. Ik voel het. Ik heb te weinig kalk in mijn benen.'

'Ik kan er niks aan doen.'

'En ik die zijn valies gemaakt heb,' zei Bomama. 'Zijn scheergerief, zijn pyjama's, zijn ondergoed, zijn arbeidskaart, zijn paspoort, zijn mondharmonika...'

'Ik kon niet,' zei Nonkel Florent.

'Hij wilde mij niet alleen laten,' snerpte Bomama, gehuld in twee drie zwarte stofgebreide sjaals, alsof het sneeuwde buiten en niet dampte van de hitte.

'Ik geraakte niet weg. Ik dacht de hele tijd, het is niet mogelijk dat ik daar ga gaan werken.'

'Maar 't is wel goed genoeg voor mijn Leon!'

'Nora, uw Leon is gewoon om te werken voor een baas, zijn acht uurtjes te kloppen per dag en voor de rest te dammen en zijn aquarellen te verven. Ik kan dat niet.'

'Nee, ge kunt wel op mijn rug leven,' zei Bomama. 'Hij heeft vanavond voorzeker een kilo patatten binnen.'

'En Louis dan?' riep Nonkel Florent. Niemand kon zulke lekkere gebakken aardappelen klaarmaken als Tante Hélène. Bruine korstjes, op de rand van aangebrand. Met uiensaus. Louis voelde zijn buik spannen.

'Die jongen moet groeien!' schreeuwde Bomama.

'En ik moet krimpen zeker!'

'Hij wil zijn lief niet achterlaten.' Bomama grijnsde alsof zij een tussen haar weinige tanden achtergebleven kruidnagel van de koolsoep proefde, waarvan de geur in huis hing.

Tante Nora gnuifde. 'Hij gaat ze toch kwijtspelen. Is 't nog altijd die Jeannot van de coiffeur?'

'Laat Jeannot hier buiten.'

'Ik kwam haar tegen met Thiery de Waelhens, en 't was geen broer en zuster dat ze speelden.'

'Waar?'

'In 't park. 'k Dacht nog in mijn eigen: die twee, 't moet nog niet lang geleden zijn dat zij elkaar tegengekomen zijn, een zoet muziekje wordt wakker in hun hart.'

'Jeannot is te onnozel om te helpen donderen,' zei Nonkel Florent, en 'ik denk dat ik beter naar Frankrijk ga. Zij vragen chauffeurs voor de camions voor de Atlantikwal en een chauffeur verdient minstens...'

'Florent!'

'Ja, moeder?'

'Zeg wat dat ge in uw mouw hebt!' riep Bomama verschrikt en streng.

'Ik?'

'Ja, gij!'

'Van Normandië kunt ge gemakkelijk naar Engeland.'

De vrouwen waren doodstil. Bomama stak de hoek van een van haar sjaals in haar mond. Nonkel Florent keek Louis doordringend aan, het peukje danste op en neer tussen zijn lippen.

'O, gij, godverdomme,' bracht Tante Nora uit en Bomama sloeg meteen een kruisje.

'Louis ge moet zweren dat ge dat aan niemand, niemand...'

'Ik zweer het, Nonkel Florent.'

'Maar de zee zit vol onderzeeërs,' zei Bomama, 'en destroyers.' Zij kende het woord omdat zij af en toe zeeslag speelde met Louis, op de geruite blaadjes van zijn schrift.

'Ik had het kunnen peinzen,' zei Tante Nora. 'Eerst mijn Leon zot maken dat hij naar Duitsland vertrekt en dan zelf, lijk al de lafaards...'

'Maar als de Duitsers in Engeland binnenvallen, gaan ze u fusilleren!'

'Moeder, zij gaan nooit in Engeland geraken.'

'Tiens. Heeft Hitler u dat getelefoneerd?'

'Als hij direct gegaan was, dan...'

'Maar wat hebt ge daar te zoeken, in Engeland?' vroeg Tante Nora.

'Hij wil weg van huis.' Bomama's tranen glinsterden. 'Naar Duitsland of Engeland, het kan hem allemaal niet schelen, als hij maar weg kan van mij. En ik, ik maak nog zijn valies!'

'Hij heeft geen ideaal,' zei Louis.

'Ge hebt gelijk, Louis,' zei Tante Nora. 'Hij weet niet wat een ideaal is.'

'Ik ga geen oog meer toedoen van heel 't jaar!' riep Bomama.

Louis vertelde het aan Mama, die schrok. 'Wij gaan hem nooit meer weerzien. Een vogel voor de kat. Wij moeten zorgen dat uw Pa het niet te weten komt, hij is in staat om Florent te gaan aangeven op de *Kommandantur*.'

Papa vernam het drie dagen later, zijn broer was verdwenen met vier spelers van Stade Walle. 'Hij is altijd Engelsgezind geweest, met die Engelse sigaretten, en die Engelse liedjes van Aaiaaiaailoffjoe. Ik wil zijn naam niet meer horen in huis. En ik heb het altijd gezegd dat Stade Walle een club was waar dat er geen eer mee te halen was.'

De Duitsers gingen niet naar Engeland zoals zij zo tweestemmig hadden gezongen, marcherend in de Oudenaardse Steenweg, maar naar de andere kant, naar Joegoslavië en daarna naar Rusland, op de dag dat Louis zijn eerste golfbroek droeg, een donkerblauwe met groene spikkeltjes.

'Het moet voor Hitler een pak van zijn hart zijn dat hij Rusland naar de keel vliegt,' zei Papa. 'Want dat samengaan met Stalin, dat was toch tegen zijn gedacht, hij zat daar lelijk mee gewrongen, nu is het in het klare, hard tegen hard. Dat is zo, dat is zoals bij mij, als een man niet regelrecht zijn ideaal kan volgen krijgt hij maagzweren, dat wreekt zich.'

'Ben ik uw ideaal?' zei Mama vrolijk. ''t Is ook de eerste keer dat ik dat hoor.'

'Onnozel kieken,' zei Papa, en na een tijdje, bitter, 'De Engelsman zal content zijn. 't Is altijd hetzelfde. Heel de geschiedenis van de wereld bewijst het. De Engelsman laat de anderen voor hem opdraaien. Nu zijn het de Russen die de kastanjes uit het vuur halen voor hem. En 't gaat niet lang meer duren of de Amerikanen springen ook in de dans.'

'*Le plus beau de tous les tangos du monde,*' zong Mama, '*c'est celui que j'ai dansé dans tes bras.*'

'Churchill zal een dubbele whisky drinken vanavond,' zei Papa gemelijk.


De lange kale priester in zijn parmantig zwart gewaad streek neer als een zwarte gier in een beige keuken van de Seynaeves. Hij wilde niets drinken, hij had niet veel tijd.

'Mijn vrouw is er niet,' zei Papa, 'zij komt pas later, men doet tegenwoordig veel overuren, met dat geval van Rusland moet de produktie natuurlijk op volle toeren draaien.'

'Mij hebt ge ook niet nodig,' zei Louis maar bleef zitten, hij hoopte dat de Kei het boek van Sint Bernardus op de vensterbank zou zien liggen. (Ik lees er elke dag in, Eerwaarde, maar ik heb nog geen tijd gehad om een resumé te maken.)

'Ik ben met de fiets gekomen, hij is wel op slot, maar...'
'O, zij zouden niet durven, zij weten dat ik...'
'In dat geval...'
'Ik zou nogal rap...'
'Het is maar een fiets maar in deze tijd...'
'Ik zou direct weten wie het geweest is, in de Toontjesstraat...'

(Zijn koude visse- nee kikkerogen, edelstenen van kwaad.)
'Een sigaartje, Eerwaarde?'
'Nee bedankt.'
'Maar toch, geneer u niet. Ik krijg ze met hele dozen van mijn schoonbroer. (Nonkel Armand, inspecteur bij de Opsporing van Verborgen Rookgerief, door de boeren van de omtrek overladen met cadeaus.)
'Nee, bedankt.'
'Neem er dan een paar mee voor mijnheer de Principaal.'
'Toch niet. Waarvoor ik gekomen ben, Mijnheer Seynaeve. Mij is ter ore gekomen dat uw vrouw in de ERLA Werke een vrij groot aanzien geniet. Toch wel. Ja, zeker. En om met de deur in huis te vallen. Wat men van een Jezuïet niet verwacht. Mijn vraag is of zij met haar aanzienlijke invloed zou willen... steunen... helpen. Het gaat om een vriend. Als zij hem zou willen aanbevelen. Een verre neef van mij. Ik zou desnoods voor een financiële tussenkomst...'

'Maar nooit van zijn leven,' riep Papa. 'Het spreekt vanzelf, daar gaan we voor zorgen, zonder één frank. Wij zijn op de wereld om elkander te helpen.'

'En zou dit binnen zeer afzienbare tijd...? Mijn vriend, mijn neef werd namelijk opgeroepen voor volgende week al. Met bestemming: Leipzig.'

'Maar, Eerwaarde, natuurlijk.'

'Hij is zeer werkzaam.'

'Als hij door u aanbevolen is, Eerwaarde! Ge moogt op uw twee oren slapen. Dat wordt geregeld.'

Eindelijk keek de Kei naar Louis, iets deemoedigs in de kwade ogen. 'O ja, waar ik eigenlijk ook voor gekomen ben, Louis wordt morgenochtend weer op school verwacht.'

'Dat is wel,' zei Papa.

'Voor wat hoort wat,' zei Louis.

'Dat is wel. Een kruisje erover en wij beginnen van voren af aan lijk dat er niets gebeurd is, hé, Eerwaarde?'

'Ja,' zei de Kei (handelaar in de tempel).

'*Tu quoque?*' zei Louis.

'*Jawohl*,' zei de Kei. Voor het eerst zag Louis in het schrale licht van het peertje hoe vermoeid en treurig hij was, in de ban van iets immens dat hem zachtjes verpletterde, zijn schouders waren gekromd, zijn gladgeschoren wangen ingevallen. Ik zal voor hem zorgen.


'Geen oog toe,' zei Bomama. 'Geen minuut. Of wel een half uurtje tegen de ochtend, als ik toch op moet. Dat ik dat moet meemaken. En niet alleen meemaken maar in vrees en gejaagdheid weten dat het nog veel erger zal worden. Ik die met mijn twee voeten al in het graf sta, althans al met mijn tenen. Het enige wat er mij nu nog kan overkomen is dat ik van puur verdriet omverval en tuimel in mijn graf. *La tombe finit toujours par avoir raison*. Als zij mij maar niet verbranden lijk dat het de mode is tegenwoordig, want ge gaat ervoor zorgen dat ze me dat niet lappen, hé jongen? Want tegenwoordig wordt de mens zo rap mogelijk opgekuist, in brand gestoken en weg ermee, een vuilblik met as in de vuilnisbak. Belooft ge me dat ge erop gaat letten? Want ik ben niet zo grootgebracht, ten andere, de arduinen plaat is al besteld door mijn zuster, geen marmer, dat is teveel van kijk-naar-mij, een dode moet niet van zijn neus maken, daar heeft hij heel zijn leven tijd voor gehad, het is allemaal betaald door mijn zuster, Tante Margo van Zegelsem, eeuwigdurende mis op zaterdag en heel het circus, ik geef u nog aflaten cadeau van in mijn graf. Maar dat ik nog zo in angst moet leven, dat had ik nooit durven peinzen, ik die nochtans alles aan mijn broek vaag, of dacht te vagen, het is allemaal die Hielter zijn schuld, nee, ik ben weer te rap en onrechtvaardig, ik ben te oud om de schuld op iemand anders te steken. Kom, kom, wij zijn er toch zelf bij, als er beestigheden gebeuren, allee, allee, ge kunt al zo wel zeggen dat het Onze Lieve Heer zijn schuld is. "Moeder," zegt Hélène, "ge moet eten, ge krijgt geen proteïne genoeg naar binnen, ik ga u naar de weegschaal sleuren dat ge 't zelf ziet. En uw haar gaat uitvallen, eet tenminste een beetje kalfslever!" En Mona die een hart van steen heeft zegt het ook, "Moeder, kijk toch in de spiegel, langs uw kaken, al die vellen die daar nu hangen lijk bij een kalkoen." Hélène is natuurlijk kwaad op mij omdat ik mijn rantsoenzegels aan Mona gegeven heb voor de kleine Cecile, en Nora is kwaad omdat ik mijn ringen en broches naar Foquet de juwelier op de Markt gebracht heb, maar ik kon onze Florent toch niet laten weggaan zonder centen, het is al wreed genoeg dat hij in Engeland zit, moet hij daarbij nog verhongeren ook? "Wij hebben recht op die bijous," zegt Mona, "'t moet gelijk verdeeld worden!" Ik zeg: "Watte? Wat moet er verdeeld worden, die diamantjes de grootte van een vliegestront die ik ooit van uw vader gekregen heb?" "Nee," zegt ze, "die broche, 't is niet voor de geldwaarde maar voor de sentimentele waarde, dat had in de familie moeten blijven!" Ik zeg: "Watte? die broche, ik heb ze van uw vader gekregen omdat ik wilde weglopen van hem op 't moment dat ik die affaire met Alice ontdekt heb, die schoolmeesteres, die regentes wilde worden en de steenuil geloofde dat ze hem gaarne zag." "En die medaillon?" zegt ze. Ik zeg: "Welke medaillon? Ge moogt hem hebben!" "Maar Foquet op de Markt heeft hem al," zegt ze. "Wel, ge moogt hem terughalen, ik zal u 't geld geven." "Laat maar," zegt ze, "'t is alleen maar dat ik die medaillon heel mijn leven gezien heb lijk iets dat de liefde wilde laten zien tussen Vader en gij, want er zat toch een fotootje ingeplakt van Vader als baby?" Ik zeg: "Maar Mona, arm schaap, dat is uw vader niet als baby!" " Ik dacht het," zegt ze. Ik zeg: "Het wordt tijd dat ge naar de oogmeester gaat, 't was een fotootje van onze Marie-Hélène zaliger als baby. Nee, niet Marie-Hélène zaliger, mijn kindje, maar Marie-Hélène, mijn zuster, God hebbe haar ziel." Ze zeggen dikwijls: "De kinderen gaan vóór alles en een mens ziet altijd de oudste het liefst en de jongste", maar ik geloof dat ik het liefst mijn zuster gezien heb, ik heb er tenminste het meeste hartzeer van gehad. Zij kon niet goed mee op school, onze Marie-Hélène, een beetje lijk onze Robert, ook geen feniks op school, en ons moeder dacht: "dat kind moet toch iets leren in het leven, misschien dat we er een naaister kunnen van maken", en ze stuurde haar naar de Christiaensen waar dat ze meisjes leerden naaien, dat was op een boerenhof waar ze boven kleine chambrettes gemaakt hadden en Marie-Hélène was daar content. Nu was er daar een meisje, Solange, dat geen Vlaams sprak, met een vader die violist was en altijd in vreemde landen zat met zijn orkest en haar ouders waren gescheiden, geloof ik, enfin die moeder keek niet meer om naar dat kind en het treurde, en Madame Christiaens zegt: "Gij, Marie-Hélène, gij die schoon Frans spreekt, bemoeit u een beetje met Solange, dat dat kind een beetje aanspraak heeft want ik heb de indruk dat ze wegkwijnt." Nu kon dat meisje niet slapen 's nachts. Ze hoorde de luiken slaan tegen de gevel als het waaide en zij kruipt bij onze Marie-Hélène in bed, omdat ze benauwd was en niet kon slapen. Onze Marie-Hélène komt thuis na een week en zegt tegen ons Moeder, "Moeder," zegt ze, "vertelt gij dat eens aan Christiaens, want ik durf dat niet, dat Solange zo haar eigen tegen mij plakt 's nachts, en zij zweet zo, zij is elke nacht kletsnat en ik durf dat niet zeggen maar ik ben d'r vies van, want ik word zelf ook zo nat." Enfin, om het kort te trekken, van 't een komt 't ander, ze laten Solange onderzoeken en ja, ventje, wat raadt ge? Tuberculose. Zij onderzoeken Marie-Hélène en ja, zij heeft het ook. Maar dokter Martens, onze dokter, een simpele huisdokter maar een treffelijke mens, die lang in de Kongo gezeten had, zegt: "Tuberculose? Dat bestaat niet. Waar zijn uw gedachten? Dat bestaat niet. Zie ze daar eens zitten onze kloeke Marie-Hélène, wat weegt ze? Misschien achtenzestig kilo, kijk naar die roze kaken, een echte Demarchie, en de Demarchies krijgen geen tuberculose, ge zijt mis!" En de onderpastoor zegt tegen ons moeder, hij sprak met een schlisselke: "Madame, 't isch schimpel, dat meischje isch schimpel ondervoed, scheg aan de Christiaenschen dasche dat meischje alle morgensch schpek met eieren moeten geven." Ons moeder zegt dat natuurlijk, de Christiaensen waren zelfs nog geaffronteerd, maar, wat raadt ge? Marie-Hélène wordt niet beter en ons moeder houdt haar thuis, zij let er op, spek met eieren en schoon rood vlees en af en toe een glas Bourgogne om bloed te kweken, maar nee, zij had altijd koorts, zij liep ongemakkelijk, en op een dag zegt ze: "Moeder, ik ga naar het lof, naar de biecht!" Maar dat was omdat ze heel de dag opgesloten gezeten had, zij wilde verse lucht hebben, dat verstaat ge toch? En zij loopt tot aan de Viersprong en daar kan zij geen voet meer voor de andere zetten, zij valt binnen bij Hortense van de café 'De Viersprong'. "Hortense, geef mij een limonade als ge wilt, ik verga van de dorst, maar zeg het alsjeblieft niet aan mijn vader, want ik ben zogezeid naar het lof en ik heb geen geld bij mij!" Hortense zegt: "Och kind, als uw vader komt kaarten, ga ik wel een limonadeke op zijn rekening zetten, hij zal het nooit gevoelen!" En ze komt thuis. Ons moeder zegt: "Marie-Hélène, gij zweet zo!" Maar ze gaat recht naar haar kamer die ze met Ariane deelde in die tijd en wij horen haar niet meer en ons moeder zegt na een tijdje tegen mij: "Agathe, roep uw zuster", en ik roep: "Marie-Hélène, ge moet direct komen, uw pap staat gereed, ge moet uw pap komen eten." Geen antwoord. Ik ga naar boven en wat zie ik? Zij ligt in haar bed en haar kleren lagen op de grond gesmeten, zij die zo consciën-

tieus was en altijd zo voorzichtig met haar kleren,
wacht een minuutje, 't pakt aan mijn hart, wacht een minuutje, ventje, waar is mijn zakdoek?
't is zo lang geleden en
een momentje
ik zeg: "Moeder, ge moet zelf komen", en ons moeder, zij wist niet beter, zij was van de oude stempel roept: "Luie konte, 't is niet omdat ge een beetje ziek zijt dat ge
dat ge"
o, ventje, ons moeder heeft er de rest van haar leven om geschreid,
veel meer dan ik nu, veel meer—
Want ons moeder heeft haar dan geslagen, op elke kaak, met haar volle hand en ze riep: "Raap uw kleren op" en zij heeft het gedaan, Marie-Hélène, die duts van onze Heer, haar kleren schoon over een stoel gehangen
een momentje
en ze kroop dan weer in bed en ons moeder had er toch spijt van, ze ging weer naar boven en bracht haar de pap, maar Marie-Hélène kon er niets aan doen, ze spuwde het allemaal uit op de edredon, en dokter Martens zegt: "Ik heb er toch geen goed oog op.' Want de ziekte was te ver gezet, Marie-Hélène was eigenlijk te kloek en omdat ze zo kloek was heeft die virus zich op haar hersenen gezet, zij begon dingen in de plafond te zien, "dáár, Agathe, ziet ge dat niet, een oude vent die krom loopt!" en zij werd kwaad op mij omdat ik het niet zag. "Geef mij de ragebol, direct!" riep ze, "direct!" en met de ragebol toonde ze 't. Ook op de vloer, op de balatum die gemarmerd was zag ze leeuwen en draken en oude kromme venten. "Maar Agathe toch, wilt ge 't niet zien misschien?" en zij wilde dat ik calqueerpapier ging halen waarmee wij patronen knipten om het op die kromme oude venten en beesten te leggen en ze af te tekenen, en dan is zij razend geworden, zij klauwde naar de mensen, ook naar mij. Dokter Martens zegt: "D'r zou eigenlijk een specialist uit Brussel bij moeten komen", maar wij hebben die specialist niet laten komen en dan was ze dood en

ons Moeder heeft er onze Gerard bij gehaald die juist buiten gesmeten was uit de school van de Broeders van Liefde en zij zei: "Kijk maar goed naar uw zuster, kijkt, dat ge beter uw best doet op school" en hij buigt naar haar om haar een laatste kus te geven, maar hij werd weggetrokken, weggestampt door onze Honoré, die lompe dikzak die nu majoor is, ge moet niet vragen waarom dat 't Belgisch leger de 10de mei in mekaar gezakt is, en Honoré liet zijn eigen plat op het doodsbed vallen, boven op het lijkje, schreeuwend en tierend: "Vergiffenis, vergiffenis", want hij had haar zijn liefde verklaard, de dikke vette stomme Jan-mijn-voeten, we hebben later briefjes gevonden, in haar kast, die hij haar schreef. "Adieu, je pars, mais dans mon coeur j'emporterai le souvenir de tes beaux yeux, de tes baisers" en ik zeg hem: "Wat betekent dat, apejong?" "O," zegt hij, "dat is de tekst van een liedje dat zij mij gevraagd had." Ik zeg: "O ja, en die andere briefjes: 'Ik zal u altijd beminnen al moest de hemel naar beneden komen' en hier: 'Gij en gij alleen zijt mijn licht op aarde?' Naar uw eigen zuster, vet kalf!"

"Ik schreef dat als ik weg moest," zegt hij, ik zeg: "Weg?" "Ja," zegt hij, "zij kon niet verdragen dat ik te lang weg bleef." Ik zeg: "Wanneer?" "O," zegt hij, "als ik naar de beenhouwer moest of naar de bakker om boodschappen te halen, zij zei: 'Schrijf mij iets, dan kan ik me bezig houden terwijl dat ge weg zijt...'"'

In café 'Groeninghe' wordt menig glas geheven op de kruisvaart, in de vorm van Blitzkrieg, tegen de Kalmukken.

In café de 'Rotonde' zei mijnheer Santens, kolenhandelaar, aan de bridgetafel: 'Kruisvaart? Ik weet dat nog niet zo goed. Het avondland wordt door de bolsjewisten bedreigd, dat is waar, maar ook nog door andere heidense machten.'

'Mijnheer Santens, de muren hebben oren,' zei Peter langs zijn neus weg. Mijnheer Tierenteyn rangschikte zijn kaarten op tafel, bestudeerde ze en staarde toen in de steppe, de toendra. 'Napoleon, Napoleon,' zei hij. 'Alsjeblieft, Mijnheer Tierenteyn, niet zo luid,' zei Peter.

En is er ook sprake van een afzonderlijke Staat Vlaanderen. De VNV'ers zijn er tegen, die willen Groot-Nederland (alsof de Hollanders daar zo zot zouden van zijn, in één keer al die katholieken in hun nest). De Dinaso's zijn ertegen, die willen het Boergondisch Rijk. DEVLag is er tegen want die willen ons inlijven in het Groot Duitse Rijk, dat straks het Groot Europees Rijk zal worden en nog strakser een Groot Duizendjarig Wereldrijk. Wie wil er dan die afzonderlijke Staat Vlaanderen? In ieder geval is er een die dat wil: Papa, bij coiffeur Felix.

'Opdat wij eindelijk na al die eeuwen dat wij geknecht en gekoeioneerd geweest zijn, een keer onder ons zouden zijn. Maar dan onder een vastberaden leiding die weet waar we naar toe gaan, eindelijk. Niet zoals in het België van gisteren dat twaalf regeringen gehad heeft in zes jaar tijd en geen van die regeringen is reglementair omvergesmeten door het Parlement. Nee, 't was elke keer dat zottemansspel van "Ach, gij liberalen, gij profiteert van die combine, 't is goed, wij nemen ontslag" of "Aha, gij socialisten, gij steekt zoiets uit met steekpenningen, wel dan trekken wij eruit." En pardaf, daar lag er weer een regering op haar gat, en het enige waar ze in overeenkwamen was hoeveel postjes ze aan hun vrienden konden toespelen. Zet gij u daar, dan zet ik mij hier, de stoelendans!'

'Ach, hoe zoudt ge zelf zijn?' zei Felix de coiffeur en hij zeepte Peter in.

'Een straffe hand. Maar een intelligente hand en een gevoelige hand,' zei Papa.

'Dat zijn veel handen voor één mens,' zei een rekenaar.

'Staf, zo'n postje als leider van Vlaanderen, dat zou nog iets voor u zijn,' zei een grapjas.

'Hij zou direct de oorlog aan Brussel verklaren,' zei een strateeg.

'Brussel is altijd een Vlaamse stad geweest!'

'Dat gaat ge daar in 't Frans moeten uitleggen,' zei een practicus.

'Ik zou er het Vlaams inkloppen!' brieste Papa.

'Staf, ge zijt in de lijm aan 't schijten,' zei Felix de coiffeur. Papa keek hulpeloos naar het stenen gerimpeld gezicht van zijn vader in het sneeuwwit schuim.

Mama bracht een cadeau mee voor Louis van haar baas, Dokter Lausengier. Een Tintenkuli, met een beweeglijk naaldje als pen. Papa bekeek de pen.

'Dat zit nogal in mekaar! Het lijkt niks maar het is aërodynamisch, daar zijn ingenieurs mee bezig geweest en niet de stomste. Een Tintenkuli, de koelie van de inkt. De Duitsers, dat zijn ingenieurs en dichters tegelijk.'

'Wat vindt ge ervan, Louis, ge zegt niks.'

'Maar ik ken die mens niet, Mama, waarom geeft hij mij een cadeau?'

'Zomaar.'

'Omdat ge het kind zijt van zijn secretaresse,' zei Papa, 'is dat zo abnormaal?'

'Mag ik hem zeggen dat ge er blij mee waart?'

'Ja, Mama. Natuurlijk.'

'Zeg aan mijnheer de Lausenier dat Louis op zijn hurken zat, zijn handjes samenklapte en blafte: Danke Schön.'

'Staf, wees eens serieus.'

'Gij zoudt die mens op een avond bij ons moeten vragen, voor een glaasje,' zei Papa nadenkend.

'Maar we hebben niks in huis.'

'Dan ga ik een fles halen in café ''t Pennoen'. Wat drinkt hij 't liefst? Schnaps?'

'Courvoisier.'

'Wel, vrijdagavond bijvoorbeeld.'

'Vrijdagavond kan niet, want dan is er een diner voor de Generalkommissar van de Rüstungsarbeit in 'Het Wallensteen'.'

'Zondag dan.'

'Hij komt niet gaarne bij Belgen thuis, Staf.'

'Wij zijn geen Belgen, Constance, wij zijn Vlamingen, dat wil zeggen van een Germaans broedervolk.'
'Hij wil zich niet opdringen. Geloof ik.'
'Maar hij is welgekomen! Stel dat ik in zijn plaats zou zijn, ver van mijn heimat, ik zou het toch appreciëren.'
'Ik denk dat hij niet wil, vanwege de praat van de geburen en zo.'
''t Is toch wreed in de oorlog,' zei Papa. 'De beste bedoelingen vallen in het water in de oorlog.'


Ogenschijnlijk gedroeg de Kei zich tegenover Louis als tegenover de andere leerlingen, maar hij stelde iets uit, bereidde zijn nekslag voor, ook op dit ogenblik, terwijl hij heen en weer schreed, kaarsrecht in zijn toog, ook toen hij even naar de bloedende gipsen voeten van de Gekruisigde staarde, waarschijnlijk de argumenten bedenkend die hij tegenover diegenen zou stellen die beweerden dat er geen spijker aan te pas gekomen is op Golgotha en dat men bij een kruisiging handen en voeten vastbond.

Er heerste een lome inerte sfeer in de klas omdat de leerlingen, die dit vrij gauw konden onderscheiden, wisten dat de les er niet een was waarin men moest opletten, leren onthouden, omdat de Kei hen daar ooit over zou ondervragen, maar een van die expedities in niemandsland, waarin de Kei in een monotoon gemompel, kaarsrecht, letterlijk over hun hoofden preekte, geen vraag of tussenkomst verwachtte. Er is geen touw aan vast te knopen, het zijn oprispingen, verwijzingen naar een domein onnaspeurbaar ver van elk mogelijk lesrooster.

De Kei is er van hogerhand al voor berispt, maar kan het blijkbaar niet laten, dit delirium, dat Louis weigert te volgen niettegenstaande hij voelt dat het voor hem, als enige, bestemd is.

Toen stond de Kei voor het kruisraam. In de linkerbenedenhoek, achter het vuil glas waaiden de takken en twijgen en sprietjes van het schraal boompje, waarvan de bast onzichtbaar bleef evenals het beschermend ijzeren hek waarop de onhandig hangende Maurice de Potter werd gekruisigd. 'Dat alleen een god ons redden kan,' zei de Kei. Het klonk als een besluit van zijn betoog, maar zo klonken al zijn zinnen, alsof hij buiten adem was bij elke uitweiding, naar lucht hapte als bij waterpolo. 'Wij moeten hem voorbereiden in onze gedachten en *in poeticis*. Zodat wij straks, misschien heel gauw, voorbereid zijn op zijn verschijning en beschikbaar', en dan noemde hij God (zoals gewoonlijk de laatste weken) bij zijn joodse naam, niet Jehovah, wat een verbastering, een misverstand is, maar Jahweh, en het Vlaams in die jammerkreet, dat *wee* van *Ja! Wee!* klonk boers en platvloers. De Kei richt regelrecht een kool-git-minerale blik op mij, *in poeticis* noemt men dat: karbonkels, want hij heeft zich onbeschaamd avontuurlijk buiten deze stoffige kooi met leerlingen gewaagd om zijn vriend en neef en evennaaste en pluto-aristocratische beschermeling aan de zorgen van Mama toe te vertrouwen, dit vertrouwen is zonderling, wat heeft hij de laatste tijd?

'Beschikbaar zijn, ook voor zijn afwezigheid in ons verval.'

Binnen in zijn priesterkleed leek het staketsel broos geworden. Hij bewoog, alhoewel steeds stram als een officier, trager, behoedzamer, als een slaapwandelaar, hij slaapt niet voldoende.

'Hoe hem te bereiken? Alleen door de tussenkomst van mensen, dit kan niet genoeg beklemtoond worden in deze barre tijd, ikzelf heb dit nog maar kortelings totaal ervaren, alleen de mensen kunnen hem een naam geven en onder de mensen de meest vernederden, want dat vergat Eckart die zei: "Hij verschijnt slechts als alle mensen hem noemen", vergat het of kon zich geen idee vormen van wat de mensen ooit voor beesten zouden worden, allen, want allen zijn schuldig de dag van vandaag, allen.'

(Peter zei langs zijn neus weg: 'Kei, de Collegemuren hebben oren.')

'Wij mogen hem alleen in de woestijn verwachten, in dat geval is hij nabij, want de woestijnen worden vermenigvuldigd al lijkt de overheersende dimensie om ons heen die van de uitbreiding, de veelheid te zijn waarin de beestachtige kudde overheerst en de tot theorie verheven middelmatigheid.' (In godsnaam, ga niet verder, stil, sst, suste, siste Peter verweg.)

De Kei's slaapwandelende woorden hadden de vorm van zijn gemanicuurde vingers en die streelden over Louis' wang, raakten de dons naast zijn oren, en de Kei sliep staande terwijl de wiegende zachte dreun verder uit hem bleef vloeien, en de herfstzon werd warmer, vliegen zwermden om Louis' slapend voorhoofd, het waren fonkelende strontvliegen want Vlieghe was erbij.


Toen de Duitse cohorten in marspas door de Leiestraat en op de Grote Markt voorbijkwamen vond Louis met moeite zijn eerste opwinding terug, dit mengsel van vrees en verrukking dat hem vervulde toen zij, allen van dezelfde leeftijd, allen met hetzelfde bronzen gezicht (jongens eigenlijk, iets ouder dan hij), de stad Walle binnentrokken 'als door de boter,' zei Tetje. Nu leken het gedresseerde mannen, voor de goede zaak in uniform gehesen. De aanslag en de overval op België waren achter de rug. Omdat er geen vijand tegenover hen stond was hun katachtige woeste springensklare drift uitgeblust. Hij voelde zich vaag bedrogen door deze gewone mannen in Feldgrau. Alsof zij toen, in die zinderende meidagen vol schroot en kreten, een loze entree hadden gemaakt in een operette, met majoretten in doodshoofdpetten. Nu waren de doodshoofdengelen in de sneeuw en het ijs ingezet, om de Tartaarse moezjiks, die opgehitst werden door goddeloze volkscommissarissen, uit te roeien.

In de met middeleeuwse spijkers beslagen eikehouten poort van het stadhuis waarboven een Leeuwevlag en twee

hakenkruisvlaggen hingen was een deurtje uitgesneden.
Nu of nooit. Nu.

Louis trok het deurtje open en vond op de binnenplaats het paneel met de Sol-rune, zege en zon, met de gotische letters Nationaal Socialistische Jeugd Vlaanderen. Hij betrad de door monniken, krijgers en magistraten sinds eeuwen afgesleten blauwgranieten treden, in de richting van het geluid dat als de onregelmatige echo van zijn bonzend hart weerklonk, men sloeg met vuisten tegen een gecapitonneerde wand.

Een sproetige jongen in een groen hemd met zwarte stropdas zat aan een tafeltje met tijdschriften en folders onder het portret van de Führer in zijn ijzeren harnas. Hij zei 'Heil Vlaanderen!'—'Heil Vlaanderen,' zei Louis en dan de zin die hij de laatste dagen voor de spiegel had gerepeteerd: 'Seynaeve, Louis, komt zich melden bij de NSJV.' De jongen kruiste zijn harige armen, monsterde de rekruut, kwam overeind, trok de pijpen van zijn korte broek naar omlaag en verdween. Op het tafeltje lagen: 'Zingende Vendels', 'Kamp om Volkse Waarden', 'De Dietse Toekomst'. Ik heb de stap gedaan, de eerste. Zonder hulp of voorspraak of raadpleging van iemand. Als dat geen overtuiging is.

'Maar het is niet wáár! Maar kijk eens wie we daar hebben!' Een joviale, zwaargebouwde jongeman in zwarte rijbroek met laarzen en kakivest wiens vol blond gezicht Louis bekend voorkwam, waarschijnlijk omdat hij op Carl Raddatz in *Stukas* leek, kwam dichterbij. Het was de jongeman die Louis af en toe zag op weg naar school, in een lichtgrijs driedelig pak in de schoenenwinkel Genevoix van de Onze Lieve Vrouwestraat.

'Genevoix. Schaarleider. Gij zijt toch de jongste van de drukker Seynaeve?'

'Ik ben enig kind.'

'Is het uw grootvader die u stuurt?'

'Nee. Ik kom mij aanmelden, Schaarleider.'

'En uw grootvader...'

'Die heeft hier niks mee te zien,' zei Louis snibbig. (Meteen mijn positie bepalen.) De toon beviel de sproetejongen niet. Een Hottentot.

'Hoe heet ge?'

'Seynaeve Louis.' (Ik heb me toch al reglementair gemeld!)

'Wel godverdomme.' De leider sloeg zijn handen in zijn lenden, ging wijdbeens staan, niet ongelijk aan Mussolini in het filmjournaal en raakte met gestrekte vuist Louis' maagstreek in een vertraagde hoekslag. Het deed geen pijn, de jongeman had zijn slag afgeremd.

'Direct, direct de buikspieren spannen, direct als ge mijn hand ziet vertrekken.'

'Ik zag haar niet.'

'Allicht niet,' zei Genevoix.

In een stoffig zaaltje met Romaanse bogen dat Louis van ansichtkaarten herkende, zaten vijf jongens in turnkledij schrijlings op de grond en duwden hun gezicht in hun kruis, handen in de nek. Blazend telden ze hardop, zij waren tot drieëntwintig gekomen, één van hen kon het tempo moeilijk bijhouden, hij heette Haegedoorn en zat in de Vierde Latijnse, hij haalde de vijftig niet, bleef amechtig, verdwaasd zitten.

Genevoix stelde Louis voor. Twee van de jongens trachtten zijn hand te vermorzelen, Haegedoorn zei: 'Seynaeve, wie had dat gedacht?' Toen moesten ze gehurkt zitten en luisteren naar de Schaarleider die—waarschijnlijk een ijzeren programma afwerkend want hij keek aldoor op zijn polshorloge—een lezing gaf over runen, tekens waarvan wij door ons achterlijk opvoedingssysteem nooit de grandioze betekenis hebben leren kennen. Het was vreemd dat een Schaarleider dit nog moest uitleggen. Een kind wist toch dat runen, van het gotisch *runa* (wat betekent: 'verloren dingen'), door de Scandinaviërs gebruikt werden om bij hun God te geraken. De Schaarleider noemde het: 'het schrift om bij het Centrum van hun Wezen te geraken.' Zo kon je 't ook formuleren. De Schaarleider consulteerde af en toe een grauw boekje en zei dat Odin, vanaf de berg, waar hij leefde tussen doodsstrijd en wedergeboorte, sprak: 'Ik heb de runen geheven, de twijgen waarin de tekens van het Noodlot geschreven staan. *Verstanden*, Bosmans?'

Bosmans, een tengere, armoedig ogende jongen, ongetwijfeld uit de Toontjesstraat, knikte verschrikt.

'Vertel het dan op uw toer. Hoe zult ge het, als ge Stormer geworden zijt, doorgeven aan de Knapen? Begin maar, bij Seynaeve.'

Bosmans keek Louis aan met een hatelijke ratachtige blik. 'Die Odin heeft twee raven en die vertellen hem van alles, een paard met acht voeten en twee wolven, hij heeft maar één oog en meestal ziet ge zijn aangezicht niet dat hij wegsteekt onder een brede hoed.'

'Bosmans, wij zijn hier niet om te lachen. Het ging over runen!' brulde de Schaarleider. '*Verstanden?*'

'Ah, ja. Wel, die Odin kent de runen.'

'Allicht!'

'Omdat hij negen dagen aan een boom gehangen heeft zonder eten of drinken.'

'En gekwetst door een speer,' zei Haegedoorn.

'Over de runen, Haegedoorn!'

'Die Odin,' zei Bosmans, lam, 'heeft de runen geslagen, eh, van de tekens, eh, van het Noodlot, eh, in de wortels.'

'Wortels,' zei de Schaarleider, 'Bosmans, is de mens een groente?' Men lachte. Louis ook. Genevoix, de leider, was een kameraad. Hij zuchtte.

'Gaan we wat schermen, Schaarleider?' vroeg een van de potige jongens.

'Mansveld, eerst komt de theorie. En daarbij, ik ben het die hier orders geeft!'

'Jawel, Schaarleider.'

Genevoix keek op zijn polshorloge en toen in zijn grauw boekje. 'Wat zegt de Proclamatie van Kortrijk? Het is wel een vraag die alleen aan Stormers moet gesteld worden, maar ik vraag haar aan u.'

Niemand wist het, Louis had er nooit van gehoord. Hadden de overwinnaars van 1302 na de Guldensporenslag in

Kortrijk iets uitgeroepen, een soort onafhankelijk graafschap?

'Eén volk één jeugd!' riep Genevoix. '"De gemeenschap welke wij opbouwen zal geen parasieten kennen. Maar volwaardige elementen in het raderwerk van ons volksleven. Elke kastegeest en partijpolitiek moet onver-bid-delijk uit de weg worden geruimd." Dat zei onze jeugdleider, dokter Edgar Lehembre, en ik stond op een meter van hem. Zijn er vragen?'

Omdat niemand iets zei en het onbeschoft was om de Schaarleider geen antwoord te geven en omdat hij maar meteen een indruk van onversaagde manmoedige knaap-uit-één stuk wou maken, zei Louis: 'In het College zegt men dat de NSJV tegen het katholicisme is. Wat moet ik daar op antwoorden?'

'Wie zegt dat? Wie is die *men?*' Genevoix' vol gezicht werd roze.

'Leraars.'

'Welke leraars? Namen!'

'Ja, namen!' zei Mansveld alsof hij de vesting van het College wou beklimmen, met de Hitlerjugenddolk tussen de rotte tanden.

Haegedoorn zei: 'Ge kunt gerust spreken, Louis. Ik ken de namen ook.'

'Evariste de Launay de Kerchove,' mompelde Louis.

Genevoix schreef achter in zijn instructieboekje, 'De Launay, De Kerchove, wie nog meer?'

'Dat is dezelfde,' zei Haegedoorn. 'Hij heeft twee namen.'

'Ah, een nobiljon. Wij gaan hem leren.'

'Wat gaat ge doen?' zei Louis en toen snel: 'Schaarleider.'

'Dat college van u, dat zal terzijnertijd vervangen worden, wij gaan er een burcht van maken van de NSJV, het politiek katholicisme moet uitgeroeid met wortels en al.'

'Dat gaan we aan de principaal zeggen, hé, Seynaeve!' (Haegedoorn, schreeuwlelijk, *hier* heeft hij een grote muil.)

'Hij weet het. Hij weet het,' zei Genevoix dreigend. Hij

las voor: '"Wie niet beseft dat zijn leven en dit van zijn volk voor het opperwezen door de Voorzienigheid in bepaalde banen geleid wordt is geen nationaal-socialist. Wij herkennen het christelijk karakter van ons volk, wij streven de instandhouding er van na en werken het in de hand." Zelf zou ik het niet beter kunnen zeggen. Want wat zijn we, kameraden, produkten van een vulgair, zinneloos materialisme?'

'Nee,' zei Haegedoorn vurig.

'Zijn wij alleen maar blind instinct?'

'Nee,' zei Louis.

'Of instinct waardat de wil uit voortkomt?'

Niemand antwoordde.

'Wat zeggen de Grieken?'

Niemand wist het. Louis zocht, vond *agape*, een woord van de Kei, hij smeekte de Kei om méér licht, hulp, kennis, maar alleen het stomme *agape* bleef hangen, en Grieks zou hij pas volgend jaar leren. Genevoix zei: 'Dat er een gevecht is, alles, van in het begin is alles *surtout* een gevecht geweest. En wat zegt Darwin?'

'Hij zegt zoveel,' zei Mansveld.

'Dat het bestaan een gevecht is voor het bestaan. Ja? Dus het doel in de wereld voor ons, Nationaal Socialistische Jeugd Vlaanderen, is niet als lafaards weg te lopen voor het gevecht! Dat klopt toch als een bus? Ja? Maar dat gevecht moet gesublimeerd worden, en waarin?'

'In de Übermensch,' zei Bosmans kordaat.

'Nee, Bosmans, in het menselijk genie.'

'Maar verleden week, Schaarleider, zeidt ge: in de Übermensch.'

'Bosmans, dat was verleden week. *Verstanden*? In 't kort gezeid, zijn wij beesten, kameraden?'

'Nee,' riep Bosmans.

'Nee. En iemand moet het beeld van de mens in al zijn grootheid en zijn kracht hooghouden.'

'Dat zijn wij,' zei Bosmans.

'Precies.' Genevoix tastte, zocht. Sigaretten? Nee toch?

Hij haalde een koperen tandestokertje te voorschijn en peuterde er mee. 'En moraliteit, dat is een gewoonte die ons opgelegd wordt door kracht. Dat verstaat ge toch? Goed en kwaad, dat komt allemaal uit dezelfde bron. Ja? Als ge pastoor zijt, Seynaeve, en gij offert uw leven voor uw zogezeide God, als gij per se rechtvaardig wilt zijn lijk de meeste mensen af en toe, als ge "*Merci*" zegt tegen het leven, daarachter ligt er altijd kracht. Ja?'

'Ja,' zei Louis. Het was waar. 'Maar in het College...,' begon hij.

'Uw college,' zei Genevoix, haalde de tandestoker uit zijn mond en liet een knallende boer. 'Dat is mijn antwoord.'

Men lachte. Men lachte Louis uit. Genevoix werd meteen daarop de kameraad, de allesbegrijpende vriend die vaak verscholen bleef in de betonharde leider.

'Gij zijt een peinzer,' zei hij. 'Dat zal u geen kwaad doen, peinst, peinst zoveel ge kunt. Maar ge moet niet alleen peinzen, maar ook een soldaat zijn van het peinzen, een dief, een verwoester van het peinzen. Ja?'

'Ja,' zei Louis vurig.

Dezelfde week stal Louis geld uit de portefeuille van Papa's jasje dat in de gang aan de kapstok hing. Hij betaalde er een voorschot mee op zijn uniform, groen hemd, fluwelen zwarte broek, oranje stropdas, zwarte muts met stormriempje, koppelriem met schouderriem, broodzak en het koppelslot met het deltateken. Hij poetste het koppelslot en harnaste zich, waste zich, kamde zijn haar op de kamer van Haegedoorn en de eerste keer dat hij door de straten van Walle liep, wist de hele stad er van, jaloerse jongens van het Atheneum stokten, met open bakkes, jonge meisjes glimlachten, een Gefreiter groette hem, 'Heil Hitler', tekkels blaften naar hem, de Leeuwevlag op het Belfort flapperde. Terwijl het uniform nog lang niet compleet was, de Hitlerjugenddolk ontbrak en enig kenteken van vaardigheid of sportproef. Haegedoorn naast hem merkte niks, de Hottentot.

In het lokaal op het stadhuis zat Genevoix in *Der Adler* te lezen met een sigaret in zijn mondhoek. Zijn gezicht verraadde opperste verbazing toen hij de nieuwe knaap zag, Louis tintelde al van trots toen Genevoix begon te lachen en te vloeken. Bosmans, die in zijn eentje schermoefeningen deed met een houten degen, nam de lach over. Daarna ook Haegedoorn die zich van Louis losmaakte en giechelend wees. Toen zag Louis het ook, toen pas, hij was vergeten, hoe kon dat, in Godsnaam?, totaal vergeten zijn hoge schoenen aan te doen, hij had nog de bespottelijk gepunte, glanzende molières aan die Tante Hélène uit Nonkel Florent's kast had gehaald toen zij haar intrek nam in Nonkel Florent's kamer, niettegenstaande het jammerend protest van Bomama.

'Ik heb het u nog zo schoon gezeid,' zei Haegedoorn, het uitschot.

'Gij hebt mij niks gezeid,' schreeuwde Louis.

'Het is precies een *danseur mondain*,' zei Genevoix met een fatterig falsetto. Louis rukte de houten degen uit Bosmans' hand en richtte hem naar Haegedoorn, die hem voor deze schande had moeten behoeden. Met een katachtige sprong, het HJ-Leistungsabzeichen op zijn borstzak waardig, greep Genevoix een van de twee sportsabels die aan de muur hingen, links en rechts van het portret van Albrecht Rodenbach, met één zwiep sloeg hij Louis' povere degen weg. Haegedoorn dook. De degen kletterde tegen de vloer. Louis wou hem oprapen, maar hij kreeg een schop in zijn achterste, een oorveeg en toen greep Genevoix hem bij zijn nieuwe stropdas. 'Men onderbreekt de schermles niet zonder mijn bevel, ja?'

'Ja, Schaarleider.'

Hij moest dertig keer pompen.

Tijdens het vertraagde steken en houwen keek niemand naar hem om.

Hij hees en zakte, kin bijna tegen de vloer, en haalde de twintig niet, zijn armen schreeuwden van de pijn en trilden, hij snakte naar adem, de stoffige ruimte tolde, kramp schoot in zijn kuiten en bleef er steken, hij liet zich vallen.

'Dertig,' zei Genevoix. 'Ja?'

Hij begon opnieuw. Het Gesticht met de onvoorspelbare nonnen had Louis hier niet op voorbereid. Peter ook niet. Niemand.—Van kinds af aan had men mij deze ijzeren discipline moeten opdringen. Ik zal de hardste onder u allen worden, mijn armen zullen als gevlochten staalkabels zijn, mijn hoofd als een staalhelm, mijn ziel zal haar vlammen bedwingen met een huls van asbest—. Maar zijn romp raakte geen centimeter hoger meer. Schop mij, trap mij met reglementaire Stiefel, ik ben onwaardig.

'Gij kunt volgende week een paar schoenen komen halen in onze winkel,' zei Genevoix toen zij alleen waren. 'Ik kon dat niet zeggen waar de anderen bij waren. En dat haar van u, kan ook niet.' Vóór Louis naar huis mocht, knipte Genevoix zijn haar, zoals het hoorde, de lengte van een lucifer. Met zachte vingers, die van een kameraad.

Met zijn nieuwe, onbuigzame, hoge schoenen met stompe punt (hij had aan de jaloerse Haegedoorn beloofd dat die ze af en toe mocht aandoen) stond Louis op wacht, benen gespreid, de wimpel vastklemmend. De 'Flandria', het gebouw van de anglofiele Franskiljonse tennisclub van weleer waar een Hauptmann van de divisie Götz von Berlichingen werd gefêteerd ter ere van een onderscheiding aan het Oostfront, lag in een park met honderden verschillende kleuren geel en groen, en bomen die Maurice de Potter allemaal bij naam had kunnen noemen. De auto's waarvan Vlieghe de merken had kunnen noemen, zaten volgepropt met officieren en reden tot vlak bij het bordes, remden met een kelig gerasp. Alle officieren huppelden de arduinen trap op, dat werd hun zo geleerd, generaties lang. Bomama's broer Honoré, de Majoor, zou daar een lesje van kunnen leren. Belgen huppelen nooit, generaties lang. Genevoix is binnen en verzorgt het buffet. Geen taak is minderwaardig als zij de goede gang van zaken dient. Louis vroeg zich af wanneer hij Jef van de Wiele zou te zien krijgen, of hij zijn bijnaam Jef Cognac verdiende, of je 't aan hem kon zien zoals aan Nonkel Armand. Jef van de Wiele was een boezemvriend van de familie Genevoix, beweerde de Schaarleider. Hij had een persoonlijke lijfwacht, vijftig man in het zwart en zilver, die vuurwapens mochten dragen. Wanneer zou er een gunstig moment opdagen om aan Papa te verklappen dat hij dienst genomen had bij de NSJV? Op het ogenblik dat Papa de diefstallen zou ontdekken? Het moest in ieder geval vóór volgende maand, want dan ging de hele afdeling met een bus van de Organisation Todt naar Keulen om er de Deutsch-Flämische Kulturtage bij te wonen.

De brug tussen geestes- en handarbeiders. In Keulen zou Wies Moens spreken, een Vlaamse Kop als geen tweede die in een Belgische kerker opgesloten zijn hartverheffende *Celbrieven* had geschreven die Louis, alleen, hardop, tot tranen toe bewogen, tegenover zichzelf in de spiegel voorlas. Kunst die schoonheid zocht. Want wij hebben te lang gemeend dat het geheim van het leven in het donkere en het hatelijke te zoeken was. Wat wij als schoonheid moeten begrijpen stroomt uit de oergrond van het leven en die is elementair en gevaarlijk, ja?, maar daardoor betovert en bedwelmt zij de mensen, een vlam die licht is, ja?, een verzengende zon en het is niet toevallig dat een rollende zon het teken is van het Duitse volk en nu ook gedeeltelijk van het Vlaamse volk. Cyriel Verschaeve zegt: Onze moeilijke tijd vraagt naar de snelle, ganse, beslissende daad! Wel, geniale priester, ik heb mij gemeld, ik sta hier mijn plicht te doen.

Zo mijmerend (zei Louis onhoorbaar), zo het verkeer en de natuur onderzoekend (zei hij binnensmonds) droom ik, schildwacht Seynaeve, 'en ik zie door de nevelen der tijden een groot volk stijgen uit wilde reuzenstrijden'.

Al die ij's.

En daar, wat zijn dat, Maurice, eiken? Het is loofhout, eeuwenoud, staat in goud. Drie ou's. Zomereik? Steeneik?

Maurice, ik mis je. Je was vast nooit met me meegegaan, die dappere dag in het lokaal van het stadhuis.

Dwars door de struiken zag Louis zijn moeder. Zij droeg een elegante, nooit eerder geziene beige deux-pièces. Verkleedde zij zich zoals hij, elders? In de ERLA-fabriek? Zij bracht een glinsterend metalen lepeltje met pistache-ijs naar haar mond en toen ze de helft van de groene klodder met een zichtbaar wiebelende tong had opgelikt bracht ze het vonkend lepeltje naar de lippen van een man met kortgeknipt haar, een langneuzige veertiger in een wit hemd met korte mouwen. De man klemde de lepel tussen zijn tanden, lachend probeerde Mama de zonderlinge metalen pin die de man in een soort lepelaar veranderde, terug te trekken.

De wimpelstok in de vuist van de schildwacht verroerde niet, de vlag met de Delta in de klauwen van de Blauwvoet waaide niet, maar de schildwacht die de opdracht had te waken, raakte in paniek. Wat doet mijn moeder hier? Hoe kom ik hier weg? Overigens, hoe kom ik weg als ik moet plassen. Ik moet nu, onbedwingbaar, plassen. Hij riep Haegedoorn toen die langskwam met een zilveren schaal schuimgebak, als de nonnen in het Gesticht 's winters voor zonsopgang met hun schop gloeiende rokende kolen. 'Psstt. Psstt. Ahum.'

Haegedoorn kwam en zei: 'Nu niet. Ik heb er zes opzij gelegd. Voor straks.'

'Wat?'

'Van die nonnescheetjes hier. Elk drie, straks.'

'Haegedoorn, kunt ge mijn plaats niet innemen?'

'Zijt gij zot?'

'Ik word ongemakkelijk.'

Haegedoorn ging weg. Louis vroeg aan zijn moeder: Ga weg, zonder mij te zien, alstublieft, het is niet fair, ik kan hier niet weglopen, mij niet voor u verbergen, omdat ik het bevel opvolg en dat moet, onvoorwaardelijk, nicht räsonieren, daarom kan je mij zien, en dat mág niet.

Binnen zong men: Mein Schatz muss ein Matrose sein und so stürmisch wie die See und treu sein muss er mir allein, denn ich sag ihm sonst adé!

Stürmisch. Koude rillingen. Ik krijg diarree. Want de man in het tennispak stond op. En Mama ook. Louis wendde zijn gezicht af zover hij kon, een schildwacht in profiel die toevallig helemaal aan de andere kant van de verre zee iets dreigends ziet, hij zag Bosmans die een voor hem veel te grote landsknechttrommel op zijn buik droeg. Dat bespeurde de schildwacht van wie de ingewanden klotsten.

De voetstappen naderden, samen met het gekef van een klein hondje en gescharrel in het grint. 'Dann schmeckt doch jeder Kuss von ihm, nach mehr nach mehr, nach mehr,' zong Mama mee met de verre soldaten die gewond en verminkt van het Oostfront terugkwamen en die dus het recht hadden zoiets te zingen. De man was langer dan Papa en die was één meter vijfenzeventig. Op de tip van zijn lange, dunne neus zat een schram. Hij had een gouden kies. Zijn smalle ogen stonden schuin en tegen zijn naakte geschoren slapen zaten twee meisjesoren geplakt. Op zijn verder smetteloze witte lange broek was op de hoogte van zijn rechterknie een bruinrode vlek, de grootte en de vorm van een kinderhand. Hij zei met een bedaarde, vaag spotzieke stem: 'Was ist los, Constance?' (Konstanz)

En de Bestendige, Onveranderlijke, Trouwe sprak tegen hem in een rad, hel Duits, nee, het was tot het goor wit keffertje met een blauwe strik dat aan Louis' schoenen likte.

Mama kwam vlak voor hem staan, als voor een kooi in de dierentuin van Antwerpen waar zij beloofd had dat wij heen zouden gaan. Haar wijde tedere ogen. Haar beweeglijke scharlaken geverfde lippen in hartvorm.

Zweetdruppels in Louis' wimpers. Hij durfde zijn mouw niet naar zijn gezicht te brengen, zijn hand bleef onwrikbaar op zijn heup, een smeltende druppelende sneeuwman is de schildwacht.

'O,' deed Mama. En toen: 'Zeg eens, jongen, hoe heet gij?'

'Louis.'

'Er heißt Louis. Wie mein Sohn.'

'Ach so,' zei de man.

'Hebt gij het niet te warm, met die dikke kousen?'
'Neen.' (Neen, Mevrouw. Nee, Mama, Mama.)
'Gij hebt zulke kloeke schoenen aan. Zij zijn nieuw, zie ik. Knellen ze niet? Niet een beetje? Want ge hebt nogal grote voeten, zo te zien.'
'Heil Vlaanderen!' zei Louis bits.
'Heil! En doe zo voort, vent.' Mama's parfum slaat in zijn gezicht, zij trekt zijn stropdas met de lederknoten dichter aan tot de twee punten gelijk hangen. 'Deugniet,' fluistert ze en kijkt niet meer om. De naden van haar kousen zitten recht. Het hondje springt tegen de witte flodderige broek van de man. 'Tsjuus,' zei de man nog.

Toen hij knorrig thuis kwam met allerlei verklaringen klaar, vooraan in de mond, gaf ze geen kik. Pas toen ze gekaramelliseerde knolraapjes opschepte, knipoogde ze naar hem. Papa was opgewekt omdat zij het ook was.

Zij kwam in Louis' kamer zonder te kloppen, zoals zij anders altijd keurig deed, zoals hij haar gevraagd had. ('Ge hebt gelijk, ge zijt geen kind meer,' had ze gezegd, ernstig knikkend.) Zij ging op zijn bed zitten, hij schrok, haar been, met de roze pompon van haar muiltje wiegde op tien centimeter van de handdoek waarin het zaad nog niet opgedroogd kon zijn.

'Het was zulk een schoon weer vanmiddag en mijn baas zei: "Wat ben ik dwaas om binnen te zitten en er is toch niet veel te doen met 't transport dat gisteren vertrokken is, ik ga tennissen, gaat ge mee?"—Deugniet, hoe lang zijt ge al bij de Hitlerjeugd?'

'Het is de Hitlerjeugd niet.'
'Ah, nee?'
'Nee. Het is de NSJV.'
'Dat is toch hetzelfde.'

Wat kon een vrouw toch stom zijn! 'Zij hebben om te beginnen al een andere vlag, een hakenkruis op de mouwband, een koppelslot met 'Blut und Ehre', een Siegesrune...'

'Waarom hebt ge dat voor ons weggestoken?'
'Ik wil eerst mijn sportkenteken krijgen.'

'Hoe vindt ge hem?'
'Wie?'
'Henny.'
'Henny?'
'Ja. Ik heb er in het begin ook moeten om lachen. Maar in Duitsland is Henny ook een jongensnaam.'
'Hij is lang.'
'Is dat alles?'
'Ja.'

Zij doofde haar peuk in het schaaltje van de cactuspot. 'Ik hoor het al. Er is met u niet te redeneren. Gij zijt weer aan het nukken. Wat heb ik nu weer misdaan?'

Zij keek over zijn schouder naar zijn schrift waarin hij de karikaturen van Churchill, Roosevelt en Stalin natekende.

'Lastige vent,' zei ze. 'Maar wij gaan overeenkomen. Gij zegt niet aan uw vader dat ik in de 'Flandria' was, want hij is al zo nerveus de laatste dagen en ik zeg niets van uw uniform en van uw nieuwe schoenen. Akkoord? Zijn we gezworen kameraden?—Ja? Gij staat er echt schoon mee, met uw kostuum. Ik had u zelfs niet herkend. Ik dacht, God, wat een flink ventje staat er daar op wacht!'

'Zevert niet.'
'Toch is 't waar, ik zweer het.'
'Op het hoofd van uw kind zeker?'
'Mens, wat maakt gij het toch moeilijk voor uw eigen. Ge zijt precies uw vader.'
'Merci, Mama.'
'Gaarne gedaan, mijn kind.'


Papa stond in het naar een nieuw soort zure drukinkt geurend atelier de drukautomaat schoon te maken met een zwart olievodje. Papa hield van de Heidelberger. Minder van de cilinderpers met zijn vele metalen zenuwen die, stoffig grauw als een ziek monster, te wachten stond op betere tijden.

Vandam, de meestergast, drukte een doodsprentje op de degelpers. Een tekening van Dolf Zeebroeck, de kunstenaar die al vanaf de jaren twintig volksverbonden was en die het zin-loos moderne heeft aangepast aan de kunstzin van ons volk, begrijpelijk gemaakt voor de minst kunstzinnigen onder ons.

Marnix de Puydt noemde hem de Toorop van Westvlaanderen. Hij woonde in de Kanunnik Vanderpaelestraat in een modern huis met overvloedig veel kamerplanten en een vrouw en zes kinderen, hij werd niet geapprecieerd zoals het hoorde omdat hij zo gewoontjes onder ons woont als een Wallenaar, een kunstenaar moét dood zijn of verweg wonen, je ziet Rubens of Arno Breker niet met een rieten mandje boodschappen doen in gezelschap van drie bleirende kleuters.


Vandam keek niet op van zijn werk, hij was nors omdat de boksclub die hij had opgericht in de Zwevegemstraat, de Kid Vandam-Club, na zes maanden al dreigde failliet te gaan, terwijl toch, vooral nu, gezond sport-en-spel de mensen samen kon brengen, hun zorgen kon doen vergeten, maar het was weerom hetzelfde liedje, de mensen, vooral die van Walle, willen geen solidariteit, ge moet het ze leren, hen ertoe dwingen desnoods met de harde, de boksende hand. Waarschijnlijk beschouwde Vandam, die als een goochelaar vingervlug de doodsprentjes wegrukte tussen degel en inktrol, de lijdende Christus die aan het zwart vlak van de balk genageld stond als een onvoldoende getraind weltergewicht. Dolf Zeebroeck had de Heiland lang niet met zulke bultige, onmenselijk strak gespannen spieren getekend als bijvoorbeeld de discuswerper op het affiche, door Papa verleden maand gedrukt, van de Sport-Wettkampf waarin Schaarleider Genevoix het schermen met de degen moeiteloos gewonnen had. Jezus staat overigens op een voetplankje en dat is goed gezien van Dolf Zeebroeck, want de handpalmen van een mens van dit gewicht, hoeveel woog Jezus?

zouden scheuren, hij zou vooroverploffen boven op de twee in profiel gebogen treurende vrouwen (die sprekend op hem lijken—en op de bij de Vlaamse vlag stervende Sneyssens in 1452, op Gudrun van Rodenbach, op Machteld in *De Leeuw van Vlaanderen*, en voornamelijk op zijn eigen echtgenote Miriam). Onderaan stond in het neogotisch schrift dat Zeebroeck ook ontworpen heeft: 'Hij werd verbrijzeld om onze misdaden en door zijn striemen worden wij genezen.' Er waren geen striemen te zien.

'Wat hoor ik?' zei Papa. 'Dat ge bij de NSJV zijt? En ge zegt me daar niks over? Ik moet het van wildvreemden horen?'

'Van wie?'

'Van Theo van Paemel.'

'Dat is geen vreemde.'

'Ik weet dat ge het doet om mij te kloten. Spreek me niet tegen. Ik heb het aan uw klein verstand gebracht dat wij ons erewoord gegeven hebben om geen officieel lid te worden van welke organisatie dan ook behalve van het Rode Kruis. Gij dwingt mij nu om naar Brugge te gaan, zeven acht uur op de trein om het aan de bisschop uit te leggen dat ge u in een vlaag van koleire of van gewoon zottigheid in een uniform hebt gestoken. Ik zal zijne Eminentie maar niet vertellen dat het was om mij belachelijk te maken.'

'Belachelijk? Bij wie?'

'Bij mijn kameraden van het VNV! Naessens, de Gewestleider, heeft me al twintig keer gevraagd: Waarom is uw Louis niet bij de Dietse Blauwvoetvendels? en iedere keer heb ik hem gezegd dat ik u niet wilde dwingen.'

'Maar de Blauwvoetvendels zijn opgenomen in het NSJV.'

'Maar wij, Seynaeves, mógen niet. Anders trekt de bisschop zijn handen af van mijn vader!' De desperate klaagzang van Papa leek op die de vrouwen in Arabische landen aanhieven bij een begrafenis in de voorfilm vóór *Hallo Janine* met Marika Rökk.

'Staf, zend hem donderdag maar naar de Club. Ik zal

hem wel temmen. Na drie ronden schaduwboksen zal hij geen pap meer kunnen zeggen,' zei Vandam.

Papa poetste verder aan de wagen van de pers.

'Alsof ik geen miserie genoeg heb aan mijn hoofd de laatste tijd.'


Bekka Cosijns zei dat haar vader geen teken van leven meer gaf uit Beieren, en dat haar moeder zich zorgen maakte, want nu zou hij geen geld en rantsoenzegels meer sturen. Als haar vader maar niet weggelopen was. 'Want hij is zo koppig, hij wil niet gecommandeerd worden.'

Louis zag hoe Bekka binnen tien, twintig jaar zou zijn, mollig, bloedarmoedig, een zigeunerachtig arbeidersvrouwtje, hij hield niet meer van haar. Zij had de vier hoeken van een sinaasappelpapiertje tot grauwe puntjes gedraaid en over een biljartbal geschoven. Als de onzichtbare bal rolde, bewoog een schildpad zonder kop of poten onder het rimpelig vlies.

Louis las in Pietje Bell's flauwe Hottentottenavonturen. Toen de biljartbal losschoot en zijn membraan achterliet als een van de vele kapotgewassen zakdoekjes die naast Bomama's zetel slingerden, boog Bekka zich voorover om hem vanonder het buffet te halen. Haar rafelig broekje, de binnenkant van haar dijen vertoonden bloedsporen. Louis gaf een gil, die hij meteen smoorde.

'Wat is er?'

'Hebt ge u zeer gedaan?'

'Ik? Nee.'

'En daar!'

'Waar?'

'Dáár, hier.'

'O, gij,' zei Bekka teder. ' 't Is de processie.'

Tegen zijn verbluft gezicht: 'De bloedprocessie.'

De Heilige Bloedprocessie in Brugge, elk jaar, optochten in geschiedenisgetrouwe kostuums, ridders, gilden, oriflammes, het Schrijn?

'Gij moogt daar niet naar kijken,' zei ze. Zij zwiepte haar blauwzwart haar naar achter.

Raf in het verre Bastegem had ooit gezegd—deemstering, nevel bij het preventorium, loshangende flarden van zinnen, ik let niet genoeg op—dat als Madame Laura bloedde, de honden van de hoeven in de omtrek als zotten sprongen aan hun kettingen. Ik dacht dat zij per ongeluk in haar vinger had gesneden met een aardappelmesje.

Louis begreep niet dat Bekka Cosijns niet meteen naar haar moeder of naar de dokter rende. Het hield hem dagen bezig. Hij hield nu zeker niet meer van haar, met haar rare zigeunerziekte. Wel begreep hij nu meer van wat Rodenbach schreef, de reine jongeling die met zijn meeuw naar de hemel geheven gebeeldhouwd staat op de markt van Roeselare (waar Tetje bij de zigeuners die men Egyptenaren noemde andere zigeunerkwalen verspreidde): 'Ik moet er niet van weten, van die Zuiderse vrouwenzielen.'

Nonkel Omer was fel vermagerd. Af en toe had hij een smartelijke grijns die zijn bleek gezicht scheeftrok alsof hij ineens felle kiespijn had. Hij had twee schooltassen bij zich, echte boter, twee flesjes van Jules de timmerman, een stuk geitevlees, en bloedworst. En de complimenten van Bastegem, Nonkel Armand uitgezonderd. Want Nonkel Armand had zich ontpopt als een gepatenteerde smeerlap.

'Gij hebt nooit kunnen overeenkomen met Armand,' zei Mama.

'Ik weet het wel dat hij uwe lieveling is, Constance, maar wat dat hij gedaan heeft, het is erger dan een moord.'

Nonkel Armand was namelijk achter de rug van zijn broer aan het flikflooien geweest met Thérèse, Nonkel Omer's verloofde. Zij was met hem meegeweest, Nonkel Omer telde op zijn vingers, in de 'Picardy', de 'Cocorico', de 'Zes Billekes' ofte 'De Zwaan', de 'Mirador'. Zij was zelfs meegeweest met hem op inspectie bij de boeren.

'Ge kunt het haar niet kwalijk nemen dat zij wat bij de boeren wil halen. Zij heeft het toch niet breed, Thérèse.'

'Maar van mij krijgt ze alles, wit brood, paardebiefstukken!'

'En wat zegt hij zelf, Armand?'

'Dat is het. Niets. Hij weet dat ik mijn eigen zit op te vreten, en elke morgen bij 't ontbijt zit hij met zijn valse muil naar mij te grijnzen. Ik ga me aanmelden bij de Vlaamse Wacht. Maar ik ga hem eerst een schop in zijn kloten geven.'

Hij beefde van opwinding, dronk vier kopjes malt. Hij had hetzelfde achterovergekamd haar met de puntige inplanting als Nonkel Armand, met minder brillantine.

'Waarom doet zij dat?' riep hij vertwijfeld.

Hij bedaarde bij het avondeten. Mama en hij spraken over vroeger, over havermoutpap van het merk 'De Drie Molens', over hun vader die absolute stilte eiste als hij naar de 'Berichten voor de Duivenliefhebber' luisterde.

'Quiévrain, bewolkt, wachten. La Perivaule, windstil, wachten,' zei Mama.

Het geitevlees was een zalfje, de bloedworst een mirakel.

'Het moet allemaal op,' riep Mama.

'Geitevlees,' zei Papa en begon te lachen.

'Dat is lang geleden,' zei hij en schaterde. 'Ik ga het nooit vergeten, elke keer ik geitevlees eet...,' gierde hij. 'Het is... het is... Het is wreed om zeggen maar ik heb nooit zo gelachen als in die dagen dat ik op schok was met Cosijns, van hiernaast, in Frankrijk.'

'Cosijns is weggelopen van zijn post in Beieren,' zei Louis.

Maar Papa ging er niet op in. Uit de ogen, uit het hart. Cosijns liep nu 's nachts ineengedoken langs de bermen van Duitse spoorrails, achtervolgd door de Gestapo, hij maakte zijn wijsvinger nat, hield hem naar de wind, en rende weer verder, verteerd van heimwee naar zijn bloedende dochter Rebekka.

Papa zat breeduit, haalde diep adem. 'Luistert. De vierentwintigste om negen uur 's avonds zijn wij weggelopen uit het kamp. Cosijns durfde niet. Ik zeg: "We gaan ons toch niet laten doen door die Fransen zeker?", want de Fransen begonnen te spreken van ons te laten kasseien kloppen en latrines delven. Ik zeg in mijn eigen: Dat zal niet waar zijn, meneer de Procureur-generaal Ganshof van der Meersch gaat mijn vel niet krijgen, lijk dat van Joris van Severen.'

'Maar ge zijt toch niet opgepakt door de politie,' zei Mama. 'Ganshof van der Meersch heeft u toch niet laten aanhouden.'

'Constance, ik stond misschien niet in zijn boeken, maar als hij mijn naam en adres had gehad, had hij mij zeker laten fusilleren, de bloedhond. En ten andere,' riep Papa nijdig, 'zat ik in een kamp of niet?'

'Wat heeft dat nu met geitevlees te maken?' zei Nonkel Omer afwezig.

'Luistert! Toen we in Veurne aankwamen zag ik een strandwagen staan bij de Sint-Niklaaskerk. Ik zeg: "Cosijns, dat is voor ons." Cosijns durfde eerst niet. Ik zeg: "Cosijns, na al 't gene dat ze ons aangedaan hebben is 't nu tijd voor elk-voor-zijn eigen!" Goed, wij geraken tot in Poperinge en daar mochten we in een boer zijn schuur slapen als wij geen sigaretten rookten. Goed, wij slapen, Cosijns en ik, en ik zeg: "Cosijns, schei uit!"—"Met wat?" vraagt hij. Ik zeg: "Met dat bonken!"—"Ik bonken?" zegt hij, en wat zien wij? Raadt!

Er staat daar een geit te springen, te wippen, te schudden en te duwen en te bokken tegen onze strandwagen, geen bok, een geit! Enfin, de zon scheen al een beetje, ik zeg: "Wij kunnen al zowel verder rijden" en we binden die geit vast aan de muur. Na een kilometer of tien kwam de zon schoon op, ge kent die streek, een droom van een landschap en wij hadden spek met eiers gekregen van de boer en Cosijns zegt: "Staf, ik heb geen oog toegedaan vannacht, wij zijn toch niet gejaagd om naar huis te gaan met dat schoon weer, als wij nu eens een tukje deden hier in het koren." Goed, wij gaan liggen, wij doen onze ogen toe, wij ronken en ineens zeg ik: "Maar, Cosijns, schei toch uit met dat bonken" want, wat raadt gij? die geit was er weer, zij was ons gevolgd, alstublieft, verliefd op onze strandwagen staat ze daar met haar twee voorpoten tegen de capot te duwen en te wippen en te bokken. "Dat is een teken van Ons Heer," zegt Cosijns, die nochtans geen pilaarbijter is, "het is de ram van Abraham", en hij pakt haar vast bij haar horens en hij kijkt recht in haar bolle glazen ogen.

"O, gij hete teef," zegt hij. "Watte? Zoudt gij willen vogelen met onze schone voiture?" en in een wip snijdt hij haar de keel over en we hebben daar de beste stukjes geroosterd, mals wit vlees, in de open lucht, lijk of dat wij aan 't kamperen waren.'

'Ge waart niet gejaagd om naar uw huis te gaan,' zei Mama.

''t Is te zeggen, Constance...'

'Zeg maar niks.'

Nonkel Omer bleef onbeweeglijk, in zichzelf gekeerd met glazige geiteogen, zitten. Later, toen Papa naar de vergadering was van de nieuwe toneelvereniging (eigenlijk een heropleving van een van de oudste 'Kamers van rhetorike' van Vlaanderen: 'Sint Jans Lam' met als keusspreuk: Devoot ende profitelijck) waar hij waarschijnlijk de hoofdrol van een drankzuchtige oude clown zou spelen in 'Circus-liefde', kwam Louis de keuken in toen hij zijn huiswerk af had. Nonkel Omer zat bij Mama op schoot, hij had gehuild, zij streek over zijn haar dat in pieken overeind stond. Nonkel Omer wou overeind komen, maar Mama hield hem tegen. 'Het is niks,' zei zij, 'Louis, ga maar weer naar boven.'

Hij luisterde aan de deur van de trap. Nonkel Omer snikte weer.

'Hoe hebben ze dat kunnen doen, achter mijn rug?'

'Het is het leven,' zei Mama maar zij geloofde er niets van.


De Kei legde zijn alba af als een oude man, gooide haar toen slordig, vóór Louis, die in de sacristie ontboden was, haar kon aanpakken, over het brokaten kazuifel. De gouddraad en het scharlaken werden gedoofd door het met witte kant omzoomd linnen. Iemand had—in de biechtstoel?—verklapt dat Louis tot de Nieuwe Orde toegetreden was.

'Als goed en kwaad hetzelfde zijn,' zei de Kei vermoeid, 'zoals uw hoofdman beweert' (hoofdman! wij zijn geen Romeinen, geen boy-scouts!) 'als het kwaad omdat het een teken van leven is te verkiezen is boven zwakte, als, als...'

Hij knipte met zijn vingers, Louis reikte hem zijn brevier aan. 'Als onmenselijke kwaliteiten de grondstof, de meststof zouden zijn voor wat de mens kan volbrengen, dan, dan...'

Zij liepen met gelijke tred naar de eiken deur waar iemand niet zo lang geleden een indecent rafelige bleke kras in kruisvorm heeft aangebracht. Vanuit welke razernij? De Kei zelf?

'Als een slecht geweten gelijkgesteld wordt met een ziekte, dan hoor ik daarin de stem van de vijand.'

'Ik ben uw vijand niet.'

De Kei had blauwe wallen onder zijn ogen. Bij de gleuf in zijn kin waren voor het eerst witte stoppeltjes te zien, een schrijnend kwetsbaar onverzorgd plekje. Ook zijn schoenen waren, voor het eerst, bestoft.

'Nee?'

'Nee!' riep Louis en kon zijn knikkende knieën niet tegenhouden, noch zijn handen, hij knielde en leunde even tegen de knie van de priester in de onbevlekte toog, en veegde met zijn mouw de schoentoppen schoon.

Hard en snel rukte de Kei hem naar boven bij zijn kraag.

'Als ge dit nog een keer doet...'

'Ja?'

De Kei duwde hem opzij, en vluchtte met waaiende rokken. Alleen in de koude wierookgeur. Waarom heb ik dat gedaan? Omdat niemand het kon zien? Ik wilde hem vertellen dat hij op zichzelf moet passen, dat hij niet zoveel moet vasten en boeten om de anderen, om mij, dat hij moet uit-

kijken want men fluistert dat hij in een schuur zoals de eerste
Christenen de Mis heeft opgedragen voor Engelse vliegers
die in een weide in Moorsele geland zijn, verkleed als boeren, om 'zwarten' neer te knallen.

Louis trok de alba aan. De scheerzeep van de Kei verdrong
de koude wierookgeur. Er was geen spiegel. Hij knoopte
zijn gulp open. Bij elke mis deze week zult gij, Evariste de
Launay de Kerchove, mijn spoor, mijn merk, bij u dragen.


Voeten raken, door de knieën buigen, de halters aan de oksels, aan de dijen, boven het hoofd, houthakken met de onbestaande *goedendag*, de schaar met de voeten, in de lucht
fietsen op de rug, pompen tot het rood schemerde achter
zijn ogen. Daarna liepen Louis en Haegedoorn in uniform
naar Haegedoorn's huis. De stad was nu al gewend aan Louis
in ornaat, er waren ook bijzonder weinig mensen op straat.
In de Toontjesstraat, waar bijna alle mannen en jongens
naar Duitsland vertrokken waren, zat een oude man, met
zijn pet tot vlak boven zijn wenkbrauwen getrokken, op
een stoel midden op het voetpad. Louis bleef voor hem staan.
Haegedoorn die van de stoep was gegaan, keerde op zijn
stappen terug.

'Wel?'

'Wel, wat?' zei de oude.

'Die stoel weg. En rap!' riep Louis.

'De straat is van iedereen.'

'Precies. Daarom moet de trottoir vrij voor iedereen.'

De oude sleurde zijn stoel naar de gevel van zijn huisje,
mompelend en steunend. Louis haalde zijn Hitlerjugenddolk uit de schede en richtte hem naar de vuile, geruit gerimpelde keel.

'Kom. Louis, kom,' zei Haegedoorn in zijn rug.

'Zeg "Schild en Vriend". En rap!' blafte Louis en hoopte
dat de man een Spaans, een Frans, een zigeuner-, een negeraccent zou hebben, maar de *sch* en de *v* vloeiden moeiteloos.

Louis stak zoals hij het Genevoix vaak zag doen in een heftige, geoliede zwaai de dolk terug.

'Ik heb nog trouwbrieven van onze Gaston bij uw vader laten drukken,' zei de oude. 'Vraag het hem maar. Gaston van Remoortere. En visitekaartjes ook, vóór de oorlog.'

'Een cliënt van uw pa,' zei Haegedoorn gniffelend.

'Dat ik die stoel nooit, nooit meer op straat vind,' snauwde Louis.

De namiddag, daarnet nog zo triomfantelijk machtig stralend als het Vlaams Legioen in de sneeuwjachtvelden van de moezjiks, was naar de knoppen. Bij de spoorweg gekomen wou hij terug naar de Toontjesstraat, een baksteen gooien in het krot van de oude, maar Haegedoorn weerhield hem, zij moesten het voorbeeld geven, mochten de minstbedeelden van het Vlaamse volk niet in grotere ellende brengen. In zijn kamer raadpleegde Louis Reinhard Tristan Eugen, de Obergruppenführer die aan die muur hing naast 'Moederschap', het beeld van Kolbe. 'Minstbedeelden, minstbedeelden,' gromde de Obergruppenführer. 'Als gij u daarmee gaat bemoeien.'

'Volgens mij hitst de Kei deze minstbedeelden op tegen ons.

'Zo zo,' zei de man koel en bevingerde zijn Ritterkreuz dat hij gekregen heeft na de zevenennegentig vluchten in een ME 110 over Engeland en Frankrijk.

'Volgens mij seint de Kei berichten door over onze formaties naar Rusland, over de grens, bedoel ik, over de grens van de vijandelijkheden, naar de andere kant, naar de Mongolen. En hij lacht mij uit.'

'Mit der Schlangenzunge losem Spott?'

'Ja!'

Hitler zelf vindt dat de man te lange gevaarlijke uren in zijn vliegtuig zit, maar de man kan het niet laten, gevaar kietelt hem, hij houdt het ook niet uit in het kasteel waar hij regeert over Bohemen en Moravië. Zijn uitgerekt gezicht (de schuine bleke ogen die dichtbij elkaar staan, de elegante lange neus, de adelaar op de mouw, het doodshoofd en de

gekruiste beenderen, het eikeloof), het zegt: 'Schild und
Freund, ik speel scherzo's van Schumann, Schubert, Schmoll,
ik ben een Schnauzer, ik scheer me en ik schiet, en jij, Du,
Du, jij bent een schoothond. Schwach! Is het uw Schicksal
om seine Schuhe zu poetsen?'

'Jawohl, Obergruppenführer.'


'Scheisse,' zei Mama, zij zei het vaak de laatste dagen, zij
hield haar lenden vast. Alsof daar een kind bewoog.

Papa had het weer verkorven. Hij had van zijn broer
Robert iets onduidelijks meegekregen. 'Het fijnste van het
fijnste,' had Papa geroepen toen hij er mee binnenkwam,
een reep ingewanden zo uit een varken losgerukt met klodders en lellen, hij had het gebakken, gestoofd, gekookt, gesmoord met te weinig margarine, met teveel uien, 'Scheisse,'
riep Mama en rende om de tien minuten naar achteren,
woedend.

Zij wreef over haar lenden, haar maag. 'En ik moet straks
naar de Kommandantur,' riep zij, 'ik kan daar toch niet binnenkomen en direct naar het toilet gaan. Met uwe vieze
brol. Bah. O God, ik moet weer!'

'Het is toch curieus,' riep Papa haar achterna, 'dat Louis
en ik, die er veel meer van gegeten hebben van die vieze
brol, daar niks van gewaar worden.'

'Wacht maar tot vanavond,' gilde Mama. Zij kwam terug, krijtwit. Zij deed parfum achter haar oren. 'Ik ga twee
dagen vasten.'

'Geen slecht gedacht,' zei Papa. 'Dat zal uw lichaam
deugd doen. Alle vuiligheid er uit.'

'Aha,' riep Mama, 'ge geeft dus toe dat het vuiligheid
was.'

'Wat?'

'Wat ge daar van Robert meegekregen hebt om ons de
diarree aan te doen.'

'Dat? Maar kind, dat is het fijnste van het fijnste! Vond ge
niet, Louis?'

'Gij wilt dus beweren,' kreet Mama, 'dat het vuiligheid van mij is, van binnen in mij, dat ik vuil ben van binnen?'

'Maar Constance, waar haalt ge dat nu weer uit?'

Zij rende de deur uit.

'Dat we minder eten,' zei Papa bedaard, 'dat is nog van 't slechtste niet. Dokter de Lille van Brugge zegt het al jaren. Rauwkost, graan, geen vlees of zeer weinig.'

Op dat ogenblik weerklonk buiten de hoorn van Sootje's ijskar. Papa sprong naar buiten. Zij aten de flauwe ijsjes bij de kar. De pony geeuwde onophoudelijk, men kon zijn ribben tellen.

'Sootje, 't is niet voor het een of het ander, maar ge doet teveel water in uw ijs.'

'Het is de nieuwe mode, Staf,' zei Sootje. 'Op zijn Italiaans.'


Vanille-, pistache- en chocolade-ijs klaargemaakt met *water*, en dat door Sootje die ons heel zijn leven als prinsen gediend heeft, waar gaan we naar toe?

Wij, het is te zeggen, iedereen die nog iets voelt voor het Avondland en zijn verleden en cultuur, gaan naar Rusland, door Rusland als door de boter van de steppes. De Russische boeren en burgers staan te dansen van tevredenheid als het Vlaamse Legioen passeert. Het is een kwestie van maanden en de bolsjewistische ondermens ligt op zijn gat.

De Finnen schieten al op Kronstadt, het woord zegt het zelf, de kroonstad die de ingang naar de haven van Leningrad beschermt. Zij zijn al voorbij Karioka en Knokkala. Waar, Oskaar? Wat ik zeg: Karioka en Knokkala.

En Briansk, dat hebben wij ook al, hier in het Zuiden waar Timochenko probeert een tegenaanval in te zetten. Nog zuidelijker, hier, volg mijn vinger op de kaart, in Kiew, de moeder van de Russische steden, krijgen ze ook op hun tram, de Oekraieners.

De Russen hebben geen luchtmacht, dat is het. Als 't geen

schoon weer is, kunnen zij niet vliegen. Vijfentwintig procent van hun piloten heeft maar geleerd om in gelijk welk weer te vliegen, ge ziet van hier wat voor een vliegscholen dat ze daar hebben! En daar komt bij dat de Russische soldaat niet gaarne aanvalt, Ronald. Maarschalk Mannerheim zegt dat. De Russische soldaat is meer iemand voor de achterlinie, een back die zijn eigen ingraaft vlak voor de goal. Het enigste voordeel dat ze hebben is dat ze met zovelen zijn. Jammer voor hen, maar het gaat niet om de kwantiteit.

Ronduit vervelend is het dat het Waals Legioen nu al betere resultaten boekt dan het Vlaamse. Waarom, Jerome? Omdat er meer Belgische beroepsofficieren bij zijn, kaders die kaders kunnen vormen. En de Vlamingen hebben niemand van het kaliber van Leon Degrelle die als simpele soldaat dienst genomen heeft en het volgens mij tot generaal zal brengen, niet in een bureau van een of ander hoofdkwartier maar overal vooraan, op kop, bij zijn mannen.

Daels, de nieuwe leraar Nederlands die op een Amerikaan leek en die, alhoewel het strikt verboden was, af en toe in de klas een stinkend, walmend slechttrekkend roodstenen werkmanspijpje rookte, kwam het klaslokaal binnen op zijn zwierige manier en zat op de hoek van Bruyninck's lessenaar op de eerste rij, de lessenaar van waaruit ooit een intern een inktpot naar het bord gegooid had jaren geleden omdat hij de vorige nacht ineens, zonder er iets aan te kunnen doen, ontdekt had dat hij niet meer in het bestaan van Jezus Christus geloofde. Hij had midden in de eerste les die ochtend een onmenselijk snerpende kreet geslaakt, hij had de inktpot gegooid en was toen in een coma gevallen.

Daels tikte met het uiteinde van zijn stenen pijpje tegen zijn tanden en gaf punten voor het opstel 'Lente in de stad'. Baetens kreeg achttien op twintig, Robert Smetjens, eveneens een rivaal van Louis, kreeg zestien punten. Louis begreep het niet. Het was voor het eerst dat Daels opstellen nakeek. Had hij van zijn voorganger, Snotje, dan niet gehoord dat Louis Seynaeve de primus inter pares was in opstel? Keer op keer bracht Daels een schrift naar zijn neus en zijn pijp en las de punten en legde het schrift op een wankel hoopje naast zijn bil.

Het laatste opstel dat hij in zijn hand hield en waar hij de tabakswalmen wuivend mee verdreef, afstandelijk en koket als een Chinese hofdame in het laatste bedrijf in een oververhitte schouwburg, was het diepblauw gekafte van Louis. Daels keek naar de speelplaats waar een estrade werd getimmerd. 'Er is een werkstuk,' zei hij tot de timmerlui, 'waar ik geen punten voor geef...' (Omdat het buiten elke categorie valt, omdat mijn waardering niet in punten uit te drukken is, omdat ik het niet kan vergelijken met de houterige, makke schrifturen van de anderen, Baetens incluis.) '...omdat nul op twintig van mijnentwege nog een waardeoordeel zou inhouden. Nee, ik wens dit produkt zonder verder commentaar de totale vergetelheid in te sturen.'

Hij draaide zich om, en stak zijn pijp in Louis' richting. 'Mijnheer Seynaeve junior heeft gemeend mij voor de gek te kunnen houden op de meest doorzichtige manier. Ik weet niet waar ik het meest van walg, van zijn luiheid of van zijn aanmatigende domheid.'

Louis kwam overeind. Als in een lege kamer hoorde hij een sneer van Robert Smetjens.

'Seynaeve, ga zitten. Ik heb hier niets aan toe te voegen. Gij wel?'

'Nee, nee.'

Daels gooide het schrift handig en zwierig in de papiermand naast zijn bureau. Louis hield zich aan zijn bank vast.

'Seynaeve, denkt ge nu werkelijk dat uw leraar een boerenkinkel is die niet meteen merkt als een zin uit een boek overgeschreven is, laat staan een heel opstel, stuk onbenul?'

Daels straalde een blinde vanzelfsprekende almacht uit. Wat was er gebeurd? Had Robert Smetjens heimelijk in zijn schrift een andere tekst of een aantal zinnen geschoven, geschreven in zijn handschrift, iets helemaal anders dan wat hij twee avonden lang, eerst met ijle, snelle potloodlettertjes had genoteerd dan met egale inktletters had neergepend, over die ene, aandachtige wandeling van zijn huis naar het Park, waarin hij de struiken, de postbode, de dienstmeisjes en de opkomende zon had opgeroepen, vastgelegd? De zinnen, de paragrafen, de woorden schoten ijlings langs, o, er was één zinnetje waar hij bij geaarzeld had, dat was waar, omdat het leek op iets uit het boek dat hij aan het lezen was *Het lied van de Vuurrode Bloem* in de Feniks-reeks, iets over de dag die openbloeide als een bloem.

'Seynaeve, ga zitten, zeg ik u.'

'Gij hebt gelijk, Mijnheer Daels.'

De leraar's stralende glimlach. Fred Astaire toen hij danste met Ginger Rogers, één frank, donderdagnamiddag, vóór de Tweede Wereldoorlog.

'Groot gelijk, Mijnheer Daels, ik heb het letter voor letter afgeschreven.'

'Het hele opstel? Niet een paar adjectieven weggelaten uit pure luiheid?'

'Nee, Mijnheer Daels. Alles komt regelrecht uit een boek.' Louis liet zich in zijn bank vallen, een betrapte bedrieger, een vunzige charlatan. De dag bloeide open als een roos.

'Nog een laatste woord hierover, Seynaeve. Opdat er geen misverstand zou zijn. Ik verdenk er u van dat gij gemeend hebt dat gij u een dergelijk plomp bedrog kondt veroorloven omdat ik toevallig dezelfde politieke gezindheid heb als uw vader. Manneke, onthoud dit, ik sta hier als een onpartijdig leraar, en niet als iets anders.'

Robert Smetjens applaudisseerde. De anderen volgden. Daels, die te glad was, te jong, te zwierig om een bijnaam te verdienen, wuifde het geluid weg met zijn pijp. Louis stak zijn kroontjespen niet met alle kracht in Daels' bil.

De intern die de inktpot had gegooid was door twee surveillanten en twee leraren opgetild. Zij waren op weg naar de infirmerie toen hij uit zijn coma schoot en in een weerwolf veranderde die zijn begeleiders krabde en beet. Zij hadden hem met vereende krachten naar de kelder gebracht, die toen nog geen verduisterend blauwgeverfde ruiten had en zandzakjes. Later was die intern aangenomen in het Klein Seminarie van Roeselare. Ook daar werd hij om zijn vrouwelijke driftkuren geweerd. En op een nacht is hij toen naar het College teruggekeerd, de plek waar het onheil van zijn vernedering begonnen was en had hij, duivels glimlachend, het Kruis in de eiken deur van de Sacristie gekrast.


Papa maakte een flan van bieten, duwde de gekookte prut plat met zijn vork, gooide er eieren bij en bloem en melk. 'Nog een uurke in de oven en 't is kermis.'

Peter zag ongaarne zijn zoon vrouwenarbeid verrichten onder de ogen van zijn kleinzoon, vooral daar deze laatste een slecht rapport had meegebracht. De kachel was rood, Peter's gezicht ook.

'Slechte punten,' zei hij. 'Ge doet ons geen eer aan.'
'Ik heb het hem ook gezegd,' zei Papa meteen.
'In Latijn ben ik de tweede van de klas.'
'En hier? Wiskunde! Zijn dat nu cijfers?'
'En in Duits ben ik de eerste. En in moedertaal ook!'
'Moedertaal, moedertaal,' Papa likte aan het bord, draaide het rond, slikte, likte, een kaal raar dier in een hemd met bretels.

'Wat moet er toch in Godsnaam van u geworden?' Peter zuchtte.

Peter kwam liever op bezoek als Mama niet thuis was. 'Ik weet niet waarom, maar ik heb de indruk dat Constance mij liever niet onder ogen komt.'

'Dat zijn uw gedachten, vader.'
'Ik weet wat ik zeg, Staf. Niet dat ik iets tegen haar heb, dat weet ge, Constance is totnogtoe altijd een schoondochter geweest waar ik respect voor had, maar de laatste tijd...'
'Wat dan, de laatste tijd, vader?'
'Ik weet het niet,' zei de Farizeeër.

'Maar spreek toch, vader. Louis, ga naar uw kamer en leer wat.'

'O nee, die jongen moet daarom niet weggaan. 't Is meer dat ik de laatste tijd Constance zo dikwijls zie lachen zonder dat er reden voor is, althans voor zover dat ik het kan nagaan.'

'Gij zoudt dus liever hebben dat mijn Mama schreide.'

Peter grijnsde. 'Dat heb ik gaarne, een kind dat partij trekt voor zijn moeder. Zeer goed, Louis. Overigens Louis, Louis...' Peter proefde de naam, spuwde hem uit. 'Ik ben nooit voor die naam geweest.'

'Hij is genoemd naar Constance's peter, vader.'

'En naar Saint Louis, Koning van Frankrijk!'

'Frankrijk, Frankrijk,' Papa onderzocht de flan in de oven.

'Ge zoudt uzelf ook Lode kunnen noemen.'

(Lode! Iemand van lood? Nooit!)

'Dat is natuurlijk Vlaamser,' zei Papa.

'En het past ook bij Seynaeve,' zei Peter en, o, zo achteloos verraderlijk licht: 'Moest ge bijvoorbeeld, ik zeg maar iets, bij de Nationaal Socialistische Jeugd Vlaanderen zijn, Louis, dan zouden ze u, geloof ik, verplichten om Lode te heten.'

Peter tikte met de kop van zijn pijp tegen de tafelrand, as viel op Mama's vloer. 'Maar dat is natuurlijk een onnozele veronderstelling, ge zoudt toch niet bij zo'n groepering gaan, hé, Louis?'

'In Kiew,' riep Papa, 'zijn er twintig bolsjewistische divisies omsingeld, en Kiew dat is eigenlijk nog méér de hoofdstad van Rusland dan Moskou!' Hij zocht heftig scharrelend de krant. 'Vijftigduizend gevangenen, driehonderdtwintig pantserwagens, zeshonderd artilleriestukken in onze handen.'

'In wiens handen, Staf?'

'Ik wil zeggen...'

'Ge wilt altijd zoveel zeggen, Staf.' Peter zuchtte weer, stak zijn pijp op. 'Ik heb van Mona ook gehoord dat Constance nogal veel nieuwe kleren koopt.'

'Zij spaart ervoor,' zei de gekwelde, ongemakkelijk in zijn vel wriemelende echtgenoot, die toen weer naar de oven ging, waaruit een kwijlverwekkende zoete geur steeg.

'Zij doet overuren zeker?'

'Ja, vader,' zei Papa tegen de geur.

Mama schreide. Er was geen bedaren aan. Haar schouders schokten en zij kreeg een kinderachtig pruilmondje, rode ogen. Want die morgen toen Herr Lausengier in het park wandelde met zijn hondje was er een grote loebas van een dog, zonder iets te zeggen, stilletjes dichterbijgeslopen en zonder enige reden had hij Herr Lausengier's hondje Bibi aangevallen. Vóór iemand kon tussenkomen was Bibi van-eengereten, zijn darmen pletsten op de kiezels. 'Direct naar de kliniek geweest,' huilde Mama, 'maar van tien negen is Bibi niet meer te redden.'

'Maar van wie was die loebas?'

'Dat is 't vreselijke. Van mijnheer Groothuis. Die mens was er helemaal van aangedaan. Want hij heeft het moeten toegeven, zijn dog was al een hele tijd gestoord.'

'Waart gij daarbij, Mama?' Louis wist het antwoord, natuurlijk was zij erbij geweest. Raf, zijn ongure Bastegemse vriend, zei het: Natuurlijk. Waar uw moeder komt als zij bloedt worden de honden zot.

'Natuurlijk!' snikte Mama. 'En 't was zo'n geestig hondje, Bibi, altijd content. En verschillende prijzen gewonnen. Zowel voor het uitzicht als voor de dressage. Want hij luisterde als een kind. Ge mocht hem filet américain voor zetten, zonder *Befehl* kwam hij er niet aan, al zeverde hij van de goesting.'

'En uw meneer Lausengier?'

Mama merkte de schampere toon niet. 'Hij was wit als een lijk. Van verdriet en van koleire. Hij wilde die dog die ze niet alle vijf heeft direct neerschieten, denk ik, maar hij kon niet, omdat hij van mijnheer Groothuis was die ten-

slotte een kameraad van hem is, die 't ook niet kon helpen.'
'Had hij dat prijsbeestje hier in Walle gekocht?'
'Maar neen! Meegebracht van zijn huis. 't Was nog een cadeau van zijn eerste vrouw!'
'Hoe? Is hij dan al een keer getrouwd geweest?'
'Nee.'
'En ge zegt: zijn eerste vrouw!'
'Ik wil zeggen: de vrouw waar dat Henny van gescheiden is, Staf!'
'Hoe? Is hij gescheiden? Ge hebt me dat nooit verteld.'
'Ik wil zeggen: de vrouw waar dat hij nu van gescheiden is. Zij woont toch daar in Bremershaven en hij woont hier. Dat is toch gescheiden. O, Staf, ge maakt mij nog horendol!'
Zij liep naar boven, op haar nieuwe schoenen.
'Filet américain,' zei Papa dromerig. 'Met kapperkes.'

De Kei stond bij het raam zoals altijd, hij deed zijn best om er van weg te blijven, hij maakte bochten, spiralen tussen en langs de banken maar steeds opnieuw belandde hij bij het uitzicht op de speelplaats en verwachtte daar iets, iemand, mensen die hem zochten, die hem nodig hadden (de bode van een notaris die zou komen melden dat de stokoude edelman De Launay de Kerchove overleden was en dat zijn priesterlijke zoon miljoenen erfde, waarop de Kei juichend zijn toog zou uittrekken en danspassen uitvoeren in zijn korte satijnen broek).

'Sommigen onder u zullen hun schouders ophalen en het ouderwets vinden, on-modern, maar is er niet iets voor te zeggen dat de duivel bestaat? Zou het niet kunnen dat de mensheid onder de invloed van duivelse machten geraakt is? Dat de mensheid aan een duivelse ziekte lijdt? En dat wij medelijden moeten hebben met deze zieken, het werk van barmhartigheid moeten uitvoeren, de zieken verzorgen?'

De toog fladderde om zijn gebinte, hij vluchtte weg van het raam, asgrauw liet hij zich op zijn stoel vallen. Hij draaide zijn zegelring rond zijn magere vinger.

'Is het vervolgingswaanzin om aan de duivel te denken als aan iemand, die ge op straat tegenkomt, onverwachts, om de hoek, in uniform? Dat het kwaad dat door de mensen op een onoverzienbare wijze wordt begaan een gestalte gekregen heeft?' Onverstaanbaar gemummel. Gestotter. Hij praatte steeds vaker in zichzelf, meestal in vragende vorm. Laatst had hij, toonloos vragend, met een krijtje een sterretje met zes punten op het bord getekend en toen alsof hij de ster voor het eerst zag, als door een ander getekend, schichtig met zijn mouw (met zijn mouw!) weggeveegd.

'Zodat men durft te denken dat het wel een zonderlinge god moet zijn die dát, die dát, dát niet tegenhoudt... Nee? Zodat men in zijn vertwijfeling naar rampzalige oplossingen hunkert... Nee?'

Waarom zei hij, o voor de honderdste keer, waarom zei hij niet duidelijk wat hij bedoelde? Wat hield hem tegen?

'Buiten het geloof zoekt men dan... nee, men vervangt het geloof in Jezus Christus door een ander geloof...'

Dit was meer begane grond, priestertaal. Het vorige, dat van die rampzalige oplossingen, sloeg op het nationaal-socialisme waarschijnlijk. En dat ander geloof, dat is het geloof in de nieuwe orde dat ik uitdraag in mijn uniform. Is hij bang dat ik hem zal verklikken? Terwijl ik niets liever wil dan hem behagen? Als hij leraar-wiskunde was zou ik me suf studeren om hem een glimp van waardering te ontrukken, en waarom loopt hij zo moeilijk in een kring rond dat raam rond, alsof hij steunzolen heeft, eksterogen?

Na de klas zei Louis: 'Gij had het over mij.'

'Als ge dat zo wilt zien.'

'Ge denkt dat ik door de duivel bereden word.'

'Wie niet?'

'Dat ik mij aan het kwaad overlever.'

(En nu kan ik nog kiezen welk kwaad wát kwaad is in zijn ogen, het heidens gemarcheer achter een vlag die niet van God is, of het banale kwaad als bijvoorbeeld de hitsige lectuur van *Houtekiet*, het boek van Gerard Walschap dat op de index staat. Tante Mona zei: 'Als mijn werk gedaan is lees ik liever iets dat de mens verheft zoals de Noorse trilogieën.')

'Ge denkt dat ik vrijwillig het kwaad doe! Goed, in dat geval heeft God mij zo gemaakt, afgelopen!'

'Nee. Hij heeft u gemaakt met kwaad en goed.'

'Waarom?'

'Als ge alleen maar goed zoudt zijn, zou er geen verdienste zijn in het kiezen voor het goede.'

De Kei haalde een hagelwitte zakdoek tevoorschijn, wreef zijn bril af, de zwarte pupillen waren die van de poliep in de gekleurde pagina's van *Signal*. Jezuïeten krijgen onderricht in het dwars-door-de-zondaars-kijken.

'Baudelaire zegt...'

'Nee,' zei Louis. (Nee! Niet weer in die vuilnisbak naar uitspraken grabbelen waar de uitspraakzieke kinkels van het verleden in gebraakt hebben.)

'Ja,' zei Louis. 'Wat zegt hij?'

'Dat er maar drie eerbare beroepen zijn, dat van de priester, van de soldaat en van de dichter.'

'Ik wil geen priester worden.'

'Natuurlijk niet. Met mij als voorbeeld.' Het was sarcastisch bedoeld en het klonk als een snik van Mama om Bibi. Louis zag de priester zich vermannen, de bril opzetten als een masker.

'Soldaat,' zei Louis.

De Kei knikte vermoeid.


In de chloorlucht van het zwembad. Bosmans peddelde blazend, op zijn rug. Haegedoorn trok zijn vast aantal banen. Genevoix rekte zich uit op de duikplank, schouwde wat er van zijn Schaar overgebleven was. Drie man. Seynaeve zat aan de rand. Het hoofd van een Duitser dobberde, want zo blond, zo getaand, zo gespierd is geen Vlaming. Zelfs kampioen Karel Sijs niet die de Houzee-groet brengt vóór zijn vuistkamp en die portier is in het casino van Oostende. Genevoix floepte zonder één spatje het water in. Dolfijn. *Leistungsabzeichen.*

Toen weerklonk vanuit een der cabines een onvervaard luide basstem die zong: 'Go down, Moses.' Het zwembad dat op dit bevoorrecht uur bevolkt was door kameraden schrok ervan. Was een Engelse vliegenier, tot nu toe verborgen door communisten en sluipschutters, krankzinnig geworden van overmoed, overweldigd door doodsverlangen? Louis herkende de stem, het halve deurtje smakte open en Vuile Sef kwam uit de cabine gewandeld in een oranje broekje waar een knobbel in wiebelde. Hij ging met wijdgespreide benen staan, handen op de heupen en Louis dook meteen het bleekwater in, zag door zijn natte wimpers hoe Vuile Sef op zijn handen stond, lange geplooide tenen tegen de gerotste, okeren muur.

'Vuile Sef? Wat deed hij in de zwemkom?' vroeg Papa.
'Zingen.'
'Had hij dan een speciale *Schein*?'
'Weet ik niet.'

Louis probeerde Vuile Sef en Louis Armstrong na te doen, 'Go down, Moses', maar het geluid klonk lang niet schraperig genoeg, veel te hoog, en deed zijn keel schrijnen, hij hoestte.

Precies zoals hij verwachtte, zei zijn vader: 'Negers nadoen, dat is onze cultuur tegenwoordig.'

En tegen Theo van Paemel: 'Zingen over Moses! Niet alleen lijk een neger maar ook nog over een jood. Het is teveel van 't goede.'

Van Paemel zei: 'Die Vuile Sef gaat nog een keer tegen de lamp lopen. Let op mijn woorden.'


Het eerste uitstapje van de NSJV-afdelingen Walle en Idegem per autobus gold Wierebeke, het schilderachtig dorp in de Vlaamse Ardennen dat bezongen werd onder anderen door Alice Nahon, die terwijl zij aan tering stervende was nog dichtte, en door Karel van de Woestijne, de decadente Vlaamse Kop met de brede neerhangende halfbloedlippen ('De tuinen galmen in de walmen van den herfst...') die volgens Peter zwaar bezat les gaf aan de Universiteit met nog sporen van zijn slemperijen op zijn kleren. In de bus, bij het raampje vlak achter de rug van de dikke chauffeur die, een mens mag toch een keer lachen, de oranje tipdas van een *kerlinneke* als een tulband op zijn hoofd had geknoopt, zat een donkerharig meisje dat vaag op Bekka leek maar dan in het beschaafde, burgerlijke, tamme. Zij was de enige in de bus die geen uniform droeg, maar een zijdeachtig jurkje met herfstkleurige bloemen. Zij staarde onafgebroken naar buiten zonder het wisselende landschap te volgen, glooiend, bebost, met akkers die tot aan de horizon reikten. Zij dacht ongetwijfeld aan de patriciërswoning die zij, ongezien, vóór dageraad had verlaten en waar haar moeder aan een slopende ziekte lag te sterven, want zij wou haar vader die zich in het oog van het noodlot koen en waardig had gedragen met zijn echtgenote alleen laten opdat hij, ongehinderd door haar aanwezigheid, haar laatste woorden zou kunnen opvangen die niet voor een kind bestemd zijn, en nu leverde zij zich over aan het vaak onbestemde maar in haar geval zeer concrete verdriet van een enig kind. Louis wou naast haar plaats nemen, haar hand vasthouden, haar troosten, bijvoorbeeld zonder haperen fluisteren: 'Het is afschuwelijk, maar het ligt in de natuur der dingen, dingen groeien maar moeten uiteraard dan ook vergaan.' Zoals men in de boeken van Gulbranssen of John Knittel zei, minder bij Jack London. Maar dan zou hij haar storen in de mijmering van haar ziel. Misschien kon hij haar, bij het uitstappen van de bus, een briefje in de hand duwen: Uw voorkomen heeft mij getroffen. Gij hebt een door mij zelden (nooit?) ontwaard (gezien) profiel, het is nobel? voornaam? trouw? nee, *innig*.

Het meisje peuterde in haar neus, zoals men doet als men vergeetachtig wordt door een groot verdriet.

In de turnzaal van de gemeenteschool van Wierebeke werden zij begroet door het schoolhoofd, een oom van Genevoix. Hij was verheugd over de éénwording van de Vlaamse jeugd in het NSJV dat het Algemeen Verbond van de Vlaamse Jeugd, de Dietse Meisjesscharen, Jong Dinaso, de REX-Jeugd Vlaanderen, de Vlaamse Jeugd, het Vlaams Instituut voor Volkskunst en nog veel meer bundelde. In opgewekt en vaderlijk Duits sprak toen een verkouden, bebrilde veertiger, Doktor Bühlen, over de nieuwe ordening van Europa naar de volkse beginselen. Bosmans, naast Louis, kon het Duits moeilijk volgen, zijn mond stond open van de inspanning. Het ging erover dat Dietsch und Deutsch aus einer Wurzel ontstaan waren en dat die neue germanische Ordnung door alle Beteiligte im völkischen Schicksalsinteresse in zich die Verpflichtung Deutsch und Dietsch niet sprakelijk-filologisch in Antithese maar zondern Geschichts- und Toekomstbildend in Synthese gezien wordt. Sterke rughaltloze bekentenis tot Zusamenarbeid mit dem grossen deutschen Brudervolk.

Nach Oostland willen wir reiten, das war das lied onzeren Voorveder, en dat bleibt der Weg der Natur.

Daarna danste Louis de quadrille van 'Mie Katoen' en een zakdoekdans waarbij een mollige, stroblonde meid met een ronde bril hem bleef aanklampen.

'Ik heb u nog gezien in Roeselare,' zei zij.

'Het zou kunnen.' (Nooit Roeselare gezien, stad van Tetje, Egyptenaren en Rodenbach.)

'Op de Nieuwmarkt. Ge keek de hele tijd naar mij.'

'Ja. Ik herinner 't mij heel goed.'

'Wat voor een kleed had ik aan?'

'Een blauw.'

'Lichtblauw ja.' Huppeldehup. Zweet. Hop. Hop. Haar vlechten zwierden, ranselden de lucht. Zwaai. Zweep.

'Gij hebt nog niet veel gevolksdanst, hé?'

'Ik ben het aan het leren,' zei Louis.

'Gij hebt er aanleg voor, ik zie dat direct.'

'Bedankt.'

Zij zat naast hem op de platte stenen in een openlucht theater, een glooiing en een arena in een heuvel gegraven, achter het toneel stonden dichte dennen, als in de illustraties van de Märchen van Grimm, zachte aquarellen, zoals Nonkel Leon die nooit zou kunnen penselen.

Zij dronken donker Oudenaards bier en aten boterhammen met kaas die Genevoix ronddeelde. Ineens herkende Louis het toneel. Hij is vier of vijf jaar, zijn vader tilt hem op tussen drummende mensen, zet hem neer, op een platte steen waarrond nat gras groeit, Mama neemt hem op haar schoot en trekt een geel en zwart gestreepte, gebreide muts over zijn hoofd. Tegen een achtergrond van fosforescerende dennen staat de smid Smedje Smee en duwt een gouden zwaard tegen het fonkelend harnas van de Franse tiran Chatillon die in het Frans om genade krijst. Louis krijst ook en wordt gesust. Hij krijst weer als veel later Chatillon, die je kunt herkennen als Fransman omdat hij een lelie op zijn jas draagt, zijn bijl heft en die in Smedje Smee's moeder slaat, zij had een bloedrode streep over haar hals, zij had van bloed glinsterende handen waarmee ze wiekte. Krijsen. Trappelen. Mama bedaart hem. Niet genoeg. Nooit genoeg. Nooit meer.

'Het is kaas uit de streek,' zei het meisje dat Hilde heette en hobo speelde met haar broers en kaart kon lezen en het snelst van haar *ronde* haar ransel kon inpakken.

'Ronde?'

'De ronde, de rei, het pennoen, de gouw en het gebied,' reciteerde zij.

Bosmans deed de ronde om restjes en korstjes brood op te halen. Met bolle wangen, malende kaken streek hij neer en gaf Hilde een flintertje kaas.

'Hm, hm,' deed zij. 'Het is kaas uit de streek.'

'Als ge wilt zal ik er u straks nog wat brengen,' zei flirtende Bosmans.

'O ja? Gij zijt lief.'

'Gaarne gedaan.'

'En nog een boterham.'

'Twee,' zei veroveraar Bosmans.

'Ik heb een tante,' zei Louis, 'mijn Tante Nora die altijd

poetsen bakt. Toen mijn ouders pas getrouwd waren heeft ze een keer een stinkkaas, Herve, onder hun bed gestopt.'

'Ik ben niet voor Hervekaas,' zei Hilde, 'uw adem ruikt de hele dag.'

'Dat hebt ge van Camembert ook,' zei *Lebemann* Bosmans.

'O ja?' koerde Hilde.

'Ja, ge moet direct daarna op een koffieboontje knabbelen.'

'Is malt ook goed?' De twee geliefden gierden. Louis wandelde weg, naar het toneel waar Genevoix limonade uitschonk.

'Bosmans is verliefd,' zei Louis schamper tot Haegedoorn.

'Zij is niet mis,' zei Haegedoorn. 'Een ferm gat.'

'Ja, maar die bolle kop.'

'Daar legt ge een handdoek op.'

Het meisje in burger dat op Bekka leek zat in de schaduw met opgetrokken benen waarover haar gebloemde jurk spande. Elke keer dat zij in haar boterham beet vertrok haar gezicht in een woeste grimas.

'Die daar,' zei Louis, 'dat zou nog iets voor mij zijn.'

Meteen stapte Haegedoorn op het meisje af. Met een gloeiende schaamte zag Louis hoe Haegedoorn tegen haar aan praatte terwijl hij naar hem wees.

Ik zal dit melden. Haegedoorn moet uit onze rangen gegeseld worden, omdat hij de elementairste regels van de kameraadschap schendt.

En overigens, Schaarleider, heeft u niet gezien dat Haegedoorn *twee* flesjes Oudenaards bier gedronken heeft in plaats van ons reglementair rantsoen van één fles per man, en Schaarleider, Haegedoorn's vader smokkelt spek en boter, ook de zoon konkelt met de ergste vijanden van ons volk. Haegedoorn stak zijn hand uit, trok het meisje overeind dat onbegrijpelijk gewillig met hem meekwam, naar Louis toe.

'Hier is hij,' zei Haegedoorn. Het meisje was bijna zo groot als Louis.

'Het schijnt dat gij mij dringend iets moet zeggen.' Zij kauwde.

'Het is te zeggen... ja, dat het hier magnifiek is, de pure lucht van de bossen... van deze streek... waar de kaas vandaan komt...' Zij staarde ongelovig naar Louis'maagstreek, naar het blinkende koppelslot met de meeuw die het Deltateken omklemde. Als gek opgewreven vanmorgen met koperpoets. Hilde verliet de rij bij Genevoix en reikte hem een flesje limonade aan. (Ga weg, vetzak!) Een fluitsignaal weerklonk, men verzamelde.

'De volgende keer dat ge mij iets wilt zeggen,' zei het meisje dat grijsblauwe ogen had, 'denk er eerst goed over na.' Zij ging naar de achterkant van het toneel met lange, atletische passen die niet bij haar ranke lijf hoorden.

'Zij heeft het hoog in de bol,' zei Hilde.

'Waarom draagt ze geen uniform?'

'Zij?' Hilde glimlachte vredig. 'Zij is niet van ons. Zij is meegereden met haar vader, dat is alles.'

Genevoix brulde, men trad aan, de Opperschaarleider verscheen, knapen en kerels vormden een kring. In hun midden trad een man in een bruinfluwelen jasje en een flanelbroek. Hij had rood ongewassen haar dat in vette krullen op zijn schedel gekleefd zat. Hij keek woedend links en rechts, wachtte tot geen adem meer hoorbaar was, stak zijn kin vooruit, zocht iets in de verte, tussen de schaapjeswolken, spreidde zijn armen en kruiste ze.

'Men zegt...,' zei hij venijnig, schraapte zijn keel en riep toen schril: 'Men zegt dat het Vlaams teniet zal gaan, 't en zal! Dat het Waals gezwets zal bovenslaan, 't en zal! Dat zeggen en dat zweren wij, zolang als wij ons weren, wij...'

Vogels antwoordden, koeien loeiden. Hij overstemde ze, blafte, schreeuwde, stak zijn verkrampte vingers naar de horizon waar de laaiende rijmen van Guido Gezelle (priester en dichter, twee van de drie eerbare beroepen) het tot nu toe geknechte volk wakker maakten. Handgeklap. De man wiste zijn zweet af, plette zijn krullen, boog, uitgeput.

'Hij kan het toch goed zeggen,' zei Bosmans.

'Hij is begeesterd,' zei Hilde.

'Ik heb er kippevel van gekregen,' zei een klein meisje en

liet het zien op haar schraal armpje, vlak bij de oranje rune van trouw.

'En ge moet hem horen over de meeuwen! "Waar men geen kleinheid kan ontwaren..."'

'Het is dat ik aldoor speelschaardienst heb, anders ging ik naar zijn avondlessen in voordracht.'

'Het is bijna niet te geloven dat het dezelfde man is die Dalle speelt in de radio!'

'Van Wanten en Dalle? Is hij dat?'

'Ja. De apotheker Paelinck.'

Het meisje dat op een elegantere Bekka leek ging naar de apotheker toe en stak haar arm door de zijne, leidde hem weg als een zieke.

Daarna zou men een bezoek brengen aan Geerten Gallens, wiens werk soms in kleuren in *Ons Volk* werd afgebeeld. Een onzer beroemdste landschapschilders, zei Genevoix, die zoals altijd in kleine landen het geval is, meer in het buitenland gewaardeerd wordt dan bij ons, zijn eigen mensen steunen hem niet, maar hij draagt zijn lot in afzondering en vertrouwen in zijn kunst.

Zij klommen zingend een heuvel op, naar het landelijk café 'Schampavie' dat door de kunstenaar werd uitgebaat in de serene Vlaamse boslucht.

De Opperschaarleider gaf toestemming om nog één glas bier te drinken, maar dan niet het Oudenaardse bier (gesteld dat zij het konden krijgen want hun flesje van daarnet was aangeboden door de brouwer van Wierebeke, een ware sympathisant).

Geerten Gallens was een pateratig mannetje dat handenwrijvend tussen de tafeltjes schoof. Gele dons lag her en der verspreid op zijn kalende bultige schedel. Olijke oogjes achter een stalen brilletje. Zijn afgebeten vingernagels droegen nog sporen van verf, hij beet op een gekrulde pijp.

In groepjes van zes mochten zij zijn atelier bezoeken. Gallens wees naar het heuvellandschap door de wijde ramen, die vooral het Noorderlicht binnenlieten, zo essentieel voor een schilder. Er stonden twee schildersezels, bespat met duizenden verfvlekjes. Gallens poseerde met zijn palet in de hand toen Hilde foto's van hem en haar Reileidster nam. 'Gij moet er mij wel eentje op sturen, deugnietje,' zei hij.

'Dat spreekt vanzelf, meester,' zei de Reileidster.

'Jaja, dat zeggen ze allemaal.'

De schilderijen leken op elkaar, meestal stelden zij een sneeuwlandschap voor met sprietjes van bomen en de felrode lucht van een ondergaande zon. Er hing er een in het salon van Marnix de Puydt.

'Wel, wat peinst ge ervan? Oprecht zeggen. Kom, kom, geen maniertjes.'

'Het is schoon,' zei Haegedoorn.

'Dat weet ik ook,' knorde de schilder. 'Maar wat voelt ge, wat ondergaat ge als gij mijn werk ziet? Is het een stille ontroering, zoals men in *De Gentenaar* heeft geschreven of is het meer een esthetische emotie?—Zie ze daar eens staan met hun mond vol tanden! Ehwel, merci, is dat de Jeugd van Vlaanderen?'

'Dat komt omdat onze jeugd niet gewend is...' begon de Reileidster.

'Dan moet onze jeugd leren zijn gedacht te zeggen!' riep Gallens.

'Wel, wat is het? Spuw het uit! Is mijn werk misschien niet modern genoeg voor uw smaak? Maar, gastjes, dat moderne, dat zogezegd moderne heeft ons leven vergald, van mijn vrouw en mijn kinderen en mij! Wat heeft het moderne ons bijgebracht? Alleen maar modieuze zotternij! Het ene nog dwazer dan het andere! En is dat het beeld van de hedendaagse mens?'

Hij greep de loep die naast zijn palet lag en duwde haar in Louis' hand.

'Vooruit! Kijk er door! Hier! Maar kijk toch, nondedju!'

Louis beefde, richtte de loep, zag de sprieteltjes, de minieme vertakkingen van de boompjes in de klodderige sneeuw.

'Dat is handwerk, meneer! En wat doet die lomperik van

een Permeke die notabene door Pater Stubbe wordt geroemd? Wat doet hij? Hij neemt een vaagborstel en een emmer, ik zal het maar ronduit zeggen, een emmer stront en hij smeert dat uit en hij zegt: "Dames en heren, dat is expressionisme, het is zo dat ik de wereld zie!" Ik, Gallens, zeg: "Als het zo is dat ge de wereld ziet, dan, Permeke, dan moet ge als de bliksem naar de oogmeester en vandaar regelrecht naar de psychiater!"'

Men giechelde obligaat.

'En meneer Frits van den Berghe die gedrochten op het doek frummelt erger dan Picasso, mensapen, bosnegers en monsters met ogen en neuzen door elkaar, wat deed hij als hij voor *Vooruit*, voor de socialistische propagandagazet, tekende? Dan tekende hij ze wel proper en herkenbaar, de rode voormannen, omdat de gewone mens moest aangesproken en overgehaald worden de Internationale te zingen. En voor de rijke joden schilderde hij dan weer dat boerenbedrog met likjes en spuwsels waar dat ge kop noch staart aan kon vinden. En meneer Gust de Smet, die aangezichten schildert als blote achtersten!'

Hij kneep in Hilde's welige arm. 'Kom eens hier. Ik ga u een geheimpje verklappen. Wat dat ik anders nooit doe. Een kok laat niemand in zijn keuken binnen. Wel, Gallens wel. Kijk hier. Ziet ge dat maantje, ziet ge hoe dat geschilderd is, hoe delicaat? Wel, hoe is dat geschilderd?'

Met zijn hand op haar heup scharrelde hij tussen de rommel van tubes, penselen, lappen, kranten, vernisflesjes, terpentijnbussen en hield een lucifer voor haar rond gezicht met de ronde bril.

'Hiermee. Zo simpel is dat. Met een solferstokje! Een maan, een hemellichaam laten schijnen met een solferstokje. Daar staat ge van te kijken, hé? Met de simpelste middelen komt ge het verst. Als ge uw stiel kent, wel te verstaan!'

Hij keek op zijn polshorloge. 'De volgende,' zei hij. Terwijl zij naar de deur gingen: 'Als ge thuis komt, gastjes, vertel maar gerust aan vader en moeder, wat ge bij Gallens gezien hebt. En als zij geïnteresseerd zijn in een originele

Geerten Gallens, getekend en met een getuigschrift, kunnen ze op gelijk welk moment naar de 'Schampavie' komen, een glas drinken en mijn werk bestuderen. Wat kopen betreft, ah, dat is iets anders. Zij zullen er rap moeten bij zijn, want de goede Gallens vliegen weg vóór dat ze droog zijn. Ja, rap zullen ze moeten zijn, want Gallens zal het niet lang meer trekken, met zijn hart. Hij heeft teveel afgezien. Allee, gastjes, au revoir en Houzee!'

'Houzee, meester, dat is van het VNV!'

'O, God, dat is waar ook. Wie zijt gij ook weer? De NSJV. Ja, natuurlijk! Dan is het Heil, hé?'

'Heil Vlaanderen,' zei Bosmans.

'Juist. Natuurlijk. Allee, Heil Vlaanderen.'

Zij sliepen in het stro, in een schuur als een kerk. De meisjes werden ondergebracht in de dorpsschool. Een zomerregen. Louis kon niet slapen. De apotheker zwierf nu met zijn ranke donkere dochter door de velden onder een met een gescherpte lucifer omlijnde maan, zij viel in een sloot, haar dijen wijdopen, haar hagelblanke buik deinde, zij richtte zich op en viel drie vier keer vertraagd gewillig achterover, elke keer weken haar knieën vaneen. De schuur vlotte uiteen, werd een bos met een openluchttoneel, Louis' adem verwekte een klamme hitte. Na een tijdje op zijn buik gelegen te hebben, wendde hij zich naar de slapende Bosmans, nam diens hand en legde die op zijn onderbuik. Hij krulde de koele vingers rond het harde strakopgerichte ding en bijna onmiddellijk liep hij leeg, hij gooide de hand van zich weg. 'Weg van mij, vuilaard,' zei hij tot de snurker en verjoeg toen ook grimmig het beeld van de apothekersdochter zoals zij in de bus op weg naar Wierebeke achter de chauffeur had gezeten met al het verdriet van België in haar ogen die weerspiegeld wijd in het raam keken als naar hem. Door een spleet in de gammele planken van de schuurdeur keek hij naar de sterren die niet zijn waar wij denken dat ze zijn, omdat het licht soms rare bochten maakt voor het ons bereikt.

Tante Mona schonk malt in voor Tante Nora, in de veranda, waar zij wachtten op Mama om samen de stad in te gaan. Omdat Louis in de keuken zat praatten ze niet over Mama.

Tante Mona was dik aan het worden. 'Van *Liebe*,' zei ze. 'Want de een zijn moord is de andere zijn brood. Ik weet het, 't zijn wrede tijden als de oorlog woedt of broeit of loeit, maar ik kan er niets aan doen, ik ben gelukkig met mijn *Gefreiter*, wij komen overeen lijk spek en eieren, en ik vergeet de hele trammelant, de bommen en de kanonnen. Ulli zegt het dikwijls: "Mein Liebchen, wass willen wij nog meer?" Zo attent dat hij is, Nora! Hij zet, als al de Duitsers, de vrouw op een *piedestal*. Want als zij naar de oorlog gaan, willen ze naar huis komen naar die Frau en die is 't zinnebeeld van 't huishouden. Kom daar een keer om bij de Belgen. 't Is simpel, Nora, ik ben in de hemel.'

'Zolang dat 't duurt.'

' 't Is gelijk. En hoelang dat het duurt, dat weet alleen Onze Lieve Heer!'

'Gij hebt altijd geluk gehad.'

'Maar Nora, ge gaat toch niet jaloers zijn op uw eigen zuster!'

'Ik ben niet jaloers.'

'Maar triestig?'

'Een beetje.'

'Soms zou ik durven beginnen klappen over trouwen, en dat ik met hem mee zou gaan naar Wachenburg om kennis te maken met zijn ouders, maar hij is er niet voor. Ik zeg, "Maar Ulli, ge kunt een man alleen maar goed kennen als gij zijn moeder kent." "Nee," zegt hij, "later, als de Krieg aus is." '

'Dat kan nog een tijdje duren, met dat tweede front. En met de Kaukasus.'

'Ja.' Stilte. De kopjes die verschoven. Fluisterden ze? Maakten ze tekens naar elkaar? Wezen ze naar de keuken waar de verklikker zat?

'Maar, Mona, ge peinst toch niet serieus over trouwen?'

'Waarom niet? Hij heeft een schoon inkomen te ver-

wachten want hij is ingenieur van bruggen en wegen.'
'Zegt hij. Anders zou hij toch officier zijn.'
'Nein! Dat wil hij niet.'
'Hij heeft niets te willen. Zij worden verplicht.'
'Denkt ge?'
'Vraag het hem.'
'Ik durf niet.'
'Hij heeft een serieus inkomen?'
'Zijn vader is ook burgemeester van Wachenburg en dat is geen parochie lijk bij ons Sint-Rochus.'

Louis trachtte zijn les te leren. Je hebt somacellen en geslachtscellen, de eerste zijn niet erfelijk. Wel sterfelijk dus. Lamarck zegt het tegenovergestelde, hij heeft het over de erfelijkheid van verworven eigenschappen.

'Waar dat ik toch benauwd voor ben, Nora, is dat hij te weten zal komen dat ik een gescheiden vrouw ben. Want ik heb hem wijsgemaakt dat mijn man in mei Veertig gesneuveld is, mitrailleuse in de hand. En dat dat eigenlijk een beetje zijn schuld is, als Duitser. Gelukkig is hij gelovig.'
'Een kwezel dus.'
'Maar neen. Ik wil zeggen: hij gelooft nogal rap wat dat ge hem vertelt. Zo zijn de Duitsers. Het erewoord, dat is heilig.'
'Hij gaat niet naar de mis?'
'Nee. Hij is Protestant.'
'Oei oei, zeg dat niet aan ons vader.'
'Nee, ik ga hem niet loslaten. Vooral daar hij betaalt voor Cecile haar danslessen en dat hij altijd wil dat zij pappi tegen hem zegt. Nee, het is beter dat hij peinst dat ik een *Witwe* ben.'
'Een wat?'
'Een *Witwe*. 't Klinkt onnozel, *Witwe*, maar 't is toch wat dat ik ben, zonder vent. Al staat het niet zo opgeschreven in de Burgerlijke stand. Een *Witwe* en nog *lustig* erbij.'
'O gij zotte Mona. Gij hebt altijd geluk gehad. En ik, ik ben verloren geboren. Met mijn astma.'

Louis stond in de nis van de Bank, rug gedekt door de granieten geribbelde gevel. Aan de overkant stapte af en toe een vrouw de apothekerij binnen.

Paelinck liep in een witte stofjas over en weer achter de toonbank, reikte flesjes, doosjes aan, knikte bedaard met zijn roodharige ernstige hoofd, woog poedertjes. Ik zou als klant gewoon naar binnen kunnen gaan om een zalfje of aspirines te vragen, maar als zij dan net uit het deurtje met het matglaspaneel te voorschijn komt.—Dag, Simone, hoe is het met u tegenwoordig, als ik zo onbeschoft onbescheiden onhoffelijk mag zijn dit te vragen?—Tiens, hoe kent gij mijn naam?—Ik heb opzoekingen gedaan, nagevraagd, menige buurman verhoord.—Dat zal wel.

De ronde Hilde had met een haatstem verteld dat Simone Paelinck zich te goed, te chic voelde om zich bij de beweging aan te sluiten, dat zij te grote voeten had, dat zij met moeite kon lezen en schrijven.

—Aspirines voor mijn moeder, Mijnheer Paelinck.—Of dokter Paelinck? Apothekers hebben doktersstudies gedaan.—Tiens, Simone. Apropos, Simone, zouden wij morgen niet eens naar *Wünschkonzert* gaan met Ilse Werner. Als dokter Paelinck het toestaat, natuurlijk!

Hij stapte beslist, alsof hij vreselijke haast had, de apothekerij binnen, kocht aspirines, de man lette nauwelijks op hem. Louis draalde, deed alsof hij belangstelling had voor een fles tegen roos, las lang het etiket, trok dan de rinkelende deur voorzichtig achter zich dicht, zij was op stap met een andere jongen, die met moeite lezen of schrijven kon, maar haar heftig en ervaren het hof maakte.

Met zijn Hitlerjugenddolk kraste hij witte strepen in de gevels. Toen hij thuiskwam gooide Papa zijn *Volk en Staat* op tafel en kwam half overeind.

'Dacht ge dat ik Mama was?'

'Nee,' zei Papa. 'Zij is...'

'... verlaat. Zij moet overuren doen.'

'Zij moest naar een vergadering. Zij kon er niet onder uit.' *Volk en Staat* was al te achteloos neergekomen, de verbleekte gemene kleuren van het omslag van een Lord Listerroman waren zichtbaar.

'Hebt ge honger? Dat moet ik eigenlijk niet vragen. Ge hebt altijd honger, gij.'

Papa bakte twee haringen. De rook deed Louis kwijlen. Hij vermorzelde de graten. Hij had nog honger. Hij trok de Lord Lister-roman te voorschijn, een gemaskerde man in smoking sprong uit een rijdende trein in een vaal-turkooizen mist.

'Gaat ge naar de mis morgen Louis?'

'Natuurlijk.'

Louis ging elke morgen, in het vroege duister. De olielamp, het gedempt gezang, God in het tabernakel, het piepend harmonium, de oude vrouwen, God in de hostie, wierook, de andere verkleumde leerlingen uit de buurt, God op de tong.

'Als de mis uit is, beginnen ze dan al te werken, aan de overkant, in de ERLA?'

'Dat hangt er van af hoe laat de mis gedaan is. Soms staat er al wat volk aan de poort.'

'Welk volk?'

'Het werkvolk. De bedienden komen later. Zoals Mama. Om halfnegen.'

'Maar de bazen?'

'Welke bazen?'

'De directeurs!' zei Papa ongeduldig.

'Hoe kan ik nu weten hoe laat ze komen?'

'Hebt ge ze nooit gezien, 's morgens vroeg, meneer Lausengier en de andere directeurs?'

'Ik let daar niet op.'

'Gij let nooit op iets, gij.'

Naast zijn Lord Lister had Papa een doos broodsuiker en een glas pompwater klaar staan. De doos was al voor drie kwart leeg.

'Zij komen natuurlijk te laat op hun werk 's morgens. Hoe kan het anders? 's Nachts feesten en brassen, dan kunnen ze niet uit hun nest. Zij die nochtans op die verantwoordelijke post gezet zijn omdat ze competent zijn. Nu kunt ge daar tegenover stellen dat het maar onderdelen zijn die daar gerepareerd worden. Maar elk onderdeel van een Messerschmitt telt. Als de bazen hun plicht niet doen, is heel de oorlog om zeep!'

Hij dronk, hield water in zijn mond, duwde er een suikerklontje in, zoog.

'Gij kent ze toch, de directeurs?'

'De bazen van Mama?'

'Ja. Die Meneer Lausengier en die andere waar ze ook over spreekt af en toe, Doktor Knigge. Gij hebt ze toch al eens gezien?'

'Ik. Nooit.'

'Ik dacht het. Ik dacht dat ge ze gezien had, toen zij taartjes zijn gaan eten op de Grote Markt, alle drie.'

'Nee,' zei Louis koppig.

Na een half uur hield Papa het niet meer uit. 'Kom.' Hij zette zijn hoed op. In de 'Vooruit' was *Wunschkonzert* al afgevoerd. Zij zagen *De Vallei van het Geluk*, ook met Ilse Werner. Toen het kleine meisje in haar Tirolerjurkje in het ravijn viel en daar van iedereen verlaten in het onguur gebergte met de titanische wolken om haar Mutti kermde beet Papa verwoed op zijn knokkels. Ook de matrozen en hun bootsman in hun zwarte jakken op de rij vóór hen waren ontroerd, muisstil. Ook zij zouden met man en muis vergaan, ver van hun Mutti, in koud water.

In café 'Groeninghe' hielden Amadeus en Aristoteles, de blonde, bange kinderen van Marnix de Puydt elkaars hand vast. Hun dronken vader lag op de groene pluchen bank onder het levensgroot en natuurgetrouw gekleurd portret van Untersturmführer Tollenaere waar een zwarte strik omgebonden zat, een rouwende echo van de lavallière in grijs satijn die De Puydt om zijn nek had. Tollenaere heeft zijn dodelijke plicht gedaan, niet räsonieren, het was een kaakslag in het gezicht van de Belgische lauwte en een nekslag voor de hele Vlaamse gemeenschap. Want wint Moskou, dan is het Avondland verloren. De hartstochtelijke bebrilde advocaat had de dreiging die over onze godsdienst, onze cultuur, onze economie hing niet zo maar kunnen aanzien. Voor Outer en Heerd. Zij hebben de ijsgrond met dynamiet moeten openrijten om er zijn kist in neer te laten, daar, in de schaduw van het orthodoxe kerkje van Podboresje. Zelfs Radio London, schijnt het, heeft fair gereageerd, zijn marteldood consequent genoemd.

'Europa, Europa, dat bestaat niet!' zei Marnix de Puydt.

'Marnix,' zei Papa die als de dichter nuchter was hem altijd met meneer aansprak, 'Marnix, gij zijt ver gezet!'

'Staf Seynaeve, immer is Europa geweest en immer zal het blijven een tegen elkaar gekwakt hoopje landjes die in de eerste plaats voor hun eigen landelijke specialiteiten zullen strijden, voor hun spaghetti, voor hun Pale-Ale, voor hun Goethe.'

'Toch bestaat Groot-Europa in de geest van velen,' zei een onderwijzer.

'Jazeker,' riep De Puydt, 'en het bestond voor Karel de Grote, voor Napoleon, het is ook een voor de hand liggend concept, iets dat makkelijk te overzien en te regeren is, maar het punt is dat de dingen nu, de dingen nu... een Scotch, Noël!'

'Gij hebt al meer dan uw rantsoen,' zei Leevaert.

'En twee citron-pressés voor mijn nakomenschap!'

'Met veel suiker,' kreet Aristoteles.

'Die klerkenmanie om alles groot te maken! Groot-Gent, Groot-Antwerpen, Groot-Dietsland, Groot-Nederland. Het is overigens allesbehalve nieuw, heren. Herinner u, de oudjes onder u zullen zich herinneren dat de grappenmakers Pierre Nothomb, Carton de Wiart en wie nog meer? gedurende de oorlog van Veertien-Achttien Groot-België wilden maken met Nederlands-Limburg en het Groot-nog een keer Groot-Hertogdom Luxemburg erbij. En wie was er nog meer, die met de voorbestemde naam, appellation contrôlée, die van de Staaltrust, Barbanson, weet ge nog, de Brabançonne was in zijn hersens geslagen. En wie nog meer? Ah ja, de Broqueville die toen minister van oorlog was! Terwijl onze piotten, de fleur van ons land, vermassacreerd werden in de loopgraven, hebben die heren dit bij Dom Pérignon en tussen de courtisanes in een Parijs' seralhio uitgedokterd, Groot-België! En volgens de hersenspinsels van die nobiljons in 1917 zou Palestinië met zijn heilige plaatsen onder de voogdij van dit Groot-België geplaatst worden. In naam van onze dappere kruisvaarders, Godfried van Bouillon, Boudewijn Hapken of was het Boudewijn de Tweede?'

'Boudewijn de Eerste en de Tweede,' zei Louis. 'Boudewijn Hapken was de Graaf van Vlaanderen, geen kruisvaarder.'

'Wie was dan Boudewijn, de keizer van Constantinopel die de Bulgaren onthoofd hebben, en van wie ze de schedel horizontaal in tweeën gekapt hebben?'

De blonde tweeling juichte.

Marnix de Puydt vervolgde baldadig: 'En waar ze wijn in gegoten hebben en dan de rauwe hersenen hebben opgegeten?'

'Kinderen, stil!' riep Noël de baas.

'Dat zal Boudewijn de Eerste geweest zijn,' zei Louis. 'In Adrianopel.'

'Ik dacht: Hapken, vanwege de bijl in zijn hoofd...'

'Hersens in wijn gestoofd, dat moet niet slecht zijn,' zei een landmeter. 'Maar rauw, nee, dat zou niets voor mij zijn.'

'Die heilige plaatsen aan de Belgen overlaten, dat is nog zo'n slecht gedacht niet,' zei mijnheer Groothuis.

'Belgiekske nikske,' zei Papa.

'Want ge kunt ze toch moeilijk aan de joden geven, de plaatsen waar dat ze zelf Ons Heer hebben gekruisigd.'

'Het scheelde een haar of België had ze, de heilige plaatsen,' zei Marnix de Puydt, 'want er waren vooraanstaande figuren in betrokken.'

'Kardinaal Mercier,' zei Leevaert.
'Kardinaal Merci,' zei Papa.
'Die is nog speciaal naar Parijs getrokken om te gaan pleiten bij Clemenceau.'
'De Tijger!' zei Papa.
'En Clemenceau had er oren naar.'
'En waarom is dat dan niet doorgegaan?' vroeg een bloemenkweker. De Puydt knikkebolde. 'Da week nie.'
'Omdat Clemenceau uiteindelijk niet verkozen is geweest als president,' zei Leevaert. 'Van pure recalcitrantie is hij op zijn landhuis op den buiten gaan nukken, het kon hem niet meer schelen.'
'En 't was gedaan met Groot-België,' riep Papa triomferend.
' 't Was toch geen slecht gedacht,' zei mijnheer Groothuis. 'België had zaken kunnen doen.'
'Wij hadden in Palestinië met congé kunnen gaan.'
'Ja, voor half geld met de Bond van Kroostrijke Gezinnen.'
'Noël, geeft ons nog een van hetzelfde.'
'In de zon in 't Heilig Land, met een goeie Pernod.'
'Ach, een mens droomt altijd van 't parâdijs.'
'Het Paradijs,' zei Marnix de Puydt log, 'heeft heel kort geduurd. Volgens de berekeningen van de *sommo poeta* van Florence niet langer dan zes uur.'
Men was het erover eens dat dat te kort was.
'Wat scheelt er, Staf? Ge ziet zo bleek,' vroeg mijnheer Groothuis.
'Hij heeft een lintworm van teveel varkensgehakt te eten.'
'Ja. Van zijn broer Robert.'
'Let niet op mij,' zei Papa. 'Ik weet niet wat ik heb.'
In Rusland, achter de Winterlinie bij de Mioes en het Ilmenmeer bevroor men in de Igelstellungen, dus verdrong men zich in café 'Groeninghe' rond de ronkende potkachel waar Noël kwistig eitjes in gooide.
Feldgraugestalten wierpen begerige blikken naar binnen.

Amadeus en Aristoteles kwamen niet van hun plek. De namiddag verging. Verhalen en fluitjesbier en vunzige verhalen (wat men in Walle 'zwarte school' noemde). De Puydt bracht een omstandig verward relaas over de immense Britse geleerde Ruskin die boeken over de Griekse beeldhouwkunst heeft geschreven, de dikte van mijn vuist, en die uiteraard maagd zijnde op zijn huwelijksnacht voor het eerst een vrouw, zijn vrouw dan, in haar blote zag. 'Dat vrouwtje had zoals het moet zijn een poesje en op dat poesje stond haar, hoe wilt ge 't anders? Maar de cultuurhistoricus John Ruskin had dat nog nooit tegengekomen in de boeken met reprodukties van Griekse Kunst in zijn bibliotheek, want de Grieken vonden dat het properste en het schoonste geschoren. Ruskin kijkt, hij kijkt nog een keer en als een hazewind koerst hij de slaapkamer uit. Hij heeft er nooit meer bij geslapen, bij zijn vrouw die nochtans een respectabele dame was en goed gevormd, en tijdens zijn ongelukkig leven heeft hij het aan niemand durven vertellen, hij is er zenuwziek van geworden want hij heeft heel zijn leven lang gedacht dat hij met een mismaakte getrouwd was, een soort harige aapmens.'

'Komt dat tegen!'
'En dat is cultuurhistoricus!'
'De sukkelaar.'
'Ik heb een chef-de-bureau,' zei mijnheer Groothuis, 'die zijn eigen en zijn vrouw helemaal glad scheert.'
'Dat moet een heel werk zijn, om dat te onderhouden.'
'Ja, want ge moet stoppelkes krijgen, dat moet jeuken.'
'En als dat dan tegen mekaar wrijft...'
'Heren,' zei Leevaert, 'er zijn hier kinderen aanwezig!'
Louis voelde een woedende koude opkomen, maar Leevaert bedoelde de tweeling De Puydt.
'O, maar mijn jongens kennen het leven, hé, ventjes?'
'Ja, Papa,' zeiden Amadeus en Aristoteles samen.
'Aris is echt Arisch, met zijn blauwe ogen.'
'Waarom denkt ge dat ik hen zo genoemd heb? De verbinding van Hellas en Germania, de droom van Hölderlin.'

Louis hoopte dat Simone zou langs komen, hem tussen de vetplanten bij het raam zou ontdekken, terwijl hij hier, als volwaardig persoon, althans zo zou het lijken van buiten als zij haar neus tegen de ruit zou pletten, zijn glas limonade tegen het whiskyglas van Marnix de Puydt wiens foto in Verschuerens Groot Woordenboek staat, aanstiet. Zij zou een tinteling van ontzag krijgen tot in haar liezen waar haar moest groeien, sepiabruin of koolzwart. Als er een Engelse bom viel en zij werd een meter hoog opgezogen en neergekwakt in de greppel, dan zou een windhoos van vlammen alleen maar haar jurk en haar ondergoed verschroeien, dan zou hij het zien, dat driehoekvormig haar, daarna kon het dak van café 'Groeninghe' naar beneden komen, het puin mocht zijn verrukte blik bedelven.

Onder Louis' voeten, waar zich de keuken bevond, was het stil. Soms sloop Papa het atelier uit om hem te betrappen. Verleden week had hij een doodstille Papa achter de deur van de veranda aangetroffen, klaar om als een panter te springen. Naar wie? Naar wat?

Louis luisterde op de trappengang. Buiten op straat babbelden drie-vier buurvrouwen over rantsoenzegels, hun houten zolen tikten, schoven. Vanuit het atelier was het gedender en gesis van de machines te horen (tienduizend strooibriefjes met een rokende verbrokkelde rij huizen, een moeder die haar gewond kind tegen de borst houdt, de tekst in gotisch vlammende letters: 'Churchill, onmens, waarom doet gij ons dit aan?').

In de slaapkamer van zijn ouders rook het broeierig zuur. Toen hij op hun bed viel, zijn warme wang tegen de koele zalmkleurige sprei, dwarrelde het stof op in de iele winterzon. Hij pulkte met zijn wijsvinger in een scheur van de sprei. Hij lag aan Mama's kant. Tijdens de vakanties, vroeger, bevrijd van het Gesticht, hoorde hij zijn ouders 's avonds gedempt, kalm, onverstaanbaar, vredig babbelen, zij lieten soms met opzet de deur openstaan om te laten weten dat zij er waren, kabbelend, veilig, zodat hij niets te vrezen had van nachtelijke Miezers. Af en toe, midden in de nacht, een zachte klacht, gepiep, Papa die zuchtte uit de grond van zijn hart. De laatste tijd spraken zij niet meer in bed. Papa lag er allang in, terwijl zij beneden rondscharrelde, het geschraap van haar lucifers, het ritselen van tijdschriften. Soms, als hij met een grijns van inspanning luisterde, verbeeldde Louis zich dat hij het gezuig aan haar sigaret kon horen, het geborrel van haar maag.

Louis keek in de spiegel van de kaptafel waar Crème Mimi op lag, een tube Rose d'Automne, poeder Tokalon. Hij veranderde, bijna onmerkbaar. (Beide noodzakelijke dingen: het onmerkbare en het veranderende.) Spion. Panter Seynaeve. Zeer dichtbij: poriën, de neus van háár, het zuinig mondje van hém. Veranderd? Vergeet het gauw, sterrenkijker. Want ik zie niets anders, niets bijzonders. Terwijl mij het meest afschuwelijke is overkomen dat een man, nu ja, een jongen treffen kan.

Als ik dit aan Haegedoorn zou zeggen, zou hij in een klaterende lach uitbarsten net als toen, pas twee dagen geleden, toen het gebeurd is. Is dan eindelijk de straf, de boete gekomen, ben ik niet alleen onrein omdat ik het Zesde gebod overtreed, soms twee keer per dag, maar nu ook dáárom gedoemd? Hoor ik nu bij wat ze noemen: de verworpenen der aarde?

De buurvrouwen voor de gevel van Louis' huis begonnen te gillen, de houten zolen klepperden, de alarmsirene van Walle was defect, want onaangekondigd waren bommenwerpers hoorbaar, en in de buurt van de Rattenberg afweergeschut. Louis duwde zijn wijsvinger tegen zijn slaap, het zou in één eindelijk afdoend moment gebeurd zijn. Er was niets in zijn gezicht te merken van het teken van Kaïn, niets van wat bij Jules Verne en Jack London beschreven stond als de fataliteit die op het gezicht van een onderzeebootkapitein of een goudzoeker te lezen was. Toch ben ik door het noodlot getroffen, elke NSJV'er weet het, heft een hyenagehinnik aan.

Misschien weet Mama het al. Ondraaglijk. Zij wist het, natuurlijk, maar zei er niets van, zelfs niet tot zichzelf, in het diepst van haar ziel kermend van schaamte om haar enige zoon.

Twee dagen geleden.

Schermen. 'Kempenland' zingen in twee stemmen. Theorie. Over de judeo-Amerikaanse epidemie die naar ons is overgewaaid waarbij onze muzikale smaak is ontaard, terwijl wij van in de middeleeuwen het harmonische van onze muziek hebben gezocht in de tonen van de natuur zelf. Toen turnen, boksen en toen het verdoemde moment. Onder de douche. Er was al weken geen warm water. IJskoude druppels en ineens een ijzige felle straal. Gestaald moeten wij zijn, dus duwde ik me af van de iets minder koude muur van vierkante tegeltjes in korrelige cementen groeven en stapte in het midden onder de striemende pegels, want wat is dit vergeleken bij onze jongens aan de winterlinie, ingewreven met wolvet, vóór Charkow, Wjasma, Orel, Schlüsselburg? Ingezeept onder de Siberische stroeling. Toen sloop Bosmans binnen en gooide zijn handdoek over de haak in de muur en sperde zijn ogen wijdopen en wees naar Louis' onderbuik, sloeg als een meisje zijn hand voor zijn mond en hikte van het lachen. Waarom? De tengere teringlijder Bosmans greep Louis' arm en met een zeldzaam heftige slingerbeweging gooide hij Louis in de deuropening waar de manschappen, zeven in getal, opkeken.

'Kijk, kijk,' krijste Bosmans, 'naar zijn fluitje.' Hij rukte Louis' hand weg die het verschrompelde slurfje bedekte, bevroren door de wind uit eeuwige gletsjers.

'Het fluitje van een arbiter.'

'Een regenworm.'

'Een solferstokje.'

'Daarmee gaat ge geen Mädels kunnen bedienen, Seynaeve.'

'Schaarleider, kom nu eens zien!'

Genevoix, benen gespreid, de natte bergschoenen in het cement van de vloer gemetseld, zei dat het natuurlijk was.

Men proestte het uit. 'Bij mij,' zei Genevoix, 'is het ook zo onder de douche, ik kan hem soms met moeite vinden.'

Gehuil van lachende hyena's. Wat de Leider beweerde was zo Baron von Münchhausen-leugenachtig dat ze tegen elkaar aanvielen van de pret. (Ik ben gevlucht in mijn klamme kleren, door Walle, koude koorts.)

'Nu is het welletjes geweest, die jongen kan daar niks aan doen,' had Genevoix nog gezegd.

Dit is de doem van de Kei. Van alle priesters. Daarom trouwen zij niet. Vanwege het dwergachtig aanhangsel dat zij bij hun geboorte hebben meegekregen. Daarom offeren priesters hun verminderd verminkte lichaam aan God. Daarom is ook Vuile Sef vervloekt die voor de oorlog, toen men in België nog in het openbaar Carnaval mocht vieren, als Spaanse danseres verkleed liep. Wij zijn een gebrandmerkt ras zoals de joden die daar ook verminderd zijn, daar beneden, ook daar gewond.

Louis ontdekte niets nieuws in de spiegel. Al loop ik nog zo fiks door de stad in mijn uniform, ik ben als Vuile Sef.

Hij deed Mama's onyx-oorbellen aan, deed lipstick op zijn Papa-lippen. In de kleerkast waaruit parfum kwam gewalmd vond hij, naast de rubberen roze peer met het bakelieten speenvormig uiteinde, in de hoek als een glimmend harig beest de kapotgeknipte bontjas. Hij trok hem aan. Zat tien minuten voor de spiegel, hard bont schuurde langs zijn nek als hij zijn hoofd bewoog. Hij wiebelde met zijn hoofd, een jongen met openhangende ongave scharlaken mond, die niet alleen verdoemd was maar nog onnozel op de koop toe.

'sOchtends na de mis, op weg naar school, bleef hij in de nis van de Bank staan. Het ijzelde, de fietsers reden zeer traag, met geknakte hoofden.

Seynaeve, onnozel kind, wat staat gij hier te doen?

Seynaeve, man, ik kan niet anders.

Hoezo? Kunt ge 't niet laten?

Nee. Ik moet haar zien.

Gij kunt haar niet zien, want ze slaapt nog.

Om het even. Dan zie ik tenminste het venster waarachter zij slaapt.

Gij weet niet eens wat voor een venster.

Dat daar, want ik heb daar eens licht gezien, een streepje langs het verduisteringspapier op het ogenblik dat haar vader in de winkel stond in zijn stomme witte jas.

En als het eens haar vaders kamer was.

Nee. Hij zou nooit het licht laten branden. Want het is bekend, de Paelincks zijn gierig.

De zon kwam op, hij had honger, hij liep door de Zwevegemstraat en praatte niet meer met die vitterige, lastige en destructieve tweede Seynaeve. Op de hoogte van de Beestenmarkt stond volk samengetroept en kefte en keuvelde en wees. Een parachutist was die nacht tegen de gevel van de Akkermans Molens gekwakt, een donkerrode arm en een stuk buik in kaki hingen er nog, gerafelde lompen, leer en metaal en hompen vlees, gespietst op een stuk goot. Witte damp steeg uit de mond van de toeschouwers.

'Wel besteed. Elk op zijn beurt.'

'Dat zal ze leren.'

'Hoe gaan ze die resten eraf halen? Ge kunt er niet bij met een ladder.'

'De pompiers misschien.'

'Dat valt er vanzelf van.'

'Het ziet er nog een jonge gast uit.'

'Het zou een neger kunnen zijn.'

'In ieder geval een Amerikaan, 't is van die bleke kaki.'

'Ge weet dat zo goed, gij.'

'Ikke? Nee, nee, ik weet van niks. Ik zei dat zo maar.'

'Hij zal het nooit geweten hebben.'

'Toch wel, als hij zal gewaar geworden zijn dat zijn parachute niet openging.'

'Dat is hooguit een halve minuut.'

'Een halve minuut kan lang duren.'

'Miriam, hij had een keer tegen uw venster moeten vliegen.'

'Georgine, schei uit. Ik mag er niet aan peinzen!'
'Doe toch uw venster maar toe vanavond, Miriam.'
'Schei uit, zeg ik. Ik ga d'r van dromen dat er zo een dwars door mijn ruiten komt gekletst.'
'Recht in uw bed, Miriam.'

Toen Louis door het park liep gaven alle bomen plots een doordringende scherpe geur. Alsof hij door de tastbare geur waadde. 't Is de lucht, niets anders dan de lucht, dacht hij en zijn knieën begaven het, hij plooide met een wellustig loom gevoel ineen, zakte nog verder, onbegrijpelijk ver en diep, hij werd toegedekt, een deken van rode watten, zachtjes vernietigd, zijn oor lag tegen fluwelen brandnetels, tegen een wijde gekookte bloemkool, zijn wang tegen paardeharen bont dat week en vloeiend werd, hij hoorde de marmeren koningin Astrid haar schoenen met houten zolen verschuiven, zij neeg naar hem.

Hij werd thuisgebracht door voorbijgangers, hij hoorde ze iets zeggen over vitaminen. Mama zat naast hem, vlakbij de Seynaeve die weerloos, krachteloos in zijn eigen bed lag. Zij zei: 'Ge hebt me doen verschieten, ik dacht dat ge verongelukt waart, maar het is niks, een flauwte, het is niks, het komt meer voor.' Hij verzamelde al zijn krachten en vatte haar hand, kuste de rug van de droge geparfumeerde huid in een zwart-kanten handschoen. Hij was een ridder die op het Groeningheveld uit pure angst meende dat hij door een vijandelijke pijl getroffen was en in zwijm gevallen, maar, toen, hersteld van zijn bange verbeelding, zijn 'Houzee! Wat Wals is, vals is! Sla dood!'-krijsende makkers zag en weer naar het slagveld toe wou. Ik wil. Hij zwaaide zijn voet opzij en stapte uit het bed. 'Ziet ge?' zei Mama. 'Ziet ge? Het was niks. Godzijgedankt. Maar wat zijn die bulten in uw nek? Het is precies een bloedvergiftiging. Zoals ik gehad heb met die geverfde fourruremantel.'


Hij verzuimde de mis. Hij werd de klas uitgezet door de

leraar wiskunde. Zijn landerigheid leek op die van Papa.
'Twee pezewevers,' zei Mama, 'en ik die mijn best doe om
het gezellig te hebben in huis.'

'Ik ook?' riep Louis.

'Gij ook.'

De elektriciteit viel steeds meer uit. Zij zaten, zonder radio, bij kaarslicht witte bonen in tomatensaus te eten. Mama vertelde over Bibi Zwo, het nieuwe hondje van Doktor Lausengier, een tekkel die elke dag twee kilometer moest lopen voor zijn gezondheid.

'Kan hij zelf zijn eigen hond niet uitlaten?' vroeg Papa.

'Ik moet doen wat hij vraagt, hij is mijn baas. En om langs de Leie te lopen, daar heeft hij geen tijd voor.'

'Wat heeft hij dan te doen, hele dagen? Het werk wordt allemaal voor hem gedaan.'

'Hij is toch verantwoordelijk voor zijn bazen in Leipzig.'

'Hij passeert zijn tijd met Franse gazetten te lezen,' zei Papa.

'Hoe weet gij dat?'

'Dat gaat u niet aan. Ik zeg alleen maar dat hij 's morgens begint met gazetten te lezen. Dat weet ik. Eerst en vooral zijn Franse gazetten.'

'Niet waar,' zei Louis. 'Hij begint de dag met twee sneetjes geroosterd brood.'

'Ja?' Mama's kwellerig lachje verscheen, voor het eerst sinds weken.

'Hoe weet gij dat?' riep Papa.

'Ik weet alles.'

'Ja? Echt waar? Alles?' Mama schepte zijn bord boordevol.

'Geroosterd brood met drie tassen thee.'

'Thee!' schrok Papa. 'Lijk de Engelsen!'

'Dan rookt hij een sigaret. En dan pas leest hij de voornaamste organen van de wereldpers. Over de binnen- en buitenlandse politiek.'

'Dat zou ik ook doen,' zei Papa, 'als ik er tijd voor had.'

'Om tien uur komt de post. Maar die is al eerst geschift

door Mama die de stukken reserveert waar hij in eigen persoon kennis moet van nemen.'

'Gij zijt zeker een vliegje in onze bureau?'

'En verder?' vroeg Papa.

'Hij leest die post. Waaronder menige smeekbrief. Het kost enige moeite om uit te maken wie er moet geholpen worden. Want er is veel kaf onder dit koren.'

Mijn ouders hangen aan mijn lippen. Mama vooral.

'Er is post van eenvoudige landelijke mensen die bezorgd zijn om hun jongen. Bitte, Herr Lausengier, man hat gesagt das onzeren Willem auf das Punkt staat om naar Duitsland te vliegen met het volgende rapport, hij die toch een goede lasser is en sein Bestes doet, fragen Sie mal an Frau Seynaeve.'

Mama liet een kort gemiauw horen en ontstak een nieuwe sigaret aan haar peukje.

'Ofwel: Herr Lausengier, onze Gerard hat ein Finger verloren an die Maschine. Wer zal dat betalen?'

'Schei uit met dat namaak-Duits. Het is niet geestig,' zei Papa. 'Dat doen alle anglofielen.'

'Verder, Louis, verder,' zei Mama-met-de-blinkende-ogen.

'Dan telefoneert hij naar de pastoor van het dorp van de betrokkene om te weten te komen of het geen bedriegerij is en of die familie gunstig aangeschreven staat in de parochie, want ge weet nooit, mensen zijn in oorlogstijd slim en slecht. Dan, om elf uur, is er audiëntie en ontvangt hij de meestergasten. Het middagmaal wordt in gezelschap van Frau Seynaeve gebruikt, een eitje, vis, vlees, tafelbier en als er geen klachten zijn van de Kommandantur een half flesje Bordeaux. Dan komt de auto voor rijden en begeeft hij zich naar het bastion van de Franstalige burgerij van Walle, de 'Flandria' waar hij zijn geliefkoosde tennissport bedrijft. Alhoewel hij van een ongeëvenaarde handigheid is valt hij een enkele keer op zijn knieën en bevuilt hij zijn tennisbroek. Hij is zeer lenig evenwel, hij kan zijn ene voet achter zijn nek slaan. Daarna likt hij aan het ijsje van een voorbijgaande dame, dit niet nadat hij niet...'

'Wat is dat, dat niet nadat hij niet?'

'Laat hem toch verder vertellen, Staf!'

'Ik was vergeten dat hij vóór hij het ijsje likt, eerst een verfrissend stortbad heeft genomen. Niet te koud. Vooral niet te koud.'

De kaarsjes flikkerden. Louis at een paar koude bonen. Hij had geen zin meer in het verhaal, maar Mama wachtte, gespannen, in het milde licht- en schaduwspel.

'Hij was klaar met tennissen,' zei Papa.

'Dan rijdt hij weer naar kantoor, hij zit naast de chauffeur, want hij is gemütlich met het personeel. En het werk hervat hij niet zonder een kwinkslag met Frau Seynaeve. Hij legt een patience voor het avondmaal. Dat begint altijd met soep. Hij is zot van soep. Dan wordt in zijn appartement de bridgetafel klaargezet en komen er vooraanstaande personen uit de Belgische financiële wereld. Hij betreurt het niet voldoende te kunnen jagen, want in zijn Heimat liet hij nooit na zijn jachtlaarzen aan te schieten en er met houtvesters op uit te trekken om soms in een hut langs de weg met smaak een kopje koffie te nuttigen.'

'En ge zeidt dat hij thee dronk!' riep Papa zegevierend.

'Op de jacht is het koffie, zo uit de kokende ketel boven het haardvuur, terwijl hij kout met de bewoners van de hut. Met de nodige gereserveerdheid natuurlijk.'

Mama begon de tafel op te ruimen. 'Het is nu genoeg.'

'Leest hij veel boeken?' vroeg Papa.

'Nooit. Dat heeft hij vroeger genoeg gedaan, beweert hij.'

'Genoeg. Ja. Genoeg,' zei Mama.

'Het is een interessante mens, zo te horen,' zei Papa.


Tot zijn ergernis vroeg Haegedoorn op de speelplaats niet één keer waarom hij niet meer naar de NSJV-vergaderingen kwam. Ook kwam er niemand van het Vendel naar zijn huis om uitleg te vragen. Zij hielden hem waarschijnlijk voor een het zinkende schip verlatende rat op het ogenblik dat Europa streed aan de Boven-Wolga en in Noord-Afrika, en de plutocraten steeds vaker Parijs, Berlijn, Walle bombardeerden.

Hij ging weer regelmatig naar de mis, ontving bijna dagelijks in zijn mond de God van Erbarmen (waarin je moet geloven anders kan je je meteen aan een balk ophangen) toen hij op een morgen door de halfopen deur van de sacristie in een flits een ongeschoren kleine jongeman in sjofele kleren met één arm heftig gebarend, dringend zag inspreken op niemand anders dan de Kei. Er was geen twijfel mogelijk, de rijzige, zwaarbebrilde Kei stond onverklaarbaar, ondenkbaar op dit uur, op vijf kilometer van zijn College in de sacristie van de Sint Rochuskerk.

'Ik heb u vanmorgen in de Sint Rochuskerk gezien,' zei Louis in de speeltijd.

'Ik? Nee. Dat kan niet.'

'Ik heb u herkend.'

'Gij verwart me met een andere priester zonder haar.'

'Gij liegt, Eerwaarde.'

'Nee. Toch.' Louis' mentor en vijand en leider en geestelijke vader werd een bleke man wiens onderlip zakte als bij een jongen met geverfde lippen in een spiegel.

'Ik kan het u uitleggen, Louis. Maar nu niet. Ik bid u, in de naam van de Heer Jezus, vergeet dat gij mij daar gezien hebt. Ik smeek u, zeg dit aan niemand.'

(Wat deed hij daar, op tien passen van het altaar? In de sacristie? Een zwarte mis opvoeren?)

'Mag ik op u rekenen, Louis?'

'Ik zweer het, Eerwaarde.'

'Ik zal het u belonen.'

'Dat is niet nodig, Eerwaarde,' en voor het eerst was het Louis die van de ander, van hém, wegwandelde.

'Die jongen wordt een schaduw van zijn eigen, Constance. Maar bezie hem toch, wit als een raap. Hij heeft zijn verzorging niet, Constance, ik moet het u rechtaf zeggen.'

'Hij eet lijk een dijkedelver.'

'Maar wat? Nonnescheetjes!'

'Nee, vlees. En op school krijgt hij melk en vitaminen en soldatekoeken.'

'Heeft hij geen lintworm van al dat vlees dan?'

'Want het vlees van onze Robert heeft dikwijls een reukje. We kunnen niet zeggen dat Robert zijn familie vóórtrekt.'

' 't Is lijk een verdriet dat hij heeft. Is het verdriet, Louis, ventje?'

'Ik zou niet weten waarom, Bomama,' zei Louis.

'Voor mij is hij verliefd.'

'Maar, Hélène, gij peinst ook nooit eens aan iets anders. Nee, hij heeft iets onder de leden, Constance.'

'Het is de groei.'

'Ja, ge ziet het aan zijn handen en voeten. Het gaat een bonepers worden.'

'Ja, hij schiet op.'

'Van schieten gesproken, zij hebben de Burgemeester van Vernisse neergeschoten.'

'Vernisse, waar ligt dat?'

'In zijn lever. Dat is niet meer te repareren.'

'Het zijn de Walen die stilletjesaan naar onze streken overkomen. In het Walenland mogen ze moorden en branden zoveel ze willen, 't zit daar vol met vreemdelingen en communisten.'

'Ze krijgen geld van Moskou, om het front in Rusland wat te verlichten.'

'En onze Mona hare Ulli die naar, waar is het? Somalië gezonden wordt. Zij schreit hele dagen. Met Cecile op haar schoot. Dat kan ook niet goed zijn voor een kind.'

' 't Is misschien beter dat ge ze zo vroeg mogelijk leert wat liefdesverdriet is,' zei Mama.

Bomama verslikte zich bijna van het lachen. 'Maar Constance toch! Lijk dat gij dat zegt. Lijk op een kerkhof of op een tribunaal.' Bomama bedaarde, plukte aan haar sjaals. 'Liefdesverdriet, het doet zeer, maar het is het zout van 't leven.'

'Ik heb liever een pekelharing,' zei Tante Hélène.


De boerse schildwacht vóór het Frontreparaturbetrieb ERLA was geen Vlaamse Wachter, maar droeg een donkergrijs uniform van Luftwaffe-snit. Hij leek met opzet de andere kant op te kijken toen Louis door de poort liep. Waarschijnlijk, nee, zeker had Mama de lummel op de hoogte gebracht van zijn komst, het geweer in 's mans handen was vast een speelgoed zonder kogels. De echte geweren ontbranden niet hier in het onaanzienlijke Walle met zijn paar torentjes, zijn rijen werkmanshuizen, zijn villa's met voortuintjes. Europa's lot ligt elders.

In hun grauwe overalls stonden jongelui gebogen over gonzende, denderende machines.

Voor één keer had Mama iets goed uitgelegd, hij vond de gang en de derde deur links met het opschrift Dr. Lausengier.

'Herein,' zei Mama's opgewekte stem. Zij sprong achter haar schrijfmachine vandaan, in een zelfde warrelende beweging schikte zij haar haar, drukte haar peuk uit en stak haar hand uit alsof zij, voor het eerst in hun leven samen, Louis' hand wou drukken, maar zij aaide over zijn wang. (Zij speelde voor moeder opdat een witharige dunne dame die met een paperclip tussen de lippen aan een kleiner bureau zat het kon zien.)

Het kantoor was licht, met wijde ramen waardoor je de bankwerkers in het gebouw aan de overkant kon bespioneeren, blonde meubelen, het portret van de Führer grotendeels verborgen achter een palm, een kalender met een Alpenzicht, metalen ladenkasten met tientallen cactusjes erop. Haar paradijs, waar zij liever woonde dan thuis. De iele dame nam een folder op en verdween.

'Wilt ge een potje koffie?'

'Neen.'

''t Is geen malt, hoor.'

'Nee, bedankt.'

'Gij gaat niet lastig zijn, hé?'

'Nee, Mama.'

'Het is echte koffie. Ik mag er maar een paar lepeltjes van nemen, zij zit opgesloten in zijn brandkast. En natuurlijk dat ik er een beetje van naar Janine van de keuken smokkel. Want hier moet ge goed staan met 't personeel.'

Zij ging op de vensterbank zitten. Naast haar verscheen in het kader van het raam, achter in de tuin, de lange man die in de 'Flandria' tsjuus tegen hem gezegd had. Met de handen op zijn rug gekruist praatte hij in zichzelf, of zei Protestantse Duitse schietgebeden. Hij bleef staan, roffelde met de zijkant van zijn handen tegen zijn lenden, zakte lichtjes door de knieën, rekte zich dan weer uit en sprak tot een bruine tekkel met een nat zwart vlekje van een neus, die onder een struik aan het scharrelen was. Hij wuifde naar Mama.

Van dichtbij had hij een korrelige huid, een onderzoekend, ietwat laatdunkend gezicht.

'Heil Hitler,' zei Louis.

Mama zei dat dit nu haar zoon was. Excuses en trots tegelijk.

'Ach,' zei de man en toen in schoon-Vlaams—'Goedendag, hoe gaat het u?'

'Goed.'

'So,' zei de man. In het Duits beweerde hij dat de gelijkenis met Mama treffend was, doch, doch, je kon het vooral merken aan de mond, er was daar etwas Ähnliches. Tot zijn vreugde ontdekte Louis dat de man Lausengier niet het minste vermoeden had dat de schildwacht met de vlag op het grint bij de 'Flandria' dezelfde was als de beleefde en overdreven happig glimlachende zoon van Mama die voor hem stond. Daarom werd Lausengier niet naar de reële oorlog gezonden, te blind, te stom, zonder geheugen. En toch Doktor geworden. Een ferme blokker waarschijnlijk. Geweest. Sindsdien alle leerstof kwijtgespeeld. Tennissen, ja, maar dan nog meteen uitglijden, baksteenrood op de door Dietse Meisjesscharen gewassen en gestreken hagelschone broek.

'*So.*' Lausengier leegde de halfvolle asbak van Mama's bureau in de grauwmetalen papiermand. Hij vroeg hoe het was, in de *Hajot*. Dus toch. Woedend stotterend omdat hij weer een volwassene had onderschat—mijn arrogantie maakt *mij* stekeblind, opletten, idioot!—zei Louis dat hij het niet wist. Want de Hajot bestond niet in Vlaanderen. Alhoewel er sprake was dat zij opgericht zou worden, ooit, binnenkort.

'*So.*' Het kon hem geen bal schelen. Louis zei dat hij overigens geen deel meer uitmaakte van wat voor een jeugdbeweging ook. Mama viel in en beweerde dat zij het had zien aankomen, het meteen had aangevoeld, dat Louis het niet zou uithouden bij een groepering, daarvoor was hij veel te veel op zijn eentje.

'*Ach*,' zei Lausengier. 'Maar wat doen we dan met de ontwikkeling van gezonde mannelijke deugden?' Louis hield zijn stalen gezicht in bedwang, nooit laten merken dat ik de luchtige scherts heb opgevangen.

'En wat doen wij met de noodzakelijke initiatieriten, met het vertrouwen in de leiders?'

'Henny,' zei Mama. De Doktor liet het goud in zijn mond zien. Hij had uitzonderlijk brede polsen met gouden krulletjes, waar Bibi Zwo aan likte.

'Hij zal het wel *schaffen*,' zei hij alsof Louis er niet bijstond, en groette toen een smalle jongeman in een gerafeld pak die binnengekomen was zonder kloppen. Misschien omdat hij maar één arm had. De jongeman gaf Louis zijn enige hand, hij zag er kalmer, zelfbewuster uit, dan toen hij zo heftig op de Kei in praatte in de sacristie van de Sint Rochuskerk. Bibi Zwo begon laag te grommen, zijn oren half overeind. Lausengier zei dat het erg vriendelijk was van Monsieur Donkers om langs te komen.

'Het duurt maar een kwartiertje,' zei Mama tot Louis, zij

gaf Donkers een bijna lege map.

'Tien minuten,' zei Donkers met een Oostvlaams accent, zijn ene arm trok Louis vriendelijk mee. Lausengier knipoogde.

In een spreekkamertje met reglementen en leuzen aan de wanden zei Donkers: 'Zet u. Op uw gemak. Ik ga u niet bijten.'

Een affiche toonde in ijle strenge Dolf Zeebroeck-lijnen een vooroverduikende SS-man met op zijn linkermouw 'Vlaanderen-Korps' die zijn machinegeweer richtte op een onzichtbaar gebleven harige, stinkende want in bunzingvellen gehulde Aziatische tandeloze donkerogige partizaan. Over de helm van de soldaat waaide een vlag die in vele plooien gehouden werd door een vastberaden kaakspierspannende middeleeuwer, waarschijnlijk Tijl Uilenspiegel, de geest van Vlaanderen. Donkers volgde met zijn vinger de regels van de twee slordig getikte blaadjes in de map en knikte goedkeurend. *'Je vois. Je vois.'*

'Ik heb niets misdaan,' zei Louis.

'Natuurlijk niet. Het is geen kwestie van misdoen.'

Het kamertje had tralies voor de ramen en er was maar één deur, het was een cel voor weerspannige arbeiders of gevangen sluipschutters.

'De voornaamste klacht is duizeligheid, nietwaar?'

'Nee,' zei Louis aarzelend. 'Toch niet.'

'Maar uw moeder heeft dit opgegeven.'

'Dat was maar één keer. Het kwam door de lucht die in de bomen hing.'

*'Oui. Oui.'*

'Een soort zwavellucht.'

*'Je vois. Je vois.* Ik maak me daarover niet veel zorgen. Ook niet over uw nachtelijke en andere polluties, natuurlijk. Ge zijt een grote jongen, dus al een beetje een man. En wij zijn mannen *entre nous*.'

Had Louis zijn dolk bij zich gehouden, niet op zijn nachttafel laten liggen, hij had er mee kunnen zwaaien, de éénarmige doen knielen onder het tafeltje, zijn weg kunnen banen tussen de bedienden en de arbeiders in één snelle ren voorbij de verblufte boer in grijs uniform vóór de deur, langs de spoorweg, in de koude akkers.

'Gij moet niet beschaamd zijn, omdat ge van meisjes droomt en dat uw lichaam daar op reageert. *Bon. Voyons un peu.*' Hij stond op en daarom kwam Louis ook overeind, rillend, alsof het regende binnen in zijn benen.

'Doe uw broek eens naar beneden.'

Louis geloofde dit niet. Hij voelde zijn untermensch-onderlip zakken.

'Nu?'

'Ja, nu.'

Ongelovig maakte Louis zijn bretels los.

'Het gaat er alleen maar om dat we uw moeder geruststellen, hé, dat zij niet teveel over u moet piekeren.'

Hoogrood trok hij met een razende ruk zijn broek en zijn onderbroek naar beneden. O, wat zou zij hiervoor boeten, Constance Seynaeve-Bossuyt, om haar slijmerig netwerk van verklikkerij en verraad, want het was nu duidelijk bewezen dat zij achter Louis' rug contact had met ofwel Haegedoorn of Bosmans of Genevoix. Genevoix, die was het. Die had Mama schoenen beloofd, zonder bonnen, zonder blozen, zwart geld, in het geniep. '*Voyons voyons,*' zei de éénarm en duwde, trok de voorhuid weg, voelde, kneedde de ballen, en sloeg Louis dan op de schouder.

'*Pas de problèmes.* Alles is perfect. En zeker in de normen, ik weet niet waar uw Mama een probleem is gaan zoeken. Wel, een beetje beter wassen, *jeune homme. Un peu d'hygiène quand même.*' Louis hoorde hem niet meer, bloed tampte in zijn slapen.

'Wel, dat is rap gebeurd,' zei Mama. Louis durfde haar niet aan te kijken, de verachtelijke mooie vrouw die hem zo gewetenloos gekrenkt had, bleef krenken met haar zoetsappig flemend lachje.

'*Aucun problème,*' zei Donkers en gaf haar de slappe map terug.

Overgeleverd aan de vreemdelingen, waaronder zijn

moeder, die nu Frans met elkaar spraken (Lausengier, iets
langgerekter en nadrukkelijker in de medeklinkers dan de
andere twee) zat Louis in Mama's bureaustoel. Op de gang
telefoneerde een Duitser, hij zei twaalf keer: *'Jawohl',* twee
keer *'Jawohl, Ortsgruppenleiter',* het klonk slaafs en rauw tussen de nabije speels geraffelde Franse insinuaties, wendingen, binnenpretjes. Alsof ik ze godverdomme niet kan verstaan! *'Une insulte au mariage...* (Wie insulteerde? Hij, Louis?)
*Et à la génération et la travail et l'épargne... gâchant l'énergie...'*
Ongestraft, met Mama als voornaamste medeplichtige, wat
zeg ik? als aanstookster, hadden zij het over zijn zonde, de
zonde die hem alleen toebehoorde dacht hij. Hier, tussen
frivool gekwetter werd zijn zonde op Mama's bureau gelegd tussen de mappen, asbakken, pennen, telefoon, atlas,
koffiekopjes. Louis, in zijn met zweet doordrenkte kleren,
met jeuk in zijn gezicht, hoorde Uilenspiegel zeggen dat dit
met bloed gewroken moest worden, de Flandern Korpssoldaat zei: *Rache* tussen zijn tanden. *'Jawohl,'* zei Louis als de
telefoneerder. Hij zou haar vernietigen, de àanbiddelijke
die daar wuft-Frans stond te kronkelen in een doorzichtig
en glazig en glinsterend omhulsel samen met haar samenzweerders, slangen wriemelden uit haar haar.

Louis glimlachte haar toe. *Toujours sourire.*


Eerst trok hij met een meetlat en potlood een vingerbreed
lijstje rond de foto en toen verfde hij het lijstje met Oostindische inkt zwart. Omdat hij een stompe dikke borstel
gebruikte waarmee Papa vóór de oorlog een gouden sausje
aanbracht op de vuurrode zijkanten van de jaargangen van
*Ons Volk* die hij inbond, was het rouwzwart gespikkeld met
gouden puntjes. Wat hem passend leek.

'Nee,' zei Heydrich, 'het moet zilver en zwart zijn, dat
zijn de kleuren van politieke soldaten.'—'*Maul zu,*' zei Louis.
—'Gij zijt overigens vrij laat met uw rouw voor mij. Maanden te laat! Maar ik begrijp het, voor u, Vlamingen, gaat de

nagedachtenis van Reimond Tollenaere voor. Daarom hebt gij mij hier ongeëerd maanden laten hangen.'—'Tollenaere is van het kamp van mijn vader, van Dietsland. Vlamingen gaan voor.'—'Op het slagveld maakt de oorlogsgod geen onderscheid in de graden. Want wij worden allen één in de dood. Toch was Tollenaere slechts Untersturmführer.'— 'Hij is op het slagveld gestorven, gij niet.'—'Pas op, ge verft het behangpapier mee. Een beetje zorgvuldiger, bitte. Tegenover een held.'—'Ja, *Protektor*.'

Toen zweeg de dode Protektor. Twee mannen die boyscoutsfluitjes bij zich hadden—of scheidsrechtersfluitjes? nee—en die door de Britse regering opgeleid vanuit Schotland werden gezonden, verborgen hun granaten en stenguns onder hun jassen in een voorstad van Praag. De geniale administrateur, schermer, vioolspeler en Protektor richtte zijn pistool naar hen, een granaat ontplofte, in de rook en het stof schoot hij naar zijn belagers die laffelijk vluchtten achter een tram, hij zakte ineen, zijn milt was kapot, hij stierf een week later, de man met het ijzeren hart.

'*Rache*,' zei de dode Protektor. 'Als ge mijn moordenaars vindt betaal ik aan uw vader en moeder één miljoen kronen. Dan zijt ge een beetje uit de nesten.'—'*Maul zu*,' zei Louis stilletjes.

In het schemerdonker, ruim vóór de fatale seconde waarna alleen soldaten op straat mochten—of koelies, Tintenkulis, met *Scheine*—ging Louis met een baksteen onder zijn jas naar de schoenwinkel Genevoix. Maar vond daar een metalen rolgordijn voor de ruiten. Hij wist niets beters te verzinnen dan aan de bel te trekken en hard weg te hollen, de baksteen viel in gruizelementen.

Belleke-trek. Bah!

's Anderendaags mocht hij als keeper in de goal van het College-elftal staan omdat Hendriks zijn moeder zich opgehangen had, een briefje achterlatend: 'Niemand houdt van mij of van Bolero.' Bolero was haar Siamese kater die zij eerst vermorzeld had met een voorhamer.

Het College won op alle fronten, de Vakschool werd omsingeld, teruggedreven, neergeschoten, drie-nul, toen ineens, door iedereen aanwijsbaar afzijds, een slungel van een timmermansleerling doorbrak en een hemelhoog schot afvuurde. Louis zag de bal naar hem dalen als een meloen die uit een vliegtuig viel, hij spreidde zijn armen en bleef staan, het was alsof hij voor het eerst, los van elke herkenbare ruimte, een bal zag, een verweerd lederen rond element (omtrek ongeveer zeventig centimeter, gewicht bijna een halve kilo) dat naarmate het naderde, onwaarschijnlijker werd, vreemder, niet van deze wereld, onaantastbaar, ook hij, Louis, was er nauwelijks en was er toch, op acht meter van zijn goal, hij wou als een omarming met het onbekende, het raadselachtige voorwerp tegemoetvliegen, het viel één meter vóór hem en hupte terug in zijn eigen ruimte, steeds onbereikbaar, en kwam met een boog waarvan de volmaaktheid Louis bleef verstenen, over zijn hoofd in de netten terecht.

En toen brak zijn ontzetting los en het wild gejouw van een twintig spelers en een tiental toeschouwers.

Eerwaarde Heer Landegem, de leraar Grieks en scheidsrechter, die in principe neutraal moest zijn, riep: 'Wat doet ge toch, Seynaeve?' vooraleer hij naar de middellijn liep. Hij leek wel een muilpeer te willen uitdelen. 'Wij stonden drie-nul voor, ik dacht dat er wat leven in de brouwerij moest komen,' zei Louis. Toen hij wat later moest uittrappen vloog zijn schoen—of liever die van Hendriks, die grote platvoeten had—met de bal mee onder honend gejoel. Wat een dag! Meer. Toen hij zich verkleedde merkte hij dat hij in zijn broek gekakt had. *Rache*.


Theo van Paemel bracht een fles jenever mee die door een kennis van hem was gestookt, en vroeg Mama haar aan Doktor Lausengier te geven. 'Hij weet wel waarom. En zeg hem dat hij niet benauwd moet zijn. Hij mag er gerust van drinken, het is geen methyl waar ge blind van wordt.—En gij, Staf, ge zoudt een beetje op uw woorden moeten letten. De Duitsers horen niet gaarne dat ge overal rondbazuint dat ge bij de Sicherheitsdienst zijt.'

'Ik bazuin helemaal niks,' riep Papa.

'Wij hebben getuigen. Ge zegt zulke dingen bij de coiffeur Felix.'

'Ikke? Ik kan hoogstens gezegd hebben: "Ik, als lid van het VNV vind dit of dat"!'

'Maar gij zijt geen lid van het VNV.'

'Bij manier van spreken toch!'

'Staf, houd u koest. Dat is voor iedereen het veiligste.'

'Als een mens niet eens meer mag redeneren.'


Wat Peter wel toeliet en waar het Bisdom geen been in zag was dat Papa zich als vrijwilliger meldde bij de Eerste Hulp bij Ongevallen zodra de alarmsirene haar laatste dierlijk gesteun liet wegebben. Omdat hij liefst niet geconfronteerd werd met het bloed van de onschuldige Wallenaren die onder de bommen vielen, regelde Papa het verkeer, met een armband om en een witte blindenstok. Hij brulde de mensen toe en de mensen schreeuwden terug als viswijven: 'Vuile VNV'er.' Dan wees Papa, met de theatrale gebaren waarmee hij successen had geoogst op de planken als Chinese hoveling, Tiroolse boer, bijrechter, naar de sterren waartussen zich de vliegende forten des doods bevonden en riep: 'Zijn dát VNV'ers?' Wat het volk zonder kop deed nadenken en waarop het verwensingen riep naar de hemel vol moordenaars.

Hij kwam meestal tegen de ochtend thuis en viel in zijn stoel. Elke keer zei hij: 'Nu pas weet ik hoe zwaar de politie het heeft.'

Die ochtend kon Mama uitslapen omdat de avond en de nacht tevoren het verjaardagsfeest van Doktor Knigge gevierd was bij mijnheer Groothuis. Louis schonk de licht-lichtbruine malt in. Papa ademde zwaar. Hij had puin geruimd.

Louis zei, terwijl hij zijn oren spitste naar een mogelijk geluid uit Mama's slaapkamer: 'Is dat nu om de mensen te helpen dat gij dit doet of omdat ge vindt dat anders de tijd zo traag voorbijgaat en dat gij hier anders toch ongedurig zoudt rondlopen en wachten tot Mama thuiskomt? Ik geloof dat ge het haar kwalijk neemt dat zij tot 's ochtends wegblijft, nee? Ik kan haar geen ongelijk geven, het is toch beter dat zij wat verzet zoekt.'

'Verzet,' zei Papa. 'Verzet, zeg dat woord niet. En "weerstand" ook niet of "Witte Brigade".'

'Waarom niet? Er is hier toch niemand anders in huis.'

'Het is gelijk. De muren hebben oren.'

'Goed. Dan zeg ik: distractie. Het is normaal dat zij wat distractie zoekt, zij moet toch hard werken, of niet soms? Ik ben er geweest en ik heb het gezien, zij is de hele tijd in de weer, facturen hier, correspondentie daar. Zij is daar gaarne gezien, zij noemen haar zelfs de "Madonna van de ERLA" omdat ze gekwetste frezers of lassers verzorgt in de infirmerie. Nee, de enigen die daar nonchalant en laks zijn, zijn de Duitsers zelf, dat heb ik met mijn eigen ogen kunnen constateren. En dat komt omdat het de verkeerde Duitsers zijn, want zij zijn gezond van lijf en leden en toch niet aan het front als echte soldaten; er is dus een reden waarom ze naar het Hinterland verbannen zijn. Volgens mij, maar ik kan mis zijn, komt het omdat ze de gewenste moraal niet hebben, omdat de commandanten aan het front die gasten niet vertrouwen. Toen ik er was heb ik ze Frans horen spreken onder elkaar, zeg nu zelf, wordt dat gedaan, in volle oorlog de taal spreken van onze erfvijand?'

'Frans?'

'Ja. Omdat ze onder elkaar dingen vertellen die het daglicht niet mogen zien.' (Dit is de taal van zijn Lord-Listerromans, die verstaat hij het best!) 'Omdat ze denken dat ze veilig al het gezever kunnen uitbrengen dat hen bezighoudt. Nu, ik verstond heel goed wat zij zeiden en het was niet van het properste. Nee, ik geloof dat er daar adders aan de borst van het Duitse Rijk gekoesterd worden. Want met hun on-

Germaanse frivole praat ondermijnen zij de inspanningen van hun leger. In plaats van de scheuren en gaten in hun vliegtuigen, de barsten in hun propellers, in de gaten te houden, kletsen ze in het Frans over *l'amour romantique*. Wat het leven kan kosten aan niets-vermoedende piloten en zware kosten meebrengt, want een Messerschmitt vervangen, dat loopt in de honderdduizenden franken.'

'*l'Amour romantique*?' vroeg Papa, als verwacht.

'Onder andere.'

'Wat zeiden ze nog meer in het Frans?'

'Ik kan u dat beter een andere keer vertellen. Ge zoudt nu beter naar bed gaan.'

'Nee, nee.'

'Toch wel. Want, moe als ge zijt, zoudt ge verkeerde conclusies kunnen trekken uit iets dat misschien onder hen maar een kinderachtig spelletje is, waar wij, als buitenstaanders, geen zicht op hebben.'

'Welk spelletje?' zei Papa verwilderd.

'Luister. In het licht van wat ik daar waargenomen heb als onbevooroordeelde toeschouwer moet ik vaststellen dat er daar in die *Werkstätte* mensen op verantwoordelijke posten zijn die daar niet thuis horen.'

'Draai niet rond de pot.'

'Papa, die Duitsers zijn niet gedreven door de Atlantische gedachte,—dat staat voorop. Maar zij gaan ook om met Frans sprekende dokters die met plutocratische beginselen de moraal van de arbeiders ondermijnen, met priesters die ook niet deugen want in hun onderricht wordt nooit de klemtoon op het volkse gelegd, integendeel, die priesters blijven lege filosofieën verkondigen over het joods-Christelijke geloof die ons volk in de verdwazing houden. (Kei, Kei, vergeef me want ik weet niet wat ik doe!)

Terwijl onze jongens dagelijks de hoogste offers brengen, denk maar aan de twee zoons van de kolenhandel hier om de hoek die door Migs getroffen zijn, terwijl wij allemaal samen verenigd pal zouden moeten staan om onze eigenheid als Vlamingen te vrijwaren, is er daar op die kritieke plek iets aan de hand dat eigenlijk rücksichtslos zou moeten verwijderd worden als een rotte appel.'

'Wie gaat dat doen?'

'Gij niet. Natuurlijk niet. Ik ook niet, maar gij zeker niet. Omdat ge verblind zijt. Wetens en willens wilt ge niet zien dat uw vrouw op de bureaus van de ERLA...'

'Zeg verder.'

'Dat zij daar het slachtoffer en de slaaf is van haar driften.' (Ging hij niet te ver? Zijn vader knikkebolde maar bleef luisteren.) 'Gij kent haar beter dan ik, gij weet hoe zij is. En dat ge dat toelaat, dat moet ge zelf weten. Alleen zult ge straks niet mogen zeggen: "Mijn kind was op de hoogte en heeft het mij niet, van man tot man, in mijn open aangezicht verteld!"'

Louis praatte sneller, want hij meende de naakte voet van zijn moeder gehoord te hebben die uit het bed stapte, de plankenvloer kraakte.

'Waarom verzorgt zij haar huishouden niet? Er zijn zoveel vrouwen die werken en na hun werk hun gezin in stand trachten te houden. Zij, zij staat daar te ginnegappen als die Luizegier zich in het Frans *lustig* maakt over de meeste vrouwen in Vlaanderen die hij betitelt als "*des pondeuses soumises*" (een uitdrukking over Duitse vrouwen die Louis opgevangen had van meneer Tierenteyn tijdens een bridge-partij in de 'Patria'). '*Pondeuses*, eieren bebroedende vrouwen. Waarmee hij de normen, begrippen, leitmotieven van ons ras belachelijk wilde maken. Dat Mama dit gedoogde, ik kon het niet verstaan! Ik werd met afgrijzen vervuld.'

Herkende Papa dit laatste als regelrecht voortkomend uit 'De Diamantenmoorden', een recente *Lord Lister*? Papa haalde zijn schouders op. Zijn ogen vielen dicht. Hij wreef over zijn schedel die zwart was van het roet dat uit de verwoeste huizen was gedaald.

'Het zal een of ander spelletje geweest zijn, maar toch hoorde ik de Luizegier zeggen: "*Je te veux*."'

'Tegen wie?'

'*Je te veux, Constance, à outrance.*' Louis was verbaasd-trots

op het rijm dat zo maar in hem opkwam.
'Wat wil dat zeggen: à outrance?'
'Tot de dood ons scheidt of zoiets.'
'Ik vermoord haar,' zei Papa, maar toen Mama om halftwaalf naar beneden kwam was hij te moe om te moorden, hij sliep in zijn stoel, met zijn rug tegen het behang, met open borrelende mond, en sloeg in zijn slaap naar de dwarrelende Miezers die zich vermenigvuldigden in zijn door mijn propaganda-Abteilung aangetaste hersenlobben. Mama had haar wenkbrauwen uitgedund. Met een propje watten dat rook naar de apothekerij Paelinck bette zij de gewelfde bogen boven haar oogleden, de iele haartjes.

Dat Louis de geur kon plaatsen kwam omdat op dat ogenblik de apotheker in de radio als een kijvende, preutse Dalle te keer ging tegen de logge Wanten.

Nonkel Robert's vadsige kop stond nog boller van het ingespannen luisteren.

'Wanten, weet gij hoe dat gij vijftig Wallenaars in één konijnekotje kunt krijgen?'—'Neen ik, Dalle.'—'Door d'r een frietje in te smijten!' Nonkel Robert's vele buiklagen schudden. 'Waar halen ze 't uit? Waar halen ze 't uit?'

Monique, zijn spichtige verloofde (op elk potje past een dekseltje) veegde haar tranen af. 'Een frietje!' zei ze hijgend, 'Waar halen ze 't uit?'

Monique was van een welgestelde boerenfamilie, maar de familie was tegen haar verkering met Nonkel Robert, natuurlijk alleen maar om geen bruidsschat te hoeven meegeven, maar dat zou zijn plooi wel vinden, en binnenkort, binnenkort zouden een paar van de twintig koeien en vijftig varkens van Monique's thuis hun weg wel vinden naar de beenhouwerij van Nonkel Robert, als hij zich geïnstalleerd had, want zoals nu kon het niet meer, in een plaatsje een voorschoot groot. Hij had aan Peter om een lening gevraagd maar Peter deed zo bits de laatste tijd, hij praatte alleen maar over deze gevaarlijke tijden. Peter had de laatste maanden ook geen stap meer in de 'Rotonde' gezet, want daar kwamen teveel zwarten, hij bridgede nu uitsluitend in de 'Patria'. Volgens Nonkel Robert voelde Peter de wind keren.

'Hij is altijd een windhaan geweest,' zei Mama fel. Want Peter kwam ook niet meer in de Oudenaardse Steenweg.

'Wanten, ik ga u een keer een straf Vlaams historietje vertellen!'—'Ja maar, pas op, hé, ik ben een Vlaming'—'Dat geeft niet, Wanten, dan ga ik het u drie keer vertellen!' Nonkel Robert en Monique vielen in elkaars armen.

'Toch is dat minder,' zei Papa. ''t Is het ogenblik niet om met Vlamingen de zot te houden.'

''t Was toch een fijntje,' zei Monique. 'Ik ga het u drie keer vertellen, zegt ie!—Nog een geluk dat we een keer kunnen lachen, hé, Constance?' Nonkel Robert loerde in de pan op de kachel. 'Ik dacht het. Dat ik gestoofde raapjes rook. Zeggen dat we vroeger een bundeltje rapen kochten lijk of dat het een doosje lucifers was. En nu...'

Mama trok haar jas aan. 'Weet ge zeker dat ge niet mee wilt?'

'Nee,' zei Papa.

'Ik ga naar een concert van Robert Stolz,' zei Mama tot haar broer en diens schrale verloofde. 'Hij komt het zelf dirigeren, en 't schijnt dat hij niet lang meer mee zal gaan met zijn maagoperatie, het is dus het moment om hem in het echt te zien.'

'Lijk dat ik onze Staf ken,' zei Nonkel Robert, 'zou hij in slaap sukkelen. Ik heb dat ook. Tien maten violen en cello's en ik ben vertrokken. Daarbij, Staf, met al de rapen die ge gegeten hebt, zoudt ge de muziek meespelen. Want rapen doen het gat gapen!'

Monique stootte een hevig geproest uit, Nonkel Robert lachte mee, hun huwelijk was in zicht, vol geschater, innig gegiechel.

De reden waarom Papa niet mee wou naar het concert werd duidelijk toen een uur later de bel ging en Raspe de keuken in kwam. Louis herkende hem met moeite. De man met de gemene tronie die in zijn gulp had zitten foefelen en door Papa uit zijn atelier verjaagd was, zat in het salon waar

Papa de open haard had aangemaakt zodra Nonkel Robert met zijn Monique vertrokken was, als een grauwe man met een hard, scherp gezicht dat door de sneeuwstormen van de steppen gepolijst was. Hij had een veel te wijd zondags streepjespak aan waaronder zijn legerlaarzen staken. Zijn uniform werd gewassen en geperst, zei hij, omdat hij morgen naar Vindernisse moest waar een wapenbroeder gehuldigd werd die verleden maand gesneuveld was met het gezicht naar het Oosten. Hij was de hele middag bij kameraden op zoek geweest naar een grammofoonplaat van 'Siegfried's Tod' want in dat achterlijk gat van Vindernisse hadden ze dat natuurlijk niet voorhanden, en het was het minste wat hij voor zijn strijdmakker kon doen. Het heldendodenlied.

'Ik heb de hel gezien, Staf,' zei Raspe.

Papa schonk hem Elixir d'Anvers in, de laatste gehamsterde fles.

'Ik zeg de hele tijd in mijn eigen, "Pieter Raspe, gij zijt thuis", maar het lukt me niet. Ik ben dáár.'

Raspe draaide onhandig een sigaret uit een gedeukt blikken doosje, zijn ene hand zat in een wollen want waaruit drie donkerblauwe vingers staken.

'En als ik denk aan die democraten die hier op hun gat zitten en kijken vanwaar de wind zal waaien om hun zaakjes te doen.'

'Ik heb dikwijls op 't punt gestaan om mij te melden,' zei Papa, 'maar met mijn linkernier...'

'Ik zei dat niet voor u, Staf, ge weet dat wel.'

Raspe zoog de witte lucht diep in zijn borstkas. Niet als Mama die in korte haaltjes vóór in haar mond pufte. Raspe éét de dikke witte walm.

'Er zal nooit iets uit dat Vlaanderen van ons komen zolang we niet met zijn allen de dood onder ogen durven zien. Zolang we dat benauwde risicoloze laffe systeem van eigenbelangen de bovenhand laten krijgen. Het is maar op het terrein dat ge dat inziet. Daar en niet elders. Dat ge inziet dat ge als Vlaming de Duitse broeders niet alleen kunt laten vechten. En als ik zeg: broeders, kost mij dat geen moeite meer. In het begin wel. In de eerste maanden als rekruut heb ik dikwijls geschreid, Staf, ik kom er eerlijk voor uit. Hebt ge al een keer een appèl meegemaakt, afgenomen door een Duitse onderofficier, in de opleiding? Eén stofje op de loop van uw geweer en ge vliegt direct de cel in. Ze kraken u, Staf. Ge denkt dat ge iets zijt, iets betekent en ze kraken u, totdat ge een ander zijt na een tijd, iemand die zich totaal inzet.'

Met zijn bruuske linkerklauw greep Raspe de goudgele fles. 'Daar, bij ons, kunt ge geen trucjes uithalen. Ge zijt een kameraad door zon en ijs, of ge zijt een blaas, een schijter die in leven probeert te blijven en dan blijft ge niet lang in leven.'

'Hoe is 't eten daar?' vroeg Papa.

'Wij hebben daar niks. Tenzij luizen. Als de foeragewagen een paar dagen wegblijft...'

'Wat dan?' vroeg Louis.

Hij had zijn vraag te gretig gesteld, Raspe grijnsde hem toe. 'Louis, mijn jongen, als ge geen ideaal hebt, geen ideaal dat u door merg en been gaat, zoudt ge daar geen oog toedoen 's nachts, van de verschrikking. Wij bevriezen daar, wij ontploffen daar, wij zijn verplicht van mensen aan stoofhout te kappen, maar wij hebben ons ideaal. Wij gaan er waarschijnlijk aan kapot gaan, wij hebben geen stront in onze ogen, maar de Führer heeft ons nodig en wij hem.'

Louis voelde zijn ogen branden. 'Ik zou met u willen meegaan.'

'Leer eerst uw lessen,' zei Papa.

'Ja,' zei Raspe moe. 'Dat kunt ge beter allemaal doen hier in België, uw lessen leren. Gij die nog altijd denkt dat ge met tactiek en slimmigheid en listen de wereld te lijf moet gaan. En het is waar dat ge met al die trucjes kunt krijgen wat ge wilt. Dat is waar voor u. Niet meer voor ons. Wij gaan met open ogen naar een doel.'

Veel later, toen de fles Elixir al lang leeg was met twee zoemende vliegen er in, toen Papa al vaak ostentatief naar de klok had gekeken, toen de ijzeren namen Kertsj, Voronesj, Dnjepropetrovsk herhaaldelijk dreunden en Louis zijn algebra inkeek, zei Papa: 'Wie er een les moet geleerd worden, dat zijn die profiteurs die, terwijl gij uw kloten afdraait voor een verenigd Europa en voor de geschiedenis, hier ongestraft hun eigen rasbroeders de modder intrappen.'

'Wie hebt ge op het oog, Staf?'

'Sommigen.'

'Nu weet ik al veel meer.' Het sarcasme van de Oostfrontridder ontsnapte aan zijn vroegere meester.

'Sommigen, méér kan ik nu niet zeggen.'

'Zeg dan niets, Staf.'

'Sommigen die als taak hebben het thuisfront in stand te houden, om niet te zeggen: te versterken...'

'Wat doen ze? Smokkelen ze een beetje spek? Kappen ze wat boompjes om?'

Raspe keek naar de dode open haard die Papa een uur geleden had laten uitgaan. Als Raspe in zijn uniform was gekomen, met zijn eretekens opgespeld, had Papa beslist méér blokken weggehaald van het stapeltje in de kelder.

'Wij kunnen beter in de keuken gaan zitten,' zei Papa. 'Ik kan u een boterham met smout geven. Of hebt ge geen honger?'

'Ik heb altijd honger. Ik ben het gewend.'

'Het is beter met een lege maag te vechten,' zei Louis tot zijn vader, 'vanwege mogelijke schotwonden in de buik.'

Met zijn voeten in legerlaarzen op een stoel zei Raspe: 'Ik heb nog niet eens mijn moeder gezien. Ik ben gisteren aangekomen in Wachteren, de mensen zeiden mij met moeite goedendag. Niet dat ik vind dat ze mij zouden moeten ontvangen zoals het moet, ik versta het, ik ben de verloren zoon, een idealist, maar toch. Mijn moeder is naar haar zuster Emilie in Vichte. Ik stond daar voor een gesloten deur. Ik kon natuurlijk over het muurtje van de hof klimmen, desnoods een ruit inslaan, ik wilde het doen, zot genoeg omdat ik mijn zondagskostuum wilde aantrekken, met een gekleurde plastron na al die tijd, maar dan dacht ik: Voor wie? voor wat?

'Want als ik in een café van Wachteren kom is er grote kans dat ik die kwakkels die alleen maar smokkelen en aan profiteren denken met hun hersens tegen de muur zou kwakken. Ik ben dan maar naar het huis van een kameraad in Waregem gegaan, maar die zijn ouders begonnen te schreien en daar heb ik nooit tegen gekund, en dan is het dat ik dacht: Ik ga Staf eens gaan bezoeken die mij heel mijn leven achter de Heidelberg gekloot heeft, misschien dat ik daar een boterham met smout krijg. Het smaakt mij, Staf', hij legde het klompje brood als een kleinood op het zeil van de keukentafel, 'maar het smaakt mij niet genoeg.' De spijkers van zijn zolen ketsten tegen de vloer. Zijn hoofd raakte bijna de lamp. Papa stond ook op.

'Als ik iets voor u kan doen, Staf...'

'Er zijn sommige Duitse ambtenaars...,' zei Papa.

'Van de ERLA. De directeurs van de ERLA!' riep Louis.

'Wat doen ze?' vroeg Raspe.

'Zij krijgen grote sommen van de ouders van jongens die opgeroepen zijn. Zij worden overladen met cadeaus, soms hele hespen tegelijk, om die jongens niet op het transport te zetten, Louis is mijn getuige.'

'Ge wilt zeggen dat die heren de produktie saboteren?'

'Saboteren is een sterk woord,' zei Papa.

'Zij saboteren,' zei Louis, 'onder de invloed van een priester en van een Franskiljonse dokter. Onder de druk van de Witte Brigade.'

'Maar wij kunnen dat natuurlijk niet bewijzen,' zei Papa haastig. 'En daarbij, het zijn hoge koppen.'

'Hoge koppen,' herhaalde Raspe. 'Wij hebben verleden maand nog een Hauptsturmführer klein gekregen met zijn allen. Zeer klein. Ge gaat zijn naam in niet één rapport meer tegenkomen.'

Hij stootte met zijn bevroren verminkte hand tegen Louis' sleutelbeen. 'Leer uw lessen,' zei hij.

'Waar gaat ge naar toe? Waar gaat ge slapen?'

'Staf, Staf toch. Het Vlaams Legioen redt zich wel. Het zou mij verwonderen als ik binnen het half uur geen kreeft of een kalkoen eet, al moest ik heel de keuken van het hotel 'De Zwaan' aan frieten schieten.'

Toen Papa terug in de keuken kwam zette hij, niettegenstaande de kou, het raam op een kier om de walm van Raspe's sigaretten en diens geur van dood en eer en trouw te verdrijven. 'Gij hebt een held gezien,' zei hij. 'Onthou dat heel uw leven.' Hij knabbelde aan de halve boterham met smout die de held had laten liggen. 'Moest gij er niet zijn, ik zou er aan peinzen om er ook naar toe te gaan, naar de Krim, Orel, Djepnostrok... Maar dan als chauffeur, bij de NSKK. Dan ziet ge meer van het land, de meren, het gebergte, de verschillende stammen...'


Louis werd wakker van zacht ruziënde stemmen en van Papa's vuist die tegen een hoofdkussen sloeg. Niet zoals vroeger, als hij huilde in bed en Papa, vervaarlijk menseneter, binnenvloog en brulde: 'Gaat ge slapen, ja of nee?' en met de zwaai van een houthakker zes keer ritmisch vlak naast zijn verstard hoofd op het hoofdkussen ramde. De stemmen waren geknepen, die van Papa eerder klaaglijk, die van Mama uitdagend. Louis kende de uitdrukking op haar gezicht die daar bij paste, een in zichzelf gekeerde koppige pret. Hij voelt dit soms over zijn eigen gezicht trekken, als een wolkje.

Iets later werd hij nog eens wakker. Raspe stak een van zijn blauwe, bijna zwarte, steenharde vingers in zijn oor en fluisterde in zijn andere oor dat hij van de getapte melk die hij op school kreeg mond- en klauwzeer zou krijgen, en dat hij, Raspe, boter uit de Oekraïne zal smokkelen, alleen voor hem. Daar schrok Louis zozeer van dat hij uit zijn bed sprong. Hij schoof het stugge verduisteringspapier opzij, achter de diepgrijze daken dampte een gelige, lichter wordende lucht, er suisde iets, Papa's snurkende uithalen, twee honden, ver van elkaar, die signalen gaven naar elkaar. Simone sliep, dromend van een jonge, begaafde vioolspeler.

In de keuken likte Louis aan de rand van de fles Elixir, er was nog een flauw vermoeden van iets stroperigs. De bodem van een fles heet: de ziel van de fles.

Hij kroop weer in bed en bijna meteen zat hij op de witte piepende draaimolen van de speelplaats die begon te krijsen en te tollen, Louis wuifde naar Hottentotten, naar smokkelaars, naar Mongolen in immense berejassen en gleed van de molen want een zuster remde hem af, hij lag tegen de ongelijke keien van de speelplaats tussen traag rollende knikkers. Kom, zei een behaarde stem, mond open. Een onrijp hard zuur peertje van de perelaar werd in zijn mond gestopt, hij slikte brokjes, klokhuizen, steeltjes in. Maar het was helemaal de draaimolen van het Gesticht niet waar hij in zat te zwieren, het was een honderdmaal vergroot speelgoed van felkleurige gelakte blikken vliegtuigjes die schuin aan ijle metalen kabels hingen te snorren, er ontstonden roestige gaten in de vleugels, de propellers smolten, Louis kreeg de slappe lach van de zenuwen. 'Spring!', hij liet de zwellende, krakende kist (kist!) los, zijn parachute wiekte uiteen en werd een bolstaand helderlicht bed waar hij in zakte zonder ooit een bodem te raken en zakkend hoorde hij: *Komm*, vlak voor zijn neus blies een golf van de parachute zich op en werd een amberkleurig geschminkte borst, de borst bultte uit een tuniek van dezelfde kleur waarvan de knopen afsprongen maar die geprangd bleef om een lijf zonder hoofd of benen, de tuniek was volgeprikt met decoraties, Louis herkende het IJzeren Kruis, de Palmen, het Eikenloof, het Pour le Mérite, de tepel is de weekste fopspeen, zoet en geurend naar amandelmelk, Louis herkent—hoe kan er ooit een 'vroeger' geweest zijn met een herinnering hieraan?—de borst van Rijksmaarschalk Hermann Wilhelm Göring, een vette boerin (maar onbevlekt ontvangen) geperst in een steeds bleker tot hagelwit wordend uniform. *Komm, sündensklave Mensch*, zegt de Rijksmaarschalk en hij neigt met zijn vele kinnen tot de gevlochten stormband van zijn kepi Louis' kruin beroert.

In de weiden achter het College ratelden machinegeweren. Oefeningen. Geschreeuwde bevelen, gejuich.

De leerlingen schreven af en toe iets op. Niet meer dan strikt nodig. Alleen maar om de Kei de indruk te geven dat ze luisterden. Want de Kei zou, fluisterde men, naar een rusthuis voor priesters afgevoerd worden. Je kon zijn gemompel niet langer meer een les noemen. De les van vandaag, over de erfzonde, was opnieuw uitsluitend voor Louis bestemd: Aan de erfzonde mag niet getwijfeld worden, al is het soms moeilijk te aanvaarden dat wij bepaald worden door een erfelijke morele ziekte. Adam en Eva hebben nu eenmaal van de verboden vrucht gegeten en hebben daarmee iedereen van dan af aan, pasgeboren, besmet.

Nu ontstaat er evenwel een moeilijkheid. Want het verhaal van de verboden vrucht en de slang etcetera is ontstaan negenhonderd jaar voor Christus. Toen Israël uit het Noorden bedreigd werd door de Syriërs. Toen het klokhuis van Israël zelf van binnen uit bedreigd werd door een worm, namelijk de nog steeds heersende vruchtbaarheidsritus van Baal. Ja? Daarom, om het volk van Israël met een beeldend propagandaverhaal in toom te houden werd dit verhaal in omloop gebracht. Want de historie met de slang, dat begreep het volk zeer goed, de slang was het zinnebeeld van de Kanaänse boerengodsdienst.—'Ja?'

Een paar leerlingen op de voorste rijen knikten afwezig.

'Ja, maar wat doen wij dan,' murmelde de Kei en vermeed Louis aan te kijken, 'met de heilige Paulus die in zijn Romeinse brief beweert dat de zonde in de wereld is gekomen door één mens, waarmee hij Adam bedoelt? Wat doen wij dan met de heilige Augustinus die zegt dat alle ellende in de wereld zijn wortels vindt in deze éne daad?'

Ja, wat doen wij daarmee? De bel ging. Terwijl de anderen naar buiten stormden graaide de Kei in de vouwen van zijn toog en stopte Louis snel een briefje, nee, een aantal rantsoeneringszegels in de hand.

'Dat is voor u. Voor niemand anders, begrepen?'

'Liefste lieveling Louis, gij hebt waarscheinlijk al dikwijls gedacht Waar is mijn Bekka den laatsten tijd maar Lieveling ik kon niet eerder scrijven van scedert ik bij mijn tante Alicia in Baudroux-sur-Mere ben want er is verscrikkelijk gebeurd dat mijn Papatje die sukkelaar DOM is geweest in Deutschland en daar ruzie heeft gemaakt met zijn Deutsche Chefs en in een Deutsche BAK is gevlogen zonder pardon of medelijden en niemand weet waar en misscien voor jaren omdat hij een MES bij hem had maar hij heeft altijd een mes bij hem omdat dat gemakkelijk bij de hand is dat weet gij toch Louis, ik moet stoppen van het weenen, wacht, nu liefste Louistje van mijn hart, ik weet dat gij mij in uw hart draagt maar dat gij daar niet over spreekt en ik ook niet vandaar dat ik scrijf want misscien zien wij elkander nooit meer in dit leven want mijn tante Alicia zegt dat ik hier moet blijven den tijd van de oorlog maar ik wil hier weg misscien naar Deutschland om mijn Vaader te zoeken want niemand weet waar hij presies in de ketens ligt. Volgenst tante Alicia hier is het omdat hij iets tegen het goevernement of tegen de Furer gezegt heeft tegen zijn wil maar volgenst mij is het omdat mijn Papatje op een Zigeuner lijkt of op een Egiptenaar en dat lijkt op de Jooden en de Deutschers willen niet dat zulke mensen in de fabriek werken naast de andere arbeiders. Ik ben zo triestig alle dagen surtout savonds maar op een schoonen dag zullen wij samen gelukkig zijn, gij moogt ook naar andere VROUWEN kijken als gij mij maar in Uw HART blijft draagen. Liefste Louis, ik moet nu op de kinderen van Maitre Laveyron gaan passen, het zijn klootzakken van kinderen maar het brengt op en Tante Alicia zegt dat elke frank helpt voor mijn onderoud. Tot het einde van mijn leeven blijf ik u trouw. Rebekka UW LIEFSTE Cosijns, Rue Arsène Houssaye 3, in de stad Baudroux-sur-Mere. Van mijn broeder lief hoor ik nooit iets. Hij moet in het klooster der Redentoristen blijven. Surtout de gangen kuisen. Dat ligt in de Kempen. En hoe is het met uw liefte Moeder, Madame Senave? Is zij nog altijd kwaad op ons?      Kussen en kussen. En TROUW.

Genevoix, de Schaarleider, die nu ook het Schiessabzeichen droeg, de lompe Haegedoorn die nu naar het Atheneum ging, Bosmans de Bloedarmoedige, zij deden alsof zij Louis niet opmerkten. Zij stonden in de correcte houding, het ogenblik was plechtig, maar een van hen had toch even zijdelings naar hun vroegere makker kunnen loensen, die naast zijn vader stond, bij de prominenten als Marnix de Puydt, doctor Leevaert, mijnheer Groothuis *cum suis*.

Bosmans huilde toen een dikke padachtige jongen met een zware bril en een sonore stem reciteerde: 'Hier liggen zij, als zaden in het zand, hoop op de oogst, o vaderland.' Bosmans moest zich afvragen op welk geschikt ogenblik hij zijn nat gezicht zou kunnen afvegen.

Heiligschennend hoorde Louis tijdens de rouwhulde voor Staf de Clercq, leider van zijn volk, gestorven aan leverkanker, de gitaar van Django Reinhart met het orkest van Stan Brenders, Swing Een en Veertig dat vanmorgen te horen was in de radio, toen Mama weigerde mee te gaan.

'Wat heb ik daar te zoeken?'

'Hulde brengen,' zei Papa, 'aan Onze Leider die miljaardedju heel zijn leven lang voor ons geijverd heeft, voor ons.'

'Voor u misschien. Voor mij niet.'

'Hoe durft ge, Constance?'

'Gij kende hem niet eens. Gij hebt hem nooit ontmoet.'

'Ikke? Watte? In Zevenendertig, toen wij gevochten hebben tegen de Belgische Gendarmes op de IJzerbedevaart heb ik hem persoonlijk nog vlak voor de paarden weggetrokken, in levenden lijve!'

Mama trok haar neus op en bevestigde de reep zwarte stof die zij uit een onderjurk had geknipt met veiligheidsspelden op Louis' arm.

Bij de ingang van de Stadsschouwburg, langs de vele vlaggen en wimpels, marcheerden Louis' vroegere strijdkameraden, kin naar voren, met gelijk opgetilde knieschijven. De apotheker Paelinck kwam met zijn dochter, beiden in de rouw, bij Papa staan en zei dat men om de meest onbenullige redenen geweigerd had dat hij zou voordragen. 'En ze kiezen een jongen met géén stem. Kondt gij hem verstaan, Mijnheer Seynaeve? Hij slikte al zijn medeklinkers in.'

'Ik kan daar niet over oordelen,' zei Papa, 'want ik kende de tekst van buiten.'

'Er zat geen beetje leven in die stem.'

Zij wandelden naast elkaar, in het midden van de straat, naar de Grote Markt. Aan het Belfort hing de Leeuw halfstok. Paelinck zei dat het wegvallen van Staf de Clercq een ramp was, 'want wie gaan we nu als leider krijgen. Toch zeker Dokter Elias niet? Wij hebben geen geleerde nodig, maar een dader.' (Doder, misdadiger.) 'Wij gaan ons laten inpakken door DEVLag! Unitair België gaat zijn kopje weer opsteken want we gaan met zijn allen, als Belgen, door Duitsland opgeslokt worden in een directe Anschluss!'

Simone hield haar rouwende ogen naar de keien gericht.

'Nee, Mijnheer Seynaeve, we moeten waakzaam zijn over wie zijn testament uitvoert.'

'Het was niet veel bijzonders,' zei Papa, 'en daaraan kunt ge zien hoe dat die mens geleefd heeft. On-baat-zuchtig. Tienduizend frank voor zijn petekind. De grond gekocht voor zijn vrouw voor als zij naast hem zal komen te liggen op 't kerkhof van Kester. En honderd missen voor zijn zielezaligheid.'

'Ik bedoelde zijn politiek testament, Mijnheer Seynaeve.'

'O, pardon.'

Louis vertraagde, Simone bleef aan zijn zijde.

'Ik heb u een hele tijd niet gezien.'

'Ik u ook niet,' zei hij. 'Had gij mij willen zien dan?'

'Waarom niet?'

'De muziek was indrukwekkend. Beethoven is altijd indrukwekkend.'

'Ik vond het nogal zwaar.'

'Toch was het toepasselijk.'

'Ik ben niet zo voor klassiek.'

'Ik ook niet. Gewoonlijk.'

'Ge zijt niet in uniform.'

'Ik heb meningsverschillen gehad.' (Het klonk gewichtig, raadselachtig.)

'Ik zie u liever zo. In uw golfbroek.'

'Ik ook. Ik wil zeggen: ik zie u ook liever zo dan in dat stom kostuum van de Dietse Meisjesscharen.'

'Het staat mij niet.'

De ruggen vóór hen, die van haar vader en die van zijn vader. Hun eigen beider ruggen werden bewonderd door het rouwende Walle. Hij hoorde zichzelf zingen: 'Mag ik van u een foto?'

'Maar zijt toch een beetje serieus!'

Tegenover haar grijze, bijna angstige blik zong hij verder: 'Al is zij nog zo klein, met onderáán het motto: Slechts van u wil ik zijn.'

'Dat is van de Ramblers.'

'Ja. En het zegt precies wat ik...'

'Wat?'

'Voor u voel.'

' 't Is het moment niet,' zei zij, en stapte sneller, kwam op de hoogte van haar vader die de buitenwijken van Stalingrad aan het beschrijven was. In de verte zaten Amadeus en Aristoteles op een terras braaf op hun vader te wachten in het herfstzonnetje. Toen renden ze op hem af. De Puydt zei: 'Staf, zoudt ge een keer voor mijn twee smeerlapjes hier willen afrekenen? Met mijn zwart kostuum in de haast aan te trekken heb ik vergeten geld mee te nemen. En we gaan naar 'Groeninghe', daar zijn wij meer onder ons.'

Onderweg zei hij: 'Staf, gij die nogal reçu zijt bij de Gestapo, gij zoudt mij een plezier moeten doen, als oude kameraad.'

'Maar Marnix toch, ge weet dat ge mij alles kunt vragen.'

'D'r is mij ter ore gekomen dat er in die kringen over mijn persoon lasterlijke aantijgingen de ronde doen. Dat er zelfs een aanklacht binnengekomen is. Omdat ik alleen maar whisky drink.'

'Kom, kom, Marnix,' zei Paelinck.

'Kan ik het nu helpen dat mijn verhemelte naar whisky staat!'

'Wat kan er nu mis zijn aan een glaasje whisky?' riep Pae-

linck alsof hij op een podium stond. De tweeling De Puydt
wipte aan Simone's handen.

'Ik denk dat ze denken dat whisky...,' begon Papa.

'...de drank van de vijand is!' riep Paelinck schamper.
'Wat kunnen de mensen toch kleingeestig zijn! Kijk, ik
mocht daarjuist in de schouwburg niet optreden omdat de
Arrondissementsreferent Vorming en Stijl vond dat de mensen mijn stem als Dalle zouden herkennen en dat ze zouden
lachen. Alsof ik maar één stem heb. Alsof ik goddomme
Richard de Derde niet gespeeld heb voor het Landjuweel!'

'Ik zou het nog verstaan als ik inderdaad de Britse economie zou ondersteunen,' zei De Puydt, 'maar de whisky die
ik krijg is meestal bij ons gebrouwd. Zeg dat aan uw Duitse
maten, Staf.'

Op de hoogte van het borstbeeld van Guido Gezelle zei
hij: 'Een tijdje geleden heb ik Canadese whisky geproefd,
uit een of andere noodlandende Canadese vliegmachine geroofd. Ik moet eerlijk zeggen dat het mij niet bevallen is, die
maïs en die mout, nee, geef mij maar een oprechte scotch
die het hoofd niet doet draaien, de tong niet doet zeveren,
de tanden niet doet klepperen, de darmen niet opblaast, en
de aders schoon openhoudt.'

Zij stonden met zijn allen samengetroept voor café 'Groeninghe' waar een treurmars weerklonk.

'Staf, probeer eens mijn dossier in te kijken, dat ik tenminste weet wat de Gestapo tegen mij heeft. En als ge kunt,
plaats een goed woordje voor mij. Want tegenwoordig moet
ik mijn rust hebben, want ik ben aan een werk bezig dat
overrompelend zal zijn.'

'Hoe is het met 'De dood van Descartes', Mijnheer De
Puydt?' vroeg Louis om Simone te verblinden.

De Puydt's gezwollen vrouwelijk gezicht drukte verwarring uit. Hij herkende Louis niet. 'Descartes? Hoe komt
gij daarbij, man? Dat is mijn afdeling niet. Nee, ik ben totaal
opgeslorpt door een komedie.'

'Toch geen Franse vaudeville?' vroeg Papa.

'Ik zou geen vaudeville kunnen schrijven, zelfs al zou ik

het willen. Nee, het wordt aanzienlijk spiritueler, licht maar toch consistent. Het oppervlak, de gratie, maar daaronder het gebeente, het gebinte van de dood, iets in de genre van de cantate 'Soft notes and gently raised', van Purcell, die fluiten en continuo, als ge mij kunt volgen.'

'Ge hebt gelijk,' zei Papa. 'Het mag verheffend zijn, maar niet te zwaar. Voor de gewone mens, wil ik zeggen.' Hij leek ineens een sombere bui te krijgen, hij wou ook niet naar binnen in het café 'Groeninghe'. 'Nee, serieus, Marnix, op een dag als vandaag en na zo'n ceremonie zou ik geen glas door mijn keel kunnen krijgen.'

'Ik moet naar huis,' zei Louis.

'Ik niet,' zei Simone.

'Ik ga u een keer komen bezoeken. Als het u past.'

'Waarom niet?' zei zij. Hij stak zijn hand uit, maar zij had zich al omgewend en stapte het café binnen, Aristoteles en Amadeus voortduwend. Door het glas-in-lood raam zag men de mollige gestalte van De Puydt op een bank zakken, in het raam gevangen als in een seculiere tempel voor Vlaamse Koppen.

Papa sjokte als een oude man huiswaarts.

'Gaan ze een standbeeld voor Staf de Clercq oprichten?'

'Daar heeft het VNV geen geld voor.'

'Een gedenkplaat dan, op de gevel van zijn huis?'

'Dat zou een schande zijn. Alleen maar een gedenkplaat. Voor iemand die zijn leven gegeven heeft. Het Vlaamse volk is ondankbaar.'

Hij was elders met zijn gedachten. Zij kwamen langs de 'Flandria', de tennisbaan lag verlaten.

'Verstaat gij uw moeder? Dat zij niet eens beleefdheid wil opbrengen tegenover zo'n grote Dode? Zij heeft geen hart. Heel mijn leven lang heeft zij mij in de koude laten staan. Heel haar leven was het teveel dat ze een beetje genegenheid toonde. Zij weet niet wat een man nodig heeft. Als ge bedenkt wat voor offers ik gebracht heb, geld, cadeaus, niks is mij teveel geweest, aan haar kniëen lag ik en wat heb ik teruggekregen? Koude lucht. Dat komt omdat zij bij haar thuis geen genegenheid heeft gehad. Zij is to-taal misgekweekt! Meerke heeft haar nooit geleerd hoe ze met een man moet omgaan. Weet ge dat, in het begin dat wij getrouwd waren, als wij op bezoek gingen bij kennissen, dat zij daar niet naar het toilet wilde gaan? Zowaar als ik hier loop. Zij hield het op.'

Hij bleef staan. 'Zo waar als ik hier sta. Ge gelooft mij niet, hé? Vraag het haar! Ik ga u meer zeggen, gij zijt groot genoeg, wij waren op bezoek voor 't jubileum van de vicaris, het was meer een receptie, en daar heeft ze het ook een namiddag lang opgehouden en wij komen thuis, en zij kon helemaal niet meer naar het toilet, haar blaas was verstopt, de dokter is moeten komen met een sonde. Wat scheelt er? Ge zijt zo wit...'


'*Louis*, zoudt gij mij niet kunnen koomen haalen? Het is hier zoo wreed. Tante Alicia zegt dat het beeter is dat haar broeder mijn VADER nooit meer teruggevonden wordt in het GEVANG in Deutschland want dat hij vroeger als zij klein waaren al een deugniet was die niet deugde, dat heeft zij deezen avond gezegd omdat zij kwaad was op mij vanwege dat ik een van de kinderen van Maitre Laveyron op zijn muil geslaagen heb wat hij verdiende, Gaston Laveyron, die espres zijn telloor laat vallen om te zeggen dat ik het geweest ben. Als gij mij niet komt haalen loop ik hier weg al is het onder een trein. Liefste, Liefste, Liefste, denkt gij nog aan uw Rebekka Cosijns? Met de tram tot Doornik, dan neemt gij de boemeltrein naar Charleroi, de vierde halte is Baudroux-sur-Mere en dan vragen aan het café La Fleur en Papier Doré, tegenover de statie.'


Het sneeuwde. Louis kwam van school toen hij vóór de deur van de Cosijns twee Duitse soldaten zag, de kleinste stond met zijn laars op de drempel en had blijkbaar net aangebeld. De andere, die een zeer kleine schedel en een lange nek had op een abnormaal breed bovenlijf, leunde als een straatjongen tegen de gevel en floot 'Nur nicht aus Liebe weinen'. Toen de kleinste Duitser Louis zag aankomen wendde hij zich helemaal om en riep: 'Maar wie wij daar hebben?'

Het was Vuile Sef. Louis wou hard weghollen want je in een Duits uniform verkleden, als op Carnaval, daar kon je voor gefusilleerd worden. Wie in de buurt van zo'n bedrieglijke saboteur gepakt werd kon volgens de Conventie van Genève als medeplichtige beschouwd worden. Of volgens een andere Conventie.

'Het is Louis,' zei Vuile Sef tot de ander die eveneens onrechtmatig vermomd was. Toch was Louis trots dat Vuile Sef zijn naam onthouden had.

'Zijn zij niet thuis?'

'Bekka is bij haar tante in de Walen, en Tetje is in een klooster.'

'In een klooster?' Vuile Sef lachte hartelijk. Het sneeuwde. In de etalage van de bakkerij waar jaren geleden torentjes gebakjes en bruinkorstige luchtige pistolets en chocoladetaart en éclairs en nonnescheetjes en boterkoeken en speculaas uitpuilden, stond een dwergpalm. Vuile Sef's weermachtuniform leek op maat gemaakt, toch bleef het Carnaval.

'Ik wilde Odiel Tetje laten zien, ik heb er hem zoveel over verteld en nu zit hij in een klooster. Eh wel, merci. 't Zal voor een andere keer zijn, Odiel. Kom, wij gaan naar 'De Graaf van Heule'. Het bevel gold ook Louis.

Louis was nog nooit in 'De Graaf van Heule' geweest omdat Papa beweerde dat daar de lucht hing van Jenny's grootvader waarvan heel Walle weet dat hij aan de gele koorts gestorven is en dat Dokter Devilder zaliger het niet heeft aangegeven aan de Inspecteurs voor Volksgezondheid. Natuurlijk rook het er naar een zeer oude koortsige man.

Odiel deed zijn muts af, zijn hoofd werd nog kleiner. Als je kon kiezen, dan toch liever het waterhoofd van Guido

Gezelle. Zij dronken hengstenbier, want daar had Vuile Sef zo dikwijls van gedroomd in El Ageila, aan de Golf van Sydra, waar ze hadden moeten vluchten want het werd daar te warm. 'Hoeveel graden? Odiel, Odiel, hoeveel graden zou Montgomery hebben?'

'De graad van luitenant-generaal,' zei Odiel met een jongensstem.

Vuile Sef bestelde een tweede rondje. Louis wist zeker dat hij niet zou betalen. Jenny voelde het ook aan, maar durfde uiteraard haar erfelijk belaste koortsmond niet open te doen. Odiel wilde eigenlijk liever een Spa.

'Die jongen kan zich niet amuseren,' zei Vuile Sef. 'Geloof het of niet, sedert wij in de Heimat zijn, spreekt hij van terug te gaan. De woestijn, de woestijn, het is het enige dat hem interesseert.'

'Hebt ge 't Vreemdelingenlegioen gezien, in Noord-Afrika?'

'Odiel, hebben we 't Vreemdelingenlegioen gezien?'
Odiel knikte.

'Meestal alleen hun hoofd,' zei Vuile Sef. 'De Tunesiërs voetbalden er mee.'

Jenny vroeg of ze eentje mocht meedrinken. Het mocht.

'Wat hebben we niet gezien?' zei Vuile Sef. 'In Tripoli. Twee vliegers, geen drie, en 't vloog allemaal in de lucht, heel de haven, torpedojagers, vrachtschepen, onze boot danste lijk een negerin.'

'Een negerin op Carnaval,' zei Louis die dronken werd, prettig, helder en wazig om de beurt.

'Carnaval, dat is lang geleden!' De schichtige man die rondzwierf bij de kleiputten was helemaal verdwenen. Als bij Raspe hadden de opleiding, de vuurdoop, een andere man gebeeldhouwd in de soldatenkleren. Zou ik ook in zoiets zelfzekers gebronsd kunnen veranderen?

'Sef, gij zijt altijd een man van 't goed leven geweest,' zei Jenny.

'Madame,' zei Odiel, 'iemand als Jozef, die maken ze niet meer.'

'Als ik het aan mijn hart zou laten komen hebben, maar jongens toch, dan lag ik al lang in het zand,' zei Vuile Sef.

'Maar ge komt er wat mee tegen, Madame,' zei Odiel als een bezorgde huisvrouw. Hij droeg twee gouden horloges aan zijn pols, met de wijzerplaat naar binnen (als je aan het machinegeweer ligt hoef je je hand niet om te draaien) en een brede zilveren ketting aan zijn rechterhand.

'Gij ziet iemand gaarne voor zijn gebreken,' zei Jenny.

'Welke gebreken?'

'Kom, Sef, geef toe dat ge een flierefluiter zijt.'

'Dat is heel juist, Madame.'

Gij, Odiel, *Schnauze*! Of we gaan eens over uw gebreken beginnen! Maar we gaan daar niet over beginnen, Jenny, geef ons nog eentje. 't Is hier wel niet warm, maar ik sta toch droog lijk een cactus. Wij hebben er gezien, hé, Odiel, cactussen?

'Meer dan genoeg.'

'We zeiden dikwijls, die cactus daar zou schoon staan in onze living in Oostende straks, maar begint dat eens mee te sleuren! Alhoewel die van het Afrikakorps ze wel naar huis stuurden, in speciale kisten. Of ze in hun Heimat toegekomen zijn, dat is een andere kwestie. Het zou mij verwonderen.'

'En spijten,' zei Odiel.

'Maar zijt gij dan niet in het Afrikakorps?'

'Louis toch,' zei Odiel.

'Ze hebben toch geen tropenhelm aan,' zei Jenny. Het sneeuwde.

'Wij hebben onze schoonste tijd gehad in Griekenland,' zei Odiel, met zijn ongemeen vierkante brede schouders achterovergedrukt schreed hij in een witte tuniek tussen Ionische zuilen, in de wijnrode wijnzwarte zee zat Aristoteles in een trireem, een Latijnse boot.

'Waar hij valse checks getekend heeft,' zei Vuile Sef.

'Dat horen wij niet gaarne,' zei Jenny.

'Voor honderdtachtig duizend frank,' zei Vuile Sef teder. 'Ik heb het voor u gedaan zowel als voor mij.'

'Vlindertje,' zei Vuile Sef.

Zij hadden in Griekenland vliegensvlug hun biezen gepakt, hun Organisation Todt-pak uitgetrokken en waren in Egypte beland en vandaar in Tunesië, en van die vagabondage was nog iets te merken, beiden konden elk moment een kersverse maskerade bedenken, van muts en tuniek en koppelriem veranderen in dierentuinbewakers, tramconducteurs. Elk moment kon ook de Feldpolizei binnenvallen in 'De Graaf van Heule.' Waren hun pistolen geladen? De verduistering begon om zestien uur veertig. De eerste arbeiders van de ERLA kwamen al uit hun door Mama bewaakte kooien het café binnen en luisterden.

Louis speelde met de gedachte de twee onbetrouwbare omtoverbare paladijnen mee naar huis te nemen om zijn ouders te verrassen. Maar hij vergat het, hij kreeg een glas aangeboden door een ERLA-jongmens dat zei dat zijn moeder opbloeide als een bloem, het was beledigend plagend kietelend bedoeld, maar misschien ook verzoenend kameraadschappelijk vleiend, het bier klotste in zijn ingewanden, een weids gevoel van slaap overviel hem traag vanuit alle hoeken van het café, de trijp van de gordijnen naderde, sloot zich zachtjes om hem heen, de stem van Vuile Sef die uitdagend snerpender was geworden het laatste uur drong met moeite door, als door een vacht van sneeuw.

'... en ik ga mee in alle goede trouw met een Oberleutnant juist nadat ze ons gemitrailleerd hadden met brisantbommen, de RAFjes, en ik had juist gekookt voor de Oberst, want mijn Oberst was niet erg voor conserves en ik vlieg naar buiten met mijn schortje nog aan, die Oberleutnant zegt: "Kom, gauw, achter op mijn moto." Ik houd mij vast aan hem, zestig per uur door het zand en in één keer, terwijl er geen palm te zien was, stopt hij en hij zegt: "Geef mij al uw geld." Ik geef het hem en hij snort weg, nooit meer gezien, ik zeg in mijn eigen: "Sef, ge zijt eraan", en ik ben drie weken weggebleven, wat dat ik afgezien heb kan ik niet zeggen. Odiel zegt: "Vertel het, zeg het mij wat dat die vreemde stammen met u uitgestoken hebben." Ik zeg:

"Ventje, ik kan niet, maar ik heb veel geschreid in mijn schortje..."'

'...Zonder pardon zijn ze, een SS-man die aan een ander komt, zelfs gekleed, of die hem een kus zou geven, daar staat prompt de kogel op...'

'...wij gaan ons installeren, mijn Odiel en ik, niet te ver van de Markt...'

'Ge gaat toch geen café openhouden?' vroeg Jenny en vroeg of ze nog eentje mocht meedrinken. 'Drink maar eentje mee,' zei Louis.

'Nee, een winkel in stoffen en gordijnen.'

'Hier, in Walle?'

'Maar nee, mijn kind. In Oostende. Aan het zeetje. Waar de matrozen zijn.'

'De lllaatsche keer daku gezien eb,' zei Louis, 'was in 't zwembad, ge zongt van: Go down Moses.'

Vuile Sef zong het meteen weer, de arbeiders van de ERLA applaudisseerden.

'Bis, bis.'

Jenny riep: 'Onnozelaar, direct komen de Duitsers binnen en ik heb al naar de Kommandantur moeten gaan deze week.'

Odiel zei: 'Vrouwmens, Jozef mag zingen zo luid als hij wil.'

'Swing low, sweet chario-ot.'

'Vrouwmens, wij zwijgen voor niemand!'

'Bravo!' riepen de ERLA-jongens.

'Ole man river,' achtervolgde Louis tot ver in de straat, tot de gevel van zijn huis die kraakwit was van de sneeuw.


Mama hoestte beneden in de gang. Teveel gerookt. Mama zei met een dikke stem dat zij alleen maar een wandeling gedaan had. 'Mag dat ook al niet meer, mag ik nog alstebliest asemen?'

'Waarom hebt ge niet van de haring willen eten vanavond?' riep Papa. 'Zeg het.'

'Het is altijd haring.'

'Ach, het is niet fijn genoeg! 't Moet entrecôte zijn in 't hotel 'De Zwaan!''

'Ik had geen honger.'

'Omdat ge niet wilde dat uw adem naar haring rook!' brulde Papa.

Het licht spatte aan in Louis' kamer, zij plofte op zijn bed. In haar diep gedecolleteerde jurk met zwarte pailletten zag zij er verhit uit, haar scharlaken mond ging open en dicht alsof ze meezong met een verre song.

Zij was op Louis' voeten gevallen, het deed geen pijn.

'Hij is zot, zot,' zei zij en in zijn hemdsmouwen kwam de zot binnengestormd, krijtend: 'Zeg het, zeg het, aan uw zoon dat gij mij horens zet met de bezetter!'

'Hij is geen bezetter, hij is een eerlijk mens.'

'Hoort ge 't dat zij het toegeeft!'

'Ik geef alleen toe dat hij charmant en attent is voor mij.'

'En ik niet?'

'Nee, gij niet.'

Papa wees naar haar, de wijde zwarte mouwen van zijn toga wapperden, zijn advocatenbef kwam overeind, de gerechtszaal hield de adem in, de beklaagdenbank veranderde in het bed van een collegejongen. De beschuldigde vrouw, geschminkt, wild, hikte.

'Zij blijft ontkennen, zij bijt liever haar tong af dan de waarheid te zeggen en niets dan de waarheid, maar Constance, ge stinkt naar de waarheid!'

Mama leunde tegen de spijlen van het bed dat piepte. Zij liet zich toen voorovervallen en landde tegen Louis, sloeg haar arm om zijn nek. De waarheid stonk naar wijn en poudre-de-riz. Haar warmte drong tot hem door dwars door de zijden jurk.

De man, vader noch echtgenoot, rukte aan de spijlen van het bed alsof hij de vrouw en de jongen eruit wou kantelen. Toen stond hij hoogrood onder de lamp die zijn schaarse blonde haar een platina aureool gaf.

'Constance, kijk in mijn ogen...'
'Nee.' (Lastige bakvis Mama.)
'Kijk in mijn ogen, zeg ik!'

Zij wentelde haar haar in Louis' nek, blies kort door haar neus als paarden doen in de weide als de avondmist opkomt.

'Ik kan niet, Staf.'

'Kom uit dat bed. Die jongen heeft zijn slaap nodig.'

Haar ene gesperde oog, met de adertjes, met de stekelige zwartgeklodderde wimpers als van het veulentje op zijn rug in die weide.

'Ik ga u arrangeren. Constance, ge gaat er alles van weten.'

'Als ge dat een keer kon doen, mij arrangeren.' Zij proestte het uit, hoeven stampten in het doffe gras. Wat wou zij dan? Dat hij haar doodmaakte? Waarom en hoe wou zij, zo laag lacherig, gearrangeerd worden? Waarom stootte Papa nu die grauwe gil uit en graaide hij in haar haar en trok haar overeind, waarbij hij 'Au' riep want hij stootte zijn knie aan de ijzeren rand van het bed?

Met een grijns van pijn die niet helemaal de hoonlach verdreef werd Mama van Louis losgerukt, zij kreeg een schop en een duw, de deur van hun slaapkamer smakte dicht, Papa stommelde de trap af, zij liet vanuit haar bed een lallend en neuriënd gezang horen.

Papa zat in de sofa van de voorkamer en hapte in een vuistgrote homp broodpudding die hij heel snel uit zijn geheime voorraadkast in het atelier moest gehaald hebben.

'Ik kan niet slapen met al uw gedoe,' zei Louis. 'Zullen we een partijtje dammen?'

'Mijn hoofd staat er niet naar.'

'Peinst er niet op.'

'Heel mijn leven,' zei Papa en kauwde, slikte, hapte. 'Heel mijn leven vanaf de dag dat wij getrouwd zijn...'

'Het komt allemaal door de dood van mijn broertje,' zei Louis.

'Ja, trek nog een beetje partij voor haar.' Toen de pudding op was en hij zijn vingertoppen aflikte: 'Zij wil niet

bekennen, maar ze moet niet bekennen, want het is algemeen geweten in de ERLA, in heel Walle! Zij is gezien! Zij is gehoord! Weet gij hoe hij haar noemt?'
'Nee.' (Niet: Wie?)
'*Flämmchen, mein Flämmchen.* Alstublieft!'
'Mijn kleine Vlaamse?'
'Maar nee! Madam is een vlam! Alstublieft!'

Hij ging naar de keuken, ik volg als een hondje, hij nam de rode dunne kartonnen doos met broodsuiker, tapte een glas water aan de kraan, en wou beginnen te zuigen. Louis zei: 'Zouden we geen spekken bakken?'
'Geen slecht gedacht.'

De suiker pruttelde in het pannetje, koekte aan, donkerbruin. Papa proefde ervan. 'Nog een druppeltje azijn.' De dampende kleffe massa werd op de blauwe steen van het aanrecht gegoten. Toen het goedje lichter van kleur werd en verhardde rolde Papa het tussen zijn zwartgekloofde drukkershanden tot een worst en knipte die in gelijke, kronkelige stukjes. Zij aten beiden gretig van de veel te hete en te zure snoep. Papa las in een Karl May.

Het getik van de wekker en het geknars en gekraak van de vermorzelde zoetzure keien, laarzen langs de voordeur, en uit de slaapkamer boven af en toe een walmpje van een geneurie, dat toen doofde. Old Shatterhand en zijn bloedbroeder Winnetou slopen door de prairie, de zilverbuks hield de Sioux en de Kiowa's op afstand, een tomahawk suisde door de lucht, tientallen bizons vertrappelden en doofden in hun stofwolken het overspel.


De Kei bleef af en toe een paar dagen weg van het College, de leraar Wiskunde zei dat hij dan bij zijn adellijke familie uitrustte. (Zijn wij overigens in deze nieuwe tijd niet allemaal van adel? Ook arbeid adelt, want met de bevestiging van ons volk-zijn en de nieuwe mode van naar onze herkomst te graven, heeft Tante Nora met een tekening van onze stamboom vol wortels, kruinen en vertakkingen bewezen dat de Seynaeves al in de zeventiende eeuw opdoken in Wevelgem, *vide* het gemeentearchief aldaar, en met een beetje geluk en vooral tijd geraken wij tot in de notulen van gilden en ambachten.)

Toen hij die maandag terugkwam miste de Kei twee voortanden. Tijdens het studie-uur, zacht gekras en gekuch, geritsel van bladzijden, las de Kei op zijn troon in de wijde kille studiezaal in een boek *Ergophobie* en gaf het toen mee aan Louis voor zijn ouders. Louis bladerde er in, het lag op zijn schooltas op zijn knieën toen hij niettegenstaande de kou in het parkje van de Onze Lieve Vrouwekerk zat.

Een onderzoek bij tweeduizend openbare asielen in New York wees uit dat de meeste kinderen niet zo maar lui of arbeidsschuw waren maar een aangeboren gebrek hadden, een ziekelijke neiging. Ik, kind van wolkenkrabbers en van Mama, kan er dus niks aan doen dat ik arbeidsschuw ben. Twee factoren hebben schuld, aanleg en milieu. Aha, de stamboom spreekt! En de ervaring van Dr. Hanselmann, bestuurder van het pedagogisch seminarie van Zürich, heeft hem geleerd dat de hoofdschuld ligt bij de ongunstige milieuwerking. Het milieu van Nobiljon-en-thans-steeds-sjofeler-murmelende-zegelringdrager Kei heeft deze werking niet natuurlijk!

Dat boek was niet voor Louis' ouders bestemd, de Kei wist duivels goed dat Papa noch Mama het ooit zou lezen. Ik, lui kind, word geacht er in te snuffelen, mijn neiging te bestuderen, ik moet als een onreine kleine kat met mijn neus in mijn arbeidsschuwe zondige pis geduwd worden door de ik die de diagnose stelt op bevel van de Kei.

'Als het luie kind zoo een tijdlang vroeger verzuimde weldaden (o.a. scheppend spel) heeft mogen genieten dan zal het vertrouwen, achting en zeker genegenheid gevoelen voor hen die het daartoe in staat stelden.' Begrepen, dokter Kei! Vroeger verzuimde weldaden, ik ken geen andere.

En volgens jou zullen zij weer te genieten zijn. *Voyous, voyons*, zoals uw collega dokter docteur broekafstroper met wie je samenzweert, zou zeggen.

*Aber, aber.*

Hij durfde het boek niet weg te keilen. Weet je wat, Seynaeve?—Wat, Seynaeve?—Wel Seynaeve, ik voel me vreemd te moede.

Op een of andere manier ben ik gedeeltelijk verantwoordelijk voor de inkeer (of verwording) van de Kei. Hij heeft mij, lui kind, uitverkoren. Hij geeft mij seinen die ik niet kan opvangen. Waarom spreekt hij steeds vaker over de waardigheid van de mens die bedreigd wordt, vertrapt wordt? Waarom konkelt hij met drie-vier steeds dezelfde kerels van de Retorica, zij trekken zich soms terug in de turnzaal en toen ik toevallig langs kwam, hen *betrapte*, joegen zij mij weg met een arrogantie alsof ik stonk. Ik mis Bekka. Ik zal haar leren lezen en schrijven. Ik heb een afschuwelijke trek in chocola. Men zou geen chocoladesmaak in de vitaminen mogen doen, het doet verlangen. Verlangen naar Simone, maar ik kan er niet heen in dat stom geruit hemd van Nonkel Florent (in Engeland dat onverklaarbaar met rust gelaten wordt door de Führer). Ik wil ook niet naar Nonkel Robert, alhoewel ik daar wat gehakt zou krijgen maar dan moet ik dat smeltend geleuter aanhoren over zijn Monique met wie hij gaat trouwen als de lening van Kanunnik Voordekkers doorgaat. Ik wil ook niet naar Tante Nora die mij aanstoot en vraagt hoe het met de liefde is. Dies irae, dies illa. Te allen tijde is de dood een oplossing. Vreemdst te moede, te moeder. Laatst zat een pak van briefjes van twintig frank in haar handtas. Ze zou niks merken.

Resoluut stapte hij café 'Groeninghe' binnen en zei: 'Noël, geef mij een glas van uw fluitjesbier. En niet teveel schuim alstublieft.'

Stalingrad.

Dat Ethiopië de oorlog heeft verklaard aan Duitsland. Brazilië ook.

Dat er verandering moet komen in de opperste leiding van de Rijkswacht, want er zijn daar majoors en commandanten bij die hun plicht niet doen, Anglofieler zijn dan

Churchill, hun best doen om saboteurs door de mazen te laten glippen.

Stalingrad.

Dat de voetbalploeg van het VNV niet veel voorstelt. Politiek en sport moeten niet gemengd worden.

Stalingrad.

Dat ge soms midden op de dag in de straten van ons eigen Walle Radio Londen kunt horen, ik zeg niet waar, iedereen moet weten welke verantwoordelijkheden hij neemt, maar het doet het bloed koken als ge weet dat ze het crapuul van de Toontjesstraat aanzetten om onze koolzaadvelden naar de kloten te helpen, zogezegd omdat de olie dient voor de Weermacht.

Dat—en dit was dokter Leevaert die naarmate hij dronk meer en meer dokter met talent in Germaanse talen werd— Dat 'nadat ik heb onderzocht en met mijn analyse de traditionele bewijzen van het Godsbestaan heb verpletterd...'

'Ja maar, welke God?'

'Die van Aristoteles.'

'Aristoteles!' kreunde Marnix de Puydt. 'Hij schreide, de jongen, ik heb hem in mijn armen genomen, ik heb hem gezegd: "Aris, mijn beertje, Papa moet centjes verdienen en daarom moet hij gerust gelaten worden, anders kan hij zijn komedie niet schrijven!"—"'t Is al komedie wat dat ge zegt," zei hij, mijn serafijn. "Ik wil niet bij de nonnen." Ik zei: "Aris, Papa en Mama kunnen niet voor u zorgen lijk dat het moet. En daar in het Gesticht van Haarbeke gaat ge verse eitjes krijgen en levendverse boter, recht van de koeien van 't Gesticht."'

'Ja, maar welke God?'

'De abstracte God, godverdomme luistert toch als ik spreek, de onbewogene allereerste Beweger.'

'Noël, beweeg ook eens en geef ons hetzelfde.'

'Hetzelfde kan niet, want ge hebt het al binnen,' zei Noël, zoals tien keer per dag.

'Immanuel,' schreeuwde Leevaert, die dronken is van twee Pale-Ales maar dan twee dagen en nachten kan doorgaan op hetzelfde peil.

'Gott mit uns!'
'Immanuel Kant...'
'Noch wal.'
'Sprak met een boer...'
'Boeren die ons uitzuigen, ja, maar ondertussen zijn zij het die ons laten overleven.'
'Hij zei: Bauer, laten we aannemen dat er een God bestaat, het groot geweten.'
'Goed weten.'
'Dat wil daarom niet zeggen, Bauer, dat de ziel onsterfelijk is. En de Bauer kauwde op zijn pruim en zei:...'
'Op háár pruim, Leevaert, kauwde hij.'
'"Waarom bestaat hij dan?"'
'Leevaert, ge zijt zat.'
'Het is toch simpel. Onze essentie is niets anders dan de inspanning die wij doen om mens te blijven, niet te sterven.'
'Gij slaat de nagel op zijn kop, vriend,' zei Marnix de Puydt. 'Niet willen sterven. Koning Albert zei het mij. De Puydt, *mon ami*, in uw nonchalance princière voel ik de springveer—de *ressort*, zei hij—van iemand die glimlacht tegen de dood. In uw conversatie, mon cher, hoor ik het air dat ik zong in de loopgraven in Veertien-Achttien, "*Viens, poupoule, viens, poupoule, viens!*" Ik zei: "*Je vous remercie, Sire*", en ik meende het.'
'Dat Kant die god, die beantwoordt aan de *zoon polipkon*...'
'Had dus een zoon die poliepen had.'
'...herbouwt, maar ditmaal in de God van het geweten.'
'En hij heeft het geweten!'
'...In de maker van de morele orde.'
'Ah, hij was ook van de Nieuwe Orde!'
'Precies. Een onsterfelijke *salto mortale*. Met zijn hart herbouwt hij wat zijn kop verwierp.'
'Koning Albert,' zei Marnix de Puydt, die vaak ontvangen werd aan het Hof als prins der Westvlaamse Letteren. 'Koning Albert,' zei hij, 'was zo bijziende maar ook zo onhandig dat hij nooit at op officiële banketten omdat hij bang

was om verkeerd te lepelen of te prikken. Dat men zijn verschijning als ridderlijk en als van een natuurlijke noblesse beschreef omdat hij zo waardig zijn vorstelijk hoofd rechtop hield, kwam doordat hij geen twintig centimeter ver zag. Alleen thuis met zijn vorstin en een paar doorgewinterde lakeien, stortte hij zich na zo'n banket op zijn speciale terrine van Saksen-Coburgporselein en slurpte lepelen servetloos en gelukkig een liter uiensoep. Zijn grootste genot evenwel gold treinen. Op de onwaarschijnlijkste momenten, als zijn koninklijke kroon er naar stond, wou hij, per koninklijke trein naar, ik zeg maar iets, Genève. Waardoor ogenblikkelijk alle internationale treinverbindingen en regelingen veranderd, omgedraaid, aangepast moesten worden. Majesteit vertrok met zijn Zwitsers horloge, en een speciaal voor hem in grote kapitalen gekalligrafeerde treingids vlakbij de pince-nez en bleef zo zitten, lang, want onder hem in het Koningsrood fluweel was ook een *lunette* voorzien, en dan gebeurde het dat bij de tweeënveertigste kilometer Albert de Eerste eigenhandig aan de noodrem trok. De burggraaf chef-machinist van de trein maakte zijn opwachting. Vorst zei: "Lummel, volgens mijn speciaal voor mij ontworpen chronograaf zijt gij een minuut en zoveel seconden te laat!" Siddererend stotterde de vicomte, dat de verhitting van de wielen, dat de viaducts, dat imponderabilia, dat het concept tijd, dat het zijn schuld niet was uiteindelijk. "Wat? Ik, als Koning, heb, ook voor mijn mogelijke vergissingen, mijn verantwoordelijkheden opgenomen..."'

'Puydt, jongen, zo zegt een Koning dat niet. Zo spreken alleen ministers.'

'Puydt, ga verder.'

'De trein-incunabel werd geconsulteerd, ingenieurs en secretarissen maakten hijgend nieuwe tabellen op. En avant, zei Alpinist, en weer stootte de trein zijn triomfantelijk dampsignaal uit. Tot de volgende haltes. Tot de volgende seances met het perkamenten wetboek van de voorziene, verhoopte, verwanhoopte en, als het Europees verkeer ontredderde en herstelde, tijd. In Genève nam de Koning een douche terwijl de trein rechtsomkeer maakte. Met haken en ogen en vallen en opstaan denderde de trein terug naar Brussel, twistappelige ellende van onze staat. Bekaf maar verzadigd betrad le Roi Chevalier kaarsrechter en trager dan ooit zijn Paleis waar zijn vrouw viool speelde in een democratisch pluralistisch samengesteld kwartet waarvan de drie mannelijke leden elk een platte gouden sigarettenkoker op zak hadden met haar monogram.'

'Noël, een whisky voor onze Marnix!'

'Want het positivisme herleidt de feiten tot fragmenten, tot het stof van de feiten.'

'D'r is al een hele tijd geen bombardement meer geweest.'

'Toch wel. In Etterbeek.'

'Maurice Chevalier, die toch doorgaat voor de ziel en de *esprit* van Frankrijk, zegt dat hij alles te danken heeft aan zijn moeder. Welnu, die moeder is op en top Vlaams!'

'En als de mens een doel is en geen middel, dan...'

'*Langsam*, Leevaert, *ein guter Mensch geht immer langsam*,' zei een glazige Marnix de Puydt en sliep, zijn waggelende Vlaamse Kop zocht en vond de schouder van Leevaert die ongemakkelijk zijn glas naar zijn mond bracht. Het gesnurk uit De Puydt's mond werd een gegrom, dat zwol en vervaarlijk grolde en zich enkele uren later over de stad Walle verspreidde, dik als rook, de bommenwerpers hadden de opdracht om het station van Walle te vernielen en daarvoor had men in Covent Garden, Engeland, een vierkant getekend waarbinnen alles plat mocht, en in het zuidwesten van dat vierkant lag het gesticht van Haarbeke, waar de toren scheurde, waar de witte draaimolen de lucht insprong tot tegen de dakgoot, een sterfelijke *salto mortale*, en waar drie zusters en zeven kinderen stierven waaronder Aristoteles de Puydt, serafijn.

De helft van het gesticht was verdwenen, de andere helft onherkenbaar. Dit was de speelplaats, putten, krochten waar een ontzaglijke stinkende meteoriet van een moorkop aan flarden was gespat, een opengereten piano lag vol onrijpe kleine peren, dorpelingen wrikten en schraapten met houwelen tussen geblutste melkbussen als hulzen van bommen.

'Zuster Eve Marie en Zuster Marie Ange waren in de kapel aan het bidden voor een speciale intentie. Ik heb me nog kwaad gemaakt, "Zusters, de eerste speciale intentie is in leven blijven voor Onze Lieve Heer!" Maar niet luisteren!' Zuster Econome zakte op een brok beton waarvan één kant in namaak marmer was geschilderd. 'Het beeld van Onze Lieve Vrouw van Smarten is blijven staan. Als ik niet zo triestig was zou ik het een mirakel noemen.'

Peter sloeg een kruis, Papa meteen ook.

'De jongens die in de wijnkelder zaten zijn gered, ik heb ze geteld.'

Zuster Econome leek op Onze Lieve Vrouw van Smarten, glinsterende parels in olie gedoopt rolden van haar bloedrode oogranden.

'Onze Lieve Heer is wreed.'

'En Zuster Sint Gerolf?' vroeg Louis.

'Geen schrammetje.'

'En zuster Imelda?'

'Was bij haar broer in Avelgem.'

Baekelandt kwam langs, zwengelend met zijn houweel, en zei bars dat volgende week de metselaars zouden komen. 'Maar dit keer moeten de muren dubbel zo dik, in gewapend beton.'

'Baekelmans, ziet ge niet dat we bezig zijn!'

'Ja, Zuster Econome, maar d'r zijn er hier in Haarbeke teveel die content zijn dat 't klooster kapot is. Wij moeten ze laten zien dat we onze kop niet laten hangen! Gewapend beton, zeg ik!'

Peter trok de twee punten van zijn gilet strak naar beneden, wreef over zijn schedel, vroeg details over de begrafenis, hij wou weg en Zuster Econome die alles merkt, stapte in de richting van de spreekkamer die er niet meer was. 'Het is onrechtvaardig, Mijnheer Seynaeve.'

'Wij moeten bidden, Zuster,' zei Peter, het hoofd gebogen alsof hij al een tijdje bezig was met een passend gebed.

'Kunnen wij iets voor u doen, Zuster, om het even wat?' vroeg Papa.

'Ik zou niet weten wat.'

'Vraag maar, Zuster.'

'Als wij op zolder gekropen waren dáár, onder de balken.. dat dak is blijven staan... Of in de koeienstal bij Baekelmans. Maar wie gaat dat voorzien? En al mijn papier, heel mijn administratie, jaren van mijn leven, 't is al om zeep.'

'Churchill,' zei Papa. 'Churchill!'

'Louis, ventje, offer uw hart aan Jezus, 's morgens en 's avonds.'

'Ja, Zuster Econome.'

Papa en Peter gingen naar de parochiezaal waar Zuster Adam en Zuster Engel opgebaard lagen. Louis mocht niet mee, omdat hij ze toch niet meer zou herkennen. Hij trachtte de exacte plaats van de perelaar terug te vinden, stond er. Ik ben een zwijn want ik wil springen, dansen, gillen in deze verwoeste burcht, in het ontplofte slot.

Als een blok reuzel. Als een reuzenpop, een non voorstellend, die iemand aan het schietkraam van een kermis heeft gewonnen, met een fietspomp heeft opgeblazen en toen in de huiskamer neergezet, zo zat Zuster Sint Gerolf, vreemdsoortig, naast de kachel op anderhalve meter van Bomama. Zij had een blauwgetinte bril op waarvan de poten ongelijk in haar kap geschoven waren. Van haar mondhoeken tot in haar kraag liep een witte streep gedroogde pap. Tante Hélène zei als tegen een baby dat Louis hier was, de kleinzoon van Mijnheer Seynaeve, maar zij reageerde niet.

'Zij is braaf,' zei Bomama die door Zuster Sint Gerolf's nabijheid veel van haar logheid verloren had. Alsof ze minder massief en inert wou zijn dan de non, verschoof zij, wipte zij bijna in haar rotanzetel.

'Zij is zeer gewillig en zij luistert goed naar wat we zeggen.'

'Zij doet niet anders dan luisteren,' zei Tante Hélène.

'"Het is een werk van barmhartigheid", zei hij,' gromde Bomama. 'Ik vraag: "Wat voor een, welk werk van barmhartigheid?" Maar hij stapte het af. Naar zijn lief. Of naar een van zijn lieven. Of naar Mona. Ik heb mij al zot gepeinsd over dat werk. Eerst dacht ik dat het "de daklozen herbergen" was maar ik geloof dat het "de zieken verzorgen" is. Want zij is meer ziek dan dakloos, geloof ik, nee? Want zodra het Gesticht weer opgebouwd is, kan zij een dak krijgen nog schoner dan tevoren.'

'Dat is niet moeilijk, met het geld van de Staat.'

'Hélène, het meeste geld komt van de Bank van Roeselare en die hangt af van het Bisdom.'

De non leek een jongere krachtige zuster van de monsterachtige Zuster, zo zeer, zo fel aanbeden in het verleden van het Gesticht.

'Ja, wij zitten met haar geschoren. Maar wij zien haar gaarne. Wij wassen haar helegans om de twee dagen.'

'Wij?' zei Tante Hélène scherp.

'Bij manier van spreken. Zij krijgt ook de fijnste beetjes van Robert.'

'Lever,' zei Zuster Sint Gerolf.

'En koteletten,' zei Bomama en keek trots naar haar zuster in de nood die gesproken had. 'Maar zij weet van niks. In het klooster houden ze de zusters onnozel. Ik versta dat ze zich moeten concentreren op de religie, maar ze gaan toch te ver. Zij wist bijvoorbeeld niet eens dat onze Koning hertrouwd is verleden jaar.'

'Met een prinses,' zei Zuster Sint Gerolf.

'En hoe heet ze? Ziet ge, dat is ze alweer vergeten.'

De non zocht in de vier hoeken van de kamer.

'Prinses Liliane,' brulde Bomama.

Zuster Sint Gerolf haalde haar rozenkrans van tussen de plooien, de zwarte edelgesteenten van de blijde en droevige en glorievolle geheimen rezen en daalden.

'Hij brengt dat hier binnen. Een werk van barmhartigheid, zei hij. Zonder mij iets te vragen. Alleen maar om in het Gesticht de barmhartige Samaritaan uit te hangen.'

'Moeder, gij zijt toch content dat ge aanspraak hebt, geef toe.'

'Trek maar partij voor uw vader, lijk Mona. Maar zij is braaf. Ik probeer haar patience te leren, maar 't gaat er niet in. Of het zou moeten zijn dat ze 't zonde vindt van de tijd, dat ze in die tijd haar brevier niet kan lezen of haar paternoster bidden.'

'Maar Bomama, zij kan niet lezen.'

'Waarom niet, Louis?'

'Zij is blind.'

'O, die deugniete! Dan heeft ze de hele tijd gedaan alsof zij kon lezen!'

'Ik ben geopereerd,' zei Zuster Sint Gerolf, 'ik heb de ogen van een dode gekregen.'

'Wat? En ge zegt ons daar niets over!'

Na veel pramen en knetterende vragen en verbaasde uitroepen, zei Zuster Sint Gerolf dat toen haar vader gestorven was, zij zo geschreid had dat zij er blind van geworden was, maar na jaren devotie en versterving had de Heer Jezus haar de ogen van haar dode vader teruggegeven, zij zag niet veel, maar meer dan genoeg. 'God heeft mij geopereerd.'

Louis ging dwars door de geur van het sterfputje in de achterkeuken, naar de wc. Daar haalde hij de foto van Simone te voorschijn.

('Hier, dat is voor u. Zoals ge al zingend gevraagd hebt.'

'Gij staat er schoon op.'

'Ik heb het afgesneden, bij de benen. Ik had mijn lelijke schoenen aan.'

'Gij zijt veel schoner in het echt.'

'Dat zeggen ze allemaal.'

'Ik meen het.'

'Gij moogt die foto aan niemand tonen. Mijn haar zit niet goed, het was niet gewassen.')

Hij bracht de foto aan zijn lippen. Ge moet iemand gaarne zien, met zijn gebreken.

De verweerde, bleke, vergane kop in de kap blies naar Louis als een kat, haar manier van lachen.

'Zij was niet content dat ge wegging,' zei Bomama. 'Ge gaat hier moeten blijven logeren.'

De kat bedaarde en zei een uit haar kattekoppehoofd geleerde les: 'Zij zeggen dat we ziekelijk zijn om uit de wereld te treden, dat wij te lelijk te stom te zot zijn om aan een vent te geraken, zij dwalen.' Zij hield toen haar hoofd schuin, haakte een vinger naast de poot van haar bril achter haar kap en schudde verwoed.

'Zij heeft last van suizingen in haar oren. Ik zeg: "Zuster, 't komt door 't bombardement." "Nee," zegt ze, " 't is Onze Lieve Heer die naar mij schuifelt."'

'Fluit,' zei Louis, en Bomama herkende haar man's pedanterie toen hij koppig doorging. 'Schuifelen is Zuidnederlands.'

'Zij heeft te hoge bloeddruk,' zei Tante Hélène. 'Zij mag geen zout eten.'

'Zij dwalen,' zei Zuster Sint Gerolf. 'Onze roeping is niet van deze wereld.'

'Hela, hela, wat is er mis aan deze wereld, Gerolf?' riep Bomama.

'Alles,' zei de non.

'Wat weet gij van de wereld, Gerolf?'

'Ik wilde nog iets van de wereld zien voor ik intrad. De gevel van het Vaticaan, Assisi, maar het was te laat, Jezus had mij al aan zijn weerhaak. Het is alles of niets. Jezus wil geen overschotjes.'

'Zij heeft nog nooit zoveel achter mekaar gesproken,' fluisterde Tante Hélène, 'dat komt omdat gij hier zijt.'

Herkende de door de luchtaanval ontheiligde, verrezene, tot mens wakker gebombardeerde zuster Louis? Als de rover van het kleinood op haar nachttafel? Vlieghe lag op de tafel, bleke billen, martelaar.

'Het is bij u vrouwen dat er ongemak is. Vooral bij de moeders. Omdat zij zonder kinderen te zijn kinderen moeten zijn voor hun kinderen.'

'Gij hebt makkelijk spreken,' zei Bomama, 'alles wat gij moest doen was op uwe Jezus peinzen en voor de rest lag uw boterham gereed, en dikwijls met Ardeense hesp.'

'Het is moeilijk om u gaarne te zien,' zei de bleke stem. 'Maar ook moeilijk om u niet gaarne te zien.'

Bomama stak haar beverige kin naar voren zoals Karel Sijs in de ring tegenover Gustave Roth verleden week in het filmjournaal. 'Zeg, gij zijt hier niet meer in uw klooster!'

'In het klooster zou ik u niet méér gaarne zien dan een ander, want er mag geen bijzondere vriendschap zijn.'

'En daarmee, Louis, moet ik mijn pap koelen.' Bomama leunde vergenoegd achterover. 'Allee, bid nog een beetje voor ons, dat wij niet te lang in het vagevuur moeten zitten wachten.'

'Als,' zei Zuster Sint Gerolf en met een geroutineerd gebaar gooide zij haar rozenkrans in de lucht en ving de dalende gitzwarte regendruppels op. 'Als gij vertelt over de prinses.'

'Over welke prinses?'

'Liliane.'

'Hoeveel weesgegroetjes krijg ik dan?'

'Een rozenhoedje.'

'Dat is vijf keer tien. Hoeveel is dat?'

Louis vernam het niet, het antwoord ging verloren omdat op dat ogenblik Tante Hélène zei: 'Zo zijn zij de hele dag bezig, die twee.'

De twee geblutste oorlogsgodinnen met dezelfde vette gekromde schouders hielden een wapenstilstand, want Bomama vertelde. Tante Hélène vulde moeizaam een kruiswoordraadsel in, verkeerd, 'oude Belgen' moest 'Nerviërs' zijn en niet die hanepotige 'Galliërs'.

Liliane, de dochter van de gouverneur van Westvlaanderen, werd aan de Engelse Koning gepresenteerd op Buckingham-van-de-drie-Musketiers-Palace, en op het hofbal te Wenen waar de Führer vandaan komt heeft ze gedanst, en iets later haar been gebroken bij het skiën. Zuster Sint Gerolf wist niet wat skiën was, Tante Hélène legde het haar uit, zij geloofde niet dat het mogelijk was. 'Uwe Jezus liep wel over het water,' zei Bomama en kabbelde verder. Voor het eerst had Liliane onze Koning in Nieuwpoort gezien en het was een bliksem, haar hart bonsde in haar keel en bleef bonzen zodat zij, drie jaar later, toen eerste minister Pierlot na de capitulatie zo crapuleus onze Koning heeft aangevallen, bijna een hartaanval kreeg van bonzende woede. Zij had zodanig haar zinnen op de Koninklijke weduwnaar gezet —want als ze iets in haar hoofd heeft, heeft ze 't niet in haar gat, Liliane—dat zij een brief geschreven heeft aan zijn moeder.

'Elisabeth, Majesteit, hebt gij geen werkje voor mij aan het hof?' en van het een komt het ander, een dejeuner in Laeken, een Teaparty—'Wat?' Tante Hélène had geen zin om het exotische woord te verklaren—een ritje met de open Mercedes naar Knokke, en voilà, Kardinaal van Roey heeft het laten voorlezen van alle kansels in alle Belgische Kerken, de dag na Sinterklaas, dat hij de eer en het plezier had gehad drie maanden tevoren in de Kapel van Laeken de trouw in te zegenen en dat van nu af aan Liliane prinses van Réthy zal heten. Maar als er een kindje komt, zal het nooit van zijn leven de kroon op zijn hoofd mogen zetten. En de pastoors hadden het nog maar voorgelezen of een paar uur later vielen de Japanners de Amerikanen aan, waar?, in Pier Arboer, in het ondoordringbare Oosten.

'Ja, van het een komt het ander. Allee, begin er nu maar aan, aan uwe paternoster.'


In het atelier gaf een bleekgeel zonnetje de pruisischblauw geverfde ramen volgens obscure Farbenlehre-wetten een groene glans. Louis deed iets wat absoluut niet mocht, hij draaide blanco peperdure kwarto blaadjes wit papier tussen de inktrollen van de pedaalmachine. Omdat hij het papier eerst verfrommeld en dan gladgestreken had drong de inkt in het ongelijk zuigend opnemend papier en eenmaal te voorschijn getrokken ontstonden er bladen met nerven, onheilsluchten, salamanders, dwerggestalten, vluchtende moeders. Toen de bel van de voordeur ging en hij Papa uit de verandabak hoorde sloffen, sprong Louis veerkrachtig als Mowgli, geluidloos als Winnetou, katachtig als Sabu achter jute papierbalen.

'Tiens, een mens zou geld geven om u te zien,' zei Papa. 'Ik dacht dat gij al naar Spanje gevlucht waart.'

'De tijden zijn serieus, Staf,' zei Theo van Paemel's kwaaiige stem.

Zij stonden bij de degelpers. Vanuit de veranda riep een reporter dat Standaard Luik nu vóór stond met twee-nul.

'Staf, wij zijn gezworen kameraden. Maar vent, wat hebt gij nu weer godverdegodver uitgestoken?'

'Staf, een wespennest, zeg ik u.'

'Staf, dit is dynamiet!'

'Ik weet van niets,' zei Papa.

'Gij weet het wel! Het is uw knecht, Pieter-Raphael Raspe, Nachtegalenlaan éénenzestig, Wachteren, die de klacht heeft ingediend.'

'Ik weet van niks.'

'Uw Raspe, en ik hoop dat hij met zijn kloten aan een Russische bajonet blijft hangen, heeft een heel dossier ingediend.'

'Daar sta ik van te kijken. Ik zal er hem over spreken.'

'Maar hij is allang weer naar het Legioen bij Von Manstein aan de Donetz! Heel de ERLA-directie hangt eraan! Staf, hoe hebt ge dat in godsnaam kunnen doen?'

'Ik weet van de wereld niet, het is het eerste dat ik hier van hoor.'

'In die affaire met Jantje Piroen wist ge ook van niks.'

De bedwelmende geur van het papier dat uit de balen

steeg, die van drukinkt en machinevet. Bijna zo lekker als de geur van het goedje waarmee Mama de lak van haar vingernagels haalde. Mama's schuld was het, van Jantje Piroen. Crime per Négligence. Jantje Piroen was er een uit de Toontjesstraat, crapuul maar serieus, zijn vader had in Spanje gevochten bij de Roden maar zelf deed hij niet aan politiek, Jantje. 'O, nooit Madame Seynaeve, wat denkt ge wel? Ik ga mijn best doen, Madame Seynaeve, ge gaat geen klachten horen over mij.' En als bankwerker in de ERLA deed hij zijn uiterste best, voorkomend, de deur open voor Mama, tot hij na acht weken vertrekken moest naar het ERLA-moederhuis in Leipzig, een van de fatale honderd per maand. Hij kwam in het bureau om zijn gekneusde duim te laten verzorgen door de Madonna van de ERLA en vroeg: 'Madame Seynaeve, hoe staat het ermee? Want ik zie dat ik op de lijst sta voor het transport.'

Mama keek op de lijst. 'Ja, Jantje, ge zijt erbij, wat is er van?'—'Maar Madame Seynaeve, ge weet er toch van?' Mama onderzocht de gezwollen paarse duim. 'Wat dat ik weet, Jantje, is dat ge dat hier expres gedaan hebt.' 'Maar, Madame, ge hebt toch met Madame Kerskens gesproken?' —'Madame Kerskens-van-den-overkant, ja, nu dat ge 't zegt, ze vraagt soms naar u en ik zeg dan dat ge uw best doet.'—'En dat is alles?' riep Jantje vertwijfeld. Het bleek dat Madame Kerskens die aan de overkant van hun huis woonde, de opdracht gekregen had van Meester Vrielynck (notoire vrijmetselaar, en hardvochtige zoon van Vrielynck de taalkundige Het Leeuw, die zijn vader deerlijk had laten verkommeren) om Mama, haar buurvrouw, te polsen of Jantje Piroen soms geen uitstel kon verleend worden. Want Jantje Piroen was in zijn uiterste nood naar de als Rood bekende anglofiele advocaat Vrielynck gerend, en meester Vrielynck had beweerd dat hij Mama goed kende en dat hij een beslissend woordje zou plaatsen, want dat ze zoiets vaker deed tegen betaling. En of Jantje Piroen hem tweeduizend frank wou betalen. Die zou hij, min zijn commissie van tien procent, aan Madame Seynaeve overhandigen.

Mama, in haar verwarring, vertelde dit aan Lausengier. Deze, woedend als Wodan, loeide dat de ERLA en de Wehrmacht gecompromitteerd werden. Proces, chique types, geparfumeerde elegante ridders in uniform, marcheerden binnen. 'Heil, Heil, Heil.' Mama ook 'Heil'. Madame Kerskens-van-den-overkant ook 'Heil' maar ze schoot in een slappe lach, vloog bijna buiten. Mama hoort de hele rimram beschuldigingen en kijkt om en ziet Meester Vrielynck tekens naar haar maken, met een vertrokken gezicht, met die rode baard waar witte plukjes in zitten alsof een grijsaard woest spattend rode kool gemorst had. Zij moet getuigen en getuigt de waarheid niets dan de waarheid zo dierbaar aan Papa en kijkt om en ziet Meester Vrielynck ineengedoken zitten, zo miserabel dat de tranen in haar ogen springen, zij zegt: 'Het spijt mij, Meneer, pardon, maar ik moet de waarheid zeggen.' En Lausengier vergaat ook van ellende als hij zijn Flämmchen ziet snikken. Enfin, Jantje Piroen en Meester Vrielynck worden veroordeeld tot respectievelijk drie en zes maanden. De advocaat gaat in beroep. Met de hemelhoge dossiers en de medeplichtige vrijmetselaars in de administratie zal het een tijdje duren voor dat beroep voorkomt. Jantje Piroen kiest voor de gevangenis en zit bij de saboteurs, de werkonwilligen, de moordenaars. Mama spreekt elke week van hem te gaan bezoeken een dezer dagen.

'Het is niet meer als in de gouden tijd van de eerste dagen,' zei Theo van Paemel bij de degelpers. 'Staf, ge kon het niet slechter treffen met uw apetoeren. Want met de oude Von Falkenhausen was er te redeneren, ge wist wat voor vlees ge in de kuip had, wij konden maatregelen nemen binnen het kader van zijn instructies.'

Papa moest nu aan het wiel van de snijmachine draaien, doen alsof hij geen minuut te verliezen had. Louis ademde met zijn mond wijdopen.

''t Is een Chinees, Von Falkenhausen, jaren in China gezeten bij Tsang Kai Chek. Geen pretmaker, een serieuze Christen, altijd bezorgd voor zijn ondergeschikten, maar hij wordt uitgerangeerd. Want zij zijn er achter gekomen dat hij alle ordonnanties tegen de vrijmetselaars in zijn papiermand gesmeten heeft.'

'Ah, hij is ook van de loge.'

'Natuurlijk.'

'Zij zitten overal,' zei Papa grimmig.

'Komt daarbij dat de adel niet meer zo gaarne gezien is. Monocles en kroontjes op 't briefpapier, dat is gepasseerd. En 't is misschien maar beter, al die Herren von Hier en von Ginder met hun Franskiljonse relaties, die samen zitten te konkelfoezen. Want voor die gasten is het geen oorlog, zijn er geen landsgrenzen, dat plakt aan mekaar, het groot geld en het blauw bloed. Alhoewel de Oude rechtvaardig is. Hij ziet de zwarte markt, als het van de kleine mensen is, door de vingers, de grijze markt noemen wij dat, en hij jaagt meer op de grote traffic in het metaal.'

Op een handbreedte van Louis die kramp in zijn kuiten kreeg, snelde een rijtje rode miertjes en kruiste een even rechtlijnige colonne, er was druk verkeer rond een tiental verfrommelde toffeepapiertjes waarop geen stof lag. Heimelijke snoeper Papa, egoïst.

'Raspe moet dag en nacht bezig geweest zijn met zijn dossier. Of hulp gehad hebben? Van wie, Staf?'

'Van mij niet.'

'Wat denkt ge van Groothuis?'

'Nooit. Die zal zijn handen hier niet aan vuilmaken.'

'Het gaat over corruptie, Staf, dwazekloot! Het aankoopbureau van het vierjarenplan wordt erin vermeld. Dat dossier komt in de handen van Jungclaus!'

'Jungclaus!' riep Papa, en toen, 'wie is dat?'

Van Paemel's stem klonk een fractie trager, lager, geladener. 'Als ge niet weet wie Jungclaus is, man, dan is het toch beter dat ge u niet met onze zaken bemoeit.'

En zonder enig vooraf waarschuwend geluid werd een papierbaal weggerukt. Vervaarlijk alert, zijn damesrevolver in de hand, met de onwrikbare lichtloze blik van een kabeljauw stond Van Paemel wijdbeens boven Louis. Hij hief zijn voet alsof hij Louis wou vertrappelen.

'Maar wat doet gij hier?'

'Ons bespioneren voor de Intelligence Service,' zei Van Paemel grijnzend. 'Of voor de Sûreté Générale.'

'Ik ben in slaap gevallen.'

'Slaapt hij altijd in het atelier?'

'Nooit.'

'Ik heb niks gehoord van wat ge verteld hebt,' zei Louis. Van Paemel wendde zich af. Louis krabbelde overeind.

'Ik weet niet wat ik met die kerel moet beginnen. Hij leert niet, hij doet niet aan sport. Hij ligt hele dagen in boeken te lezen.'

'Als het de mijne was, zou ik er wel weg mee weten.'

'De principaal van het College zei het, zij hebben dat in geen jaren meegemaakt. 't Ene jaar bij de allereersten en 't jaar daarop bij de allerlaatsten.'

'Hij moet misschien eens zijn gedachten verzetten, op vakantie. Waarom stuurt ge hem niet mee met de *Kinderlandverschickung*?'

'Ik heb er al dikwijls aan gedacht,' zei Papa die nooit gehoord had van het kinderlijk verstikkende *schicksal*woord.


De zondagsmis van elf uur in de Onze Lieve Vrouwekerk, waar de burgerij van Walle elkaar terugvond en de dames hun laatste creaties van hoeden en jurken en schoenen lieten bewonderen, had veel van haar charme verloren, want Marnix de Puydt die er op het orgel speelde en soms speels midden in de statige orgelklanken een zwierig walsmotiefje weefde, werd vervangen door een muziekleraar die zich strikt aan Bach hield, ook mooi, zo'n Koraalvoorspel of 'n preludium, maar men miste het *imprévu*.

De nacht van de ramp in het Gesticht van Haarbeke had Amadeus voor het eerst sinds jaren in zijn bed gepist, de dagen daarop wou hij niet meer eten of drinken en toen was hij ontsnapt, men had hem pas een week later teruggevonden, kilometers van het ouderlijke huis. Hij lag voorover met zijn mond in een ondiep plasje kleiwater, een tros veldmuizen kroop uit zijn buik.

Tante Nora die zich verheugd had op de terugkeer van Nonkel Leon was in al haar staten. Haar man had beslist een of ander lief in Duitsland opgedaan, want toen hij thuiskwam had hij met moeite zijn vrouw en zijn door haar schildklier ontregelde dochter bekeken, hij had wat met het konijn Valentine gespeeld en was toen vertrokken naar zijn damclub.

Tante Nora bracht een stuk, de grootte van een sigarettenpakje, van de taart die zij speciaal voor hem had gebakken. De taart was keihard maar Papa vond haar voedzaam.

'Het is ook omdat ge u niet verzorgt, Nora, enfin, niet verzorgt zoals een man dat gaarne heeft,' zei Tante Mona en die ganse namiddag, onder de leiding van Cecile die lessen in schminken kreeg op de balletschool, werd Tante Nora door Mama en Tante Mona onder handen genomen. Haar wenkbrauwen werden geëpileerd, crèmes werden aangebracht, haar haren werden gefluft, gebraiseerd, gebeitst, gebiologeerd, geblitzt, haar ellebogen werden geponst, er werd gerimmeld, geoorbeld, haar borst werd geperst, getild, tot de Verdrietige klaar was en met een onwezenlijke hoop in de plots amandelvormige ogen naar haar Leon werd gestuurd. 'Wij zullen er gauw het fijne van weten, en is het nu niet gelukt, ja, dan mag ze beginnen peinzen op scheiden.'

'Maar waar vindt ze nog iemand met zo'n schoon inkomen en dubbele rantsoenzegels?'


Zuster Sint Gerolf die in een eerste golf van gulzigheid alles opschrokte wat men haar voorzette en haar bord aflikte en toen aan het vasten was geslagen, vroeg nooit meer om verhalen aan Bomama. Haar zetel werd in de hoek bij de ve-

randa gezet, volgens Bomama omdat ze dan een uitzicht had
op de tuin en men makkelijker bij de grote linnenkast kon,
volgens Hélène omdat haar moeder de aanblik van de weigerachtige vastende niet langer kon verdragen. Met haar
rug naar de keuken zat de non hardop te bidden. Met het
uitzicht op haar rug zat Bomama hardop te vertellen.

'O, aanbiddelijk hart, hoe lijdt gij thans, gij lijdt het gruw-
zaamste lijden dat kan bestaan, een lijden evenredig aan de
miljoenen en miljoenen zonden van gans het menselijk geslacht.'

'...en hij smijt zijn vest uit in een hoek, nadat hij er natuurlijk eerst het geld heeft uitgehaald want meneer heeft geen
portemonnee lijk andere mensen, meneer vindt dat minderwaardig kleinburgerlijk, en hij zegt dat zijn vest naar de
schoonkuis moet, want Hélène kuist niet goed genoeg volgens hem, alleen Mona, die engel van zijn ogen, kan goed
kuisen maar daarmee gaat hij zijn dierbare Mona niet lastig
vallen, haar poezelhandjes zouden vuil kunnen worden,
goed, ik raap die vest op uit de hoek, want dat zo laten
traineren, het is geen gezicht, stelt dat er iemand komt, ge
kunt nooit weten, en ik riek iets, ik zeg in mijn eigen: "het is
geen parfum, het is geen poudre-de-riz het is geen eau-de-
toilette, het is geen lotion voor na het scheren", raad eens,
het was de geur van een roos, geen pioenroos, geen bacca-
rat, nee, van die kleine knopjes, is dat geen egelantier? en ik
riek nog beter en 't komt toch wel van het knoopsgat zeker,
wat wil betekenen dat hij tot aan onze voordeur rondgelopen heeft met een roos in zijn knoopsgat die hij gekregen
heeft van een of andere Roos van Jericho en dat hij haar dan
rap in de goot gesmeten heeft...'

'...o, nooit volprezen liefde, o beminnenswaardige, gij be-
mindet uwen hemelschen vader met ene oneindige liefde en
die liefde overstroomde Uw Hart met een eindeloos geluk
maar verscheurde het tegelijkertijd bij het aanschouwen

der talloze zonden tegen de onuitsprekelijke goedheid van Uwen Vader bedreven...'

'...hij komt binnen op de receptie want hij moest een voordracht houden over de gewoontes in de Kongo, wat weet hij daarvan? hooguit of zijn aandelen van de Kasaï in de hoogte gaan of niet, en daar heeft hij ook zijn neus aan verbrand niettegenstaande de adviezen van zijn neef de missionaris, goed, hij komt binnen en de hoofdonderwijzer zegt: "Mijnheer Seynaeve, wij hebben het geluk vanavond een goeie kennis van u te begroeten."—"Van mij?" doet hij. En wie stond er daar op 't onverwachts? Zijn lief. Ja, die van Koekelare die in de caoutchoucfabriek werkt als, wat is het? secretaresse? wij kennen dat, secrétaire de direction, méér moet ik niet zeggen, en weet ge wat hij deed, de lafaard, hij deed alsof hij haar niet zag, niet herkende, niet kende, hij zei: "Pardon, ge zijt mis, ik ken die persoon niet", lijk Petrus in de hof van daar in Palestinië omdat hij gezien had dat de Kanunnik er was, van de Bank van Roeselare, en voor geen goud wilde hij geweten hebben dat er mogelijks overspel op het spel stond, en zij, zij verschoot er danig van, zij werd rood lijk d'ondergaande zon, want wat een afgang *en public*, want dat arm meisje zal voorzeker geproclameerd hebben: "de geachte spreker over Kongo van vanavond ken ik, ik ga méér zeggen, het is mijn lief en onze verhouding is achterbaks want zijn vrouw leeft nog," en zij heeft haar sacoche gepakt en zij wilde, zo hebben ze 't mij verteld, met die sacoche op zijn kletskop slaan en het is nog Madame Kerskens die haar tegengehouden heeft, die sukkelaar is dan weggelopen, die sloore, ik heb er echt compassie mee, al is het zijn lief...'

'...Toen juichte uw Hart bij het vooruitzicht van zo veel andere zielen welke voor eeuwig door Uw lijden gered zouden worden. En de redding eener enkele ziel zou genoegzaam vergoeding aan Uw liefde hebben geboden, want Uw hart is vervoerd van teerheid voor de mensen...'

De gevechtshandelingen op het Tunesisch oorlogsfront
staan in het teken van een systematische stellingverbete-
ring. Jajà, Maria.
In de Oostelijke Kaukasus hebben onze troepen zich binnen het bestek van de beweeglijke oorlogvoering systema-
tisch van de vijand losgemaakt.
Zwijg maar, wij weten al meer dan genoeg!
Ondanks heftige afweer konden de verdedigers van Stalingrad niet verhinderen dat de vijand uit het Westen bin-
nendrong, hetgeen dwong tot een achteruit schuiven der
eigen stellingen met enige kilometers. Dat riekt aangebrand,
Fernand!

'Zoet Hert, maak dat ik u meer en meer beminne.'


Volgens Nonkel Robert was de kilo varkensgehakt die hij
aan Papa meegegeven had voor Bomama (op gevaar van
zijn leven, want naarmate het aangebrand begint te rieken in
het verkruimelend Sicilië en in het dooiende Rusland worden de Duitsers en de controleurs lastiger, en ge moet, om
op uw gemak te kunnen werken als slachter, véél pakskes
afgeven aan de een en de ander) van de éérste kwaliteit.
Want de geburen, de moeilijk te bevredigen officieren van
de 'Flandria' en vooral hijzelf en zijn echtgenote Monique
hadden er van gegeten en niets gevoeld.
Volgens Tante Nora werd er veel gehakt gemengd met
een minderwaardig vet. 'Ik zeg niet dat gij dat doet, Robert,
ik zeg alleen maar dat er gekapt op de markt is dat geme-
langeerd is.' Zij zei ook dat wat Mama en Mona op haar
gezicht gesmeerd hadden ook geen crème de Payot was geweest, want zij had er bubbels van gekregen. Waarop dat
gemeen spook van een Cecile zegt: 'Ik dacht dat het de bedoeling was dat Nonkel Leon er een bubbel van zou krijgen.'
Pats, zij kreeg een klap, geen echte, want die twee zijn
koek en ei, overigens 't schijnt dat de Amerikanen in

Noord-Afrika leven van eier*poeder*. 'Waar gaan wij naar toe? Straks gaat de mens nog alleen maar poederkens en pillekes eten, nee, geef mij maar varkensgekapt,' zei Bomama.

Volgens Papa had hij dat gehakt niet allemaal ineens willen uitdelen aan de hele familie en had hij gedacht dat ze, slokops zijnde, content waren geweest als hij drie dagen later nog eens een half kilootje zou brengen, het halve kilootje dat hij voor hun eigen goed weggeborgen had in zijn atelier. 'Ge moet op de dag van morgen peinzen, mensen!'

'Waarom in uw atelier? En niet in onze kelder?' vroeg Mama.

'Omdat er ratten in de kelder zijn. En omdat die daar (zijn ongeschoren roze dubbele kin in Louis' richting) er zou aangezeten hebben!'

'En waar is die halve kilo dan gebleven?'

'Ik heb hem moeten wegsmijten. D'r zat al een wormpje in.'

'Een wormpje, wat geeft dat nu, Staf?'

'Een haas laat ge toch ook een dag of drie hangen.'

'Negers begráven zelfs olifantevlees.'

'Een roquefort met een wormpje, er is niets beters.'

'Het is proteïne, waar we allemaal te weinig van hebben.'

'In Stalingrad zouden ze rond zo'n gekapt de tango dansen!'

'Ik heb er van geproefd,' zei Papa, 'en d'r was lijk een smaakje aan.'

'Gij hebt ongelijk gehad Staf,' zei Peter. 'Wij moeten onze houding tegenover voedsel herzien. Wat vroeger ongeschikt geacht werd voor consumptie zou best eens kunnen blijken het voedzaamste te zijn.'

Bomama stak haar tong naar hem uit achter zijn rug.

'Denk maar aan Firmin de Bulgaar zaliger die zijn neus optrok als wij elk een dozijntje slakken aten met peterselieboter.'

'Zaliger?' vroeg Mama. 'Hoe weet ge dat?'

'Ach, Constance, niemand heeft hem toch meer gezien.'

In de lege hoek waar Zuster Sint Gerolf de laatste tijd met haar gezicht naar de muur had gezeten en gebeden tot het zoetheilig Hart, stond nu een kapstok.

Tante Hélène was als eerste opgestaan die ochtend. Zij zette de radio aan voor het programma 'Goed Geslapen?', meestal mandolinemuziek, en las in *Het Rijk der Vrouw* hoe je thuis zeep kon maken en zij praatte meer in zichzelf dan tot de onbeweeglijke gestalte toen zij zei: 'En nu gaan we dat soepje van gisteren opwarmen', en merkte toen op de tegels dat Zuster Sint Gerolf diarree had gekregen en toen dat ze blauw was en in haar schoot gehakt had uitgespuwd.

'Maar hoe heeft ze dat gekapt kunnen pakken, ik had het op de bovenste plank gelegd achter dat beeldje van Pater Damiaan!'

'Als een mens honger heeft is hij tot alles in staat.'

'Een mens is in staat om zijn eigen kind te laten verhongeren en zelf caramellen weg te steken in zijn atelier,' zei Louis.

'Gij gaat tegen mijn hand vliegen,' zei Papa loom.

'Wat zo jammer is, dubbel jammer, is dat zij twee dagen geleden zei dat haar vasten voorbij was, want dat het de bedoeling van ons Heer niet was dat wij ons eigen zouden verwaarlozen.'

Tante Mona, Tante Nora, Nonkel Robert en Louis liepen achter de kist. Vrouwen bleven ramen lappen, fietsers floten, spoorwegarbeiders maakten ruzie, de stad Walle keek niet om. Geen hertog riep als bij de begrafenis van Louis Quatorze: 'Kwaakt, kikkers, nu de zon gezonken is!' Papa wilde een passend doodsprentje drukken maar hij had geen gegevens, zij had geen identiteitskaart bij zich.

'Zo de put in, zonder kind of kraai,' zei Bomama en scharrelde in haar reticule met de zilveren sluiting die twee omstrengelde slangen voorstelde. Zij duwde Louis een briefje van twintig frank in de hand. 'Ga naar de bakkerin en koop voor dat geld nonnescheetjes. Het is 't enige dat wij voor haar memorie kunnen doen.'

Iedereen at zwijgend het broze, lichte schuimgebak dat smolt op de tong. Louis likte de laatste korreltjes uit het papieren zakje, de melkwitte as vloog in zijn neusgaten. 'Toch proeft ge dat ze gemaakt zijn van het wit van eieren van kiekens die gevoed worden met afval van vis,' zei Papa. ''t Is nu gelijk,' zei Bomama.


'Ge moogt het mij zeggen, Constance, ik zal niet kwaad zijn, ik beloof u dat ik kalm ga blijven, ik ga niet uitschieten, maar om de liefde Gods, spreek het uit. Wáár was het, de eerste keer, ge moet mij geen details geven maar wáár was het?—Ik versta dat ge 't niet wilt vertellen, dat het delicaat is, maar wanneer was het, zeg mij dat tenminste?'
 Papa brulde: 'Wat dééd hij?'
 De veren van hun bed piepten, Mama draaide zich om.
 'Alstublieft, Constance, wij zijn toch kameraden.'
 'Van in de tijd van de IJzerbedevaart,' zei Mama schor.


De rat in zijn labyrint, de slinkse sluiper Theo van Paemel, had woord gehouden. De Erweiterte Kinderlandverschikkung stuurde de afvallige Seynaeve junior naar het merenrijke Strelenau, Mecklenburg. Daar wachtten hem sport en volksdans, knutselen en lekespel, natuurleven en troepdienst. Papa moest een briefje tekenen dat Louis geen rare ziekten had. Louis ergerde zich aan de efficiënte haast waarmee zijn moeder een week tevoren al zijn koffer pakte.
 'Ik vertrek naar het verre Oosten.'
 'Duitsland is het verre Oosten niet,' zei Simone, 'dat is waar de Chinezen wonen.'
 'Toch wel, kijk op de kaart, 't ligt ver ten oosten van ons land.'
 'Ge moet mij mijn foto teruggeven.'
 'Gegeven is gegeven.'

'Als ge 't zo wilt. Ik moet naar binnen. Ik moet siroop maken.'

'Tegen de hoest?'

'Nee, om te versterken. Een recept van mijn vader.'

'Gaat ge op mij peinzen?'

'Wanneer?'

'Vanavond.'

'Ja.'

'Echt waar?'

'Voor dat ik slaap peins ik altijd op wat ik die dag heb meegemaakt.'

'Ik ga u een hele tijd niet meer zien.'

'Vier weken, dat is gauw gepasseerd. Uw haar is te lang.'

'Ik ga het laten snijden.'

'Bij coiffeur Felix.'

'Nee, mijn Mama gaat het doen,' zei Louis en schaamde zich. Simone had een bijna doorschijnende bloeze aan, je zag de bustehouder. Hij gaf haar een kus op de wang.

'Goed. Het is al goed,' zei zij, haar melancholie leek hem passend, alhoewel ze om de meeste dingen treurig was. Hij nam haar hand en kietelde haar handpalm omdat Haegedoorn gezegd had dat vrouwen dit onweerstaanbaar vonden. Zij merkte het niet. De bel van de apotheek rinkelde als de bel waarmee gegoede families in Mecklenburgse villa's hun butler riepen die dan bleek Lord Lister in vermomming te zijn, hij die onweerstaanbaar was voor vrouwen, vanwege zijn blik van staal.


*Zesde dag.* Hoe stil is het hier. 's Nachts hoor ik soms kletterende paardehoeven. De bietenvelden zijn onoverzienbaar. Er is veelvuldig mist. Het dialect dat zij hier spreken lijkt soms op Vlaams. Zij zeggen 'vertellen', niet 'erzählen'. De meeste mannen lopen gebogen. Alsof zij iets in de grond zoeken. De man bij wie ik ingekwartierd ben heet Gustav Vierbücher. Maar hij kan niet goed lezen. Hij is te klein om in het leger te dienen. Hij steekt vaak een ijzeren spil in de grond en kijkt dan naar de punt. Zoekt hij olie? Zijn vrouw heet Emma zoals de vrouw van Göring van wie zij de dikke gestalte heeft. Zij stoot mij vaak aan en zegt dat ik mij moet spoeden. Maar zij zegt niet waarvoor. Het regent zeer veel. Als ik mij goed gedraag, zegt Emma, mag ik het beeldje van een danseres, voortkomend uit de SS-Porzellanmanufaktur van München meenemen als cadeau voor mijn moeder. Zij hebben hier vreemde kachels die betegeld zijn en vastgemetseld in een hoek staan. Zij slapen hier onder een peluwzak (?) die veel te warm is. Er zijn ook veel insekten van zonderlinge vormen en kleuren die dwars door de kamers zoemen. Maurice had hier de tijd van zijn leven gehad om ze te bestuderen. Ik heb dikwijls geschreid 's nachts maar ik leer mij bedwingen.

*Zevende dag.* Ik word elke nacht wakker van Gustav die vijf zes keer moeizaam in een tinnen schaal pist. Hij zucht en kermt daarbij. Gisteren zei Emma dat ik ondankbaar was. Omdat ik de roze soep niet lustte die, volgens het pakje, van aardbeien gemaakt was.

*Achtste dag.* Ik moet van Gustav en Emma naar het gemeentehuis, waar de jongsten van de HJ spreekkoren leren zeggen, figuurzagen en houten vliegtuigjes bouwen. Ik heb vanavond: 'O, krinkelende winkelende waterding met uw zwarte kabotseken aan,' enz. gereciteerd. Ik moest het nog eens doen en zei: 'O, stinkende, winkelende paterding schart er uw rokske maar aan.' Niemand heeft het verschil gemerkt. Later een soort Zonnewendefeest met kampvuur. Wat niet verboden is. Omdat hier geen Geallieerde vliegtuigen overvliegen.

*Twaalfde dag.* Ik help Emma bij het huishouden en Gustav met het voeren, maar ook als er niets te doen is en Emma breit en Gustav slaapt bij de kachel kan zij niet verdragen dat ik in *Simplicissimus* (tien afleveringen) zit te lezen. Zij zegt dat ik geluk heb dat ik geen Duitse jongen ben, dat men mij anders zou aanpakken.

*Vijftiende dag.* Emma zegt dat ik vuil ben als een jood. Dat ik net als de joden niet genoeg van ondergoed verander. Ik meen te zien dat Gustav per dag ineenkrimpt, dat hij straks niet over de tafel zal kunnen kijken.

*Zestiende dag*. Ik heb de HJ 'Ouwe Taaie, jippiejippiejee' geleerd. Zij denken dat het een Vlaams volkslied is.

*Achttiende dag*. Ik heb in dit platte land een bos ontdekt. Ik ga er morgen heen.

*Negentiende dag*. Wat een Geschichte. Ik schrijf het op omdat ik er later om zal lachen. Ik liep naar het bos in de verte. Gedurende uren. Het leek een fata morgana. Ik probeerde er in een rechte lijn naartoe te lopen, ik klom door doornhagen en waadde door kreken. Uren lang. Toen werd ik moe en viel in slaap in een maïsveld. Na een uur ongeveer hervatte ik de tocht, maar op een bepaald ogenblik kon ik niet verder omdat ik mij in een moerassig gebied bevond. Ik bleef op zo'n eilandje zitten. Muggen, libellen en horzels vielen mij aan. Ook een school (?) waterratten zwom naderbij. Ik keerde terug op mijn stappen maar toen ik langs de plek in het maïsveld kwam waar ik gerust had, sprongen drie boeren op mij af. Ik kon hun gebrul niet verstaan, hun taal leek niet op Duits. Wel verstond ik het woord: parachutist. Op mijn leeftijd! Een van hen had een zeis bij zich, als Pietje de Dood. Ik werd naar een boerderij gebracht. De jongste boer die mank is, bleek een soort veldwachter te zijn, Ernst geheten. Hij bracht mij thuis (thuis, sic) en verbood mij nog uit de kom van het dorp te komen.

*Tweeëntwintigste dag*. Het zijn zeer lange dagen. Ik vond de avondster, het zevendruppeltje en de twee Beren. De melkweg ook natuurlijk. Gustav de dwerg kijkt altijd op mijn vingers als ik karikaturen van Churchill, Roosevelt en Stalin teken en inkleur. Hij begrijpt niet dat ik dat kan.

*Drieëntwintigste dag*. Wat nu weer! Ik hoorde op de radio: 'Der Wind hat mich (mir?) ein Lied erzählt' en ik zei aan Emma dat Zarah Leander een houten been had. Zij schrok zodanig dat zij schreeuwend de straat op liep en mensen uit het dorp in huis haalde. Daar waren twee mankepoten bij, een met één long, schijnt het, en de secretaris, die zeker honderdvijftig kilo woog. Zij begonnen allemaal door elkaar te gillen en te schelden en wilden mij lynchen. De secretaris die dienst doet als Lagermannschaftsführer pakte mij bij de kraag van mijn hemd, het scheurde. Hij stelde mij vragen. Onder andere, wat voor een vader ik had die mij zo had opgevoed. Ik antwoordde dat mijn vader in mijn land bij de Gestapo was. Dit maakte grote indruk. Als Papa het zou weten zou hij kraaien van trots. Zij bleven nog wat vervelend doen maar dropen toen af. En wat is het mooiste? Emma is nog nooit zo vriendelijk geweest. Zij bakte zelfs oliebollen maar die waren te deegachtig en Gustav at ze allemaal op.

*Zesentwintigste dag*. Gustav en Emma zeggen dat zij het erg vinden dat ik wegga, dat zij al aan mij gewend waren. 'Wie ein Sohn,' zeiden ze. Ik antwoordde dat ik nooit een goede zoon kon zijn, ook niet voor mijn ouders. Emma begon te schreien. Daarom heb ik haar Mutti genoemd. Gustav zei: Und ich? Daarom heb ik maar 'Vati' tegen hem gezegd. Morgen krijg ik de porseleinen danseres mee en zal Gustav mij achterop de fiets naar het station brengen. *Goodbye* Strelenau.


Slaapdronken stond Louis voor het raam, dat niet open mocht, ook niet om naar je gelukkige ouders te wuiven in de verte, want je kon tot op het laatste ogenblik een sintel van de trein in je ogen krijgen. En toen, zwaaiend met het hakenkruisvlaggetje zoals bevolen werd, reed hij op de treeplank in de stoom van de trein Antwerpen binnen, overweldigd door het geroep en gekrijs in het Antwerps Vlaams huiselijk vertrouwds, en zag Mama staan zoals beloofd. Wat is zij klein, zal ik in mijn notaboek schrijven vanavond, zij komt niet eens tot de schouder van de Vlaamse Wachter naast haar, en zij heeft haar haar donkerrood geverfd.

Mama probeerde hem op te tillen, kuste hem woest op de wangen, in de nek, perste hem tegen haar borst. Hij liet zijn vlaggetje vallen maar niemand merkte het op. Alhoewel dit volgens de natuur niet mogelijk was, leek Mama op de zuster van Papa, Nora, zij had geen schmink op, en had roze vlekken op haar wangen alsof zij er met de kapotte bontjas over geraspt had. Er was iets met haar aan de hand, want zij huppelde, neuriede, hinnikte, haakte haar arm in die van de jonge Vlaamse Wachter, die slungelachtig glimlachend Louis' koffer aanpakte.

In de trein naar Walle, uren, door het zwart landschap, in de dikke walmen van de volgepropte coupé, tussen het gekwaak en gevloek van de kaartspelers, dat alleen verzwakte toen inspecteurs langs kwamen.

'Oskar is zo vriendelijk geweest om mee te komen, om er op te letten dat er mij niks overkomt, dat ik mijn kaartjes niet verloor of dat ik niet op een verkeerde trein stond te wachten. Hij heeft goed op mij gepast.'

De slungel murmelde bedeesd dat het zijn plicht was.

De trein stopte midden in koolzaadvelden. Het enige licht kwam van de aangestreken lucifers en van de glimwormen in de holle gezichten van de kaartspelers. In de verte stralen van zoeklichten. Een oude man die tegen Louis aangedrukt zat, boerde de hele tijd, er kwam geen einde aan, de boerziekte. Scheldende mannen die met lantaarns zwaaiden onderzochten het sissende, dampende onderstel van hun coupé. Kettinghonden in verre boerderijen. Het plotse heftige geruis in onzichtbare boomkruinen. Dit was België en onmetelijk ver weg, bijna onbestaand, lag Mecklenburg, een vlakke, ongerepte planeet met hier en daar een verminkte, dwalend door bietenvelden. België was vlakbij, propvol blatend stinkend angstig volk. Louis tekende Churchill in de bewasemde ruit, drie halve cirkels voor de kinnen, een klein cirkeltje voor de mopsneus, de hanglip met sigaar, een bol hoog voorhoofd met zes haren opzij, en dan het vlinderdasje eronder.

Mama vroeg voor de derde keer hoe het eten was geweest, het slapen. Of hij al zijn was mee had gebracht, zijn twee paar schoenen, zijn pyjama. Hoe de mensen waren.

Ongelukkig door de verliezen?
'Zij hebben een keer achter mij gezeten, met een zeis.'
'Maar jongen toch.' Maar vroeg niet verder waarom, wanneer, hoe.

Mannen en vrouwen werden uit de trein gehaald, zij moesten hun koffers en balen aan de kant zetten. Een van de smokkelaars morde, een rijkswachter ging op hem toe, pakte zijn neus beet, kneep er in, bleef knijpen. Louis zag de tranen uit de man zijn ogen springen.

De trein stommelde verder, de oude man naast Louis vertelde hees en haastig een reeks moppen.

'Het is dat ik u heb, Louis...' zei Mama tegen de ruit.
'Als ik u niet had, o jongen, dan wist ik het wel...'
'Ik had chocola gereedgelegd, melk met nootjes, uit Zwitserland om het u te geven in de statie, tien minuten lag ze op tafel en hij was er mee weg.'

'Meerke heeft al haar tanden laten uittrekken. Nonkel Omer is zot geworden, hij zit bij de Broeders in Sint-Vincent.'

'Het is alsof ge jaren weggeweest zijt.'

Het waren voorpostgevechten. Er is iets met haar gebeurd, met die paffende ongeschminkte vrouw tegenover mij. Zij past in deze chaotische trein die steeds verder wegrijdt van het mistig rijk, plat als een pannekoek, waar spreekkoren weergalmden, waar regelmaat en orde heersten onder de mankepoten, waar ik de enige wanordelijkheid was. Wij moeten nu op de hoogte van Waregem zijn waar één van Peter's lieven woont, een onderwijzeres die eens afgerammeld werd door Tante Mona. Waarom schiet mij dit te binnen? Omdat het, net als bij Mama tegenover mij, met overspel te maken heeft, iets wat je over moet spelen omdat het spel de eerste keer mislukt is.

'Het is hem gelukt, uw vader. Hij heeft mij klein gekregen.'

'Sst!' deed Louis als naar een kleintje.

'*Ons* klein gekregen. Hij mag in zijn handen wrijven, fier op zijn borst kloppen, proficiat!'

'Stil, sst!'
'Het geeft niet. Oskar mag alles horen.' Oskar deed alsof hij sliep, alsof hij het niet wou horen, het geraaskal dat zij toen, gejaagd als de oude man met zijn landerige moppen daarnet, losliet vóór dat zij zo meteen in het vervloekte stadje van haar verdriet zouden aankomen, in de nachtlucht van haar verlies.

'Hij heeft het gearrangeerd met zijn maat Theo, die overal met zijn vuile vingers in de pap zit. Want wat hebben zij Henny kunnen verwijten? Driemaal niks en toch heeft hij zich moeten verantwoorden, een mens van zijn kaliber, aangesteld door Von Falkenhausen zelf en door de strengste militaire dokters afgekeurd voor chronische Magenschleimhautentzündung. Wat? Zou hij ooit geld ontvangen hebben om rijkeluizejongens weg te houden van het transport, zo'n morele mens? Dat hij zogezegd tegen het regiem zou gesproken hebben? Wat heeft hij precies gezegd in het restaurant van het hotel 'De Zwaan'? Hij ontkent het niet, integendeel, terwijl ik hem nog zo schoon gesmeekt heb te ontkennen, "Liebchen, zweer het af, zeg dat gij het nooit van zijn leven hebt uitgesproken."

'"Flämmchen," zei hij, "als ik tegenover mijn eigen volk de waarheid niet mag zeggen! Het is geen Sondergericht!"'

'Wat heeft hij bekend, Mama?' vroeg Louis.

'Dat hij gezegd heeft: "De totale overwinning roept haar ongeluk op." En dat is niet eens van hem, maar van een grote Duitse geleerde, ge moet hem kennen, gij, die altijd met uw neus in boeken zit.'

'Bon, en verder?'

'Dat hij teveel opzien gebaard heeft door teveel in het openbaar Sekt te hebben gedronken. (*Sekt*, *Sekt*. Mama, vroeger als kind: *Jetzt*. *Jetzt*, tijdens Veertien-Achttien aan de piano.) Maar die mens mocht geen Sekt drinken vanwege zijn maag en zelfs al had hij Sekt gedronken met emmers, hij mág toch van zijn eigen geld dat hij geërfd heeft van zijn familie.'

'Is hij weg uit Walle?'

Zij wreef haar gezicht af, de trein vertraagde.
'Kriegsverwendungsfähig,' zei zij mat.
'Waar naartoe?'
'Een Flakbatterie. Maar ik zeg u niet waar. Hij zou mij schrijven. Maar ik zeg u niet waar die brief zal toekomen. Gij zijt in staat om het aan uw vader te vertellen.'
'Ik, Mama?'


Papa kwam de trap af, met de ogen knipperend, een trui van het Belgisch leger over zijn pyjama. 'Wel, wel, wel.'
'Hebben wij u wakker gemaakt, Papa?'
'Nee, natuurlijk niet. Ik heb op u gewacht natuurlijk. Ik lag een beetje te lezen in mijn brochure van *Judas* van Cyriel Verschaeve want er is sprake van dat ik een van de Sanhedrieten zal spelen, en ik moet natuurlijk een keer heel de brochure doornemen. Maar het is zware kost!'
Mama geeuwde. 'Niet te vroeg morgen, Louis.'
'Moet hij niet naar school?' vroeg Papa met een flinterdun stemmetje. Mama trok haar jas uit en viel op de sofa, waar dekens lagen en een hoofdkussen besmeerd met lipstick. Zij schopte haar schoenen uit en trok een deken over haar hoofd. 'Doe het licht uit,' riep zij verstikt. Papa zei: 'Kom.' In de keuken zei hij: 'Hebt ge 't goed gesteld? We gaan dat op ons gemak bespreken morgenochtend. Maar niet te vroeg.'


Mijnheer Tierenteyn was met vooraanstaande anglofielen aangehouden als gijzelaar omdat een of ander dwaashoofd in het donker een Gefreiter in zijn rug gestoken had met een beenhouwersmes. En dat noemt zich Witte Brigade-man.
Het zou ons niet verwonderd hebben als Eric, de zoon van een verzekeringsagent en vrijer van Tante Hélène, rechtstreeks of onrechtstreeks betrokken was in zulke af-

faires. Hij luisterde elke dag naar Radio Londen, hij vertelde dat de kolenproduktie in het Roer-gebied aldaar daalde, waardoor de wapenindustrie ook zakte natuurlijk. Dat de Duitse rijksschuld bij de tweehonderdvijftig miljard was, dus dat hun schulden binnen enkele maanden zo hoog zullen zijn als heel hun vermogen. Hij kan tellen, die jongen, maar hij durfde de hand van Hélène niet te vragen aan patriarch-Peter. Hij was bang van Peter omdat deze hem uitgescholden had toen hij eens binnenkwam en met de voordeur nog open, dus zichtbaar door heel Walle, het V-teken gemaakt had met twee vingers. 'Het was om te lachen, Mijnheer Seynaeve!'—'Wat? Wat is er daar mee te lachen, stom kieken,' zei Peter en vergat zijn schoon-Vlaams van woede.

Eric beweerde ook dat volgens hem Nonkel Florent van zich had laten horen via Radio Londen. 'Luistert goed naar wat ik opgevangen heb. Pompompompom. De Bloem groet met een teken in de grot van Han. Wat kan het anders zijn dan: een teken, dat is een *sein*, een groet in 't Latijn, dat is *ave*, dus Seynaeve. En de Bloem dat is ook Latijn: *Flor*, de grot van Han, Han, dat is *ent*, Florent.'

'Maar mensen toch!' kreet Bomama. 'Mijn hart!'

'Hij kan kruiswoordraadsels oplossen in drie minuten,' zei Tante Hélène.

'Cryptogrammen ook.'

'Maar wat wil Florent ons zeggen?' zei Bomama. 'Dat hij het langs de radio zegt. Dat moet fortuinen kosten.'

'Dat hij in leven is, moeder. Is dat niet genoeg?'

'Het is genoeg,' zei zij. 'Alhoewel al dat Latijn, dat is niets voor onze Florent.'

'Misschien dat een officier in de BBC dat voor hem gedaan heeft, moeder.'

Bomama huilde zachtjes. 'Zelfs al is het onze Florent niet, ik ben toch content.'


'Ik die letterlijk alles voor haar over heb,' zei Papa. 'En wat krijg ik terug? Het deksel op mijn neus. En dàt doet zeer, geloof me, jongen. Ik zit mijn eigen op te vreten om iets te bedenken dat ze weer normaal wordt, gezond, zoals een vrouw moet zijn in haar huishouden, en in één keer vind ik het. Ge weet of ge weet niet dat wij *Judas* niet gaan spelen in de Stadsschouwburg omdat monsieur le directeur Lagasse Alfred, vindt dat onze mensen geen verzen kunnen zeggen en dat het boven het verstand van de gemiddelde Wallenaar gaat, *Judas*, terwijl dat we allemaal weten dat Monsieur in zijn geparfumeerde smokingbroek schijt van benauwdheid omdat de wind zogezegd aan 't keren is voor de Germanen en dat hij geen Zwarte priester en hoogstaande Vlaming in zijn schouwburg meer wil eren. Goed, ik zeg tegen de groep: "Waarom spelen wij *Op hoop van zegen* niet? Dat heeft altijd succes, en ik heb juist de brochure gelezen, het is magnifiek, het is wel Hollands, maar wij hebben toch ook Vlaamse schippers, en ik wil niet meer dan de rol van een visser", en dan dacht ik ineens: Waarom zou Mama niet meespelen in de rol van een van die vissersvrouwen, zij kan èn triestig èn charmant zijn, ik spreek ervan in de groep en iedereen is akkoord, behalve wie? Uw moeder. Ik zeg: "'t Gaat u deugd doen, als ge speelt wordt ge iemand anders en vergeet ge uw eigen."

"Loop naar de maan," zegt ze. Maar wat er dan gebeurd is! Er is iemand van de Kommandantur gekomen en die mens zegt: "Het is dat we u kennen, Mijnheer Seynaeve, of anders vloogt ge de bak in." Want wat is er uitgekomen? Dat die Heijermans een jood is! Wie gaat dat nu peinzen? Met een serieuze Vlaamse naam lijk Heijermans, lijk Heymans die de Nobelprijs gekregen heeft in Stockholm.'

'Waarvoor?' vroeg Louis.

'Iets in de chimiek, of was het de stofwisseling? En 't komt ook uit dat die jood, lijk alle joden, eigenlijk Samuel heette, jazeker, Samuel Falkland. Alstublieft! En 't schoonste komt nog. Ik vertel mijn miserie aan uw moeder en zij valt omver van 't lachen. Lijk een zottin heeft ze daar een kwartier staan schudden van het lachen omdat ik bijna in de boeien geslagen was.

Voor mij, ik heb er lang over gedubd, is uw moeder in de overgang. Het is vroeg, ik geef het toe, maar anders kan ik het niet expliqueren.'

De Kei vroeg: 'Hoe was het daar?' en bedoelde: daar in het land van de vijand. Hij zag er steeds minder als een leraar uit, in zijn vlottende toog uitgemergeld als Pater de Foucauld, verteerd in een woestijn, en ontroostbaar.

'Hebben zij het moeilijk, de gewone mensen? Waar logeerden de Vlaamse jongens? Ik dacht dat ze in kampen zaten, dat alleen de kleintjes tot tien jaar bij pleegouders terecht kwamen? Hoe waren de mensen daar in dat dorp?'

'Zoals bij ons,' zei Louis.

'Dat kunt ge niet nader bepalen?'

'Neen.'

'Zijn zij bijvoorbeeld onderworpen? Meer dan de Belgen. Ja? Goed. Zijn ze irrationeler, onverdraagzamer, megalomaner? Ja? Goed. De boer waar ge bij hebt gewoond, bewonderde hij Hitler?'

'Hij aanbad hem.'

'Precies.'

'Er zullen altijd leiders zijn, Eerwaarde.'

'Ja. Altijd die mimetische begeerte. De liefdesomhelzing van leiders. Men wil bewonderen, opgezweept worden door sprookjes, door die ene zaligmakende mythe. Ja? Omdat in die hypnose de werkelijkheid wegslipt, de angst verdooft. Ja. Ga nu maar.'

Die middag had de Kei het in de klas over de Romeinen die zich door hun plichtsgevoel genoodzaakt voelden de staat omver te werpen. Hoe wanhopig en hoe koppig ze waren. Hoe zij, om in staat te zijn de tiran te doden, verplicht waren hem te kleineren, minder dan menselijk te maken. Ik ben de enige die weet dat hij het over Hitler heeft. Althans in deze klas. De bij elkaar hokkende jongelui van de Rhetorica zouden dit meteen in de gaten hebben. Zij zijn de Kei's lijfwacht, bij hen doorbreekt hij zijn eenzelvigheid, hij kan zijn gemompel over de oude Geest van Europa, over het Prometheusverlangen beter bij hen kwijt. Als je van een betere familie komt, of aristocraat bent zoals de Kei, heb je 't gemakkelijker om in een God te geloven die het onaardse belichaamt, boven onder buiten de economische sociale mensheid zweeft en wil is en energie en wat nog meer? O, ja, schoonheid. Er is iets aan de gang in het College, nu, na mijn Noordduitse vakantie is dit duidelijk en de kern ervan is de Kei die aangeslagen is en driest tegelijk.

De Kei zei, zonder zijn breekbare, vermoeide zwier te verliezen: 'Doe vooral de groeten aan uw lieve moeder.'


Lieve moeder wierp een blik van verstandhouding naar...

Mama keek op een eigenaardige manier naar...

Louis' moeder ving de betekenisvolle blik op van apotheker Paelinck die etiketten en folders wilde laten drukken voor zijn bloedkwekende, levenskracht versterkende Sint Maartens-siroop van eigen formule. Kanunnik de Londerzeele had het probleem van de naamgeving doorgenomen. Sint Maarten mocht op het etiket afgebeeld worden op het ogenblik dat hij als jonge militair zijn jas in tweeën hakte en hem aan een arme rillende grijsaard reikte. Zag Papa niet, terwijl hij over rasters en clichés bezig was, dat de apotheker Mama een blik als een kus toewierp, en dat zij vragend keek, méér, bedelend?

'Hoe was het in Duitsland, Louis? Groot zeker, hé?'
'Ja Mijnheer Paelinck. En raar...'
'Dat dacht ik ook. Voor ons is dat raar, dat zij als één man achter hun leiders staan. Het is een groot land, daardoor denken zij ook groot. Wij, Belgen of Vlamingen een klein volkje zijnde, kunnen niet anders dan in kleine termen denken omdat we niet meetellen en elk moment met borstel en

blik kunnen weggevaagd worden. Vandaar dat we de wereldproblemen met meer dan één korreltje zout nemen. Maar dat zout vreet natuurlijk aan onze visie.'

Mama fronste haar weer borstelig aangegroeide wenkbrauwen. 'Staf, zoudt ge aan mijnheer Paelinck dat beeldje van de danseres willen laten zien dat Louis meegebracht heeft?'

'Ik dacht dat ge 't niet schoon vondt, dat ge 't niet in de living wilde...'

'Ik zou mijnheer Paelinck zijn gedacht daarover willen horen.'

'Wel, kom maar mee naar het atelier, Mijnheer Paelinck.'

'Nee, Staf, haal het hier. Die mens is juist bezig aan zijn koffie.'

Toen Papa de deur uit was, legde Mama haar wijsvinger op haar lippen, aaide Louis over zijn haar en ging vlak bij de apotheker staan die haar een bruin flesje met roze pastilles gaf. 'Motus, Louis, motus,' zei de pillendraaier die daarna de porseleinen danseres te Jugendstilachtig vond. 'Dat kan niet meer de dag van vandaag, maar 't is in zijn genre toch de moeite waard. Ook in de kunst kunnen we niet blijven staan bij wat gisteren modern was. Alhoewel wij van het verleden moeten blijven leren. Als we maar onze eigenheid blijven bewaren. En dat is het wat ik tegen de Deutsch-Vlaamse arbeidsgemeenschap heb, dat ze onze eigen Vlaamse ziel wil fnuiken door het Pan-germaanse heidendom.'

Het was Zuster Imelda die in Louis' kamer zat, want alhoewel haar gezicht vervangen was door een puimsteenachtig gezwel zonder enig reliëf, herkende hij haar boerse borst, haar geur van mest. Zij spreidde haar knieën en van tussen de zwarte golven trok ze aandachtig een gevild konijn, of was het een kat, helaas kon hij de schedel niet goed zien, zij streelde het bloedbespatte naakte kreng waar plukjes pels aan zaten, de pupillen waren niet spleetvormig maar rond als roze pilletjes.

De sirene, het afweergeschut en Papa's geroep maakten hem wakker. Papa riep hem altijd, de wakkere wacht van de nacht, alhoewel hij wist dat Louis hem en Mama toch niet zou volgen naar de schuilkelder vol bevende en biddende buren.

Door het zolderraampje ving hij nog net een glimp op van Mama's gebloemde peignoir. Had zij dan vlak vóór zij naar de schuilkelder vluchtte even op mij gewacht? Een kwart seconde? Had ze omgekeken naar hun gevel?

De stad schoot in vlammen en roetwolken, het gebonk, gedaver was alles overrompelend. Louis schreeuwde zo hard hij kon de Pom pom pom pom van de Engelse radio. Stralen, meteoren die ontploften, lava gutste over Walle, de toren van Sint Rochus kantelde, viel. Vanuit zijn uitkijktoren op de zolder van de schamele ouderlijke woning ziet de tiran-in-de-dop een stuk van Europa vergaan, er is geen overweldigender gejuich in zijn hele lichaam mogelijk. *Rache*.

Toen het luwde, in zijn bast en in de lucht, terwijl het vreterig geluid van vlammen overheerste samen met hemelhoog gekerm, liep hij op de toppen van zijn tenen, alhoewel dat nergens voor nodig was, naar het nachttafeltje aan Mama's kant van het bed. In de gloed van de stadsbrand scharrelde hij in haar krokodilletas en vond er een agenda waarin elke dag van de laatste twee weken was aangemerkt, een kam met een kluwen rood haar, een poederdoos van parelmoer, tubes, een bijna leeg flesje van de Eau de toilette Vendôme, een potlood voor de ogen, lippenstift, lucifers, zes gebroken sigaretten, een zakdoekje dat ritselde toen hij het uiteentrok, haarspelden, veiligheidsspelden, een rekening van het hotel 'Het Gouden Lam' in Waregem, twee personen met ontbijt, een ansichtkaart zonder tekst uit München, een ansichtkaart van Stettin die een Griekse held voorstelt die met zijn elleboog op zijn knie staat te dubben tegenover een vrouw met het onderlichaam van een draak, in ronde, bijna typografisch geordende letters stond Mama's naam op de adreskant, zonder straat of stad of postzegel, daarnaast bijna onleesbaar—door tranen uiteengelopen—woorden als 'zunächst beschlossen', 'stümperhaft' en de handtekening Dein Henny, verder nog een slordig geschetst grondplan van een huisje. Het flesje met de roze pillen was er niet, zijn nagels schraapten langs gruis.

'Het zijn pillen om te kalmeren,' zei Mama. 'Ik voel me niet goed, als ik ze niet neem kan ik de muren wel opkruipen. Ik hoop dat u dit nooit overkomt later, dat ge zo stapelzot rondloopt omdat er iemand niet is. Maar zoals ik u ken zal u zoiets nooit gebeuren. Gij, gij zijt een paling die overal tussenglijdt, en gij hebt gelijk. Ik wilde alleen maar dat ik zo geboren was, maar het bloed van de Bossuyts kan niet liegen, onze Omer is er ook door kapot gemaakt.

Hoelang duurt het om een diploma van verpleegster te halen? Een paar jaar? Of kijken zij niet zo nauw? Volgens Mona is de kliniekopleiding een maand of vier en moet ge tekenen voor de duur van de oorlog. Maar daarmee hebt ge natuurlijk geen diploma. Maar het ergste is dat ge niet moogt roken. Toch wel, ik ga mij aanmelden bij het Rode Kruis, maar ik ga mijn voorwaarden stellen, zie dat ze mij in de één of andere achterlijke kraamkliniek steken. Nee, ik wil naar Rusland, 't moet daar schoon zijn nu dat het zomert. Ja, als ge 't wilt weten, het is om hem weer te vinden. Hij ligt langs de Don, maar ik zeg u niet waar. Want hij zit in de voorste linies, hij is zo, ge kunt hem moeilijk voorstellen op zijn gat achter een bureau in Noorwegen. Nee, Louis, ik zeg niet waar hij zit. Ge *moet* mij niet helpen. Ik ben groot genoeg om een gedetailleerde landkaart te kopen en mijn weg te vragen aan de voorbijgangers. Gaat ge een beetje op uw moeder peinzen als ze daar rondloopt in de koude, van de ene ijskoude trein in de andere?'

'Het zomert daar.'

'Maar zo kort. De zomer is daar zo kort.'

Maar weggaan deed ze niet, want zij was te lui, te bang,

te laks om haar ideaal te volgen door weer en wind. En omdat ze niet wegging en ongelukkig was gaf zij haar enige zoon de schuld. 'Wat gaat er in Godsnaam van u worden. Ge hebt geen vooruitzichten, ge doet uw huiswerk niet, ge interesseert u niet aan oorlogsverrichtingen in Rusland, ge hebt geen vrienden die hier aan huis komen, ik hoor u nooit over meisjes spreken zoals de jongens van uwe ouderdom...'

'Onze Louis, dat is een laatbloeier,' zei Tante Nora. 'En wee o wee als een laatbloeier uitbloeit, dan is er geen houden aan.'

'Kijk naar Victor Hugo,' zei Eric, Hélène's officiële verloofde, 'hij was maagd toen hij trouwde aan vijfentwintig jaar en van dan af aan tot zijn tachtigste kon hij geen vrouw met rust laten.'

'Onze Louis? Die gaat zich niet laten doen door 't vrouwvolk, hé, vent?' zei Tante Mona die wonder boven wonder van haar vroegere Ulli gehoord heeft, hij ligt in een hospitaal van Caïro en hij denkt maar aan één ding en dat is: aan haar. Er bestaat dus toch nog echte Treue.

'Louis gaat nooit een vrouwenjager worden,' zei Tante Hélène.

'Ik weet het nog niet,' zei Mama.

'Victor Hugo at elke morgen twee sinaasappelen met schil en al. En als hij dood was hebben ze in een geheime lade van zijn bureau een carnet gevonden met de namen van alle dienstmeisjes die hij gepakt had, met de som van het drinkgeld erbij.'

'Maar Eric toch.'

'Voor mij is Louis meer het genre van Thijs Glorieus.'

'Van de familie Glorieus in het Papestraatje, van de korsetten?'

'Nee, Mona, uit die boek van Walschap die ik u geleend heb.'

'Ja, merci. Ge zeidt dat het gepeperd was. Ik ben andere kost gewoon. Een paar passages misschien, maar echt vet was het toch niet. Niet dat het niet goed geschreven was, het was naar 't leven, maar het was meer over de gevoelens van de mens in 't algemeen.'

(Als je iemand al zes keer lang gekust hebt en haar bustehouder twee keer hebt afgedaan, kan je haar dan als je lief beschouwen? De laatste keer tilde ik Simone's jurk op maar zij sloeg op mijn hand. Nu was het wel volle maan.)

'Gij interesseert u aan niks. Ge kunt toch uw leven niet doorbrengen met boekjes lezen. Wat wilt ge eigenlijk? Uw rapporten zijn beneden alles en gij zijt nochtans niet dwaas. Ge moet een vast punt hebben in uw leven waar ge naartoe werkt, waar dat ge u aan vastklampt, dat moet ge zoeken en vinden. Anders is het allemaal niks, dag in dag uit, grauw en flauw. Is er nu echt niets waar dat ge u mee bezig kunt houden? Ge kunt zo schoon tekenen, waarom ontwikkelt gij dat niet?'

'Lijk Nonkel Leon, Mama? Is dat mijn voorbeeld?'

'Leon heeft magnifieke aquarellen gemaakt, zij gaan blijven bestaan en bij de mensen in huis hangen lang nadat hijzelf dood is. Dat is kunst.'

'En als alle huizen verbrand zijn, plat liggen?'

'Allemaal?'

'Ja. Waar blijft ge dan met heel Nonkel Leon zijn kunst?'

'Dat gaat nooit gebeuren. Dat kan niet. Mensen zijn zo achterlijk niet. Bommen smijten ja, maar met mate.'

Een huis dat nog overeind stond was dat van Dolf Zeebroeck, het modernste huis van Walle, door de meester zelf ontworpen, een kopie van het Gentse Gravensteen met zijn tinnen en kantelen in eigele geglazuurde baksteen maar met hedendaags comfort natuurlijk, zoals een badkamer en twee wc's, dat heb je nodig met zes kinderen, maar het huis is wel moeilijk te verwarmen.

Een van de zes, een blond loens ventje, versperde de ingang toen de neogotische deur openging. Het keek wantrouwig naar Louis' boekentas die propvol zat met kleurpotloden en papieren in verschillende maten en tinten uit Papa's atelier, 'Wordt gij verwacht? Ja? Hoe laat dan? Voor hoelang? Niet langer dan een half uur. Want Vava moet mee, naar de buiten, patatten halen.'

Langs een wenteltrap, breed genoeg om zwaardvechtende geharnaste ridders door te laten, hingen honderden zwart-witte prentjes in de tot ver over de grenzen beroemde wolkige, sliertige stijl. Dolf Zeebroeck, de schepper van dit alles, was, gehuld in een bruine monnikspij, aan het werk achter een immense tekentafel. Zijn wit stekelhaar, rode wipneus met wijde poriën, pokdalige huid waren die van een Vlaamse Kop, daar kon geen twijfel over bestaan. Hij droeg een wijde koperen armband met Arabische motieven om zijn pols, wat ongemakkelijk moest zijn bij het tekenen. De kamer was uitzonderlijk netjes en rook naar een ziekenhuis. Een antieke gekruisigde keek neer op Louis met medelijden, bijna zoals Dolf Zeebroeck zelf die Louis monsterde alsof hij Louis' lamentabele trekken voor altijd in zich wou opnemen, zijn povere verhoudingen wou schetsen, tekenen met één blik.

De nog natte tekening waar hij aan bezig was stelde een Noorman voor die met heftig geheven aks een andere Noorman te lijf ging, de wapenrokken vlotten, de wolken raasden.

'Ziet ge die cactus? Wel, zet u daar en tekent hem. Ge moogt hem interpreteren zoals ge zelf wilt. Als 't maar geen Picasso is natuurlijk, haha.' Louis lachte mee. 'Nee, nee,' bracht hij uit.

De cactus had drie bulten, er hing grijze wol rond de stekels, het potje was van rood aardewerk. Wat meer? Ik moet opletten, alles wat geen cactus is verbannen uit mijn geest, de totale aandacht opbrengen waarmee de meesters zich instellen tegenover de wereld. Louis trachtte naar de cactus te kijken zoals Dolf Zeebroeck naar hem daarnet, opslorpend, de blik wordt een brein. Hij verloor de cactus geen moment uit het oog terwijl hij zijn tekengerief uitstalde.

Toen hij de omtrek van plant en pot had neergezet, zei de meester: 'De omtrek van uw cactus is te groot in verhouding met het blad, dat is geen schone bladverdeling, ziet ge dat niet?' Haastig gomde Louis de schets weg. De meester ging verder met het invullen van de zwartglimmende Noormannenjurken. Louis bracht schaduwen aan met zijn Conté-8.

'Tekenen heb ik gezegd, niet wrijven. De lijn, jongeman, de lijn.'

De gom. Het begon toen op een cactus te lijken, zelfs op die tegenover hem stond, vooral toen Louis zijn ogen wat dichtkneep zoals men in een museum vaak ziet doen. De pot kreeg lang niet de kleur van de pot voor hem, want hij had geen potlood van dat soort rood.

'Nee, nee,' zei Dolf Zeebroeck met een penseeltje dwars in zijn mond. 'In de eerste lessen wordt niet gekleurd.' Hij griste het papier weg, verfrommelde het en gooide het trefzeker in de rieten mand onder de gekruisigde.

Na een kwartier stond er een nieuwe, zwart-witte cactus. De stekeltjes met hun schuine schaduw, de wollige plukjes, de lichtval op de tafel, die de vorm had van een Zeppelin, de aureooltjes rond de stekels. Louis leunde achterover.

'En hij zag dat het goed was,' zei Zeebroeck.

'Het is iets te zwart, maar ik kan het altijd wegvagen.'

'Wat wilt ge wegvagen?'

'Waar het te donker is.'

Zeebroeck stak een pijp op. 'Het trekt op niks,' zei hij niet onvriendelijk. 'Ge hebt zitten frutselen aan de details, hier, die blaasjes, die puntjes. Maar de lijn, man, de lijn.'

'Moet ik de details dan niet tekenen?'

'Alleen in dienst van de lijn!' (Natuurlijk! De stugge, langgerekte, zwarte lijn van zijn eigen tekeningen, houtsneden, glas-in-loodramen!)

'Ik had het ook in uw stijl kunnen tekenen, Mijnheer Zeebroeck.'

'Jongen, ik heb veertig jaar lang elke dag, ook op zondag, gezwoegd als een beest met de lijn, en gij zoudt...'

Louis nam een nieuw blad, maar het loense jongetje kwam binnen. 'Vava, het wordt al donker. En ge had beloofd...'

'Een minuutje, Godfried!'

'Géén minuutje! Nu! Beloofd is beloofd!' Het kind sloeg met zijn vlakke hand op zijn eigen wang. Alsof hij daarmee een tomeloze driftbui inhield.

'Goed...,' zuchtte Zeebroeck. 'Dan is het vijfenveertig frank.' Louis betaalde, Mama had op dertig frank gerekend. En voor een volledig uur.

Godfried keek naar de cactus met Louis' ogen, de smoezelige vorm met sprietels bleef liggen, verzwond niet in rook.

'Het is weer Picasso, Vava.'

De meester kneep in zijn rode wipneus. 'Hij moet nog leren.' Hij merkte Louis' ontreddering, wreef met de buik van zijn pijp over de papieren cactus.

'Dat krijgt ge, als ge fragmentair werkt, dan kijkt ge u blind op vliegestrontjes. Het essentiële ontsnapt u.'

'Welk essentiële?' riep Louis. 'Als alle fragmenten juist zijn, komt het essentiële dan niet vanzelf naar boven?'

'Manneke toch,' zei de pokdalige monnik.

'Het is weer Picasso, hé, Vava?'

'Manneke, wat had het eerste moeten zijn dat u had moeten opvallen, dat ge direct had moeten schetsen? Kom, denk na, kijk naar de plant, naar de stekels, hoe staan die stekels in die cactus, in elke cactus overigens, geplant?' Er daagde iets, maar het bleef steken. De demonische meester zoog op zijn pijp.

'Hij weet het niet, Vava.'

'Ziet ge dan niet dat de stekels op een *regelmatige* manier verdeeld zijn, dat de afstand tussen dit stekeltje hier en dat stekeltje daar dezelfde is, dat er een patroon is?'

'Een patroon,' zei Godfried. Zeebroeck trok de pij over zijn hoofd. Er onder had hij een werkmansoverall aan die hij losknoopte.

O, mijn onkundige onmachtige achterlijke bijziende domheid! Het was waar, het zoekplaatje leverde aan iedereen zijn belachelijk doorzichtig geheim behalve aan een hersenverweekt brein als het mijne! De perfect harmonisch verdeelde speling van de ruiten!! God maakt regelmaat! En ik had alleen maar wollige draadjes zitten kopiëren.

'Gij zijt bedankt, Mijnheer Zeebroeck.' Ziedend liep Louis de wenteltrap af, liet de voordeur openstaan. Hij zag geen samenhang, het was waar. Om de een of andere reden vond hij dit bewijs van zijn onvermogen om de onderbouw, nee, het gebouw zelf van de dingen te zien, ongemeen ontluisterend. Hij vloekte de hele weg naar huis. Anderen konden in de veelvuldige, versplinterde dingen, feiten, incidenten om hem heen, het samenhangend redelijk inzicht vinden, meteen, hij niet, al deed hij nog zo zijn best, maar hij deed zijn best niet want hij wist niet hoe. De meest voor de hand liggende oppervlakte, dat was zijn domein, hoe vernederend! De cactus was nooit een cactus geworden, maar een raar smerig onbestaand gezwel, één van de cactussen uit Noord-Afrika waar Vuile Sef en zijn vriend Odiel (overigens *Odile*, had hij ook pas later begrepen) mee schwärmden, een fantasietje van een zelfgebouwd luchtkasteel, een zandkasteel van luchtspiegelingen. En voor vijfenveertig frank! Minder dan een half uur! Bij de puinen van de Sint Rochuskerk merkte hij ook dat hij zijn boekentas met de kleurpotloden vergeten had. Maar nooit, nooit, zou hij daar terug gaan in het moderne Gravenkasteel waar de waarheid hem was toegediend als een muilpeer.

Toen hij thuis kwam ging Vandam, op wiens schouders het eens florerend drukkersbedrijf Seynaeve nu rustte, de deur uit. In de gang rook het nog naar de terpentijn waarmee Vandam zijn handen had schoongemaakt. Er was niemand thuis. Vandam spijbelde.

Omdat hij zijn vader gisteren nog met een verdachte bult in zijn wang had gezien ging Louis op zoek naar toffees in het atelier. In Papa's kantoortje vond hij tussen de rekeningen en de bankafschriften kruimels van een verse cake. Hij zocht achter de zakken snijpapier, de kartonnen dozen met olievodden, probeerde zich de gedragingen van zijn vader voor te stellen vóór hij, na het middageten, in zijn kantoortje een dutje deed, dan liep Papa van de snijmachine naar de bestofte resten van een rotatiepers naar zijn kantoortje, wanneer en waar graaide hij naar zijn steeds aangevulde voorraad mierzoete met nootjes en stukjes noga gevulde toffees? In een wankel kastje dat rond de afwasbak getimmerd zat lag een zorgvuldig gestapeld hoopje boeken van Zane Grey en John Knittel, die hoorden hier niet, helemaal niet, triomfantelijk scharrelde Louis twee aangebroken rollen zandkoeken, een halve plak fondantchocolade, een vuistgrote zak toffees te voorschijn en in zijn binnenste kakelde het, Erwin Rommel, de vos van de woestijn, bracht Louis het veldmaarschalkssaluut. Louis brak een vingerkootje chocolade af, stal vier toffees en een zandkoek en wou met zijn buit vluchten uit Tobroek in Noordoost Cyrenaika toen hij opgerolde tijdschriften zag liggen achter het keurig boekenstapeltje. *Cine-Revue*, *Le Rire* van maart 1924, *Lustige Blätter*, en een beduimeld dun bandje *Les aventures d'une Cocodette*, Papa's voorraad onkuise boeken. De Cocodette was half naakt met een oranje zomerhoed op, grijze kousen aan en uiterst hoge hakken. Zij terroriseerde op elke pagina, ook al zat ze te schommelen zonder broek aan, een dikke, kale stumper in een driedelig gestreept pak. Op één plaatje reed zij paard op de man die totaal in de war scheen, de sigaar spoot uit zijn mond. Verder liep zij hautain met haar mollige billen bloot, meestal belaagd door de grijpgrage handen in manchetten van een kale advocaat of industrieel. De droomvrouw keek op een bepaald ogenblik Louis recht in het gezicht, zij hief uitdagend speels haar lijntjes van wenkbrauwen, zij moedigde hem aan, fluisterde dat hij moest doorgaan met het onzinnige, jeukende, om bevrijding schreeuwende zoetzachte schuren tegen de jutezak vol pijpekrullend papier, en toen stootte zij een rauw rokerslachje uit, op het moment dat hij spatte en zakte tegen de ruige, welige zak.

Papa hield het horloge, een wonder, naar het peertje boven het aanrecht waar Louis de pannen schrobde. 'Ge kunt er de datum op lezen, ge kunt er de tijd mee stop zetten als ge een loopwedstrijd wilt chronometreren, ge kunt er ook mee zwemmen, alhoewel ik dat maar zou laten voorlopig, voor 't zekerste. Wel, wat zegt ge?'

'Dank u, Papa.'

'Is 't al?'

'Dank u uit de grond van mijn hart, Papa.'

'Dat is al beter.'

Het was het horloge dat de gevangen mijnheer Tierenteyn voor Papa meegegeven had aan zijn oude moeder die over de vijfentachtig was en niet één kwaaltje had, doordat ze elke morgen een lepel biergist at. Door voorspraak van Papa zou mijnheer Tierenteyn, in geval van sabotage, slechts als allerlaatste in de rij van gijzelaars aan de fatale paal vastgebonden worden. Papa zat er mee, met die voorspraak. Totdantoe had hij, in de buurt en bij coiffeur Felix de legende van zijn Gestapo-lidmaatschap allesbehalve ontkend, integendeel, als men erover begon knikte hij wat verwezen, en zei: 'Jaja, wij zouden zoveel kunnen zeggen, maar wij mogen niet,' daarbij meer dan ooit het gevaarlijk genootschap oproepend en de zwijgplicht die hij, op straffe van vreselijke lichamelijke boete, in acht nam.

'Eigenlijk zou ik u dat horloge maar mogen geven als gij achttien jaar geworden zijt. Want ge verdient het niet. Nog niet. Uw rapport. Uw manieren van doen. Uw slordigheid. Want dat ge zomaar uw boekentas kwijt zijt! Ge lijkt uw moeder wel, met haar sleutels. Maar ik koop géén nieuwe. Ge kunt uw boeken en cahiers in een kartonnen doos dragen. In mijn tijd hadden we ook geen leren boekentas.'

'Het is het horloge van iemand die terechtgesteld zal worden,' zei Louis tot Simone. 'Ik mag u niet verklappen wie. Maar zijn laatste woorden in de gevangenis waren: "Geef dat horloge dat mijn laatste seconden aantikt aan Louis, mijn bridgepartner van de 'Rotonde'."'

'Mijn grootvader heeft er ook zo een.'

'Is dat niet ontroerend dat die oude man tot op het laatst aan mij denkt? Het is als Socrates die voor dat hij van de gifbeker dronk zei dat hij nog een haan schuldig was aan, aan...' Hij stak zijn brede, mannelijke, alhoewel onbehaarde pols van onder de luifel waar zij scholen. De regen plensde op het sieraad.

'Waarom doet ge dat?'

'Het is waterdicht.'

Zij haalde zijn hand van haar heup.

'Op het ogenblik dat het salvo weerklinkt zou dit horloge moeten stilstaan. De tijd. Zijn tijd is op. Maar de dingen zijn ontrouw.'

'Waarom zegt ge dat?' vroeg zij ineens fel.

'Wat?'

'Over die dingen die ontrouw zijn. Is het voor mij dat gij dat zegt?'

'Natuurlijk niet, Simone.'

'Hebt ge iets gehoord?'

'Waarover?'

'Over mij? Over mij en Jacques van de Sompel?'

'Nee.'

'Jawel. En ge durft het niet rechtaf in mijn gezicht zeggen!'

Van de Sompel was de enige zoon van een houthandelaar die vaak op de feestjes van mijnheer Groothuis kwam waar de vrouwen een bad namen in champagne. Het schoot Louis te binnen dat hij laatst Van de Sompel in de apothekerij gezien had.

In de schemer, met de regen in haar klissen, wenkbrauwen en wimpers zag Simone er kwetsbaar, aandoenlijk uit. Hij zou voor haar zorgen, haar beveiligen voor de aanvallen van Van de Sompel. Altijd en eeuwig en immer.

'Ik kan er niets aan doen. Ik zie u alletwee gaarne,' zei Simone. Hij wou haar natte haar met wortel en al uitrukken.

'Ik heb het met mijn moeder besproken, zij vindt het raar maar ook normaal.'

'Wat is het? Raar of normaal?' bracht hij met moeite uit.

'Ik zie u gaarne als iemand van mijn familie. Ik heb van

kindsaf aan een broer willen hebben, vraag het aan mijn moeder. En daarbij, gij zijt te jong.'

'En hij dan?' (Papa in het echtelijk bed, klaaglijk, *untermensch*.)

'Hij is meer...'

'Maar wat dan?'

'Meer een man. Gij kunt er niks aan doen, Louis, maar ge weet niet wat een meisje gaarne heeft.'

'Maar ge wilt mij nooit vertellen wat ge gaarne hebt.'

'Dat moet een meisje niet vertellen. Dat moet een man aanvoelen.'

'Hoe lang is dat al aan de gang?'

'Niet zo lang. Een maand of twee. Maar ik zie u ook gaarne.'

'Merci.'

Het beparelde gezicht dat hem ontsnapte, dat aan een ander en dan nog die kinkel van een Van de Sompel overgeleverd was, hij dronk het, nam het in zich op, het was het ergste en het mooiste dat hem kon overkomen. *Rache*, miauwde hij.

'Als Jacques aan mij komt, en hij legt zijn vingers hier...' de drel aaide over haar linkerborst, 'is het alsof ik wegdraai, alsof ik van mijzelf ga vallen. En bij u... Kijk...' Het ongelooflijke gebeurde, zij nam met haar natte vingers zijn hand en duwde die tegen de weke volle plek, hij voelde de bustehouder niet, en klappertandde. 'Ziet ge, het komt niet recht, mijn knopje, het wordt niet hard. Bij hem, direct op de seconde.' (Ik kan het chronometreren met de gijzelaar zijn klok!) Hij snokte zijn hand zo heftig weg, dat zij tegen de muur sloeg, de nagel van zijn wijsvinger scheurde.

'Gij zijt kwaad. Ik dacht wel dat ge het niet sportief zoudt opnemen.'

'Toch wel, toch wel.' (Hij stond in het doel, de bal daalde als een trage volmaakte meteoor, hij greep er naar, de bal stuiterde en wipte over zijn smekende handen.)

'Wij gingen wandelen langs de Leie en Jacques zegt: "Waarom zouden we ons niet in het gras leggen?" Het was zo warm en wij legden ons in het gras. Hij zei: "Ge hebt zo'n schone broche aan," en hij pakte de broche vast en dan streelde hij mijn hals en dan voelde ik dat hij het was voor de rest van mijn leven, altijd.'

'Geit!' Zij hoorde het niet of verstond: 'Tijd.'

De regen werd zwakker.

'Hij doet mij altijd lachen. Bij u moet ik nooit lachen.'

Maar dat was háár schuld. De melancholie die zij bij zich droeg, als een slechte adem, had hij overgenomen, uit liefde had hij zich ook, om op haar te lijken, gewenteld in een bad van verstilde treurnis zonder reden. Ik had nooit in haar mogen wegsmelten.

'Maar wat doet hij dan om u te doen lachen?'

'Hij doet onnozel.'

'En daarmee moet gij lachen?'

'Of hij vertelt moppen.'

'Welke moppen? Ik ken honderden moppen.'

'Ge hebt er mij nog nooit een verteld. Het is altijd over Socrates of over Guido Gezelle. Het is leerzaam maar niet wreed geestig.' Zij proestte het uit. 'Gisteren nog.'

'Heeft hij onnozel gedaan?' (Onder haar rokken geprutst, met klauwen, tot zij lachte.)

'Nee. Een goeie verteld.'

'Wat voor een?'

'Ik zeg: "Jacques, het is toch wreed van die twee mannen van de ijzeren weg die neergeschoten zijn door die Duitse patrouille in Varsenare." "Kent ge die van de pastoor van Varsenare?" zegt hij. Ik zeg: "Nee, Jacques." "Er was een boer in Varsenare," zegt hij, "die al twaalf jaar getrouwd was, maar er kwam maar geen kind in die menage. Op een dag komt hij op 't onverwachts van zijn land naar zijn huis en wat ziet hij in de slaapkamer? Zijn vrouw met haar benen in de lucht, met tussen haar benen het hoofd van de pastoor van Varsenare. Hij liep direct naar buiten en op straat begon die boer te schruwelen. "Mensen, mensen, komt zien, komt zien. Geen wonder dat ik geen kinderen heb, ik heb ze nog maar gemaakt of de Pastoor van Varsenare vreet ze op!"' Haar lach klaterde, mondde uit in gezucht. Uit de lippen die Louis gekust had, uit dat gezicht dat hij ongerept in een onbestemd verdriet gehuld gewaand had, kwam deze walgelijke praat, de viezigheid van een hoer van Babylon.

'Ge kunt er niet mee lachen, ik zie het al weer.'

'Weet uw vader hiervan?'

'Van Jacques? Ja. Hij mag thuis komen.'

'Nee. Van die vuile praat.'

'Oei oei oei, nee. Hij zou mij doodslaan. Hij peinst dat ik nog tien jaar oud ben.'

Louis keek naar zijn horloge, de secondewijzer stond stil, hij besefte dat hij tijdens haar verhaal ononderbroken aan het schroefje had gedraaid en geen weerstand had gevoeld, zo zeer had hij in zijn schaamtelijke opwinding haar verraad, haar monsterlijk veile genot zonder hem, willen wegdraaien. Maar dan had hij nu zelf de tijd van de gijzelaar stopgezet! Mijnheer Tierenteyn riep 'Vive la Belgique!' en wipte op en stortte voorover terwijl de soldaten herlaadden, het ijzeren geritsel van de tijd.


In 'Groeninghe' raakten Papa en Louis eindelijk met ellebogen en knieën tot bij de toonbank waar Noël het te druk had om goedendag te zeggen. Bij de deur van de wc verborg De Puydt zich achter een vetplant of rook eraan. Toen de drukte wat luwde zei Noël: 'Ge zoudt peinzen als ge in zo'n toestand verkeert zoals hij, dat ge niet onder de mensen moet komen, dat ge u beter opsluit in uw kot en rouwt voor de tijd die nodig is, maar aan de andere kant...'

Papa bleef met zijn rug naar de verzopen rouwende De Puydt staan.

'Ik krijg er geen woord uit,' zei Noël. 'De hele tijd moet ik aan de cliënten uitleggen dat hij niet onbeleefd wil zijn, maar dat hij niet wil antwoorden als men hem iets vraagt.'

'Zegt hij absoluut niks?'

'Nee, hij kijkt naar u, dwars door u.'

'Hoe bestelt hij dan zijn whisky?'
'Hij steekt zijn glas in de lucht.'

De Puydt was verschrompeld, zijn vroeger vrouwelijk wolkend haar plakte plat tegen zijn schedel. Hij roerde met een vinger in een asbak waarop Peter Benoit afgebeeld stond.

'Zolang ik hem in 't oog kan houden ben ik gerust,' zei Noël. 'Zolang dat hij onder mijn dak is, houd ik mijn hand boven zijn hoofd. Maar als hij buiten onder een tram wil springen...'

'Ja, dan...' zei Papa.

'En mijnheer Leevaert, zijn boezemvriend?'

'Die heeft het aan zijn darmen.'

'Wie betaalt er Marnix zijn rekening dan?' vroeg Papa.

'Ik ben er gerust in,' zei Noël.

'Ge verdient toch genoeg op onze rug,' zei een Waffen SS-man.

'Nee, ik stuur de rekening naar Groothuis.'

'De eerste avond van mijn verlof, de eerste dag,' zei de SS'er, 'ga ik naar hem toe daar in zijn hoekje, ik zeg: "Wel, Puydt, hoe is het ermee?" want ik deed alsof ik van niks wist, verstaat ge? want soms is het beter om te gebaren van pijkenaas, en godverdomme, hij smijt een glas Spa in mijn aangezicht.'

'Als 't Pale-Ale geweest was, lag hij in het hospitaal. Want onze Scharführer moet maar één plekske zien of hij roept lijk een zeekoe. En met dat mijn vrouw niet thuis is... ik zie me al mijn uniform uitwassen.'

'Soms valt hij in slaap,' zei Noël, 'ik laat hem maar liggen.'

'Zo'n schone Vlaamse mens ten onder zien gaan,' zei Papa. 'De Engelsman heeft al veel op zijn geweten, maar dat... En zegt hij nooit eens een woordje?'

Noël dacht na. ''t Laatste dat ik hoorde was tegen Leevaert die stond te melken over Stalingrad, ge kent hem, en ineens zegt De Puydt: "Woorden zijn de kleren van de gedachten." Dat heb ik onthouden.'

'Dat zou dus betekenen dat hij geen gedachten meer heeft. Ik kan dat niet aannemen,' zei Papa.

'Geen woorden maar daden, er zit iets in,' zei de SS'er.

Er was een *Sondermeldung*, het zesde leger zat in moeilijkheden, het was geen nieuws.

'Dat ik hier mijn tijd sta te verdoen met een glas in mijn hand, terwijl dat mijn kameraden daar...,' zei de SS-man.

'Wat houdt u tegen? Het station is op tien minuten te voet,' zei Noël, kribbig als nog nooit iemand hem gehoord had.


In Bastegem liep een rij kinderen in blauwe, meestal te korte, schorten aan een touw, vastgehouden door een vriendelijke blozende non. De kinderen met grijze, gefronste gezichten waggelden, wiegden, duwden elkaar verder. Een van hen stak zijn tong uit naar Louis, een ander had een zwarte veeg op zijn voorhoofd, een Assewoensdagkruisje dat nooit was afgewassen.

Een reiger stapte vlak langs bruinrode koeien. Louis meende Boer Iwein Liekens te zien wegduiken achter een vaal gordijntje. Op zijn erf stond een onbewaakt pantserafweerkanon. En toen was de villa 'Zonnewende' er weer, tussen de dahlia's.

Meerke zei dat Louis' haar, dat hij nu met een hoge golf, dik van de brillantine, voorop droeg, onnozel gekamd was. 'Hij ziet er precies uit als het vrouwvolk twintig jaar geleden, precies als ge weet wel, ik zal haar maar niet noemen...'

'Beter niet,' zei Tante Violet.

'Noem haar maar gerust. Haal maar weer oude koeien uit de gracht,' zei Nonkel Armand.

'Dat komt omdat ge met oude koeien omging,' zei Tante Violet.

'Omgaat,' zei Meerke.

'Angelique is drie jaar ouder dan ik,' zei Nonkel Armand in zijn grijs flanel pak, een hooghartige inspecteur waar alle boeren van de omtrek bang voor waren, want hij nam zeer zelden brood of boter of sluikslachtersvlees aan. Meerke had hem een weduwe aan de hand gedaan, Angelique, maar het speet haar nu de ogen uit de kop, want tijdens haar wikken en wegen en bekokstoven en gekoppel had niemand haar durven vertellen dat Angelique in het geheim een liter jenever per dag nodig had, anders kreeg ze hoofdpijn. Daarbij hadden Angelique en haar familie gelogen over haar leeftijd. Nu zat haar lievelingszoon met een oude taart van een dronkelap opgescheept, en bezocht hij nog meer dan tevoren de 'Picardy', terwijl zijn echtgenote in haar eentje 'O, je suis swing, zazou, zazou' wauwelde.

'Om de boeren te klissen moet ge nog een grotere smeerlap zijn dan zijzelf. Dan pas kan je ze te grazen nemen, met al hun vervalsingen, ontduikingen, sluikslachten. Om rechtvaardig te zijn moet ge een deugniet kunnen zijn. En als ik af en toe een keer een baancafé aandoe, is dat omdat ik alleen dáár te weten kom wat de boeren allemaal uitspoken. Want met hun zat hoofd vertellen ze alles.'

'Zo kunt ge alles een draai geven,' zei Tante Violet.

'Gij zijt onrechtvaardig,' zei Nonkel Armand. 'En gij zijt de laatste die mag reclameren. Heb ik geen kopersulfaat meegebracht voor uw hof, geen sardienen, geen wit brood?'

'Omdat het uw wittebroodsweken zijn.' Zij lachte haar broer aanminnig toe.

Tante Violet was aanzienlijk opgewekter dan vroeger, zij zag er ook verzorgder uit, in een muisgrijze deux-pièces.

'Wit brood?' zei Louis en kreeg twee boterhammen met reuzel. Hij wou heel langzaam kauwen maar slikte, slokte.

'Ik ben weg,' Nonkel Armand stak zijn fietsspelden vast.

'Doe Angelique mijn complimenten.'

'Ik zal niet mankeren, moeder.'

'Of gaat ge niet naar huis?'

'Bemoei u daar niet mee, moeder.' Hij sloeg behoedzaam op haar breekbaar, kraakbaar ruggetje. Toen hij wegreed liep zij naar het raam, keek hem na en begon te hoesten, heel lang. 'Ik ben er nooit gerust in, in die jongen. Zij zijn in staat

om hem van zijn velo te slaan met hun dorsvlegels.'
'Hij gaat niet naar zijn huis,' zei Tante Violet.
'Nee. En ik die zo gerust was in hem, dat hij getrouwd geraakt was, en dat hij niet aan mijn rok zou blijven plakken. En ik die dacht: zij is van een goeie familie, zij heeft een goede educatie gehad! Want zij kan magnifiek zingen, de Ave Maria van Gounod, een stem lijk een klok, en andere klassieke liederen. Maar als ze dronken is, is 't van swing alhier en *zazou* aldaar en van Charles Trenet. Aan de andere kant kan ze d'r ook niets aan doen dat ze drinkt, ze heeft dat thuis geleerd, haar moeder komt van de kanten van Roubaix, dus rode wijn bij 't eten 's middags en 's avonds, en dan natuurlijk ook zonder het eten.—Zij heeft nogal rap kunnen ondervinden met wat voor een kerel zij getrouwd was, Angelique. Zij waren twee dagen in hun huis, als jonggetrouwen, en hij sleepte een kakstoel naar binnen, een grote leren zetel met een pot er in verwerkt, die hij in een veiling had gekocht voor zestig frank. "Maar Armand," zegt Angelique, "wij hebben toch afgesproken dat wij niet direct kinderen zouden maken, in zo'n slechte tijd!"—"Wie spreekt er over kinderen," zegt hij, "het is voor mij!"—"Hoe, voor u?"—"Wel, ja, voor als ik oud ben!"'' Meerke hoestte van het lachen, schraapte haar keel, sloeg op haar dunne knieën in het zwart bombazijn. Louis durfde niet op haar rug te kloppen. Hij ging naar de tuin en zag tot zijn verbazing, vlakbij, op het betegeld terrasje van de eerste verdieping een witblonde jongeman in een kaki-zwembroek die zijn knokige witte schouders inwreef met een vette substantie. Louis dook meteen achter de schuur. De jongeman viel voorover, landde op zijn handen, en liet zich toen traag zakken. Louis sloop langs de achterkant van de schuur, langs het kolenhok, naar de keuken.

'Dat is Gerhardt,' zei Meerke. 'De braafste officier die ge u kunt indenken. Zijn ouders zijn alle twee schoolmeesters in Werdau in Saksen en hebben mij geschreven in het Frans om te bedanken dat hij hier zo goed verzorgd wordt. Natuurlijk zijn de pezewevers in het dorp jaloers omdat ze denken dat wij van de toestand profiteren, dat wij er aan verdienen of extra eten krijgen. Achterklap. Zoals in het begin met onze arme Omer. Wat ze daar al niet over uitgekraamd hebben, maar nu is dat wat geluwd.'

'Hoe is het met Nonkel Omer?'

'Louis, ik heb maar één hart en 't is al aan veel stukjes gebroken.'

'Mag hij niet naar huis af en toe?'

'Omer zit goed waar hij zit,' zei zij kortaf.

Gerhardt had een grasgroene kamerjas omgeslagen, hij zei dat Louis een nette *Bursche* was. Van dichtbij had hij een dunne, wrede mond. Hij had ook geen oorlellen, het teken van de duivel volgens Zuster Sapristi.

Meerke zei dat juffrouw Violet om zeven uur terug zou zijn. Het kon Gerhardt niet schelen, hij hees zich op langs de keukenmuur, klauterde weer op het terras. 'Violet is zot van Gerhardt,' zei Meerke gretig, haar ogen glommen als koffieboontjes. 'En hij, hij is beleefd natuurlijk, op zijn Duits, maar hij ziet haar niet staan natuurlijk. Met dat postuur. Hoe zoudt ge zelf zijn, Louis, als man?'

Omdat Meerke zo'n vileinig wijf was zei Louis toen Tante Violet hijgend aan tafel neerplofte en naar Gerhardt vroeg, dat zij duidelijk slanker was geworden, dat hij het meteen gemerkt had.

'Ja, zij is gesmolten. Zij is vel over been,' zei Meerke schamper.

'Is het waar? Is het waar? Ik dacht het ook,' zei Tante Violet. 'Ik dacht nog: zou ik op de bascule in de gymnastiekzaal durven staan? Het is van de zenuwen. Met die pastoor Mertens die ons aan het kloten is.'

Dat uitdagende, roekeloze blije van Tante Violet had natuurlijk te maken met de aanwezigheid in huis van de blonde officier. Vroeger had zij nooit het woordje 'kloten' gebruikt.

'Pastoor Mertens heeft zich nu openlijk tegen ons gekeerd, Louis. Tegen Meerke, maar nog méér tegen mij.'

'Het is uw eigen schuld, Violet. Een Duitser embrasseren

waar Madame Vervaeke van de Bond van Liberale Vrouwen bij staat!'

'Moeder, ik ben meerderjarig. En daarbij dat embrasseren is in alle eer en deugd. Lijk broer en zuster. Daarbij, als pastoor Mertens zijn parochianen tegen ons opstookt, is het om onze Vlaamse gezindheid. Ik heb het duidelijk aan de Eerwaarde Heer Vicaris uitgelegd, maar die houdt natuurlijk zijn paraplu boven het hoofd van zijn ondergeschikte.

'Als hij in mijn klas staat voor de godsdienstles, Louis, en ik moet hoesten zegt hij dat ik daarmee achter zijn rug mijn kinderen erop opmerkzaam wil maken dat hij een dwazigheid vertelt. Als hij preekt in de kerk, zegt hij dat ik een grijns op mijn aangezicht trek om hem uit zijn concentratie te halen. Als hij niet uitscheidt met mij te plagen, ga ik regelrecht met Gerhardt naar de Kommandantur van Gent.'

'Maar de Kommandantur trekt zich daar niets van aan, Tante!'

'Ah nee, zeker! Ook niet als ik vertel dat hij naar Radio Londen luistert? Dat hij van jonge gastjes boy-scouts wil maken? Hij is altijd tegen de Vlaamse gedachte geweest. Van ver vóór de oorlog! Felix Baert, een boer met vijf kinderen, heeft hij in het jaar Zesendertig van zijn hoeve doen zetten, van een hoeve die eigendom van 't bisdom was, omdat Felix een Leeuwevlag had uitgestoken. Mijnheer Godderis, de secretaris van de Vlaamse Oudstrijders, heeft hij getracht te broodroven door hem aan 't Ministerie aan te klagen als Dinaso. Mijnheer Beulens, omdat hij de zang op de piano begeleid had op het Gulden Sporenfeest...'

'Gij moogt u niet opjagen, Tante.'

'Hij heeft mijn congregatiekaart afgepakt!' riep ze.

'Violet, ge ging toch niet meer naar de congregatie.'

Tante Violet at vier borden karnemelkpap met schijfjes appel.

'Hij heeft mij uitgesloten van het zangkoor, van de congregatie en van de Derde Orde. En als hij het Heilig Sacrament heeft uitgestald, kijkt hij naar mij met ogen als karbonkels. En 't ergste, Louis, hij beschuldigt mij dat ik met

Nonkel Firmin arm aan arm op de kermis heb gewandeld!'
'Bij wie beschuldigt hij u?'
'Hij laat dat zo langs zijn neus weg vallen in de vergadering van het Rood Kruis, waar er veel flaminganten zijn.'
'Maar ge moogt toch met de man van uw zuster gearmd lopen.'
'Niet met een jood! Maar het ergste is, verstaat ge dat of wilt ge dat niet verstaan, dat het niet wáár is! Integendeel, Meerke hier kan getuigen. Zij en ik hebben alles in 't werk gesteld om te beletten dat onze Berenice met een jood zou trouwen. Meerke heeft geweigerd haar handtekening te zetten als zij dan toch getrouwd zijn. Wij hebben allemaal, de hele familie, geprobeerd, met goedheid en kwaadheid, met bedreigingen en gezond verstand, om Berenice van die jood af te houden. Het ouderlijk huis is haar ontzegd, jaren lang.'
'Geen voet mocht ze hier binnen zetten,' zei Meerke.
'En waarom is zij hier weer binnengeraakt? Omdat mijnheer Alex Morrens, die onze arme Omer lastiggevallen had in de cabines van Bastegem Excelsior en een klets op zijn kaak gekregen had, overal ging rondvertellen...'
'Waarom viel mijnheer Morrens Nonkel Omer lastig?'
'Violet,' zei Meerke en hoestte heel kort.
'Omdat hij... eh... een kwestie van geld, geloof ik.' (Gelooft zij? Liegt zij!) 'In ieder geval strooide hij overal rond dat Berenice en Firmin wettelijk gescheiden waren, en dat hij persoonlijk Berenice om drie uur 's morgens met een andere vent uit de 'Cocorico' had zien komen, strontzat. En het is om die laster te logenstraffen...' Tante Violet hief haar mollige vinger, haar stem zwol als om de jongens op de laatste bank te bereiken, '... en om de schande van ons af te wentelen dat wij het raadzaam geacht hebben om haar weer in ons huis binnen te laten, en daarom en daarom alleen heb ik besloten om mij *en plein public* op de kermis te laten zien in het gezelschap van mijn zuster en haar wettelijke man. Maar gearmd? Alstublief! Met die Firmin die heel zijn leven een blok aan ons been is geweest.'

'Nog altijd,' zei Meerke. 'Soms slaat de daver mij op het lijf als ik er aan denk dat hij hier in een keer voor onze neus zal staan.'

'Of dat hij aangehouden wordt door de Duitsers en dat wij met zijn allen verhoord gaan worden op de Kommandantur voor zijn anti-Duitse propaganda.'

'Ge zoudt hem kunnen wegsteken. Op de zolder of in de kelder,' zei Louis.

'Lijk een hond!' riep Meerke.

'En Gerhardt dan?' overschreeuwde Tante Violet haar. 'Hij riekt een jood op een kilometer afstand. Hij zou hem naar de keel vliegen!'

Meerke breide. De avond, de avond met de dorpskinderen juichend ver weg, de stoomtrein die langs dendert waardoor de tuin begint te stomen en te dampen en de ontwortelde perebomen en kerselaars vlotten, de flitsende kriekrode sprankels van de kolen van de trein, Meerke die hoest, Tante die knabbelt en slurpt aan een varkenspoot.


Omdat er geen gordijnen in het voutkamertje hingen werd Louis wakker door het eerste zonlicht. Op zijn blote voeten liep hij in het natte gras, zoals de antieke god die zijn kracht uit de aarde kreeg.

Maar na een tiental danspassen werd het te koud, trouwens minuscule beestjes konden tussen je tenen blijven zitten en daar woekeren en eitjes leggen die ontkiemden en hun weg zochten door je vlees en in je ruggemerg bleven wonen. Dwars door een veld van miljoenen krioelende Miezers rende hij naar binnen, droogde koortsachtig zijn voeten met de keukenhanddoek.

Er was geen wit brood van Nonkel Armand's wittebroodsweken meer over, de gulzige vrouwen hadden geen kruimel overgelaten. Van het klef donker brood rolde hij een worst tussen zijn handpalmen, de worst vulde zijn mond helemaal, traag gleed de lauwe modder in zijn keel. Hij zag in de scheerspiegel van de keuken een deegwit gezicht met rode oorlappen. De haan kraaide. Vandaag zou hij Raf opzoeken. Als zij groter waren en als het geen oorlog was zouden zij samen kunnen jagen. Zogezegd naar wild, maar eenmaal in de weiden, vlam, knal, in de bruinrode gezwollen buiken van koeien. Een boer komt vloekend aangelopen. De grofst mogelijke hagel patst in zijn zwartehandelboerengezicht, kop spat uiteen. Volgend jaar zie ik er uit als achttien en meld ik mij bij het Vlaams Legioen.

Uit de handtas van Tante Violet (haar *sacoche*) stal Louis zes stukjes van vijf frank, liep gebogen als Rigoletto naar het voutkamertje en sliep meteen weer in.

Een rekening van de Broeders van Sint-Vincent lag in Meerke's schoot. 'Omer kost stukken van mensen,' zei ze triest. 'Waar moet ik dat geld blijven halen? Vooral dat ik denk dat al dat schoon geld toch niet helpt. Niet dat ik het onze Omer niet gun, maar hij zal toch niet meer genezen. Hij is geslagen door Onze Lieve Heer. Hij krijgt daar alleen maar witte bonen en wij moeten ons daar blauw voor betalen. Zijn haar valt uit. Op zijn ouderdom. Hij zegt het ene schietgebedje na het andere. En hij zit de hele dag met zijn kop tussen zijn knieën. De broeder zegt dat hij uit zijn eigen voelt dat het goed is voor de doorstroming van zijn bloed. Ik had een prachtig boek meegebracht voor hem, *De Ridder van het Slot van Laarne*, maar hij wil het niet lezen, want als er een jonge adellijke vrouw in komt die paard rijdt in de middeleeuwen, brengt hem dat op rare gedachten, zegt hij. Hij heeft gevraagd aan de broeders of zij zijn handen willen vastbinden als het avond wordt, maar daar beginnen zij niet aan, zeggen ze, want als de anderen het zouden zien, zouden ze allemaal willen vastgebonden worden.'

Tante Violet was te laat voor de mis, maar bakte toch eerst nog een eendeëi terwijl ze de rekening nakeek.

'Armand moet meebetalen,' zei ze. 'Al was het maar de was.'

'Hij wil niet.'
'Hij moet, moeder. Al was het maar uit christelijke wroeging om wat hij zijn broer heeft aangedaan.'
'Hij heeft hem niks aangedaan. Het is toeval. Het zat er al van jongsaf in, in Omer. Hij heeft dat van zijn grootvader, die had ze ook niet alle vijf.'
'Oeioeioei,' riep Tante Violet terwijl ze aan de bakpan schudde, 'de mis is al begonnen!'

Zij hoorden gezang, het leek op *Tantum ergo* gezongen door de koster Ceulemans bijgenaamd Geite vanwege zijn geluid van gekwelde, uitgehongerde ongemolken geit. Zij zagen hoe de koster op straat een losgebroken koe achternazat en psalmodiërend trachtte te bedaren. Het was een witzwarte, dus Hollandse, koe. De heilige koeien in Indië. Als je ze zou slachten zou niet één Indiër van honger omkomen. De nomaden in Afrika zijn slimmer, zij openen een ader bij de koe, tappen het bloed af, maken er bloedpannekoeken van, plakken de ader weer dicht met modder. Om het herkauwsysteem en de spijsvertering van de koe te bestuderen knipt men een rechthoekig luikje in haar buik, men brengt een mica-raampje aan als bij een vulhaard, en men ziet wetenschappelijk het gras veranderen.

Louis niesde, haalde zijn zakdoek te voorschijn, de gestolen zilverlingen rolden over de vloer, rinkelden. Schuld, als een van bloed kletsnatte handdoek, golfde over zijn gezicht. Een muntstuk bleef in een sierlijk boogje rollen.

'Het is mijn spaargeld,' zei Louis snel.
'Het is uit mijn sacoche,' zei Tante Violet ijzig. 'Ik heb het direct gezien vanmorgen. Peinst ge dat ik achterlijk ben? Op uw knieën!'
'Is dat onze stank voor dank?' riep Meerke.
'Op uw knieën in de hoek,' zei de vette onderwijzeres. Hij legde zijn voorhoofd tegen het behangpapier.
'Zo krijg ik het ene verdriet na het andere,' Meerke hoestte.
'Gij hebt geluk dat ge de mijne niet zijt!' Het idee dat Tante Violet ooit een kind zou hebben, laat staan dat hij het

zou zijn, deed Louis voor de zoveelste keer gillen, schateren van binnen. Haar geoefend pedagogisch oog merkte het, zij sloeg uit alle macht tegen zijn wang. 'Schweinhund!' riep zij en raapte de munten op, zocht er naar onder de tafel, richtte zich steunend op.

'Het verdriet van België, dat zijt gij,' zei Meerke en hapte naar adem met een rauw snurkje. Toen hoorde hij met zijn eigen flaporen Tante Violet binnensmonds vloeken. 'Godverdegodver, rotte smeerlap, die in mijn sacoche zit, in mijn foto's en mijn brieven zit te snuffelen!'

(Haar sacoche! Weer moest hij grinniken en gieren van binnen, want Vlieghe zei het vlakbij in de verre monotone begraven mufstinkende tijd van dat ander Vrouwenhuis in Haarbeke, 'Gij hebt in haar sacoche gezeten' en bedoelde de handtas van vel en vlees en haar dat tussen vrouwenbenen zit.)

Zijn wang gloeide. Als Raf maar niet op het onverwachts binnenkwam.

Na een uur mocht hij uit zijn hoek en moest hij bier brengen naar vier mannen in zwembroek, onder wie Gerhardt, die in de tuin zaten te kaarten. *'Danke, Bursche. Herzlichen Dank.'*

Toen Tante Violet van haar school terugkwam vroeg zij aan de officieren of ze een Schnaps wilden. Alleen als zij dit in haar badpak wou serveren, zei een dikkerd die een vacht grauwe krullen op zijn rug droeg. 'Aber Ulrich doch,' zei zij blozend. Toen zij terugkwam met jenever had zij een bloesje met korte mouwen aangetrokken, haar papperige onderarmen schudden toen zij een aanzet van een Knix maakte. Gerhardt legde een achteloze hand op haar billen. Tante Violet bleef staan, ineens van beton, en bleef loeren naar de haag alsof de vervaarlijke pastoor Mertens achter het dicht gebladerte zat. Daarna zongen de vier zonaanbidders van *'Sie hat die Treu gebrochen, Mein Ringlein sprang entzwei'*. De dikke Ulrich keek door zijn verrekijker in de richting van Engeland.

Was er door de dampen van het kruit van de oorlog een of andere wolk vol Miezerachtige bacillen over het dorp Bastegem en zijn bewoners gedaald?

Zoals Tante Violet veranderd was in een onwaarschijnlijk vloekende, meppen uitdelende maagd, Nonkel Armand van flierefluiter was uitgegroeid tot een rechtvaardige beul van landbouwers, Nonkel Omer een haarloze debiel was geworden die een tijdje lang door de Bastegemse straten liep met een koeiebel en naar de dorpelingen balkte: 'Ga toch naar de mis, alstublief', waarna het pastoor Mertens zelf was die de veldwachter had gewaarschuwd, zodat de van liefdesverdriet als een rotte tomaat gespleten sukkel nu bij de peperdure Broeders van Liefde van Sint-Vincent verbleef waar hij soms zijn medepatiënten besprong 'als een koe op een koe', zei Nonkel Armand, zo was ook Raf de Bock veranderd, in wat? in een *danser*. Hij volgde balletlessen in Gent.

Zij liepen samen in de dreef, Raf met een verende pas die Louis op zijn minst overdreven vond.

'Als ik aan de *barre* sta ben ik een ander mens, ik weeg geen twintig kilo meer.' Hij hield zijn armen halfgestrekt vóór zich, de vingertoppen raakten elkaar, hij hief een been, schoof het naar achteren, spreidde zijn armen. 'Arabesque!' riep hij, 'Assemblé!' en plofte in het gras. Hij betaalde de lessen in Gent met wat hij van de boeren kreeg aan wie hij zijn danspassen liet zien. Twintig frank voor tien minuten. 'Bourrée!' De boeren konden niet genoeg van hem krijgen, het gebeurde meestal in het volle veld, waar de boerin het niet kon zien. Ook koster Geite betaalde.

'Als het aan Geite lag, zou ik een hele middag moeten dansen. Zijn ogen puilen uit hun kassen.'

Jules Verdonck was aan zijn schaafbank bezig een ovaal raampje glad te schuren. Het leek alsof hij Louis niet herkende.

'Hebt ge niks anders te doen, gij twee, dan een mens die zijn boterham moet verdienen lastig te vallen?'

'O, Jules, gij zijt toch een geestigaard!' Raf gooide een

handvol houtkrullen in de lucht, hij deed alsof hij zijn vingernagels bijvijlde met een grote rasp, hij draaide aan het wiel van een machine die op een proefpers in Papa's atelier leek. Met inkt en lappen. Maar geen letters.

'Blijf daar af!' snauwde Jules.

'Zijt ge met het verkeerde been uit uw bed gekropen, Jules? Gij die anders de vriendelijkheid zelf zijt. Is 't omdat ik onze Louis meegebracht heb? Is dat het?'

Jules grijnsde scharlaken tandvlees bloot. 'Nu zien ze ons wel staan, de heertjes uit de stad! Omdat hun maagje roept van de wrede honger. Juist of niet juist? Nu lopen ze wel de boerderijen plat. En niet voor onze schone ogen. Juist of niet juist?'

'Is hij thuis?' vroeg Raf.

Jules staarde naar Louis met wilde, bleke ogen onder wenkbrauwen als twee vergeelde snorren. 'Gij... gij gaat nog afzien.'

'Waarom?'

'Weet ge 't zelf niet?'

'Nee.'

'Ge denkt toch niet dat er speciaal voor u, heertje, een uitzondering zal gemaakt worden. Ge gaat nog afzien, lijk al de ketters want zij dolen.'

Van tussen de bestofte werktuigen die op een hoopje lagen nam Raf een knijptang en kneep ermee in Louis' mouw.

'Is hij thuis?' vroeg hij weer.

'Kijk naar buiten!' riep Jules heftig. 'Is het donker?'

'Nee.'

'Wel dan is hij thuis!'

'Slaapt hij?'

'Die mens kan niet slapen door het verdriet dat hij heeft om de wereld.'

'Zoals Jezus van Nazareth.' Raf maakte plechtig een kruisteken met zijn tang.

'Hij studeert.' Jules schuurde verder het jonge, reine hout. 'Hij vraagt naar u, bijkans alle dagen.'

'Oei, oei.' Raf flutterde met zijn opkrullende, dikke wimpers.

'Maak het niet te lang,' zei Jules.

Zij gingen in de bijschuur langs een wankele trap naar een platform. Raf roffelde op de deur, drie korte, twee lange klopjes. Een geur van azijn waaide hun tegemoet vóór de deur opening en een man zijn armen spreidde. Louis wou vluchten, maar Raf had dit voorzien en kneep als met Jules' tang in zijn arm. De man had een zwarte wollen mantel om als Zorro. Om zijn hoofd had hij een vage tulband van rood satijn gewikkeld, half tulband, half vrouwensjaal, zijn rechteroor piepte er uit, het was gekarteld en vol korsten. Zijn gezicht, een ivoorwit masker dat met een elastiekje vastgemaakt was, glom. Een volmaakt, in een etalageglimlach geboetseerd rozig mondje liet een donkere gleuf vrij waaruit gesis weerklonk. In het rimpelloos gaaf gewelfd voorhoofd vormden twee elegant geverfde streepjes de wenkbrauwen, in de oogspleten blonken zwarte ogen met felrode randen. De man hield zich kaarsrecht. Zijn naakte voeten waren lang en wit zoals de hand die op Raf's schouder rustte. 'Lief,' zei de verschroeide stem. 'Lief.'

'Hartedief,' zei Raf. En genoot van Louis' ontreddering. Hij zou Louis tegen de zwarte man aangeduwd hebben, Louis was al achteruit gestapt, maar de man zei Louis' naam en voornaam, het was een uitnodiging. (Ik ben in de repetitie van een historisch stuk, Lode Monsieur Chichi Lagasse zal zo meteen in een parelende aria losbarsten, deze vermomde Ridder van het Kasteel van Laarne zal zich in het laatste bedrijf ontpoppen als de prins van Raf's dromen. Lief. Lief.)

'Ik ben Konrad.'

In de kamer zat de man neer op een melkstoeltje, stond meteen op, bood Louis het stoeltje aan en leunde tegen de gekalkte muur naast een potkachel en een rek dat vol gesteenten lag, zandrozen, bokalen met felkleurige poeders en wonder boven wonder, een rij houten afficheletters, het ouderwetse type Hidalgo. De geur van azijn, medicijn en een vleugje stro.

'Hoe is het met uw tante?'

'Goed,' zei Louis.

'Maar ge hebt twee tantes. Hoe kondt ge weten welke ik bedoelde?'

'Ik dacht dat het om Tante Violet ging.'

'Violet interesseert mij niet, of liever, zij interesseert me wel, maar ik weet te veel van haar, zoniet alles. Nee, wat ik van u wilde horen, mijn liefste, was of er enig nieuws bekend is over Berenice.'

Hij houdt mij voor de gek. Mijn liefste. Komt hij uit een streek waar men dit te pas en te onpas zegt, ook aan onbekenden? Het onaards gezicht met de gladde wangen scherp afgesneden tegen het roodpuisterige van zijn keel en nek, bewoog, ging tot bij het betralied raam, keek even naar buiten en boog zich over Raf die trommelde op de tafel, bedekt met keien, gesteenten, boeken, papieren met tabellen en berekeningen, een kaart van de hemel en zijn sterrenbeelden, een paar gehaakte zwarte handschoenen, vier potloodjes met bleke en stuk gekauwde uiteinden.

'Wij denken dat Berenice in Frankrijk, in de vrije zone, verblijft. Wij hebben niets meer van haar gehoord.'

'Of van hem?'

'Of van hem.'

'Een merkwaardige vrouw, Berenice Bossuyt. Toen ik haar kende, ver voor uw tijd, had zij haar gelijke niet in godsvrucht en versterving.'

Raf nam een puntige, vormloze bruine steenbrok op en draaide hem tussen zijn vingers. 'Als ge kunt raden wat dit is, Louis mon ami, dan zijt ge een slimme bol. Dan zoudt ge in aanmerking kunnen komen voor de club van de uitverkorenen.'

'Een steen, een gesteente uit de woestijn.'

Raf riep dat het stront was. Konrad's geslachtloos onaangetast onaantastbaar masker knikte waardoor de hoofddoek achterover schoof en een roze schedel met roestvlekken zichtbaar werd. Konrad had ooit ernstige brandwonden opgelopen. Hij schikte het doek met een nuffig gebaartje.

'Maar Louis heeft ook gelijk. Het was excrement en nu is het steen.'

'Konrad is zot op stront. Hij smeert zijn eigen in met geitestront.'

Louis kon zijn lach niet bedwingen. 'Met keutels?'

'Gemengd met haver, honingazijn, boter en nootolie.'

'Hij zou het ook durven drinken.'

'Met witte wijn. Zeer afdoende tegen geelzucht.'

Het kamertje zat vol met het donker gegons en gesuis van Miezers.

'Konrad heeft een echte diamant. Als hij doodgaat krijg ik hem, het staat geschreven in zijn testament en dat ligt bij notaris Baelens.'

'Wat onze lieve vriend beweegt...' (Al dat lief, lieve, liefste. Was Konrad een jood? Joden zijn ook altijd zo smerig innig met elkaar.) '... is hebzucht. Maar na mijn heengaan zal Raphaël door de diamant veranderen. Want dan zal hij helemaal beveiligd zijn tegen de duivel.'

'En tegen giftige paddestoelen,' zei Raf. 'En tegen slechte mossels.'

'Zijn gebreken zullen zich omkeren in hun tegenovergestelden. Zijn ziekelijke wellust zal zichzelf opheffen.'

'*Gij* moet vooral spreken over ziekelijke wellust.'

'Die geldt jou alleen, amore.'

'Wij hebben een keer in het donker pastoor Mertens gezien die het Heilig Oliesel ging brengen naar de seinwachter. Konrad schrok zich dood, hij verslikte zich en koerste lijk een zotte koe door de velden en pakte gauw het ijzerdraad van een afsluiting vast.'

Door het raam was het dorp te zien, huisjes tegen elkaar als de dominosteentjes in de speelzaal van Haarbeke. Ik moet ook een testament maken, zo snel mogelijk. Zal men dertien grote kaarsen rond mijn kist zetten? Het is een ongeluksgetal.

'Wat is er, engel?'

'Niets,' zei Louis.

'Ge moet niet aan de dood denken. Niet bang zijn. Ik ben niet besmettelijk.'

'Uw lichaam niet in ieder geval,' zei Raf vrolijk.

'Hoe maken de Teutonen het in uw huis?'
'Goed, denk ik.'
'Zij vertonen zich aan de bevolking vanop uw terras. Het is onverstandig van Violet en haar moeder.'
'Daar kunnen zij toch niks aan doen.'
'Zou Violet hen niet aangezet hebben om zich uit te kleden, de zon te aanbidden?'
'Helemaal niet. De vloer van het terras was kapot, het regende er door, het zijn de Duitsers zelf die voorgesteld hebben om het te repareren. Zij hebben het lek met hun branders dichtgekregen, en omdat het die dag snikheet was hebben zij hun kleren uitgedaan om beter te kunnen werken. En de volgende dagen ook.'
'Omdat het zonaanbidders zijn,' zei Konrad scherp door de horizontale spleet. 'Daarom zullen zij door een zwarte zon uitgeroeid worden.'
De Miezers suisden, naderden. 'Waarom?'
'Zij dragen de zon in hun teken, en zondigen als de Azteken.' Het rijmde.


Raf en Louis liepen langs het sashuis waar op de gevel een affiche geplakt was met zigeunergezichten die gezocht werden. Bekka's vader was er niet bij. Gerard, de sasmeester zei: 'Aha, de jongens van het goed leven!'
(Een week geleden had Louis rapen getrokken uit het veldje achter het sashuis. Er was overeengekomen dat hij er twintig mocht trekken, hij trok er vijf extra. Toen hij het sashuis binnenging om de rapen te wassen in de achterkeuken vond hij er niemand. Vanuit de voorkamer, waar niemand ooit kwam, hoorde hij een rasperige mannenstem zeggen: 'Heel Europa is een slachthuis geworden, Gerard, volksverhuizingen regelrecht naar het slachthuis, er kan geen God bestaan, we houden onze ogen op de stroom van het water anders zouden wij heel de voyage bleiren, Gerard.'

De deur kwakte open en Gerard schrok zichtbaar toen hij Louis zag.

'Ha,' deed hij. 'Ha.' Achter hem zat een hologige schipper. 'Ha,' zei Gerard, 'ga maar gauw naar huis. Ik heb bezoek van mijn kozijn.' Kozijn, jaja.)

Raf liep vlak langs het water, langs het turkooizen kroos waaruit gasbelletjes ontsnapten, waaronder de lijken lagen van Mei Veertig, van Veertien-Achttien, van de Spaanse Furie, van de lijfeigenen en laten. Raf molenwiekte, op één been, aapachtig gracieus. Bourrée! Als hij in de Leie valt moet ik er dan achteraan? In die groene smurrie duiken?

Zij liepen naast elkaar boven op de berm. In de verte een aak die nieuws bracht uit Europa.

'Uw vriend met zijn masker en Jules drukken dingen die het daglicht niet mogen zien.'

'Het zou kunnen.'

'Waar halen ze het papier?' (Papa die dagelijks lamenteert over de papierschaarste.)

'Weet ik niet.'

Maar Raf kon het niet laten gewichtig te doen, de kern van hoogstgevaarlijke samenzweringen te zijn. 'Zij krijgen het papier van Geite de koster.'

'En waar haalt Geite papier?'

'Van pastoor Mertens.'

'En hij? Van het bisdom?'

Raf haalde zijn schouders op.

'Waarom vertelt gij mij dat? En uw vriend.' (Ik val liever dood dan dat ik zijn naam uitspreek.) 'Waarom zegt hij aan mij, een onbekende die misschien naar de Gestapo gaat straks, dat de Duitsers uitgeroeid zullen worden?'

Raf trok met duim en middelvinger zijn onderste oogleden ver naar beneden en duwde met de wijsvinger van zijn andere hand de top van zijn neus naar omhoog. Zo zag zijn vriend eruit onder de gladgelakte kunststofhuid.

'Gij zijt geen onbekende, liefste.'

Holst stond wijdbeens bij het hek, achter hem de coniferen, de eeuwenoude eiken, het plat, grijs grasveld doorschoten met onkruid. Hij had een bruin ribfluwelen pak aan en klompen.

'Gij zijt niet in uniform,' zei Raf.

'Ik ben in verlof,' zei Holst.

'Gij moogt uw grasveld wel eens verzorgen.'

'Ik ben er mee bezig,' zei Holst verontschuldigend als tot een officier.

'Ge zoudt een bende konijnen moeten opzetten.'

'Dan kan ik dag en nacht op mijn pelouse blijven zitten. Met dat crapuul in het dorp tegenwoordig. Zij roven de broek van uw gat.'

'Hoe lang hebt ge verlof?'

'Dat gaat u niet aan.'

'Gij krijgt zoveel verlof de laatste tijd.'

'Gaat niemand wat aan. Waarom vraagt ge dat?'

'Het valt op, dat is alles.'

Holst deed het hek achter hen dicht, loerde naar de weiden, de velden waar achter hooioppers Witte Brigademannen en hun communistische volkscommissarissen spiedden, machinegeweren in de aanslag.

Toen ik een Apostel was, leek Holst een reus; hij is hooguit een meter tachtig, ruim tien centimeter boven de vereiste lengte voor de SS, maar voor de muur van het Gesticht leek hij, pakweg, twee meter; deze Holst heeft niets meer te maken met de engel die ik in mijn smal kwalijkriekende bedje in het Gesticht opriep, aanbad, naar wie ik mijn geluidloos gebabbel richtte: Kom mij halen, engel, die de opdracht vervult knecht van mijn tirannieke Peter te zijn, kom mij halen, ik zal op mijn beurt jouw paladijn zijn, verlos me, ik zal je koffer dragen door de *taïga*, de *erg*, de *llano*, alle woestijnen en vlaktes van de kruiswoordraadsels.

In de keuken—wanden met vierkante, witte tegels, donkergroene kasten, koperen kranen, aanrecht vol vaatwerk —hingen twee hammen.

Raf kon er zijn ogen niet van afhouden. Vannacht zou hij hier binnenbreken. Zij dronken bitter cichoreisap. Holst zei onwennig: 'Louis, luister. Luister goed. Ge moet aan uw

Peter zeggen dat ik hem al twee keer geschreven heb, maar dat de brieven misschien niet aangekomen zijn. Zeg hem dat ik weet dat hij het niet gaarne heeft maar dat ik toch bij de Vlaamse Wacht ben gegaan om de redenen die in de brief, de brieven, staan. Maar dat ik ook zeer goed besef dat het niet verstandig is.'

'Ja, want ze beginnen op u te schieten de laatste tijd.'
'Wie zegt dat?'
'Ik heb dat gehoord.'
'Van wie?'
'Van een Vlaamse Wachter op de trein.'
'Zijn naam? Welke eenheid?'
'Oskar noemden ze hem.'
'En hij zegt dat zo maar in het openbaar? D'r zijn daar orders over.'

Naast de grootste keukenkast vol porselein, stonden op een dweil twee ineengezakte, zwarte, bestofte laarzen. Iemand had ze daar een lange tijd geleden neergezet en toen vergeten. Troosteloze relieken.

'Zijt ge nog altijd in de kazerne Coucke en Goethals?' vroeg Raf.

'Dat gaat u niet aan,' zei Holst mechanisch, en haalde een woudgroene fles uit de kast, schudde er aan zodat zwarte takjes en sprietjes en vlokjes begonnen te tollen. Toen ze weer tegen de bodem lagen schonk hij in. Het was bitter en zoet tegelijk en heel sterk.

'Zeg aan uw Peter...'
'Zeg hem dat Holst gewoon een landverrader is, punt uit,' zei Raf.
'...dat ik niet anders kon.'
'Een mens is verantwoordelijk voor wat hij is, Holst, punt uit.'
'Gij hebt geen recht van spreken, gij!' zei Holst.
'Allee, allee, Holst, ge hebt u laten inlijven omdat Madame Laura het u gevraagd heeft, amen en uit.'
'Nooit van zijn leven!'
'Als zij het u niet gevraagd heeft, hebt gij uw eigen wijs-

gemaakt dat zij het zou willen vragen. Of alleen maar zou willen. Gij hebt het in uw kop gestoken dat zij u liever zou zien in een blauw uniform, met een bajonet van vijfendertig millimeter, en die stomme Hollandse helm op, dan als een plompe lompe boer die voor boswachter speelt.'

Holst staarde naar de blauwe vloertegels. 'Gij hebt geen recht van spreken, gij.' Hij schoof de fles naar Raf, die dronk.

'Hebt ge uw grasveld besproeid?' vroeg Raf. 'Nee? Het ziet er nochtans zo uit. Nee, echt niet? Niet met dat goedje tegen de coloradokevers?'

'Er is een Engelse vlieger overgekomen een week of vier geleden,' zei Holst. 'Het zou kunnen dat hij iets gesproeid heeft. 't Schijnt dat ze al de oogsten kapot gaan schroeien met hun vuiligheid.'

In het labyrint van de belle dame sans merci. Achter Holst's massieve rug aan over de niet goed aaneengesloten, brede, gebeitste planken van de gang op de eerste verdieping. Raf fladderde met zijn handen, deed een vleermuis na. De pasgeverfde duiveneiwitte deur. Uit de afgesloten zolder daalde een lucht alsof daar een wintertuin groeide, een jungle tot tegen de pannen.

Haar kamer? De ruimte deed Louis aan de turnzaal van het Atheneum denken waar ooit een demonstratie van vendelzwaaien was gegeven, dezelfde honinggele plankenvloer, de hoge stolpvensters met spanjolet, de beige, vrouwelijke kleur van kale muren en gelakte deuren.

Zonderling verloren stond tegen de schoorsteen een ijzeren veldbedje met een grauw hoofdkussen waarop een satijnen damesschoen lag. Ja, zij sliep gewoonlijk hier, zei Holst. Naast de poten van het bed lagen ineengepropt, door een woedende gigant weggekeild, een blauw uniform, een broodzak, beenlappen, twee verfrommelde zakdoeken. Ook een kleurenfoto in een aluminium lijstje van twee gearmde jonge dames met grote, witte hoeden op.

'Is dat haar zuster?' vroeg Raf. 'Beatrix?'

'Blijf daar af.'

'Zo. Dat is dus Beatrix,' zei Raf en legde het lijstje precies weer op dezelfde plek. 'Beatrix, moet ge weten, Louis, is de maîtresse van Standartenführer Hebbel en verblijft op dit ogenblik in haar appartement te Parijs, vingt-quatre, Rue Saint André des Arts, juist, Holst? En zonder haar lieve zuster Beatrix zou Madame Laura, niettegenstaande al haar connecties, al lang met haar klikken en klakken uit haar huis in de Avenue Louise buitengewipt zijn. Omdat ze het soms te bont maakt, juist, Holst?'

'De tijd zal komen,' zei Holst log, 'dat gij een beetje te veel op de hoogte zijt geweest.'

'Maar ik ben op de hoogte, juist, Holst?' Raf stootte een kinderachtig trots lachje uit. Hij zat op het piepend veldbed, stak zijn hand in het groen satijnen damesschoentje, bewoog de door een hond kapotgekauwde punt.

'Zij maakt het niet te bont. Het is alleen maar dat ze ongelukkig is. Dan doet een mens rare dingen.'

'Daar zegt ge een waar woord, Holst.'

'Zij is te goedgelovig.'

'Zoals wij allemaal, Holst, wij allemaal.'

'Zij was gelukkig, de zaken gingen goed, haar meisjes werkten vlijtig, geen miserie, de cliënten betaalden op tijd en stond, de champagne stroomde, Moritz kwam elke dag in zijn Mercedes, en dan in één keer... ach jongens, de oorlog, de oorlog.'

'Waar zit hij nu, Moritz?'

'In de soldatenhemel.'

'Ik heb daar niks van gehoord.'

'Hij ligt begraven in zijn eigen tuin. In een stadje van 't Zwarte Woud. Speciale toestemming van de Führer. Hij is Hauptsturmführer benoemd na zijn dood. Want ook een tram in Luik wordt beschouwd als slagveld. Zijn ordonnans is bevorderd na zijn dood. Zij heeft het voelen aankomen, de laatste week dat wij in Luik waren wilde zij niet dat Moritz het huis uitging 's avonds. Ik zie haar nog staan, zij hield hem vast aan zijn knoop, maar hij luisterde niet, natuurlijk niet, hij was nog maar pas terug uit Bjelgorod met twee gaten in zijn kuit. En die dag liep ze over en weer, zij dronk het ene glas champagne na het andere. "Ik weet niet wat ik heb, het jeukt en tintelt. Zou het van de zenuwen zijn? Ik heb niet de minste reden. Zou Moritz een ander lief hebben? Hoe ver is het van Luik naar Brussel, met dit weer?" De bel ging en ze wordt wit als de dood. "Doe niet open," zegt zij, "alstublieft. Nee, zeg dat ik niet thuis ben. Nee, ik ga toch", en de Standortarzt stond daar en vertelde het, van Moritz en zijn ordonnans, dat zij naar een Obstfest gingen en dat de Witte Brigade moet geweten hebben dat de Mercedes in de garage was blijven staan en dat hij van de Ministerialrat de tram zou nemen. "Dat weet ik," zei zij, wit als de dood, "hij neemt dikwijls de tram, want hij staat gaarne tussen Belgische mensen, hij vindt Belgische mensen pittoresk, en waar is hij nu, waarom is hij niet meegekomen?" "Ge hebt mij niet verstaan, Frau Laura, de tram is ontploft, vier Luikenaars en de tramconducteur zijn ook dood, samen met Moritz en Ruwein, zijn ordonnans." Dan is zij beginnen roepen, haar gebit viel uit haar mond en zij kreeg haar mond niet meer toe, zij kon niet anders dan roepen, tot de Standortarzt haar een spuitje heeft gegeven. Twee dagen later stond het meisje van de droogkuis met Moritz's uitgaansuniform aan de deur. Gelukkig heb ik het kunnen wegsteken zonder dat ze het zag. En omdat zijn vrouw in het Zwarte Woud de opdracht gegeven had, zijn zij alles komen opeisen wat hij bij Madame Laura had laten liggen, zijn juwelen, kleren, koffers, sigarenkistjes, boeken, en in haar verdwazing heeft ze alles laten wegslepen tot zijn ondergoed en sokken toe en het enigste wat zij nog van hem heeft is dat daar.'

'Waar?'

Raf trok de buikige kleerkast open. Een feldgrau-uniform hing, smetteloos en strak gestreken als een voorname elegante vogelverschrikker in de kast. Omdat de kepie met de drie tressen onder de blaadjes zilveren eikeloof er boven op hing en tegen de randen van de broek twee volmaakt gepoetste zwarte molières stonden, leek het alsof de man in het pak door een alles verpoederende, door de Engelsen binnenskamers verspreide geheime straal die textiel héél liet, was verzengd, opgelost. Een wit hemd met lange boordpunten, een zwarte das strak geknoopt, het eikeloof met de drie strepen op de jaskraag, het ridderkruis, de sportmedaille, een hakenkruis in een porseleinen knopje, alles bevestigde de man Moritz terwijl hij afwezig was. Raf gaf een kwiek duwtje tegen de kleren, die wiebelden, de koppelriem met de adelaar viel op de holle houten kastbodem.

Holst greep Raf bij de keel. 'Gij hebt geen respect, gij!' Raf maakte zich met een dansende beweging los.

'Kalmeer u, Holst.'

Holst kreeg vochtige ogen, zijn ogen zweetten. 'Ja. Ge hebt gelijk. En toch... Ik kan nooit goed doen bij u, of bij Konrad. Altijd houdt ge mij voor de zot, gij tweeën.'

'Omdat ge zot zijt,' riep Raf. 'Zot van die teef van een Madame Laura!' en ging de kamer uit. Louis volgde, toen Holst ook.

In de keuken zei Raf na een slok van de woudgroene fles dat Holst meer onder de mensen moest komen, dat hier in zijn eentje kniezen om Madame Laura onwaardig was voor een man.

'Ik ga af en toe naar de 'Picardy'.'

'Dat zijn geen mensen' zei Raf. 'En daarbij, vogelen, wat hebt ge daar nu aan?' Louis keek op. Was vogelen niet waar de meeste mensen mee bezig waren, geacht werden dag en nacht in hun gedachten mee bezig te zijn, kwam daar het grote verdriet niet van, en af en toe wat contentement?

'Gij misschien niet,' zei Holst.

'Nee, ik niet,' zei Raf.

'Alleman kan niet zijn plezier vinden in dansen,' zei Holst.

Raf was stil toen ze terugliepen. Toen zij in zicht van Meerke's huis kwamen zei hij: 'Gij hebt nu zelf gezien wat vrouwen u kunnen aandoen. Hij zei nu wel dat Madame Laura stond te schreeuwen, ik geloof daar niks van. Madame Laura huilt niet. Nooit. Al slaat ge haar met een paardezweep.'

Zij hoorden Hector de kalkoen. Raf zei, en Louis hoorde iets van het lijzige pedante van Konrad's stem: 'Als ge vogelt, Louis, en ge zijt uitgeput en ge kunt niet meer, dan moet ge zolang naar Hector kijken tot hij drie keer zijn nek heeft doen opzwellen, en ge geraakt weer op gang.'

De springerige snoeshaan vóór hem was behoorlijk zwakzinnig, toch was Louis trots dat hij bij de vogelende mensheid werd gerekend.

'Ik zal er op peinzen, als 't zover is,' zei hij.

Raf haalde uit zijn binnenzak een boekje met een blauwlederen omslag en gouden letters. 'Hier, dat is voor u.' De titel was *De lelijke Hertogin*, de schrijver, onbekend in 't regiment, heette Lion Feuchtwanger. 'Een cadeautje van uwe kameraad Raf die gij niet gaarne wilt zien maar die u dat niet kwalijk neemt.'

Hij had het uit de keuken gestolen. 'Holst leest dat toch niet, dit soort boeken.'

'Merci.'

Raf's beige hand hield de zijne vast. 'Ik moet nu naar boer Liekens. Een kwartiertje *le grand écart*. Schrijf me eens een kaartje.' En daar ging Louis' gids naar gemaskerde, verschroeide tovenaars, naar vrouwen met wijde witte hoeden. Hij wou Raf achterna hollen, 'Ga nog niet weg', maar de duivel van de koude hoogmoed (zoals hij die nacht in zijn schrift opschreef) belette het hem; Louis Seynaeve vraagt niets, aan niemand.

Die avond trachtte hij, Raf's nonchalante wijfachtig grillige ondervragingstechniek indachtig, meer te weten te komen over Madame Laura van Meerke, Tante Violet en Jeanne Renesse, een opgeruimde buurvrouw die aan aderverkalking leed en daarom doorlopend knoflook at, terwijl zij aan het whisten waren. Zij waren te zeer door hun spel opgeslorpt om uitvoerig te roddelen maar hij vernam toch dat Madame Laura een slecht huis beheerde in de Louisalaan te Brussel waar de chiek, chiqué, de chi-chi van 't heel land zijn centen achterliet, Duitse officieren zowel als zwarte handelaren of Anglofiele industriëlen, dat ze miljo-

naire was, dat ze Holst haar knecht of boswachter verslaafd
had aan haar vuile manieren.

'Een ding is zeker,' zei de jolige Jeanne Renesse, 'zij is
ouder dan we kunnen peinzen.'

'Zij verzorgt haar eigen natuurlijk,' zei Meerke.

Tante Violet, groenig gezwollen in het petroleumlicht,
zei: 'Zij wrijft alle dagen haar gezicht in met zalf voor aambeien, dan trekt dat vel samen.' Zo hadden zij 't waarschijnlijk ook over Mama, als Louis er niet bij was. Mama, die net
als Madame Laura verlaten was door een Duitse krijger, die
ook met bevroren kaaksbenen haar wanhoop uitriep, als
niemand het zag.

'Ik heb horen zeggen dat ze valse tanden heeft,' zei hij.

'Dat zou me niet verwonderen,' zei Meerke.

'Zij is vals van kop tot teen,' zei Tante Violet.

Alhoewel het levensgevaarlijk was, omdat er geen gordijnen in het voutkamertje hingen, stak hij een Kerstboomkaarsje aan en las over de lelijke hertogin. Bij elk naamwoord gebruikte Feuchtwanger meerdere bijvoeglijke
naamwoorden, toen smolten de letters en na een uiterst
korte heftige zonde zakte hij in slaap terwijl Madame Laura's onduidelijke gezicht naar hem keek vanonder haar
witte zomerhoed, zij sperde haar mond van louter liefde,
Louis murmelde: 'Wacht maar, slecht vrouwmens, wacht
maar.'—'Kom maar,' zei zij en werd rood als Hector de
kalkoen zijn lellen. Over haar schouders, zonder dat zij het
merkte, daalden sneeuwvlokken van feldgrau, versnipperde
flardjes uniform, terwijl een trambel weerklonk, het was de
bel van het altaar, toen ik met Vlieghe te communie ging.

'Wij zouden naar de cinema kunnen gaan, maar er is niks,'
zei Papa. '*Reitet für Deutschland*, met Willy Birgel, 't is voorzeker interessant, over een man die paard rijdt voor de glorie van zijn land, ge leert er mee dat ge u in alle takken kunt
dienstig maken, maar mijn hoofd staat niet naar paarden. In

de 'Vooruit' geven ze *Janssens en Peeters*, het is in 't Antwerps. daar gaan we geen woord van verstaan.'

'In de 'Cameo' geven ze...,' begon Louis.

'Louis, alstublieft!'

*'Etoile d'Amour.'*

'Precies, een Franse vaudeville. De Fransen kunnen geen film maken of 't is van l'amour toujours en vrouwen in hun lingerie.

Dat de Vlamingen van Walle dat toelaten in hun eigen stad, het is een schande. Voor de oorlog gingen we allemaal solidair inktpotten naar het scherm smijten bij decadente films, dat waren serieuzere tijden.'

Louis besloot een dezer dagen naar een namiddagvertoning van de 'Cameo' te gaan. Als het maar decadent was. Zoals de decadentie van de joden en de plutocraten die in Amerika geld ophaalden voor de oorlogsinspanning op feestjes waar zij kromneuzig vet sigarenrokend handen vol dollars gooiden naar een danseres met een Amerikaans vlaggetje, de grootte van een postzegel, op de trillerige, geëlektriseerde onderbuik, naar de onbeschaamde woelige deinende klauwende vrouwen die in de modder worstelden of in een bak zilveren visjes, elke rimpel, plooi, gleuf welig uitgerekt, vergroot, of naar een rij danseressen met zwarte kousen en jarretelles die de melkige brede dijen doorsneden, en al dat schaamteloos vee vermenigvuldigde zich, spreidde de knieën op saxofoonmuziek die tampte, tampte als het bloed in zijn slapen en in de stekel die onverdraaglijk langs zijn onderbroek gleed.

'Of *Der Schimmelreiter*,' zei Papa. 'Het zegt mij niet zoveel, over de klassieke tijd in het jaar Achttienhonderd en zoveel. Het zou iets voor uw Peter zijn, die is voor klassiek, maar ik neem hem niet meer mee naar de cinema, hij zit de hele tijd te zagen en te vragen omdat hij het niet kan volgen. Hij verstaat de simpelste dingen niet in de cinema. Als er een vrouw op komt, kan hij nooit onthouden of het de vrouw, de dochter of de moeder is. En: "Waarom schreit ze zo?" vraagt hij. "Twee minuten geleden zat zij nog te lachen!"

Maar vele grote geesten hebben dat. Eens dat ze buiten hun specialiteit treden zijn het grote kinderen. Zij zoeken overal iets achter. Honderden complicaties bij iets waar wij niet de minste moeite mee hebben. Nee, ik geloof dat ik maar naar de vergadering in café 'Groeninghe' ga, en gij, gij zoudt beter uw Latijn leren of uw wiskunde.'

In de 'Cameo' stond die avond Ginette Leclerc, een kindvrouwtje met een pony tot vlak boven haar wenkbrauwen, minutenlang in haar ondergoed met zwarte kousen, een arbeider met een rattekop troostte haar terwijl hij haar heup streelde in de met zwarte veertjes gezoomde onderjurk, Louis streelde mee en toen over zijn eigen kleren. Bij een eindeloze achtervolging van gangsters door de politie in de Parijse metro, terwijl schrille Franse stemmen weerkaatsten tegen de oneindige wanden van witglanzende steentjes, keek hij van zijn eerste rij balkon naar beneden en zag duidelijk, alhoewel vager dan het grimmig hel wit en zwart op het filmdoek, de blozende kalende kruin van zijn vader die roerloos zat, met zijn hoed op zijn knieën, alleen zijn hand bewoog die mechanisch toffees uit een zakje naar zijn onzichtbare mond bracht.

Vlak voor het eind, dat toch alleen maar de hereniging van de twee Franse sukkels zou blijven uitmelken, rende Louis naar huis.

'Hoe was het?' vroeg hij aan zijn vader.
'Wat?'
'In de vergadering?'
'O, weeral die zelfde ruzies tussen het VNV en DEVLag. Hoe kan daar ooit nog eenheid van komen? Iedereen verdedigt zijn eigen belang, recht tegenover elkaar. Dat is de miserie in Vlaanderen, wij zitten met de erfenis van al die jaren democratisch gekonkelefoes.'

Er was ongemene drukte op de speelplaats, de Kei gesticuleerde tussen andere leraren en Louis dacht: 'Het is zover, de Kei heeft een grens overschreden, hij is zot geworden, het was te voorzien', maar het bleek de aanhouding te zijn van twee jongens uit de Rhetorica. Zij liepen met het hoofd voorovergebogen, beiden kauwden op kauwgom. Vier mannen met hoeden (één vertrouwde deukhoed), hielden hen vast bij de armen. Zij gingen langs de babbelende leerlingen, naar het hek.

'Ceusters is van joodsen bloede, zeggen zij.'

'Ze hadden een radiozender in hun bank.'

'Of zij moeten naar Duitsland gaan werken. Ik heb het altijd gedacht, dat de Coene er ouder uitzag.'

'Zij gaan er alles van weten. De Gestapo klopt er niet nevens.'

'De held willen uithangen, dat mag, maar als ge er voor moet boeten, dan moet ge niet bleiren.'

'Zij hebben krijt in hun zakken gevonden, het wordt onderzocht of het hetzelfde krijt is waarmee er hamers en sikkels op de muren getekend zijn.'

'Als ze er maar méér pakken, dan moeten ze 't College sluiten, hoera!'

'En ons diploma dan, stom kieken?'

Theo van Paemel hield de deur van de auto open, de jongens werden er in geduwd. Van Paemel schoof naast de chauffeur.

De Kei was asgrauw. Schuld woog op de smalle, afhangende schouders, holde zijn gezicht uit.

'Eerwaarde.'

'Spreek niet tegen mij,' snauwde de priester. 'Ga weg.'

Er werden vitaminen met een citroensmaakje uitgedeeld. Louis zoog ze allemaal achter mekaar op, honger bleef knagen.

Door zijn vermoeidheid braken in de godsdienstles nooit eerder vernomen dialectklanken en uitdrukkingen door in de Kei's betoog. Het klonk vaag Oostends en hij, de zieleherder, werd een Visser, niet van zielen zoals ik als Apostel Petrus, maar van wijting, gebakken haring, sprot, rog in het zuur. Louis kwijlde.

'Als ge de kerk gaarne ziet, dan moet ge afzien, dat staat erbij geschreven. Afzien, niet alleen voor haar, om harentwege, maar ook *door* haar.'

'Smijt dan uw kap over de haag,' murmelde Bernardeau, naast Louis.

De Kei, soeur Caillou, in een fladderende kap geperst met uilebril en al, rende als een langgerekte vleermuis in zijn jurk naar een doornenhaag, daar rukte hij de kap af; met zijn vertrouwde kale kop bevrijd, gooide hij het zwarte lakentje over de haag.

'Ik ben vóór alles priester. Hoe ik daarvoor uitgekozen ben, is het raadsel van de genade. Zoals sommige seculaire roepingen is dit niet te beredeneren. Jongens, sommige seculaire roepingen manifesteren zich onder u, bij jongens die mannen zijn geworden in één dag van vierentwintig uren, een dag als vandaag, en die daarvoor moeten boeten. Bedenk, bedenk dat God, in zijn geheime wegen, soms diegenen die hem het dierbaarst zijn om hun onverschrokken begeerte naar recht en waarheid overlevert aan...

(Zeg het, durf het, brul het!)

...de donkere machten.'

(Lafaard! Namen! Instanties!)

De Kei had op de speelplaats toen de jongens weggeleid waren een zegenend kruisje naar hen gericht. Louis had niet kunnen zien hoe de jongens reageerden, of zij het sein van een Geallieerde code hadden opgevangen, want op dat ogenblik dook hij achter de rug van de scheikundeleraar omdat hij vreesde dat de alziende Theo van Paemel met zijn deukhoed hem zou ontdekken.

'Zodat wij, jongens, meer dan ooit vandaag onze neus moeten dichtknijpen, niet alleen voor onze eigen *acidia* en inertie, maar ook om onze doden te begraven en dat zijn de doden in het hart van Europa.' (Zoiets zei de hologige schipper in de voorkamer van het sashuis.)

Zoals de in Walle neergesmakte engel Holst er nu weer uitzag! Het was overdreven, pijnlijk, aandoenlijk. Zoals de kruisvaarders van de Dame van hun gedachten en gedichten een, meestal groen, sjaaltje meekregen dat zij nooit wasten in de jaren dat zij de Turken trachtten te verdrijven uit het Heilig Land, zo had Holst een rozig ski-truitje van Madame Laura aangetrokken dat zij hem waarschijnlijk meegegeven had voor de droogkuis. Onder de blauwe broek van zijn Vlaamse Wacht-uniform staken platte wielrennersschoenen die veel te klein moesten zijn.

Hij ging zitten bij de dode kachel, met een pakje op de schoot. Louis zei dat zijn ouders niet thuis waren.

'Ik heb de tijd. Doe maar schoon voort met uw huiswerk.'

Hij las wat in *Volk en Staat*, gooide de krant op de kachel en keek voor zich uit.

Zij speelden manille. Louis verloor zes frank.

'Gij kreegt aldoor slechte kaarten,' zei Holst grootmoedig. 'O ja, die laatste keer dat gij bij mij waart, hebt gij dan niet per ongeluk een historisch boek meegenomen over een hertogin?'

Meteen begon Louis heftig te blozen. Holst merkte het. 'O, ge moogt het houden, ik heb het niet nodig. Het is alleen dat ik u wil zeggen dat, zou er iemand naar vragen, ge nooit van zijn leven moogt vertellen dat ge het van mij gekregen hebt.'

'Natuurlijk niet.'

'Want ik kan verschrikkelijk tegen de lamp vliegen.'

'Ik zeg niks.'

'Hebt ge hem al uit?'

'Nog niet. Bijna.'

'Weet ge wat ge moet doen? Schrijf er uw naam in, vooraan. En als ze iets vragen, zeg dat ge dat boek op straat gevonden hebt in een vuilbak.'

Hij toonde de vóórpagina van *Volk en Staat*. 'Bezie dat toch, bezie dat.' Een onmogelijk slanke Ariër in een zwart uniform ranselde paniekerige dikneuzige dwergjes uiteen, de jodensterren zwermden als vlinders in het rond.

'Het is slecht,' zei Holst.
'Ja. En onnozel. Flauw.'
'Zeer slecht getekend,' zei Holst, 'de epauletten staan verkeerd en ge ziet niet eens wat voor een rang die kameraad heeft.'

Hij gaf het pakje aan Louis. 'Dit is voor uw moeder. Vergeet niet erbij te zeggen dat het van Madame Laura is met al haar complimenten.'

'Dank u.'
'Vond ge hem spannend, die historische roman?'
'Zeer. Het is zeer goed geschreven.'
'Wilt ge er nog een paar?'
'Ja. Ja. O, ja. Van Feuchtwanger?'
'En van anderen. Ik weet er misschien nog te vinden. Aan een zacht prijsje. Maar ge moogt er aan niemand, niemand over reppen. Het kan mij mijn kop kosten.'

Hij trok een lodenjas aan. Toch nog een relikwie van de ontplofte Moritz?

Het pakje bevatte een lange sliert worst van varkensgehakt. Louis las in *Volk en Staat* over het Waals Legioen dat uit de omsingeling van Tsjerkassy gebroken was, het scheelde niet veel of het werd een tweede Stalingrad. Ondertussen at hij van de worst. Papa noch Mama verscheen, hij dronk het ene glas water na het andere. Toen had hij de halve worst opgegeten en leek het cadeau van Madame Laura ineens zo armetierig dat hij ook de laatste helft van de weeïge massa naar binnen schrokte. Hij gooide het pakpapier achter Papa's snijmachine.

Mama vroeg niets over Papa, over zijn school, over zijn huiswerk. Zij zat op de rieten zitting die ineengedeukt was door het betonnen gewicht van Holst maar zij merkte dat niet, zij keek star naar de stoel náást Louis waar zijn broertje zat dat met hem meegegroeid was al die jaren, een nooit huilend, nooit jammerend (ook niet onhoorbaar) nooit etend (geen worst of klef brood) rein en aanhalig kind.

Ceusters noch de Coene verscheen weer op school, de jongens die in één dag mannen geworden waren. Als Ceusters inderdaad gedeeltelijk joods was, waarom had niemand dat eerder opgemerkt?

Hoe kon je 't herkennen? Louis kon vrij gauw raden uit welke streek iemand kwam, en dat niet alleen aan zijn gewesttaal. Die van Aalst bijvoorbeeld zijn schampere, wantrouwige, gelaten zwartkijkers, die van Oostende zijn wereldwijs en noemen je meteen hun vriend terwijl zij je zakken leeghalen, want ze hebben van kindsaf aan geleerd toeristen uit te zuigen, maar je kunt er niet kwaad op worden omdat ze altijd vrolijk zijn, die van Deinze zijn log en hartelijk en lachen het hardst om hun eigen moppen, en die van bij ons, van Walle, zijn koket en doortastend en nerveus omdat wij zo dicht bij Frankrijk wonen, en die van—Monotoon begon de Onze Lieve Vrouweklok te kleppen, het waaide, soms verzwakte de klok. Tante Mona bakte aardappelen. Niet nadat ze gekookt waren, melige bijna aangebrande korstjes, maar rauw, vanwege de vitaminen.

'Die klok werkt op mijn zenuwen, Louis, ik word er horendol van. Hij zit goed onder de aarde, die gast, als ze zolang luiden.'

Cecile dekte de tafel. 'Het is alleszins geen werkmens voor wie ze zo lang luiden.'

'Louis blijf van die patatten af,' riep Tante Mona. 'Ge kunt toch wachten tot ze deftig op uw telloor liggen.'

De overblijvenden uit de groep vrijschutters waarvan Ceusters en de Coene gearresteerd waren, klommen om hen te wreken in de toren van de Onze Lieve Vrouwekerk, eerst had een van hen de koster een aniline-potlood gegeven gedrenkt in een Amerikaans vergift, eerst hadden ze gespioneerd en gezien dat de koster gewoonlijk een potlood in de mond stak.

De klok speelde een lamento voor hun vrienden, helden die nu in de gevangenis zaten wegens *Feindbegünstigung*. Louis stak een prop met benzine onder een bedaard voorbijrijdende Mark III-tank en stak hem in brand. Duits doodsgeschreeuw om Mutti weerklonk in de straat waar Peter (in de nis van de Bank tegenover de apotheek) verbijsterd naar de vlammen stond te gapen.

Maar later op de avond zei Mama dat de eredienst gehouden werd voor Odiel, de kleinschedelige vriend van Vuile Sef, die gesneuveld was tijdens de landing van de Geallieerden in Salerno om de verraderlijke Macaroni's te beschermen, die ondertussen tot hun eeuwige vervloeking de oorlog aan Duitsland hadden verklaard. Er zijn geen vrienden, geen bondgenoten in deze zo prille en toch zo verdorven wereld, schreef Louis in zijn schrift. En verving toen 'prille' door 'wonderbaarlijke'.


Papa en Louis zaten in een trein vol schreeuwerige geüniformeerden. Papa had Louis op het laatste ogenblik nog bevolen zijn witte kousen uit te trekken want er kon miserie van komen, Brussel zou vandaag helemaal in de handen van de Vlamingen zijn en witte kousen dragen zoals de Anglofielen was op zo'n dag een provocatie. 'Maar het zijn tenniskousen!' 'Het is gelijk,' snauwde Papa alsof hij wist dat ze van de verjaagde Lausengier afkomstig waren. 'Wees er niet te wild mee, met die kousen,' had Mama gefluisterd.

'Ah, wat zou ik willen dat er een van die Brusselse kiekefretters een tricolore drapeau uitstak, ge zoudt wat zien, onze mannen zullen niet in toom te houden zijn. Eén medaille met een Belgisch lint en ze branden Brussel plat met Palais de Justice en al. Zij gaan onze macht voelen!'

'Onze macht? Gij behoort bij geen macht.'

'Een mens moet geen lid zijn van een groepering om zich Vlaams te voelen. Kunt ge niet eens wat breder denken? Als ge van plan zijt om mij heel de tijd tegen te spreken, stapt ge maar af in Brussel-Zuid. Ge kunt alleen uw weg naar huis vinden. Hebt ge uw paspoort bij?'

'Mijn eenzelvigheidskaart. Paspoort dat is voor 't buitenland.'

Papa zei geen woord meer. De jongelui in korte broek die met opgerolde vlaggen en wimpels voorbijkwamen in de coupé wekten zijn verdriet over mij die uit hun rangen verstoten was, over mij, enige zoon en eenling, binnenvetter, voorbestemd om te verwelken zonder het geestdriftig vuur van het leven alomme dat alleen kan bestaan als het saamhorig is.

In de optocht die van de Kleine Zavel te Brussel vertrok, mochten Louis en zijn vader ver achteraan, ver verwijderd van de trommels en fluiten en geüniformeerden, achter dichte rijen heren in zondagskleren meestappen. De burgers die hen omringden irriteerden Papa, het leek wel een verzameling parlementariërs, gromde hij en zijn met metaal versterkte hakken ketsten tegen de keien. Hij kende de tekst van de liederen niet, zijn heftig 'lalala' werd opgenomen in het algemeen gekeel.

Een uur later was Papa moe en door de zon verbrand, hij schoof zijn zakdoek met vier knoopjes aan de uiteinden over zijn schedel. Zoals het zijdepapier dat je over een sinaasappel schuift, als de sinaasappel rolt loopt er een witgebleekte krab zonder poten in de kamer.

'Iedereen kijkt naar u, Papa.'

'Moet ik mij levend laten verbranden?'

'Straks denkt een Zwarte Brigade-man dat ge 't doet om te spotten, en trekt hij het van uw hoofd.'

Meteen borg Papa de zakdoek op. Hij ging op de stoep staan tussen de Brusselaars en bracht de Olympische groet. De laatste rijen waren uitgedund en sjokten als achter een kist.

Toen bleek dat Papa zijn bonnen vergeten had. Met die van Louis konden ze nog net twee grote sandwiches met jam krijgen. 'Ziet ge hoever wij al verengelst zijn, sand-wietjes.' Maar zijn ergernis was kunstmatig opgefokt, hij was te moe.

'Ik sterf van de honger,' zei Louis.

'De mens eet veel te veel. Nog nooit zijn de Belgen zo gezond van lijf en leden geweest als nu, nu zij de riem moeten toetrekken. Er zijn volkeren die alleen maar klei eten en dat nog smakelijk vinden ook. Alhoewel... wij zouden naar de Beestenmarkt kunnen gaan, waar ze paardebloedworst verkopen zonder zegels. Maar waar is de Beestenmarkt?'

'Wij kunnen het vragen.'

'Aan die Brusselse kiekefretters zeker!'

In een parkje met honderden verschillende bloemen en kruiden, waar de dode éénogige Maurice de Potter zich vooroverboog om de akkermunt te vinden of de muurleeuwebek of het wildemanskruid, zaten zij op een bankje. Louis loerde of hij zijn vader kon betrappen op het ogenblik dat hij heimelijk at van de reep chocola met noten in zijn zak. De schaarse Brusselaars die langs kwamen spraken Frans.

'Het wordt tijd dat Brussel eens grondig gekuist wordt. Brussel is van in de Middeleeuwen van ons, Vlamingen, geweest. Van in de tijd van de hertogen Jan de Eerste en de Tweede en de rest.'

'De hertogen spraken Frans, Papa.'

'Wie zegt dat? Is dat wat ze u leren in 't College? En ik heb het deze week nog gelezen! Over de slag van Woeringen en over Jan de Eerste die van zijn paard viel tijdens een toernooi. Gij kent uw geschiedenis niet, gij! Geen sprake van dat zij Frans spraken. En Jan de Tweede die de lakenhal van Leuven heeft laten bouwen. Hij gaf zijn instructies aan zijn werkvolk in het Frans zeker?'

'Jan de Tweede sprak Engels.'

'Dat is helemaal het toppunt. Gij gaat mij uit mijn vel doen springen.'

'Hij was in Engeland opgegroeid. Zijn schoonvader was de koning van Engeland.'

'Ik spreek niet meer tegen u,' zei Papa, en zei:

'Wij zouden een van die duiven daar de kop kunnen omwringen en met die droge takjes een vuurtje maken, lijk in die goeie tijd dat ik met Cosijns op stap was in Frankrijk.'

De vogels van de Heilige Geest met olijftak in hun bek zaten boven op het dak en in de goot van het Hotel d'Angleterre.

'Wat let ons? Kom op. Wij doen alsof wij in 't hotel logeren, wij nemen de ascenseur, wij kruipen op het dak...'

'Ik moet er niet aan peinzen. Sedert dat ik de rotsen bij de Grotten van Han heb moeten beklimmen van uw moeder in 't jaar Zesendertig... Daarbij, die duiven zijn al zoveel keer vergiftigd geworden door de Brusselaars die ze willen opeten, dat ze immuun geworden zijn. Boordevol arseniek. Zelfs al hebben ze een hele avond in de pan gesudderd, dan nog, één hap en ge zijt eraan, onder de builen en de zweren...'

Zwarte Brigade-mannen fietsten zingend voorbij. Het begon te schemeren, een roze gloed in de hemel veranderde het silhouet van de Basiliek in een diepblauwe moskee. Papa schoot wakker, waaide met zijn hoed zijn zwetend gezicht droog.

'Kom. Kam uw haar. Het is tijd. En denk eraan, wát we nu ook tegenkomen, geen gebenedijd woord erover, aan niemand, of er gebeuren calamiteiten.'

Naarmate Papa de Louisalaan naderde, drentelde hij schichtiger, schoot hij zenuwachtiger tussen de fietsers en de boordevolle trams.

'Kijk voor u, recht voor u,' siste Papa toen ze langs een patriciërshuis kwamen waar Duitse legervrachtwagens en een gepantserde half-rupswagen voor stonden. Terwijl Papa dat gebouw in de gaten bleef houden, liepen zij tot het volgende kruispunt en toen zette Papa het ineens op een lopen, een zijstraat in, terwijl hij zijn hoed vasthield. Voor een smal deurtje bleef hij hijgend staan, schikte Louis' das, monsterde hem. 'Van nu af aan zijt gij van den Swigende Eede.'

Een Zwarte Brigade-man deed het deurtje open en keek op zijn horloge.

'Gij zijt te vroeg.'

'Holst heeft gezegd om acht uur,' loog Papa.

'Holst kan zoveel zeggen. Ik ben van dienst.'

'Wij worden verwacht om acht uur, meneer.'

'Meneer?'

'Kameraad, wil ik zeggen.'

Zij werden in het appartement binnengeleid door een sproetige, smalle Brusselaar die zei dat Madame zo meteen zou komen en dat ze niet mochten roken. Toch stonden er twee asbakken in de vorm van melkglazen eendjes vol peuken en filtersigaretten. Het hoofd van een blinde Egyptische godin in brons. Een kastje dat een wolkenkrabber voorstelde, de deuren waren etages met ramen in pastelkleuren. Een kamerscherm waarop gazellen en flamingo's samen van de gouden golven van een meer dronken. Een spiegel met kristallen vogelveren. Een sprei van vossepels op een abrikooskleurige divan. Papa keurde een doosje met bloemen in email.

'Dat is minstens honderd jaar oud. Of meer. Uit de tijd van Napoleon.'

Madame Laura stond in de kamer en nam het doosje uit Papa's hand.

'Van zeventienhonderd vierenveertig, Louis Quinze,' zei zij met een glimlach van een bronzen Egyptische godin.

'Ik dacht Louis Quatorze,' zei Papa.

'Nee. Louis Quatorze hield niet van tabak. Niemand mocht snuiven in zijn omgeving. Hij zelf at de hele tijd pastilles voor zijn slechte adem.'

'Ik heb daar ook over gehoord,' zei Papa.

Zij droeg een peignoir met zwarte en gouden motieven die bij de meubels pasten, gestileerde zwaluwen en chrysanten. Uit de wijde, ongelijk gesneden mouwen staken volle blanke armen zonder één juweel. Ik moet Mama vertellen over haar kapsel, naar één kant gekamd met een golf die de helft van haar oog bedekt. Het vel van haar brede wangen is strak gespannen. Aambeizalf. Zij bekijkt Papa niet.

'Ik heb van alles over u gehoord.'

'Van Holst?' vroeg Louis.

'Hij zegt dat ge niet alleen boeken leest maar ook alles onthoudt.' Omdat hij opnieuw uitgelachen werd, omdat hij weer scharlakenrood werd, omdat hij die bedekt spottende voorpostgevechten-prietpraat wou doven, liet hij zijn onderlip hangen, keek hij wat scheel en lispelde: 'Het liefst lees ik over Ukkie en Wappie. Of over Fik en Fok. Maar het liefst over Ukkie en Wappie.'

Papa wist niet wat hem overkwam. Hij had een dorpsidioot meegebracht in deze chique Brusselse woning, hij kuchte verwoed.

Madame Laura kneep haar wolkgrijze ogen tot spleetjes alsof er tabakwalmen in drongen. 'Zo, Ukkie en Wappie. En wat doen Ukkie en Wappie?'

'Kattekwaad. Zoals alle indianenjongens. En elke keer als Wappie schrikt roept hij: "Grote boontjes!"'

'Ge zijt hier heel goed geïnstalleerd, Madame Laura,' zei Papa heftig.

'Grote boontjes,' herhaalde de vrouw die Raf en Holst en Nonkel Armand en Moritz-van-de-versplinterde-tram wild maakte. Zij lachte, overrompelend, en aanstekelijk, 'Grote boontjes,' riep zij en Tante Violet haatte haar en Louis wou dat de wijde, volle lippen zijn hete wang raakten.

De smalle Brusselse jongen die een Waals legionair in burger kon zijn, schonk port in vierkante, fonkelende glaasjes. Papa frummelde aan zijn manchetknopen. 'Misschien dat wij over onze affaires zouden kunnen beginnen, Madame Laura. En mijn vraag die met de deur in huis valt is: wat moeten die boeken per stuk kosten? Ik moet ze natuurlijk eerst onderzoeken om ze te kunnen schatten...'

'Ik doe geen affaires, Mijnheer.'

'Ah, ik dacht, ben ik mis? ik meende...'

Louis liet zijn mongoloïde-masker varen. Zij merkte het. Hij merkte de tip van haar tong.

'Ik doe het uitsluitend, en ik weet wat voor risico's ik neem, om uw zoon een plezier te doen. Holst maakte me attent op de leeshonger van... eh... Louis. Ik acht het mijn plicht om hem iets anders te laten lezen dan wat er aan de jeugd opgedrongen wordt, de dorpsverhalen van de Fee van Lier, van de Stijn van Ingooigem...'

'Van de Cyriel van Alveringem,' riep Louis driest.

'Die ken ik niet.' Koket sloeg zij een been over het andere.

'Cyriel Verschaeve,' zei Papa gedempt.
'Waar men geen kleinheid kan ontwaren, maar zij alleen nog blijven leven, de meeuwen...,' declameerde Louis.
'Louis! Het is nu al welletjes,' riep Papa.
'Nog een portootje, Mijnheer Seynaeve?' Plots brak in haar gesluierde stem de rauwe klank van een barmeid door (zal ik in mijn schrift schrijven dat misschien op dit ogenblik door Mama die in mijn kamer snuffelt gelezen wordt, nee, Mama kan het geen barst schelen, mijn ontoegankelijk eigen leven). Ik heb nog nooit een barmeid van dichtbij gezien. Dit is er dus een. Straks moet ik opschrijven dat zij de ogen van een kat, katachtige, heeft. Of is dat banaal? Toch is het zo. Zij lichten op.
'Nee merci, geen porto, merci Madame Laura. Want dat eentje zit al in mijn hoofd.'
'Kom toch, voor zo'n grote, sterke vent.'
Zij sipten aan hun port.
'Ik zelf heb laatst veel genoegen beleefd aan een paar boeken van Huxley, Louis. Ik kan ze u aanbevelen. Ge zult zien, er liggen er wel twintig van *Point contre Point* in de groene serie van Feux Croisés.'
De legionair die in Tsjerkassy de dichte rijen van Aziaten op zijn stelling had zien losstormen, kwam zeggen dat de coiffeur aangekomen was in het salon.
'Ge moet mij beloven, Louis, dat ge gauw terugkomt.'
'Ik beloof het u,' zei hij en spiedde of de legionair niet slinks naar haar knipoogde of proestte binnen in zijn *meine Ehre ist Treue*-ziel (het Waals Legioen was thans ingelijfd bij de Waffen-SS).
'Of misschien zie ik u in Bastegem. Want ik trouw binnenkort met André Holst. Misschien vindt gij tijd om naar de receptie te komen. De trouw wordt nogal intiem gehouden, maar de receptie is voor al mijn vrienden.' Louis verliet haar, die door God geschapen werd op de zevende dag voor hem, Louis, voor zijn tintelende vingers die afgehakt werden als de poten van de krab onder het sinaasappelpapier. Haar grijze omschaduwde ogen volgden hem met een spotziek

verdriet, indien er zoiets bestaat, zodat hij zijn hoofd afwendde, en omdat zij meende dat hij als een pandjesbaas of een brocanteur naar de Louis Quinze-snuifdoos loerde, zei zij: 'Het is een kopie natuurlijk.' Haar besmettelijke lach. 'Als het een echte was, dan was ik miljonair.'

De Zwarte Brigade-man van bij de voordeur (een conciërge, want hij droeg geen wapens) bracht hen langs lege gangen en trappen naar een kolenhok waar bergen antraciet lagen.

'D'r is hier voor een paar winters,' fluisterde Papa. Zij klommen over de kolen. 'Als ge heel het gebouw wilt verwarmen, met al die hoge kamers...' zei de conciërge. 'En zij kijken op geen kilootje.'

Hij zette zijn schouder tegen een deur die klem zat. 'Voilà. Ge weet wat er overeengekomen is. In Godsnaam houdt u koest. Koest.' De twee slaafse, zwijgende honden, *koest*! knikten.

'Geen hoest!'

'Nee, nee,' zei Papa. Hij viel languit voorover in een stapel boeken en trok Louis met zich mee. Zij hoorden de sleutel.

De deur werd op slot gedaan. De kamer lag in de vale schijn die uit een kelderraampje viel.

Een krankzinnig overwerkte bibliothecaris had dagenlang honderden boeken, duizenden, door de kamer geslingerd. De vloer werd gevormd door een heuvel van schots en scheef gestapelde boeken die hier naar binnen gekwakt waren of met een reuzenschop als kolen door het kelderraampje gekiept. Dat kon niet, want tegen een wand waren ze tot tegen het plafond gestapeld, de stapelende gevangene was toen gevlucht, torens boeken waren ingestort. Papa kroop overeind en ging op een hoop woordenboekachtige roodleren banden zitten, *Werke* van Heinrich Heine, en stak een zaklantaarn aan.

Louis moest alle in leer gebonden en geïllustreerde boeken op een stapel leggen. Bij verzamelde werken moest hij de nummers opzoeken. 'Als ze niet compleet zijn, zijn ze geen frank waard. En het liefst Franse boeken, daar heb ik meer cliënten voor, het is mensonterend, maar waar het geld zit, leest men Frans.'

Het bleek dat de Fransen geen dure in leer gebonden boeken uitgaven. Jammer genoeg ontbraken bij *Le Règne Animal* van Cuvier de nummers vier en zeven. De dieren waren minutieus met de hand getekend. 'Compleet, zeg ik!' Papa scheurde er een paar plaatjes uit, van een miereneter, een pinguïn en een boa-constrictor. 'Voor uw moeder, zij is zo zot op wilde beesten.'

'Henri Barbusse,' las Louis. 'Op Japon impérial.'

'Geen slappe kaften, zeg ik.'

Na een paar uur zag Papa dat het goed was, twee hoge heuveltjes, hij maakte een nestje tussen de boeken en trok zijn knieën op. Toen hij snurkte viste Louis de zaklantaarn uit zijn jaszak en las in *Point contre Point*, het ging over geestige en saaie Engelsen. In *Der Querschnitt*, een tijdschrift met teksten die leken op de gedichten van Paul van Ostaijen. In *Drie kameraden* van Remarque. De drie kameraden gooiden op de kermis met ringen naar een houten pin en wonnen alle prijzen want zij hadden jarenlang in de loopgraven van Veertien-Achttien niets anders gedaan. De eigenaar van de tent was razend, maar zij bleven doorspelen en de sul moest pop na pop afgeven. Toen een van de drie kameraden wakker werd vóór zijn geliefde ging hij gauw zijn tanden poetsen om een frisse adem te hebben als zij ontwaakte. Louis las in *l'Enfer*, van Barbusse, over een hotelkamer waar een gat in de muur geboord werd zodat je alles kon zien in de belendende kamer, ook de zwarte harige driehoek. Hij las sneller, plukte hier en daar paragrafen in *Struensee* van Robert Neumann, *De oude Waereld* van Israël Querido, hij kreeg hoofdpijn van het te snelle, te gretige lezen en keek toen naar plaatjes, naar naakte dikke vrouwen met rosse schaamhaarplukjes en gestriemde billen. Grosz. 'Den dicke Frauen macht es natürlich Spass nach merkwürdigen Schablonen zu leben, verrückten Schablonen...'

In een nummer van *Sélection* vond hij gestileerde, gezwollen vrouwen geschilderd door Fritz van den Berghe over wie, ooit, op de dag dat Simone en haar treurnis voor het eerst in zijn leven waren verschenen, een rossige aap zo misprijzend had gesneerd. Tieten met tepels als schelvisogen, een lompe naakte vrouw lag uitgestrekt terwijl een man met vlinderdas een sigaret rookte vlakbij een ravijn. Een boerin gaf de borst aan drie jongetjes tegelijk. Zijn ogen vielen dicht. Zijn ogen schoten open. Een aanhoudend gegil. Doffe stompen. De gillende man verweerde zich. Drie vier schelle en barse stemmen riepen in afgebeten snokjes, Duitse bevelen imiterend, mechanisch, getraind, zonder mogelijk weerwoord. 'Gaat ge nu direct—smeerlap—wij weten het—gaat ge zwijgen—zeg het nu direct—nog meer?—op januari de twaalfde om twee uur 's nachts.'

'Godverdomme,' zei Papa zachtjes. 'Die krijgt er van.'
'Het is in de kamer hiernaast.'
'Maar nee, aan de overkant van de binnenplaats.'
Het kon Holst zijn die gekweld werd omdat hij hen had binnengesmokkeld in het verboden domein, in het opwindend paradijs van de decadente joodse propaganda.
'Het is Holst.'
'Zeveraar,' zei Papa. 'Vlaamse Wachters doen zo iets niet. Het is hun afdeling niet. En hoort ge niet dat het Limburgers zijn?'
In de waterleiding klotste en ruiste het, ijzeren deuren sloegen dicht. De man gilde toen als een vrouw, het eindigde in gejammer: 'God, god, god.' De Kei zei: 'God komt slechts als zijn schepsels hem roepen.' Toen liepen laarzen ijzeren trappen op en af, en gromde een vrachtwagen.
'Zij hebben hem doodgeslagen.'
'Houd uw mond.'
'Per ongeluk. Zij wisten het niet. Maar hij heeft zwakke aders. En één verkeerde slag op zijn slaap...'
'Maar neen. Zij laten hem uitrusten. Hij heeft bekend, namen en adressen.'
'Zij zijn sterk, vier tegen één!'
'Het is geen boksmatch. En het kan niet anders. Ze kunnen

niet blijven onschuldige Vlamingen in de nek schieten, bommen leggen onder de treinen. Wij moeten het te weten komen.'

'Neem nu eens dat ze de verkeerde voor hebben, dat hij van niks wist.'

'Zij zouden hem niet opgepakt hebben. En moest er een fout gebeurd zijn, en zij zien als hij ondervraagd wordt dat hij niks gedaan heeft, dan laten ze hem los met excuses.'

'Hoe zien ze dat?'

'Het zijn vakmensen. Zij gaan daarvoor naar gespecialiseerde universiteiten. En schei uit met uw stomme vragen.'

Het volgende kwartier liet Papa de ene wind na de andere. 'Het is van de zenuwen. En daarbij, wat moet, dat moet. Een mens moet minimum zeven scheten per dag laten. Anders moet hij naar de dokter.'

In een der boeken die Louis opzijgelegd had, *Die Puppe*, stond dezelfde foto die hij thuis in zijn map knipsels van artikelen, karikaturen en illustraties had. Zij stond onderaan rechts op de twee volle pagina's die het verschil tussen de klassieke en de joodse kunst illustreerden. Naakte zegevierende krijgers met dik gelijk gekruld schaamhaar als vlammen van marmer, die een toorts in de lucht zwaaiden, moederlijke vrouwen met een kind aan de borst, prachtige verweerde schippers stonden tegenover horloges die slap waren als omelettes, versplinterde robotachtige dwergen, panelen met niets dan vierkantjes als een vaatdoek. De foto in *Die Puppe* was haarscherp en gekleurd. In een bos vol herfstbladeren stond een naakt figuur dat, alhoewel vlezig en welig als een vrouw, een pop voorstelde, je zag de geledingen bij knie en lies en dij en middenrif. De pop had geen gezicht of geen schouders omdat vanuit haar navel opnieuw, maar dan omgekeerd, een buik en volle dijen en benen verrezen, die leken op die van onderen. Van onderen en van boven eindigde de pop in voeten met witte opgerolde sokjes en zwarte lakschoentjes. Naast de onderste voeten die uiteenweken als bij Charlie Chaplin op het gouden bladerenbed lag een ineengefrommeld gestreept jurkje. De lichtomberen plek die welft tussen de dijen en die ook kan splijten voor een *entrechat* blijft smoezelig, in het eerste daglicht uit het kelderraampje kon Louis het niet goed zien. Iets verder in het bos staat achter twee berken een man, eveneens zonder hoofd, handen in de zakken. In zijn donkere jas leunt hij met zijn buik tegen een boomstam. Alhoewel hij de pop nooit kan zien, overigens als hij een hoofd had zou er een berk voor zijn ogen staan, is hij toch een spieder, een medeplichtige in de misdaad die heeft plaatsgevonden. Zijn gestalte lijkt op die van Holst, maar *ik* ben het die spiedt naar de haastig tot een monsterlijk geheel in elkaar gezette torso's en onderlijven na de sectie, ik met mijn overbodig hoofd, met mijn duister krampachtig gestrekt ding dat tegen deze berkenbast, tegen allerlei hindernissen pookt.

Papa nam het boekje uit zijn hand. 'Zij hebben gelijk dat ze deze vuiligheid vermalen, verbranden.'

'Geef hier!' kefte Louis en Papa reikte hem verbaasd het boekje terug aan.

De conciërge kwam hen bevrijden en bracht twee nieuwe koffers mee van geperst karton. 'Het stinkt hier,' zei hij verwijtend.

'Ik dacht dat ge niet meer zou komen,' zei Papa als een gelukkige minnaar.

'Gewoonlijk wordt er hier op zondag niet gewerkt, maar er was een spoedgeval, ge hebt het misschien gehoord.'

'Vaag,' zei Papa.

'Hebben ze hem doodgeschoten?' vroeg Louis. De conciërge blafte: 'Ge hebt niets gehoord, absoluut niets gehoord, begrepen?'

'Ge moet ons dat geen twee keer zeggen,' zei Papa.

De koffers waren loodzwaar, de trein had uren vertraging.

Zij laadden de boeken uit in de voorkamer. 'Wij gaan ze morgen klasseren volgens alfabet,' zei Papa. 'Nu kruip ik in mijn bed.'

Louis droomde van twee pastelkleurig geverfde gordeldieren die in paradijselijke struikjes snuffelden en toen onhandig op een houten schavot klommen dat onder het Belfort van Walle was opgericht, een wankel staketsel met vlaggen en bloemkransen, waarop Ceusters en de Coene stonden, op kauwgom kauwend, de riem met de lelie van de Scouts om. Trommels roffelden heel zacht. Een ouverture. Hij wou er heen, want zij wierpen hem smekende blikken toe, Mama zei: 'Goed, ga er naartoe, ge moogt ze gaan helpen, maar eerst moet ge uw haar kammen, kom, laat mij dat doen.'

Louis kon dit niet weerstaan, hij legde zijn hoofd op haar knieën als op een kapblok. Vanonder haar jurk met pauweogen haalde zij een gloeiende krultang te voorschijn. 'Mama, ik zal te laat komen. Hoor, de trommels slaan al luider! Alstublieft! Toe!' maar zij bleef zijn haar krullen, de brillantine siste.


Zij vingen geen glimp meer op van Madame Laura, die ondertussen getrouwd was. In alle stilte, volgens Berwouts de conciërge. Vijf weken lang gingen zij elke zaterdagavond boeken halen maar bleven niet meer overnachten. De kartonnen koffers stonden op begeven.

Louis streelde de bonte ruggen van de boeken die hij op zijn slaapkamer had staan. Hij las de meeste boeken diagonaal, *Point contre Point* liet hij na de helft liggen, maar van Georg Hermann's *Jetje Gebert en Henriette Jacoby* las hij elke regel. 'Wat scheelt er nu weer?' vroeg Papa, die hem met betraand gezicht betrapte in de veranda.

'De joden die overal in de weg zitten, die overal weggejaagd worden, het is onrechtvaardig.'

'Staat dat in dat boek?'

'Nee. Maar ge voelt het.'

'Joden kunnen het goed zeggen.'

'Maar wat ze zeggen is waar.'

'Ge moet de waarheid van een jood altijd met een korreltje zout nemen.'

'En die van u niet zeker!'
'Ge moet daarom niet schreien.'
Louis wist zeker dat dit zijn vader niet was. Ik ben ook het kind van Mama niet. Zij weten het zelf niet dat ik, toen ik in windsels lag in 't moederhuis, verwisseld ben met een ander kind. Alleen Peter weet het en die houdt zijn mond hierover, of heeft het alleen aan zijn lieveling, Tante Mona, verklapt, zij doet altijd zo raar tegen mij.

'En de Boeren in Zuid-Afrika die door de Engelsen in concentratiekampen uitgehongerd en gemarteld zijn? De Ieren, de Indiërs door de Engelsman uitgemoord. En onze jongens in de loopgraven van Veertien-Achttien? Daar spreekt ge niet over. Daar hebt ge geen traantje voor over. Er moeten altijd zondebokken zijn, en nu zijn dat de joden.'

'Altijd, Papa?'

'Omdat er altijd zondebokken moeten zijn, hoort ge niet goed? Dat is het leven. 't Is hard als ge 't zelf moet zijn, maar er is iets als geluk en geen geluk in 't leven.'

'De meeste wetten zijn op geluk gebaseerd, heel de orde van de Staat,' zei Peter.

'En de zondebok was een Lam,' zei de Kei.

'Nee! Nee!' riep Louis koppig.

De Kei sprak trager dan ooit, die dag. 'Hoe onrechtvaardig onze gemeenschap kan zijn, kijk rondom u, toch is zij onze mogelijke redding. Ik zal het niet meer meemaken, maar zij kan gered worden. Gelijkheid en rechtvaardigheid, die begrippen die zo kunstig worden rondgestrooid door precies diegenen die ze elke dag vertrappen, kunnen alleen door de gemeenschap komen, door de staat, maar welke staat? Die van God? Welke God? Hij die het gezicht heeft van de ander. Welke revelatie hebben wij te verwachten voor wij erkennen dat er in de werken van de mensen iets goddelijks is? Géén revelatie? Neen? Toch? Neen. Het beestachtige dat ons overvalt, jongens, de gruwelen zonder weerga waarvan men geen weet wil hebben, ik geef toe, daar valt geen sprankeltje in waar te nemen van het licht dat ik God noem, en dat ik dacht in elke mens te gloeien. En toch die God die, zoals Paulus zegt, onbekend zal blijven, waar kan hij zijn als wij willen dat hij er ooit is? In de vernederdsten onder ons.'

'In Ceusters en de Coene,' zei Louis luid. De sluimerende klas spitste de oren. De Kei zei: 'Ja.' Hij zweeg een hele tijd. Alsof hij overgeplaatst werd naar een ander lesuur en in een andere klas begon hij een lang verhaal over Mozes en dat het amusant was—waarbij hij moeilijk grijnsde, met zijn gedachten ergens anders—dat Michelangelo de profeet met hoornen had afgebeeld, geïnspireerd door een fout in de Bijbelvertaling, facies *cornuta* in plaats van *coronata*.

In de leeszaal van de leraren gaf de Kei Louis twee dozen sigaren mee voor Papa. Het was zo'n onwaarschijnlijk cadeau dat Louis dacht: Nu gaat het pas goed mis met hem. Weet de principaal dat? Er zit hier voor duizenden franken in.

'Hebt ge begrepen wat ik in de klas zei over het gezicht van de ander? Neen. Ik merk het.'

De Kei zakte dieper in de leren stoel waar generaties priesters in hadden gezeten. Hij leek hulpeloos.

'Er is geen leerling die mij zoveel verdriet heeft gedaan als gij. Misschien is het daarom dat ik het meest voor u bid. Trek niet zo'n afstandelijk smoel. Ik ben uw vriend geweest. Omdat ge gekwetst zijt, al beseft gij de aard en de omvang van uw kwetsuren niet. Ge legt er elke dag nieuwe pleisters op.'

'Spreek voor uw eigen,' zei Louis.

'Luister, snotneus. Ik heb voor niet lang meer. Ik kan het u niet uitleggen.' Zijn patrijspoortbril bewasemde. Toen hij hem afzette en met een slonzige zakdoek schoonwreef, leek hij weerlozer dan ooit.

'Louis.'

'Ja, Eerwaarde.'

'Leer Grieks. Elke dag.'

'Is dat alles?'

'Die koude van u, ik ben er bang voor. En ik heb er medelijden mee. Ga nu maar.'

Bij de deur zei Louis: 'Ik heb het wel begrepen. De anderen, dat is de sleutel.'

De Kei zegende hem vlug, alsof hij iets verjoeg. 'Ik zal voor u bidden. Ga nu toch. Vlug.'

Twee dagen later werd de Kei weggevoerd naar Duitsland, niemand wist waarheen, Louis praatte nu vrijuit met hem.

'Eerwaarde...'

'Noem mij geen Eerwaarde.'

'Vader...'

'Ik was niet aanwezig bij uw conceptie.'

'Heer...'

'Al ben ik een heer, toch wil ik zo niet aangesproken worden.'

'Evariste de Launay de Kerchove...'

'Zeg: Kei.'

'Kei.'

'Wat is er, onnozele gans?'

'Ik leer Grieks. Elke dag. Het woord voor samen, voor de anderen is koinomia.'

'De klemtoon op de tweede lettergreep.'

'Koi*no*mia.'

'Zo is het goed. *Ga nu toch. Vlug.*'


De Kei ging en Bekka kwam terug. Zij deed alsof zij nooit een brief geschreven had. Ongeduldig at ze vier boterhammen met moerbeienjam en volgde Louis op zolder en graaide met hem in de twee kisten van 'De Leiezonen', Papa's toneelgroep van voor de oorlog, en haalde vodden, linten, handschoenen te voorschijn, fluwelen mantels, dominomaskers, hoeden met witwollen veren. Louis zette haar de kepie op van de postbode uit 'Lente in Herentals', een operette. Zij trok de kaplaarzen aan van een musketier, die tot de helft van haar dijen kwamen. Zij hief haar jurk op om het effect te zien, de postbodejas viel tot op haar enkels. Louis wurmde zich in een oranje jurk met volants en plaatste een wijde witte zomerhoed op zijn hoofd. In de stoffige spiegel was hij een schonkige Mama-van-vroeger, een armetierige Madame Laura. Hij verstopte zich achter een scherm waarop honderden sigarebandjes in concentrische cirkels waren geplakt. Bekka strekte haar rechterarm. 'Sieg Heil!' zei zij tot een immense zaal vol genodigden in gala. 'Ik ben de Obergruppenführer en ik ben hier in Bohemen om uit te rusten. Het weer is betrokken, maar dat kan ons niet schelen, wij hebben andere watertjes doorzwommen. Ik weet niks van wat er verder met mij zal gebeuren, maar dat zien we wel, dames en heren.'

Zij ging zitten, trok de uniformjas over haar magere, sterke dijen. Zij dronk uit de koperen beker uit *Judas* van Verschaeve waarmee Papa als zwijgende rabbi veel succes had gehad en boerde. 'Ik ben hier op mijn gemak, de Bohemers luisteren naar wat ik zeg en de Egyptenaren ook. Als zij zich niet koest houden, krijgen ze van de lat in het kamp.' Zij sprong op, greep het houten korte zwaard van een centurion en zwaaide er mee. 'Hoort ge 't goed, broeders uit Bohemen? Maar wat hoor ik? De telefoon? Allo, ah, het is gij, Führer! Wel, Führer, ik ben goed aangekomen, het weer kwakkelt een beetje maar voor de rest is alles in orde. Heil! Wij gaan die zigeuners plat krijgen. Heil, Führer, gij gaat content zijn.'

Zij gooide de telefoon tot ver over het dak van de heropgebouwde Gendarmerie, bleef voor het kamerscherm staan en tikte er tegen. 'Is er iemand?' Zij stapte weg, stofdeeltjes waaiden op. 'Ik ga maar weer eens naar mijn kasteel Harkany (Hradcany, hij had het haar nog zo goed vóórgezegd!) met twee telefoons en twee badkamers, wat bloemkool eten waar de kleine kindertjes van komen. Wie zijt gij? Spreek, Donnerwetter, spreek, Madam! Wie zijt gij?' Louis boog diep, hield met kanten handschoentjes zijn hoed vast. 'Een arme boerin uit de streek, hoogedele heer Obergruppenführer.'

'O, gij verdammte leugenkous!' krijste Bekka en sloeg

met de platte kant van haar zwaard op de witte hoed. 'Au! Au! Ik heb u toch niets misdaan,' riep de partizaan die als boerin vermomd was die vermomd was als Louis.

'Muil toe! Op uw knieën!' De degen trof zijn hals.

'Alstublief, mijnheer, ik ben te oud en als ik éénmaal geknield ben kan ik niet meer overeind! Bitte, Bitte!'

Bekka schopte tegen zijn ribben tot hij tegen de plankenvloer lag, in de wijde rafelige reten zaten grijze korrels. De postbode tolde rond met haar zwaard. 'Hef uwe Bohemerskop geen centimeter of hij vliegt eraf.'

'Maar...'

'Niks te maren. Gij hebt geen recht van spreken, gij zijt geen mensen maar afval van mensen, met uw zwarte ogen en uw kleine gestalte...'

Zij stopte omdat zij aan haar vader dacht die in een werkkamp zat of omdat er beneden iets te horen was geweest. Bekka marcheerde met een ganzepas op de maat van een fanfare. 'Halt!' Hij haalde een stengun onder zijn jurk vandaan. Zij stak haar handen in de lucht en monkelde: 'Kameraad!'

'Ik uw kameraad? Nooit. Never.' Hij richtte zich op in al zijn mannelijke grootte. 'Uw uur heeft geslagen, Reinhard Tristan Eugen. Ik ben uit mijn trainingskamp in Schotland overgevlogen voor deze stonde van de wraak!'

Wild zocht zij om zich heen, maar gaf toen toe dat er geen ontsnapping mogelijk was, en bereidde zich voor op haar dood en begon te bidden. Uit een tenen mand haalde hij een van de meloengrote wereldbollen die Peter voor de oorlog verkocht. 'Zeg uw laatste gebed. Want deze granaat is gedoopt in het bloed van de onschuldigen.'

'Genade.' Bekka beefde. Plotseling tochtte het op de zolder. Hij gooide de granaat en liet zich vallen tegen een hoop klamme, muffe toneelkleren. Zij bleef staan met de bol in haar hand en wees naar de kleuren. 'Alaska, Groenland,' zei zij.

'Gij zijt dood!' riep Louis.

'Nee.'

'Dodelijk gewond. Stukken ijzer en glas in uw lever. Men telefoneert de Führer aan het Oostfront dat ze u aan het opereren zijn.'

'Nee,' zei zij koppig, lastig, vrouwelijk. Hij sloeg de wereldbol uit haar hand, de gedeukte planeet rolde tot aan de trap naar de afgrond.

'De granaat is niet ontploft,' zei Louis. 'Amerikaanse rommel. De slagpin is niet ingedrukt, dat verandert onze plannen.'

Hij, de boerin, wurgde de Reichsprotektor, het magere kind. Zij liet begaan toen hij bleef wurgen en toen zij eindeloos roerloos innig dood bleef gaan en reutelde en hij haar jurk optilde, gedempt zei dat hij haar in gewijde grond zou begraven, 'Dies irae' zoemde terwijl hij aan het elastiek van haar tot doorzichtigheid geschrobde broekje pulkte, trok.

'Niet aankomen,' zei de dode zwakjes.

'Muil toe.' Hij trok het broekje naar beneden. Alle altviolen, cello's, harpen, trombones van de monsterorkestklanken uit 'De gouden Stad'. Eindelijk na al die grote raadselachtige honger nu zijn eerste blik op de gouden snee tussen dijen in laarzen, het was te donker, hij sjouwde de dode met de tegen elkaar geperste dijen naar het licht van het raam. Toen liep er een dikke rat op de trap.

'Doe voort, doe voort,' zei Cecile die tot aan haar borst zichtbaar was in het trapgat. 'Doe lijk of ik er niet ben,' Bekka sloeg haar jurk met een geroutineerd gebaar naar beneden. Zij was opgelucht dat het theater waar zij in gefigureerd had, voor een paar boterhammen met moerbeienjam, voortijdig afgebroken werd.

Zij zaten gedrieën gehurkt bij het antieke fototoestel dat aan Mama's Heernonkel, pater Wiemeersch, had toebehoord en waarmee hij, zijn leven wagend, wilde dieren en negerstammen in hun natuurlijke omgeving had gekiekt voor de collectie van het bisdom.

Cecile vond dat Louis er stom uitzag, met zijn golfbroek onder die rok.

Louis wilde uitleggen dat dit precies de bedoeling was: a.

zo liepen de vrouwen erbij op het platteland buiten onze Oostgrenzen, b. daarmee werd aangeduid dat het een verklede vrouw betrof, maar hij liet het achterwege, Cecile was een dom kalf. Hij had ze zelf gezien, die vrouwen die uit Polen en Rusland kwamen, dof en vormloos in jakken, hoofddoeken en legerbroeken onder hun rokken, sjokkend langs de huizen met de lage strodaken waar hun heersers woonden, vrouwen in boezeroenen en pofmouwen en verminkte verminderde mannen met lederschorten voor, de oude ronde SA-kepie op, hakenkruisen vlechtend van takjes en twijgen en bladeren voor het Oostfront.

Cecile die zo stom was dat zij lang nadat het duidelijk was dat haar patiencespel zou uitkomen nog plichtsgetrouw traag stompzinnig de kaarten tot de allerlaatste in volgorde lei, zei dat ze bij haar thuis de deur uitgestuurd was. Neen, niet voorgoed.

'Mama zat op de schoot van Pépé,' zei zij. Louis grinnikte naar Bekka.

Pépé, Spaans voor Peter. Ik zal Peter zo aanspreken als ik hem straks zie. Pépé!

'Pépé heeft me geld gegeven om naar de cinema te gaan. Hij peinst er niet aan dat er geen seance is de woensdag. Hij leeft in een andere wereld met al zijn geleerdheid. Hij zegt dat hij veel te goed is voor deze wereld. En het is waar. Verleden week heeft hij een hele avond zitten treuren, Pépé.'

'Waarom?' vroeg Louis verbaasd.

Zij negeerde hem en zei uitsluitend tot Bekka, als een miniatuur-Tante Mona: 'Vanwege haar buitenbaarmoederlijke. Het heeft drie uur geduurd. Maar het is goed gepasseerd.'

'Tegenwoordig is dat geen probleem meer,' zei de oude wijze heks Bekka Cosijns.

'Als 't maar proper gedaan is.'

'Een curetage.'

Toen hadden zij het over kanker. Als vrouwen. Als alle vrouwen behalve Mama. Die had niet dat baarlijk moederlijke.

Louis rook Cecile's adem. 'Gij, godverdomme,' riep hij. 'Ge hebt beneden aan onze moerbezieconfiture gezeten.'

'Een lepeltje maar,' zei zij, vond in de kleurige muffe kleren een tutu, en hield hem in de lucht.

'Dat moet voor een dik vrouwmens geweest zijn.' Zij gooide hem over Louis' hoofd en begon te dansen, een wirwar van flutterige sprongetjes.

'Precies Shirley Temple,' zei Louis.

'Kieken! Shirley Temple kan alleen maar tapdansen.'

Bekka, zag hij, ging helemaal op in Cecile's gedans, met beweeglijke schouders en knieën volgde zij het gehuppel, het gewiek. De anderen, de anderen, zei de Kei. Alle anderen dansen, behalve ik. Zelfs mijn dromen, als ik ze mij herinner 's ochtends, graven, zakken, sijpelen. Naar beneden. Log. Zoals in de plaatjes van *Selection*. De grove, lompe klompvoeten in het slik. Is dat het wat *Entartete* doen, je meetrekken in hun beeld, vervormen naar hun beeld? Voor je 't weet ben je er zo een. Het heilige, sacrale, de exaltatie van de moed en de energie die in de beelden van Kolbe, Thorak, Breker in zijn plakboeken verheerlijkt werd, was het voor diegenen die er in geloofden? Ja. Hoorde hij daar (nog) bij? Neen.

Met lood in de kuiten, vastgeschroefd in de plankenvloer moest Louis erkennen, terwijl Cecile trippelde, wiegde, dat hij door het internationale jodendom besmet was, het was in zijn brein geslopen, slinks, niet te stuiten. Als er anderen zijn bij wie ik hoor, wil horen, zijn zij het, de versplinterde kubisten, expressionisten, al die tisten. De helden met zwaard en toorts zijn van reuzel en smelten.

Bekka applaudisseerde en Cecile bleef op één been staan, bovenlijf gestrekt naar voren, wou vliegen, kon elk ogenblik opvliegen zoals in de vele foto's die Peter van haar had gemaakt, die in de waaier zaten in de voorkamer en in zijn portefeuille, op zijn hart.

Mama was razend. 'Ge krijgt toch eten genoeg! Meer dan alle kinderen uit de straat!'

Louis stond op het punt uit te leggen dat hij een oud vrouwtje gezien had op straat dat bijna omviel van de honger en dat hij haar een paar boterhammen met moerbeienjam had gegeven, toen bleek dat het over worst ging. De worst van varkensgehakt die Holst gebracht had!

'Niet alleen zijt ge gulzig en denkt ge aan niemand anders behalve uw eigen, maar ge hebt mij in lelijke affronten gebracht. Ge had het mij tenminste kunnen opbiechten, maar nee, lijk een dief in de nacht...'

'Dat is de dood,' zei bliksemafleider Seynaeve.

'Wat is de dood?'

'De dood komt als een dief in de nacht.'

'Gij ook!' riep zij. Zij zoog verwoed aan haar sigaret. 'Want dit gaat gevolgen hebben. En geen kleine! Lucien van Capellen, dat zegt u zeker niks, hè? Nee, natuurlijk niet, mijn werk in de ERLA dat ik speciaal doe om voor u te kunnen zorgen, daar veegt ge uw broek aan!'

'Lucien van Capellen,' zei Louis nadenkend, zonder na te denken.

'De zoon van de hereboer. Zijn ouders hebben speciaal uit dankbaarheid twee kilo saucissen laten brengen!'

'Hooguit een kilo!'

'Twee kilo,' gilde Mama. 'Lucien van Capellen liegt niet. Lijk gij de hele dag door. Hij zegt: "Madame Seynaeve, hebben zij gesmaakt, die saucissen?" Ik zeg: "Welke saucissen?" Ik wist van niets. En hij zegt: "O, is het zo? Neemt ge 't zo op?", en hij draaide zijn rug naar mij, ik stond daar met mijn mond vol tanden! En met die affaire met Jantje Piroen achter de rug, denken al die jongens dat ik louche zaakjes doe en dat ik een pretentieus vrouwmens ben.'

'Het was niet eens driekwart kilo.'

'En wie heeft dan die andere kilo opgevreten?'

'Holst.'

Zij bedaarde op slag. Als kokende melk wanneer je 't gas uitdraait. Zo zouden de expressionisten dat verwoorden.

'Holst, het zou kunnen.'

'Onderweg naar hier,' zei Louis. 'Holst heeft altijd honger met dat groot karkas van hem.'

'Het vervelende is dat Lucien van Capellen van de Witte Brigade is.'

'Laat hem dan in de bak steken en 't is afgelopen!'

Zij schrok. Van het rücksichtslose beest dat hij was. Hij werd opgewonden van de walging die hij als in een boek in haar kon lezen.


Papa hielp zwaar gewonden in een vrachtwagen laden. De muren laaiden, roetwolken daalden over krijsende mensen, meestal soldaten. Er was iets mis met de sirene. Alhoewel de bommenwerpers al meer dan een uur verdwenen waren, stootte zij nog af en toe amechtig jankende klaagtonen uit. Alle soldaten, ook de niet getroffenen, schreeuwden, verspreid, zoekend, tussen de hompen vlees. Twee kerken waren geraakt, zei men, van het station was niet veel meer over. De soldaten waren in korte kakibroeken gekleed, de meesten waren op weg naar huis na twee jaar.

Papa zweette, pufte, maar zonder de haast van de Seynaeves, hij ondersteunde de soldaten met bijna tedere gebaren, kalmeerde een Rode Kruis-Helferin die spastisch om zich heen sloeg. Sommige soldaten waren onder een kapotte treinwagen gekropen, een luitenant schreeuwde hen toe en zocht hen met zijn zaklantaarn.

Plotseling hoorde Louis, die in een stilstaande vrachtwagen een stervende soldaat vasthield die zich aan zijn knieën had vastgeklampt, Papa vloeken. Hij had zijn voet bezeerd aan een verwrongen tramrail. Maar toen sjouwde hij verder, aaide, paaide de gewonden.

De stervende was jong. Hij reutelde iets over *Blumen*, hij stonk, zijn ingewanden puilden hier en daar uit zijn jas, maar werden samengehouden door zijn koppelriem. Tegenover Louis zat een verdwaasde Hauptmann die met beide handen een arm in een Luftwaffe-uniform vasthield als een baby. Van de soldaat naast Louis was de kin weg, als weggesneden met een scheermes. Tussen zijn vingers hingen rafels als van een bloedige witte sik. De stervende zei duidelijk: 'Benjamino', en luisterde naar iets vlakbij. Hij wou zich oprichten, Louis hield hem vast en reciteerde: 'Ruhe, Ruhe, bitte, Ruhe, Ruhe.'

Louis reed zes keer heen en weer met de vrachtwagen, van het station naar het lazaret, tot hij in slaap viel tussen de verhakkelde soldaten, waarna de chauffeur hem niet meer mee wilde hebben.

Papa zat, onder een dikke laag zwart en grijs stof, in het puin, de zon kwam op, verjoeg de walmen.

'Mijn grote teen is gebroken,' zei Papa, 'ik kan er niet meer op lopen. Maar als ik die jongens zie, die zo gaarne naar hun Heimat wilden na al die tijd, moet ik mijn mond houden. Maar het doet zeer.'

Hij stak zijn hand uit naar zijn zoon en zijn zoon die zag dat hij grauw en oud was, trok hem overeind, een vriend in nood, door dik en dun.

'Maar Staf, ge zoudt lijk zeggen dat ge mankt!' riep Nonkel Robert.

'Mijn enkel is kapot,' zei Papa en liet zich zakken met gestrekt rechterbeen.

'Daarjuist was het uw grote teen,' zei Louis.

'Ik kan 't niet meer voelen, 't is al kapot van binnen in mijn voet. Maar het gaat misschien vanzelf weer aangroeien.'

Toen zij binnenkwamen en hij Nonkel Robert en Tante Monique in hun bebloede witte slagersjassen had gezien, had Louis een ogenblik gedacht, dat zij in hun eentje, onaangekondigd en bescheiden, van hun huis een privé Lazarett hadden gemaakt, dat zij, in deze monsterlijk vaneengereten nacht, hielpen om het menselijk leed te verzachten, maar zo was het niet. Nonkel Robert schonk Balegemse jenever, Louis kreeg een kwart glaasje met een suikerklontje van

Tante Monique. In de garage hakten twee leerjongens zenuwachtig in metershoge stukken vlees die knapten als jonge berken, Nonkel Robert wreef in zijn bebloede handen. Hij had met zijn vrouw en zijn helpers drie paarden weggesleept uit de gebombardeerde trein, en niet één keer had zijn nochtans gammele camionnette het laten afweten. 'En ge hebt het terrein gezien daar aan de statie!'

'Ik ben toch moe,' zei Tante Monique, 'van al dat schokken.'

'Ik had nog een paar veulentjes op 't oog maar de Feldpolizei kreeg ons in de gaten. Als zij niet zo bezig waren geweest met het volk dat kolen aan het stelen was, hadden zij mij gepakt. Volgens mijn schatting is er daar tienduizend kilo kolen weggehaald. Neem nu dat er honderd mensen waren en ieder heeft een zak van twintig kilo, en zij lopen drie keer over en weer...' Hij rekende, kwam er niet uit.

'Maar dat volk was niet goed georganiseerd.'

Papa knikkebolde, afgepeigerd.

'Moest ge dit organiseren, met een jonge gast of vijf en twee kleine camions, en ge staat direct gereed als het alarm gaat... Maar ja, ge weet nooit of dat ze nog een keer een kolenhangar gaan treffen...' Nonkel Robert bracht twee brede lappen paardevlees.

'Hoeveel is mijn schuld?' vroeg Papa.

'Maar broer toch, waar dat gij over spreekt! Wij zijn toch op de wereld om mekaar een pleziertje te doen. Allee, nog een druppel. Wij leven maar een keer.'

'Nee, gij niet, Louis,' zei Papa. Louis kreeg een glas geitemelk. Hij vroeg zich af of de geit nog in leven was, in dit huis van slachting.

'Straks komt ons vader ook zijn vlees halen.'

'Eet hij nu paardevlees?' zei Papa ineens alert. 'Waar gaan we dat schrijven?'

'Nee, nee, voor hem moet het entrecôte zijn.'

'Ik dacht al,' zei Papa. Want Peter had een heilige schrik voor paarden en beweerde dat paarden hysterisch waren omdat ze alles negen of twaalf keer groter zien, zodat een vlinder op de weg een eend wordt, en omdat een merrie van mijnheer Tierenteyn, God hebbe zijn gefusilleerde ziel, eens van pure jaloezie met mijnheer Tierenteyn op hol geslagen was.

'Hij heeft zo'n deugd van zijn entrecôte,' zei Nonkel Robert dromerig. 'Vooral 't vlees vlakbij het been, hij kan daar zo smakelijk aan knabbelen, het is een plezier om te zien. Als ik hem zo zie zitten smikkelen zeg ik in mijn eigen: "George Bernard Shaw mag zeggen wat hij wil en alleen maar noten en groensels eten, de mens is toch een vleeseter."'

(De Hauptmann schoof de Luftwaffemouw op, de stomp van de arm was als een berk afgehakt, de Hauptmann bracht de knuist naar zijn verkrampte open mond.)

Louis gaf over in de wc. De leerjongens die in de vettige weefsels sneden en krabden lachten hem uit. 'Hij is straf, hé, die jenever van Balegem?' Op de vloer lagen paardetanden.

Op weg naar huis moesten zij hun speciale Schein laten zien, de patrouille van oudere Duitsers vertrouwde blijkbaar hun armbanden niet voldoende. Een voorbijfietsende gendarm kwam erbij staan.

'Ik dacht dat ge goede maten waart met de Duitsers, Staf.'

'Ach,' zei Papa doodmoe. 'Zij moeten hun plicht doen. En het reglement is voor iedereen gelijk.'

'Daar is iets van,' zei de gendarm en fietste verder.

'Het hoogste procent van alle zelfmoorden vindt ge bij de gendarmen,' zei Papa. 'Ik begin te verstaan waarom.'

'Waarom?'

'Zij zijn van niemand gaarne gezien.'

Het huis aan de Oudenaardse Steenweg leek kilometers ver. De sirene was niet opgehouden met haar snerpende uithalen.

'Die Robert krijgt een gemeen aangezicht,' zei Papa, 'met zo te verdikken. Hij is altijd dik geweest maar nu gaat hij over de schreef. Hij eet ook altijd zijn vlees en zijn patatten, zelfs zijn boterhammen, met mayonnaise. "Als 't maar deugd doet", zegt hij en hij drinkt de saus op lijk soep. Volgens mij komt het door zijn vrouw dat hij zo vergroft. Een man verandert door zijn vrouw, wij hebben dat meer gezien. Het zou mij verwonderen als die twee kinderen zouden krijgen.'

Mama bakte de paardebiefstukken. Papa liet zijn voet zien die inderdaad gekneusd leek, helemaal blauw. Toen de apotheker Paelinck erbij gehaald werd en hij Papa's voet in zijn hand nam zei hij: 'Het is in ieder geval niet zo erg als bij Jantje Piroen.'

Wat was er dan met Jantje Piroen? Er was één bom op de gevangenis gevallen en de sukkel van de Toontjesstraat die geen geld had om in beroep te gaan en de cel verkozen had, werd getroffen. 'Zijn twee benen zijn er af, hij zal er door komen maar het zal tijd en geld kosten,' zei de apotheker, en: 'Staf, mijn diagnostiek is dat ge in het vervolg uw voeten beter moet wassen.' Want het blauw kwam van de slechte verf van Papa's sokken.

Toen Paelinck weg was zei Mama zeemzoet: 'Moet ik water opzetten dat ge uw voeten kunt wassen?'

''t Is omdat ge zulke goedkope kousen koopt!' schreeuwde Papa.

'Een serieuze mens wast zijn voeten twee keer per week,' zei Mama.

'Was uw gat!' riep Papa met overslaande stem en sloeg met geweld de deur dicht. Mama luisterde naar zijn vluchtende stappen op straat. 'Charlatan,' prevelde zij.


Alhoewel de Geallieerden nu overdag overvlogen en de leerlingen van het College vaak naar de kelder moesten rennen, weigerden de priesters hardnekkig de school te sluiten. Wij moeten er allemaal aan, samen met Xenophon's tienduizend Grieken in Klein-Azië.

Louis liep door het park naar school. Hij vertraagde, hij bleef staan.

Hij zag naast een ijzeren papiermand, geknakt bij het

middenrif, met blote goudbehaarde voetjes die weerloos op
het grint lagen vanonder grijs flanel, Marnix de Puydt liggen.

('Niet aankomen,' zei de leraar turnen, 'want ge weet
nooit of er inwendige breuken zijn.')

Louis bleef kijken. De Puydt's oor lag op zijn hoed, zijn
buik zwol en slonk, de man zwoegde in zijn slaap.

'Mijnheer de Puydt.'

Als een Samaritaan de man overeind hijsen? Vluchten?
Als hij er in blijft, in dat labeur van ademen, ben ik dan een
moordenaar tot in lengte van dagen?

De poezelige handjes van De Puydt friemelden aan de
lucht, vonden de kronkelige gietijzeren poot van de bank
naast hem, hij hees zich op langs de bank, kreeg vaste voet,
zijn worstjes van tenen krulden op het grint.

'Mijnheer de Puydt.'

'Het is zonderling,' zei de Vlaamse Kop.

'Gij zijt in slaap gevallen.'

'Ja. Maar ik ben helemaal alleen overeind geraakt. Het is
zonderling. Ik dacht, Marnix, wat vindt ge ervan om eventjes te verpozen? en toen lag ik in het gras en het is zonderling, ik hoorde mezelf zeggen in de eigenste woorden van
onze goddelijke Pastor, onze Fenix op zijn sterfbed—een
bewijs dat ik mij op de rand van de zelfgezochte coma vergelijk met de onvergelijkbare—ik hoor mezelf zeggen, ge
gaat mij niet geloven, met een stem die beslist de mijne niet
was: "Ik hoorde zo gaarne de vogelkes schuifelen." Nu is
weliswaar een zekere ontdubbeling mij nooit vreemd geweest, wie zijt gij eigenlijk?'

'Louis. Seynaeve. De zoon van de drukker.'

'Goed in opstel. Waar of niet?'

'Nogal,' zei Louis verbluft. Hij zat naast De Puydt.

'Talent voor opstellen. Ik weet het van...'

'Mijn Peter!' riep Louis. Hij tintelde. De Puydt knikte
bedachtzaam. Het was ongelooflijk, achter mijn rug blies
mijn Peter een ongegeneerde loftrompet. Over mij. Of liever: over zijn kleinzoon, die de eigenschappen van zijn

grootvader had geërfd, talent slaat een generatie over. Toen pas drong het tot hem door dat De Puydt gespróken had, wat héét? een rits van de bekende retorische fiorituren had gelost. Zweeg hij dan alleen in café 'Groeninghe'? Sprak hij nu, omdat die collegiën naast hem, nat achter de oren, toch geen volwaardige gesprekspartner was in de lege ruimte van het park?

'Waar zijn wij?'

'In het park, Mijnheer de Puydt.'

'Ah ja, het Koningin Astridpark.'

'Nee. Het Gulden Sporenpark.'

'*Tiens*,' zei De Puydt.

'Hebt ge u geen zeer gedaan?'

'Zeer,' zei De Puydt en zweeg. Achter de eiken, in de buurt van het stadhuis was het vertrouwde rustige geluid te horen van marcherende soldaten. Zij zongen ineens: '...einen neuen Marsch probier'n.' Een groot repertoire hadden zij in al die tijd niet ontwikkeld.

'Hoe heet gij?'

'Louis Seynaeve.'

'Louis, Louis, zoals de grote heilige koning die de Sainte Chapelle heeft laten bouwen voor de Doornenkroon. Louis, luister.'

'Ja, Mijnheer de Puydt.'

'Ik heb het allemaal fout gedaan. Alles fout. En het is mijn eigen fout, van niemand anders. Er zijn geen verzachtende omstandigheden.'

Hij stond op het grint. Louis ook. Hij nam Louis' arm en begon te lopen. Louis schaamde zich diep. Met De Puydt als verloofde aan zijn arm, ging hij door de Leiestraat tot aan de Grote Markt en boven op het Belfort zat zijn dode vriend Maurice de Potter en richtte zijn verrekijker op hem en de mollige bezwete dichter aan zijn arm en wat waren zij voor waggelende planten? Bereklauw en engelwortel. Of twee purperrode, met rare kluwens als koppen, kale jonkers? Ik heb Maurice' schrift met alle namen, het enige wat ik voor mijn dode vriend kan doen is planten, bloemen leren benoemen, niet alleen hun namen zeggen.

De Puydt viel op een rieten stoel vóór 'Het Wapen van Gent' en keelde: 'Twee Pale-Ales', in de richting van het Monument der Gesneuvelden.

De baas bracht ze snel, maar nors.

'Louis. Ik had talent...'

'Gij hébt talent, Mijnheer de Puydt.'

'Ach, kind.'

'Toch, toch, Mijnheer de Puydt.'

'Ik had méér, een elan, een impuls. En trots en ongeduld en vernietigingsdrang. Ik had, Louis, de stuwing van de eigenzinnigen, de woelzieken zoals men overigens de opvolger van Saint Louis noemde, Louis le Hutin, en toen, ja, toen... Ik had kunnen zingen in mijn werken, niet zo fabelachtig precies Chopin-achtig lyrisch als Van Ostaijen natuurlijk, maar het had niet veel gescheeld. Maar ik heb mijzelf uitverkocht.'

'Over de maan schuift de lange rivier...,' zei Louis.

'Over de lange rivier schuift Moeder de Maan. Ach kind.' Hij viel stil. Louis, de woelzieke? Louis, de woelrat?

'Mijn grootvader zegt dat wat Van Ostaijen schrijft infantiel is maar toch kunst.'

'Uw grootvader kan mijn zak opblazen,' zei De Puydt. 'Heel mijn leven heb ik geluisterd naar al uw grootvaders. Naar grootvader Herman Teirlinck onder anderen. "Marnix," zei hij, "gij en ik hebben het ongeluk van in een klein landeke van de bok zijn ballen geboren te zijn, er is hier geen plaats voor dichters, de pletrol van België zal ons in de macadam persen, zorg ervoor, Marnix, dat ge eerst en vooral onder de pannen geraakt, ik zal ervoor zorgen, wat denkt ge van het inspecteurschap van de bibliotheken?" Ik zeg "Herman, als ik maar niet bij de loge moet"—"Wat voor een rare Charel zijt gij toch, Marnix, wie spreekt daar nu over?"—Twee Pale-Ales, heb ik gevraagd!' Hij riep het naar de Grote Markt.

'Gij hebt ze al binnen,' zei de baas verwijtend tot Louis. Toen hij, weer verongelijkt, het bier bracht wreef hij duim en wijsvinger over elkaar en keek Louis vragend aan. Louis haalde zijn schouders op. In het café sakkerde de baas hardop tot zijn vrouw, dat het altijd hetzelfde was en dat De Puydt met een lei stond van hier tot Waregem, en dat het de laatste keer was. De Puydt hoorde het niet. '... en ik zat toen met Maria opgescheept en zo is het gekomen dat ik mijn innerlijk kasteel in puin heb gelegd, dat ik de nachtegaal in mijn binnenste zijn vlerken heb afgetrokken, zijn parelende zang heb gedoofd. Ik heb toen, jonge meneer, in het Ministerie gewerkt. Jazeker, hij die naast u zit, heeft te Brussel gezwoegd om het lot van zijn confraters in de kunst te verbeteren en hij heeft dit doende een kleed van kurk, een korset van watten over zijn ziel geschoven. En wáár blijven die twee Pale-Ales?'

'Wie gaat dat dan betalen?' vroeg de bazin die het bier bracht. De Puydt sloeg uit volle macht op het marmeren tafelblad. Louis wou over de grote, wijde, lege Grote Markt wegspurten.

'Wie? Ich! Ich, Mitglied der Deutsch-Flämischen Arbeitsgemeinschaft!'

'Ik heb het verstaan, Mijnheer de Puydt!' zei de bazin. 'Het is al wel.'

'Apropos,' zei Louis, 'laatst las ik een paar interessante werken over het expressionisme. Van Hermann Bahr onder anderen.'

De Puydt's lodderogen probeerden Louis in het vizier te krijgen.

'En dat heeft mij aangezet om mij te verdiepen in wat men gemeenzaam *entartete* kunst noemt.' De pedante woorden rolden zwierig uit Louis' mond, het was veel gemakkelijker dan hij dacht, durf, daar ging het om. En een paar Pale-Ales.

'*Erfolg* van Feuchtwanger, *Joseph und seine Brüder* van Mann, van de vader natuurlijk.'

'Hoezo, de vader?'

'De vader van de andere.'

'Wie, Heinrich?'

'Nee, dat is zijn broer. Klaus is de zoon. En *Christian Wahnschaffe* van Wassermann.' Al die *Mann*-en. Hij vond snel een niet-Mann. 'En *Point contre Point* van Huxley.'

'Ik heb ook veel gelezen vroeger,' zei De Puydt, de verweekte, de zatlap die niet eens de verbazingwekkende eruditie van een schoolgaande jongen wou erkennen. Ik sta op en laat hem achter in zijn *stupor*. 'Veel gelezen,' zei De Puydt dof. En informeerde niet naar het waarom of hoe waarmee Louis, als enige in Walle, die trits *Mann*-en, die exotische en vooral verboden namen, kende.

'Ik heb werken gestolen in het hol van de Duitse adelaar in de Louisalaan in Brussel,' zei Louis. 'Terwijl ze bewaakt zijn door gewapende schildwachten. Ik heb die boeken van vermaling of verbranding gered.'

'Verbranden,' zei De Puydt. 'Als ik het verzameld werk van Herman Teirlinck zou kunnen verzengen. Zoals Diego de Landa de codex van de Azteken.'

Louis riep baldadig: 'Patron, twee Pale-Ales alstublieft.' Toen niemand kwam ging hij naar binnen. De baas en zijn vrouw zaten, allebei even grimmig, te dammen. Louis zei: 'Ik heb geen geld bij mij, maar morgen breng ik het zonder fout. Vanavond laat misschien. Ik ben de kleinzoon van Mijnheer Seynaeve die elke dag komt bridgen in de 'Patria'.'

'Waarom gaat ge dan niet in de 'Patria' drinken?' vroeg de bazin. 'Mijnheer de Puydt staat hier met een lei van hier tot Waregem,' zei de baas maar kwam toch vanachter de tafel vandaan. 'Het zijn de laatste. Als ik u vanavond niet zie met uw geld, gaat er hier een staartje van komen. En geen kleintje.'

Louis bracht zelf de allerlaatste naar het terras. De Puydt lag achterover, opnieuw in een coma. Een luidruchtig groepje van de Organisation Todt kwam langs, maar dokter Louis Seynaeve weerde met zijn resoluut en voornaam voorkomen hun gebral af, dat, alhoewel diepmenselijk, gerechtvaardigd, begrijpelijk (want je bij een temperatuur van dertig onder nul losmaken uit de ijshel van Smolensk gaat niet in je koude kleren zitten) toch zijn patiënt niet mocht storen. De geur van de Pale-Ale bereikte De Puydt, hij niesde. 'Aha.' Hij dronk gulzig. Zei toen: 'Ik heb alles...'

'... Verkeerd gedaan,' zei Louis.

Hij knikte. 'Mijn motor is versleten, de accu is leeg. De immense kracht van de middelmatigheid, de mastodont van de domheid is over mij heen gewalst. Ik had... ik had... Dikwijls gedacht: alleen, zonder bindingen red ik het, misschien kan een mens ook alleen de tango dansen.'

De voorbijgangers bleven als ijsblokken (dode Russische partizanen in de sneeuwvlakte) op de Grote Markt staan toen zij het schallend lied van De Puydt hoorden. Van nietspreken tot dit onverstaanbaar geloei, er was vooruitgang, de weg naar het licht brak open.

'Het was meer een pasodoble,' zei De Puydt toen en dronk Louis' glas leeg. 'Ga nu,' zei De Puydt, 'gij hebt uw dienst gedaan, waarvoor de erkentelijkheid van mijn versleten hart. Laat me hier verwijlen.'

'Kan ik niets meer voor u doen, Mijnheer de Puydt?'

De Puydt was totaal opgeslorpt door een lange rosharige verpleegster die in haar wit-blauw gestreept uniform voorbij schreed, de blik naar de Atlantikwal gericht waar zij verwacht werd.

'Voilà,' zei De Puydt. 'Waarop wacht ge? Hoe ze loopt. Als een van die grote vogels die men *demoiselles de Numidie* noemt. Waarop wacht ge?'

Om De Puydt te behagen liep Louis achter haar aan, sloeg toen, eenmaal uit het gezichtsveld van de dichter, een zijstraat in.


Louis laadde zijn schooltas vol met de verboden boeken. Op straat zwaaide hij met de tas alsof ze twee kilo woog om de voorbijkomende Duitsers op een dwaalspoor te brengen. Als een volksvijandig element wandelde hij roekeloos met de werken van de Bolsjewist Ehrenburg en de joodse gebroeders Zweig, waarvoor je lelijk aangepakt kon worden.

Meer dan voor gesmokkelde boter, bijvoorbeeld. Werd je gefusilleerd, of was dat alleen voor soldaten?

Tante Nora wachtte voor de deur en liet hem binnen. ('Zij treurt,' had Papa gezegd. 'Laat ze maar lezen tot ze scheel ziet. Het is goed voor haar moraal, zelfs al is het joodse en democratische propaganda.')

'Ik heb dat boek over de Medicis bijna tot op het einde gelezen. Een propere familie,' zei Tante Nora. 'Niet dat het niet interessant was, integendeel, ge leert er wat van, over de hofhouding in die tijd. En veel details over de adel, wat ze aten en welke kostuums ze droegen. Alhoewel dat adellijk volk niets anders te doen had dan elkaar te kietelen als 't donker werd in het paleis, kardinalen op kop. Het is leerzaam, dat wel, maar op het gebied van de liefde is het niet veel soeps, en tenslotte, draai het of keer het lijk of dat ge wilt, een boek moet toch over liefde gaan, nee, geef mij maar iets van Vicki Baum of van Gerard Walschap.'

Zij ging naar de keuken. Louis stelde zich voor hoe hij nu meteen terwijl zij daar bezig was, of straks terwijl zij naar de wc was (wat onvermijdelijk moest gebeuren, want vrouwen gaan zes keer zo veel als mannen), naar de buffetkast zou sluipen, er het goudkleurig glas-in-looddeurtje zou tegenhouden zodat het niet piepte, en in de blikken doos met de beeltenis van wijlen Koningin Astrid in de dichtaaneengesloten speculaasjes zou graaien. Hij stal de hele doos, schoof haar onder zijn jasje, want de wc spoelde al door. Of niet? Was Tante Nora gierig als de miljonair Groothuis waarvan Mama beweerde dat hij elke morgen vóór hij naar zijn fabriek vertrok aan zijn familie en zijn personeel orders gaf om maar één keer door te spoelen? Hoe dan ook, schuin, zijdelings, gleed de diefachtige geheime agent Louis Seynaeve langs de voorgevel naar buiten en wuifde en zong binnensmonds 'Auf wiedersehen', terwijl hij slinks tegen zijn linkerflank de blikken doos vol broze kwijlverwekkende speculaas onttrok aan de nochtans arendachtige blik van de zuster van zijn vader.

Dralend in de kamer schoot het hem te binnen dat Tante

Nora daarnet, niet onachtzaam want zij bleef hem in zijn gezicht aankijken, niet opzettelijk want het leek vanzelfsprekend, vlak bij de keukendeur traag haar rok had opgetild en haar kous bij de jarretel had rechtgetrokken. Vanzelfsprekend, alsof zij alleen thuis was, met hooguit een vage schim of een herinnering in de kamer, en dat was hij dan, Louis, de schaduw van een neef. Zij bleef lang weg. Kwam terug met koffie. Geen echte koffie natuurlijk, die werd alleen te voorschijn gehaald als er een andersoortig bezoek was, een meer gewaardeerd, meer gekoesterd familielid.

Zij had waarschijnlijk als koffiezak de voet van een zelfde zijden, amberen kous gebruikt als die rechtlijnig om haar been gespannen zat. De koffie smaakte naar haar been. Zij inspecteerde de nieuwe lading boeken. Feuchtwanger, Zangwill. 'Zijn er geen vette bij?' vroeg zij.

Boeken met vetvlekken? Zeer dikke boeken?

'Vette!' zei zij en haar ongaaf gezicht met de natte gezwollen lippen kwam hem raadselachtig voor.

'Ge weet toch wat ik wil zeggen? Want een jongen van uw ouderdom, dat begint toch het een en ander te voelen verroeren als hij een vette boek leest, nee? Ge moet niet beschaamd zijn, uw Tante kent het leven, door en door.'

Hij moest in ieder geval enkele speculaasjes overhouden voor Mama. Voor een mama die nu thuis rusteloos over en weer liep, doodsbang dat er hem iets overkomen was. Voor een mama, de echte dan, die nu thuis sigaretten rookte, patience speelde, en niet eens wist dat hij bestond.

'Is er geen Walschap bij?' vroeg Tante Nora. 'Die schrijft tenminste over het leven zoals het is.'

Wat moest Tante Nora toch met dat 'leven'? Of bedoelde zij al geruime tijd het woord 'leven', zoals men dit in Oostvlaanderen gebruikte voor wat mannen met vrouwen doen? ('Zij hebben die namiddag samen *geleefd*, de pastoor en zijn meid, de koster en zijn geit.')

'Hij zegt de dingen vlakaf, Walschap! Hij doet er geen doekjes rond. En hij heeft gelijk. Wij zouden altijd vlakaf ons gedacht moeten zeggen. Maar ja, dat past niet altijd.'

Zij schoof haar benen van elkaar, wreef over de amber glimmende knieschijven, bleef hem aanstaren, ontdekte iets in hem dat er daarnet niet was.

'Binnenkort gaat ge u moeten beginnen scheren.'

'Ik heb mij al geschoren,' zei Louis. 'Al drie keer.'

Een zwart konijn met een leigrijs staartje huppelde de kamer in. Het was mager en beefde. Tante Nora zei: 'Allee, Valentientje, haast u. Ga weer in de hof spelen.' Het konijn gehoorzaamde, ernstig, met zijn oren plat.

'Zij zal de liefde nooit gekend hebben. Volgende week gaat zij in de pot.'

'Moest zij eerst niet wat dikker worden, Tante?'

'Daar kunnen wij niet op wachten, jongen.' Zij keek het konijn na dat op het terras bleef dralen. 'Tenzij dat ge 't mee wilt nemen, naar uw huis.'

'Mag ik het meenemen?' Louis geloofde het niet.

'Als ge mij maar inviteert als zij de pot ingaat.'

'Wanneer? Toch niet volgende week al?'

'Ge moet zelf weten wanneer. Gij zijt groot genoeg.' Zij praatte verder, haar stem had een schorre, dringende klank gekregen die de woorden vertroebelde. Zij friemelde aan de rand van haar jurk, streelde haar knieschijven. (De schedels van twee zeer kleine Oosterse kinderen.) Zij zei iets dat eindigde op 'Afgesproken'?

'Wat?'

Zij lachte met smalle tanden, dieproze tandvlees. 'Wilt ge dat ik het nog een keer vraag? O, gij, deugnietje, roerme-nietje! Dan zal ik het nog een keer zeggen. Als gij het konijn krijgt, krijg ik een kus van u. Afgesproken?'

'Maar zeker, Tante!' (Ik zal thuis voor het konijn aardappelschillen koken. Maar hoe krijg ik dat van Mama gedaan, die altijd aardappelen met de schil kookt opdat ik alle vitaminen binnen zou krijgen die ik nodig heb in deze gruwelijke tijden? Nonkel Robert beweert dat de beesten binnenkort krantepapier zullen moeten eten. Hij, als beenhouwer, kan het weten.)

Hij wilde opstaan om de afgesproken kus te geven toen

zij een beschuldigende wijsvinger naar hem uitstak. 'Blijf zitten!' Het klonk onverklaarbaar bars. Hij dronk het bodempje koffie te haastig op, er weerklonk een slurpend gepiep. Het konijn op het terras stak een oor in de lucht. Het moest dood, misschien niet in de volgende veertien dagen, maar in ieder geval dit jaar.

Tante Nora, die niet op Papa leek—zij was spichtiger, alerter en vaak veel vrolijker, althans vóór dat geval met Nonkel Leon—bleef hem aankijken, verpinkte niet. Onderaan haar keel was een rode vlek verschenen, in de vorm van een kaart van Frankrijk. Haar rechterhand met twee trouwringen kneedde haar rechterknie.

Elk ogenblik kon de alarmsirene weerklinken. Maar dan zou hij met haar mee moeten naar de kelder. Of zou zij hem bij de eerste uithalen loslaten met haar ogen, en kermend naar de gang rennen en vandaar naar de trap en de kelder? In dat geval zou hij, met de ontploffingen rond en boven hem, rustig de blikken doos kunnen openmaken, zich volproppen met de zoete, papperige speculaas, die tussen de tanden blijft zitten. Misschien lagen in die kast ook de aandelen van de Union Minière waar Papa het aldoor over had en die, indien de Anglo-Amerikanen ooit de oorlog zouden winnen, fortuinen waard zouden zijn. Nee, dat was bij Tante Mona, en de aandelen behoorden aan Peter.

'Ik zeg u dat ge moet blijven zitten, hoort ge niet goed?' Terwijl hij geen beweging gedaan had. Louis sloeg zijn ogen neer, las in *De Dag* over de heldenstrijd van het Zesde Leger aan de Wolga, terwijl Tante Nora een pilletje uit een tube slikte, met koffie doorspoelde, aan de klinken van de ramen snokte, de donkerblauwe rolgordijnen van de voorkant neerliet. Hij kon de letters niet meer onderscheiden, een blauwe glans viel op Tante Nora's beweeglijke jurk, zij hief haar ellebogen en trok toen speldjes uit haar haar, het viel los over haar schouders in golfjes en krullen, zoals bij Genoveva van Brabant.

Tante Nora ging naar de schoorsteen en draaide daar de foto van Nonkel Leon in het aluminiumlijstje een kwartslag om, in de richting van Hannover waar Nonkel Leon, alhoewel *vom Arbeitseinsatz ordnungsmässig erfasst*, was blijven hangen aan een dame die niettegenstaande zij van een chique familie kwam toch van lichte zeden was.

Tante Nora deed de radio aan, een kinderkoor zong Latijn, zij deed de radio uit. Uit de buffetkast haalde zij twee eigele kaarsen, wrong die in houten kaarsehouders die in Hannover met schrille bloemen beschilderd waren geweest en stak ze aan.

'Voilà,' zei zij opgewekt. Zij liet zich in de zetel naast de kachel vallen. Louis voelde zijn hart, het sprong op, hij voelde het bloed in zijn oren, hij slikte.

'Ge moet niet denken,' zei de in de kaarsvlammen glimmende vrouw, 'dat ik niet weet wat gij uitsteekt in uw kamer van de Oudenaardse Steenweg als ge van die vette boeken leest. God ziet u en ik ook. Wel, hebt ge uw tong verloren? Ge zoudt tenminste kunnen toegeven: Ja, Tante, het is zo, ik belijd mijn zonden.'

De klok op de schoorsteen was hoorbaar. Een motorfiets buiten. Ook een oude vrouw die schreeuwde dat iemand moest komen eten, het leek op de roep van de man van de mosselkar.

'Kom hier,' zei Tante Nora, 'd'r is hier nog een konijntje.'

Waar? Niet in haar schoot waar haar handen lagen. Onder de buffetkast? Scharrelend tussen de nikkelen leeuweklauwen van de kachelpoten?

'En het heeft honger, dat konijntje,' zei de schorre stem, 'gauw, het moet een boterhammetje krijgen.'

Sedert zij de kaarsen had aangestoken voor deze zwarte mis was Tante Nora krankzinnig geworden. Zij had een kunstmatige donkerblauwe nacht aangebracht en ijlde. Papa zou zeggen dat het waarschijnlijk volle maan was, dan zijn alle vrouwen, ook vrouwelijke professoren, kloosteroversten, Dietse meisjesschaarleidsters, totaal van zinnen, met geen tang aan te pakken.

'Hoort ge niet goed?' De stem trok Louis met klauwen uit zijn stoel, die kraakte.

'Ja,' zei de stem tevreden. 'Ja, hier.'

Hij kreeg een onbedaarlijke honger. Hij stond voor haar, een genoeglijk knorrende vrouw die zoëven nog zijn Tante Nora was. Zij tikte met haar enkel tegen zijn kuit, een teken dat er iets nagespeeld moest worden uit *Grand Hotel* van Vicki Baum of uit *Trouwen* van Gerard Walschap, maar welk tafereel?

Zij rukte zo fel aan zijn jasje dat hij voorover viel, zijn hand brak zijn val op de lauwe, fluwelen leuning van de zetel.

Toen hij zich meteen los wou wrikken (zoals niet zo lang geleden op de beijzelde speelplaats van het Gesticht, toen hij uitgegleden was en terecht kwam tegen de zwarte welige rokken van eenzelfde tovenares, eenzelfde non, eenzelfde zwarte-mislezeres) pakte zij zijn das en sjorde er aan tot hij weer in haar geur en haar greep viel. Zij klemde zijn hoofd tussen haar handen, perste zijn wangen samen zodat zijn lippen uitstulpten. Nu komt de zoen. Beloofd is beloofd. Van zo vlakbij waren haar ogen bloeddoorlopen. Zij glimlachte. Als naar een kind. Het maakte hem woedend. Hij duwde zijn mond op de hare. Zij wendde haar hoofd af, zijn mond raakte haar wangbeen. Zij nam zijn linkeroor tussen duim en wijsvinger en schudde er aan. 'Wilt gij uw manieren houden? Ik ben het die hier commandeert. Gij peinst toch niet dat gij mij moogt embrasseren van zodra ge daar goesting in hebt.'

'Ik dacht dat...' (dat ik mijn schuld moest aflossen en daarna naar huis mocht). Zij rook naar Mama's symmetrisch opgevouwen en gerangschikt glanzend ondergoed in de tweede lade van de spiegelkast in haar slaapkamer, naar *poudre-de-riz*. (Ik zou nu kunnen wegrennen, want er is iets slaps, laks, iets van een overgave in haar lichaam, iets onachtzaams. Maar waarom zou ik dat willen? Als dit zo verder gaat zal er iets te beleven zijn als wat er in Papa's verborgen 'vette' boeken staat. Vele regels eindigen er op drie puntjes...)

'Ik dacht, ik dacht, *nicht räsonieren!*' zei Tante Nora. 'Hebt gij dat niet geleerd op school, van Albert Rodenbach?'

'*Albrecht*,' zei Louis.

'Ge weet het weer beter,' zei zij laatdunkend. 'En hoe gaan de regels verder, weet ge dat, alweter?'

'*Weer u scherp en eind als een soldaat.*'

'Juist. Precies,' zei zij. 'Allee, weer u scherp.' Zij draaide zich om en trok hem mee in de zwenking. Zijn schouder werd naar beneden geduwd. Zij lag boven op hem. Naast haar golfjeshaar zag hij haar schoentje met de lage hak de lucht ingaan en op en neer deinen. Zij kuste twee keer zijn neus, licht en klam, wreef er toen met een vinger op. 'Met uw rode neus zijt ge precies de clown Gastonske van het circus Minard.'

'Gastonske is die met het wit poeder op zijn gezicht, in zijn zilveren kostuum. Die met zijn rode neus heet Titi.'

Zij liet zich naast hem glijden. Hij hoopte dat zij een goede houding zou vinden en niet meer veranderen.

'Genoeg gezeverd,' zei zij. Een bittere trek verscheen om haar mond die dunner en breder was geworden. Zij had haar eigen mond verwoest door de lipstick ervan op zijn neus te smeren.

Met een beslist maar niet onvriendelijk gebaar legde zij zijn hand tussen haar dijen. Zij kneep toen haar dijen dicht. Zij had niets aan onder haar jurk. Toen zij zo lang in de keuken koffie zette had zij daar haar broek uitgetrokken en in de lade bij de messen en vorken gepropt. 'Mensen, waar gaan we naartoe?' zei Louis onhoorbaar met Papa's stem die schamper was en angstig.

Toen zijn vingers, onafhankelijk van zijn wil, bewogen voelde hij droge plooien, droog gras. Het verbaasde hem, want de jongens op school hadden het altijd over het natte van vrouwen dáár, want als vrouwen moeten plassen van de slappe lach, dan kunnen zij dáár de kraan niet afsluiten zoals mannen, of bedoelden de jongens iets anders? Was het natte het bloed dat dáár uitdruppelt dagen en nachten lang terwijl zij dáár niet ziek zijn? Ik moet daar toch zo gauw mogelijk het fijne van te weten komen.

Tante Nora trachtte overeind te komen met haar onderlichaam, maar toen hij opzij week om haar de ruimte te laten grabbelde zij in zijn kleren en trok hem opnieuw op haar neer.

Haar hand met de twee trouwringen zocht in zijn kleren en vond zijn kruis. 'Wel, wel, wat is dat voor een spel?' zei zij. Louis wou niet antwoorden op zo'n kinderachtige vraag, maar hij kreeg opnieuw de tekst voor ogen—in half-vette Perpetua-letter, corps 10, onderaan links, in het boek *Flucht in den Norden* van Klaus Mann—die hem de adem afgesneden had toen hij hem voor 't eerst las en die hij in de voorbije week wel tien keer had herlezen, en hij zei: 'Tante Nora, dit is *mein ragendes Geschlecht*.'

Zoals hij verwacht had, schrok zij en trok haar hand weg als van een hete kachel.

'Gij, ventje, gij zijt bezig met mij de zot te houden.'

Hij protesteerde. Zijn mond bracht onduidelijk gesteun uit want zij bedekte zijn gezicht met de hand die twee trouwringen droeg.

Nonkel Leon had plechtig zijn ring over haar middenvinger geschoven op het station toen hij de laatste keer naar Duitsland vertrok. Zij had gehuild van ontroering, zij, die zich tot op dat moment zo dapper had gehouden. Nu pas, nu het duidelijk was geworden dat Nonkel Leon vrijwillig bleef plakken bij die verre Hannoveriaanse lichtekooi van goeden huize, had zij het gebaar herkend als een misdaad met voorbedachten rade.

'Nee,' zei zij. 'Nee. Geen woord meer. Van nu af aan, ventje, wil ik geen woord meer van u, of ge krijgt ervan met de zweep van Victor.'

De tekkel Victor was weggekwijnd van verdriet toen Nonkel Leon maar niet terugkwam. In de versie van Tante Nora. Volgens Papa had zij, die wist hoe exclusief de genegenheid van Victor op haar verraderlijke man was gericht, het dier met een schoenveter van haar man gewurgd en het dan in haar ééntje opgegeten. Papa beweerde dat hij én veter én afgekloven hondebotten had ontdekt achter in Tante Nora's tuintje.

'Doe uw broek uit,' zei Tante Nora. Zij kon het niet helpen dat het teder klonk, zij snauwde meteen: 'En een beetje rap!'

'Mijn vest ook?'

'Uw vest ook. En uw schoenen en uw kousen.'

De Anglo-Amerikaanse bommenwerpers kwamen niet overgevlogen. Geen buurvrouw belde aan, geen *Sicherheitspolizei*. Het konijn Valentientje tikte niet aan de glazen tuindeur met een poezelig pootje. Het ene gele kaarsje brandde vlugger dan het andere.

'Het is proper,' zei zij. 'En kijk toch een keer, hij heeft zijn klakske nog aan.'

Wat betekende dit nu weer? Klakske. Ik wil niet meer met haar spreken. Ik ben pas van de Oeral teruggekeerd, ik heb mijn kameraden van de Vlaamse SS naast me zien vallen in de sneeuw. Als hij zich opnieuw in een hachelijk parket bevindt, dan hakkelt de Vlaamse SS-officier zijn arrogante woede, zijn verwarring, in de taal van het front. *'Wie meinen Sie, gnädige Frau?'* vroeg Louis.

'Aha. Het is weer op zijn Duits! Wel, wat is het Duits woord voor het voorvelleke van een fluitje? Een Hitlerjugendklakske?' Zij schaterde het uit. 'Wel, welweter, gij die zo geleerd zijt en al die joodse boeken leest die niet van uwe ouderdom zijn?' Met iele vingers nam zij zijn voorhuid vast, wiebelde er mee. Haar plotse opgewektheid voorspelde weinig goeds. Hitlerjugendklakske. Waar had zij het in Godsnaam over? Er is zo ontzaglijk veel dat ik nooit zal leren.

Tante Nora trok de voorhuid naar beneden, dan weer naar boven, schudde er zijdelings mee. 'O, krinkelende, winkelende waterding,' reciteerde zij, 'met uw roze kabotseke aan.'

Guido Gezelle wandelde voorbij, hij had een waterhoofd en fluisterde volkse rijmpjes voor zich uit. Alleen maar door een bakstenen wand van ons gescheiden blijft hij bij de gevel staan vlak voor dit schandelijk huis van, laten we maar zeggen: ontucht. Het woord 'ontucht', het letterlijk tegenovergestelde van de tucht die heerste, heersen moest in de rangen van de Dietse Blauwvoetvendels, maakte Louis opgewonden. Tante Nora staarde zo aandachtig naar het nu inderdaad *ragende Geschlecht*, dat zij loenste. 'Ah, wij zijn zover,' zei zij triomfantelijk, liet hem los en tilde haar jurk op.

Het leek op de tekeningen die de kleine Herman Polet maakte met vele zwarte en rode potloodstreepjes en die hij je soms vliegensvlug liet zien in de klas, tussen twee pagina's van zijn atlas. Herman Polet verkocht die tekeningen of ruilde ze voor vitaminen met chocoladesmaak, waar hij aan verslaafd was. Ik moet Herman Polet morgen vóór de klas begint complimenteren. Het is goed getroffen. Alhoewel er hier, nu, minder haar te zien is. Het zijn ook niet die groezelige krullende potloodwormpjes die vlak onder de navel beginnen. De navel van Tante Nora was overigens onzichtbaar, hij bleef verscholen in een romige plooi. Louis had het chromoprentje, de illustratie, voor zijn neus rustig willen bekijken vooral omdat het plaatje, de gleuf uit zichzelf bewoog, een in- en uitademende diepzeeplant die een geur van zee verspreidde. (Mama pelde aandachtig garnalen op het caféterras op de dijk van Blankenberge.

Zij blafte naar mij omdat ik, zoals altijd te ongeduldig, de garnalen opat met schaal en tien poten en al. Blankenberge is nu onbereikbaar afgesloten met kanonnen en prikkeldraad om ons te behoeden voor de invasie.)

Tante Nora opende met haar trouwringvingers de plooi. Zij zei stilletjes, een beetje verloren in de donker wordende kamer: 'Allee, weer u scherp.'

Louis lag warm, vastgeklemd. Zij bewoog nauwelijks, een kalm deinend veerkrachtig donzen dek dat gemurmel voortbracht tegen zijn nek.

'Ja mijn ventje—dat ik u al die tijd gezien heb van als ge een kneuteltje waart met uw dikke kromme beentjes in de Oudenaardse Steenweg—en dat ge nu in mijn huis—waar dat ik zo alleen ben en zo dikwijls aan u peins—dat ge nu hier zijt—nee niet zo rap alstublieft—wij hebben alle tijd mijn engel—ik kan het niet geloven—ik die dacht dat ik nooit meer, nooit meer zou—want zij zijn allemaal tegen mij, de venten—zij zien mij niet staan—ge hebt daar geen gedacht van hoe dat is ventje—alstublieft niet schieten—houd u in want anders is het zo gepasseerd—ik wil niks niks dan dat ge het warm hebt in mijn kotje—voelt ge 't, mijn soldaatje?'

Soldaatje. Louis verstarde. Zelfs al was de verwijzing naar Albrecht Rodenbach's idiote versregel onnadenkend, onwillekeurig, niet kwaad bedoeld, misschien zelfs vleiend ontsnapt aan dat geraaskal, het trof hem. Tinnen soldaatje, loden soldaatje, soldaatje van chocola. Hij zag haar fluisteren, met dicht geperste, verfrommelde oogleden, hij ramde zijn romp tegen de hare en zei: 'Stomme, stomme koe.'

De bloeddoorlopen ogen. De slakachtige vingertjes in haar ingewand die zijn, *jawohl, ragendes Geschlecht, du Ungeheuer*, omvatten, knepen dichter dicht.

'Gij zijt mijn tante,' zei hij.

'Hou uw mond,' riep zij.

'Wie denkt ge wel dat ik ben?' zei hij. Nog nooit, niet in het huis van zijn ouders of dat van zijn grootvader, niet op school of op weg naar school en zeker niet in al die jaren op de kostschool had hij zozeer het zegevierend gevoel dat hij onbeschaamd, onbevreesd kon roepen wat hij wou. Hij richtte zich op, zijn ellebogen in haar vlees-in-kleren. 'Denkt ge dat ge met uw konijn te maken hebt, met iemand die van niks weet, ik vogel meer dan ge peinst, vraag het maar aan Bekka Cosijns, en denkt ge dat ik mij ga generen morgen om dit te vertellen aan...' Hij wou meegesleept door de trein (op de Wereldtentoonstelling van Luik de roetsjbaan vol gillende kinderen die ik nog overschreeuwde) van zijn opwellende, uitbottende, uitwasemende woede zeggen: ... aan mijn moeder. Maar dat zou hij nooit durven, hij wou Mama ook niet in deze kamer halen die rook naar *poudre-de-riz*, zee en kaarsvet, hij zei: '... aan de mensen van uw straat, dat ze erachter komen wat voor iemand dat ge zijt?'

Zij zag de verklikker, de beul, de soldaat die half op haar

lag als op een haastig ineengeflanst bed te velde, op het slacht- op het slagveld.

'O, gij smeerlapke,' zei Tante Nora. Zij sloeg haar arm rond zijn nek en als op de roetsjbaan van de Wereldtentoonstelling helde hun tweepersoonswagentje van vel en vlees en haar en kleren, zij deed Louis verder kantelen, zij ontkoppelden, zij schoorde haar benen, grabbelde, kneep, stootte, tot in een wonderbaarlijke soepele vloeiende beweging hun tweespan weer aanééénklonk, alleen nu omgekeerd, zij boven, hijgend van de krachtpatserij, zij was dit niet gewend, haar keel reutelde.

Wanneer houdt zoiets op? Er moet een afgesproken sein zijn waarop de twee worstelaars uit elkaar floepen, een eindsignaal, een alarmsirene, maar wanneer precies, dit zal ik te weten komen, ik moet opletten.

'Ziet ge mij een beetje gaarne?' Haar golvend haar bedekte zijn gezicht, zij woog niet veel, het gewicht van een veulentje, nee, van een Sint Bernardshond.

'Maar zeker, Tante.'

'Merci,' zei zij en likte in zijn oor, wat bitter moest smaken.

Er was een nieuw woord waar Louis al een maand mee opgescheept zat. Hij had de neiging om het op te roepen bij waaiende boomtakken, het geruis in de radio, bij heimachines, het woord is 'de peristaltische beweging', en dit woord gebeurt nu, karnen, dobberen en de zuigende, sissende dreun van Papa's Heidelberg-pers.

Zij fluistert.

'Ge kent er niks van—ge gebaart dat ge er iets van kent maar ge zijt een bedrieger—ten andere ge gaat nooit weten wat dat een vrouw is—niet alleen ik maar ook de andere vrouwen—beweeg niet—ge zijt geen konijn—alhoewel dat ik soms zou willen dat ge een konijn waart d'r in en d'r uit en *après nous le déluge*—maar ik zie u gaarne en dat kunt ge niet verdragen—het is normaal voor een vent—maar ondertussen zit ik er toch mee en moet ik er mijn plan mee trekken dat ik u gaarne zie—rijen rijen op een wagentje—zeg niet dat ik zot ben of onnozel doe—omdat ik u gaarne zie—ik wil op u rijden tot het einde der tijden—laat me doen of ge krijgt een zoen—ik ben dom ik weet het van u gaarne te zien—laat mij toch laat mij toch zeveren—ge hebt daar toch geen zeer van—ge hebt gelijk ik ben alleen maar goed om te pissen en te zeveren—maar ge hebt toch geen last van mij—o ventje waarom zijt ge weggelopen—met uw leugens—en ik die dacht dat gij daar in Duitsland af en toe aan mij peinsde en godverdomme ge lacht mij uit met die andere—ge zijt nog een grotere smeerlap dan mijn moeder zei—maar het geeft niet mijn zoetje—want ge zijt nu bij mij en ik bij u en wij zitten aan elkaar vast en vastgenageld—ge kunt niet meer weg voelt ge't—ge kunt kunt niet los—ik ga u godverdomme een keer leren rotzak—lelijk crapuul voelt ge het—het is aan het komen maar wacht o nee niet zo rap.'

Louis wachtte zoals gevraagd. Hij wachtte al een hele tijd want zij was het die dit gekolk gekreun gestamp veroorzaakte. Het konijn Valentientje zat op zijn achterste poten en probeerde een dahlia te pakken, gaf het niet op. Steeds knabbelend. Het konijn heeft ooit van God de glimlach als cadeau gekregen. Omdat het daar wat minnetjes over deed, ontnam God hem de glimlach. Sindsdien probeert het konijn de hele dag de glimlach terug te vinden, knabbelend op lucht.

Geen sirene te horen. De RAF is niet stipt. Het kaarsvlammetje raakt het dagblad *De Dag*, de krant schiet in brand, het tapijt walmt.

'Ja weer op ons karretje—allee koetsierke juju—gij die mij gaarne ziet ik voel het ge kunt het niet wegsteken—ah dat kan niet blijven duren dat kan een mens niet uithouden.'

Haar verkreukeld gezicht. Haar lippen die weer gezwollen waren en op lucht kauwden, knabbelden. Dat ik nu in iemand anders lijf zit met een deel van mijn lijf, het is wonderbaarlijk, hoe brengt iemand het vertrouwen op, de schaamteloze overgave om zoiets te durven doen? Mijn buik borrelt en knort. Een blikken trommeltje vol keurig gerangschikte speculaasjes. In het derde jaar van de Tweede

Wereldoorlog op deze planeet is het dat de kille Hitlerjugendknaap Louis Seynaeve voor het eerst gemeenschap heeft met een persoon van het andere geslacht. Hij wordt als eerste in het Germaanse rijk onderscheiden—het is te lezen op de voorpagina van *Volk en Staat*, naast de foto van de vergane onderzeeër 'Heidelberg' waarvan de ruige, ongeschoren bemanning is ontploft, verscheurd, verzwolgen— met het IJzeren Kruis. Leon Degrelle, generaal, nodigt hem uit om langs de aangetreden gelederen te marcheren.

Er was een signaal te horen geweest, maar niet door Louis. Alleen Tante Nora ving het op. Zij steigerde. Zij kreunde. 'Gaarne zien—het is toch het gemakkelijkste—het komt— voelt ge 't niet?—Gaarne zien wil ik en ik wil u niet kennen —o zeg niets alstublieft—*verrückt bin* ik van binnen—o.'

Als zij zo doorgaat glijd ik uit haar, dat mag niet, dat is pas oneer.

Het lichaam van de ridderkruisdrager sloot aan, zo zeer dat hij het was die een gleuf vormde waar zij, een vreemdeling van een man, in stootte, hij werd platgeperst door de zonderlingste schokkende Mazurka-ter-plekke.

'Nooit nooit,' schreeuwde Tante Nora. De drievoudige rij buren die buiten op het voetpad luisterde, hun lange roze oren plat langs hun slapen. 'Nooit meer, nog, meer, alstublief, o, o.'

Zij plette haar kin tegen zijn oogkas. Hij zag wriemelende lichtvlekken. Zij beet in zijn onderlip, hij proefde bloed. Zij schraapte langs zijn wang met de hare en hij dacht een ogenblik dat zij slechtgeschoren was. Toen sprong zij van hem los en viel neer met haar elleboog dwars over zijn keel. 'Tante!' riep hij. Zij zakte languit langs de zetel op het tapijt dat niet walmde. Zij huilde. De buren buiten drongen tot vlakbij de bakstenen gevel die trilde, de muur zelf snikte en kermde met haar stem die niet wilde bedaren, de klaagmuur van Jeruzalem.

Tante Nora knielde en knoopte zijn broek dicht. Dat wat overeind was blijven staan had zij als een popje in zijn hemd gewikkeld. Zij wreef haar tranen weg met haar mouw. Hij knipperde met zijn linkeroog en kon er weer mee zien.

'Ik ben slecht,' zei zij. Hij wou dit beamen maar ze zei: 'Want ik heb u niet eens goed verzorgd. Ik heb alleen aan mijn eigen gepeinsd.'

Louis dacht dat dit het moment was om, *unverfroren*, de doos met de speculaasjes op te eisen. Maar hij deed het niet, het leek op: voor wat hoort wat. Morgen zou hij Herman Polet complimenteren met de gelijkenis. Hij zou zeggen: 'Polet, zij lag op haar knieën en borg mijn fluit op.'

'Uw scheidsrechtersfluitje zeker,' zou Herman Polet zeggen, atlas onder de elleboog.

Kalm liep de vrouw toen door de kamer, deed het licht aan, zocht naar de spelden, stak haar haar weer op en werd weer ongeveer de zuster van zijn vader die zachtjes zei: 'Dit blijft onder ons, hé, ventje? Afgesproken?'

Ventje. Nonkel Leon in lilliputtervorm. Zij reikte hem zijn schooltas aan. Hij kreeg ook nog zes sigaretten mee voor Mama.

'In Veertien-Achttien,' beweerde Tante Mona, 'is Hitler door een ongelukkige toevallige Engelse kogel getroffen geweest. En dan hebben ze een kloot moeten amputeren.'

'Volgens mij is die kloot bij de kleine Adolf niet gezakt en zit hij nog in zijn buik.'

'Vandaar dat hij altijd zo koleirig is, de Führer.'

'Zoiets moet op het gemoed werken.'

'Vandaar dat hij niet getrouwd is.'

'Lijk de priesters. Zo kunnen ze zich helemaal aan hun ambt en aan hun ideaal wijden.'

'Vandaar dat hij zo tegen de Engelsen is.'

'Maar Mona, hij is nooit tegen de Engelsen geweest. Het zijn de Engelsen die tegen hém zijn. Von Ribbentrop heeft zijn hand uitgestoken maar Churchill heeft er in gespuwd.'

'Wat is er met u, Louis, ge loopt zo gejaagd?'

'Hij is aan het muiten,' zei Cecile flutterig.

'Zeverkous, piskous!' riep Louis.

''t Is de groei. Hij gaat een lange pers worden lijk zijn grootvader.'

'Het is normaal. Een man is gemiddeld twaalf centimeter groter dan een vrouw.'

'Ik krijg niets anders dan een snauw en een grauw van hem tegenwoordig,' zei Mama. 'Ik kan er toch niets aan doen dat hij altijd honger heeft.'

'Hij heeft een lintworm,' zei Cecile en ontweek Louis' klauwende hand.


Tante Berenice zat in de keuken. Streng, zonder de beate glimlach van haar geloof in de Wederopstanding. 'Staf Seynaeve, ge moogt content naar uw bed gaan vanavond. Gij hebt verkregen van de duivel wat ge altijd hebt gewild. Het liefst zou ik willen dat ge zoudt doodvallen voor mijn ogen, maar mijn godsdienst verbiedt zulke gedachten. Toch ga ik u niet mijn andere wang presenteren.'

Mama schonk een raar aftreksel van lindebloesems die Tante Berenice meegebracht had. Het schijnt dat de Hollanders dat regelmatig drinken.

'Maar wat kan ik daar nu aan doen dat uw Firmin opgepakt is? Hij had maar geen vals paspoort moeten tonen.'

'Had hij zijn eigen naam moeten opgeven dan, Debeljanov?'

'Uw paspoort vervalsen, daar is een wet voor. Een wet tegen.'

'Die wet is niet van God.'

'Dat moet ik toegeven,' zei Papa. 'Het is een wet van de Belgen.'

'Is uw hart zo versteend dat gij Firmin gaat laten rotten in de gevangenis van Luik?'

'Wat moet ik doen?'

'Een woordje voor hem bij de Gestapo. Gij zijt daar toch kind aan huis.'

'Dat is veel gezeid, Berenice.'

'Als de Duitsers zulke chique, rechtvaardige rechters zijn zoals ge denkt, dan zullen ze naar u luisteren, zelfs al komt ge op voor een jood die geen jood is maar een Bulgaar. De Duitsers zullen het respecteren dat ge opkomt voor uw familie.'

'Aangetrouwde familie.'

'Hij kan niks. Hij kent niemand van de Gestapo,' zei Mama zakelijk.

'O nee? Ken ik Rathaus niet misschien?'

'Ge hebt hem één keer een hand gegeven op dat feestje van DEVLag. Ge zeidt: "Angenehm" en die man verstond niet wat het was.'

'En gij, Constance, kunt gij niks doen?'

'Misschien,' zei Mama. 'Ik kan u niks beloven, Berenice, maar ik ga mijn best doen. Misschien mijnheer Groothuis inschakelen.'

'Ah nee, laat mijnheer Groothuis hier buiten,' riep Papa.

'Doktor Knigge dan. Dat is nogal een meevoelend mens.'

'God zal het u lonen, Constance.'

Toen Tante Berenice vertrokken was goot Papa meteen de lindethee in het aanrecht. 'Met hare God hier en hare God daar. Dat ze naar hare God telefoneert, dat Hij bij de Gestapo gaat pleiten.'

'Het is een feit dat de joden een sterke greep hadden op de kranten, de cinema's, de banken, samen met de vrijmetselaars,' zei Peter. 'En dat ze daar nu de rekening moeten voor betalen.'

'Het is teken dat zij slimmer waren dan de Belgen, vader,' zei Mama.

'En dat het een tijdje zal duren voor ze weer in de gemeenschap der volkeren zullen opgenomen worden.'

'Maar dat willen zij niet,' riep Papa. 'Zij willen samenkruipen, met hun pretentie van het uitverkoren volk, met hun eigen rare zeden en gewoonten.'

'En wat wilt gij met uw samenhorigheid van alle Vlamingen?' zei Mama.

'Constance, dat is niet te vergelijken.'

'Waarom niet?'

'Het zijn houtwormen,' zei Papa. 'Schone praatjes en ondertussen hebben ze een Vlaamse pink vast en een hand en een arm en heel het lichaam. En het staat in hun speciale Tien Geboden dat ze al het vrouwvolk van een ander ras mogen pakken, dat wordt hun geleerd door hun rabbi's. Maar waar spreken we over? D'r zijn hooguit tien joden in heel Walle!'

'Hoe komt het toch dat Firmin hier in Walle gepakt werd?' vroeg Peter.

'Hij was met Berenice op weg naar hier,' zei Mama treurig.

'Wat we zouden moeten doen,' zei Papa, 'in deze kwalijke tijden waarin alleman op zijn eigen leeft en zijn medemensen vergeet, dat is de solidariteit in de gebuurte weer aankweken. Wij zitten allemaal in hetzelfde schuitje, geen eten of weinig eten en die bommenwerpers boven ons hoofd, wij zouden ons allemaal moeten samenslaan om onze tijd op aarde zo aangenaam mogelijk te maken. En daarom heb ik hier een proefdruk van de uitnodiging voor een Schone Bonte Avond voor de gebuurte. Er is te veel materialisme onder de mensen, daar moet iets aan gedaan worden. Hier, van boven in de Garamond ziet ge: 'Door Eigen Werk Sterk'. Daarboven moet er nog wat publiciteit komen, ik dacht aan mijnheer Groothuis, zijn tapijten zijn wel niet te betalen maar hij gaat zijn reclame willen verzorgen, dat komt toch bij de algemene onkosten van zijn firma.' Hij las in het schoon-Vlaams voor. 'In de zaal 'Groeninghe' Groot Winterfeest gegeven door de plaatselijke bevolking onder leiding van Staf Seynaeve. Programma. Eén. Het gebed voor Vlaanderen. Zij kennen dat wel niet, maar ik zal het afdrukken en voor drie frank 't stuk kunnen ze 't mee zeggen. Twee. Een woordje van de Voorzitter. Ik zeg dat ik content ben dat we hier allemaal samen aan een zeel trekken, wat we ook van de oorlog en zijn mogelijke gevolgen peinzen. Drie. Dolle klucht in één bedrijf, daar moet ik het

kluchten-boek over naslaan. Bijvoorbeeld: 'Dries, de dwaze veldwachter'. Vier. En hier heb ik het al gedrukt, vader, zonder u om permissie te vragen, 'Buitengewone spreekbeurt door de befaamde en in onze streek welgekende redenaar Hubert Seynaeve over de Seltische beschaving'.'
'Keltisch, Staf.'
'Keltische beschaving. In korps Acht staat er onder: 'Voor de eerste maal in Walle. Uiterst leerrijk en onderhoudend'.'
'Verder, Staf.'
'Vijf. Kluchtlied. 'Op onze Burgervader'. Daar zorgt apotheker Paelinck voor. Een serie kleine pikuurtjes over de grond die de burgemeester gekocht heeft op 't Hoogeland. Maar niet té gepeperd, want de burgemeester is nogal gauw gekwetst de laatste tijd. Daarna vijftien minuutjes pauze met aangename fonomuziek.'
'Jazz,' zei Louis.
'Louis, alstublief. Werk eens een beetje méé!'
'Du und ich im Mondschein auf einer kleinen Bank allein,' zong Louis, Mama zong mee. Zij wiegden met hun hoofden samen, dicht bijeen. Papa wachtte tot zijn ontaard gezin klaar was. 'Na de pauze, door Mona Vercauteren streepje Seynaeve het lied: 'Ik wil maar ééne Moeder'.'
'Cecile zou kunnen dansen tijdens het lied van Mona.'
'Dat zou magnifiek zijn. En toepasselijk. Ja. Dan optreden van het plaatselijk duo De Zonnekloppers met een lachnummer. En dan het slotwoord door de Eerwaarde Heer Proost van de Marine-Artillerie. Goedverwarmde zaal. Iets buitengewoons. Deuren open om Vier Punt Dertig Ure. Uitgangskaart verplicht bij elke uitgang, enzovoort enzovoort. Verantwoordelijke uitgever Staf Seynaeve.'
'Uw naam staat er drie keer op,' zei Mimi de bakkerin.
'Het is misschien een beetje ouderwets,' zei madame Kerskens-van-de-overkant.
'Ik dacht eerst nog aan Vendelzwaaien, maar voor onze gebuurte is dat te flamingant,' zei Papa.
Peter zei lijzig: 'En gij, Constance, wat gaat gij doen in dit familiaal festijn?'

Mama bleef een verwoestend signaal uitzenden met haar grijze met goud doorspikkelde pupillen. 'Ik?' zei zij. 'Ik zou in mijn blote kont kunnen dansen.'

'Constance,' zei Papa. 'Kunnen we nu eens nooit serieus redeneren?'


Tante Nora zei: 'Wel, Louis, zegt ge geen goeiendag meer tegen mij?'

'Dag, Tante Nora.'

'Constance, gij zijt vermagerd! Ik spaar het eten uit mijn mond voor onze Nicole en ik blijf maar vervetten, ik kan in niet één zomerkleedje meer. Louis, ge hebt mij wat gelapt met uw laatste lading boeken. Over boerenopstanden in 't jaar zeventienhonderd. En dat andere, van die vent die verandert in een kever. Hij wordt wakker, Constance, en hij heeft sprietels lijk een kever. Ge kunt u aan alles verwachten de dag van vandaag, maar dat is toch meer voor onnozele kinderen.

Ge moet niet zo naar mij kijken, Louis. Ben ik zwart misschien? Doet hij altijd zo raar, Constance? Als ik hier niet welgekomen ben, Louis, moet ge 't mij maar zeggen.'


'Marnix mag niet meer binnen in 'Groeninghe',' zei Leevaert.

'Spreekt hij weer?'

'Hij houdt niet op. Ge kunt hem geen muilband aandoen natuurlijk, maar soms zou 't 't beste zijn. Verleden week staat hij te converseren aan de toonbank met Noël, een model van een uiteenzetting overigens, over het objectief toeval, ik heb het zelfs aan mijn leerlingen doorgespeeld 's anderendaags, maar wat Noël niet in de gaten had was dat Marnix de hele tijd tegen de toonbank stond te pissen. Zonder een spier in zijn aangezicht te vertrekken.

'En in de Onze Lieve Vrouwekerk mag hij ook niet meer binnen. Hij heeft ruzie met de nieuwe pastoor, die kwaad geworden is omdat hij verleden zondag 'Mon légionnaire' van Edith Piaf speelde tijdens de mis. Al het vrouwvolk snotterde, en de pastoor dacht eerst dat het door zijn preek kwam. Ik zeg: "Mijnheer de pastoor, iedereen verwerkt rouw op zijn eigen manier." "Hij komt mijn kerk niet meer binnen," zei hij.'

'Rouw,' zei Mama. 'Rouw, Louis, dat zal uw vader nooit verstaan. Rauw, ja, dat verstaat hij, rauwe mosselen, rauw gehakt.'


Vuile Sef, in burger, leek gekrompen.

'Ik wilde zo nodig de wereld zien. Wel, ik heb hem gezien. Nu blijf ik thuis, goed weten.'

'Zullen ze u niet komen halen, van uw regiment?'

'Ik ga niet op hen wachten. Ik heb genoeg gezien. Ik heb genoeg groen gelachen. Spreek me niet over Italië. We zijn daar weggesprint aan honderd per uur. Met één troost, dat we die schijters van Macaroni's hebben achtergelaten. Maar wel gelachen. Wij hadden zes Nieuwzeelanders gevangengenomen. Een dorst dat die gasten hadden. Zij konden niet lang zonder hun Coca-Cola.

"What's your name," zegt er een die gynaecoloog was. Ik zeg: "Sef. Vuile Sef. Dirty Sef", en elke keer als zij mij zagen zongen ze van: "Dirty Seffie from Bizerte, fucks the captain, makes me flirty, o, he's very purty, Dirty Seffie." En ik, ge kent mij, romantisch als ik ben, ik heb nog gedanst voor hen op mijn pumps, in mijn deux-pièces de avond dat zij er aan gingen, alle zes. Alle zes fertig gemaakt, wij konden ze niet meeslepen. Onze leutnant kroop in de Honey...'

'De Honey?'

'Een Stuart M. Drie-tank die wij veroverd hadden en hij reed ze in de grond. Dertien ton over die zes gasten. Ik heb te veel gezien, ik blijf thuis.'

'Doktor Knigge vraagt of ik met hem meega naar Parijs,' zei Mama. 'Ik zou wel willen maar ik kan dat niet doen tegenover uw vader. Hij roept nu al de hele tijd "hoer" naar mij. Weliswaar in koleire. Maar toch. Nee, als het nu nog naar Rijsel was of naar Reims met de kathedraal. Maar Parijs? Nee, hij zou het mij nooit vergeven, uw vader. Omdat we daar op trouwreis zijn geweest.'

'Dat moet ge toch verstaan, Constance, dat mijn broer daar schone herinneringen wil blijven aan houden,' zei Tante Mona.

'En mijn herinneringen dan? Heel de dag op stap, de Sacré Coeur, al die trappen op, het graf van Napoleon en de rest. Maar op een gegeven moment moest ik terug. Staf had op voorhand voor een week betaald maar na twee dagen moest ik terug want in het hotel hadden ze zo'n Franse wc, een gat in de grond en daar kon ik niet op gaan, ik ben naar drie-vier cafés gegaan maar daar was het overal hetzelfde, een porseleinen gat in de grond, en ik kon niet, met de beste wil van de wereld, ik had krampen. "Maar Constancetje toch," zei hij, "in Frankrijk is dat zo." Ik zeg: "Het is gelijk, ik kan niet, ik ben zo niet opgevoed."'

'Maar hij kon wel.'

'Dat heb ik hem niet gevraagd.'

'Nee, in die tijd vroeg men zoiets niet aan iemand waarmee men vers getrouwd was.'

'En toen wij in Walle terug waren kon ik ook niet. Rabarber, gedroogde pruimen, niks hielp.'

'De nacht van mijn trouw,' zei Tante Mona, 'ben ik in de kleerkast gekropen, met de deur op slot. En Ward maar bonken en vloeken. 's Ochtends heeft hij het slot eruit gekapt met een beitel.'

'En heeft hij mij gemaakt,' zei Cecile en zoog op haar duim, zoals ze nu al jaren deed, hoeveel jodiumtinctuur haar moeder ook op haar duim streek.

'Churchill,' zei de leraar Engels, 'komt nu pas tot zijn recht, de oude buldog. Zijn voorvader Marlborough werd al door de dichter Addison vergeleken met, noteert, ja gij ook Seynaeve, noteer: "an angel guiding the whirlwind". Dit bij de slag van Blenheim.'

'Seynaeve,' zei hij en het is eerder Papa's naam dan die van Louis, die hij zo walgend uitspreekt. 'Ik moet u de groeten doen van de Eerwaarde Heer de Launay. Hij vroeg mij zijn kamer op te ruimen en zijn bezittingen te verdelen onder zijn kennissen.'

'Waar is hij?'

'In een kamp. Meer kan ik u daar niet over mededelen.'

'Maar u weet waar?'

'Hoe minder iemand als u, Seynaeve, weet, hoe beter. Dit heeft hij voor u bestemd.' Hij overhandigde een geel stukgelezen slap boek. Louis rook eraan in de gang. Muf. Lijm. De soutane van de Kei met een vleugje scheerzeep? Nee. Muffig, rokerig. *L'Anthologie Grecque*, Editions Garnier Frères, Paris.

Naast het titelblad stak een gevouwen blaadje met aantekeningen in Kei's voorzichtig, schuin en rond handschrift. 'Laat ons vluchten, ongelukkige geliefden (minnaars?) zolang de pijl niet op het koord (touw) zit (is). Weldra, ik ben er de bode (profeet) van, zal er een grote brand (vuurhaard) zijn. Philodemus. (Marcus Argentarius? Bassus?) De bibliotheek van Philodemus: half verkoold onder de lava in de villa van Piso, Herculaneum.'

Op het schutblad stond in rood potlood: Koinônia. Samen. Samenhorig. 'Leer Grieks. Elke dag. Ga nu. Vlug.'


'Hier Louis, kerel, neem nog een schepje mayonaise, ge vindt er niet veel zulke zelfgemaakte. Ge gaat ver moeten zoeken.

Ah, ik was ook mager als ik zo jong was. En ook boeken lezen, lezen lijk gij. Maar ja, 't leven gebiedt.

Wat peinst ge van mijn mayonaise? Zelf gemaakt, want onze Monique mag er niet aankomen als ze haar affaires heeft, want dan schift de mayonaise, onthou dat. Maar ja, ge zijt nog jong, wat weet gij van mayonaise?'

'Dat het woord van Mahon komt.'

'Mahon?'

'Hoofdstad van Menorca.'

'Tiens, wie had dat gepeinsd?'


Geen reserves meer, de Duitsers? Maar jongens, kijk die jonge gasten eens aan. Met kruit in hun vel! Wat zijn dat voor nieuwe uniformen? Nooit gezien, helegans in 't leer.

Wij gaan komen, zegt de Engelse radio. Maar als zij landen en ze zien die doodskoppen op die jongens hun muts, gaan ze koersen lijk kangoeroes, de Tommies. In hun plat helmpje gaan ze kakken van benauwdigheid!


'Ik verouder,' zei Bomama, 'en het gaat rap en het doet zeer. Ge ziet uw familie rekenen: "Zoveel jaar of zoveel maanden nog." Maar ik moet nog een tijdje meegaan, ik wil niet vertrekken vóór hém. Louis, hij moet eraan vóór mij. Ik bid er alle dagen voor, 's ochtends vroeg al, vóór dat ik mijn tanden insteek. En hij moet branden in helse pijnen om wat hij mijn kinderen heeft aangedaan, anders zit de wereld zo verkeerd ineen dat ge gaat twijfelen aan Onze Lieve Heer. Want lijk of dat hij nu open en bloot voor heel Walle bij zijn dochter woont, heel de stad spreekt er schande van, zelfs Mijnheer de Kanunnik de Londerzeele die hem altijd de hand boven het hoofd houdt, heeft gezegd *en plein public*: "Het is misschien het verstandigste niet." En Mona, zij is nog nooit zo vriendelijk geweest, "Maatje moet ge niet wat compote van stekelbezen? Maáátje, is er niets te naaien of te wassen?" Ik zeg: "Mona, hoe is het met uwe vent?" "Maar

Máátje toch, Gaston Van den Driessche is mijn vent niet, al geeft hij zijn weekgeld af tot op de laatste frank, hij is mijn *amant*." Ik zeg: "Mona, ge weet wie dat ik bedoel. Uwe vent die heel zijn leven mijn vent geweest is."

"Moeder," zegt ze, want als ze nijdig is noemt ze mij 'moeder', "Moeder, ge zijt weer aan het stoken en aan het vuilemuilen. Mijn vader woont bij mij omdat hij hier zijn verzorging niet kreeg, maar één paar kousen meer had en dan nog met zúlke gaten in. En ik kan me nu met hem bezighouden, ik heb nu tijd." Ik zeg: "Omdat uwe Veldmaarschalk er niet meer is." "Feld*webel*," zegt ze, "Moeder, en ge moet uw neus niet optrekken want ge hebt brood en spek en margarine en chocola gehad door die Feldwebel." Ik zeg: "Ja, van dat zuur brood!" "Het was toch voedzaam!" roept ze. Ik zeg: "Ja, maar het is zuur en als ge dat als Belg niet gewoon zijt, smaakt het u niet."'

Raspe's hand was afgezet. 'Eerst dachten ze dat ik het expres gedaan had, omdat het mijn trekvingers zijn, dat ik ze expres had laten bevriezen. Ik kom van Wachteren. Daar hebben ze allemaal hun kazak gekeerd. Ik kan het hun wel uitleggen maar ze willen het niet verstaan, zij wachten op de regering van Londen die terugkomt, zeggen ze. Ik zeg: "Maar mensen, wat hebt ge ooit van de Belgische Staat gekregen? Vernedering. Mensen, wat hebben we te verliezen? Zou de Engelsman ooit winnen, het is te zeggen de Rus, wat zijn dan nog de kansen voor Vlaanderen?" Ze lachen. Ik zeg: "Vaderland" of "Arbeid". Ze lachen. Ik zeg: "Mensen, wat is België? Hooguit een hoop goudreserves en het politiek crapuul dat het beheert en onder elkaar verdeelt. Wat is dat vergeleken bij ons volksdom..."'

'Ons volk dom?'

'Ach, lach ook maar. Mensen, ons volksdom, ja desnoods onder het zonneteken opgenomen in het geheel. Van Rijsel tot in Polen, één land.'

Maar later nadat hij menig glas had gedronken van Tante Hélène's erwtenbrouwsel (drie uur koken, koud laten worden, filteren, dan een groot pak salie erin en dat laten gisten) zei Raspe: 'De Duitsers hebben ons op flessen getrokken. Wat kan hen ons idealisme schelen? Vlaams Legioen, het is gauw uitgesproken, maar we worden toch gecommandeerd door Pruisen en Beiers. Maar ge kunt er niet onder uit. Ge hebt de eed van trouw gezworen. Ja, met mijn hand die ik niet meer heb.'


'Louis, vindt ge niet dat uw vader zo dikwijls naar madame Kerskens-van-de-overkant gaat? Hij snijdt er de rozen, maait er het gras, ik denk dat hij zelfs haar schoenen kuist, ik kan de blink niet meer vinden. Natuurlijk, ge weet weer van niets, gij, Jezuïetejong. Niet dat het mij wat kan schelen. Laat hem zijn gerief maar elders zoeken, bij mij gaat hij het niet vinden. Maar gij zoudt hem een keer, zo tussen neus en lippen door, moeten vertellen dat zijn madammeke Kerskens-van-de-overkant regelmatig in een bad vol champagne zit bij mijnheer Groothuis als hij zijn feestjes geeft. Hij is wel van de verkeerde kant, mijnheer Groothuis, maar hij haalt toch vrouwvolk in huis voor de andere industrielen. Zoals hij altijd op twee paarden wedt. Want na de oorlog zullen de mensen ook weer textiel en tapijten nodig hebben.

Goed, vertelt ge 't hem, Louis, van madame Kerskens-van-de-overkant? Want gij kunt dat goed, hé, overbrieven en verklikken? Daar zijt ge een kei in.'


'Geachte Mijnheer Seynaeve, met meer dan belangstelling heb ik uw zending van drie gedichten gelezen en naar mijn bescheiden mening heeft u een uitgesproken talent. Het komt evenwel niet volledig tot zijn recht vanwege de vrije versvorm, die mijns inziens in Vlaanderen zijn tijd gehad heeft. Een nauwgezette studie van de klassieke vormenleer zoals u die kunt aantreffen in *Het literaire Kunstwerk* van W. Kramer, en *Ritme en Metrum* van A. Verwey zou u zeker niet schaden. Ik veronderstel, gezien de overgevoelige en weemoedige toon in uw zeker niet onverdienstelijk werk, dat u vrij jong bent. Dan wens ik u veel voorspoed en wilskracht want gij vertegenwoordigt de toekomst van ons volk. Met Dietse groet, J. Willemijns, lic., redactie Kunst en Letteren van *Volk en Staat*. P.S. Ben ik abuis als ik veronderstel dat 'Een wolk' geïnspireerd werd door Hölderlin's 'Es hängt ein ehern Gewölbe'?'

'Abuis, abuis, abuis,' gilde Louis tegen de wanden van zijn kamer. De echo van zijn stem wekte buiten het trompetje van de ijscokar. Bij de kar met de broodmagere pony stonden flierefluiters al te likken. Hölderlin's plagiator rende naar beneden.


'De Atlantikwal,' zei apotheker Paelinck, 'daar zitten serieuze gaten in. En dat komt, ge weet dat ik mijn woorden wik en weeg, omdat de Duitsers zo stom zijn geweest om er Hollanders aan het werk te zetten. Ik ben voor Groot Dietsland, dat is bekend, maar die Hollanders erbij, dat is een grove vergissing. Redeneer eens. Een Hollander is eerst en vooral een commerçant, dus dat wil zeggen dat vanaf de meestergast tot de simpelste metselaar iedereen op het materiaal verdient. Bijvoorbeeld, op een bunker die een dekkingsdikte van twee meter moet hebben brengen ze een aantal centimeters minder aan, op heel de breedte van de Atlantikwal gaan zo veel guldens in de Hollander zijn binnenzak. Ze verdienen op het beton, op het staal, op de schroeven, op de planken. De Duitsers die daar zitten zijn stekeblind, want de meesten zijn daar in *Genesungsurlaub* of het zijn zulke beginnelingen dat zij als zij landmijnen moeten leggen over hun eigen voeten struikelen en over een draad en de lucht ingaan.'

'Zij hebben een ventje opgepakt, een Waal, hij had die witte duif nog in zijn hand. Een Engelse duif met geheime documenten op rijstpapier aan zijn pootje. Zij hebben hem direct tegen de muur gezet.'

'Direct? Zij gaan vooreerst zijn oren schoon uitgekuist hebben.'


'Uw oren? Wat is er van?' zei Tante Hélène die Louis' haar veel te kort geknipt had.

'Zij steken zo uit.'

'Maar dat is mode. Zoals bij Clark Gable. Het vrouwvolk ziet dat gaarne. En daarbij, alle Seynaeves hebben zulke oren. Kijk maar naar uw Peter. Maar die laat zijn oren nu hangen. Mona laat hem geen minuut gerust, zij is jaloerser dan als zij zijn vrouw zou zijn.'

'Tante Hélène, is Cecile een kind van Peter?'

'Zijt ge zot? Wie vertelt dat? Louis, ge moet niet naar zulke vertelsels luisteren! Alhoewel...'

'Alhoewel wat?'

'Cecile lijkt in ieder geval meer op een Seynaeve dan op Ward. Zij heeft niets van Ward's dikke lippen of van zijn kiekenoogjes. Maar dat wil niets zeggen.'

'Nee. Ik lijk ook niet op mijn vader.'

'Meer dan ge denkt.'

'Ikke? Ikke? Niet waar. Ge houdt mij voor de zot!'

'Gij kunt het niet wegsteken dat ge een Seynaeve zijt.'

'Niet wáár! Niet wáár!'


Een bezorgd besje belde aan.

'Madame Seynaeve, ik heb gewacht tot ik uw man heb zien weggaan. Ik weet dat ge meer dan genoeg dingen aan uw hoofd hebt, omdat ge zeer goed zorgt voor de jongens van de ERLA, en misschien zegt ge tegen mij: "Madame,

begin hier niet over, dat is het departement van mijn man."
Maar ge hebt geen telefoon en ik heb al drie kaartjes naar dit adres gestuurd, die uw man voorzeker in de vuilbak heeft gesmeten. Het is lelijk om te zeggen maar uw man, Madame Seynaeve, is een deugniet. De laatste keer dat ik hem gezien heb was op de vergadering van de drukkers en daar deed hij alsof hij mij niet kende, ik ben er weken lang ongemakkelijk van geweest, zo'n affront in tegenwoordigheid van de andere drukkers. 't Is maar om te zeggen dat ge misschien op de hoogte zijt van wat er mijn man is overkomen, een goeie man maar voor 't ongeluk geboren, hij heeft een hersenbloeding gehad en totnutoe was hij meestal goed en normaal, maar af en toe krijgt hij toch zijn scheuten naar gelang hij zit te broeden op het een of het ander, het is een emotiemens, Madame, direct in vuur en vlam en bezorgd voor de anderen en dan moet ik hem wel in de kelder opsluiten waar dat niemand hem kan horen, zijn zuster Ottilie had dat ook, die hoorde altijd glas rinkelen in haar hoofd en liep rond met borstel en blik, zoekende naar scherven. *Enfin*, Madame Seynaeve, ik ben er nu mee verzoend, mijn man gaat niet beter worden, wij gaan hem niet meer uit de kelder halen, want ik durf hem niet naar het zothuis te brengen, want daar mismeesteren zij de mensen expres met hun nieuwe medicamenten, omdat zij denken dat het niet de hersenen zijn die iets mankeren maar de lever of de gal, *enfin* om 't kort te maken, Madame Seynaeve, ik heb mijn man zijn papieren nagekeken met de notaris en ik heb die schuldbekentenis van u gevonden voor honderdduizend frank, wat gaan we daarmee doen, Madame? Ik, met mijn vier kinderen, moet alles bijeenschrapen wat ik kan.'

'Honderdduizend frank,' zei Mama.
'Zegt alstublief niet dat ge van niets weet.'
'Maar ik weet van...'
'Zegt alstublief niet dat ge ze mij na de oorlog gaat teruggeven!'
'Kalmeer u, Madame.'
'Als ik ze niet krijg, kom ik uw huis in brand steken!'

'Madame...'

'Uw man verdient geld met hopen. Hij krijgt het dubbele van het papier van andere drukkers omdat hij alleen werkt voor DEVLag, hij heeft het zelf gezegd op de vergadering!'

'Madame, mijn man...'

'Is nog lang niet klaar met mij,' brieste het besje.

'Een potje koffie, Madame?'

'Is 't echte? O ja. Bedankt. Gij zijt een goed vrouwmens, Madame Seynaeve.'


'Ge hebt gelijk, Staf, ik heb die schuldbekentenis met uw naam ondertekend en ik had er u moeten over spreken,' zei Peter. 'Maar ge zoudt u ook kunnen afvragen waarom ik dat geld bij die drukker geleend heb.'

'Ik vraag het mij af, vader.'

'Omdat ik liever niet officieel geld leen. En waarvoor had ik dat geld nodig? Precies, om het aan u te geven zodat ge dit huis zoudt kunnen kopen.'

'Geven? Maar de huur die we aan u betalen, vader, is veel hoger dan de rente die gij aan die drukker betaalt,' zei Mama poeslief.

'Constance, laat vader uitspreken.'

'Het is simpel,' zei Peter. 'Als wij die honderdduizend terug moeten geven, dan doen wij dat. Wij verkopen het huis, er zijn liefhebbers genoeg met zwart geld.'

'En wat doen wij met de winst?'

'Welke winst, Constance?' vroeg Peter.

'Wat er boven die honderdduizend frank...'

'Ge bedoelt dat ge daar een stukje van wilt? In een redelijke verhouding? Er is daarover te discussiëren.'

Zij discussieerden. Toen Peter weg was wierp Papa op dat zij misschien met de winst een DKW met een houtvergasser zouden kunnen kopen.

'Gij zijt nog dwazer dan ik dacht, Staf.'

'Of een schone bontmantel voor u.'

'Ik heb niets van u nodig. Zorg liever voor uw huishouden en voor Louis.'

'Wij zijn er weer bovenop voor een tijdje,' zei Papa.

'Uw vader had zijn trouwring niet aan.'

'Hij past misschien niet meer op zijn vingers, want hij vermagert zienderogen.'

'Van zijn slecht geweten.'

'Constance, wanneer gaat dat nu eens gedaan zijn met dat hertefretten!'

'Als ik dood ben,' zei Mama. 'Het liefst zo rap mogelijk.'


'Zij zijn in Normandië geland, precies op de plek waar Veldmaarschalk Rommel ze verwachtte, en met dat schoon weer, zonder wind, zullen de parachutisten afgeschoten worden als duiven.'

'Als de Germaanse zegedrift ontbrandt, zal Roosevelt uit zijn karretje vallen van de schrik.'

'Het zijn voornamelijk negers die geland zijn, die moeten altijd in de eerste linies de kolen uit het vuur halen, de sukkelaars, al dat zwart vlees dat blijft hangen aan de prikkeldraad van Europa.'

'Het gaat om het zijn of niet zijn van Europa.'

'Pierlot zegt het zelf in Londen. "Nog is de tijd voor de grootste strijd niet gekomen." Dat wil zeggen dat ze een probeersel wagen, zoals in Dieppe. "Lijden en ontbering zullen nog groter worden," zegt Pierlot. En dat we moed, tucht en vertrouwen moeten hebben. Hoe durft hij, met alle nachten die moordenaars in de lucht van Walle die komen bombarderen? Kardinaal Van Roey zelf,—en als er een is die de kat uit de boom kijkt is hij het,—heeft in een brief van alle kansels geprotesteerd dat het onmenselijk was.'

'Het is een ramp voor ons,' zegt Tante Monique, 'de prijs van het vlees is dertig procent gedaald in twee dagen tijd.'

'Van de boter ook.'

'Het is toch wreed dat uw commerce zo kan afhangen

van een landing in Normandië. Maar Robert laat het aan zijn hart niet komen. De prijs mag nog tot de helft zakken, zegt hij, ik ga er geen uurtje slaap voor laten. Ge leeft maar één keer!'

'Nu dat de Russen hun werk goed gedaan hebben in hun streek met miljoenen doden, ja, nu zijn ze daar, de Angelsaksers, de Amerikanen. Zij komen er aan!'

De KuKluxKlan die in zijn witte gepunte mutsen met zwarte gaten als ogen, negers ophangt en roostert,
de majorettes met zilveren gepluimde sjako's en schaamteloos malse dijen, zwaaiend met de Stars and Stripes,
de buikdanseressen met diamanten op de tepels en schaamhaar in V (for Victory)-vorm geschoren,
de uit Sing-Sing gehaalde Al Capone, Legs Diamond,
de Comanches en de Sioux en de Apaches en John Wayne,
zij komen eraan en gooien valse dollars naar beneden en fosfoorbommen,
zij komen onze Sint Maartenstoren, onze Romaanse en Gothische trots, onze Gravenstenen en Minnewaters vernielen, onze Gregoriaanse zangen doven.

Zoals ze Rome hebben platgelegd, nee, *bijna* hebben platgelegd want de Paus heeft het natuurlijk op een akkoordje gegooid, soort zoekt soort, hij heeft Rome laten innemen door een Britse generaal die van zijn familienaam Alexander heet, zoals Alexander de Grote de Veroveraar.


Vanaf het ogenblik dat het huis in de Oudenaardse Steenweg hun niet meer toebehoorde (zelfs al was het nog niet definitief verkocht aan de neef van Kanunnik van Londerzeele) verwaarloosde Mama het huishouden meer dan ooit. Als Papa de vaat niet deed, bleven er stapels staan met korsten. Mama zei dat ze geen tijd meer had, nu de overuren in de ERLA gewone werkuren geworden waren.

Toch zat ze soms lange tijd voor zich uit te staren in de keuken, zei dat ze zich zou melden als Hilfschwester, eerst een maand aardappelen schillen en gebroken benen verzorgen in Schwerin en dan naar een veldlazaret in het Oosten dat steeds dichterbij kwam op de kaart. Of ze sprak van zich op te hangen aan een lantaarn.

'Wacht tot er een kerstboom op de Grote Markt staat, als de Amerikanen hier zijn,' zei Louis, 'dan kan heel Walle u zien hangen.'

'Lach maar,' zei zij. 'Wacht maar.'


Herman Polet die later naar de Universiteit van Gent wil om voor advocaat te studeren en dan pas, met diploma op zak, degenslikker en vuurspuwer wil worden, zei: 'Dat zijn gedichten van een halve frank, Seynaeve, er zit geen diepe gedachte in, het is allemaal over verdriet, wie kan het wat schelen dat ge goesting hebt om u op te hangen omdat ge geen lief hebt.'

'Ik heb een lief.'

'Wie dan?'

'Zeg ik niet.'

'Houd uw moeder voor de zot.'

'Ik heb haar beloofd dat ik haar naam niet zal noemen.'

'Hoe oud is zij?'

'Een maand jonger dan ik.'

'Blond of zwart.'

'Zwart, met Pruisisch-blauwe glanzen.'

'Als ge er een blauw lampje op zet, zeker?'

''s Avonds knoopt ze haar haarwrong los.'

'Aha, zij is bij de Dietse Meisjesscharen!'

'Nee. Zij dragen allemaal hun haar hoog opgestoken in een wrong, in haar familie. Haar moeder ook, die is pianiste. Maar als ik haar 's avonds zie, knoopt ze haar haar los en valt het over haar naakte schouders.'

'Tot aan haar gat?'

'Nee. Nee.'

'Ge moet niet rood worden, Seynaeve. Heeft ze een dik

gat, staat het een beetje hoog, of zakt het wat af?'

'Polet, dat gaat u niet aan.'

'Vertel verder. Na het haar zijn het gewoonlijk de ogen die eraan te pas komen.'

'Amandelvormig met wimpers die, als het licht van boven valt, sprieteltjes maken over haar wangen.'

'Kijkt ze een heel klein beetje scheel?'

'Natuurlijk niet.'

'Jammer.'

'Waarom?'

'Omdat schele vrouwen als ze schieten recht kijken. Welke kleur hebben haar ogen?'

'Zwart.'

'Banaal.'

'Met gouden spikkeltjes.'

'Sprieteltjes, spikkeltjes, schei toch uit, Seynaeve. Heeft ze parfum op? Welk merk?'

'Dat weet ik niet.'

'Ja, maar stinkt ze of niet?'

'Wacht. Ik weet het toch. *Imprudence*.'

'Dat bestaat niet.'

'Ik zal u morgen het flesje laten zien.'

'Wat doet ze 's avonds onder die blauwe lamp?'

'Zij zegt niet veel. Ze leest. Zij kan heel goed schaken. Zij is zot van de natuur en van de dieren. Daarom heeft ze ook altijd een hond bij zich.'

'Een preutelikker, zeker.'

'Nee. Een borzoi.'

'O, gij godverdomse leugenaar. Borzoi, zegt hij. En hij heeft nog nooit van zijn leven een borzoi in 't echt gezien. Gij zijt ontmaskerd, Seynaeve, want 'borzoi', dat staat in de bloemlezing van Hollandse gedichten. Ah, ge dacht dat gij alleen in Walle op de hoogte was, toevallig zijn we niet allemaal stomme kloten. Borzoi!'

'Het is een Russische hond, Polet. Hij wordt gebruikt voor de wolvejacht. Zij heeft hem cadeau gekregen van een oudere man die verliefd is op haar en die haar niet kon krijgen en daarom naar het Oostfront vertrokken is.'

'Waar zijn pietje bevroren is zeker. Waarom wilde zij hem niet?'

'Omdat ze verliefd is op mij, Polet.'

'Zegt ze dat?'

'Zij zoekt mij overdag in de stad, zegt ze, terwijl dat ze wéét dat ik op school ben. Als de Amerikanen overvliegen sterft ze duizend doden, zegt ze, omdat zij mij onder het puin ziet liggen.'

'Is ze van een rijke familie?'

'Ik geloof van wel. Want zij wil mij een hele dure horloge kopen.'

'Maar die aanvaardt ge niet, omdat ge ons op het College de ogen niet wilt uitsteken?'

'Nee. Omdat ik niet van haar geld wil afhangen.'

'Heeft ze kalfsknieën?'

'Een beetje, geloof ik. Ja.'

'Aha! En haar spleetje? Nat?'

'Alstublief, Polet, een beetje manieren.'

'Gij hebt er toch al aan gezeten?'

'Wat dacht ge?'

'Aha, en zij, wat deed zij bij u?'

'Laatst lag zij op haar knieën en zij pakte mijn fluit, deed er mijn hemd rond en stak hem weer in mijn gulp.'

'Het is iets met het vrouwvolk tegenwoordig,' zei Herman Polet.


Louis damde met Nonkel Leon. Zij hurkten samen op het tapijt, Nonkel Leon kon nog niet wennen aan zijn huis. In het tapijt vol brandgaten dat Duitsland nu was had hij altijd in kleermakerszit op de plankenvloer van hun barak gezeten. Hoe meer tonnen bommen op Duitsland dalen, des te heftiger zingt men daar in de kelders vol water en roet: 'Die Fahne hoch, die Reihen fest geschlossen.'

Tante Nora deed uitgelaten, zij die de karwats verdiende

om haar ontucht met een uiterst minderjarige. 'Nonkel Leon, ik heb uw vrouw bereden.' Zo zei men dat toch?

'Gij hebt het aan uw hart niet laten komen, hè?' zei Nonkel Leon bitter.

'Waarom zou ik?' zei Tante Nora koket.

'Gij hebt het ervan genomen, hè?'

'Wat zoudt gij gedaan hebben in mijn plaats?'

'En ik maar mijn kloten afdraaien in Duitsland!'

'Ge moet niet overdrijven, Leon.' Zij streelde over zijn hoofd.


De grote Doden, Staf de Clercq, Van Severen, Tollenaere stonden op houtsnede-achtige wit-zwarte panelen zonder schaduwpartijen. Kleiner, maar nog tweemaal levensgroot, hing in een fluwelen zwarte lijst, de foto van Hulp-rekenplichtige Victor Degelijn met een Hollandse helm op, het leeuweschild net zichtbaar op de linkermouw, op een schouderstuk het zilveren nummer 44. Een flauw ongelovig lachje om zijn mond: 'Ben ik nu werkelijk zo reusachtig tweedimensionaal dood voor mijn overlevende kameraden?' De bovenzak van zijn jas bultte, daar zat zijn stamboekje in. Klaroenen en trommels, vertrouwd rouwgeluid. Vic Degelijn's weduwe leunde tegen een Hauptmann van het Heer. De aangetreden Vlaamse Wachters waren voornamelijk in het feldgrau en zongen: 'Het Dietse Volk herleeft na jaren, verbroken 't juk der slavernij.' Papa wreef zijn tranen weg.

Duitse officieren stonden minder stram in de houding dan de Vlaamse toen een boodschap van Freiherr von Brentano werd voorgelezen waarin hij zwoer dat de Hinterbliebene unterstützt zouden worden. Van Vic Degelijn, op wacht voor het kolenlager van Haarsten, had men, na de Anglofiele bom, de brokstukken in een kruiwagen verzameld. Papa snotterde. (Wat is er toch met mij gebeurd het laatste jaar? Ik was vast ook zeer bewogen geweest een jaar geleden; nu is Vic Degelijn een van de velen die ik van haar noch pluimen ken. Het is een redelijke dood, misschien komt straks een tijd dat ik het absurd zal vinden. Zoals de Luftwaffearm, die onafhankelijk van tijd en ruimte, op de knieën van een onbekende lag. De bloedige stomp wentelt zich om, en rijst, blijft rijzen naar mijn mond. Manna.)

'Gij Dietse gouwen, reikt elkaar de hand, de Wacht marcheert'—'Breek het gelid, mars, houzee!'

Een NSJV'er met een gevlamde trommel bengelend aan zijn middel maakte zich los uit de groep die wachtte om de soldaten met de kist te volgen, salueerde voor Papa en Louis, sloeg de hakken tegen elkaar en zei: 'Houzee, Seynaeve!'

'Houzee,' zei Papa tot de tanige rosblonde jongen met vooruitstekend gebit en hazelnootkleurige (amandelvormige) glanzende (blauw-melk-wit-oogwit, mijn liefde) blik, het was Vlieghe. Op zijn borst het Hajot Leistungsabzeichen.

'Wel,' zei Louis. 'Heui.' (Ivo Liekens vanachter de koeiestrontkont van het boerenbuitenpummelsdom: *'Heui'*.) Hij kneep zijn vingernagels diep in zijn handpalm tot het pijn deed. En hoorde diezelfde achterlijke Ivo Liekens, boerenlomp joviaal zeggen met zijn eigen stem: 'Vlieghe, vent, een mens zou geld geven om u te zien!'

Trompetten weerklonken, het gelid vormde zich. 'Ik zie u direct,' zei Vlieghe in de omfloerste haastige en bevelende toon van het rossige schoolkind van vroeger. Hij trok de riem van zijn trommel aan. Met hem stampten honderd ijzeren voeten weg. Stom nors *bête* geluid.

Papa wandelde traag met Leevaert en Paelinck (wiens dochter, hoe heet zij ook weer? Simone, een bril droeg, ik heb dat meisje eerder gezien ergens maar sla me dood als ik weet waar, zij ziet er verkommerd uit, gebrek aan liefde, gebrek aan een prijshengst die haar tegen de plankenvloer ramt, Simone, ja, zo heet zij, Simone van Bethanië, de Melaatse, en ik ben het negengordelig dier gepantserd voor alles wat van haar komt, met mijn schubben en graafklauwen schuifel ik van haar weg naar het kerkhof).

Op het kerkhof zei de hoofdwachtmeester, de moeder van de Compagnie, der *Spiess*, dat de decadentie overwonnen moest worden, dat ons geestelijk leven dat Vic, onze Vic Degelijn, het leven had gekost, zeker nu méér dan ooit hervormd moest worden in een nieuw begin, want steeds rijzen de brandende vragen: Wat zijn wij in de geschiedenis? Wat is de identiteit en de natuur van de mens? Moeten wij niet in onze vaste wil zelf een waarheid scheppen?

Het papiertje in de grove handen van de *Spiess* beefde. 'De woestijn,' las de man van zijn papiertje, 'breidt zich uit rond ons, maar het is in de woestijn dat de goden terug zullen komen. Sieg Heil...'

De *Spiess* keek opgelucht op en zei: 'Amen.'

Toen de manschappen zich verspreidden zei Vlieghe (ooit Voske): 'Godverdomme, Seynaeve, de wereld is klein.'

'Ja.'

'En toch...'

'Ja, zo is dat.'

'Wie had dat gepeinsd?'

'Ik niet.'

'Nee.'

Papa schatte volgens papierformaat en druk de prijs van het doodsbeeldje waar de hagelrune op stond, die betekent: Kent God en God kent u.

Oog in oog met Vlieghe die vloekte en zei: 'Ja, waar is de tijd, Louis?'

Hoe wij ongerept, onvergrofd, onverkruimeld op elkaar aangewezen waren als kleintjes, althans ik op u.

'Weet ge 't nog, hé, Zuster Sapristi, hé, Seynaeve, dedju toch!'

'Ik weet het nog.'

De vendeljongen Vlieghe had een koortslip. Zijn witte sokken, reglementair over de grijze kousen tot over de bergschoenen gerold, waren vol bruine spatten.

'Wij hebben afgezien, hé, wij tweeën, in het Gesticht, dju, dju.'

'Maar we hebben ook plezier gehad.'

'Dat is waar, verdomme. Al was het met beschimmelde chocola.'

'Ja. Jaja.'

'En 's winters, blauw van de kou.'

''s Zomers zo warm.'

'Tekent ge nog altijd zo schoon?'

'Ik?' (Hij verwart me met een ander! Met Dondeyne! Met Goossens die de Apostel Bartholomeüs was!)

'Wel ja, ge tekende toch altijd van die huizen, meestal kasteeltjes, met bomen en planten, fijn gedetailleerd met vrouwen op een canapé. Weet ge dat niet meer? Die vrouwen hadden altijd een grote witte hoed op.'

'Het is mogelijk.'

'Gij gaat naar het College, hé?'

'Ik heb een jaar moeten overdoen.'

Papa hoestte kort. Als Zuster Koedde in de grauwe gangen.

'Moet ge weg?' (Vlieghe reageert op het signaal, als vroeger.)

'Ik geloof van wel.'

'Ik ook,' zei Vlieghe meteen. 'Kijk, die dáár. Dat schoontje daar, ziet ge ze? die is van mij.'

Een papperig meisje met vlechten. Haar brede blouse met paarlemoeren knopen spande over brede platte borsten.

'Ik heb haar eergisteren oorbellen gegeven van tegen de honderd frank. Ik had dat gewonnen van onze Schaarleider. Met whisten. Wij spelen voor groot geld. Hij is de zoon van de dokter.'

'Zij draagt ze niet, uw oorbellen.' (Gemelijk. Jaloers. Nuffig. Hou op!)

'Dat mag niet in uniform,' zei Vlieghe. 'Gij, gij weet daar niks van, natuurlijk. Gij zijt voorzeker een beetje aan de Anglofiele kant, aan de witte kant. Ik zie dat direct aan iemand zijn manieren van doen.'

'Ik? Waar haalt ge dat?'

'Seynaeve, gij gaat mij nooit blauwe bloempjes kunnen wijsmaken. Ge hebt het nooit gekund. Ik heb u altijd doorzien.'

Het meisje naderde.

'Dat is ze, mijn Kerlinneke. Binnen twee maanden, als de Amerikanen nog niet hier zijn, wordt zij 'Stormster'.'

'Houzee,' zei het Kerlinneke.

'Ik dacht dat het 'Heil, Vlaanderen' was,' zei Louis.

'Wij zijn Dietsers,' zei Vlieghe's meisje, van onder haar jurk vlotte een doorschijnende walm die mayonaises deed schiften, kettinghonden deed opspringen.

'Het is voor het grootste belang dat wij thans beslissen of wij onze eigenheid als Vlamingen en Dietsers kunnen bewaren of ons willen laten inlijven in het Duitse Rijk,' reciteerde Vlieghe onder haar welwillende blik. En toen, terwijl hij zijn arm om haar middel sloeg op het ogenblik dat zij met een borsteltje over haar plooiloze rok schuierde: 'Allee, ik weet waar ik u kan vinden. Het beste. Houzee!'

'Houzee,' zei Papa.

'Punt in de wind, Vlieghe,' zei Louis, zoals de Boeren, als zij afscheid nemen van elkaar op de uitgestrekte velden van Zuid-Afrika.

Nu Rommel gesneuveld is, aan de gevolgen van zijn ongeluk op de Route Nationale Nummer Honderdnegenenzeventig bij Caen, tot op het laatste ogenblik op zijn sterfbed, oog in oog met zijn Schepper, de maarschalksstaf omklemmend, naderen de Amerikanen gezwind.

De Witten worden baldadiger, kijk maar naar de muren van de Gendarmerie, ge ziet de baksteen niet meer van de opruiende leuzen tegen de Nieuwe Orde, de Witten roken speciale scherp-zoete sigaretten die samen met hun wapens worden geparachuteerd op het voetbalveld van Stade-Walle.

Generaal Frissner heeft het zesde leger bevolen zich terug te trekken achter de stroom Prut. De Prut? De Prut.

Madame Kerskens-van-de-overkant wast en strijkt haar Belgische vlag.

Over heel Europa moet het Heer zich beperken tot verdedigingsacties.

'Wij moeten beginnen benauwd worden voor ons eigen volk,' zei Papa. 'Wij die vanaf het begin van de oorlog niets anders gedaan hebben dan de bevolking helpen. Tot onze laatste frank hebben wij in Het Pakket van de Soldaat gestoken. En mijn vrouw die, nu nog, vandaag nog, probeert de jongens weg te houden van transport naar Duitsland.'

'De mensen zien haar niet gaarne,' zei Theo van Paemel. 'Met haar neus in de lucht. En die air van kom-niet-aan-mij-of-ik-bijt.'

'Het is omdat zij Constance niet goed kennen.'

'Staf, ik ga het maar uitspuwen zoals het is. Gij zijt lelijk verbrand.'

'Verbrand!' riep Papa.

'Als ge wilt kan ik u altijd mijn Lüger geven, met een Schein. Voor uw protectie.'

'Nooit van zijn leven,' zei Papa. 'Tegen mijn eigen volk?' Hij haalde Louis' Hitlerjugenddolk uit de broekzak van zijn overall. 'Hiermee...' Louis griste zijn bezit uit zijn vader's hand. Het lemmet rook naar zure appelen.

'Gij kunt al zo wel vertrouwen op een medaille van de Heilige Christoffel,' zei Theo van Paemel.

'Lach daar niet mee, Theo. Wij hebben nog gehoord van kogels die afketsten op zo'n medaille.'

'Staf, jongen, ik ga het u rechtaf zeggen. Het is uw tijd. Zij staan gereed voor u en uw familie met de hakbijl.'

Toen Mama thuiskwam, zei Papa: 'Constance, de mensen in ons gebuurte zien u niet gaarne. Het is niet schoon, het is ondankbaar, het is uw schuld niet, maar wij moeten toch de gevolgen daarvan onder ogen zien.'

Met Peter erbij hield de stam Seynaeve beraad. De alarmsirene loeide snerpender dan ooit, met een nieuwsoortig verdriet.


'Ik moet al mijn plakboeken, mijn Adlers en Simplicissimussen verbranden van mijn moeder,' zei Louis en Bekka antwoordde dat het verstandig was. Zij slenterden, aten korenhalmen, er was geen boer te zien. Drie zilveren vliegtuigen bewogen in zoekende cirkels, doken niet. Twee magere koeien liepen met hen mee langs de prikkeldraad. Koeien aten ratten. Varkens aten elkaar op. En de kinderen zullen de schors van de bomen eten.

'Ik ga u een hele tijd niet meer zien,' zei hij.

'Wie weet.'

'Ik mag het aan niemand vertellen waar wij naartoe verhuizen. Maar aan u kan ik het zeggen.'

'Ik wil het liever niet weten.'

'Interesseert het u niet waar ik naartoe ga?'

'Hoe minder een mens weet, hoe beter.'

'Gij zijt de enige die ik ga missen.'

'Voor een dag of twee.'

'Nee, heel mijn leven.—Hebt ge 't ook zo warm?'

'Ik? Nee. Ik moet naar huis.'

(Nu ik wegga, zie ik haar. Toen zij er was al die tijd, zag ik haar niet. Is dat een wet? Zij is wijdogig (als een ree? in: *Breviarium der Vlaamse lyriek*?) scherp, met magere bronzen benen en geschramde knieën en ik zal haar niet meer zien in de puinhopen straks, de Russen komen tot aan de Noordzee, de Amerikanen zullen Frankrijk en Italië cadeau krijgen omdat het klimaat daar op Californië lijkt, de Russen in Walle, wij moeten elkaar groeten met omhooggestoken vuist, biefstukken van elanden, beren, wodka, Mongolen.)

'Ik zal u af en toe een brief schrijven. Let niet op de fouten,' zei zij.

'Naar welk adres?'

'Dat kom ik tegen die tijd wel te weten.'

'Villa Kernamout, Dorpsstraat, Acht, Glijkenisse,' zei Louis.

De vliegtuigen hadden een prachtig gebogen witte draad in de lucht achtergelaten. Het afweergeschut bij de Leie schoot naar die draad.

'Er gaat een grote brand komen over Europa,' zei Louis.

'En onze koning dan? Hij is naar Duitsland gevoerd. Het

enige wat hij mee mocht nemen was zijn kroon. Zij weegt twaalf kilo.'

'In het kasteel Hirschstein.'

Een boer fietste langs en joeg hen weg met wilde kreten: 'Van mijn erf. Dat is hier van mij tot aan de Leijerwaard!'

Zij zaten bij het grijze water met zijn scherfjes licht, de opborrelende en uiteenspattende luchtbellen. 'Nu of nooit,' dacht de kruisvaarder, die naar Turkije en Jeruzalem vertrok waar men, negen op tien, zijn schedel zou splijten, zijn met wijn besproeide hersenen zou oplepelen, en trok haastig zijn broek open.

'Kijk.'

'Steek dat gauw weg,' zei zij stilletjes.

'Ick segh adieu,' las hij van de pagina gotische krulletters.

Zij sloeg haar jurk tussen haar knieën, en flipte haar duimnagel tegen de roze stengel, zoals een kleintje in het Gesticht dat niet goed kan knikkeren.

'Zo doen de infirmières dat als zij een gekwetste soldaat moeten wassen, en dat ding staat in de weg,' zei zij en tikte harder, het deed geen pijn, veranderde niets aan de staat van dienst.

'Allee, steek het maar gauw weg.'

'Laat mij een keer bij u zien.'

'Zijt gij op uw hoofd gevallen?'

'Toe.'

'Wat is er daar aan te zien?'

(Veel. Alles!) Een duivelse ongeduldige ergernis verspreidde zich in zijn lijf.

Hij knoopte zijn broek dicht.

'Gaat ge weer nukken?'

'Voor één keer dat ik u iets vraag!'

'Maar het is zo'n dwaze vraag.'

'Dan niet. Ik ga u mijn verrekijker geven.'

'Wat moet ik met uw verrekijker?'

'Ge kunt hem aan Tetje geven.'

'Wanneer krijg ik hem?'

'Vanavond als ge wilt.' En de lome hitte uit het water

sloeg op zijn gezicht. Zij trok haar jurk op, zat op een bil, stroopte haar broekje naar beneden.

'Maar zo zie ik niks.'

'O, wat zijt ge lastig.' Zij trok haar broekje over haar enkels, haar bemodderde schoenen. 'Voilà, zijt ge nu content?'

'Doe uw benen open.' Zij deed het zo bruusk dat hij schrok. Er was bitter weinig te zien, een vouw donkerder dan haar dijen waar kroeshaartjes uit zwermden, maar zijn hart bonkte, zijn mond was poederdroog.

'Nee, niet aankomen.'

Zij wou overeind komen. 'Nog een minuutje!'

'Wat is er nu weer, onnozelaar?'

'Gij krijgt er mijn Schotse sjaal bij.' (Tante Hélène zei: 'Louis, die sjaal is uit de mode. Ge ziet er uit lijk een schooljongen van voor de oorlog.') Hij bleef staren. Hiervoor sloegen mannen mekaar de kop in, briesten ze van wanhoop, voor die stille makke plooi, die niets te maken had met dat ding van hem dat ondraaglijk ongeduldig tegen de ruwe stof van zijn broek schuurde, want in zijn ergernis had hij zijn onderbroek maar half omhooggesjord, hij bevrijdde de ellendeling weer uit zijn kleren.

'O, gij vuilaard,' zei Bekka teder. Zij legde twee vingers op haar spleet, spreidde de vingers, trok de donkere lippen van elkaar, roze en rode gleufjes werden zichtbaar, een glinsterend vlezig kratertje.

'Zeg eens goedendag. Nee, niet erin steken, alleen zijn kopje er tegen.' Zij hief haar billen. De twee delen groetten elkaar, raakten elkaar. Verbazend gemakkelijk gleed het ene deel in het andere.

'Juist maar een momentje,' zei de jonkvrouw van zijn gedachten en hij gehoorzaamde, Ridder Roeland, altijd bereid, mijn eer is trouw, en trok zich terug maar zij duwde met alle macht haar onderbuik naar voor, de rubberen geoliede huls liet niet los. De zon verzengde het veld. Een schreeuw van meeuwen, zo ver uit de kust, van de duinen, 'waar men geen kleinheid kan ontwaren' en die zee bleef maar stuwen

tot hij neerviel tegen haar sidderend lichaam, haar zeezout nekhaar.
 Zij fluisterde: 'Wie ben ik?'
 'Bekka,' zei hij tien twaalf keer.


'Kernamout' was een Engels landhuisje met erkers, twee veranda's en een grasveld dat de boer uit de buurt die het onderhield een 'piloeze' noemde. Het behoorde toe aan de familie Goethals die in Zuid-Frankrijk zat en dankbaar was dat Mama hun zoon Henri tot de laatste dagen van de ERLA beschermd en verzorgd had. Een vreemde vrede vlotte in 'Kernamout' nu Papa verborgen zat in een hoeve in de streek van Veurne waar de boter nog altijd smaakte naar de lijken van Veertien-Achttien en waar nog echte, bescheiden Vlaamse christenen woonden, barmhartige Samaritanen.
 Op knarsende karren trokken de Duitsers weg, spraken Russisch en sjouwden landbouwmachines, kookpannen, kantoorkasten, schrijfmachines mee, de oude paarden geeuwden onophoudelijk.
 Louis mocht zich niet vertonen omdat hij te lang was, er zeventien-achttien uitzag, vond Mama. Soms lag hij tussen de bloemkolen, de rabarber, en loerde als een sluipschutter van de Witte Brigade naar de knarsende karren, de nijdige vale Duitsers boven op de affuiten. Hij hoorde Mama opgewekt kletsen met Angelique, de vrouw van Nonkel Armand, die 's avonds van Deinze gefietst kwam met nieuws en eten. Tante Angelique was bezorgd omdat Nonkel Armand tot op het laatst zijn ambt als controleur wilde uitoefenen, hij had verleden week nog een boer laten aanhouden die zijn varkens had verwaarloosd, de beesten lagen met hun poten in de lucht van de varkenspest, omdat de boer in een onafgebroken dronkenschap de intrede van de Geallieerden in ons vaderland had gevierd. Giechelend dronken werd de boer door de gendarmes opgebracht, op het dorpsplein had hij geroepen: 'Gij kunt allemaal mijn kloten kussen, maar Ar-

mand Bossuyt het meest. Leve het onafhankelijkheidsfront!'
Tijdens hun laatste bijeenkomst in Walle had Peter uitgevaardigd dat Louis zich het best bij de Broeders Hieronymianen in Waffelgem kon laten inschrijven om de drukkersstiel te leren. 'Laten we er geen doekjes om doen, Louis zal geen enkele baat hebben van hogere studies, hij heeft al twee keer moeten overdoen, zijn gedachten staan nergens op, hij heeft niet het minste praktisch verstand, het is geen commerçant (het ergste scheldwoord in Westvlaanderen), hij kan tenminste de basis leren om later de zaak van zijn vader over te nemen.'

'Zaak!' riep Mama. 'Die beschimmelde drukmachines!'

'Constance, houd u hierbuiten,' waren de laatste woorden van Papa.

Mama had zich vergist, zij die dan zogezegd wèl praktisch verstand had. Louis en zij verschenen in het Gesticht van de Drukkende Broeders van Waffelgem vijf dagen vóór het begin van het schooljaar.

Broeder-Overste, een bolle man met witte krullen, aaide aarzelend over zijn toog. Zijn verkleefdheid aan de familie Seynaeve was buiten kijf, zei hij. En zeker aan onze patriarch, monkelde hij, met wie ik menige fles Bourgogne soldaat heb gemaakt. Voor een andere leerling, wie het ook moge wezen, zou hij het niet doen, maar voor Louis kon er een uitzondering gemaakt worden. Hij mocht gerust die enkele dagen in het Gesticht blijven. Mama kuste Broeder-Overste's hand, alsof hij een aartsbisschop met zegelring was.

Broeder Alfons, een versleten mannetje, nam Louis onder zijn hoede, bakte pannekoeken voor hem, gaf hem *l'Histoire de la Typographie Belge* te lezen.

Als Louis door de lege klassen dwaalde, kwam hij steevast de broeder tegen. Louis schreef: 'Verveling dwaalt hier in de gangen / en ik met mijn verlangen / zie geen heil meer in mijn leven / Waar moet ik naar streven? / Ik moet, zegt men, een toekomst verwerven / Terwijl mijn bondgenoten in dichte rangen / aan de grenzen van het Oosten sterven.'

Het was niet modern genoeg. Geen Van Ostaijen, geen Victor Brunclair.

'Verveling, grijze gangen / Miserabel leven minimaal / In Oostengloed de geur van staal! / O doodsgezangen!'

In kapitalen, korps twaalf, schreefloos?

'Het zijn wrede dagen,' zei Broeder Alfons.

'Ja, Broeder.'

'Vooral voor een jongen als gij.'

Wat bedoelde de grijsaard? Dat het heet is en dat een jongen als ik dan liever zou gaan zwemmen met zijn kornuiten? Of dat het het hoogseizoen is voor een jongeman die met meisjes zou willen stoeien? Of dat ik, door mijn ouders in de steek gelaten, hier in mijn eentje wegkwijn? Of dat ik uitgestoten ben door de gemeenschap in deze wrede dagen omdat mijn vader zich om zijn Vlaams ideaal verschuilt als een misdadiger?

Op dat ogenblik kwam een open auto de speelplaats opgereden met jongelui in witte overalls die met machinepistolen zwaaiden.

'Maar het is Bernard!' riep Broeder Alfons vrolijk en rende naar de remmende auto, hielp de chauffeur met uitstappen. 'Bernard, jongen toch!'

De breedgeschouderde jongen, met een FFI armband om, stapte onderzoekend over de speelplaats. Broeder Alfons riep dat er dubbele Trappist klaarstond, opgespaard voor deze dag. Monsterend kwam Bernard voor Louis staan, Louis stak twee gespreide vingers in de lucht.

'Wie had dat gedacht?' kakelde Broeder Alfons. 'Ik dacht dat ge in de Ardennen zat.'

'De Vlaamse Ardennen!'

'De Kluisberg! Wij hebben er daar vier uit hun kot gerookt.'

'Maar gastjes toch!' zei Broeder Alfons gelukkig.

De oudste Witte Brigade-jongen die een witgeverfde Belgische helm droeg, vroeg terwijl hij zijn machinepistool in zijn armen wiegde als een kind: 'Zijt gij geen familie van de burgemeester van Dentergem?'

'Nee,' zei Louis en bloosde.

'Ik kwam een keer kijken, Broeder Alfons, of dat gij, met uw hart van koekebrood, soms geen zwarten hebt weggestoken in het klooster,' zei Bernard.

'Ik, Bernard? Ik ben een patriot. Altijd geweest.'

'Het ene sluit het andere niet uit. En wij hebben hier toch in de klassen 'De Vlaamse Leeuw' horen zingen.'

'En 'Kempenland'.'

'Wij gaan eens snuisteren.' Zij liepen over de speelplaats, loerend en in zigzag alsof zij het plein van een belegerde stad aan het innemen waren.

Een uur later stal Louis een fiets uit de loods van het Gesticht en reed, soms doortrappend als Marcel Kint, soms kwiek spurtend als Poeske Scherens, toen met uiterst lome kuiten, niet bedarend, langs olijfgroene tanks met Tommies, langs verlaten afweergeschut. Bij Aalter reed hij door een gebied van verschroeide bomen, rokende rijen huizen met het monotoon geplof van de kanonnen achter de horizon. Het was donker toen hij Tante Mona's huis in Walle bereikte. Peter, met zijn katoenen slaapmuts op, zei slissend dat hij zot was. Cecile had een witte jurk aan en een sjaal met de Belgische driekleur, Tante Mona gaf hem boterhammen met kalfskop in tomatensaus.

'Maar zijt ge nu waarlijk dwars door de linies gereden op die dwaze velo?' vroeg Cecile.

'Wat hebt ge onderweg gezien?' vroeg Peter.

'Ik heb niet gekeken.'

'Die jongen heeft zaagmeel in zijn hoofd!' riep Peter en stak zijn kunstgebit in zijn mond.

'Tommies,' zei Louis. 'Veel Tommies in tanks.'

'Dat zijn geen Tommies,' zei Cecile. 'Het zijn Polen, verkleed als Tommies.'

'Polen en negers,' zei Tante Mona.

'Waar is mijn vader?'

'Dat weten wij niet.'

'Het is ergens rond Veurne!' riep Louis vertwijfeld. 'Mama heeft het adres gekregen van Theo van Paemel, maar zij is het kwijt.'

'Maar wat wilt ge van uw vader?'

'Hem zeggen dat ze hem zoeken. Dat hij vooral niet naar Glijkenisse mag terugkomen.'

'Dat weet hij toch zelf ook. Een klein kind weet dat. Zij zoeken iedereen.'

'Wáár is mijn vader?'

'Kalmeer u, Louis. Zet u. Daar.'

'Louis,' zei Peter kalm kwijlend, 'ge hebt er baat bij van niet te weten waar uw vader is. Zoals de Witten rondlopen met het schuim op hun bek, zouden ze u folteren totdat ge zegt waar hij is.'

'Met brandende Engelse sigaretten tegen uw tepels,' zei Cecile.

'Ge wilt toch niet dat ze uw vader tegen de muur zetten? Het is bewonderenswaardig dat ge zo bekommerd zijt om uw vader, ik had het eerlijk gezegd van u niet verwacht, maar ge hebt zaagmeel in uw hersenen.'

'Gij zijt altijd tegen mij geweest, Peter,' schreeuwde Louis.

'Mona, geef die jongen wat van die rijstpap die nog over is.'

'Hier,' zei Tante Mona. 'Het is riz condé met geconfijt fruit. Ziet ge, uw Peter gunt u het eten uit zijn mond.'

Etende bedaarde hij. Peter vroeg hoe het met zijn moeder was. Louis loog dat ze veel huilde omdat ze Papa miste. Peter knikte tevreden.

Nonkel Leon was, omdat de mensen de verplichte arbeidsdienst in deze dagen vaak verwarden met sympathie voor het Derde Rijk, naar zijn broer in de Walen, samen met zijn liederlijke vrouw Nora. Nonkel Robert zat, niettegenstaande hij veel hongerlijders van Walle gevoed had, in zijn landhuis bij Doornik waar ze hem alleen maar kenden als rentenier.

Louis moest vroeg naar bed. Op zolder, in het veldbedje, keek hij de nieuwe krant, de *Volksgazet* in, vol stompzinnige karikaturen van de Führer, grof en helemaal niet lijkend getekend, in de vorm van een slang die verpletterd werd door

Geallieerde laarzen. In Waffelgem liepen Broeder-Overste en Broeder Alfons, zich aan mekaar vastklampend, naar hem te zoeken in mistige weiden. Oehoe, oehoe, Louis!, steeds angstiger omdat zij al een leerling kwijt waren vóór de school begonnen was, zij verdwaalden in de witte nevel, toen generaal-majoor Christoph graaf Stolberg zu Stolberg opdook, zij scheten in hun rokken van angst, kermden dat zij Brüder Hieronymianen waren, Gewiss, zei de officier die op Vuile Sef leek en knalde hen geluidloos neer.

Mama keek nauwelijks naar hem toen hij de oprijlaan inreed en zijn fiets op het grasveld kwakte. Met haar sigaret in een mondhoek pulkte zij in de bek van een kat die volgens haar iets verkeerds gegeten had. Louis zei dat hij onder geen beding terug wou naar Waffelgem en dat hij veel beter voor drukker kon leren in Gent, in een vakschool.

'Gent,' zei zij. 'Uw vader heeft ook voor drukker geleerd in Gent, en zie wat er van terechtgekomen is.'

Toen gooide zij glimlachend de kat van zich weg. 'Pak uw valies.'

'Waarom?'

'Wij gaan naar Bastegem, naar Meerke. Kome ervan wat er van komen moet. Die villa werkt op mijn zenuwen.'

Zij fietsten naast elkaar, de koffers zwengelden aan het stuur, soms legde zij haar hand op zijn schouder. Toen ze moeilijk vooruitkwam op de brug van Drongen duwde hij aan haar zadel. 'Blijf van mijn gat af!' riep zij en schaterde het uit. Met wapperend haar en hoogrode konen freewheelde zij langs Canadezen die naar haar floten. Zij stootte een Indianenkreet uit die zij beantwoordden.

In Bastegem had pastoor Mertens de leiding van de georganiseerde Weerstand. Tante Violet wist uit goede bron dat hij morgen of overmorgen met de handboeien zou komen om haar in hechtenis te nemen. Alle rolluiken van het huis 'Zonnewende' waren naar beneden getrokken, bij de voordeur was een dwarsbalk aangebracht door Nonkel Armand, vlak voor hij zo stierlijk stom was geweest om de bevrijding tussen aanhalingstekens te vieren in het café 'Picardy'. Zijn trouwste vriendin en bijslaap, de bazin Antoinette, had heimelijk terwijl ze hem volgoot, haar zoontje Alfred naar pastoor Mertens gestuurd. Nu zat Nonkel Armand samen met de andere landverraders van Bastegem opgesloten in de melkfabriek.

'Zij zouden Armand een decoratie moeten geven,' gilde Tante Violet. 'Hij die het voedsel van de bevolking heeft gered door die vuile zwarte markt-boeren tegen te houden!'

'Gij met uw Duitsers,' zei Meerke.

'Is het mijn schuld dat ze hier ingekwartierd werden?'

'Gij waart er veel te familiair mee.'

'Dat ge mijn moeder niet waart, ik sla op uw kaak!'

'Dat schijnt u plezier te doen, Constance,' zei Meerke als tot een Mama van veertien jaar, ver voor de oorlog.

Mama bleef glimlachen.

'En als ze orders uit Walle krijgen om u op te halen?'

'Zij mogen met mij doen wat ze willen,' zei Mama en dacht aan een Lausengier die door kristallen velden langs ravijnen holde, krijsend: 'Constanz, Constanz.'

Door het raampje van de garage kon men Nonkel Omer zien liggen op een berg stro. In het Gesticht van de Broeders van Liefde had hij tijdens een voetbalmatch ruzie gemaakt over een al dan niet buitenspelpositie met een andere zot, die hem een hersenschudding had geschopt. In de ziekenafdeling hadden de dokters hem, in de euforie van de bevrijding, genezen verklaard. Genezen was misschien overdreven gezegd. Hij at in ieder geval zijn drollen niet meer. Hij mocht naar huis op twee voorwaarden: a. dat hij niet los liep in het dorp, b. dat hij zo weinig mogelijk, liefst nooit, zijn broer Armand zou ontmoeten, want dit kon een zelfde soort schok veroorzaken als die hem in de dollemansinrichting had geleid.

Nonkel Omer had niet de minste hinder van zijn opsluiting in de garage.

'Nonkel, ik ben het, Louis.'

'Nonkel, ik ben het, Omer,' antwoordde hij dan sereen.

'Louis, Staf zijn zoon.'

'Met zijn staf in de hand gaat de heilige Jozef door het land.'

'Maar Nonkel...'

'De ranonkel is vergif.'


'Beste Maurice, mijn kameraad,' schreef Louis in zijn schrift met het etiket 'aan M. De Potter'. 'Naar een dode schrijven is verweg het makkelijkst voor een leerjongen-schrijver die leerjongen-drukker zal worden binnenkort, als de naweeën van de nachtmerrie van de bezetting wat weggeëbd zijn. Want wij hebben al die tijd in een nachtmerrie geleefd, wist gij dat, oude rakker? Zo staat het in de nieuwe gazetten.

Nu schijnt het, ook volgens de nieuwe gazetten, dat die nachtmerrie als het Nazi-beest helemaal verslagen is, opgeklaard zal worden. Wij gaan een droom tegemoet van gelijkheid, broederlijkheid en vrijheid. Ja, met diezelfde mensen.

Hebt gij, van daarboven, ook gemerkt dat België, het begrip België, er boven op komt? Weet ge nog dat wij de kaart van België in onze schoolatlas altijd vergeleken met een voorovergebogen zakkig oud ventje, met de provincie Luxemburg als zijn afgestompte been, ik bedoel als de stomp van zijn been, onze provincie Westvlaanderen als zijn hoofd in profiel, met dan onze Noordzeekust als de lijn van een muts over zijn schedel?

Het wordt dus een kwestie van opnieuw gewoon te worden aan dit nieuwe vaderland van ons. Ik heb er moeite mee om overal België te lezen in plaats van Vlaanderen. Verder heb ik voor vandaag alleen te melden dat ik het oog heb op een meisje dat mij, geloof ik, goedgezind zou kunnen worden en dat hier in huis komt kuisen. Voor dat ge uw paradijselijke neus optrekt voor de reuk van afwaswater en ammoniak, moet ge bedenken dat Goethe die daar bij u in de afdeling 'Titanen' is ondergebracht ook getrouwd was met een zogezegd sociaal minder aanzienlijk persoon. Zend mij uw licht hierover. Zou toewijding niet een betere garantie zijn om in dit aardse leven overeen te komen dan de passie? Alhoewel ik wacht om door dit laatste verteerd te worden, zo stilletjes heb ik er de ouderdom, pardon, de leeftijd voor. Hou mij in de gaten van daarboven. En zegen mij. Ik houd u verder op de hoogte. Uw vriend en broeder in Jezus Christus, dit laatste schrijf ik omdat Hij misschien in uw correspondentie snuffelt. Uw maat en alomgezochte sexuele maniak, Louis.'


Nonkel Omer lag geknield met een tor te spelen. Zijn vingers wandelden, werden tralies, de tor draaide in het rond. De voorbijdenderende goederentrein deed hem opkijken.

'Dag, Nonkel Omer.'
'Dag, Nonkel Omer. Hebt ge *Chicklet?*'
'Nee, Nonkel Omer, vandaag niet.' Gisteren ook niet, morgen ook niet. Oom slikte de kauwgom door. Hij kwam overeind, tot bij het raampje met de schilfertjes opgedroogde regen.

'Ge kondt niet binnen, hé, vannacht, met uw kameraden, om mij te pakken.'
'Vannacht lag ik in mijn bed te slapen, Nonkel.'
'Nonkel Ranonkel, ik heb u gehoord, roepen en trommelen.'
'Dat was niet voor u.'
'Nee, zeker!'
'Het was voor Tante Violet, uw zuster.'
Hij hield zijn hoofd schuin, luisterde opnieuw naar het nachtelijk gebalk van de dorpelingen die voor Meerke's huis samenschoolden zodra de nacht viel, soms werden zij weg-

gejaagd door de veldwachter en een paar Canadese MP's.
De gele steentjes van de gevel van 'Zonnewende' waren
beklad met druipende hakenkruisen, een paar in de verkeerde richting, de hamer van de dondergod Thor, aldus omgebogen, behoedde het huis niet meer voor brand en bliksem.
 'Denken zij dat ik Violet ben?' vroeg Nonkel Omer en
knipoogde. Hij plette zijn neus tegen het glas, de lichte meisjesogen, die van Mama, lieten Louis niet los. Hij likte aan
het glas dat doorzichtiger werd en glom.
 'De Japannezen krijgen op hun Japannese kloten.' Dat
wist hij van de radio.
 'De Duitsers ook.'
 Nonkel Omer wees naar de boomgaard waar een kobaltblauw geverfde keukenstoel onder een perelaar stond. 'Daar
gaan ze mij neerzetten en vastbinden en dan lappedebie,
rappedekwak, kletsekrak, neerschieten als een duif.'
 'Waarom zouden ze dat doen, Nonkel?'
 'Duizenden waaroms,' zei hij.
 'Noem mij er een, één.'
 'Omdat ik Violet ben,' riep hij triomfantelijk.


De aanklacht tegen Tante Violet is tweeledig, zij heeft niet
alleen met de Hun geheuld maar ook een aanranding van
de goede zeden gepleegd. Een tiental Bastegemnaars heeft
een getuigenverklaring afgelegd dat zij poedelnaakt op het
terras heeft gedanst voor jonge moffen waarvan een paar
zich afgewend hebben van afgrijzen. De substituut geeft
geen gevolg aan beide beschuldigingen. Pastoor Mertens
toornt vanaf de preekstoel tegen de helaas Belgische kwaal
van corruptie, die ook in gerechtelijke kringen woekert.
Want de substituut danst naar het pijpen van de nu uiterst
belangrijke, in Brussel verblijvende commandant Konrad.
En Konrad heeft Tante Violet gered omdat hij gezwicht is
voor de smeekbede van Tante Berenice, de heilige. 'Zo simpel is dat,' zei Raf.

'Maar,' vroeg Louis, 'betekent dat dat Konrad in de ministeries van Brussel rondloopt met dat masker?'

Als een condor was een vliegtuig neergestreken dat Condor heette. Dit keer kwam er geen minister uitgestapt die zoals de meeste Belgische bewindslieden het vliegtuig gebruikte om naar Bretagne te gaan zeilen met industriëlen waarbij niet weinig kisten whisky en sigaren en nylonkousen werden gesmokkeld, nee, een gebronsde jongeman, blonde efeeb in een wit pak kwam over de tarmac gewandeld, hij had te lange armen, althans volgens de Griekse canon, en droeg een tovertasje van turkoois leer met zijn initialen, in het tasje bevonden zich wonderbaarlijke elektrische instrumenten die onmenselijk precieze stralingen konden voortbrengen waarmee de jonge dokter, in regelrechte navolging van zijn vader, specialist in brandwonden, en van zijn grootvader die de *gueules cassées* in het lichtloze Hôtel des Invalides te Parijs behandeld had, Konrad had geheeld. Konrad droeg nog, maar dat uitsluitend omdat hij ijdel was, een donkerblauw getinte bril maar voor het overige zag je nauwelijks nog een litteken. Tenzij in het zonlicht of bij sterke filmlampen.

Raf had met de jonge wonderchirurg en met Konrad het verbluffende resultaat gevierd in de Maxim's te Gent. De dokter was dronken geworden en had aan een buikdanseres beloofd dat hij haar borsten zou omtoveren tot die van een zestienjarige, aan een andere dat hij het litteken van haar appendicitis zou doen verzwinden. Hij had ook beweerd dat het een van zijn voorouders was die Tycho Brahe, Deens astronoom, een gouden neus met cement in het gezicht had geplakt, ter vervanging van de neus die verloren werd in een duel met ene Passberg.

Raf woonde nu in het huis van de hoofdonderwijzer die gevlucht was naar Argentinië. De dag voor de Polen Bastegem binnenvielen had het bevrijde volk de klauwende leeuw en het Deltateken, die, in arduin gehakt, de gevel versierden, aan gruzelementen geslagen maar ook de elektriciteitsleiding en de warmwaterbuizen. Het Onafhankelijkheidsfront vergaderde er, en Raf woonde er, zonder het comfort dat helden rechtmatig konden opeisen.

'Ge wist toch dat ik van de Witte Brigade was, hé, Louis?'

'Natuurlijk.'

Holst stond aan het hek. Oorlog of vrede, hij stond aan het hek in zijn houtvesterspak. Louis drukte de immense, droge hand. Raf zei: 'Dag, maat.'

Op een schilderij leek Madame Laura in een witte bontjas een buldog te willen wurgen die amechtig naar een kandelaar op de achtergrond keek. Zij had een platte Chinese witte hoed op waar een dode kolibrie op gepind zat, en keek Louis aan met spottende verwachting. De buldog had een roze lint om met het Ritterkreuz.

'Op ons,' zei Raf.

'Op ons,' zei Holst.

Louis kreeg de tranen in de ogen omdat hij te gulzig de bitterkoude champagne dronk. Hij trachtte een kolkende zure golf uit zijn maag te bedwingen, hij wou niet dat de twee zagen dat hij voor het eerst champagne dronk. 'Champagne in bierglazen, het heeft iets chics,' zei Raf. 'En Veuve Clicquot, dat is goed gekozen, Holst, zeer toepasselijk.'

Louis' vragend gezicht amuseerde Raf. 'Holst weduwnaar zijnde, kleintje. Nietwaar, Holst?'

'Drink op,' zei Holst. 'Er zijn nog kelders vol.'

'Hoe is het met de minister?'

'Goed. Hij komt volgende week met zijn persattaché, zijn kabinetschef enzovoort. Om te jagen.'

'Wat gebeurt er met het appartement op de Louisalaan?'

'Wat zou er mee gebeuren?'

'Als Madame Laura er niet meer woont.'

'Wie zegt dat zij er niet meer gaat wonen?' riep Holst.

'Ja, waarom zou zij er niet meer wonen?' zei Louis bijna even heftig. Ik word dronken. Mijn maag borrelt. Poepeloerezat. Op het bebloemde tapijt kotsen straks. Nooit.

'Als Madame Laura niet teruggevonden wordt en daar is

veel kans op, dan lijkt het mij maar redelijk dat notaris Baelens, pardon, ik wil zeggen zijne Excellentie de minister Baelens zijn wettige eigendom van de Avenue Louise beleefd maar beslist terugvraagt.'

'Zij zal wel uit komen,' zei Holst.

'Dat is zeker,' zei Raf. 'Zo zeker als goud.'

Raf ontdubbelde, schoof uiteen, als een overdruk van een strooibriefje in Pa's naar inkt geurend atelier. Louis greep Raf's overdruk en verfrommelde hem, gooide hem in de mand onder de snijmachine en vond de jongen gaaf terug op de sofa. Holst vulde hun glazen. 'Er zijn nog kisten vol. Ik kan er ook een scheutje Cointreau in doen, als ge dat liever hebt.'

Louis' nek paste precies, op maat, in de golving van de sofa, hoe bestond het? Louis Quinze had opdracht gegeven aan zijn meubelmakers om een kil zwetend suizend hoofd voorbeeldig aan te passen aan de fluwelige rand van een sofa.

'Waar is Madame Laura?' vroeg Louis.

'Hij weet van niets,' zei Raf meteen. 'Hij vraagt dat niet om u op uw ongemak te brengen, Holst.'

'Hij mag alles weten,' zei Holst. 'Zij is in Brussel gebleven, dat is alles.'

'Gezond en wel in haar vel?' vroeg Raf.

'Natuurlijk.'

'Dus kan ze hier morgen of overmorgen ineens voor onze neus staan?'

'Waarom niet?'

'Maar wat vindt ge van die mensen die aan de politie verklaard hebben dat ze haar in Bastegem gezien hebben, in het wit zoals altijd, op een velo in de omtrek van het preventorium.'

'Wie zegt dat? Een paar zatlappen.'

'Vermaercke, de meubelfabrikant, D'Haenens, Roger en de facteur.'

'Op een velo!' kraaide Louis. 'Madame Laura op een velo! Waarom niet op een tandem!'

'De onderzoeksrechter zelf heeft gezegd dat dat zever in pakjes was.'

'De mensen zijn slecht,' zei Raf en dronk voorzichtig, precies, zoals het hoort, niet in gulzige gulpen zoals Louis. 'Zij zijn slecht en curieus. Van een niks maken ze een hele roman. Voor mij zijn ze beledigd omdat ge zo in het geniep getrouwd zijt. Zoals koning Leopold met zijn Liliane.'

'Ze zouden...' Holst boerde. 'Ze zouden beter een beetje compassie tonen voor iemand die getrouwd is en binnen het jaar zijn vrouw verliest.'

'Compassie de dag van vandaag,' zei Raf peinzend. 'A-propos, de laatste keer dat gij uw vrouw gezien hebt, dat was toch op rolschaatsen, hè?'

'Ja. Ze schaatste, ik heb het getuigd.'

'Was dat om een beetje beweging te hebben?'

'Zij schaatste vanaf haar tiende jaar.'

'Vandaar dat ze zulke gespierde benen en dijen had,' zei Raf. (Van marmer haar dijen / gestoken door bijen.) Louis was er zeker van dat Madame Laura dood was.

(Een vrouw mooi als de dageraad / waar hij geen traan om laat / hij die met haar was verbonden / wie heeft haar nu geschonden / tutum tutum in de dodenlaan / in een ander bestaan / voorgoed vergaan / in een sterrenbaan.)


In de tenten van de Amerikanen die bij het sashuis in de weiden waren opgezet heette Louis *Lew*. Zij vroegen hem om met hen mee naar Duitsland te trekken binnen een drietal weken. Robertson, een elektricien uit Iowa, beloofde Louis dat hij van elke Duitser die hij neer zou knallen het rechteroor kon krijgen. Want Louis had hun verteld dat zijn Daddy aangehouden was door de Gestapo en nog altijd zuchtte in een gevangenis in the Black Forest. Hij werd overladen met chewinggum en Mars en Lucky Strike sigaretten. 'No kiddin, Lew!' Soms reed hij met hen mee in een jeep, starogig langs de dorpelingen, een onwrikbare rad-Amerikaans sprekende gids. Hij kende de tekst van 'Don't fence me in', 'I walk alone', 'I'm gonna buy a paper doll that

I can call my own', trage, lome liedjes die klonken alsof ze op een te lage snelheid werden afgedraaid.

Het werd ook overduidelijk dat die smeuïge weke klanken, de geur van Lucky Strike en machineolie, de nonchalante glans van de stenguns, en de dansende verende onverschillige kinderachtige katachtige filmsoldaten het Derde Rijk zouden plat krijgen, het Duitse leder en staal was te strak, te hard, zou knappen onder de lamlendige veelheid, de niet aflatende toevoer van gracieus gemakzuchtig materiaal.

In het verre landelijk dorp bij Veurne gebeurde het dat Papa, uit overmoed en verveling zich af en toe in het dorpscafé waagde. Hij werd niet herkend, zat in een hoek, dronk zijn pintje en bedwong zijn babbelzieke ziel. Een lokale Witte Brigade-man die alle zwarten de griezeligste folteringen toewenste hief op een avond zijn glas op de executie van alle Dinaso's. 'Maar meneer,' zei Papa, 'neem mij niet kwalijk, maar Dinaso bestond niet meer tijdens de oorlog.'

'Wat? Wat zegt ge daar?' Papa legde uit dat de Dinaso's die wilden medewerken aan de heropstanding van Vlaanderen overgegaan waren naar het VNV, maar dat er zich velen afzijdig hadden gehouden, verward en onthand door de dood van hun leider die zich, beste meneer, in Negentienveertig uitgesproken had vóór België en zijn koning. De weerstander trok Papa bij zijn oor overeind en goot zijn bier over Papa's dunne haar. Papa rukte zich los. 'Kom buiten als ge durft!'

'Goed,' zei de held. 'Ge gaat hier buiten, maar tussen vier planken.'

Zwart en wit streden, de omstanders rukten hen uit elkaar en duwden ze weer naar elkaar toe. Agenten in burger. Identiteitskaarten. Onder gejoel werd Papa weggesleept naar het commissariaat en vandaar naar het kasteeltje 'Flandria' in Walle, een vroeger nest van de Gestapo.

'Eigen schuld,' zei Louis.

'Hoe durft ge?' riep Tante Violet.

'Wie zijn vader niet eert zal door zijn zoon gehoond worden,' zei Tante Angelique.

'Hoe kunt ge zo wreed zijn?' zei het meisje Anna dat in het huishouden hielp en op Bekka Cosijns leek, in het blond.

'Staf's vader zal misschien tussenkomen, hij heeft nogal een lange arm,' zei Tante Berenice.

'Hij is ziek,' zei Mama.

'Het schijnt dat hij rap achteruit gaat,' zei Meerke gretig. 'Dat hij zijn eigen niet meer scheert noch ververst.'

'Mona is er het hart van in.'

'Mijnheer de Kanunnik van Londerzeele heeft zich dood verschoten als hij hem zag.'

'Het is begonnen bij het bridgen, hij kon niet meer tellen.'

'Ja, hij heeft zijn kaarten neergelegd en hij zei: "Heren, ik krijg gaten in mijn hoofd, als een gruyère".'

''t Schijnt dat hij hele dagen vertelt over zijn vader.'

Louis' overgrootvader was een statige advocaat met welige witte baard, die stralen spuugdruppeltjes verspreidde bij het pleiten. Meerke had hem nog gekend. Mama ook natuurlijk, maar die hulde zich in Amerikaanse sigaretterook, luisterde nauwelijks. Lausengier, hou haar hier.

'...en zijn twee dochters, Rosalie en Myriam, uw groottantes dus Louis, wilden niet meer in Roeselare blijven wonen. Zij hebben die mens dan in de watten gelegd. Papaatje hier, Papaatje daar, waarom gaan we hier niet weg uit dat boerenstadje? nu dat ge op pensioen zijt, kunnen we toch veel beter in Brugge gaan wonen zodat ge nog een beetje plezier hebt van uwen ouden dag, op een appartementje aan het Minnewater want zo'n groot koud huis hier is niet te onderhouden. En hij zei: "'t Is goed, maar mijn duiven moeten mee." Zijn duiven gingen mee, maar het was toch eigenaardig, ze werden ziek de een na de ander, de stuipen en de kanker en de longen. Hij heeft er veel verdriet van gehad, uw overgrootvader, Louis, in zoverre dat hij, die fier was op zijn lange witte baard en hem altijd schoon waste en in krullen stak en proper hield, zijn dochters aan hem heeft laten prutsen met hun schaar totdat hij maar een vierkant baardje meer overhield waar dat er weinig onderhoud aan was, zodat ze 't alleen maar moesten kammen, en een maand later werd dat ook uitgedund tot een onnozel sikje, en als hij zijn hoofd heeft neergelegd, die mens, was hij gladgeschoren, ik heb hem gezien op zijn sterfbed, het was een andere, ik herkende hem niet meer.'


'Beste Maurice, hier ben ik weer, pen in de hand. Mijn vader is gekerkerd. In het gevangenenkamp 'Flandria' waar nu de Witte Brigade tennislessen krijgt. Omdat hij niet aldoor ten laste wou zijn van zijn gastheer, begaf hij zich naar de herberg van het polderdorp. Hij betrad de genereus naar Chestersoldatenkaas geurende gelagkamer als een wandelende boom tot ontzag van de gebruikers. Een door spinnewebben bedekte herbergier naderde en kraste: "Wat kan ik voor u doen, vreemdeling?" De door een meisje van tien jaar ooit deerlijk met een kaars verschroeide papegaai herhaalde in zijn morsige kooi de bede van de kastelein en het was tot de verhakkelde kaketoe dat mijn vader wedervoer: "Een bier met weinig schuim en een hard gekookt ei." Dit laatste wekte de lachlust van de dorpelingen die, alleen door de haardvlammen verlicht, elkaar aan het strelen waren en thans hun door drank en onkuisheid verhitte gelaten naar mijn vader toewendden. Hij bestrafte het kluwen duistere landlieden met een strenge blik. Het verdroot hem dat een hard gekookt ei, een in Parijse cafés vrijwel overal op de toonbank te vinden voorwerp, dat een ei als entiteit waar zij tenslotte allen in het gewoel van de tijd uitgekropen zijn, het voorwerp van hun bespotting werd. Mijn vader, in heilzamer tijden een sterke man, joviale echtgenoot, opgeruimde buur, vrijgevig commerçant, voelde zich bedreigd door zijn eigen volk. Hij dacht ook, en dit verruimde het veld van zijn treurnis, aan zijn zoon van wie hij voelde dat hij op dat zelfde ogenblik in andere streken...'

Kwam Mama de trap op? Louis borg zijn schrift weg, onder de *Lustige Blätter*, *Memoires d'une Cocodette*, *De Gazet van Antwerpen*. Beneden was iemand met pannen en potten

bezig. Anna? Hij keek in de spiegel, kamde zijn haar, trok
het gezicht van Mussolini, sloeg zijn handen in de heupen,
stak zijn kin naar voren, hief zijn wenkbrauwen, krulde zijn
onderlip, 'Lavoratori!' Op zijn bed zag hij Anna liggen, zij
trok haar knieën op en zei teder: 'O, gij vuilaard!', hij haalde
zijn zo weinig mannelijk deel te voorschijn, knoopte er
strak een touw omheen en bond het touw zenuwachtig aan
de deurklink. Zou Mama op het onverwachts binnenkomen,
wat zij nooit zou doen, wat kon het haar schelen wat hij
uitvoerde? dat hij bestond? dan zou zij, wat ze nooit zou
doen, want Mama bewoog nooit bruusk, dan zou zij met één
ruk de deur opentrekken met zo'n intense kracht dat het
ding uit hem gescheurd zou worden, verbijsterd zou zij het
ding zien zwengelen tussen deur en deurpost, met openge-
sperde mond zou zij de bloedspatten zien op haar witte Madame Laura-jurk. Hij wachtte, gebonden als een kalf aan
een deur. Hij zong zachtjes: 'A doll that other fellows can-
not steal, and with your flirty flirty eyes...' Maar niemand
kwam. Niemand kwam ooit.


'Hi, Lew!'
Dat was hij. De Amerikanen pokerden in een lucht van
dampende kleren die in de tent vlotte als mist. Het was de
verjaardag van Lucille Ball. Het motregende. Zij toastten
op Lucille Ball en werden gauw dronken, baldadig. Overmorgen zouden ze optrekken, naar de Russen of in ieder
geval naar stellingen tegenover de Russen.
Toen zwermden zij uit naar het dorp, wat verboden was,
zij kropen makkelijk over het prikkeldraad, door de moerassen bij de Oude Leie. Alleen Gene, de kok, die aan het
strijken was en Djeedie bleven over. Djeedie luisterde naar
het nieuws over de oorlog terwijl hij traag over zijn lang-
gerekt treurig joods gezicht streek. Gene ruimde op. Hij
wou een krant waarin tomaten en uien verpakt waren weggooien, toen Louis zag dat de pagina Kunst en Letteren erbij

zat. Hij las een gedicht van Johan Daisne, in cursief afgedrukt. Het rijmde.

'Kijk, dit is van mij,' zei hij tegen Gene. 'Dat heb ik geschreven.'

'No kiddin!' Gene wees naar de letters Johan Daisne en vroeg of dat zijn naam was. 'Jo-Ann Deenie?'

'Mijn schuilnaam.'

'O, een andere naam. Voor de belastingen! Want schrijvers zijn rijk, hè?'

'Dit wordt niet goed betaald,' zei Louis. 'Daarom heb ik het voor niks gedaan. Omdat ze 't mij hebben gevraagd. Ik heb het in één avond opgeschreven. Het kwam zo in mij op.'

'Als ik zou kunnen schrijven,' zei de kok, 'zou ik mijn eigen naam gebruiken. Gene Murphy. Dat iedereen, al mijn vrienden, weten dat ik het ben.'

'Op de krant denken ze dat ik een oudere man ben. Als zij zouden weten dat ik nog naar school ga, zouden zij het niet afdrukken. Maar die schuilnaam is eigenlijk ook mijn naam. D'apostrof Aisne. Ik kom van de streek de Aisne in Frankrijk. Mijn verre vroege familie had daar, heeft daar een kasteel.'

'No kiddin. En wat staat er in dat gedicht te lezen?'

Louis las voor, in het Engels rijmde het niet, er ging veel verloren. 'In one town I was a child / in two towns lives she that loves me / in three I walked to work / what death, eh, eh, eh, rings at church?'

'Tolls,' zei Djeedie. 'For whom the bell tolls.'

'Juist,' riep Louis. 'Dank u wel.'

'Wat voor een stijl heeft het kasteel van uw familie?' vroeg Djeedie. 'Zou het kunnen dat het zeventiende-eeuwse torens heeft?'

'Goed geraden, man!'

'Heeft Louis de Achttiende er niet gelogeerd tijdens de Honderd Dagen?'

'Dat zou best eens kunnen.'

'En men heeft er veel hertogen vermoord, nee?'

'Dat was toen de gewoonte.'

'Ziet het terras niet uit op de kathedraal en de vallei?'
'Gij zijt er geweest,' zei Louis.

Djeedie rook aan zijn handen, streek toen weer de kreukels van zijn lang, melancholiek gezicht plat. Hij had lichtblauwe wangen als een joodse gangster na een namiddag ondervraging door de FBI. Djeedie deed nooit mee met de oefeningen, verscheen nooit op het appèl, wat door de anderen als vanzelfsprekend aanvaard werd. Hij was special security agent van het Counter Intelligence Corps.

Djeedie trok de flap van de tent open, de moerassen lagen onder een laag zilver met regenwolken verweg. Hij schudde Louis' hand, vijf zes keer op en neer. 'In naam van het Twaalfde Infanterie-regiment is het mij een eer een jonge dichter van dit fuckin' land te ontmoeten.'

'Thank you, sir.'

'Take care.' Hij sjorde zijn te wijde, vormeloze broek op en ging weg, zijn hoekige schouders, zijn brede magere rug, droegen gelaten en geduldig al de leugens van de wereld. Louis wou hem achterna rennen, vergiffenis vragen: Als ik Louis the Imposter ben is het niet helemaal mijn schuld. Vanaf het prille begin, in the town where I was a child, heb ik niets dan leugenachtigheid gezien, please.

'Ik heb hem nog nooit zo lang horen praten,' zei Gene. 'Dat komt natuurlijk omdat ge een schrijver zijt. Hij zit ook altijd in zijn diary te schrijven. En ook omdat uw familie een kasteel heeft natuurlijk.'


Nonkel Omer begon kleur te krijgen en verstandiger praat uit te slaan. Soms, als hij zich in de kuip gewassen had in de achterkeuken, mocht hij in de keuken zitten, maar hij hield het niet lang uit, verdween gauw terug naar zijn garage, kushandjes werpend naar Mama.

'Ge moet hem niet aanmoedigen, Constance,' zei Tante Violet. Niettegenstaande Meerke voor haar ogen een kilo wortelen at per dag en nooit ofte nimmer alcohol dronk, geen druppeltje wijn of bier, zag zij steeds meer voorbijflitsende zwarte vlekken. Te hoge bloeddruk waarschijnlijk.

In *Het Laatste Nieuws* stond de aankondiging van een prijsvraag over een novelle met een persoonlijke inslag die rechtstreeks of onrechtstreeks met de oorlog te maken had. Inzendingen moesten een bewijs van goed gedrag en zeden insluiten en een motto, want de auteur moest tot het verbreken van het daarbij horend verzegeld omslag onbekend blijven. Louis dacht uren na over een motto, maar vond niets dat voldoende hermetisch, eigenwijs, intrigerend genoeg zou zijn om zijn tekst ongelezen te doen bekronen. Omdat *Het Laatste Nieuws* vaak feuilletons opnam van Abraham Hans, Meerke's favoriete schrijver, haalde hij in de Bastegemse bibliotheek een pak historische werken van deze nogal liberale Vlaamse Kop, tot razernij van Tante Violet die dit als hoogverraad beschouwde omdat zij daar als koningin-van-de-boeken onttroond was door de grijze eminentie pastoor Mertens.


De opleiding als drukker van zijn kleinzoon zou door Peter gefinancierd worden, het fiat daarover liet op zich wachten. Mama ergerde zich aan Louis' geluiwammes in huis. 'Lezen en eten en liggen en snauwen, dat moet gedaan zijn, ik heb getelefoneerd naar de Provinciale Handelsschool in Gent, gij spreekt toch zo gaarne Engels met uw Amerikanen, ge kunt daar een diploma halen voor steno-dactylo en vreemde talen, dat komt altijd van pas, ook als drukker, nee ik ga niet mee naar Gent, nee, ik ga niet mee tot aan het station, kunt ge nog altijd niet op uw eigen benen staan?'


In het grijsgrimmig staatsiegebouw van de Handelsschool liep allerlei zwierig volk, leraren en leerlingen, in en uit. De jongen uit Haarbeke, Walle, Bastegem, in zijn te warme jas die Mama uit een Amerikaanse legerdeken had geknipt samen met Nonkel Omer van wie de pestilente geur van nat stro en stront in de jas gedrongen was, zelfs al beweerde Mama van niet, de jongen durfde niet naar binnen. Hij zou stotteren, stikken in zijn schaamte. Men zou binnen de minuut het landverraad van zijn vader op zijn boerengezicht lezen. Louis wachtte, tot er geen mens meer in de straat te zien was, naderde de gevel en keek door een brede barst in het matglas. Jongens en meisjes zaten in een klas, voorovergebogen, vulden cijfers in.

Louis sjokte langs de Graslei, de Korenlei, de meest historische plekken van Europa, met Romaanse, Gothische, Oostenrijkse, Renaissance noem-maar-op gevels, met stenen koggen en ankers en guirlanden, barokke bogen, de Gentenaars liepen in fluwelen tabbaards, hadden hazewinden bij zich, droegen valken op hun geharnaste vuisten. Louis kocht tweehonderd gram kaas, wou dit consumeren als een page die op zijn dame-met-hennin wachtte op het terras van 'Het Hof van Egmont' toen hij het bont paneel van *Song of the North* zag.

De ouvreuse scheen in zijn gezicht met haar lamp terwijl ze bits zei dat het drinkgeld niet inbegrepen was, in zijn verdoemde zweterige haast stak hij haar een vijffrankstuk toe in plaats van één frank en toen sloeg de eerste Amerikaanse film in kleur hem met afgrijzen en verbijstering. De kleuren waren ongemeen schril, de helden en heldinnen waren okergeel van tint, het rood en blauw geblokt houthakkershemd van George Brent schreeuwde pijnlijker dan de dame die hij deed ontploffen, waarbij dennen als vuurwerk (valer dan zijn tanden) over het hele doek vlogen. Het zag er naar uit dat George Brent de weerbarstige dochter van een rancher zou krijgen, de violen kondigden het aan toen Louis het vel papier van de kaas loswikkelde, en mootjes van de kleffe zure klomp naar binnen propte. Hij wreef zijn vettige vingers aan de fluwelen zitting, volgde het kinderachtige want Amerikaanse sprookje, toen de twee studenten naast hem in het Gents begonnen te vloeken. Zij hadden het duidelijk op hem gemunt. Toen hij star voor zich uit bleef kijken stonden ze op en gingen drie rijen achter hem zitten, steeds morrend. Onherbergzame stad Gent. Sinds de middeleeuwen al: pretentie. Kwamen ook te laat bij de Slag van de Gulden Sporen.

Toen stond een kale man in de rij vóór Louis ineens op en, eveneens Gentse verwensingen slakend, verplaatste hij zich naar achteren. Met een vaag vermoeden dat hij iets vreselijks had misdaan dat totnogtoe onontdekt was gebleven, viel Louis in slaap, behaaglijk warm, de kaas was turf op een roze knus gloeiend kacheltje in de bioscoopstoel, de Kei las een boek en liet ostentatief (niet om te pronken of te pralen, maar om te misleiden, schijn voor te spiegelen, *ostentatio*) het dekblad zien: 'Is luiheid een ondeugd of een ziekte?', in de kaaswinkel wees Louis een romig goedje aan, 'Herve?' riep de verkoopster en hij, opnieuw jachtig, knikte, er zijn ook Duitse kazen die op Herve lijken, de naam lag op de punt van zijn bittere tong, Limburger?, ook Zwitserse kazen waar men geitekeutels in doet die ontbinden tot blauwe sterretjes en spinnewebben, nu pas ruik ik het, was ik verkouden?, de stank wordt heviger, groeit als een razendsnel woekerende plant van stank, de mensen in de behaaglijke bioscoopstoelen slaan er verwoed naar, drek en ammonia vlotten door de zaal, de mensen schuiven in geluidloze rijen naar de uitgang. George Brent's reusachtig gezicht met pukkels op zijn wangen, gekloofde lippen, merkt ook iets terwijl hij op het punt staat het onder kalklagen krakend masker van zijn zieltogende moeder te zoenen, o, zijn moeder mummelt met haar allerlaatste adem vervloekingen en de zoon, George Brent, spert de neusgaten, de neusharen trillen als in een briesje, hij duwt zich van de knekelschouders af en, hij ook, hij vlucht in een stal, bespringt een schimmel en rijdt vierklauwens de prairie in, het lijk van zijn moeder richt zich op en niest waardoor het licht aanfloept, de twee ouvreuses tonen hun tanden als kwade doggen.

Louis stond op straat, het was donker, trams schelden en

hij bleef stinken de hele lange weg naar het station want hij durfde de tram niet op, en stierf van de dorst, *sitio*, door de Hervekaas, nochtans een Belgisch produkt, dat de Fransen ons benijden.

Tante Violet kwam terneergeslagen terug van Brussel. Al haar desperate pogingen om commandant Konrad op het ministerie te spreken waren mislukt. Daar zat minister Baelens tussen, die zijn directieven gegeven had om haar te weren. En Baelens had op zijn beurt directieven gekregen van pastoor Mertens, katholieken onder elkaar. Treurig ging ze naar boven om haar zondagse jurk uit te trekken.

Meteen fluisterde Meerke: 'Nu dat hij genezen is ziet hij haar niet meer staan natuurlijk.'

'Zag hij haar dan wel staan, vroeger?'

'Van het moment dat hij in Bastegem aangekomen is. Zij en Berenice waren er als kippen bij. Peinst een keer, een man die door een vrouw uit liefde vitriool in zijn aangezicht gekregen had en daardoor Onze Lieve Heer had ontdekt! Hoe meer puisten en schilfers hij kreeg, hoe meer dat hij God en zijn Heiligen vereerde! En dan, als hij zijn eigen kerk gesticht heeft, zogezegd van de Hugenoten waar dat hij verre familie van was, dan kon hij natuurlijk op Berenice rekenen, voor wie de katholieken niet goed genoeg zijn natuurlijk. En omdat hij met Berenice aanpapte kon Violet die heel haar leven jaloers geweest is van haar zuster, het ook niet laten, zij moest en ze zou de attentie van die puistekop hebben.'

Zij schudde haar hoofd alsof ze een elektrische schok kreeg, zag weer een voorbijschietende zwarte vlinder.

'Gelukkig maar,' zei Louis, 'want als er een kweek van gekomen was, van Tante Violet en Konrad, dan zou 't een propere aap geweest zijn.'

Zoals verwacht slaakte Meerke een kreet. 'Maar Louis,

waar gij aan durft peinzen! Ge versmerigt met de dag. Hebt ge dan geen greintje eergevoel?'

Een tweede reizigster—Vlaanderen zond zijn dochters uit—kwam thuis. Mama, die haar man was gaan bezoeken in de 'Flandria', waar zij ooit haar aan Vlaanderen verkleefde zoon-schildwacht had getergd.

'Uw vader heeft geen courage meer. Ze weten niet wanneer zijn proces kan voorkomen. Er zijn bergen dossiers. Aan de andere kant is het beter zo, want ze fusilleren aan de lopende band. Wie 't ongeluk heeft om nu voor te komen krijgt de doodstraf. En al die getuigen ten laste. Er zijn klachten van voor de oorlog al. Drie, vier getuigenissen dat er een Hitlerpop bij ons op de schouw stond. Coiffeur Felix heeft gezworen dat hij in de vestzak van uw vader handboeien heeft zien zitten en een knijptang om Witte Brigade-mensen te folteren. Nu heeft mijnheer Groothuis aan Bomama beloofd dat hij zijn best zou doen voor uw vader. Maar wat is het beste van mijnheer Groothuis waard? Wie had er ooit kunnen peinzen dat Groothuis tijdens heel de oorlog naar Londen heeft getelefoneerd?'

'Telefoneren naar Engeland?'

'Of telegraferen. Of een speciale telefoonlijn onder in de zee. Ik heb er niet zo goed naar geluisterd. Maar heel de oorlog heeft hij orders gekregen van De Smet de Naeyer van de regering in Londen. Hoever dat hij mocht gaan.'

'Hoe is 't met Staf zijn vader?' vroeg Meerke.

'Hij is zeer zwak, hij kijkt af en toe scheel, zegt Mona.'

Met een verzaligd kalm gebaar nam Meerke haar breiwerk op.

'Boontje komt om zijn loontje. Altijd een hovaardige geweest, Staf zijn vader. Weet ge 't nog, Constance, op uw trouwdiner, dat hij die speech hield over de bruiloft van Kana, lijk of dat we in een schoolklas zaten. En dan zat hij aan zijn vlees te pulken. Ik zeg: "Scheelt er iets, mijnheer Seynaeve?" "Ik heb de indruk dat we hier paardevlees geserveerd krijgen," zegt hij zo langs zijn neus. In de 'Pomme d'Or'! Staf moet bij hem thuis gezegd hebben dat wij zo arm en profijtig waren dat we meestal paardevlees aten.'

'Wij aten toch niet slecht vroeger,' zei Tante Violet in haar peignoir. Zij rook naar Sunlightzeep.

'Veel spek.'

'Groenten uit de hof.'

''s Avonds af en toe een ingelegde haring.'

'En 's zondags *bouilli*. Met worteltjes.'

''s Zaterdags eerst de soep daarvan.'

'Of pense.'

'Wat is dat, pense?'

'Gekapt van darmen, manneke.'

'En rijstpap.'

'Op onze klompen naar school.'

De drie vrouwen, de drie weduwen, zuchtten bijna tegelijkertijd. Louis neuriede: '*Floedie floedie floi floi*.' Cab Calloway.

'Weet ge nog, Constance, dat ge een ransel nodig had op school en dat ik een koevel gekregen had van de Liekens. Ik bracht het naar Edgar, de schoenmaker zaliger. En die duts verstond het verkeerd, hij draaide het vel aan de verkeerde kant, met het haar naar buiten.'

'Ik heb daar alle dagen om geschreid. De andere kinderen riepen: "Kalf! Kalf!" naar mij.'

'*With a love that's true, always*,' kalf.

'Iedere zaterdag in de kuip in de keuken,' zei Tante Violet. 'En op een keer stond de schoolmeester in de keuken. Hij zag mij, ik was dan een jaar of zeven. "Precies een Rubens," zei hij.'

'En dan rap rap, kletsnat, in onze tabbaard in bed, want het vroor stukken uit de aarde, in die tijd,' zei Mama in de walm van haar Lucky Strike.

'*I'll be loving you always. With a love that's true, always.*'

'Op een keer kwam ik van school en het regende. Maar ik wilde natuurlijk niet naar huis in mijn schort, omdat de jongens van de vakschool mij konden zien. En mijn zomerkleedje, ik had er maar één in die tijd, was kletsnat geworden. Ik hing het thuis te drogen bij de stoof en ik lette er niet op en het was helemaal verschroeid. Onze Pa sloeg mij bont en blauw. Veel slagen gekregen van onze Pa.'

'Hij meende 't goed, Constance. Maar hij was gauw koleirig,' zei Meerke.

'Dat is waar.'

'En hij had een gat in zijn hand. Als ik hem niet in toom had gehouden waren wij met een deurwaarder uit ons huis gezet. Altijd iets weggelegd, elke week. Elke week als ik mijn cheque ging halen zette ik iets op de spaarkas. Ik haalde eten in huis voor heel de week en dan kwam uw vader thuis met een kameraad, zij zongen 'de Parelvissers', dronken al het bier en aten al het eten van die week op. Dan was het heel de week haring. Zijn kameraden waren meestal vissers. Hij had dan zo'n leute als hij ze hoorde vertellen over een bastaard van een motor die midden in de zee, aan de Groene Bank, ontploft was en hoe de Russen het schip moesten meeslepen en de bemanning uitlachten, want ze trokken die stomme Belgen door de zee mee recht naar Rusland. "Geef die mensen nog een Pereltje," riep hij dan, mijn Basiel. "Allee, nog een Pereltje." En ik schonk dat Pereltje lijk of dat ze in een café zaten. En ze zongen 'de Parelvissers' in twee stemmen, wat zeg ik? in zes stemmen. Filibert was er ook bij, een blinde, die altijd maar over zijn hond Floris begon die hij had laten doodgaan van de honger. Ik zeg: "Maar Filibert toch, waarom hebt ge mij niet om wat afval gevraagd, voor Floris?" "Ach, Amelie!" zegt hij tegen mij, "ik vraag u al zoveel eten voor mijzelf." Ik zeg: "Wat geeft dat nu?" "Nee," zegt hij, "ge moogt nooit met twee tegelijk vrijen." Ik zeg en 't was er uit voor dat ik het wist: "Waarom niet? Als ge de plaats maar verdeelt!" Iedereen lachte, maar ik kreeg een klets van Basiel dat ik er 's anderendaags nog sterren van zag. Nu zie ik ook sterren, maar 't zijn andere, 't zijn zwarte sterren.

't Zijn eigenlijk geen sterren, maar zwarte motten.'

Louis beschreef zijn wandeling op de Gras- en Korenlei, de gildehuizen, de renaissancegevels, de barokke sierlijkheid, de puien en luifels en het gouden schip boven op een nok. 'Een droom! De middeleeuwen zelf!'

'Kinkeltje,' zei Raf. 'Dat is daar zomaar bij mekaar gesmeten, alle stijlen dooreen, voor de Wereldtentoonstelling begin van deze eeuw, voor toeristen die van toeten noch blazen weten lijk gij, kinkeltje!'

Wat de lucht zou moeten zijn is zeegroene verf, achteloos door een verver behorende tot een verboden kunstrichting, een Zwarte School, met rauwe vegen aangebracht boven de daken van het Gesticht. De muren van het Gesticht zijn te hemelhoog, ik ben te klein om de lucht te zien. 'Dáár, een schaapje, dáár, Lowietje!'

Twee figuren die mijn grootvader en mijn grootvaders zoon zouden moeten zijn. Een zwart-wit foto die beweegt maar die door Peter hier en daar (de omtrek van de perelaar, de haag waar Baekelandt elk ogenblik kan verschijnen met zijn zeis), gekleurd werd, reseda en vieux-rose, met de delicate penseeltjes van echte marterharen die daarna opgeborgen werden naast stinkende geïriseerde fiolen in een paarsfluwelen kistje, cadeau van Kanunnik de Londerzeele.

Peter is de kleinste van de twee figuren en dat is vreemd, altijd gedacht dat hij een hoofd groter was dan Papa. 'Hij is gekrompen,' zei een happig Meerke. Hoeveel centimeter krimpt de doorsnee-Belg per jaar? Gaat het later sneller?

Peter die bestraffend en onderzoekend langs de draaimolen loopt, die zachtjes draait, terwijl er geen Apostel, Hottentot of kleintje zichtbaar is. Peter's vlekkeloos Prince de Galles-pak met de broek, gesteven alsof er een ijzerdraadje in zit. De duifgrijze das met de brede knoop en de parel is te strak aangetrokken, de adamsappel zit klem, o hoe verwoed slikt Peter, daar is niet tegen op te ademen! Toch speurt hij naar verborgen kinderen achter de grot van Bernadette, met de blik van een landvoogd en Papa naast hem doet dat na, hoe kan dat terwijl hij geboeid op stro ligt ver van zijn vader en meester? Gouden rimpels heeft mijn grootvader die ook mijn dooppeter is. De aders van zijn slapen: gouden wormen. Kaarsrecht loopt hij, dat heeft hij geleerd ver vóór Veertien-Achttien. Een winters licht.

Peter stopt. Hij luistert. Zijn zoon spreekt en zegt: 'Ik heb geen courage meer.' 'Maar waar is uw zoon?' vraagt Peter en noemt mijn drie voornamen en vergeet de voornaamste, de vierde, die van de renegaat-apostel Petrus. Papa kijkt naar de schoenveters van zijn vader, blijft deemoedig in het lichtgrijs egaal licht van Peters schaduw staan. Peter schuift twee vingers in zijn giletzakje en haalt een pasfoto boven. 'Is hij dat?' Papa ziet de foto van een jongen met oren en knikt. Peter bet met een spierwitte zakdoek zijn eigen oren, een Seynaevegebaar.

'Ge wilt vluchten?' zegt hij. 'Naar Ierland.'

'Naar Argentinië,' zegt Papa.

'Ierland,' zegt Peter nadrukkelijk. Zijn maatpak komt van Ierland, een land van missionarissen en martelaren. Mama heeft zijn pak gestreken, er water over gesprenkeld vóór het strijken, wijwater voor de vrede Christi in het rijk Christi, de nonnen zingen bij een orgeltje of een harmonium.

'Waarom zoudt ge vluchten, Staf?'

'Omdat ik ter dood veroordeeld zal worden.'

'Wie zegt dat, kind?'

'Coiffeur Felix.'

'Wie spreekt het vonnis uit?'

'De joden.'

'Zij hebben groot gelijk,' zegt Peter.

'Ja, vader.'

'De joden zijn terug. En is dat goed?'

'Ja, vader. Het is goed dat Minister Gutt het geld van de Belgen opvraagt, hij heeft gelijk. Gutt is rechtvaardig.'

'Dan ga ik maar, Staf.'

'Nee! Ik word ter dood veroordeeld!'

Twee figuren in winterlicht, koutend, tussen de puinen, de kraters van een straat in Haarbeke, tussen de betonnen brokstukken liggen taartjes, boterkoeken, Meccanodozen.

'Het staat geschreven, Staf, dat men een man slechts ter dood kan veroordelen als de zeventig wijzen van het Sanhedrin éénparig voor de dood stemmen.'

'Zeventig!' De echo bereikt de muziekzaal waar Zuster Engel de piano afstoft, zij begraaft nu haar gezicht in de sluier van haar kap.

'Maar, vader, er zullen er zeker zeventig tegen mij zijn!'

Peter grijnst. 'Dan, Staf, hebt ge niets te vrezen, want dan is de veroordeling niet geldig, want, Staf, het joodse boek zegt: "Elke éénparigheid is verdacht".'

'Zij hebben gelijk,' zegt Papa. Peter haalt uit zijn giletzak de gouden tandestoker die hij cadeau gekregen heeft van de Pauselijke nuntius voor vele jaren trouw aan het Vaticaan en peutert er mee in de baksteen van de Slotmuur, hij haalt er de zilveren kogel uit die ik ooit met mijn zilverbuks heb afgeschoten naar Papa's auto-van-vroeger, naar Holst aan het stuur. Of is het een bikkel?

Het gesis en geratel van de boemeltrein en een monotoon gedempt gedonder, hetzelfde dat hem verdoofd had, maakten Louis wakker, samen met een wee gevoel in zijn maag. Tegenover hem, beiden met een pijp in de mond, zaten twee handelsreizigers, ordners op hun knieën. Het landschap, plat en groen, schoot voorbij. Hij zat in een trein en voor het eerst merkte hij dat een trein, meer dan enig idee van een trein, een doos van zoveel meter hoog, zoveel lang, zoveel breed, een breekbaar, futiel, en vooral eenvoudig ding op wielen was. Roerloos blijven zitten. Ik kan het plafond van deze trein aanraken, nooit gedacht. Daarnet was ik op de speelplaats, in de schaduw van mijn grootvader die nu op sterven ligt.

Louis kroop overeind, hield zich aan de brede stoffige riem vast waarmee men het raam kon opentrekken. Hij zocht in het bagagenet, maar kon zich niet herinneren wat hij bij zich had. Hij rukte aan de riem, maar het raam zat vastgeroest, gemetseld, gekoekt. Hij herinnerde zich dat hij de deur wilde openen. Hij trok uit alle macht de klink naar zich toe. ('Nee, kinkeltje, de deur naar buiten duwen.') Hij duwde.

('Nee, kinkeltje, eerst de klink naar beneden.')

De jongste handelsreiziger legde zijn ordner naast zich. Louis dacht dat hij wou helpen, maar de man trok aan zijn mouw. 'Niet doen, vent', maar Raf beval: '*Kinkel*, naar beneden', het waaide fel in de coupé. De handelsreiziger riep en trok aan mouw en kraag. Telefoonpalen snelden voorbij, de achterhuizen, de tuintjes en de smeekgebeden van de twee pijprokende mannen vertraagden.

De zoete lucht van het dorp / borp, korp, storp / er kwam maar geen rijmwoord, komen rijmwoorden natuurlijk uit de natuur, wie heeft ze uitgevonden? De Germanen alleen: alliteratie, de Romanen: eindrijm. Wij zijn allemaal Franskiljons, wij dichters.

De letters Bastegem in witte kiezelstenen tussen de bloemen en de planten die dichters moeten kennen. De stationschef in bretels, Bakels, zei tot een boer dat de Duitsers teruggekomen waren. Vanuit de Ardennen die ze helemaal opnieuw bezet hadden, rukten ze op naar Antwerpen. Ik heb de foto van Reinhard Tristan Eugen bewaard. Weer opprikken naast de kleerkast? Komt de ijzeren tijd terug? De ijzeren tijd duurde een halve minuut. De natuur der dingen gebood dat de verblinde stalen en leren ruiters vernietigd werden. De moraal ook. Louis Seynaeve, Lodewijk, de Lode, Lew, zou het aanzien, odes, elegieën, epithalamen aanheffen, maar waarover wist hij niet. Ik moet de volgende keer in Gent een rijmwoordenboek kopen.


Bijvoorbeeld voor een elegie voor Peter.

'Tot op het laatste moment, tot in de sacristie hebben zijn kameraden...'

'Dat is een woord voor zwarten, Mona.'

'... zijn vrienden dan, laat mij uitspreken, ruzie gemaakt. Want zijn vrienden wilden dat bij zijn kist 'De Vlaamse Leeuw' gespeeld werd.'

'Waar zijn hun gedachten? Het is waarlijk het moment niet, met Von Rundstedt in de Ardennen!'

'Maar Mijnheer de Deken wilde het niet. Hij zei: Een hele hoop Flaminganten zijn nog niet in 't gevang. Of zijn er al uit. Zij zijn in staat om in de kerk 'De Vlaamse Leeuw' mee te zingen. En 'Kempenland'. Voor dat ge 't weet zingen ze 'Wir fahren gegen England'.'

'Het bisdom heeft gelijk. Het is oprecht het moment niet.'

'Maar ze wilden dat niet in de kerk zingen. Alleen bij zijn graf.'

'Wat hebben ze dan wel gespeeld, bij zijn graf? Toch de Brabançonne niet?'

'Zij zijn overeengekomen op het laatst. 'Naar Wijd en Zijd.' Dat is niet zoveel gespeeld in de oorlog, en het is nogal Vlaams.'

'De REX-isten speelden dat toch?'

'Ik vond het zo'n klein kistje. Of verbeeld ik me dat?'

'Hij was gekrompen, ja, maar niet meer dan een ander.'

'Hij was helegans blauw, als een pruim.'

'Terwijl dat hij nog leefde?'

'Natuurlijk, zotje. Daarna was hij wit, lijk alleman.'

'Op 't laatste werd hij een beetje lila. De Zusters zagen het en trokken gezichten naar elkaar, want zij durfden niet veel zeggen, want hij hoorde alles, ge zag zijn wimpers bewegen als zij "Mijnheer Seynaeve" zeiden.'

'Zijn hoofd was helegans verschrompeld, ik heb daarvan verschoten, ge peinst daar niet direct op.'

'Hij had ook niets gegeten de laatste vijf dagen, Mona. Geen eten en geen drinken.'

'Wel spuitjes *à volonté*.'

'Het laatste dat hij gegeten heeft was dat sponsje. Hij beet er in, Zuster Gudule wilde het van tussen zijn tanden halen, maar het was te laat, hij had het ingeslikt.'

'Hoe? Had hij zijn gebit nog in, Mona?'

'Ja. Ik wilde dat hij tot op 't laatste moment proper was, als er iemand op bezoek kwam.'

'Dat rochelen ook. Ik weet dat het natuurlijk is, maar ik was toch gegeneerd.'

'De hoofdzuster pakte mijn hand vast. "Madame," zei ze, "hij is bij Onze Lieve Heer."'

'Het was nog het beste.'

'Ja. Want hij begon lelijk door te draaien. En altijd zo kwaad. Voor het minste het geringste scheetje verdraaid, baste hij lijk een hond.'

'Als hij weerkomt, lijk dat de Indiërs geloven, is 't vast en zeker als Mechelse schaper.'

'Ja. Hij gaat geen mops zijn, lijk die van Nora.'

'Ge hebt verschrikkelijk geschruweld, Mona.'

'Ik kon het niet helpen.'

'Zo roepen en tieren tegen de dokters. Ik was toch gegeneerd.'

'Het is hun schuld.'

'Hoe? Hij is toch niet misgemeesterd geweest.'

'Zij hadden hem die apeklieren moeten inspuiten. Ik vroeg het al van verleden jaar!'

'Maar is dat niet verboden van de Staat?'

'Van de Staat niet, maar wel van het bisdom.'

'Terwijl dat hij Katholieker was dan de Paus. Ik zie hem nog naar de communie gaan. Ik word er zelfs raar van als ik er aan denk. Met zijn ogen toe. Ik dacht nog, "Och Here, hij gaat tegen de mensen botsen!" Ge zag dat die mens op dat moment geen schijfje gebakken tarwemeel op zijn tong had maar Onze Lieve Heer zelf!'

'Ongezuurd tarwemeel, Mona.'

'Ja ja.'

'Ja. Het is het leven.'

'Het moet al dood dat leeft. Ook de sterren.'

'Ik heb mijn *voile* maar niet aangedaan. Ik dacht eerst nog aan een zwarte zonnebril maar ge kent 't volk van Walle, ze zouden zeggen: Kijk een keer naar de die, het is weer van kijk-naar-mij.'

'En Staf die ze uit het gevang niet wilden loslaten voor de begraving van zijn eigen vader.'

'Pardon, pardon. Het is Staf zelf die het niet gewild heeft. "Ik ga mij niet in Walle vertonen tussen twee gendarmes, ook niet gendarmes in burger," zegt hij. "En," zegt hij, "mijn vader wilde die chique grote begraving met een elf uur-mis in de Onze Lieve Vrouwekerk niet, hij wilde begraven worden in Noordende, in dat kerkje van niks, zonder al dat volk!"'

'Konden we dat toelaten, als zijn familie? Tegenover onze moeder? In Noordende, kilometers ver, alleen maar omdat Antoinette Passchiers daar woonde?'

'We konden hem al zo wel in Schorisse begraven waar dat Mylene woont, het was ook zijn lief. En 't is dichterbij.'

'Ja. Als ge de steenweg van Waregem neemt.'

'In ieder geval wilde hij niet in de Onze Lieve Vrouwekerk, hij heeft dat dikwijls genoeg gezegd. 't Is teveel eer, zei hij.'

'En 't is toch gebeurd. Door Kanunnik de Londerzeele.'

'Wij konden hem toch moeilijk volgen in al wat hij wilde! Neem eens dat hij gewild had dat we hem in een vuilnisbak smeten.'

'Ik zeg alleen maar wat Staf zegt, Mona.'

'Die heeft nog nooit de waarheid gezegd.'

'Het schijnt dat Antoinette Passchiers per se naar de begraving wilde komen. Maar haar man heeft het uit haar hoofd geklapt.'

'Zij zou haar eigen op de doodkist gesmeten hebben, ge kent haar.'

'Staat ze in zijn testament?'

'Ge ziet dat van hier. Maar wij gaan daar een stokje voor steken. Er zijn drie-vier-vijf testamenten en allemaal wettelijk.'

'Apropos, 't schijnt dat de bazin van de 'Titanic' ook in de kerk was. Maar ik ken haar niet en met al dat volk heb ik haar niet herkend. Een dikke blonde, nogal voyant, zeggen ze.'

'Sommige mensen hebben géén eergevoel.'

'Ze moet in die laatste maanden tegen de vijftigduizend frank van hem losgepeuterd hebben. Om niet te spreken van het goud.'

'Welk goud?'

'Het goud dat hij op 't laatste, als hij niet goed meer was, naar de 'Titanic' bracht. Met zijn twee valiezen, hij liep er krom van.'

'Valiezen vol goud?'

'Maar neen. Die blonde van de 'Titanic' en twee andere, een Française en een van Martinique moesten zich uitkleden en dan strooide hij zijn twee valiezen vol aarde over de vloer, waar zij de Napoleons en de goudstukken moesten uit graaien in hun bloot gat.'

'Hoeveel staat het goud tegenwoordig, Mona?'

''t Is nu gelijk. Kijk in de gazet!'

''t Was maar een vraag.'

'Hij heeft mij veel verdriet aangedaan.'

'En zijn vrouw ook. Het is maar op het laatste dat hij een beetje respect voor haar toonde. Als het te laat was.'

'Ik had er zo'n compassie mee, lijk ze daar in dat karretje zat in de kerk met haar chrysanten in haar armen.'

'En dat niemand het bruin papier van die chrysanten afgehaald heeft, ik was toch gegeneerd.'

'Ja, op 't laatst deed hij boete. "Ik heb misdaan," zei hij, "en nu dat ik voor de troon moet gaan staan geef ik mij rekenschap dat ik rekenschap moet geven. Ik heb niet naar monseigneur De Beaulieu geluisterd die zei, als hij van Katanga teruggekomen is, 'We moeten zijn lijk de oude negers die als ze voelen dat ze doodgaan hun kinderen en kleinkinderen bij zich roepen en hun alles maar dan ook alles vertellen wat ze voelen dat ze moeten meegeven in het leven.' En nu dat ik alles zou moeten vertellen weet ik niet wat ik zou kunnen meegeven. Ik ben geen schoon voorbeeld geweest." Ik zeg: "Vadertje, d'r gaat u misschien nog iets te binnen schieten." "Ik peins het niet," zei hij. En 's anderendaags heeft hij de Compagnie opgebeld om een telefoon te plaatsen in zijn graf, voor het geval dat er hem iets te binnen zou schieten. De onderdirecteur is gekomen en hij zei: "'t Is in orde, Mijnheer Seynaeve, we gaan ervoor zorgen, wij gaan een lijn aanleggen, ge moet niet eens de communicaties betalen, alleen 't abonnement."'

'O, ik doe in mijn broek.'

'Ge moet de communicaties niet betalen!'

'Geef mij uwe zakneusdoek, Mona.'

'O, o, o, alleen 't abonnement!'

'Ja, we lachen een keer, maar op 't laatste heb ik toch te veel verdriet gehad.'

'En ik dan!'

'En ons moeder, op 't laatste, het was lijk of dat ze ook een slag van de molen gekregen had. Zij gaat met mij mee naar 't hospitaal. Ik zag het al direct in de gang dat er iets mis was. Zuster Andrea, die anders altijd zo beleefd was, van "Zet u, Madame, 't is een goed weertje, hé, Madame," zij trok haar neus op, ik kreeg met moeite een goedendag, en van de andere Zusters ook, ik zeg in mijn eigen, wat is dat hier? Ik heb toch geen stront aan mijn schoenen, een mens denkt van alles, en wat raadt ge? Hij had heel 't hospitaal overhoop geroepen. Nu zijn ze dat gewoon, de Zusters, ze worden er voor betaald. Maar wat hij schreeuwde was allemaal in het Frans, hij die altijd zei: "Alles voor Vlaanderen, Vlaanderen voor Christus!" Maar 't ergste van al, het was niets dan Zwarte School en vuile praat, van *minette* alhier en *soixante neuf*, een beerput!

En de hoofdzuster zegt, "Mijnheer Seynaeve, zegt dat tenminste niet zo luid!" "*Je vais t'enculer*," riep hij. Ze hebben hem een pilleke moeten geven die de tong bevriest. Nu komt 't schoonste. Ons moeder, in plaats van haar eigen stil te houden en te gebaren dat ze 't niet ziet of hoort, begint daar in het hospitaal te lachen, maar te lachen, er was geen houden aan, te schateren lijk een onnozel kind. Ik heb haar direct naar de auto moeten brengen, samen met Cecile, maar ze bleef maar gieren van de lach en ze riep heel de weg naar de auto: "*il va m'enculer!*"'

'Komt dat tegen.'

'Onze Staf zag er in het kamp niet ongezond uit,' zei Leevaert, doctor in de Germaanse talen die nu advertenties wierf voor *Het Volk*, zonder officieel ingeschreven te zijn natuurlijk. 'Ik had eigenlijk op een ordentelijke manier afscheid van hem moeten nemen, maar ge weet hoe dat gaat, Madame Seynaeve, de directie wacht tot op het laatste ogenblik om u uw ontslag te melden en de gevangene is dan zo gejaagd om naar zijn geliefde thuis terug te keren. Zij máken ons egoïstisch, Madame Seynaeve.'

Mama knikte en Tante Violet zei: 'Het is normaal, Mijnheer Leevaert, gij moet u daarom niet excuseren.'

'Hoofdzaak is dat we nu weten dat hij niet treurt,' zei Meerke.

'Hij treurde wel, zoals wij allemaal, maar met mate. Nee, de enige die ik heb kunnen omhelzen is mijn boezemvriend De Puydt. Omdat ik moest wachten op de eerste tram heb ik nog in de spreekkamer van de 'Flandria' een quatre-mains met hem gespeeld, een simpel dingetje van Cesar Franck. Ik moet eerlijk zeggen, ik heb een traantje gelaten. Mijn vriend niet, die heeft geen tranen meer. En nu zwerf ik op Gods wegen, bedelend om wat publiciteit. Gelukkig zijn onze kameraden die er weer boven op zijn, solidair. Maar ik zet mijn hoop op mijn boek. En op de kameraden die mij gaan helpen.'

Louis schrok. 'Uw boek, Mijnheer Leevaert?'

'Mijn roman die ik in de 'Flandria' geschreven heb. Het zal dertig frank kosten maar wie nu intekent krijgt hem voor vijf en twintig. En als gij er tien afneemt, Madame Seynaeve, laat ik nog eens twee frank vallen. En wat is tien exemplaren, als ge uw kennissen een schoon cadeau wilt doen met Nieuwjaar? Want in elk boek zet ik mijn handtekening en een opdracht aan diegene van wie ge mij de naam opgeeft.'

'Waarover gaat het?' vroeg Mama.

'Over een vrouw die uit het leven wil stappen.'

'Dat lezen de mensen gaarne,' zei Mama. 'Het is goed bekeken.'

Louis kon haar wel aanvliegen. Hoe kon ze ernstig ingaan op zoiets? Hoe kon dat blubberig doorzopen stuk leraar een boek schrijven? En over zelfmoord dan nog. En alleen omdat hij zich verveelde in het gevangenenkamp 'Flandria'?

'Mijn hoofdpersonage is een vrouw, die ik schets in de verschillende belangrijke fasen van haar bestaan. Hoe zij voorbestemd was om door de zwaarste beproevingen heen toch, in het laatste hoofdstuk, het licht te zien.'

'Sterft ze op het einde?' vroeg Tante Violet.

'Nee. Zij leert het leven, dat zij van de schabouwelijkste zijde heeft ervaren, toch, niettegenstaande alles, te aanvaarden met zijn voor en zijn tegen. Zoals wij allemaal moeten doen.'

'Als het maar niet op de index komt,' zei Meerke zorgelijk.

'Madame Bossuyt, excuseer me, maar ge gaat niet mee met uw tijd. Op de index of niet op de index, daar vaag ik, op zijn Vlaams gezeid, mijn voeten aan.'

'Ja, maar dan kunnen de bibliotheken het niet aankopen,' zei Tante Violet, verjaagde bibliothecares.

'De katholieke bibliotheken nee.'

'De officiële zijn er ook niet rap bij als het een beetje aangebrand is.'

'Als schrijver kunt ge daar uw hoofd niet over breken, Madame Violet...'

'Juffrouw.'

'Juffrouw Violet. Alles wat ik weet is dat het een pleidooi is voor een reiner innerlijk leven en daarbij kan ik geen blad voor de mond nemen. Mijn personages zijn van vlees en bloed, die kunnen vallen en opstaan.'

'Hoe heet uw boek, Mijnheer Leevaert?'

'*Jenny*. Met als ondertitel: Een Noodlot.'

'Ik ben ook bezig aan een verhaal,' zei Louis, 'ik denk dat ik het misschien zal insturen voor de prijskamp van *Het Laatste Nieuws*.'

'Dat is een goed nieuws,' zei Leevaert. Tante Violet miste geen beet van haar boterham met gehakt, Meerke's breipennen hadden geen ogenblik vertraagd, Mama bleef op het van koffie doordrenkte suikerklontje zuigen, haar tanden zullen gaten krijgen de grootte van erwten.

'Mijn verhaal, of liever novelle, gaat *Het verdriet* heten.'

'Ach, jongetje, wat weet gij van verdriet?' zei Tante Violet. 'Gij komt nog maar kijken.'

'Waarom zo'n triestige titel, Louis,' zei Meerke. 'De mensen willen zich ontspannen.'

Mama ging naar de kachel, en terwijl zij koffie inschonk (want zij wou dit niet in haar zoon's gezicht zeggen) zei ze: 'Het enige waar Louis goede punten in kreeg was opstel en taal.'

'De taal is belangrijk,' zei Leevaert en stak een pijp op, en voorwaar, hij begon al op een Vlaamse Kop te lijken, met drie kinnen. 'Maar het voornaamste blijft wat ge wezenlijk uitdrukt over de mens, de maatschappij, de verhouding tot het Goddelijke. En daarvoor, neem mij niet kwalijk, Louis, moet ge toch een bepaalde ervaring hebben. Voor uw veertigste kunt ge niet die...'

'En Rimbaud?' zei Louis nijdig.

'Handen af van Rimbaud!' riep Leevaert zo fel, dat Meerke bijna haar breiwerk liet vallen.

'Een glaasje Elixir d'Anvers, Mijnheer Leevaert?' vroeg Tante Violet.

'Als ge meedrinkt, Juffrouw.' Leevaert ontlokte sissende, natte geluiden aan zijn pijp. 'Rimbaud was een mirakel. Zo één komt er maar een keer per eeuw. Dat is zo spontaan, zo vanuit het niets geboren, zo...'

'Op mijn leeftijd is hij begonnen met Victor Hugo en Alfred de Musset na te bootsen.'

De pijp werd ruw uit de mond gesnokt. 'Wie zegt dat?'

'Ik heb dat gelezen.'

'Wáár staat dat?'

'Jongen,' zei Louis bars, 'in de *Nouvelles Littéraires*. Die lees ik elke week.'

Leevaert haalde diep adem. Nam kelkje aan. Proefde. Zette kelkje neer. 'Zij kunnen het niet verdragen,' zei hij moedeloos. 'Ze moeten en zullen elke grootheid naar beneden halen, elk genie dat ze niet verstaan, waar ze niet eens kunnen aan rieken, dat moeten ze trachten klein te krijgen, terug te brengen naar hun eigen miserabel niveau.'

In de garage zong Nonkel Omer, zoals meestal als de avond viel: 'Ik zeg u geen vaarwel, m'n broer, dra zien w'elkander weer', en zoals altijd, stemde de achtjarige kalkoen Hector in.

Leevaert had drie borden hutspot op, zijn pijp walmde weer. 'Het is simpel,' zei hij, 'en ik heb dat dikwijls aan mijn leerlingen uitgelegd als zij meenden dat, omdat zij een paar goede opstellen geschreven hadden, zij daarom automatisch wisten wat taal was...'

'Ik had maar de kleintjes van 't vierde en 't vijfde,' zei Tante Violet.

'...ge kunt namelijk vele kanten uit, nietwaar Juffrouw Violet...'

'Zeker,' zei zij onzeker.

'Ge moet opletten, Louis,' zei Meerke.

'Ge kunt bijvoorbeeld een gevoel uitdrukken. Juist? Ge kunt u ook voorstellen dat ge u tot mij richt of bijvoorbeeld naar uw lieve Mama...'

Mama, *don't fence me in*. Mama hoestte.

'...en dat ge die andere wilt bereiken, kunt bereiken. Juist? Nu kunt ge ook iets zeggen zonder meer zonder dat het iets of bijna niets betekent. Bijvoorbeeld: "hallo", als ge telefoneert. Ge kunt ook, en dat is voor ons het interessantste, Louis, een dichterlijk gevoel oproepen.'

'Ach, ge kunt zoveel als ge oplet,' zei Meerke.

'Het is simpel,' zei Leevaert.

'Ge kunt ook woorden gebruiken om *niet* verstaan te worden,' zei Louis.

Mama glimlachte hem toe. 'Ja,' zei zij. 'Jaja.'

'En Esperanto,' zei Meerke. 'Daar is de Paus zo voor. Kwestie van rap en gemakkelijk het Evangelie te verspreiden.'

Omdat het daalt dendert het vliegtuig. (Zoals de goederentreinen achter in de tuin.) De passagiersruimte is een houten sidderende olijfgroene kist. Door de ronde luiken is alleen mist te zien. De geharnaste parachutisten met hun gezonde tanden die op Wrigley's Peppermint kauwen zijn niet bang. Een van hen lijkt op de kleine dokter Donkers, franskiljon en spion in de ERLA, daarom knikt hij, in tegenstelling tot de anderen die met brandende blikken loeren, Mama bemoedigend toe, want het is Mama, die vrouw in een katoenen korengele zomerjurk met een beige sjaaltje om, met geverfd donkerrood haar, met een peuk in de linkermondhoek, die aan haar *shingle* staat te wiegen. Een schelle toeter weerklinkt. Onder de spotzieke ogen van de mannen zoekt zij, prevelend, vloekend, haar parachute.

Door het ronde kijkgat naast haar zijn nu wolken te zien, en als je je voorover buigt een Duitse stad, een grijze massa stalagmieten, dooiende sneeuwhopen, het vliegtuig scheert eroverheen, geen auto, geen fiets, geen mens te bekennen, grauw kaarsvet ligt over de neergestorte huizen, het vliegtuig blijft hangen als een mug. Brullend storten de parachutisten zich door de open deuren, dan waait mijn moeders jurk ook op, zij perst haar jurk tegen haar onderbuik, haar dijen en benen in beige zijden kousen wiebelen, zij joelt, de piloot steekt twee gespreide vingers in de lucht, en verdwijnt in de rijzende zon, zijn naam is Harry, van *Harry vliegt er uit* (Keurreeks, houtvrij papier). 'De kist heeft het gehaald!' riep Harry en het was zijn doodkist. Remember, Maurice?

Mijn moeder strijkt neer in een weide van as en krijtstof op het ogenblik dat de kleine Donkers tegen een zwartgeblakerde fabrieksmuur patst. Uit de holen in de muren, de kelders, de kraters zijn jammerende stemmen hoorbaar, een regelmatig gebonk als een hartslag, het geknal van paardezwepen. Mama kent blijkbaar haar weg, zij volgt zonder weifelen haar route, geroepen door de ijzeren god van de liefde. Allerlei ritselende viervoeters langs haar naaldhakken kunnen haar niet deren. Hoort men: 'Constanz, Constanz!' roepen met een stem die dunner, jongensachtiger, magerder is geworden na die jaren van hunkering? Met haar schoenen in de hand, bekaf, komt zij op een pleintje in de haven, met gotische gevels vol gaten. 'Is dit de Leibnizstrasse in Braunschweig?' vraagt zij.

'Nein,' antwoordt iemand in de blauwe mist.

'Wie bent u?'—'Ik wens mij niet kenbaar te maken, deze tijden zijn gevaarlijk en zonder liefde.'

'Ik zoek...'—'Ik weet wie u zoekt na al die tijd, voor wie u nu eindelijk uw man verlaten hebt die in een cel zit en uw zoon die zichzelf bevlekt.'—'Breng mij dan bij hem.'— 'Geef mij uw hand.'—'Niet kietelen.'—'Ik heb niets dan het goede met u voor.'—'Dat heb ik te vaak gehoord.'— 'Vrees niet.'—'Ik zal u rijkelijk belonen, breng mij bij hem. Is hij gezond? Is hij verminkt? Al zijn zijn armen en benen eraf, al is zijn kin weggeschoten, dan nog zou ik... ik wou dat het zo was, dan kon ik hem nog meer beminnen.'

'Hij is zoals hij is,' zegt de schuchter sluipende stem in de nevel en leidt Mama een krocht binnen waar een toonlade, een kasregister en lege rekken staan. Zij wacht. In de voorsteden hebben de Amerikaanse parachutisten een brug bezet. Tanks vlakbij. Afweergeschut.

Een man in een besneeuwde oliejas staat in het gat waar vroeger een deur met een winkelbelletje was. Hij sleept met zijn voeten alsof hij een kanonbal meesleurt. 'Mijn liefste,' roept Mama. Lausengier zoekt haar met een tastende hand, zet een stofbril op en herkent haar, gelooft zijn vochtige, veelvuldig vergrote ogen in de Kei's bultende glazen niet, hij schudt zijn hoofd met de besneeuwde haren. 'Zolang, zolang,' murmelt hij.

'Zo levenslang,' zegt zij, en wil hem omhelzen maar hij wendt zich, ongelovig grijnzend af en stampt met zijn stiefels op de tegels, want hij wil zijn droom, zijn enige bezit, niet zien en niet onder ogen komen. Dan durft hij en kijkt in de hel van haar ogen.

'Wie geht's Ihrem Sohn?' vraagt hij. 'Den Louis.'

'Meinem Sohn? Never mind,' zegt Mama en zegt zenuwachtig dat zij hem mee zal nemen naar haar moeder, broers en zusters in een dorpje aan de Leie, en huilt. Hij droogt haar tranen met een gore olijfgroene zakdoek.

'Never mind,' zegt zij.

De dag begint als altijd. Mama vraagt aan Tante Violet of Louis zijn tanden gepoetst heeft. 'Hebt ge het gezien, Violet?' 'Louis, geef mij de melk eens aan.' 'Ik heb geen oog toegedaan met die trein in de hof. Zet in godsnaam die stomme radio wat stiller.'


Aan de poort van de Molens waar de zwarten geïnterneerd waren stonden twee Witte Brigade-mannen met hun stenguns er wat sloom bij, zonder het gewichtig uitdagend air van de eerste dagen van de bevrijding. Toch ging Louis bij het café 'Picardy' naar de overkant, vlak voor de aankomende, niet vertragende auto's, van de gevaarlijkste autoweg van België. Je kon nooit weten. De schildwachten konden hem uit pure verveling onverhoeds in het voorbijgaan bij de kraag grijpen en binnensleuren. Het hondehok naast de poort, waar men een week lang de onderpastoor van Ravenhout had ingestopt, was afgebroken op bevel van pastoor Mertens.

Op de hoogte van de fortachtige villa die een belastingontvanger had laten optrekken nadat hij vijf miljoen in de loterij had gewonnen, remde een fiets achter hem.

'Wel, kent ge mij niet meer?'

Zij reed naast hem, blond onder een strohoed, felrode lippen, hanepootjes bij de ogen. Nooit gezien.

'Ge herkent mij niet.'

'Vaag,' bekende hij.

'Michèle! Ik ben een kameraad van Thérèse die nog op trouwen heeft gestaan met uw Nonkel Omer.'

'Ah, ja. Nu ge 't zegt.'

'Waar gaat ge naartoe?'

'Gazetten kopen. De *Nouvelles Littéraires*.'

'Tu veux qu'on parle français?'

'Nee. Nee. Ik wil zeggen, ik kan het wel, maar...'
'Zijt gij gehaast?'
'Nee.'
Zij trapte loom en legde haar hand op zijn schouder.
'Dit is de gevaarlijkste weg van België,' zei hij.
'Luister. Hebt ge nu een beetje tijd?'
'Waarvoor?'
'Ik zoek iemand om mijn kelder op te ruimen. Als ge wat drinkgeld wilt verdienen.'
'Ik kan straks komen, als ik mijn gazetten...' (Nee, Raf, zoals zij toen wegreed, met uitpuilend strak vlees over het zadel, nee, Raf, zij heeft geen zijpgat, het is, het is, er is geen woord voor in de hele dikke Van Dale, het is van Rubens en van Memlinc tegelijk, dat achterkasteeltje, ik zei het haar in 't Frans: *voilà un édifice bien royal.*)

De kelder zonder ramen lag vol rijshout, kapotte meubelen, een verroeste autoped, konijnekeutels. Hij sjouwde, reed met de kruiwagen, gooide alles op een hoop achter een haag. Zij riep hem binnen, in de dure villa. Hij moest haar Michèle noemen. Haar man, een dokter, was verleden jaar gestorven. Zij schonk hem een glas bier in, zelf dronk ze een martini, twee martini's.

'Moet ge uw handen niet wassen?'

Zij ging op de met Delftse tegeltjes bezette rand van het bad zitten, terwijl hij een stuk Lux-toiletzeep ontdeed van zijn dambord-verpakking, negen filmsterren op tien gebruiken Lux om met succes weerstand te bieden aan den glans der studiolichten, Claudette Colbert onder anderen, en schrobde zijn handen harder en langer dan ooit tevoren, droogde ze snel af om de badhanddoek niet te nat te maken.

'Moet ge niet?' Zij knikte in de richting van de wc-pot.

Het bloed schoot naar zijn hoofd.

'Gij zijt al meer dan drie uur bezig en ge hebt niet één keer gepist. Ge ziet dat ik u gecontroleerd heb.'

Het platte, gore, arbeiderswoord dat uit haar nonchalant gezicht gegulpt kwam, het verraste hem, het was afstotend en opwindend tegelijk.

Hij lachte als een arbeider in een vol café. Hij was niet meer verbaasd toen zij met haar ossebloedkleurige vingernagels over zijn gulp streek, aan de knoopjes frommelde, met een ongeduldig fronsend gezicht reageerde toen hij haar zachtjes wegduwde. 'Gij wilt het liever zelf doen, als een grote vent, mij goed.'

Maar hij zou misschien niet kunnen, zij moest bijziende zijn, vandaar die hanepootjes, want hij had in die drie uur wél snel achter de schuur gepist, twee keer zelfs, en wat moest dat mens? wat was daar aan te zien? (zei Bekka in de kleiputten) en wij zijn toch geen beesten, er zijn goden, onsterfelijk, en mensen, die sterven als beesten, maar daartussen is er toch een categorie van mensen die goddelijkheid in zich dragen, bijvoorbeeld zij die de gift van de vurige tongen van de taal van de goden hebben gekregen, nee? Hij knoopte beslist zijn gulp weer dicht, kuchte als een non.

'Zijt ge beschaamd? Ik heb dat al meer gezien.'

'Ik versta het,' zei Louis, 'omdat ge de vrouw van een dokter zijt.'

'Geweest,' zei ze kortaf.

'Pardon.'

'Zonder pardon.'

Zij tikte met haar wijsvinger tegen zijn linkertepel. ('Tegen mijn onverwoestbaar hart, Madame Michèle!')

'Ge durft niet,' zei zij. 'Ik wel.'

In het zicht van alle verblufte goden van de Olympus tilde zij haar jurk op, zij had er niks onder aan, zij ging zitten, een straal kletterde uit haar.

'Voilà,' zei ze. 'Het schoon voorbeeld.'

Zij bleef zitten. ('Ik moet toch niet bij haar op schoot!')

Zij hief haar voorarm en bedekte haar ogen. Op de bril gleed haar onderlijf naar voor, haar knieën weken uit elkaar, de lippen daar waren gewelfd en bedauwd en tranig en geolied, openden zich en een gehemelte met holtes verscheen, een tweede mondje. Haar kuiten stonden strak gespannen, nu pas zag hij dat zij op haar tenen stond, haar billen los van de vanillecrème-gelakte bril. Een acrobate die in kramp op applaus wachtte.

'Genoeg? Genoeg gezien?'

'Ja,' zei Louis. 'Jaja. Ge zijt bedankt,' zei hij stom als een landarbeider.

'Kom mee.'

De slaapkamer was die van een uiterst zorgvuldige dienstmeid, of een logeerkamer. Michèle keek even in de spiegel van de kleerkast, schudde haar blonde manen.

'Ga toch liggen.' Zij trok biljartgroene gordijnen dicht en in de donkere ruimte zonder muren of meubelen kleedde zij hem uit. In alle vette boeken sprong een doldrieste man uitzinnig van begeerte op een eerst weigerachtige en dan koerende vrouw. En die vrouwen, eerst Tante Nora en nu deze doktersvrouw, randden hèm aan! Straalde hij zoveel slaafsheid uit? Deze zoende zijn opgericht lid met katachtige kusjes, en schoof en gleed en greep zijn lenden tot hij tussen haar jurk in haar geduwd werd en fluisterde dat hij lief was en dat hij zoet was en dat hij van alles onverstaanbaar was, en het was natter, gladder, waziger dan met zijn hand. Maakte hij nu kinderen? Een tweeling, Aristoteles en Amadeus? Douglas, de kornuit van Gene, stond zich te scheren in de tent, terwijl Djeedie op een zelfde soort veldbed als dit zat te lezen in zijn kaki ondergoed, en Douglas draaide zich om: 'Lew, het enige wat je moet doen is tegenhouden, hoe ze ook springen en smeken, tegenhouden, daarom zijn alle vrouwen zo gek op mij, ik duur altijd langer dan zij, that's fuckin' all.'

Bruinverbrande benen (van het fietsen?) deinden de lucht in. Zij vloekte toen hij uit haar schoot, grabbelde, en het gewieg, gestoot hernam, zij greep zijn billen, perste. Hij schoof zijn hand onder haar bustehouder, voelde de brede platte borst die dun was, Raf, als een pannekoek. Zij beet in zijn arm, kneep in zijn hand uit alle macht.

Toen zei zij niets meer, een lauwe schijndode. Hij trok zich terug. Zijn teelballen deden pijn. Tegenhouden, Douglas had mooi praten, blijven duren, de pijn bleef duren.

Zij knoopte haar jurk dicht, bleef op haar rug liggen en, met de heftigheid van de plotse zomerregen gisteren, snikte zij ineens hoog en lang, begroef haar gezicht onder het hoofdkussen.

Het boekje dat Djeedie op zijn veldbed las heette *Harmonium*, ik heb het ingekeken. *A man and a woman are one. A man and a woman and a blackbird are one.*

'Wat heb ik misdaan, Michèle?'

Zij richtte zich op met natte neus en wangen, hield haar handen gekruist voor haar borst. 'Nu weet gij het, nu weet gij het. Gij zijt zo'n lieve jongen dat ge er niets van wilt zeggen...' zei zij.

'Ik had u zo gaarne plezier gedaan...' zei zij.

'Maar het komt door Renétje. Hij kan het ook niet helpen. Maar toch...' zei zij.

'Zij waren echt dik schoon vol. Ik was er zo fier over...' zei zij.

'Renétje heeft ze kapot gemaakt. Het is nooit meer goed gekomen. Als ik hem met de fles gevoed had. Maar ik mocht niet van mijn man, en als dokter had hij dat toch kunnen weten. Ik ben zo beschaamd. Ge zegt niets. Ge peinst nu zeker, zij heeft mij bedrogen met hare opgevulde soutiengorge. Ik kan daar toch niets aan doen.'

'Maar neen,' zei hij.

'Ge meent het niet.'

'Toch wel.'

'Gij zijt braaf.'

'Zwijg nu maar.' Hij trok zijn kleren aan.

'Ziet ge dat ge kwaad zijt op mij!'

('O, Apollo, is dit der vrouwen maatstaf? / Zij maalt maar door en onverstoord / Mijn kloten met naalden doorboord / o, die steken in mijn zaadzak!')

Zij warmde chocolademelk op, bracht stroopwafels, draaide een plaat van de Andrews Sisters, *Chattanooga Choo Choo*. Op het buffet, op de schoorsteen tussen mica-rozen, op lage tafeltjes stonden foto's van een bezorgde jonge man, een paar toonden hem in zwembroek terwijl hij schalks een bodybuilder imiteerde.

'Is dat hem?'

'Ja. Zij gaan volgende maand een arduinen plaat aanbrengen op de gevel van het huis waar hij geboren is. De Gouverneur zal de rede houden. Er is zelfs sprake van een straat naar hem te noemen. Zij zouden willen dat Renétje op de ceremonie komt, maar ik ben daar tegen, hij is nog te klein. D'r is een stomme nicht van mij die 't hem gezeid heeft. Renétje, uw Papa was een held en daarom hebben ze hem gefusilleerd. Gelukkig verstond hij niet wat het was. Hij vroeg het: "Mama, wat is dat: Papa gefusilleerd?" Ik heb gezegd dat het hetzelfde was als geopereerd. Hij is nog te klein.'

Toen hij 'Zonnewende' in de verte zag, achter de spoorlijn, ontdekte hij dat hij zijn *Nouvelles Littéraires* had laten liggen, dat Michèle hem geen drinkgeld gegeven had. Maar hij zou haar terugzien, de pijn in zijn onderlijf trok weg. *Chattanooga Choochoo, won't you choochoo me home*. Ik heb een *lief*. Nee, dat is te boers. Een *minnares*, te gewichtig, teveel Ivanov's Liefderoman, *een geliefde*, teveel *Breviarium van de Vlaamse lyriek*. Ik heb een *maîtresse*, dat is het.

'Kinkeltje toch, een *matras* wilt ge zeggen.'


Meerke, Tante Violet en Mama waren in de keuken jam aan het maken. Zuinig Meerke wou dat de klokhuizen van de appels meegekookt werden. Violet vond dat iets voor arme mensen. 'Nee, 't is voor de smaak, Violet!' Mama zei dat, als eenmaal de suiker opgelost was, de prut veel langer moest doorkoken. Louis' taak was de cellofaanpapiertjes over de potjes te trekken, eerst nat maken maar niet teveel. Zo ging zijn tijd op aarde voorbij. Mama zeurde steeds vaker dat hij weer naar school moest. Kende Jack London iets van driehoeksmeetkunde, wat wist Van Ostaijen af van scheikunde?

'Ge moet een diploma halen,' zei Meerke. 'Dan kunt ge altijd iets aan de Staat worden, vakantie, pensioen, alles geregeld.'

'Ge staat te dromen,' zei Mama. 'Waar denkt ge aan?'

'Aan deugnieterij,' zei Tante Violet.

'Nee,' zei Mama. 'Hij staat te piekeren wat hij met het geld zal doen van de prijskamp van *Het Laatste Nieuws* en hoeveel hij er van aan zijn arme moeder zal geven.'

'En aan zijn Tante die 's nachts aan zijn bedje gezeten heeft toen hij de kinkhoest had.'

'Vijfduizend frank. Gaan ze daar belastingen van aftrekken?' vroeg Meerke.

'Ik kan nooit winnen. Er zijn voorzeker honderd inzendingen.'

'Als 't maar aandoenlijk is,' zei Meerke. 'Aandoenlijk of historisch. Is het historisch, uw historie?'

'Nee.'

Gaat het over de school in Haarbeke?' vroeg Mama, licht, licht, op kousevoetjes, en Louis zag haar op haar slofjes met pompons door zijn kamer lopen, zij vond *Les Mémoires d'une Cocodette*, zij vond het schrift onder de kleerkast en vond het bundeltje aaneengeniete knipsels die de *Laatste Nieuws*-feuilleton 'Het geheim van het Slot Merivale' vormden en zijn inspiratie, zijn stijl.

'Over een pensionaat?' riep Meerke. 'Dat is alleen maar interessant voor kinderen die ook op een pensionaat zijn geweest.'

'Is een boek over detectives alleen interessant voor detectives?'

'Ge moet niet zo uitschieten! Ik mag toch mijn gedacht zeggen, zeker.'

'Ofwel,' zei Mama, 'ofwel, zit hij ons hier af te loeren met zijn gemene oogjes en te luisteren met zijn hazeoren en schrijft hij op wat wij doen en zeggen.'

'Onze familie belachelijk maken?' zei Tante Violet.

'Dat zou onze Louis nooit doen, hé, Louis?' zei Meerke.

'Wat is er in godsnaam voor interessants over u te vertellen?' zei onze Louis.

'Wat wij meegemaakt hebben in de oorlog,' zei Mama.

'Wat dan?'

'Ons verdriet. Uw historie heet toch 'Het verdriet'?'

'Het enige dat ge meegemaakt hebt is goed zorgen voor eten en kleren en kolen.'

'Stank voor dank,' zei Mama.

'Ge zoudt moeten beschaamd zijn,' zei ex-onderwijzeres Violet Bossuyt. 'Terwijl uw vader gevangen zit voor zijn idealisme.'

'Dat boek van mijnheer Leevaert, dat zou ik willen lezen,' zei Mama. 'Zo rap mogelijk.'

'Het kan niet fameus zijn als hij het niet eens kan uitgeven krijgen, als hij het zelf moet laten drukken. Iedereen kan een boek laten drukken.'

'Hij is zijn burgerrechten kwijt. Geen een uitgever wil dat onder de naam van zijn firma,' zei Tante Violet.

'En hoeveel procent krijgt hij dan nóg? Nu is al de winst voor hem,' zei Meerke.

Rancuneuze, jaloerse Louis in het nauw. Hij haalde zijn schouders op. 'Als gij u interesseert aan een vrouw die Jenny heet en die zich zelfmoordt! Ge kunt al zo wel *Het Rijk der Vrouw* lezen.'

'Zelfmoordt Jenny zich?'

'Dat heeft mijnheer Leevaert er niet bij verteld.'

'Op het einde van het boek!'

'Zij zou op het einde het licht zien,' riep Meerke.

'Nee, nee, nee. Hij heeft duidelijk gezegd dat het over een vrouw ging die uit het leven stapte.'

Stilte. De drie vrouwen keken elkaar aan, Tante Violet kreeg de hik, piepte, het was een signaal, de drie heksen bij de ketel heerlijk geurende stomende appelprut grinnikten, giechelden. Mama hield het eerst op. 'Louis, jongen, het leven, dat is iets anders. Mijnheer Leevaert wilde zeggen dat Jenny uit het *slecht* leven stapte.'

'Zoals die vrouwen in de 'Picardy',' zei Tante Violet.

'Laat Armand hier buiten,' snauwde Meerke tot haar gezwollen dochter. Louis spande de elastiekjes rond de potjes warme jam. De slag van de Ardennen was mislukt, de Duitsers waren niet eens in de buurt van Antwerpen geraakt. O, V-bommen, waarom in zo'n grote boog over Bastegem! De beuk in dit huishouden van on-wijze maagden! Deze keuken moet ontploffen!

'Kijk, kijk,' giechelde Tante Violet. 'Hij kan ons wel opeten van koleire!'

'Moest ik een beet van u nemen, ik val vergiftigd op de grond.'

'Hela, een beetje beleefd,' zei zij. 'Ge vergeet dat ik nog uw luiers heb omgedaan, dat ik uw gat heb moeten afvegen.'

*Harmonium. The river is moving. The blackbird must be flying.*

' 't Schijnt dat Goebbels zijn eigen vergiftigd heeft, samen met Magda en zijn twaalf kinderen. Eerst dachten zij dat hij gevochten heeft tot hij geen kogels meer had, alleen maar zijn bajonet, maar ze hebben hem onderzocht.'

'Twaalf? Ik dacht zes.'

'Zijn aangenomen kinderen zullen er bij geweest zijn. Of bastaards waar niemand van spreekt.'

'Wat heeft hij ingenomen?'

'Dat zeiden ze niet in de radio.'

'Een poeiertje in hun melk voorzeker.'

'En Magda stond daarop te kijken.'

'Of zij heeft het zelf gedaan.'

'Zij waren allemaal maar half verbrand.'

'Geen petrol genoeg zeker.'

Adieu, krijgers, zondvloed van trots, wanhopig geklauw naar heldendom, adieu leer-en-ijzeren korsetten, doodskopbaretten, schoonheid van de ordening van Goebbels op kerstavond Eénenveertig: 'Unser schönes Reich, so weiss, so weiss, so weiss und wunderschön', adieu wreed Rijk, verdoofd door de kabbelende drie tamme huishoudsters waaronder zij, die eveneens vermindert, verslapt, vergaat, en opgaat in haar zuster en haar moeder, al haar verdriet was vergeefs geweest dat haar mager mooi meedogenloos maakte, ooit in een andere stad in de tijd.


Zoals in de patronagezaal van Haarbeke in de tekenfilms

Mickey en Minnie in stervormige ontploffingen spastisch bewogen, dansten binnen de dikke zwarte lijnen die hun silhouetten omgrensden drie mannetjes, een vet, een mager, en een klein. Zij huppelden in een bos dat door een storm dooreengeslingerd werd, het kronkelig opgezwiept takkenrijk van Sneeuwwitje. De dikke *fieldmarshall* met al zijn medailles, de broodmagere *traitor* Rudolf Hess met een schoensmeerveeg als wenkbrauwen en de *Head of the Ministry*, het skeleteus dwergje met armen tot aan zijn enkels, renden, renden, sloegen slangachtige twijgen, inktvisachtige takken weg en speelden tikkertje, Goebbels was het kwiekst, er vloeide kleur in de tekening (van David Low, de verzameling karikaturen die Louis geschokt had in de boekenkelder van de Louisalaan).

Kaki sloop in de uniformjasjes van Hess en de dwerg, feldgrau in het volume van de maarschalk en zilverblauw in zijn stafje, en met de kleur stopten ze hun spelletje, er was iets gaande op het tennisveld van het kasteeltje 'Flandria', iets golfde uit de kleedkamers, kolkte naar buiten en voor het een draak of een heks kon vormen was het Franklin Delano Roosevelt in zijn wagentje, met kinnebak en wittetandenlach en sigarettepijp. Op zijn brede rug zat een rabbijn. De drie vluchtten in paniek, Goebbels stak de log zwoegend rennende Hess voorbij, Göring verborg zich in een kelder zonder ramen die vol rijshout lag. Uiteindelijk bereikte, op zijn ultrakorte beentjes in zijn ceremoniepak met de satijnen streep, Goebbels de kanselarij en zag ontzet zijn dode Führer liggen. Hij bracht de olympische groet en zei: 'Onze vergeldingswapens zijn één grote scheet in een fles, Führer, wij zijn er veel te laat mee gekomen, wij hadden vroeger moeten opstaan.' Uit de kleren van de Führer steeg een fosforescerende walm, lichtgroen als jonge haver. Goebbels fluisterde: 'Wie waart gij nu, mein Führer, Christus of Johannes?' Dit bleef onbeantwoord, Goebbels ging liggen, legde zijn lange armen als in een turnoefening achter zijn schouders, trok zijn benen op, zo geplooid keek hij naar zijn orthopedische schoen die vlam had gevat. 'Aufstehen,' zei Magda.

'Ik geloof dat ik er door ben,' zei Nonkel Omer, een beleefd, getemd man die in een vlekkeloze pyjama aan tafel zat. 'Dat ik me van nu af aan alle dagen ga scheren en proberen de gazet te lezen.'

Meerke was zielsgelukkig. 'Het komt omdat de oorlog gedaan is. Dat heeft op uw moraal gewerkt.'

'Schone liedjes duren niet lang,' zei Tante Violet.

'Als het een beetje meezit,' zei Nonkel Omer, 'zou ik wel durven uitkijken of ik geen werk kan krijgen.'

'Als wat?' zei Tante Violet.

'Hij heeft toch gestudeerd,' zei Meerke.

'In de tijd dat de beesten spraken.'

'Ge hebt al uwe tijd, Omer,' zei Mama. 'Ge moet u niet haasten.'

'Ik zie u gaarne, Constance.'

'Ik u ook, Omer.'

Meerke schepte karnemelkpap uit met schijfjes zure appel, aanschouwde de tafel, haar ogen schoten vol tranen, zij moest gaan zitten.

''t Is nu nog alleen onze Armand die mankeert.'

Nonkel Omer knikte.

'Zoudt ge onze Armand niet eens willen terugzien, Omer?'

'Ja, moeder.'

'Echt waar? Uit de grond van uw hart?'

Nonkel Omer was in gedachten verzonken.

'Ge hebt een hart van koekebrood,' zei Meerke.

'Mijn Papa mankeert ook nog,' zei Louis.

'Natuurlijk, ventje, maar ik peinsde een momentje aan onze familie, aan de Bossuyts.'

Niemand zei een woord over Tante Berenice.


In het blauw salon, naast de eetkamer, stond Holst in het midden van de kamer op een Oosters tapijt als op een eilandje te wachten. Hij stak een pistool op zak.

'Zijt ge alleen?'

'Dat ziet ge toch,' zei Louis.

'Wacht er niemand anders buiten? Niemand gezien?'

'Nee, kijk maar.'

'Ik zou ze toch niet zien. Ze zitten meestal achter de rododendrons.'

Op het marmeren schoorsteenblad, naast het porseleinen beeld van een Schotse doedelzakspeler lag een Browning.

In de wijde keuken waar Holst donker bier schonk in kristallen bekers, stond een dubbelloop tegen de wand achter de deur. Holst zei dat Alex Morrens met de juniores van Bastegem Excelsior een Witte Brigade-eenheid had gevormd die het huis omsingelde. Hij kende de motieven van Morrens niet. Het kon best zijn dat Morrens vond dat Holst als Vlaamse Wachter al te gemakkelijk door het toedoen van commandant Konrad aan gerechtelijke vervolging was ontsnapt. Of dat Morrens meende dat Holst verantwoordelijk was voor de verdwijning van zijn wettige echtgenote. De jonge voetballers richtten hun jachtgeweren zodra ze Holst's schaduw zagen, maar er was nog niet een schot gevallen.

'Zij wachten,' zei Holst. Waarop, dat wist hij ook niet. Tot hij de deur uitging misschien. Daarom was hij niet op de begrafenis van Peter verschenen. De vrouw van de kruidenier bracht hem brood en conserven. Voor de rest was de kelder boordevol Bourgogne, champagne, Cointreau.

'De afwas en de was doe ik toch zelf. Altijd gedaan.'

'Maar wat willen ze?'

'Ach,' zei Holst. 'De grote zuivering.' De Kei stond naast Holst, even verwilderd en ongeschoren en zei: ...'de theocratische dictatuur van Savonarola... de dominicanen extatisch van zuivering... de kinderen in zijn kielzog trokken versierselen, juwelen, kanten kraagjes van de dames op straat... de burgers verbrandden hun bezittingen zoals Seynaeve zijn plakboeken... en verbrandden Griekse, Hebreeuwse manuscripten..., de kiemen van de ketterij.'

'Haar kleren, haar juwelen,' zei Louis. 'Heeft Madame Laura die niet meegenomen?'

'Nee,' zei Holst wantrouwig. 'Daar draag ik zorg voor.'

'Maar ge hebt toch een gedacht waar zij zo hals over kop naartoe kan gegaan zijn? Naar Amerika, met een Amerikaan?'

'Hals over kop,' sputterde Holst, hernam: 'Hals over kop.'

Louis draaide aan de knop van de radio. Een kinderkoor zong met geknepen stemmetjes *Miserere*, tien twaalf keer na mekaar, door mekaar, de klacht golfde, verstrooide zich in flardjes die fabelachtig weer samenklitten, een Gesticht vol engelen.


Tante Violet was voor de zoveelste keer uit Brussel teruggekomen.

'De vijfde keer,' zei Meerke.

In haar knellende grijze deux-pièces, met een iets bleker Tirools hoedje op, een frivole bebloemde zijden sjaal die haar kinnen bedekte, op verpleegstersschoenen met een bolle top en verstandige blokken van hakken, schuifelde zij binnen, gooide haar slangeleren tas met een smak in Meerke's rieten zetel en stampte naar boven.

'Zonder boe of ba,' zei Meerke. 'Sedert dat zij geen school meer doet heeft zij geen manieren meer.'

'Zij eet teveel omdat zij geen man kan vinden en zij kan geen man vinden omdat zij teveel eet,' zei Meerke. 'Gelukkig dat die charlatan nu naar Frankrijk of ik weet niet waar vertrokken is. Niemand op 't Ministerie mag zijn adres geven. 't Schijnt dat Violet daar in de bureaus heeft staan stampen van koleire.'

'Om hare Hugenoot?'

'Zeg maar: Protestant.'

'De Hugenoten zijn protestanten, Meerke.'

'Waarom noemen zij zich dan Hugenoten? Op 't Ministerie weten ze niet waar hij is, maar de cadeaus van Violet Bossuyt, die manchetknopen, dat zijden hemd, dat abonnement op de bijlage van de Winkler Prins, die weten ze wel waar te zenden. Nu moeten we direct zeggen dat hij nobel werk heeft gedaan, Konrad, een echte Sint Franciscus, niets was hem te veel, dag in dag uit met zijn jeep door 't land bij al de politiekers en de krijgsauditeurs gaan pleiten voor genadeverzoeken, hij heeft veel zwarten gered, dat moet gezeid zijn.'

Zij legde haar wol opzij, keek door het raam naar de garage waar haar lieveling Nonkel Omer zat, lag of ijsbeerde. Zij nam de breipennen weer op.

'Hugenoot,' zei zij schamper. 'Een geluk dat hij gevlucht is. Anders vloog hij ook de bak in en ging ze hem alle dagen opzoeken met bananen en nootjes en vers ondergoed.'

'Gevlucht, Meerke?'

'Ach jongen, laten we er over zwijgen. Het leven is het leven.' Maar zij kwam erop terug natuurlijk, de roddelprofetes, en na veel boosaardig gerekt geweifel zei zij dat Konrad, ook tijdens de oorlog, opgesloten bij Jules de timmerman, nooit opgehouden was met zijn hageprekerij, meestal 's nachts in schuren. De hele oorlog lang zegende hij boeren en boerinnen en gebood hij hun boekweit te eten. Maar nu had zijn ketterse leer hem achterhaald want een jeep met Poolse soldaten had de dochter van Vissenaken op een landweggetje gevonden, bloedend en met een kind nog aan haar vast met de navelstreng. Zij wilde niet mee in de jeep, maar zij was te zwak. Want dat was een van de duivelse Hugenootse reglementen. Als ze ziek waren mocht er geen dokter bij. Als zij voelden dat een kind geboren zou worden moesten ze de vrije natuur in lopen tot ze niet meer konden en dan gaan liggen met hun buik naar de zon of de sterren.

'En was dat kind van de dochter van Vissenaken...'

'Het is blijven leven. Maar dat maakt geen verschil voor het gerecht. Onze Lieve Heer moet zijn getal hebben en alleman mag zijn eigen godsdienst hebben, dat staat in de wet, maar zoiets gaat over de schreef.'

'Maar was dat kind van hem, van Konrad?'

'Hoe kunt ge dat ooit weten, jongen?—hij heeft veel boerinnen gezegend in hun schuur en niet alleen met Hugenoots wijwater. En uw tante, op een dag begon ze koortsblaren op haar lip te krijgen, de een na de andere. Voor mij heeft ze dat van hem gekregen. Ze heeft er crème op gedaan en het is weggetrokken, dat wel, maar ik ben toch achter haar rug naar pastoor Mertens getrokken om het te vertellen.—Ik zeg nu wel dat hij naar Frankrijk gevlucht is, maar hij sprak nogal dikwijls over Zwitserland, over Zwingli in Zwitserland. Pastoor Mertens zal wel weten waar dat ligt.'


Hij zwierf in steeds nauwere cirkels rond Michèle's huis maar durfde niet aan te bellen. Want als hij zou bellen zou zij niet opendoen. En als zij zou opendoen zou zij vragen: 'Jongen, wat kan ik voor u doen?' Overigens, zij was het die zich schaamde over haar borstpartij, dus was zij het die, op haar fiets, langs 'Zonnewende' moest komen hunkeren. Het irriteerde hem dat hij een tweede nummer van *Les Nouvelles Littéraires* had moeten kopen. Raf was niet thuis. Hij had geen zin om naar Holst toe te gaan, hem te storen terwijl hij geknield lag voor een foto van Madame Laura beschenen door een kerstboomkaarsje.

Vanuit de oprijlaan, tussen de dahlia's, hoorde hij Mama een brief van Papa voorlezen, een vertrouwelijk, kalm geluid. In de achterkeuken schopte hij tegen een rij klompen, de lezing stopte abrupt. Ongelovig zag hij Tante Violet, Meerke en Anna die aan de tafel zaten. Op het zeildoek voor hen stonden kopjes koffie en een okergele cake, de vrouwen keken naar Mama die rechtopstond met in haar hand zijn schrift, het in verschoten bruin linnen gebonden, langwerpig kasdagboek. Zij sloot het boek met een unheimlich klapje.

'Zet u, Louis,' zei Meerke. 'Een stukje cake? Het is Anna's moeder die hem gebakken heeft.'

Hij sprong op zijn moeder af, zij ontweek hem, hield het schrift ver van hem af, zij zou het naar Tante Violet gooien als bij basketball, en die naar Anna, het was een vrouwenteam. Het kwaad was geschied. Maar die vrouwen, over wie hij heerste en die hij bij Raf zijn 'harem' had genoemd, schenen de monsterlijke omvang van hun overtreding niet te beseffen. Kome wat komen moet.

Hij hakte in de cake, propte zijn mond vol.

'Het is wreed schoon wat ge geschreven hebt,' zei Meerke.

Tante Violet knikte. 'Wij hebben ons hier al een kwartiertje goed geamuseerd, Anna vooral. Maar ze verstaat zekere uitdrukkingen niet.'

'Het is toch over ons, ik wist het,' zei Mama en hield het schrift onder haar oksel. Warm schrift.

'Het gaat helemaal niet over u,' zei Louis. De helft van de cake was op, Tante Violet sneed gauw een brokkelig stuk af.

Mama leunde met haar breedgeworden billen tegen het aanrecht, bracht het schrift naar haar neus, en las voor met een deftig afstandelijk timbre.

'Er heerste een element van grote zelfzuchtigheid onder alle bewoners van de protserige villa.'

'Protserig,' zei Anna, 'dat is nu zo'n woord, ik heb dat nog nooit gehoord, is dat Hollands?'

'Dat wil zeggen: pretentieus,' zei Tante Violet. 'En houd nu uw mond.'

'Eenieder zat vergenoegd zoals in de schil ener banaan, gaf geen zier om wat er zich in de buitenwereld afspeelde en zorgde er voornamelijk voor zich te omgeven met alles wat mode en luxe kunnen aanbieden. In het bijzonder was dat alzo bij de vrouw die haar meest moederlijke plichten verzuimde en in de ergste onzedelijkheid kon vervallen.'

'Onredelijkheid!' riep Louis.

'Het is omdat ge nooit een slingertje onder uw 'z' zet,' riep Mama harder. Zij hernam. 'Zij, zij bracht namelijk haar leven door in de zon van haar eigen egoïsme en dacht daardoor niet aan de schaduwen die door haar zelfzuchtigheid vielen over haar nabestaanden die de verheerlijking van haar zelf, een verguldsel van haar wezen, moesten ondergaan elke dag die de Heer schiep...'

'Waar haalt hij toch die zinnen en die woorden?' zei Meerke.

'Hij kan er zo een schone draai aan geven,' zei Anna.

'Ondertussen is het over mij dat hij kwaad spreekt,' zei Mama.

'*Mode en luxe*, dat is overdreven,' zei Tante Violet, 'wij komen niets te kort, maar mode en luxe, Louis... wat is er?'

Hij kon het niet tegenhouden. Hij dacht dat hij even afstandelijk als haar voorleestoon de droesem van deze kelk had kunnen drinken. Hij schaamde zich diep dat Anna het zag, maar hij zag de keuken en de verraadster in een waas, proefde het zout van tranen.

'Ge moet u dat niet zo aantrekken.'

'Wij vinden het allemaal schoon.'

'Louis,' zei Mama, als tegen de tekkel Bibi Zwo.

Nu wist hij waarom zijn traanklieren hadden gewerkt. Omdat in Mama's gevoelloze onbeklemtoonde voorlezing zo onherroepelijk duidelijk was geworden dat het talentloze, onwaardige onzin was die zij las.

'Ik weet niet of de mensen zoiets gaarne lezen,' zei Meerke. 'Want *wij* weten dat het van u komt, wij kennen u.'

'Lees een beetje verder, Madame Constance,' zei Anna.

'Nee, genoeg!'

'Doe niet zo kinderachtig, Louis. De mensen van *Het Laatste Nieuws* gaan het ook lezen, waarom wij niet!'

'Lees het einde, Constance, dat we een gedacht krijgen van het geheel.'

Mama sloeg de pagina's om. '... bijna zonder enige inspanning orgelde de melodie uit de keel van Mevrouw Horforêt en toen stierf de laatste noot weg, rein en zuiver als de klank van trillend kristal. Zij stortte uitgeput maar verzaligd neer op de canapé. Meneer Horforêt wiens gemoed vol zon was geweest vroeg zich af welke bevelen uit haar lippen zouden vloeien en of hij haar blindelings zou gehoorzamen.'

'Is het dan gedaan?' vroeg Meerke.

'Meer staat er niet.'

'Het is een raar einde,' zei Anna.

'Eén opmerking,' zei Tante Violet. 'De noot stierf weg en zij viel op de canapé. Wie? De noot?'

'Maar nee, Mademoiselle Violet. Het was die vrouw natuurlijk,' zei Anna.

'Ik viel op de canapé,' zei Mama. 'Ik.' Zij gleed van het aanrecht, en lag met haar hijgende borst in het schort van katoen-mousseline tegen de tafel, zij legde haar gezicht, mat van het rijstpoeder Tokalon tegen het zeil en sperde haar grijze spottende ogen waar ooit gouden spikkeltjes in flonkerden. 'Zo lag ik uitgeput maar verzaligd.'

Zij richtte zich op. 'Gij gaat de prijs van *Het Laatste Nieuws* winnen. Wedden?'

'Als 't allemaal zo schoon geschreven is, zeker,' zei Meerke.

'Die vrouw, die mevrouw Horforêt, doet mij denken aan de hertogin van Windsor,' zei Tante Violet. 'Ook zo'n egoïste.'

De cake was op. Louis plette kruimels met een natte wijsvinger, at ze. De cake was droog, bleef steken in zijn keel. Hij moest niezen. Hij trachtte het tegen te houden. Tranen, niezen, zaad ophouden. *Toujours sourire*. Op de knieën van zijn Manchester broek vielen twee wijde druppels bloed, het bloed liep in zijn mond. Meerke zag het als eerste en riep: 'Jongetje!'

Hij ving Anna's blik op vol walg en vrees. Meerke hield een natte handdoek tegen zijn neus. 'Laat mij', zei Mama. Zij kneep zijn neus dicht met twee warme vingers. Zij hield zijn hoofd achterover tegen haar borst. 'Wacht,' zei zij. 'Stilletjes, het is niets.'

Uit haar schortzak haalde zij één van haar belachelijke ragfijne zakdoekjes. Het werd rood. Toen waste zij met de natte zakdoek zijn wangen, zijn lippen. Hij beet in de zakdoek. Langs de top van zijn Seynaeveneus loensend zag hij de bijna onbewogen, wrede blik die zich in hem haakte, terwijl ze murmelde en hem tegen zich aanduwde. In geen jaren was hij zo dichtbij haar geweest.

'Frau Seynaeve,' zei hij als één van de simulanten in de infirmerie van de ERLA die zich verminken om bij haar te zijn. Onafhankelijk van hem zelf ging zijn hand naar omhoog en kroop als een bevrijd koel kalm vlezig dier langs haar schouder, haar keel, haar kaakbeen.

'Blijf liggen,' zei zij.

Zijn vingers streelden haar wang. Hij zag de attente wijven om hen heen en sloot zijn ogen, wreef zijn nek tegen zijn moeder's borst, ik mag dit nooit vergeten, blijdschap is iets dat bestaat. Mama.

'Stil,' zei zij maar het was bestemd voor de andere vrouwen, die de keuken begonnen op te ruimen. Hij bleef zijn ogen dichtpersen. Zij draaide haar bovenlijf zodat zijn hand wegviel en toen was hij weer een kind als alle andere of als Ivo Liekens waarvan men zei dat hij tot zijn vierde jaar aan de borst van zijn moeder had gehangen of als die kinderen aan de Orinoco op wier schouders de moeders een gevlochten grasmat vol termieten drukken om ze te harden tegen allerhande verdriet in het verder leven, zij duwde hem zachtjes, zeer traag weg van haar fluwelen, geurende warmte. 'Ga wat op uw bed liggen,' zei zij.

Hij nam zijn schrift mee naar boven. Met zijn hoofd ver achterover scheurde hij het, zoals op de kermis in Walle de Sterkste Man van Vlaanderen telefoonboeken vaneenreet. Hij verbrandde het schrift in zijn potkacheltje, pookte in de zorgvuldig geschreven regeltjes, in de blauwe vlam, de witte rook.

Hij werd wakker met een korst in zijn neusgaten. Hij pulkte. Begon aan een nieuw schrift. Mama was nog zo stom niet toen ze vroeg of zijn verhaal over het Gesticht van Haarbeke ging. Gejaagd als Papa, koud als Peter tijdens zijn leven (en zeker nu, grijnsde Louis) schreef hij: 'Dondeyne had een van de zeven Verboden Boeken onder zijn schort verstopt en mij meegelokt.' Hij schrapte het woordje 'mij' en verving het door 'Louis'.

Theo van Paemel trok een grimas terwijl hij met beide handen zijn kuit beetnam en vijf centimeter van zich af zette. 'Het is geen lachspel, zo'n been, vooral daar ik heel de tijd op de been ben, van hier naar ginder, ik weet niet meer waar mijn hoofd staat, maar ik moest naar hier komen, ge weet hoe ik u altijd gerespecteerd heb, Constance.'

Hij vertelde dat hij nu pas teruggekomen was uit Holland. De SD had daar lelijk huisgehouden en hij had daar nog alle moeite van de wereld gehad om zijn positie te verklaren. 'Want de Hollanders verstaan geen kloten, Constance. Zij interesseren zich helemaal niet aan België. Ge waart bij de REX-isten, zeiden ze en ze bedoelden het Einsatzkommando van de Westvlamingen. Een grote muil over de collaboratie van de Vlamingen maar aleens niet weten hoe de verschillende formaties heetten. Enfin. Ik zeg: "Ja, ik was bij de SD, officieel, ge kunt de dossiers nakijken." Zij wilden mij gelijk de handboeien omdoen. Ik zeg: "Hola, telefoneer eerst eens naar die of die numero." Zij wilden niet. Ik zeg: "Hola, mannekes" en ik heb zo een naam of twee drie laten vallen. En toen ze getelefoneerd hadden was het van "Excuus, zeg!" en "Sorry hoor!". Enfin. Waarvoor ik gekomen ben. Toevallig ben ik op een vergadering van onze Liga eergisteren, die is opgericht in augustus Veertig, want wij waren de eersten, Constance, om tegen de nazi's te opereren, wij hebben niet gewacht op Radio Londen. En wat hoor ik? Dat onze kameraad, de politiecommissaris Van Dieken, die wij onder ons natuurlijk het Kieken noemen, op stap is geweest de dag tevoren met John Wallaert van Outryve, dat is normaal, Van Dieken en Wallaert zijn gezworen kameraden, twee schone smeerlappen die elkaar gevonden hebben. En, af en toe, zo een keer of twee in de week doen ze de toer van alle vrouwen van Zwarten die binnen zitten. Ge ziet van hier dat ze getrakteerd worden, zuipen en smeren, om van de rest niet te spreken, ge verstaat mij, al die vrouwen peinzen dat als ze maar goed staan met de krijgsauditeur... Wel ja, nog een druppelke. Alhoewel dat ik absoluut niet mag van de dokter voor mijn been... Nu komt het schoonste, Constance. Die propere baron van mijn kloten Wallaert van Outryve is dan maar 's morgens thuis toegekomen, en wat vindt hij thuis? Heel zijn familie, zijn moeder, zijn zusters, de moeder van zijn vrouw, heel de hutsekluts, want die nacht had zijn vrouw een kleine gekregen, en met zijn zat hoofd is hij op de grond gaan liggen schreien van contentement.

'Enfin, wat de kwestie is, Constance, en waarvoor ik kom, omdat ik u respecteer, die Wallaert, vooral nu dat zijn vrouw uit de circulatie is, is een hete bok lijk geen tweede, hij is, om het op zijn schoon-Vlaams te zeggen, gevoelig voor vrouwelijk schoon. Zodat het misschien geen al te slecht gedacht zou zijn, moest ge hem persoonlijk gaan bezoeken, in alle eer en deugd, wel te verstaan, dat spreekt vanzelf.'

Mama knikte. Louis knikte. Van Paemel beschikte.

'Maar Meneer van Paemel, als gij zo tegen de Duitsers waart, waarom hebt ge dan in het College Ceusters en De Coene opgehaald met de SD?'

Theo van Paemel draaide het leeg kelkje tussen zijn vingers. Louis schonk in.

'Ik ben tegen iedereen,' zei hij. 'Omdat iedereen mij nodig heeft.' En Mama knikte alsof zij dit begreep, alsof zij het daar mee eens was.

'Ge moet leren verder kijken dan uw neus lang is,' zei Van Paemel. ''t Is daarom dat ik nu een tijdje wacht om naar Walle terug te gaan. De meeste mensen *peinzen* dat zij mij gezien hebben als handlanger van de Duitsers.'

'Maar, Meneer van Paemel, zij *hebben* u toch gezien.'

'Als wat? Ik weet zelf soms niet meer waar mijn hoofd staat, bij de SD of bij de Sûreté Generale, hoe kunnen de meeste mensen het weten?'


Een donkerblonde vrouw, die nu kastanjebruin geverfd is met nog een glans van de vorige rode spoeling, en nog goed bewaard is, niettegenstaande haar zevenendertig jaar, alhoewel getekend door het heimelijk ongemak dat melancholia heet, trad vastberaden het kantoor binnen van de vertegenwoordiger van het Belgische gerecht.

(Als ge nu mijn nieuw schrift inkijkt, Mama, maak dat ge wegkomt.)

Een dame op leeftijd, mijn moeder, wandelde gezwind de kamer binnen van de krijgsauditeur.

(Mama, ga weg, zeg ik u!)

In de schaduw van het Belfort, op de hoogte van een van de twee emblemen van Gent-vast-als-cement (het eerste de vuurspuwende draak zijnde), namelijk de Mammelokker, een uitgemergelde grijsaard die in zijn gevangencel de welige borst krijgt van zijn dochter, had op de tweede verdieping van een imposant negentiende-eeuws gebouw het krijgsauditoriaat zijn burelen. Mevrouw S., kettingrookster, hijgde van het nochtans korte trappenklimmen, stootte een gecapitonneerde deur open en trad in de zondoorvlamde ruimte waar de krijgsauditeur haar opwachtte.

De man was niet alleen van kleine adel maar ook als persoon onaanzienlijk. Zoals kleine naturen op belangrijke posten plegen te doen boog hij zich geruime tijd met een gewichtig air over papieren. Mevrouw S. vertikte het om haar aanwezigheid te onderlijnen. Wel kreeg zij een blos van ergernis. Want zij kon op dit zelfde ogenblik niet vluchten, zij was namelijk op de eerste verdieping achter de rijkswachter zijn rug geslopen. Indien zij nu, achternagezeten door de krijgsauditeur aan wie zij een klinkende mep had toegediend, in die rijkswachter zijn armen viel, zou deze menen met een Zwarte Charlotte Corday te doen te hebben, met de bommelbaron Zeep als schamele Marat. Mevrouw S. was laf en kuchte.

De krijgsauditeur zei: 'Mevrouw, uw zaak staat er niet goed voor.'

'De zaak van mijn echtgenoot.'

De krijgsauditeur monkelde superieur, schroefde zijn bril vast op zijn neus. 'Uiteraard heb ik het dossier nog maar vluchtig kunnen inkijken maar wat ik er ontwaard heb is van zo'n aard dat ik u ernstig moet vragen uw insisterende houding te milderen. U heeft voorspraak, vooraanstaande politieke figuren hebben, ongetwijfeld onder druk van het bisdom Westvlaanderen, gunstige verklaringen afgelegd, desalniettemin...'

'Zelfs bij een vluchtige studie moet uw juristenoog geregistreerd hebben dat de aantijgingen...'

Hij hief bezwerend maar onwennig zijn pols met gouden horloge, als een verkeersagent de eerste dienstdag in een kalm kwartier. 'De aanklachten zijn legio. En moeten stuk voor stuk sereen onderzocht worden.'

Vanachter een Oosters, strakgespannen zijden paravent waarop kraanvogels en hibiscusbloemen in een eeuwig bevriezend vlak vastgepind zaten (de Oosterling kent geen perspectief of wil het niet kennen) hoorde Mevrouw S. het geschraap van een keel dat zij voor een blijk van instemming hield en het verschuiven van een stoel.

'U bent ongeduldig, mevrouw. In uw plaats zou ik dat ook zijn. Maar elementaire fair-play gebiedt dat iedereen gelijkberechtigd wordt. Kijkt u zelf.' Hij wees met het gebaar dat straks in het Paleis der Gerechtigheid zou dienen om met zwarte wijde mouwen het hoofd van een landverrader te eisen. 'Wij zijn pas aan de letter D beland.'

Onwillekeurig strekte Mevrouw S. een aarzelende hand in de richting van de hoge stapel dossiers.

'U kunt moeilijk insinueren dat ik de volgorde van het alfabet dooreen zou halen.'

De vrouw stak zonder toestemming te vragen een Lucky Strike op.

'En de behandeling versnellen zou ten koste gaan van de zorgvuldigheid. Wij beschikken gelukkig over competent personeel, maar onze tijd op aarde is beperkt, Mevrouw S.' (De s gesist als een heks, omineus, sardonisch.)

'U heeft dus geen tijd?'

'Mevrouw, ik werk hier dag en nacht zonder dat er overuren betaald worden zoals usance is in de privé-sector waar uw man in bedrijvig was.'

'Hoe laat was u hier vanmorgen, mijnheer de auditeur?'

Achter het oriëntaals paneel weerklonk een waarschuwend en tegelijkertijd geamuseerd hoestje.

'Mevrouw, het past u tenenmale niet om mij een verhoor af te nemen. Ik vrees dat u de rollen omkeert.'

'Hoe laat zijt gij uit uw nest gerold?' zei Mevrouw S. met bonkend hart. 'En hoe laat zijt gij er *in* gerold?'

'Mevrouw...'

'Natuurlijk hebt gij geen tijd om een dossier te onderzoeken als gij hele nachten wallebakt, de vrouwen van Vlamingen lastig valt en u met uw kornuiten strontzat zuipt op de kosten van gevangenen.'

Het verbouwereerd schichtig gezicht van de krijgsauditeur vertoonde de van smart gefronste menselijke trekken die men getekend ziet op de zolen van voeten waarvan de tenen eksterogen hebben als verschrikte mensenogen, met uiteenspattende straaltjes en streepjes, die Saltraten Rodell aanbevelen, helende zouten die de eksterogen verzachten tot diep in de wortels zodat men algauw schoenen van een volle maat kleiner kan dragen, zoals de moeder van Mevrouw S. weldra hoopte te doen.


'Hij verschoot zich dood!', Mama veegde juichend van triomf met haar mouw een asbak van de keukentafel. ''t Geeft niet,' schreeuwde zij. 'Ik betaal er u vijf nieuwe.'

'Ge zoudt beter uitscheiden met roken, dan hebben wij hier in huis geen asbak meer nodig,' zei Tante Violet.

'Vertel verder,' zei Meerke.

'Ik was opgewonden lijk een horloge. Ik kon niet meer stoppen. Ik zette mijn grootste muil op. Ik zeg: "Stuk crapuul, ge laat godverdomme uw wijf uwe kleine kopen binst dat ge u een stuk in uw kloten zuipt!"—"Maar Madame toch," piepte hij, "in godsnaam, denk aan mijn positie." Ik zeg: "Gij, gij had aan uw vrouw moeten peinzen, die in positie was!"—"Maar ik heb haar een vakantie beloofd in Nice. Vraag het haar!"'

Het was in de onmiddellijke omgeving van mevrouw S. bekend dat als zij eenmaal op de denderende trein van haar woede zat, het moeilijk afremmen was. Dit houdt verband met het feit dat ze in dergelijke gevallen migraine voelde opkomen (iets wat in het dierenrijk veelvuldig voorkomt, *vide* de studies van de Veeartsenijschool van Pennsylvania over de relatie van ontevredenheid en koppijn bij runderen).

Mevrouw S. zwiepte met haar kolerieke linkerhand langs de stapels dossiers, de dossiers lieten hun omslagen en de omslagen lieten hun papieren los waartussen nummers van *Paris-Hollywood*, en deze wiekten en landden door heel het kantoor. Mevrouw S. stortte zich op het paravent en trok eraan.

Later verklaarde zij dat ze op dat ogenblik van verblinding in de mening verkeerde, afgaande op de door slapeloosheid en geestrijk nat afgetobde gelaatstrekken van de auditeur die een totale paniek uitdrukten, dat er zich achter het kamerscherm (met de voor de hand liggende connotaties van frivoliteit en libido die zich aan haar opdrongen, onder andere omdat zij een foto gezien had van het interieur dat de vrouw van Holst vroeger gehad had in Brussel en dat ingericht was door een decorateur op de aanwijzingen van de huidige minister Baelens) een van de ongelukkige vrouwen bevond met wie hij de vorige nacht op zwier was geweest, de echtgenote of de zuster of de dochter van een gekend inciviek, dus een van haar *zusters*. Niet dat zij die zuster van enige oneer wilde redden. Het was eerder vrouwelijke nieuwsgierigheid en vooral die blinde drift, die woede die spóót (zoals er in Nieuw-Zeeland een streek is waar de aardkorst zo dun is dat er een straal stoom uitspuit als men er zijn wandelstok tot op een zekere diepte insteekt, Mevrouw S. had een dunne huid en de Heer Krijgsauditeur Wallaert van Outryve was de wandelstok).

Het kamerscherm neeg, kantelde en smakte tegen de hoestende figuur die opsprong en de zijden kraanvogels tegenhield. Het was een klerk met een buitensporig grote schedel. Hij kreeg het scherm overeind en boog, zei een beleefdheidsformule die onvermeld moet blijven omdat hij op dat ogenblik een Tintenkuli-vulpen dwars in zijn mond had.

'Mag ik u mijn vriend Daniël Villiers de Rodebeke voorstellen die thans mijn stagiair is maar in een zeer nabije toekomst mijn associé wordt.'

De vulpen vond haar weg achter de stagiair zijn oor. 'Ik heb niets, maar dan ook niets gehoord,' zei het bijna-waterhoofd.

'Ik ook niet,' zei de auditeur en op dat ogenblik had hij het voorkomen van iemand die normaliter een spreekhorentje nodig had.

'Ik zeg "Wat?"' zei Mama. '"Wat? Moet ik uw oren uitkuisen?"—"O, alstublieft niet, Madame!" zegt hij. "Ik wou u alleen maar zeggen, dat wat er in dit bureau gezeid geweest is, niet buiten deze muren mag."—Ik zeg: "Wat? Ik ga mij generen! Ik telefoneer vandaag nog naar *De Gazet van Antwerpen*."—"Madame," zegt die charlatan van Villiers de Rodebeke, "zou natuurlijk bij ons een verklaring kunnen indienen dat zij ziek is, met het attest van een serieuze dokter."—"Dat zou een groot verschil kunnen maken," zegt de andere, "al het verschil van de wereld."'

'Villiers de Rodebeke, ik moet dat kennen,' zei Tante Violet, 'is dat niet van de tak die in Lootenhulle woont, op 't Wit Kasteel?'

'Nu moet ik zo rap mogelijk naar Dokter Vandenabeele om een attest.'

'Zeg dat ge 't aan uw nieren hebt. Dat ze geblokkeerd zijn. Dat is niet na te gaan,' zei Tante Violet.

'Of dat ik een serieus gebrek aan kalk heb,' zei Mama. Het was tegen Louis gericht. Zij keek naar hem, naar zijn tanden, naar zijn vingernagels die reeds van in haar buik haar kalk hadden opgeslorpt.

Op een namiddag als een andere belde Tante Berenice aan de voordeur van 'Zonnewende' waar nooit iemand aanbelde.

'Ik durfde niet direct langs achteren te komen,' zei zij.

'Ik verschoot mij dood,' zei Meerke, 'ik dacht dat het een telegram was.'

'Mag ik binnen komen, Moeder?'

'Maar Berenice toch!'

'Ik wilde eerst een kaartje schrijven, maar ik dacht: zie dat ze niet antwoordt.'

'Ge zijt wel gekomen.'

'Louis, ge zijt lijk een andere. Helemaal anders.'

'Hoe dat, Tante?'

'Ik zal het u morgen zeggen. Ik moet er over nadenken. Ge kent mij, het moet bij mij nogal precies zijn. Of zeg ik iets verkeerds?'

In de keuken zette zij haar koffer neer, legde haar paraplu schuin in de hoek tegen de muur, hees heel even haar jurk op en knielde. Met gebogen hoofd zei ze: 'Moeder, ik vraag u om vergiffenis.'

Meerke gaf haar met de duim een kruisje op het voorhoofd. Tante Berenice sprong overeind en trok haar jas uit. 'Goed,' zei zij. 'Zijn er hier schotels te wassen?' en liep naar de achterkeuken.

'Zij is geen haar veranderd,' zei Meerke. 'Ik ben content. Want zij kan onze Omer verzorgen. Die twee waren niet van elkaar weg te slaan toen dat ze kinderen waren.'

Maar Omer weigerde naar de deur van de garage of naar het raam te komen. Tante Berenice riep met een kinderstemmetje: 'Mèrke, Mèrke', en perste haar gezicht tegen het glas. Maar waarschijnlijk dacht hij dat die vreemde hem voor Meerke hield. Hij had een van zijn slechte dagen.


'Is het een goede dag of een slechte dag, Nonkel Omer?'

'Een goede dag, Louis. Gisteren was het een slechte dag.'

'Uw zuster, Berenice, is gearriveerd.'
'Ik heb haar goed gekend. Goed gekend.'
'Zij heeft u nog geroepen.'
'Dat is jammer, want gisteren was het een slechte dag.'
'Dat was drie dagen geleden.'
'Het is een teken dat zij niet kan roepen. Hector kan wel roepen. Waarom zij niet?'
'Zij komt vanavond weer.'
'Wij gaan zien. Wij gaan zien.'
'Komt ge in huis om te kaarten, Nonkel Omer?'
'Nee, ik geloof dat ik vandaag eens niet buiten kom.'
'Maar ge komt al een week niet buiten.'
'De slechte dagen, dat telt niet mee voor een week. Broeder Benjamin verstond dat ook niet. "Alle dagen zijn gelijk," zei hij en krak met de matrak op uwe kop. "Het is geen matrak," zei Broeder Benjamin, "het is een goedendag." En krak op uwe kop. "Ik zie niet gaarne triestige aangezichten, ge hebt een dak boven uw hoofd en eten in uw mond en als 't nodig is vagen wij uw gat af, 't minste dat ge kunt doen is niet zo'n triestig aangezicht trekken als ik passeer," en krak met de goedendag, "ge moet goedendag zeggen tegen het leven," zei hij, "allee, kom op, allemaal samen, Leven, goedendag! Leven, goedendag! en Nieuwe morgen zonder zorgen!" en Broeder Benjamin zong het hardst van allemaal. Soms waren we content. Wat denkt ge, Louis, waren we content? Ge hebt gelijk, ik mag niet vragen, ik moet mijn plaats kennen. Ik ga nooit content zijn lijk vroeger, soms vertrekt mijn mond en ik hoor iets lijk een rochel of een mossel in mijn keel die er uit wil, maar lachen is het niet zelfs al is het de beste dag en die komt maar als het geen dag meer is maar nacht.

'Konrad zei: "Kijk in mijn ogen, ge gaat wel moeten lachen", en ze zeggen dat ik gelachen heb maar als ge 't zelf niet weet, Louis, hebt ge dan gelachen? En zelfs al zou ik gelachen hebben wil dat zeggen dat ik content ben? "Kijk in mijn ogen," zei Konrad, dat is makkelijk zeggen, als ge weet dat ge verdrinkt in zijn ogen en dat ze u meezuigen in het donker en voor dat ge 't weet zijt ge verdwenen en daar zit het woordje "wenen" in, Louis, nee, niet Wenen in Duitsland.'

'Het is weer Oostenrijk, Nonkel.'

'Dat is wel. Wel wel, dat is wel. Maar waarom is het wel? Ge gaat mij dat uitleggen.'

'Een andere keer, Nonkel.'

'Dat zegt Konrad ook. Een andere keer, Nonkel. Of: Omer. Ik geloof dat hij tegen mij meer Omer zegt dan: Nonkel.'

'Het wordt donker, Nonkel.'

'Dat komt door de vrouwen. Hebt gij mij al ooit een kwaad woord over de vrouwen horen zeggen, Louis? Ge hebt gelijk, ik mag niet vragen. Zij hebben mij lelijk gearrangeerd, de vrouwen, want anders had ik echte studies gedaan, ik had een hoofd voor gedachten.'

'Het zal allemaal terug komen, Nonkel.'

'Wij gaan zien, wij gaan zien.'

'Het is donker, ik moet gaan eten.'

'"Ge moet zo nerveus niet zijn," zegt Thérèse, "alleen maar omdat ik met uw broer ben gaan dansen in alle eer en deugd." Ik zeg: "Thérèse, ik heb geen stront in mijn ogen." In die tijd al en ik spreek nu van voor de oorlog, geloof ik, stond mijn mond gereed om te lachen, ik voelde hem uitrekken lijk een caoutchouc maar ik kon niet lachen. "En," zegt ze, "moest ik nu een keer met uw broer!" Ik zeg: "Maar Thérèse!" "Gesteld," zegt ze, "*supposons*." Ik zeg: "Maar meisje." "Want ge kunt nooit weten," zegt ze, "ge kunt dat niet commanderen, het is Amor die schiet en ge staat toevallig in de weg." Zuster Claudine zei dat ook op de infirmerie, als ze mijn hoofd vast had in haar tang. "Het is Amor, Amor, Amor," zei ze, "die u in ons huis gebracht heeft." En Broeder Benjamin had mij ook vast. "Gaat ge nog spartelen?" riep hij en hij heeft nochtans sterke armen van met de platte kegel te spelen, en Zuster Claudine die mij vasthield zegt: "Lig stil, peinst een beetje aan de Chinese minette en het gaat overgaan", maar 't ging niet over, als ik aan de Chinese minette peinsde begon ik te spartelen en te daveren, hoe meer dat ik er aan dacht, hoe...'

'Wat is dat, de Chinese minette, Nonkel?'

'Ik dacht dat het donker was en dat ge gaan eten waart.'

'Nee. Wat is de Chinese minette?'

'Wie een onschuldige bederft moet met een molensteen rond zijn nek verdronken worden. Al heeft hij zeven levens, zeven keer een molensteen.'

'Gij weet het zelf niet wat het is, de Chinese minette.'

'Of dat ik het weet. Dat ik het weet. Dat ik het geweten heb.'

'Ik ga u tien sigaretten brengen.'

'Met lucifers?'

'Nee, ik ga u elke keer vuur komen geven.'

'In Violet's kamer in de koekendoos met Koningin Astrid er op, daar moet ge zijn. Ge pakt de foto die er in ligt tussen al die andere foto's, waar Thérèse op staat die zwaait naar mij met die madame met haar witte hoed nevens haar. Ze zwaait naar mij, ge kunt het goed zien, op 't moment dat ik op de trein stap op weg naar mijn examens.'

'Nonkel Omer, ge vraagt dat nu al voor de honderdste keer. Ge weet dat ge die foto niet moogt hebben. Dat het slecht voor u is.'

'Beloof me dan dat ge er op gaat peinzen om ze eens te pakken. Op een dag lijk vandaag.'

'Beloofd.'

'Zweer het op het hoofd van uw triestige moeder.'

'Ik zweer het.'

'Waarom zweert ge?'

'Omdat ge mij moet vertellen over de Chinese minette.'

'Thérèse heeft nooit de Chinese minette gedaan. Nooit, nooit, *jamais*.'

'Nee, het was Zuster... Zuster... een non...'

'Zuster Claudine was geen non. Gij moet nog alles leren, gij.'

'Een verpleegster dan. Nonkel, ik ga u tien sigaretten brengen.'

'*Bon. Expliquation.* Chinese minette, dat is algemeen geweten, is als ge bij een vrouw een ballonnetje insteekt.'
'Is dat alles? Een *capote anglaise* insteken?'
'Louis, wat heb ik gezegd? Verstaat ge geen Vlaams? Moet ik het in het schoon proper Vlaams zeggen dat gij spreekt met al uw pretentie? Een ballonnetje van gelijk welke kleur. Dat is alles. Nee, pardon, het is niet alles, als ge het er in gestoken hebt moet ge blazen. Ik heb voor Zuster Claudine wel voor honderd frank ballonnetjes gekocht in de Grand Bazar op de kinderafdeling. "Het is voor een feestje," zei ik. En maar blazen. Voilà.'
'En hoe lang duurt dat?'
'Na een tijdje blaast ge niet meer zo hard. Na een week of twee. Als de nieuwigheid er af is. Uw hart is er niet meer bij. Maar ge moet. Omdat zij het u vriendelijk vraagt. Ge zijt niet van steen. En maar blazen. Mijn ogen puilden uit, ik voelde de aders springen en ik kreeg een kop lijk een ballon, maar dan een voetbalballon, en mijn broer die op bezoek kwam die week omdat ze dachten dat ik op sterven lag, in de spreekkamer, ja, dezelfde broer, ik zal zijn naam niet luidop zeggen, zegt: "Wat is dat met u? Ge krijgt zo'n dikke kop, gij zoudt een tijdje naar Zwitserland moeten, ge krijgt hier geen zuurstof genoeg." Want hij zag mij gaarne, mijn broer.

Thérèse zei: "Zelfs al zou ik een keer met uw broer..."
De psychiater, Broeder Ildefons, zei dat het kwam door Thérèse en mijn broer dat ik dat ik dat ik... maar dat is niet waar, hij moet nog veel leren, gij ook, het was bij de tramhalte in Hooregem, in het café 'Halverwege'. Daar is het gebeurd en niever anders. Ze zegt: "Zelfs al zou ik... Gesteld," zegt ze, "*supposons*", en ik was op mijn ongemak, dat is waar, ik ben zelfs naar buiten gegaan, naar de tramhalte. Niet koleirig maar triestig. Zij komt een kwartier later. Ik zeg: "Hebt ge betaald in het café 'Halverwege'?" "Ja," zegt ze, "ik heb betaald." Wij wachten op de tram en dan komt dan komt dan staat Blanche van het café 'Halverwege' bij de tramhalte en ze roept naar Thérèse: "Vuil schandaal,

smerig vrouwmens, wie peinst ge dat gij zijt." En ik peins dat Thérèse toch niet betaald heeft, en Blanche schreeuwt: "Doe dat in uw eigen huis, laat dat in uw eigen wc traineren!" en Blanche smijt een pakske naar Thérèse maar het komt op mijn wit hemd, hier, hier, en ik vang het op, dat pakske en het was een lap met bloed eraan, en al 't bloed op mijn handen en op mijn wit hemd. Ik hoor het Thérèse nog zeggen: "'t is *naturel*" en in mijn mijn mijn zenuwen geef ik een schreeuw en omdat ik mijn eigen hoorde schreeuwen en ik dacht: wat staat die vent hier te schreeuwen? stak ik die lap in mijn mond, Thérèse trekt hem er uit en die bij de tramhalte op de tram stonden te wachten zeggen dat ik wel tien, twintig keer gezeid heb dat het *naturel, naturel lel lel was*, lijk of dat het met mijn volle gedacht was maar mijn gedachten waren leeg en dan heb ik mijn kop neergelegd tussen de paardebloemen, in alle eer en deugd.'

'Eé-ten!' riep Tante Violet.


Nonkel Omer hielp de tobbe uit de garage sjouwen. 'Ho, ho,' riep hij.

'Pas op dat gij u niet verrekt,' zei Tante Berenice.

'Ik pas altijd op, Madame,' zei hij. 'Let er maar eens op.'

In het bleek zonnetje waste Mama haar en Louis' kleren. Zij sloeg de natte kleren soms uit met het geluid van een knallende paardezweep dat drie vier keer weergalmde vanuit de bossen rond het preventorium. Toen stond een onbeweeglijke man in een regenjas die hem veel te wijd was, met een hoed op die tot vlak boven zijn wenkbrauwen getrokken was, naar de zwetende, bedrijvige vrouw te kijken. Hij had een rechthoekige rieten mand bij zich waaraan twee geruite sloffen hingen.

Mama haalde haar rode armen uit het sop, wreef ze droog aan haar voorschoot. Papa kwam schoorvoetend nader. Hij had een nooit eerder geziene kloof tussen zijn ijle wenkbrauwen. Mama bleef haar handen droog wrijven.

'Ja, Constance,' zei hij en deed een beweging alsof hij haar wilde omhelzen. Zij kwam nader. 'Toch,' zei zij.

'Ja, Constance.'

'Ik ben, ik was aan het wassen.'

'Dag, Papa.'

'Ah, daar zijt gij.' Zij drukten elkaar de hand, Louis nam de rieten mand uit zijn vaders hand. Louis zocht naar de sporen die de gevangenschap had achtergelaten, hij vond een wat onwillige, versufte man met een laaghangend kruis, slaapzieke gebaren die berekend waren op andere afmetingen, een andere omgeving, een andere lucht. En wat had hij kleine tanden.

'Zij zeiden dat ik weg mocht,' zei Papa.

'Dat zeggen zij. Maar ja. Wij gaan zien. Wij gaan zien,' zei Omer die zich toen afwendde en naar de duiven riep. Zij daalden, rakelings langs Papa, die er naar sloeg met een angstige zwaai. Toen rende Tante Berenice uit de keuken. Juichend riep ze: 'Staf! Staf!' en kuste hem op beide wangen, haakte haar arm in de zijne. Mama nam zijn andere arm. Als een zieke, meer gehesen dan getrokken, liet Papa zich in de keuken leiden. Meerke zei dat hij er goed uitzag, had hij daar in de open lucht moeten werken misschien?

'Ik ga de baron een kaartje schrijven om hem te bedanken,' zei Mama. 'Met een fles Bourgogne erbij.'

Papa zat in Meerke's zetel, weigerde zijn regenjas uit te trekken, hij had in zijn gerafelde zakken schatten bij zich die hij op het gepaste ogenblik, een verlate sinterklaas, te voorschijn zou toveren.

'Zulke slechte frieten dat ik daar kreeg,' zei hij. 'Ge weet wel, van die slappe, dikke frieten. Ze waren ook altijd lauw.'

'Allee, Constance, bak gauw frieten voor uw vent,' riep Meerke. 'Met hoofdvlees!'

'Straks,' zei zij die de oorzaak en de schuld en het gevolg en de boete was. 'Straks, wij moeten eerst wat gewoon worden aan hem. Vindt ge niet, Staf?'

'Maar die mens vergaat van de honger!'

Er werden eieren met spek gebraden. Iedereen keek toe. Naarmate hij at, dijde hij uit, werd hij krachtiger, zelfverzekerder. Niet alleen door de voeding maar ook door hun aanwezigheid. De Seynaeves en Bossuyts voedden hem, heel gauw zou hij weer in zijn nieuwe gedaante heersen over Louis' harem, een totale aanwezigheid in huis. Want hij heeft huisarrest. En hij is veel kaler geworden.

'Is er iets zoets?'

'Een boterham met confiture, Staf? Of...?' Meerke klom op een stoel en haalde van de bovenste plank van de keukenkast een groot stuk frangipane dat ze verstopt had voor Tante Violet.

'Eet er niet teveel van, Staf, wij gaan om zeven uur aan tafel,' zei Mama.

'Ge proeft dat het gemaakt is met zuivere boter,' zei hij en schrokte.

'D'r zit wel *essence d'amandes* in natuurlijk,' zei Tante Berenice.

'Frangipane,' zei Papa. ''t Is lang geleden.'

'Eet niet zoveel, Staf. En niet zo rap.'

'Ge moet denken aan de slachtoffers, Staf, al die joden die in Antwerpen toegekomen zijn,' zei Tante Berenice. Zijn mond vol frangipane viel open.

'Ge gaat niet beginnen, Berenice!' kefte Meerke.

'Ik bedoelde, moeder, dat het voor zijn bestwil is als hij niet teveel in een keer eet. Zoals de joden in Antwerpen die uit de kampen kwamen. Zij werden gewaarschuwd, allemaal, maar hun familie heeft ze volgepropt en er zijn er een heleboel gestorven, van teveel in een keer.'

'Ik zou liever niet aan de joden peinzen,' zei Papa. 'Maar ik moet wel. Wij zijn stom geweest in de oorlog, wij zijn ziende blind geweest.'

'Spreek van iets anders,' zei Meerke op weg naar de keukenkast met het laatste driehoekje taart.

Papa groeide zienderogen. De haveloze man in de regenjas verdween, de man in de rotanzetel werd vertrouwd. Zelfs toen hij pijn kreeg aan zijn maag die vroeger van beton was geweest, zelfs toen hij zei dat hij zo afgezien had in het kamp dat hij er tot Onze Lieve Heer gebeden had elke nacht, enfin bijna elke nacht, en dat hij nu uit eigen ondervinding wist dat er solidariteit was onder de mensen, dat sommige gevangenen heiligen waren, hij noemde hun namen en bijzondere werken, merkte dat na de derde of vierde naam in de heiligenkalender de aandacht van de vrouwen verslapte, en zei: 'Misschien dat dat laatste stukje frangipane mijn maag zou kalmeren.'

Hij kreeg het, smakte. 'Het is lang geleden. Ge proeft dat het niet uit de winkel komt.'

'Het is de taart van de heilige Franciscus,' zei Tante Berenice.

'Het komt van brood, *pane* en *frangi*, Franciscus,' zei Louis meteen. (Want ik, ik, Tante, ben de Koning van dit soort stompzinnige flarden onbenullige futiliteiten, boerenalmanakwijsheden en wetenswaardigheden van het laatste knoopsgat die mijn afgestorven Peter mij niettegenstaande alles als erfenis heeft meegegeven als een negeropperhoofd.)

'Hij at het wreed gaarne,' zei Tante Berenice alsof Franciscus in de voorkamer aan het zieltogen was. 'Tot op zijn doodsbed vroeg hij er naar, en omdat hij te zwak was en niks meer naar binnen kreeg hebben de andere paters en zijn vrienden, of zij trek hadden of niet, mondvollen frangipane gegeten, dat hij het kon zien.'

'Tiens,' zei Papa. 'Nog iets dat ik niet wist.'

Djeedie kwam langs met kartonnen dozen vol soldatenconserven in ruil voor groenten uit de tuin. De lucht van de frieten leek hem te hinderen.

'My daddy.'

'Hi.'

'Het is een jood,' zei Papa. 'Waar of niet? Ik herken ze direct. Mijnheer, ik moet u persoonlijk en in alle oprechtheid mijn excuses aanbieden. Louis, vertaal dat.'

Djeedie's blauwe, langwerpige kaakbeenderen gingen op en neer. 'Persoonlijk en in naam van de Vlamingen. Ik heb u en al uw rasgenoten onrecht aangedaan. Vertaal.'

Rasgenoten. Wat was het woord? 'All your race-fellows.'

Djeedie zag dat Louis vertwijfeld zocht, dat Louis morgen een Nederlands-Engels woordenboek zou kopen en zei 'congeners'. Nooit van gehoord. Louis herhaalde het een paar keer, het bleef vreemd.

'*Verstanden*?' zei Papa. 'Eh, pardon, eh, compris?'

'Yeah, yeah,' zei Djeedie.

Die nacht trouwde Louis met Michèle. Aan de met spierwit linnen overdekte tafel in de schaduw van een appelaar zaten zij tussen opgewonden bruiloftsgasten. Vóór Papa stond een gouden schaal met een goudgebraden eend. Hij loerde er wellustig naar. Djeedie's donkere gestalte zat op een schimmel, hij reed traag voorbij, en toen hij links van het scherm uit het beeld was zei Michèle en stotterde van emotie zoals Nonkel Omer: '*Le con le con le congénère.*' Louis was geschokt, hij vond zijn bruid met haar witte hoed platvloers, hij wendde zich van haar af en op de schitterende schaal lag nu het afgekloven karkas van een eend, Papa keek er naar, wellustig, met uitpuilende ogen en liploze open mond, 'Erbarmen,' zei Tante Berenice, en zo zat Papa daar een tijdje dood, met een servet onder zijn van eendevet glimmende kinnen, toch ontstond er uit zijn dood gezicht een kinderachtig gejammer, het vulde Louis' kamer, Michèle rende met wapperende bruidssluier, waar was de witte hoed? naar de volksdansende bruiloftsgasten, Papa jammerde, Mama bedaarde hem, Papa kreunde, Mama zei zeer duidelijk: 'Ik heb het u nog gezegd, Staf', waarop hij bijna gemelijk als vroeger zei: 'Het komt van die frieten, zeg ik!' Het was toen stil in Mama's kamer. Alleen haar zwaar gehijg, en toen snakte zij een hele tijd naar adem.

'Er was van alles,' zei Papa bij de vulhaard in de voorkamer.

'Er was een zeer dun krom deemoedig vrouwtje in een kakijas die ze van een Canadees gekregen had. Zij moest elke dag de vuilnisemmers buiten zetten. De mannelijke gevangenen die geen andere vrouw in hun gezichtsveld konden krijgen riepen haar liefdeskreten toe onderbroken door de cipiers en de herdershonden. Zij had in juni Drieënveertig de zes Witte Brigade-leden verklikt die haar huis, haar man en haar zestienjarige zoon in brand hadden gestoken. Zij had niet één tand in haar mond. Men had een inzameling voor een kunstgebit gehouden maar er was nog lang niet voldoende geld.

Er was een oogarts die in het Langemarck Studium gestudeerd had voor criminoloog en zijn dagen in de 'Flandria' op het bureau van de directeur had doorgebracht waar hij een efficiëntere organisatie van het gevangenkamp had ontworpen en uitgetekend met grafieken. Hij was ter dood veroordeeld, maar wij hebben geen vrolijker gevangene gekend. Hij haalde vaak een notitieboekje boven waarin, genummerd en met afkortingen die door niemand anders begrepen konden worden, honderden moppen stonden. Hij was aan driekwart van zijn verzameling, toen hij voor de Belgische geweren stond. Wij brulden in koor: "Levet Scone!" omdat hij dat elke ochtend lacherig zei bij het wassen aan de pomp.

Er was Wanten van het radioprogramma 'Wanten en Dalle', en wie dacht aan de looiige onnozele hals met de brommerige stem die steeds door de wervelende krolse heks van een Dalle werd onderbroken, was verrast een beschaafde ingenieur met witte slapen te ontmoeten die niet één van de honderd kwinkslagen van zijn optreden kon onthouden. "Want ik las dat af van een papier." Meestal zat hij in een atlas te snuffelen en te berekenen hoeveel kilometers Walle scheidden van Nieuw-Guinea of Valparaiso.

Er was Milou van Dentergem, de NSKK'er die zelfs in zijn slaap zijn knokkels uittrok.

Er was Ambrosius die ze zijn bril hadden kapot getrapt en die tot op de dag van zijn dood met de kogel geen nieuwe wilde opzetten. "Ik heb u allemaal meer dan genoeg gezien."

Er was Van Rossum die de monnikspij van Dolf Zeebroeck had gekregen toen die naar huis mocht en haar nooit uittrok. "Gij hebt geen gedacht hoe aangenaam dat is, zonder onderbroek. Nu pas versta ik de paters."

Er was Roel de Ram die zo heette omdat hij met zijn hoofd tegen deuren en muren bonkte als er een vliegtuig overkwam,

Jos Muziek die eindeloos "Kempenland, aan de Dietse Kroon" zong en geen woord verder geraakte tenzij af en toe *lalala*,

Sootje die tegen zijn pony sprak alsof hij nog op de ijscokar zat.

Er was Poeske, genoemd naar de veelvoudige wereldkampioen spurten Poeske Scherens, omdat hij een rit in de Ronde van Vlaanderen had gewonnen en die beweerde dat hij vaak delen van Ruski's had gegeten, "Welke delen?" "Ge moogt drie keren raden! Met ajuintjes en citroen, het smaakt naar zwezerik."

Er was Piet de Kemel die op de grond sliep vanwege zijn lumbago en waar men 's nachts na het pissen zogezegd per abuis tegen schopte,

er was Maurice de Konte die gedichten schreef, altijd over Jacoba van Beieren die volgens hem een hete teef was in die tijd,

en zij allen bevolkten Meerke's huis en vierden er Zonnewende, de bekenden van Papa waar hij aanzienlijk meer over kon vertellen dan over zijn vrouw of zijn zoon en die hem bijna deden lachen, elke avond bij de vulhaard die nu met kolen en de laatste eierkolen wordt gevuld, "Ach, wij konden elkaar soms de kop inslaan met onze emmers en een uur later hadden wij in elkaars armen kunnen vliegen."'

'En Dalle, Papa?'
 'Wie Dalle?'
'De apotheker Paelinck.'
'Die mens heeft afgezien. Want wat niemand wist, was dat hij speciale pillen slikte uit zijn winkel, en achteraf ge-

zien verklaart dat veel, hij stond altijd in vuur en vlam, weet ge nog, Constance? Die voordrachten en zijn werk aan de radio en zijn apothekerij, hoe had hij dat anders allemaal kunnen doen in één mensenleven? Ze zijn er dan achter gekomen dat Simone die pillen binnensmokkelde en ze hebben hem apart gezet, ge hoorde hem schruwelen tot op het Hooghe.'

'En Simone?' vroeg Mama.

'Dat weet ik niet. Iets met een Canadees, geloof ik.'

Op een avond, toen het gezin zich al lang verzoend had met de gedachte dat het nog weken kon duren, dit breiwerk van getetter gekanker gegniffel over zijn kameraden met hun rare kwalen, vertelde Papa over Jaak het Kalf, een elektricien die een tweede maag had waardoor hij herkauwde, toen hij ineens ophield, om zich heen keek, de sigaret uit Mama's mond haalde en er aan trok. Hij bleef kijken. Niemand, zelfs Tante Berenice niet, vroeg hoe het afgelopen was met Jaak het Kalf. Waarop Papa vroeg naar bed ging, met zijn sliert vrienden-in-de-nood, zijn enige verwanten, en er nooit meer over begon.


'Akkoord,' zei Papa, 'Hitler heeft lelijk gedaan, hij heeft zijn ideaal totaal vermassacreerd door de joden te massacreren, het is onmenselijk, als ge de foto's ziet keert uw hart zich in uw lijf, maar dat er zoveel waren, dat gaat ge mij niet wijsmaken, honderdduizend misschien, neem tweehonderdduizend, ik sla er een slag in, en hoeveel misdadigers waren daar niet tussen en gasten die de Staat omver wilden werpen? Daar moet ge als Staat toch iets tegen doen, het was op leven en dood, kijk naar andere Staten als ze bedreigd worden, kijk naar ons, als...'

Als. Niks als. De joden bleven terugkomen, de lucht van de pestilentie hen aangedaan daalde over Bastegem en een optocht van een man of dertig, met de Belgische vlag en het volledig elftal van de juniores van Bastegem Excelsior, mijnheer Morrens, en pastoor Mertens voorop, betoogde tegen de vervroegde vrijlating van de Zwarten en bleef ter plaatse trappelen op de maat van 'Toreador' uit 'Carmen' en slaakte verwensingen naar de veelvuldig behakenkruiste gevel. Goossens de veldwachter gebood hun verder te stappen en kwam 's avonds naar 'Zonnewende', in burgerpak, een man die Constance als klein meisje met een kalfsvellen- ransel gekend had en daarom Papa de raad gaf om zich heel heel koest te houden, bij wijze van spreken niet eens in de moestuin te lopen ofwel Bastegem te verlaten.

'Het is voornamelijk mijnheer Morrens, ge kent hem, hij haat alle zwarten.'

'Zogezegde zwarten,' zei Papa, renegaat.

'Hij wil ons dorp kuisen. Want hij wil burgemeester worden in de lente.'

'Maar ik heb hem nog nooit een strootje in de weg gelegd!'

'Het is niet tegen u persoonlijk, Staf. Hij heeft iets tegen de nazi's. Zo heeft iedereen iets.'

'Morrens heeft iets tegen mij,' zei Tante Violet rustig.

'Wanneer gaan de mensen toch uitscheiden om elkaar naar de keel te vliegen?' zei de veldwachter.

'Het is alleen maar tegen mij gericht,' zei Tante Violet nog rustiger, 'Morrens heeft niet alleen tegen mij getuigd in de Commissie maar hij heeft ook samen met pastoor Mertens leugens en verzinsels over mijn intiem leven rondgestrooid. Waren de tijden wat kalmer, ik deed hem een proces aan.'

'Denkt aan de kosten,' zei Meerke.

'Sommige mensen kunnen andere mensen niet uitstaan zonder dat ze daar een verklaring kunnen voor geven,' zei de veldwachter. 'Volgens mij had Hitler zoiets met de joden. Om de waarheid te zeggen, als ik diep in mijn hart kijk, heb ik dat ook. Ik zal meer zeggen: als ik dokter Vandenabeele op straat zie, een mens die mij nooit onderzocht, laat staan geopereerd heeft, wel, ik kijk naar de andere kant. Ik laat het niet merken natuurlijk, ge hebt een zekere educatie, maar ik kan die vent niet zien of ruiken, en als ik mij afvraag waarom...'

'...blijft gij 't antwoord schuldig,' zei Louis.

'Ja. Expliqueer dat nu eens. Mijn bloed kookt als ik hem zie. Komt dat nu omdat hij van de kanten van Oudenaarde is waardat mijn vrouw geboren is, het kan zijn.'

Hij was nog maar aan het hek of Papa wou emigreren naar Argentinië, mijnheer Byttebier had daar met geld van mijnheer Groothuis een houthandel opgericht. Deze tak van de Seynaeves zou een nieuwe toekomst opbouwen in het Spaans. Of in het Portugees? Louis zocht het meteen op in de Larousse van Tante Violet, het was Spaans, wat gemakkelijk is, als ge uw Franse vocabulaire kent, dan zet ge hier en daar een o achter en ze verstaan u. Het vlees van Argentinië is zeer goedkoop en smakelijk en er zitten al een heleboel kameraden. Zelfs Mama liet zich meeslepen die avond.

'Want hier is toch alleen maar verdriet te verwachten,' zei zij.

'Het verdriet van België,' zei Papa.

'Ik was bijna verloofd met Morrens,' zei Tante Violet. 'Ik was achttien jaar oud en hij schreef mij brieven.'

'Weer die oude koeien,' zei Meerke.

'Schone brieven. Uit een brievenboek, maar met iets van zijn eigen ziel erbij.'

'Ik herinner mij dat niet, Violet,' zei Mama.

'Ik ook niet,' zei Tante Berenice.

'Het was ook te kort. Korter kan niet. Want de eerste dag, ik zeg wel: de allereerste dag dat hij mij naar huis bracht liepen we langs de Leie. Wij wandelden en hij vertelde dat hij vóór dat hij bij zijn Pa in de textielhandel ging, een reis rond de wereld wilde doen, *Macao, l'enfer du jeu,* Zanzibar, de Kaap van de Goede Hoop, en in het vuur van zijn aardrijkskunde slaat hij zijn hand om mijn heup en ik, verliefd zijnde, ik doe het zelfde en *zij dáár*'—haar bolronde witte kinnen in de richting van de rechtvaardig rechtsprekende moeder die haar hele leven lang de mannen van haar heeft weggejaagd —'ziet ons en zij zegt: "Violet, ik wil dat niet hebben, een jongen die ge voor het eerst ziet en die zoiets doet, die deugt niet, die kan niet veel waard zijn." En hoe ging dat in die tijd, ge waart gehoorzaam en christelijk en ge luisterde naar uw moeder. Ik heb hem een brief geschreven dat het beter voor ons tweeën was dat hij niet meer kwam. Hij heeft dat nooit kunnen verwerken, nooit, want hij heeft zich daarna in de verkeerde richting gesmeten.'

'De vraag is,' zei Papa, 'hoe geraken wij in Argentinië?'

'Met de boot.'

'Nee. Langs wie, langs welke kanalen moet die boot? Ik kan nu niet uit de voeten. Ik zou moeten gaan informeren bij mijn kameraden, maar die worden bespioneerd.'

'Ik wil dat wel voor u doen, Staf,' zei Tante Berenice zachtjes. 'Geef me de adressen en ik ga langs die kameraden van u.'

Louis zag Papa denken: Jaja, alle adressen en dan direct naar het auditoriaat. Omdat haar Bulgaar verdwenen is.

'Er is geen haast bij,' zei Papa traag. 'Wij moeten eerst een Assimil kopen, dat wij een beetje kunnen redeneren als wij daar aankomen.'

'Ik versta het.' Tante Berenice hult zich weer in haar wolkje van versterving en ruimt de tafel af.

Bomama zat ofwel dieper ineengezakt of zij was fel gekrompen. Uit haar zwarte sjaals en haar peignoir steeg een lucht van natte bladeren. Over haar hangwangen liepen de tranen. 'O, Gustave, o, Louis—O, Louis, zo'n schone vent dat gij wordt! Ge krijgt zeker al het vrouwvolk al achter u? Let niet op mij, ik ben nog niet gewassen, Hélène zou komen maar er zijn solden in de Sarma, zij is daar blijven hangen, o Louis, mijn hartedief, ik heb u lief.' Zij grabbelde naar Louis' hand en drukte vier vijf slobberige zoenen op zijn pols, zij hief haar rozige hondehoofd, al haar rimpels zakten. 'Deugniet,' zei ze.

Papa keek verongelijkt in *De Standaard*. Zij zei meteen: 'Gij zijt ook verbeterd, Gustave. De verse lucht moet u deugd gedaan hebben. Ge ziet er sportief uit.' Papa leek meer dan ooit op zijn moeder, niet zozeer in de bouw van het gezicht als wel in de beweging die het gezicht onderging als het op iets reageerde, zoals nu de jaloerse kleine lippen. Zo moet ik ook op Mama lijken omdat ik haar in het allerprilste begin heb nageaapt, ik lag aan haar borst, ik beet er in, zij was woedend om het zeer dat ik haar aandeed en fronste haar neus, dat zag ik en deed haar na. En zo...

'Ik ga hem nooit meer zien,' riep Bomama. 'Ik wist het de dag dat hij vertrok.' Papa nam het verfrommelde vuile getypte papiertje. Was het een van de vele over Westvlaanderen in bankkluizen verspreide testamenten van Peter?

'In het Frans,' zei Papa zuur. In het Frans meldden de Engelse autoriteiten dat sergeant Florent-Marie-Pierre Seynaeve in Negentien Tweeënveertig overleden was.

'Hij moet daar niet één vriend gehad hebben, in Gloesestersiere, want niemand is ons ooit een woord komen zeggen over hem.'

Piëta zonder lijk in de armen.

'Hij is daar misschien getrouwd.'

'Het zou in het briefje staan,' zei Papa.

'En het stoffelijk overschot?' sprak zij voorzichtig uit.

'Wij gaan schikkingen moeten treffen. Robert zou zich daarmee kunnen bemoeien. Ik kan niet, met mijn huisarrest. Ik mag hier niet eens zijn.'

'Zou hij geen pensioen hebben? Hij werkte toch voor de Engelse staat.'

'De Engelsen, moeder, de Engelsen.'

'Zouden zij hun handen van Florent aftrekken?'

'De Engelsman kent alleen wat Engels is. Dat hebt ge rap met eilandbewoners.'

'Een geluk bij een ongeluk is dat zijn vader het nooit vernomen heeft. Hij heeft al zijn kinderen gelijk gaarne gezien maar Florent was zijn zorgenkindje. Zou Robert niet kunnen zorgen dat ze Florent uit Engeland overbrengen, dat hij naast zijn vader komt te liggen? Waarvoor hebben wij anders een familiegraf?'

Eén keer chrysanten brengen voor alle twee, alle twee

samen onder één arduinen zerk, alle twee tegelijk de prooi van de natte beesterij daaronder.

'Ik durf het bijkans niet zeggen, maar het is een pak van mijn hart. Een mens blijft hopen en verlangen en naar de Engelse radio luisteren. *L'espérance*, Louis, *l'espérance*, het is een wreed iets, het doet zeer, het gaat niet weg.'

Espérance, zo heet de trouwe en bitse dienstbode van een pastoor in een Vlaamse boerenfamilieroman. Espérance Braemscheute.

Papa zei dat hij en Louis de trein van vier uur moesten halen. Om kwart over vier zat hij naast zijn zoon op een kruk aan de toonbank van café 'Groeninghe' dat nu 'Chez Max' heette. Waar de foto's van Staf de Clercq en Raymond Tollenaere hadden gehangen was het behangpapier kleuriger. De vrouw van Noël zei dat haar man het goed stelde in het kamp van Lokeren, maar dat het beter was dat ze het bij één pintje lieten, 'want ge weet hoe de mensen zijn tegenwoordig. Mijn bloeddruk is veel te hoog, Mijnheer Seynaeve, ik ga het rechtaf zeggen, ik heb liever dat ge niet meer komt, ik kan er ook niets aan doen. Voorlopig toch niet.'

'Wij moeten niet toegeven aan de straat,' zei Papa heftig, 'wij moeten...'

'...iedereen moet voor zijn eigen deur vagen,' zei zij.

Aan het stadhuis hingen Belgische en Franse driekleuren. De winkels lagen vol chocolade, wijn, ananas, entrecôtes, afgestroopte konijnen.

'Haar bloeddruk,' gromde Papa. 'Alsof ik geen hoge bloeddruk heb. Mijn oren suizen de hele tijd.'

Louis zocht Bekka in elke straat, zij was nergens te zien.

L'Espérance, als je een wereldreis zou doen, is een eiland bij Madagascar.


Naast de Belgische en de Franse vlaggen werd de Canadese gehesen, die met het groene esdoornblad, en toen zij er hing juichte het volk van Walle, want weer was de gevel van het *stedehuus*, *scepenhuus* uit Brabantse hardsteen met de versierde nissen in Valencynschen steen, als tabernakels waar ooit geschilderde en vergulde heiligen in stonden, versierd zoals het hoorde. Op den zuid-oostelijken hoek des gebouws stond, gelijk aan de meeste wethuizen en hallen sinds Zestienhonderd, de maagd Maria, Kroon op het hoofd, Schepter in de hand, Kindeken op de arm, de Voeten steunend op den Leeuw van Vlaanderen.

Het was zondag. De godsvrede, waarbij geboden werd de vijandelijkheden en rooverijen van den zaterdagavond tot den maandagmorgen en later uit eerbied voor de dagen waarop Christus zijn laatste lijden volbracht van den woensdagavond tot den maandagochtend uit te stellen, werd in Walle niet nageleefd.

Het volk joelde toen de derde camion op de Grote Markt reed. 'Het was kwart over elf, ik heb gekeken op het horloge van 't Belfort,' zei Mimi de bakkerin, 'en omdat die andere camions tamelijk vol waren en *hij* er alleen op stond met twee witten nevens hem, dacht het volk dat hij wel een belangrijke fameuze zwarte moest zijn met zo'n camion voor hem alleen, in ieder geval vóór dat de camion stil stond schoten ze al naar voor, er waren erbij van de Toontjesstraat natuurlijk maar ook deftige burgers van de Doornikse wijk, ik ga ze niet noemen, maar ik heb ze gefotografeerd met mijn ogen en hij, hij bleef maar staan met zijn handen in de lucht totdat ze hem van de camion trokken lijk een zak patatten, de twee witten waren zelf benauwd, zij zeiden: "Allee, allee", maar zij verroerden niet. En het is dan dat Georgette, de zuster van Jantje Piroen, hem herkende, zij riep: "Maar godverdomme, het is Vuile Sef" en al dat volk riep: "Vuile Sef! Ge moet nu eens kijken, Vuile Sef zelf! Gestapo, Gestapo!" en Jenny van 'De Graaf van Heule' springt op hem en geeft hem een slag in zijn nek en roept: "Moet ge geen Amerikaanse liedjes meer zingen in mijn etablissement, expres om mij te laten pakken van de Gestapo?!" "Gestapo", schreeuwden ze, ge hoorde het tot in het

Hooghe. Dan was er een clown die zei: "Hij wilde toch zo
gaarne een vrouwmens zijn, wel, laat ons zijn haar afsnijden
als bij de vrouwen." "Dat is een goed gedacht," riepen ze
en ze lachten lijk in de *cirque*. Die gast met de schaar begint
te knippen, maar dat had hetzelfde effect niet natuurlijk als
bij een vrouw, want zijn haar was al reglementair Duits
kort, en ik dacht nog, hij gaat er misschien goedkoop van
afkomen, de Brabançonne moeten zingen en een rammeling
krijgen, maar hij was zo nerveus aan het beven, Mijnheer
Seynaeve, en die gast met zijn schaar beefde ook zodat de
schaar uitschoot recht in Vuile Sef zijn oog, die gast met de
schaar roept: "Pardon, het is mijn schuld niet, hij bleef niet
stil staan!" en die van de Toontjesstraat vroegen: "Wel,
Vuile Sef, zijt ge nu content? Nee?" Mijnheer Seynaeve, hij
keek recht voor hem met zijn kapot oog waar dat het bloed
en het oog uitliep en met het andere, het was lijk een blauwe
steen, want hij had schone ogen, weet ge 't nog, Louis? hij
verzorgde ze, druppeltjes er in en hij verfde zijn wimpers.
"Content?" vroegen ze. En hij smijt zijn hoofd naar achter
en hij knikt van ja. Hij knikt en hij blijft knikken met al dat
bloed over zijn aangezicht, lijk of dat hij wilde zeggen: ik
ben er toch aan, ge kunt allemaal hier in Walle mijn kloten
kussen. En natuurlijk werden ze razend. Zij hebben hem
omvergetrokken en geschopt met zijn tienen, twintigen,
met Jenny erbij, totdat ze moe waren. Dan zijn de Witte
Brigade-mannen uit de poort gekomen en hebben hem
binnengesleurd en dan naar het hospitaal gebracht, met een
gescheurde long en zijn milt kapot natuurlijk omdat er daar
een rib in gespietst is.

En nu is 't mijn gedacht, Mijnheer Seynaeve, ge gaat me
zeggen wat dat ge ervan peinst, dat hij als ze hem gevraagd
hebben: "Zijt ge nu content?" dat hij eigenlijk "Nee" wilde
zeggen lijk of dat zij wilden dat hij zou antwoorden, maar
dat, omdat hij de laatste tijd in Griekenland zat, voor en na
Afrika, dat hij in zijn zenuwen geantwoord heeft op zijn
Grieks, dat wil zeggen het contrarie van bij ons, *al knikkende*.
Want hij was zot van Griekenland, hij heeft mij nog foto's

meegebracht van de landschappen en de rotsgebergten daar. Wat is uw gedacht daarover, Mijnheer Seynaeve?'


Omdat het uitstapje van Louis en Papa naar Walle gesignaleerd was door de juniores van Bastegem Excelsior die ook het station controleerden, zei de veldwachter, die dit trouw kwam overbrieven, dat Papa nu zeker het dorp moest verlaten. 'Ge moogt ze geen excuus geven om hier alles kort en klein te komen slaan. En ge moet ook een klein beetje aan mijn verantwoordelijkheid als veldwachter denken.'

Papa wou niet weg. 'Ik kan hier die vier vrouwen niet alleen laten.'

'Louis is er toch,' zei Mama.

'Ik weet het wel, maar... Moet ik nu serieus op den dool?'

Er werd besloten dat hij bij Jules de timmerman zou gaan wonen, ja, op het kamertje dat waarschijnlijk nog rook naar de zalf van het etterend gezicht.

'Van het een gevang naar het andere,' zei Papa.

'Niet overdrijven, Staf!'

'Nu dat ik het hier gewend begon te worden.'

'Staf, denk aan uw kameraden in de 'Flandria'.'

'Ge hebt gelijk, Constance,' zei Papa verstrooid en nam een stapel Lord Listers en Nick Carters onder de arm.

'Louis, ge moogt het aan niemand zeggen waar dat ik ben, al moesten zij uw tong uittrekken.'

'Hoe kan ik iets zeggen als mijn tong uitgetrokken is?'

De voornaamste tussenpersoon en bode werd Tante Angelique, de zwangere vrouw van Nonkel Armand die veel kwalijke toespelingen moest horen over de manier waarop dat kind of half kind in de gevangenis verwekt werd. Elke keer bloosde ze heftig en zei: 'Het heeft veel geld gekost.'

Zij meldde dat Papa veel manille speelde met de timmerman, dat hij de proefpers daar op punt gezet had, dat het voor Papa wat ongemakkelijk was als hij naar het gemak moest, omdat de timmerman er meestal op zat, dat Mama de brochure van de operette 'De lustige Boer' moest proberen te vinden tussen zijn papieren, 'enfin hij klaagt niet, Constance, het is iets anders dan mijn Armand, mensen toch, wat zijn mannen kleinzerig! Armand doet niets anders dan klagen.'

'Het is teken dat hij er reden toe heeft,' zei Meerke vinnig.

'Als ge niets misdaan hebt en ge wordt vervolgd, dan zijt ge gevoeliger dan als ge wel schuldig zijt,' zei Tante Violet.

'Hij is goed geweest voor de mensen, dat heeft hij misdaan,' zei Mama.

Tante Angelique schurkte haar buik tegen de rand van de tafel, het kind voelde de bewegingen. 'Hi, Lew,' zei het kind en knipoogde.

'Armand heeft een briefje gehad van zijn vroegere chef, Van Belleghem, met alleen maar: "Armand, peinst op uw kindjes!" De Directeur riep mij: "Madame," zegt hij, "is dat geen geheimschrift? Wil dat zeggen: Armand, denk aan bepaalde sommen geld of staven goud die verborgen zijn? Ge hebt er alle belang bij om het ons te zeggen, of liever aan mij te zeggen want hij zou lelijk in de penarie kunnen geraken, zijn zaak die normaal volgende maand moet voorkomen zou een jaartje achteruitgeschoven kunnen worden, zeg het mij maar gerust, dat blijft strikt onder ons drieën." Ik zeg: "Mijnheer de Directeur, ik weet van niks, maar ik ga proberen van het uit te vissen." En ik heb geen oog toegedaan, ik dacht aan die kindjes, zou Armand met het losbandig leven dat hij geleid heeft, het woord is niet te sterk, kinderen hebben? Achter mijn rug ergens een huishouden hebben met kindjes? Het mansvolk is leep en achterbaks, maar 't was iets anders.'

'Het is wat de supporters achter de goal roepen als Armand keeper is in 't gevang!' riep Louis. 'Let op uw kindjes!'

'Nee. Het is wat ze zeiden als ze aan 't kaarten waren, Van Belleghem en hij, op Economische Zaken. De een zei dat tot de andere bij het whisten.'

'Een jaartje opgeschoven!' zei Meerke.

'Doe dan iets voor de mensen!' zei Tante Violet.

'Ondankbaar België!' zei Mama met, zonderling genoeg, iets van Peter's dode stem.

'De landbouw opgedreven,' zei Tante Violet als tot haar klas van vroeger. 'Alle akkers in het land maximum rendement doen geven. Gezorgd voor de invoer van graan. Tegengehouden dat de Duitsers alles opeisten en meesleepten. Konden ze anders dan de zwarte handel tegenhouden met de harde hand? Toen de Duitsers weg waren had alleman hier te eten, al was het niet veel, kijk eens naar Holland waar ze schoenzolen aten.'

"Stank voor dank," zegt Armand. Ik zeg: "Jongen, vergeet het." "Nooit!" zegt hij, "zolang dat ik leef ga ik de Belgische staat koeioneren met alle middelen tot mijn beschikking!"'

'Tot zijn beschikking,' zei Louis, 'wat heeft hij tot zijn beschikking?'

'Hij is in de Administratie geweest, in Economische Zaken, hij kent daar al de draadjes en de wieltjes van. "Het is genoeg dat ik mijn burgerrechten terugkrijg en ook maar een klein postje krijg aan de staat," zegt hij, "en ge gaat een keer zien."'

'We gaan zien, we gaan zien,' zei Louis en Hector beaamde, fladderde.

'Armand is altijd gevoelig geweest,' zei Meerke. 'Hij heeft dat van mij. En ik heb het van mijn Nonkel Theo.'


De zonnewijzer toonde het uur aan van de middag, de zon stond juist in het zuiden, de schaduw van de staaf viel in de richting van Holst die op de trappen van het bordes zat. Boven zijn hoofd, onder de daklijst schoten zwaluwen over en weer.

'Hij heeft al aan zijn charel getrokken vanmorgen,' zei Raf, 'ge ziet het.' En Louis zag het, herkende het, het schuldige zitten staren na het verlies van de ziel, het globaal verlies in een immens woud van verlangen, zoveel weidser en donkerder dan het bos rond het huis van de verdwenen Madame Laura, de met rouw gelauwerde geliefde.

'Zij zitten op mijn hielen,' zei Holst en liet hen binnen. De juniores van Bastegem Excelsior waren weggetrokken, maar de veldwachter had hem gewaarschuwd dat hij zich binnenkort zou moeten melden bij de krijgsauditeur, het bevel was onderweg. De dubbelloop stond achter de deur, trouw glimmend. Zij dronken wijn uit kelken die met laurierblaadjes in bladgoud versierd waren.

'Er zijn nog kelders vol,' zei Holst. 'Waar blijft Konrad?'
'Hij zal misschien komen,' zei Raf.
'Misschien! Misschien!'
'Als hij het beloofd heeft zal hij komen.'
'Als hij niet komt, ben ik eraan. Mertens en Morrens hebben een klacht ingediend. Dat ik in de tijd van de landing in Dieppe een Engelse soldaat zou vastgebonden hebben op een van die Franse eilandjes.'
'Dat hebt ge vast en zeker gedaan,' zei Raf.
'Ik ontken het niet. Het staat in mijn dossier en ik heb het ondertekend. In Dieppe zijn vijf Duitse infanteriesoldaten en een Gefreiter door de Engelsen gevangen genomen. Meer dan een half uur hebben zij op de grond gelegen met hun polsen vastgebonden op hun rug, in hun hemd. Ze lagen met koorden aan mekaar vast, zodat ze hun tunieken niet meer konden aantrekken. Voor een Duitse soldaat is dát het ergste, dat gaat tegen zijn militair eergevoel in. En daarom is het dat zij zijn beginnen zingen "Denn wir fahren gegen England" en daarom is het dat de Engelsen nerveus geworden zijn en dat ze die Duitsers met bajonetten hebben afgemaakt. En daarom is het dat onze leiding gezegd heeft: "Mannen, als ge nog een Engelsman gevangen neemt, houden we ons niet meer aan de conventies en..."'
'...snijden wij zijn strot door,' zei Louis. 'Oog om oog.'
'Nee. Nee. "Slaan we een koord rond zijn handen en voeten." En dat heb ik gedaan.'
'Wat deed ge daar in Dieppe, Holst?'

Holst haalde zijn schouders op, schonk in. Santenay, Domaine des Hautes Cornières. Smaakte naar amandelen.

'Waar blijft Konrad?'

Konrad was aan het studeren, zei Raf, in Kappel in Zwitserland waar Zwingli gesneuveld is. Zodanig aan het studeren dat hij Raf na twee weken weggestuurd had, met zijn tweeën in het appartement kon hij zich niet concentreren.

'De vraag is, waar blijft Madame Laura?' zei Louis. Zijn gezicht gloeide van de Santenay, hij proefde amandelen en aardbeien tegelijk en werd de krijgsauditeur Wallaert van Outryve en Lord Lister tegelijk en snauwde: 'Wáár?'

'Zij moet hier ergens in een kast zitten,' zei Raf.

'Hoe?'

'Zitten?' vroeg Holst.

'Of staan of liggen. *Supposons*,' zei Raf. (Thérèse tegen Nonkel Omer!) 'Zij doet de grote zware kast open in haar slaapkamer of in een van de andere kamers, zij kijkt in de spiegel van de binnenkant van de deur, zij kijkt of haar pruik goed zit en wat ziet ze? Op haar combinaison ziet ze een vlek, we houden ons nu niet bezig met welk soort vlek. "Oei oei oei," roept ze want zo kan ze niet naar haar beschermheer en financier, notaris en minister Baelens, zij trekt haar combinaison uit, maar omdat gij, Holst, in geen weken de was gedaan hebt, dat is bekend, dat staat genoteerd, zoekt ze in een hoopje ondergoed diep van onder in de kast naar een andere combinaison, de deur valt toe achter haar, in het slot, zij kan er niet meer uit, ze bonkt, ze roept twee dagen lang...'

'En waar was *ik*?'

'Dat moet ik nog uitvissen.'

'Ik dacht dat alles genoteerd werd?' Het getaande boswachtersgezicht van hout met sepia kerven was slim, aandachtig.

'Misschien dat ge thuis waart.'

'Misschien, misschien!'

'Ge laat haar roepen, zij ligt daar in haar eigen uitwerpselen, de houtwormen komen uit de kast, wandelen over haar kleren.'

713

'En sterven in haar beloofde land,' riep Louis verhit.
'Zij heeft nooit een pruik gedragen,' zei Holst.
'Natuurlijk wel. Zij een pruik en gij een breukband!'
De reus ging naar het aanrecht en begon met staalwol een pannetje met restjes van aangekoekte, verbrande bonen te schrobben.

'Wij mogen toch een keer lachen,' zei Raf. 'Nee? Trek het u niet aan. Ik ga zorgen dat Konrad komt. Allee, Holst, niet neuten, niet trunten. Wij mogen toch een keer lachen.'

'Hoe is het met zijn aangezicht?' vroeg Holst onwillig.

'Een mirakel lijk dat het allemaal schoon weggetrokken is en blijft wegtrekken. Hij ziet er soms uit lijk Robert Telloor in *De dame met de Kamelen*.'


'Ik zou nog eens moeten komen om die oude planken en die rommel achter de haag te verbranden.'

'Er is geen haast bij,' zei Michèle.

'Nee. Ik heb ook nog veel te doen.'

'Maar als ge tijd hebt...'

'Wanneer?'

'Als ge tijd hebt.'

Michèle was bruinverbrand. Zij was met Thérèse naar de zee geweest, zei zij. Op het appartement van haar schoonmoeder in Knokke, om haar verjaardag te vieren. Renétje had een kabouter gemaakt van klei maar het kon ook een paddestoel zijn, het was in ieder geval rood met oogjes. Louis durfde nauwelijks naar Michèle's lippen te kijken, het spiegelbeeld een kwartslag omgedraaid van de uitstulpende van traan lekkende tweede mond die zij nu onder een plisséjurk droeg. Ook niet naar haar puntige borsten.

'In Gent spelen ze *Hollywood Canteen* met de Andrews Sisters,' zei hij.

'Ik heb het al gezien, o, maanden geleden.'

'Peinst ge soms op mij?'

'Niet alle dagen.'

'Wanneer mag ik komen om die boel te verbranden?'
Zij moest nadenken. Woensdag ging niet, want dan kwam haar werkster, de dag daarop was het vergadering van het Davidsfonds, in het weekend ging ze weer naar Knokke, dat had ze beloofd.

'In de loop van volgende week. Op het einde van volgende week.'

'Als ik kan,' zei hij lamlendig.

Zij groette pastoor Mertens die langs kwam en zijn voorhoofd fronste. 'Ik moet naar huis,' zei Michèle toen, 'ik verwacht een telefoon.' Zij sprong op haar fiets, plette de rekbare perzikpruim tot pulp tegen het zadel.

'Au revoir, mon petit prince.'
'Au revoir.' (Matras, matras.)


Louis klampte een postbode aan op de Koornmarkt, waar de tram was gestopt. Hij verstond het vettig en ingeslikt dialect niet, maar de postbode wees, de Gebroeders Milbaustraat was vlakbij, links, 'zuust teegnoover de Kattedrolle'. Hij dwaalde langs het beeld van de Gebroeders van Eyck, het Gerard de Duivelsteen, de Kathedraal waar zich het Lam Gods van de ansichtkaarten moest bevinden en belde aan tijdens het gebeier van de klokken. Een smalle bebrilde man die net naar de wc geweest was, want je hoorde het ruisen van de spoeling, gaf hem een klamme hand.

'De notaris is er niet,' zei hij en ging voor, in een gang die met vaalgroene zijden bespannen was in de tijd van Keizerin Maria-Theresia die de Jezuïetenorde verboden heeft, of in de tijd van veldheer Belisarius die als bedelaar gestorven is.

In de notariskamer met wandhoge ladenkasten, dossierkasten, ging Vlieghe's vader achter het bureau zitten, duidelijk niet zijn gewone plaats. Het bureau was leeg. Alleen een marmeren inktstel zonder inkt en een vloeiblok. Mussolini's bureau was ook altijd leeg, waar veel dossiers en papieren liggen wordt niet gewerkt. De beiaard speelde:

'Zeg, kwezelke, wilde gij dansen?' De donkergroene ruitjes van het raam wierpen een onwezenlijk licht op Vlieghe's vader, de man in de notaris zijn stoel.

'De notaris is naar Normandië,' zei hij. 'Ge ziet er precies uit zoals mijn zoon u dikwijls beschreven heeft. Ge ziet er een eerlijke jongen uit.'

'Nogal,' zei Louis.

'Ga zitten. Ik heb u geschreven...' (Op het papier van de notaris. 'Geachte jongeheer, Voor een zaak van persoonlijke en belangrijke aard zou ik u graag op het kantoor van Notaris Montjoie ontmoeten in de middaguren. Adhemar Vlieghe, secretaris.' En Louis had het stompzinnig idee gekoesterd dat men de schat van het kasteel in Aisne eindelijk na eeuwen onder de erfgenamen zou verdelen en dat hij voor Johan Daisne werd gehouden door die ene usurpatie bij Djeedie.)

'Ik wilde u eerst per brief de dood van Gerard melden. Maar ik voelde mij verplicht om het u persoonlijk te zeggen, hoeveel pijn het mij ook zou doen. Maar ge ziet er mij een eerlijke jongen uit en daarom...'

'Dood,' zei Louis.

'Ja,' zei de vader. Tijdens zijn leven is Vlieghe niet groter geworden dan deze man, die vóór de oorlog, tijdens de oorlog, zélf notaris was.

'Ik zou u koffie aanbieden, maar de keuken is afgesloten, de notaris is in Normandië aan het zeilen. Limonade misschien in het bureau van Gisèle...'

'Dank u. Hij is dood?' (In het Jeugdbataljon, Grenadierdivision 'Langemarck' aan de Oder? Als Flak-helper bij een afweergeschutkanon tot op het allerlaatst? Wanneer? Al die tijd als een vermorzelde vlieg. Andere vleesetende vliegen azen op hem. Ik heb in geen maanden aan hem gedacht. 'Niet alle dagen.' Toen de Duitsers en de Oekraïeners in Wehrmachtsuniform wegtrokken met beddegoed en huisraad op de affuiten, dacht ik dat hij er tussen zou zitten. Als ik een meisje was zou ik nu in tranen uitbarsten. Zakdoekje, snot, troost.)

De man trok een moeilijk schuivende lade in het bureau open, haalde een blad briefpapier met het briefhoofd van Notaris Montjoie te voorschijn en tekende er mechanisch een rijtje klaverbladachtige bloemetjes op.

'Ik maak mezelf wijs dat hij, niettegenstaande alles, een vreedzame snelle dood gehad heeft.' Zijn adamsappel ging op en neer boven de sjofele, te wijde hemdsboord, de brilleglazen werden doffer. 'Hij vroeg me, de ochtend van zijn sterfdag, om u een brief te geven, die heb ik hier.' Hij tilde een bil op en vond in zijn achterzak een lichtblauwe envelop met AIRMAIL in rode letters. Louis zag zijn naam in forse kapitalen. De Y had een gave ronde krul onderaan, als een vleeshaakje.

De man poetste zijn brilleglazen met zijn zakdoek, de versmalde ogen hadden okeren wallen. 'Al zijn leraars waren het erover eens dat hij veel beloofde.'

'Ik wist hier niets van, niets,' zei Louis. 'Had ik het geweten...'

'Hij is elf dagen geleden begraven.'

'Dan was ik zeker gekomen.'

'Vóór zijn dood?'

'Er vóór, er na.' (Niet: tijdens.)

'Wij zullen het nooit te weten komen wat wij moeten doen, wij opvoeders. Wij weten het pas als het te laat is. Zijt ge streng, het is niet goed. Zijt ge laks, het is niet goed. Ge denkt: "Als ik maar de schade kan beperken..." Hij had uw ouderdom.'

'Zeg, kwezelke, wilde gij dansen!' De vetplant onder het schilderij met koeien die door de Leie of de Schelde waadden kreeg niet genoeg of teveel water. Het water druppelde in de verwarmingsbuizen, als de dwerg Gustav Vierbücher in Mecklenburg die moeilijk plaste.

'Hij heeft tot op de laatste dag op zijn banjo gespeeld. En ik nog zeggen: "Schei in godsnaam uit!"'

'Hoe is hij gestorven? Waaraan? Waardoor?'

'Hij heeft zelfmoord gepleegd,' zei Vlieghe Senior, strak als politie.

'Op uw ouderdom, Louis,' zei hij stilletjes.

Wat moet die slonzige man van mij? Waarom spreekt hij tegen mij als tegen een gelijke, iemand die net als hij satanisch koud kan spreken over hem, Vlieghe, rossige Vlieghe die ik vroeger 'mijn liefde' noemde, ik weet het nog heel goed?

De man stond op, ging weg. Ondertussen lag Vlieghe voor de voordeur van het Gesticht, een dampende revolver in de hand. Zuster Adam zei: 'Hij ligt hier te bevriezen, kom, Louis, help me.' Getweeën sleurden zij de ruggegraatloze jongen tot bij de grot van Bernadette Soubirous. De Heilige Maagd in haar afschilferende blauwe mantel met gouden sterren zei: 'Apostel Petrus, hete tranen zult gij plengen!'

Tussen de brandende natte spleten van zijn ogen zag Louis Vlieghe's vader binnenkomen met een bultige namaakleren schooltas, hij trok er een grijze, wollige prop uit die een trui werd, met aan de halsopening een rijtje ingebreide Ar-runes, Ar is zon. Ariër. Ar-beid: buit van de zon. De Ar-spreuk is: 'Eer het licht.'

Louis legde de trui traag op zijn knieën.

'Zijn moeder heeft die trui gebreid. Zij zal het nooit te boven komen. Zij moet zich nu helemaal aan Ward wijden, die gelukkig nog te jong is om te beseffen wat er met zijn broer gebeurd is.'

'Zeg kwezelke wilde gij dansen?' Hoe lang nog! Houdt dat nooit op?

'Het is de schuld van de priesters!' riep Mijnheer Vlieghe plots schel. 'Daarom heb ik u geschreven om naar hier te komen. Omdat ik niet wil dat er ook nog maar één kind het slachtoffer wordt van de priesters.'

Hij tekende vliegensvlug een rijtje bloempjes.

'Gerard is één keer en geen twee keer naar een vrouw van slecht allooi geweest. Een keer en geen twee keer. En bij die vrouw heeft hij die ziekte opgedaan die de priesters de vrouwenziekte noemen.'

'Heeft hij zich daarom...?'

Mijnheer Vlieghe knikte.

'Daar zijn remedies voor, men kan in zo'n geval tussenkomen vóór het te laat is, het is een ziekte als een andere, maar onze jongen, onze jongen moet dat niet geweten hebben! Wie weet wát de priesters hem ingeblazen hebben? Hersenverweking, aangetast ruggemerg of wie wéét wát?'

Verdoofd liep Louis op de Graslei langs de oude-antieknepgevels van een wereldtentoonstelling, langs het nepgotische Postgebouw. Verdoofd door het schellen van de trams, het autogetoeter, de winkelende mensen en de treiterig trage stem van Vlieghe's vader. Ineens schoot het hem te binnen dat de trui die hij tussen oksel en elleboog klemde misschien afkomstig was uit het huis van ontucht waar Vlieghe gekruisigd werd door de Vrouw-van-slecht-Allooi, nee, nog waarschijnlijker was het de vrouw van een zwarte geweest, een van die zusters, moeders, dochters van een gevangen zwarte die uit weerwraak krijgsauditeurs en politiecommissarissen besmette en van de weeromstuit die gluiperd van een Vlieghe die mij zijn erfenis wil doorgeven, die vanuit zijn kist in de modder nog naar mij klauwt en langs deze trui zijn pest verspreidt, de wol met de Ar-runes zat vol met Miezers, wriemelende onzichtbaar vreterige bacillen. Met een snauwerig kreetje gooide Louis de trui in de goot, trapte, stampte er op met beide voeten, zette het op een draf, vertraagde, bedaarde bij het standbeeld van Lieven Bauwens, uitvinder van het weefgetouw.

De langzaam en voorzichtig uitgesproken zinnen van vader Vlieghe doken op. Weg ermee. Hij ritste de Airmail-envelop open. De brief had geen kantlijn. Zuinige Vlieghe met het vosrode haar.

'Vriend Louis, met deze woorden spreek ik uit het graf tot u die mij in de steek gelaten hebt in de tijd van mijn leven. Maar dat neem ik u niet kwalijk, want gij moogt. Voor de minuten dat ik nog leef kan ik u niets kwalijk nemen. Hebt gij er een gedacht van hoezeer ik u bemind heb? Mij hebt gij daar niet horen over beginnen, nooit, omdat ik vind dat de persoon die bemind wordt dat zelf moet ervaren en herkennen. Zoniet, *tant pis*, *mon chéri*. Maar nu moet ik u zeggen hoezeer ik u heb bemind, want wanneer anders? Er is geen anders meer voor mij. Ook geen wanneer meer voor mij. Zo direct begin ik aan de genezing van mijn lichaam. Of de dood van mijn lichaam. Een harde noot om te kraken, dierbare L., maar ik heb vertrouwen. Tenslotte wilde ik toch voor dokter en chirurg studeren. Dat kan ik nu uitproberen. Maar toch vertrouw ik het niet genoeg, niet voldoende. Men weet nooit. In het geval van het herstel van mijn lichaam krijgt gij deze brief niet te lezen. In het andere geval, puntje, puntje, puntje. In het andere geval ben ik niet meer op deze aarde. Het klinkt dwaas en ik moet er wel om lachen, alhoewel ik geen greintje humor heb, dat hebt gij zelf gezegd jaren geleden in de refter. Maar ik ga niet langer zeveren. Ik dacht dat Vlaanderens heropstanding, zelfs onder de Duitse matrak, mijn ideaal zou geweest zijn, maar in mijn laatste minuutjes, puntje puntje puntje weet ik het niet meer. Levet Scone, dierbare makker, uw Vliegje. P.S. Ik steek onze amulet in mijn mond dat ik er op kan bijten als het te erg wordt. Weet ge nog, onze amulet, Apostel Petrus? Moge onze amulet mij bijstaan zodat ik deze brief nooit moet verzenden, zodat geen haan er naar kraait. *Uw Vliegje*.'

Louis liep langs het Steen van Gerard de Duivel, het gebouw van het bisdom, de Leie of de Schelde of een kanaal waar een kapotte boot in lag. De snippers van de brief daalden over de geteerde planken. Te laat. Nooit geweten. Ik schreef naar de dode Maurice, de dode Vlieghe schrijft naar mij. Dit zinneloos herkauwen, dit verdriet om iets dat er niet was, aangezien dat ik niet wist dat het er was. Nu is het er.

De kwalijk riekende stem van de vader tastte, voelde, keerde terug als een tong naar een schrijnende kies. De sirenes van een fabriek. Maar die verwaten kleffe stem vol trage rechtvaardigheid tegenover het onrecht hem eerder aangedaan dan zijn kind, maalde door. Vlieghe in het neogotisch torengebouwtje van onze kindertijd voorafgegaan

door een van de zeven wijze maagden in habijt met haar
schep gloeiende kolen vóór zich, loopt door de namaakmarmeren gangen. Hij is er altijd geweest, ik weet niet hoe hij
zich ooit uit de naamloze kudde van de kleintjes heeft losgemaakt, ontbolsterd heeft tot een Vlieghe met een naam en
vaak-zand-klaas-vaak in een paar amberen ogen, met een
lopende neus en zeepsop in het haar en dan, toen al, met een
molensteen rond zijn nek.

Terwijl al die tijd de dubbelstem van de vader verweg als
een slecht afgestemde Radio Londen en dichtbij als adem
zegt dat Gerard een scheermes heeft genomen dat aan zijn
grootvader heeft toebehoord en een snee in zijn *scrotum*
heeft gegeven, hij die voor dokter wilde studeren, en de
testikelen wilde laten vallen maar dat lukte niet, katoendraad in iodium heeft gedrenkt en het afgebonden, dat besmette deel van het onderste deel, en toen heeft doorgesneden; en de testikelen nog in het toilet heeft doorgespoeld,
'waar anders? Zij waren niet te vinden, en toen is hij blijven
liggen tot het einde, Louis, het einde dat milder is gekomen
dan men zou veronderstellen want volgens onze huisdokter
verwekt leegbloeden een bepaalde euforie, hij lag met zijn
banjo in zijn armen, méér kan ik u niet zeggen maar minder
ook niet, Louis. En met een versleten oude loden bikkel tussen zijn achterste tanden.'


'Ik weet niet of gij dat ook gewaar wordt maar ik herken
de mensen niet meer. In de oorlog waren ze anders. Hoe
anders? Ja, hoe moet ik dat gaan hakkelen? Een zeker ideaal.
Ik spreek nu niet over vóór of tegen Hitler natuurlijk. Het
gedacht dat wij allemaal samen aan één zeel trokken, mekaar hielpen met margarine en eierkolen en af en toe een
stukje saucisse. Als ge daaraan iets verdiende, zoveel te beter
natuurlijk, maar het ging toch om uw medemens een handje
toe te steken, en nu, ik weet het niet, neem Pier de Buis, heel
zijn leven een oprechte loodgieter geweest, altijd gereed als

er een lek was, en beleefd: "Als 't er nog iets aan zou mankeren, ge moet maar spreken, Mademoiselle" en nu? Nu heeft hij dat knietje gerepareerd in mijn wc. Hij was nog maar aan het hek of het lekte al weer. Ik vraag hem nu al een week: "Pier, wanneer mag ik u verwachten?" Wat zegt hij? "Madame Violet" (terwijl dat hij weet dat het 'Mademoiselle' is) "ik kan mij niet in vieren delen!"'

'O, dat is een schoon hoedje, Angelique!'
''t Is een cloche. Maar het is maar toen ik thuis kwam dat ik zag dat het maar voor de helft gevoerd is. De smeerlappen. Koningin Elisabeth had 't zelfde model aan in *De Volksgazet*. Maar 't hare zal natuurlijk wel helegans gevoerd zijn.'
'Dat wit staat goed met uw haar.'
'Het is gebroken wit.'
'Nogal rap vuil, zeker?'
'Ik kuis het met aceton... Maar ik was iedere keer goed mijn handen vóór ik het op zet.'
'Ge kunt het ook met droog brood kuisen. Ik doe dat altijd met mijn beige hoedje.'
'Wie had dat durven peinzen? Dat wij brood zouden gebruiken voor onze hoedjes?'

'Lijk Verbauwen die appartementsgebouwen optrekt, het ene na het andere. 't Is gemakkelijk als uw broer op het Kabinet zit. In de oorlog zou 't niet waar geweest zijn. De Duitsers hadden gezegd: "Verbauwen, laat een keer uw boekhouding zien. Nee, die niet, die andere die in uwe coffre-fort onder uw bed ligt. Wat zien we hier? Aandeelhouder madame Louise Schellekes, de vrouw van uw broer? Allee, naar 't arbeidskamp voor een paar jaar!"'

'Gisteren moest ik mijn tram halen, en ik koop in de haast een pronostiek en *Het Volk*. Ik kom thuis, ik zet mij bij de stoof, ik sla *Het Volk* open, zij hebben mij toch miljaardedju de gazet van eergisteren in mijn handen geduwd. Vanmorgen ga ik terug. "Ah, nee, Mijnheer," zegt hij, "ik weet van niks. Iedereen kan zo wel de gazet uitlezen en 's anderendaags komen weerbrengen."'

'De joden kruipen weer samen. Zij gaan lelijk doen. En zij hebben groot gelijk. Hoe zoudt ge zelf zijn als u dat aangedaan werd? En op zo'n schaal! Nu slaat de schaal van de weegschaal terug, dat is maar rechtvaardig. Zij gaan zich wreken op iedereen die niet joods is, hoe zoudt ge zelf zijn? Het is nu aan hun toer om hun ras te beveiligen, en daarvoor moet ge de anderen een kloot aftrekken, het is normaal. Het kan niet gelijk opgaan in de wereld. Het zou te schoon zijn.'

'Maar Madame Laura, droeg zij nu een pruik of niet?'
  'Ik heb ze nooit van dichtbij gezien.'
  'Ik wel. En 't was mensenhaar.'
  'Maar een pruik is toch ook van mensenhaar.'
  'Volgens mij was 't een pruik. Omdat ze te lui was om naar de coiffeur te gaan. Ge zet zo'n ding op, *ni vu ni connu*, en ge zijt gereed en altijd proper.'
  'En Holst, die jongen, nog altijd alleen in dat huis met tweeëntachtig deuren.'

'Gaat ge gaan stemmen?'
  'Ik moet wel als Belg. Anders is het tweehonderd frank boete.'
  'Ik stem voor de eerste keer van mijn leven voor de socialisten. Omdat Van Acker de jongens die naar Duitsland zijn gaan werken, niet wil vervolgen. Ik weet wel dat hij dat doet omdat hem dat een paar honderdduizend kiezers opbrengt, maar het is de geste die telt.'
  'Ik weet niet voor wie. Ofwel moet ge voor gasten stemmen die ge niet kent, die zeggen dat ze schoon vaderlands werk gedaan hebben in het donker van de oorlog, dus een gewone mens heeft daar niets van gewaar geworden van dat vaderlands werk onder de grond, ofwel kent ge ze van vóór Veertig en zijn 't al die gasten die weggekoerst zijn naar Londen met hun broek vol. En als zij het niet zijn, is het hun nonkel of hun schoonbroer.'

'Dat verschil in kleurtjes, dat is zand in de ogen van de gewone burger. Zij hangen allemaal aan mekaar vast. Syndicaat, delegaat, actionnair, militair. Om gazetten te verkopen, geven ze die gazetten ook een kleurtje maar 't is allemaal van te voren gedicteerd en gearrangeerd. Wij verschuiven een beetje naar links en dan een beetje naar rechts, een tango, en ondertussen steken we onze paraplu uit.'

'Hoe dat dat nog allemaal samen en thope blijft hangen, hoe dat dat niet uit mekaar klakt en kwakt!'

'Omdat ze aan mekaar plakken. Eéne grote stront, Florimond. Gij moogt zoveel vingers in de kassa steken en geen vinger meer of ik steek u een dolk in de rug. Wel, 't is goed, ik ga mijn ogen toedoen binst dat gij uw vingers in de kassa steekt. Ai, ge steekt mij toch in de rug. Ah, ge moet maar zo slim zijn om uwe rug niet naar mij te draaien.'

'En die radio tegenwoordig. Hoe dat ze daar in de radio hun voeten vagen aan de luisteraar! Gedurende de oorlog begon een plaat zachtjes, op 't gemak, perfect. Nu smijten ze met die platen. Ze krassen, ze blijven draaien op 't zelfde punt, ze stoppen midden in een schone passage...'

'Onze koning blijft wachten om naar huis te komen.'

'Hij wacht tot de kust vrij is, lijk dat de zeerovers zeggen.'

'Hij gaat voor de ogen van het volk zijn broer de Regent een kusje geven op zijn kaken, links en rechts, en hem dan een ferme schop in zijn gat geven.'

'Er plakt teveel bloed aan zijn handen, van de Regent.'

'En zijn handen stonden al konteverkeerd van aan 't slecht vrouwvolk in de bars van Oostende te prutsen.'

'Ja, zij konden zijn pen niet meer vasthouden om een genadeverzoek te ondertekenen.'

'Die mens was benauwd om verkeerd te doen.'

'Wie? Charles Theodore Henri Antoine Meinard, griezel van een Graaf van Vlaanderen? Te luizelui ja, te poepeloerezat!'

'Het is normaal. Die mens heeft heel zijn leven gehoord: "O, Leopold, o majesteit, o Sire, o koning Leopold de Derde!" en "Charles, wie is dat? O ja, zijn broer!" Dus, nu dat hij zelf koning mag spelen als regent wil hij een beetje meester spelen over leven en dood, het is normaal.'

'Dan is 't ook normaal dat de doden gaan opstaan uit hun graf en hem om rekenschap komen vragen. Anders is 't niet mogelijk. Anders heerst er alleen maar een Antichrist op aarde.'

'Ik kom Goeminne tegen. Het is te zeggen, hij passeerde mij in een splinternieuwe Buick. 'k Zeg: "De zaken gaan goed, Maurice. Zo'n voiture voor een metselaar!" "Pardon," zegt hij. "Alle herstellingswerken!"

Wij discuteren een beetje en hij vertelt over een terrasje dat hij moest repareren, het regende er door... Terwijl dat hij met zijn brander bezig was zag hij dat die mensen in hun slaapkamer drie vier schilderijen hadden hangen en Chinese poteries hadden staan, enfin dat zij veel beter bemiddeld waren dan hij had gedacht. "Ik ben op 't dak gekropen," zei hij, "en ik heb daar de dakbedekking een snee of vier vijf gegeven met mijn mes. 'k Zeg tegen die Madame: 'Madame, uw terras lekt, dat is juist, maar dat komt van uw goot.' 'Ah,' zegt ze, 'dan moet dat ook gerepareerd worden.' Ik heb er een paar lapjes op gelegd voor vijftig frank en zij heeft daarvoor zevenhonderdvijftig frank gelammerd. Als zij schilderijen in hun slaapkamer hebben, moeten ze ervoor bloeden."

Ik zeg: "Goeminne, er zijn mensen die de planken van hun kist niet waard zijn." Hij zegt: "Is 't over mij dat ge 't hebt?" Ik zeg: "Ik spreek in het algemeen. Wie 't schoentje past."'

'Wij zitten gewrongen tussen de Amerikanen en de Russen. Maar als ge 't van een beetje afstand wilt zien, zijn ze toch juist hetzelfde. Alle twee stekezot van de techniek die hun boven het hoofd groeit en tegelijk van de organisatie die de

mensen allemaal gelijk maakt, zonder zijn wortels.'
'Wij hebben genoeg wortels gegeten binst de oorlog.'
'En de Russen hebben nooit de Renaissance gekend!'

Er hingen affiches voor een komend folkloristisch feest. De garnalenvissers die te paard hun netten voortsleepten waren getekend door Dolf Zeebroeck, in de sliertige onheilzwangere lucht waren gotische letters verwerkt: 'Onze vissers, de ridders van de zee!'

Leevaert en zijn assistent Louis zaten naast elkaar op een bank, vóór hun voeten lag het strand. Met bedaarde kreetjes en getuf voeren de vissersboten binnen vanuit de melkige zee. Achter hun bank reden twee dames gearmd op rolschaatsen. Het licht op de golven: zilverpapier.

Leevaert had vandaag éénmaal de verzamelde werken in vier delen van Ruusbroeck verkocht, éénmaal de *Encyclopedie voor de Werktuigkundige* en driemaal *Jenny, een Noodlot* waarvan twee exemplaren met handtekening en opdracht, dat betekende veertig frank extra.

Louis had de zware leergebonden proefexemplaren van het halve fonds gesjouwd. Hij had Tante Violet beloofd om verse garnalen uit Oostende mee te brengen, hij vroeg zich af wanneer hij het kon doen, ze moesten nog drie adressen bezoeken, waarvan één gegarandeerd inciviek was, hij kon er niet met naar garnaal ruikende handen binnenkomen, want hij zou het pakje garnalen niet ongemoeid kunnen laten. En het werd donker.

Voornamelijk Frans gebabbel op de dijk. De mailboot voer binnen, lichtjes al aan. Leevaert stond op, maakte een paar turnbewegingen. 'Aan de slag.'

'Mevrouw,' zei Leevaert, 'wij komen met de hartelijkste groeten van Dokter Raemdonk (of Notaris, of Kanunnik, of Meester of Professor) die u zijn hommages doet *par personne interposée*' (of indien het een duidelijk Vlaamsvoelend gezin betrof: 'langs mijn bescheiden persoon'). Dan volgden complimenten over het modern maar toch klassiek interieur in een gekuiste taal met een zweempje kustdialect. Meneer was gewoonlijk niet thuis. 'Louis, toon aan Mevrouw eens *De School van Sint-Martens-Latem*. Zet dat boek eens alleen maar voor 't effect op die etagère daar. Mevrouw, die rug alleen al, in kalfsleer, kost honderdtachtig frank.' Of: '*De Geschiedenis van het Westen* door een team van professoren onder leiding van Professor Weynants, waar dat ge toch van gehoord moet hebben, van de universiteit van Leuven. Uitverkocht. Sommige losse delen alleen nog bij antiquairs voor schandelijke prijzen. En machtig interessant. Ge leest er in als in een roman. En hoe dikwijls denkt ge niet: "Maar die veldslag in Poelkapelle, het is hier op een boogscheut afstand, wanneer was dat ook weer? Welke generaal is daar verongelukt?"'

Toen was het echt donker. Leevaert had nog één *Jenny*, een *Noodlot* kunnen plaatsen. De koper had gezegd: 'Ach, ja, zet er maar een handtekening in,' en: 'Ik doe het omdat ik solidair ben, ge verstaat me, meer zeg ik niet.'

Leevaert stevende nu resoluut naar een laan met zijstraatjes vol roodverlichte bars. Hij bleef ineens staan bij een schaars door een lantaarn verlichte, zwartglimmende uitstalkast met foto's van vrouwen in ondergoed. Louis bleef op een paar meter afstand van hem. Leevaert boog zich voorover, likte bijna het glas. Louis kronkelde van schaamte. Matrozen liepen langs en zongen 'Heigho, heigho', het kabouterlied. Het licht in de uitstalkast floepte aan, wijnrode letters 'L'Escale' schenen over Leevaert, die 'Aha' riep, zijn bril opzette en zich nog verder vooroverboog.

'Wij gaan maar om tien uur open, maat,' zei een zware man die zijn portierspet droeg als de kepie van een Zwarte Brigade-officier.

'Maat,' zei Leevaert, 'dat was toch hier dat Chouchou vroeger zat, Mieke Lauwers?'

'Dat moet vóór mijn tijd geweest zijn,' zei de portier. 'Ik zie haar ook niet meer bij de portretten.'

'Ge kunt geen staat meer maken op de meisjes tegenwoordig, meneer. Maar het is misschien beter zo. Zo krijgt ge altijd vers vlees binnen.'

De bar 'Oriënt' was een miniatuur-moskee met ronde raampjes die rozig gloeiden achter gedraaide smeedijzeren tralies. Leevaert stapte binnen als in een kruidenierswinkel. Zo zou ik het nooit durven. '*Bonsoir, mon petit chou*,' zei Leevaert en kuste de gepoederde wang van een platinablonde forse dame in een avondjurk. Louis nam haar eeltige hand en kuste de palm.

'Olala, een man van de wereld,' riep ze. Op een podium stond een piano, op de dichte klep lag Marnix de Puydt op zijn voorarm te slapen met zijn kinderlijk dikke lippen open. Autolichten flitsten door de bar.

'*Le maître dort*,' zei de dame.

'Twee coupes,' zei Leevaert. 'En voor u, Margot?'

'Ik ga een Cointreautje nemen,' zei Margot.

'Dat heeft nog nooit iemand zeer gedaan,' zei Leevaert. Drie industriëlen legden uit aan twee Oostendse meisjes die verkleed waren als Oostenrijkse of Tiroolse boerinnen dat ofwel Champs Elysées ofwel Narcissus Vijf òf de wonderknol Clopinette zou winnen morgen. De champagne parelde. De slapende De Puydt zette zijn mollige mandarijnenvoetjes in puntschoenen naast elkaar, één punt ging op en neer op de maat van zijn vingers die tegen het deksel pianoteerden, als ooit Hölderlin op een klavecimbel zonder snaren. Een van de Oostendse meisjes leek op Prince Valiant met haar afgehakte vlassen kapsel en een halsketting van koperen munten. Zij zat op de schoot van de Champs Elysées-man die kneep, kietelde, tastte, kuste. Zij zei dat het enige wat haar moeder nog in leven hield de hoop op de nieuwe mosselen was, zij waren aangekondigd voor volgende week. 'Laat ons ondertussen van uw mosseltje proeven,' riep Champs Elysées, zij lachte haar roze tong bloot, de munten blikkerden. Louis moest na de derde coupe die hem door Margot aangeboden werd, zeer nodig pissen maar durfde niet. Hij raadde dat het gecapitonneerde deurtje naast de bar het toilet was, maar niemand ging er heen.

De Puydt kwam overeind. 'Wat willen de hetaeren en de heren horen? Mijn repertoire is beperkt maar eclectisch.'

'Mijn Vlaa-aanderen he-eb ik hart'lijk lief,' riep Louis.

'Hou uw manieren,' siste Leevaert.

'Als die jongen dat nu gaarne hoort,' zei Margot met haar hand op Louis' kruis, waar niets verroerde, gelukkig. Als ik opsta en naar het deurtje ren zal ik vlak plat plets naar voren vallen. Als ik dan tegen Prince Valiant aan val, heeft zij geen broekje aan.

Margot vroeg of hij bleef logeren, haar appartement was vlakbij. Of hij bij haar wilde inwonen, alles wat hij hoefde te doen was een paar boodschappen per dag.

Mijn dode Peter zegt: 'Gij zijt geen commerçant, Louis.'

'Daar moet ik een nachtje over slapen,' zei hij.

'Bij mij dan,' zei Margot.

'Margot,' zei Louis log, 'ge zijt niet serieus. Ge spreekt over kost en inwoon, maar hoeveel ligt er op 't einde van de maand in mijn handje?'

Het mirakel geschiedde. Zij staarde hem verbluft aan, kreeg een moment van totale afwezigheid, en kuste hem toen op de mond en zei, het wonder van de vurige tongen die boven de schedels van de uitverkorenen ineengloeiden: 'Gij, gij zijt een kleine commerçant.'

'Ik zal nu voor u spelen,' zei De Puydt, 'in een voor u aannemelijke gesyncopeerde versie, het *Requiem in C* van de jongste zoon.' Hij speelde en leek op de vader van Peter, toen die zijn baard er af was. Alhoewel er geen foto's van bestonden. Van die toestand. Stom. Stuitend. Stervend sta je 't best op een foto. 'En nu, om Margot te behagen,' zei De Puydt na wat uren leek, nadat de bar, die gebulkt had van deernen, pillenslikkers, vandalen, ketters, trollen allerlei, leeg was, in een gat van stilte gevallen was met hooguit een houtworm haperend aan Louis' slaapbeen, 'nu speel ik voor haar, van dezelfde jongste zoon, de renegaat die Rooms werd uit hebzucht, het innige *Salve Regina in Es*.'

Het was innig. Walgelijk innig. 'Speel iets uit 'Het land van de Glimlach',' schreeuwde Louis.

'Nee,' zei Margot, 'nee, nee en nog eens nee.' Zij rook naar de zee. Ook toen ze langs de zee liepen, met zijn vieren, gearmd, wankelend. 'Ik ga u gaarne zien, manneke, ge gaat er alles van weten.'

'Waar kan een mens nu een redelijke verfrissing gebruiken?' zei Leevaert. De zee met witte rimpels, schuimkoppen.

'In de 'Banco'.'

'Als zij daar beleefd zijn,' zei De Puydt.

Uitgelaten bereikten zij het café waar de croupiers van het Casino kalfskop in tomatensaus aten.

'De mens wordt weer vet,' zei De Puydt. 'Bezie dat toch. Er is met ons helemaal niets, niets, gebeurd. Wij hebben het ons allemaal ingebeeld. Je voudrais que vous raisonassiez de ce que je vous dis là.' Zijn witgelokt hoofd viel voorover en vond zijn glas.

'Vet of niet, zij moeten mij maar nemen zoals ik ben,' zei Margot. 'Vindt ge niet, pietje?'

'De Russen staan voor de deur,' zei Leevaert, 'geef mij nog een Pale-Ale.' Vaalbruine draden van uiensoep hingen van zijn mondhoeken. De croupiers speelden poker in paradijselijke kalmte. De asbakken zaten propvol Miezers.

'Zijt ge niet content dat ge me ziet?' vroeg Louis.

'Nee,' zei De Puydt.

'Kent ge mij niet meer, Mijnheer de Puydt?'

De man stak zijn borst vooruit, gooide zijn lokken naar achteren, trommelde met zijn vingers op de tafel, dicht tegen de rand, op witte en zwarte toetsen.

Margot zei: 'Ik ga uw hemd wassen morgen, ik heb een wasmachine', zij trok aan de punt van Louis' hemdskraag. Koud zweet liep in zijn ogen. Ik heb twee éénogen als paladijnen. Maurice de Potter en Vuile Sef. Pieter de Coninck, deken van de wevers te Brugge, had twee ogen. Dat men hem afschildert als een éénoog komt doordat een Italiaanse domme of bijziende monnik hem verward heeft bij het overschrijven of schrijven van de kronieken met een andere Pieter, Pierre Flotte. Voilà. En gij nu!

'Die avond en die rooze vol vlammen in Haarbeke,' zei De Puydt en richtte zich uitsluitend tot Louis.

'Ja,' zei Louis. 'Ja.'

'Die avond lag ik in mijn bed in Walle. Mijn vrouw die nu honderdtien kilo weegt lag naast mij in mijn bed in mijn slaapkamer in Walle, ik lag te lezen in Montaigne en *Het Rijk der Vrouw* en ik dacht dat ik alleen wilde zijn op aarde, dat ik alleen moest zijn om mijn lamlendige kunst te vrijwaren, om het vunzig vuurtje van mijn kunst te bewaren, alleen en dan, Louis, heb ik gedacht: Als zij naast mij, als zij allemaal in dat huishouden van mij, uit mijn ogen en oren zouden kunnen verdwijnen, o, als zij allemaal in één keer, in één bevrijding konden ontploffen.'

'Allemaal,' zei Louis, vroeg Louis.

'Allemaal, vrouw en kind en meid en kat en kind en geit, dat ik 's morgens alléén, bevrijd, naar de klop van mijn hart kan luisteren, of naar de mussen.'

'Ook de kinderen,' zei Louis.

'Ook,' zei De Puydt. 'Vooral. Vooral de ceremonie van de onschuld. "God in de hemel," heb ik gezegd, gebeden, "dat ze in Godsnaam ontploffen alle twee, dat ik één minuutje rust heb, dat ik één keer de vogeltjes kan horen schuifelen."

En hij heeft mij verhoord die avond en de roos is ontsprongen, de roos van het vuur en op dat zelfde moment zijn de bommenwerpers gedaald en zijn ze naar Haarbeke gedoken.'

'Ja,' zei Louis.

'En mijn bloedje in Haarbeke in zijn ledikantje is ontploft en verbrand, met zijn pyjama, zijn maïskoeken van Winterhulp, zijn Dierenatlas, zijn bikkels en zijn knikkers...'

Louis sprong van de bank, duwde de eeltige hand van Margot weg, trok de inerte De Puydt bij zijn lokken overeind, voelde haren knappen en sloeg uit alle macht op de man zijn wang. De klap weerkaatste tegen de spiegelwanden van de 'Banco'.

'Héla, héla,' zei een croupier met smalle schouders.

Een visser in een oranje jek vol schilfers, met walmen

sigaretterook rond zijn hoofd, kwam op wijduitstaande benen nader.

'Maar jongen toch,' zei Margot. De Puydt voelde aan zijn wang, grijnsde, stak de punt van zijn tong in zijn wang die obsceen bultte.

'Hij meent het niet,' riep Leevaert. 'Echt niet.' En zat naast De Puydt, dij aan dij.

'Vergeef mij,' zei Louis (met 'Pardon' al op de lippen toen hij flitsend dacht dat hij een Vláámse Kop geslagen had).

'Want hij weet niet wat hij doet!' riep Leevaert luider.

'Het spijt mij,' zei Louis. De Puydt dronk Leevaert's Pale-Ale leeg, zijn wang werd rood. Alle croupiers kaartten verder.

'Zijt ge niet beschaamd?' zei Margot. Louis knikte, knabbelde op een bierworstje. De Puydt zei tot de visser: 'In onze tijd betaalde men na een dergelijk misverstand een rondje. Waar of niet?'

'Tournée générale,' riep Louis maar de baas hoorde het niet, of wilde het niet horen of nam het niet ernstig. De Puydt wreef over zijn wang en toen tokkelde zijn mollige hand weer op tafel, partita, chaconne. Hij zei: 'Louis Seynaeve.'

'Ja.'

'Gij kunt niet verdragen dat ik vanuit de diepte naar u roep.'

'Dat is te diep voor mij,' zei Margot, zij ging aan de andere kant van De Puydt zitten, likte zijn wang. 'Ik ga u vanavond gaarne zien, Marnix, ge gaat er alles van weten.'

De Puydt bleef onafgebroken uitdagend naar Louis kijken.

'Ik geef een rondje,' zei de visser, bij hun tafel, 'voor iedereen uitgenomen dat kalf daar.'

Het kalf zei: 'Wat nu, Mijnheer de Puydt? Zeg het.'

'Il faudrait que je cessasse de vivre,' zei de man, tokkelend.

Louis en Tante Violet vergeleken de gele reglementaire postkaarten die zij dezelfde ochtend ontvangen hadden van Holst uit de gevangenis De Nieuwe Wandeling in Gent. Bij Louis luidde de tekst: 'Geloof niet alles wat zij allemaal zeggen. A. Holst', bij Tante Violet: 'Ik zit in de Nieuwe Wandelinge. A. Holst'. Op beide kaarten stonden de twee regels helemaal bovenaan, de letters stonden een zweempje schuiner bij Tante Violet die zei: 'De Wandelinge, is dat nu een naam voor een gevang? Dat is toch om die mensen te plagen, want ze kunnen niet wandelen.'

'Toch wel, Tante. Alle dagen, in een cirkel, handen op de rug.'

'Hij heeft mij altijd gaarne gezien,' zei Tante Violet.

'Iedereen ziet u gaarne,' zei Meerke, nijdig omdat zij niets ontvangen had.

'Ik zeg niet dat hij mijn *cavalier* geweest is. Ik spreek van mens tot mens.'

De bevolking van Bastegem had geraden dat om een of andere duistere reden de bescherming van hogerhand van Holst was weggevallen en had, woordeloos juichend, woordenrijk talmend, bij het politie-onderzoek getuigd dat hij boven zijn stand getrouwd was alleen maar om het dorp met de neus aan te kunnen kijken, dorp dat hem vroeger misprezen had.

Of hij in staat was Madame Laura, zijn echtgenote, iets aan te doen?

'Dat, Mijnheer de juge, dat is veel gezeid, maar ge had dat verschil tussen hen.'

'Madame Laura was toch ook van simpele komaf.'

'Maar het geld, Mijnheer de juge, dat maakt verschil.'

Terwijl Holst op eendejacht was ('Met wie? Men gaat niet alleen op eendejacht.' 'Hij wel, Mijnheer de juge.') was er ingebroken in het huis met de vele kamers.

'Door wie?'

'Ze zeggen, maar ja, ze zeggen zoveel, dat het de juniores van Bastegem Excelsior geweest zouden zijn.'

'Wie?'

'Ik was er niet bij, Mijnheer de juge.'

'Iemand heeft een ruit in de achterkeuken verbrijzeld teneinde een raam te openen, maar dat is niet gelukt, omdat Holst onverhoeds terugkwam. Wie?'

'Wie? Ja, wie.'

'De Keyser, Gaston, de slotenmaker, zegt dat hij daarna samen met een gerechtelijk inspecteur de voordeur heeft opengedaan.'

'Als Keyser dat zegt, is het teken dat het waar is.'

'Wie was die gerechtelijke inspecteur?'

'Dat moet ge aan Keyser vragen natuurlijk, niet aan mij.'

'Maar De Keyser, Gaston, zegt dat hij die gerechtelijke inspecteur niet kent. En wij kennen hem ook niet.'

'Daar kunnen wij niets aan doen, Mijnheer de juge.'

Het gerecht had langs de spoorweg een zeegroen satijnen vrouweschoentje gevonden met sporen van geronnen bloed in de hiel. Niemand anders in Bastegem dan Madame Laura zou het in zijn hoofd halen om zo'n schoentje te dragen. Ge kunt er met moeite op staan.

Het gerecht had de kokosmat bij de ingang van het kasteeltje aan een onderzoek onderworpen. Ook sporen van bloed.

De voorwerpen, ambtshalve in het huis in beslag genomen, waren twee messen: een groot broodmes en een keukenmes.

Wat horen wij nog meer? Wat wordt er nog meer getuigd?

Dat op bezoek komende ten huize van het slachtoffer, De Bock, Rafaël, tegenover de kelderingang, onderaan, circa vijftig centimeter van de scheidingsmuur twee diepe inkervingen heeft opgemerkt, en een weinig kalk die op de plint gevallen was.

Dat Goossens, Antoon, veldwachter, op nachtronde zijnde, oproergeluiden uit het kasteeltje heeft horen weerklinken en duidelijk herkenbaar de stem van Madame Laura, ik bedoel, Vandenghinste, Laura.

Dat De Brauwere, Arthémise-Arlette, gehoord heeft uit de mond van verdachte dat Madame Laura niet langer meer in het gras zou wateren zoals zij altijd zo gaarne deed. Naar de redenen daaromtrent gevraagd heeft verdachte verklaard dat het nu eenmaal zo was, amen en uit. De Brauwere Arthémise-Arlette geeft toe dat dit gebeurde na groot verteer in het kamertje gelegen nevens de eigenlijke bar van de herberg 'Picardy', instelling niet bekend als ontuchthuis, nochtans van besproken faam. Volhardt na lezing en tekent.

'Als hij maar een goede advocaat neemt,' zei Meerke. 'Want er moeten straffere bewijzen zijn. Er moet een lijk zijn. Zonder lijk kan hij niet beticht worden.'

'Ik geloof nooit dat hij een broodmes of een keukenmes gebruikt heeft,' zei Mama. 'Hij heeft haar gewurgd. Met die grote handen van hem.'

'Gewurgd. Dan in stukjes gesneden. En dan in de ongebluste kalk,' zei Louis.

'Nee,' zei Mama. 'Dat is zijn genre niet. Hij is veel te romantisch.'

Raf had ook een kaartje gekregen uit de gevangenis. 'Waar blijft Konrad? Alstublief.'

De reeds nader vereenzelvigde Arlette De Brauwere sprekende met de officier commissaris bij de rechterlijke opdrachten en hulpofficier van den Procureur des Konings verklaart dat zij begeert Vlaams te spreken en zegt dat zij het geld, de som van vierduizend frank, die Holst, André, in het etablissement 'Picardy' verteerd heeft de laatste keer, aan de Gerechtigheid geeft, integraal, omdat zij geen geld wil dat voortkomt uit een moord.

In de gevel zijn links van de deur twee ramen waarop het opschrift 'Picardy' voorkomt. De ramen zijn voorzien van gordijnen die in het midden weggetrokken zijn. De gevel is in het rood geverfd. Op het ogenblik der vaststellingen zitten twee juffrouwen voor het rechtervenster goed zichtbaar voor de voorbijgangers. De ingangsdeur geeft toegang tot een kleine hall waarin links een deur toegang verschaft tot de eigenlijke bar. Op het einde van de hall rechtover de ingangsdeur is een deur die uitgeeft op de trapzaal. Op het einde van de trapzaal een deur die uitgeeft op een overdekte waterplaats. In de trapzaal geeft ook nog een deur uit die uitgeeft op een tweede kamer palende aan de eigenlijke bar.

De eigenlijke bar is van de tweede kamer, die als een salon gemeubeld is, gescheiden door een muur met opening welke kan gesloten worden door een ondoorzichtig gordijn. Dit gordijn was bij ons binnentreden opengeschoven. De eerste kamer, ingericht als bar, is voorzien van een toonbank, een drietal tafeltjes en een achttal zetels of *tabourets*.

Het is er niet al te klaar, wij constateerden een afwezigheid van lusters, de verlichting geschiedt indirect. De tweede kamer heeft een venster dat uitgeeft op een overdekte koer en niettegenstaande de indirecte verlichting heerst er een deemsterig licht. Voor het venster staat een divan. Verder is de plaats bemeubeld met een drietal tafels en een viertal clubzetels. Het venster is voorzien van donkere gordijnen en ondoorzichtige draperieën. Een prijzenlijst is niet uitgehangen.

Op vraag verklaart eigenares Mevrouw de Lentdekker, Antoinette, dat de taveerne genoemd werd naar een landstreek van Italië maar dat daarbij ook de overweging meespeelde dat zij in het jaar Negentiennegenendertig ontmoet heeft te Brussel professor Auguste Piccard die haar een model heeft getoond van de metalen bol waarmee hij de zee doorgrondt, de *bathyscaphe*.

Op vraag verklaart Merkès, Josiane, dat tijdens geslachtsbetrekkingen de verdachte een luide schreeuw heeft gegeven. Naar de reden daaromtrent gevraagd antwoordde verdachte dat hij zijn vrouw om het leven had gebracht. Op dat ogenblik nam Merkès, Josiane, dit niet ernstig daar zij verdachte zeer goed kende van vorige bezoeken waarbij zij zijn zacht en bedeesd karakter had gewaardeerd.

Wij stellen tegenover elkaar Merkès, Josiane, en verdachte. Deze laatste bevestigt zijn verklaring in tegenwoordigheid van de juffrouw die hij kent als de serveuse van de 'Picardy', dat hij geen geslachtsbetrekkingen heeft gehad omdat hij daar niet in de gewenste en noodzakelijke stemming voor was en omdat hij zich niet lichamelijk aangetrokken voelt tot vrouwen van een ander of een gemengd ras. Merkès, Josiane, kan evenwel bepaalde bijzonderheden opnoemen die voorkomen op het lichaam van verdachte en is in staat die ongeveer na te tekenen. Opvallend is daarbij een litteken van een blindedarm-operatie in de vorm van een halfrond vleeshaakje.

Verdachte beschuldigde Merkès, Josiane, daarop van zich die avond met hem te hebben willen inlaten en allerlei middelen aangewend te hebben om de aandacht op zich te trekken. Als voorbeeld daarvan zegt hij dat zij tweemaal over een clubzetel sprong waarbij haar vrouwelijk deel zichtbaar was. Ook beweerde hij dat in de 'Picardy' sigaretten worden verkocht zonder taksbandje.

'Holst kan niet eens een goede advocaat nemen. Want hij heeft geen frank meer.'

'Hij kan het kasteeltje toch verkopen.'

'Maar, arm schaap, dat staat toch op haar naam.'

'Of desnoods de meubels.'

'Maar daar heeft minister Baelens al beslag op laten leggen. Hij was er rap bij. Hij heeft al de facturen op zijn naam. Tot facturen van haar schoenen en schorten.'

'Madame Laura droeg toch geen schorten!'

'Toch wel. Als zij van Brussel kwam voor een dag of twee drie deed ze niets liever dan de vloeren schuren, het parket boenwassen.'

'Om haar gedachten te verzetten,' zei Tante Violet. 'Pastoor Mertens heeft dat ook. Als 't warm is doet hij de grote kuis in zijn zwembroek.'

Raf getuigde dat hij wist dat Madame Laura, niettegenstaande zij Holst plechtig gezworen had hem trouw te blijven, weer intieme relaties had aangeknoopt met Minister Baelens. Haar erotische gevoelens werden namelijk uitsluitend gewekt door oudere mannen die een zeker sociaal gezag of daadkracht uitstraalden. Hun uiterlijk deed er niet toe, als zij maar vermogend en energiek waren, rond de vijftig, in driedelige maatpakken met gouden polshorloges en in harde zelfverzekerde stemmen bevelen gaven. Baelens, rood aangelopen en vet, industrieel, notaris en minister, voldeed aan dit ideaal. Aanvankelijk had zij haar overspel verzwegen, dan ontkend en beweerd dat zij met Baelens omging uit louter vriendschap. Waarop Holst uitzinnig een volksliedje had gezongen: 'En voor een frank of tien, voor een frank of tien liet zij, liet zij haar vriendschap zien.' Schaterend had zij toen bekend.

Raf getuigde hoe Holst hem in alle vertrouwen had verteld hoe de misdaad gebeurd was.

'Maar hij heeft er wel een schepke bijgedaan,' zei Meerke.

'Dat doet iedereen,' zei Mama.

De avond valt over de zonnewijzer, de rododendrons, de hagen. In het salon ligt een vrouw bleek als de dood op de sofa. Zij heft haar knie. Er is een ladder in haar zijden kous. Het wit vlees, geprangd tussen jarretel, kous en broekje, puilt uit. De vrouw kijkt of ze nog meer cellulitis heeft. Van de vrouw walmt de geur van verrotting, zoals naar men zegt rosharigen verspreiden als het regent. Een enorme man in houtvesterskleding kan zijn ogen niet van haar afhouden. Hij leunt tegen de schoorsteen. De vrouw trekt haar knie op en onderzoekt de kapotte punt van haar satijnen schoen. De man neemt zijn dubbelloops geweer en wrijft over de loop met een geolied vodje.

'Waarom is het tussen ons tot een kloof gekomen?' vraagt hij. 'Leg het mij uit, Laura. Misschien is er nog iets aan te verhelpen.'

'Wij kunnen samen leven als broer en zuster,' zegt zij.

'Dat zeggen Holst en Madame Laura niet,' zei Mama. 'Holst zou zoiets nooit over zijn lippen krijgen.'

'Waarom niet?' vroeg Nonkel Omer. Hij blonk, hij had zich in de kuip gewassen in de achterkeuken. Hij had een versgestreken gestreepte pyjama aan.

'Volgens mij heeft Raf dat van zijn ouders gehoord,' zei Meerke.

'Wel, Laura?'

De vrouw steekt haar tong naar hem uit. De man herinnert zich dat de jongens op school dit ook deden, omdat hij in lompen liep, niet kon of niet wilde praten, de weggegooide boterhammen opraapte en opat. Hij legt zijn geweer weg en slaat met de zijkant van zijn hand tegen haar slaap. Zij is meteen bewusteloos, haar pruik valt op het tapijt. Met een grijze zijden das van de notaris bindt hij haar polsen vast aan de buis van de centrale verwarming. Zij ontwaakt vijf minuten later als hij haar besproeit met een tuingieter. Zij zegt dat dit allemaal niets verandert tussen hen, dat wat hij ook doet haar ziel vrij is.

'God hebbe haar ziel,' prevelde Tante Berenice.

Op dat ogenblik loopt buiten, in het licht van het lantaarntje op het grasveld, een das.

'Hoezo, een das, die van de notaris?' vroeg Nonkel Omer. 'Zijn plastron?'

'Nee, een dashond, een tekkel,' zei Mama.

'Nee, een das die onder de grond woonde en soms gezien werd bij de vijver. 's Avonds kwam hij uit zijn hol om slakken te vinden,' zei Louis.

'Een marterachtige,' zei Tante Violet. 'Een centimeter of tachtig lang. Ge vindt ze bijna niet meer.'

Holst gaat naar de deur, opent uiterst stilletjes de deur, loert naar de das die stopt en zijn oren spitst, bijziende rondkijkt. Madame Laura keelt om hulp. Holst springt op haar toe en stopt het geolied vod in haar mond. Hij zegt snel: 'Wat moet ik met u doen? Ik kan niet tegen u spreken, ik heb dat niet geleerd, ge wist het op het moment dat gij aanvaard hebt om mijn vrouw te worden. Wat moet ik doen? Een cursus volgen om te leren zeggen wat er op mijn hart ligt? Het ligt aan mij, ik weet het, maar kunt gij mij niet helpen? Knik als ge akkoord zijt. Knik!' Omdat hij zonder ademhalen gesproken heeft krijgt hij de hik. Hij zegt snel, ook zonder adem te halen: 'Ik en de snik vlogen over zee, ik kwam weer en de snik kwam niet mee.' Hij blijft hikken.

'Komt het door de oorlog dat we geen gebenedijd woord meer kunnen zeggen zonder dat we direct het contrarie denken. Of dat we wat we denken direct aan stukken trekken?

Wat moet ik doen? Op u kruipen? En dan? Wat heb ik u dan verteld?'

Hij hikt, gaat naar de tafel, neemt er van een schaal vol vruchten die hij voor haar gehaald heeft, een sinaasappel en eet hem op zonder adem te halen, met schil en al.

'Wij zouden hier schoon en op ons gemak kunnen leven. Het is misschien moeilijk voor u om iemand of iets anders gaarne te zien die niet u is. Maar moet ik de rest van mijn leven naar u blaffen lijk een hond? Hier, in die koude kerk?'

Raf getuigde dat de man toen zei dat hij medelijden met haar kreeg omdat ze probeerde te kotsen, dat hij bang was dat zij, bleek als zij was, misschien weer iets aan haar longen zou krijgen zoals toen ze veertien was, dat hij de zuur en voos ruikende prop van tussen haar tanden haalde en om vergiffenis vroeg, dat zij, alsof ze kotste, riep dat er geen pardon mogelijk was, nooit, geen pardon, maak mij los, hond. En dat hij zei: 'Ik ga u losmaken, Laura, lauw en los', en hikkend naar de keuken ging, er het broodmes uit de lade nam, het weglegde en het vleesmes met tanden nam en terugkeerde naar haar verwensingen.

Holst deed een gebaar alsof hij zijn ribfluwelen jas wou uittrekken. Hij kreeg de toestemming van de substituut. Hij wees de plek aan die zijn vrouw innam bij de centrale verwarmingsradiator. Het vleesmes dat getoond werd herkende hij als dat waarmee hij zijn vrouw had gedood. Met het vleesmes in de hand liet hij zich fotograferen. Vervolgens toonde hij hoe hij de das had doorgesneden, hoe hij zijn vrouw bij de oksels opgenomen had, de trap afgesleurd. Hij vroeg of hij zich iets moest verplaatsen, want hij meende aan de lens te zien dat hij niet voluit op de foto zou komen.

De substituut vroeg hem of hij kou had, daar hij over zijn ganse lijf beefde. Hij antwoordde ontkennend. Men overhandigde hem weer het vleesmes. Hij toonde de plaats waar hij zijn linkerhand hield op het ogenblik dat hij de diverse sneden toebracht. Dat was meestal onder de kin van zijn vrouw. Vooraleer te vertrekken vroeg de verdachte of hij zijn scapulier mocht meenemen. Dit werd hem toegestaan. Daarop werd het elektrisch licht van het huis uitgeschakeld, het springslot van de voordeur werd gesloten en de voordeur verzegeld.

Madame Laura ligt op de rug, aangekleed. Haar pruik ligt ongeveer 0,50 m van haar verwijderd. Haar hoofd ligt in de richting van de kerktoren van Bastegem.

Zij is normaal gebouwd, metende 170 cm. De vingernagels zijn cyanotisch. Aanwezigheid van een ecchymose aan het onderste linkerooglid en ter hoogte van het linkerjukbeen. De linkeroorschelp vertoont op sneewonden gelijkende kneuswonden. De keel is volledig overgesneden, derwijze dat het hoofd half van het lichaam is gehaald. De schaars behaarde hoofdhuid is de zetel van vier op sneewonden gelijkende kneuswonden. In de rechterhelft van de hals worden minstens vier hernemingen gezien. De keeloversnijding is gebeurd tussen het tongbeen en het schildklierkraakbeen. De voorwand van de slokdarm is doorgesneden, alsook de grote halsvenen en de vertakking van de grote halsslagader. De mondholte is vrij. De hersenen zijn gekneusd. De longen liggen vrij in de borst. De grote luchtwegen bevatten slijm met bloed gemengd. De buikholte is droog. De darmen zijn glanzend. De milt weegt 100 gr. Beide nieren samen wegen 220 gr. De kneuzing van de rechter- en de linkerpols wijzen op snokkige bewegingen in vastgebonden toestand. Het linkerbeen ligt op een mand met kweeperen. De rechterhand ligt op een met bloed doordrenkte dweil, de linkerhand ligt in een bord van een speciale vorm, dienstig voor langharige honden.

'Omer, ge ziet wat er gebeurt als ge niet oplet,' zei Meerke streng.
'Laat Omer gerust,' zei Tante Violet.
'God hebbe hare ziel,' zei Tante Berenice.
'D'r is geen God en Maria is zijn moeder,' riep Omer.
'Omer, ge gaat weer over de schreef,' zei Meerke.
'Zeg zulke dingen niet, broer,' zei Tante Berenice stilletjes.
'Waar gaat ge naartoe, Louis?'
'Naar boven, Mama.'
'Is dat nu nog niet gedaan met uw verhaal? Wanneer mogen we 't lezen?'
'Ik moet nog tien pagina's.'
'Nog een dag of twee drie?'
'Ik moet het nog in het net overschrijven,' zei Louis nurks.


Louis zette zijn fiets tegen een muur van het schuurtje, maakte de mand met de pan van de stoverij los. Jules las in Snoeck's Almanak van het Jaar Tweeëntwintig en vroeg als altijd: 'Welke weg hebt ge genomen?'
'Eerst naar het huis van Dokter Vandenabeele, dan het zijweggetje in langs de zuster van Liekens, dan de baan naar Klasteren, en nu door de kleine bosschage langs het kapelletje.'
'Ge liegt weer. Juist lijk hij.'
'Ik heb niemand, niemand gezien, Jules.' Hij had, heel vluchtig, een van de juniores gezien bij de kapel, maar die kon aan het stropen zijn geweest.
'Zeg aan uw moeder dat zij uw vader weghaalt,' zei Jules, ook voor de zoveelste maal.
'Ik zal het overbrengen.'
'Ik ben een beetje zot maar niet helegans. Ik dacht dat het een mens met educatie was, maar ik heb mij lelijk verkeken. Ik luister naar een preek in de radio. Hij zegt: "Jules, zet dat af!" Ik zeg: "Staf, alleen de godsdienst kan ons redden."

"Vertelt dat aan mijn rechters," zegt hij!'

Papa schrokte de stoverij op, te ongeduldig om haar op te warmen.

'Teveel niertjes.'

'Mama dacht dat ge dat gaarne had, veel niertjes.'

'Wat weet zij van wat ik gaarne heb?' Zijn rechteroog was lager komen te liggen dan het linker. Een derde éénoog kan ik niet gebruiken.

Papa wreef zijn mouw over zijn mond en gaf zijn opdrachten. Aan Mama zeggen dat hij het hier niet meer uithield. 'Maar presenteer het lijk of dat het echt is. Een beetje theater!'

Dan Mama laten polsen bij de krijgsauditeur hoe het eigenlijk zat met het huisarrest, of dat niet zo stilletjes aan in de doofpot kon. 'Zij gaat toch dikwijls naar de auditeur? Zij gaat toch twee drie keer in de week naar zijn bureau? Die auditeur zou toch alles voor haar doen? Zij is toch goede maatjes met die auditeur? Zij gaan toch samen uit? Ge moet geen partij voor haar trekken. Zij is gezien met hem in een patisserie in de Maricolenstraat!'

Dan moest hij *Pallieter* van Felix Timmermans, *Door het wilde Kurdistan* en *Door het land van de Shkipetaren* van Karl May in de bibliotheek gaan halen.

'Ik mag niet naar de bibliotheek van Tante Violet.'

'Wat hebt ge thuis nog liggen?'

'*Jetje Gibert en Henriette Jacobi*, het is magnifiek, ge gaat schreien.'

'Alstublieft, Louis, alstublieft.'

Dan moest hij, als hij volgende week naar Walle ging, aan Bomama vragen om een halve kilo ingelegde haring en een foto, kwarto-formaat, van Peter. Ook naar het graf van Peter gaan en daar het onkruid wieden, 'want ik ben zeker dat het daar een wildernis is.'

'Het stinkt hier.'

'Ik heb nochtans het venster opengezet vanmorgen.'

'Ge wast u niet, Papa.'

'Alle dagen. Bijkans alle dagen. Vraag het aan Jules.

Wat doet Mama?'
'Zij wacht.'
'Tot ik weer thuis ben?'
'Natuurlijk.'
'Maar wat doet ze zo hele dagen? Breien, naaien? Nee, haar handen staan averechts. Babbelen natuurlijk. Over haar vent. Koffie drinken, taartjes eten en met haar vent de zot houden achter zijn rug. Gaat ze veel uit 's avonds?'
'Nooit.'
'Ja maar gij gaat vroeg naar uw bed, gij kunt niet weten wat ze 's nachts uitsteekt. 't Schijnt dat Geite, de koster, nu regelmatig naar Villa Zonnewende komt op zijn velo om één uur 's nachts? En dat de radio dan nog speelt?'

Hij krabde met een inktzwarte vingertop een rafeltje vlees van de bodem van de pan. Zoog er op met een zonderlinge verrukking. 'Maar ik mag niet klagen. Zeker niet. Mijn hele week is goed nu dat ik weet dat Churchill uit het gouvernement gewipt is. Wat zei hij? Dat de Engelse socialisten Gestapo's waren! Hij heeft het aan zijn muizekloten, mijnheer Wee-Cee van *Malbroek s'en va-t-en guerre*! Die Engelsen zijn lang zo dwaas niet als zij d'r uit zien met hun bolhoeden!'


Tante Berenice, de Welwillende, sloeg terwijl haar moeder sprak haar ogen neer, zoals zij geleerd had op het pensionaat of in haar huis bij Nonkel-Adieu-Firmin, bij de Mormonen, Bogomuls, wat was het ook weer? Tante had er nooit meer over gesproken, over haar sekte. Alleen over God. Zij had rode handen van het asperge-raspen.

Mama kneedde broodkruim tot balletjes, met schuine kerfjes van haar vingernagels ontstond elke keer een rond Chineesje met een kleiner kerfje als pruilmondje, dat Mama elke keer plette tegen het tafelzeil met een patroon van Cordobaans leer. In Brugge, in de glorietijd van de Vlaamse gilden en ambachten: vierhonderd bewerkers van Cordobaans leer. Of driehonderd?

'Het is voor uw eigen goed, Berenice. Het zou beter zijn voor ons allemaal dat ge weggaat. Zeg maar niets, dan zegt ge geen kwaad,' zei Meerke.

'Houdt gij dan ook uw mond,' zei Louis.

'O, gij, gij zijt ook in het komplot.'

'Komplot,' zei Tante Berenice.

'Geef het de naam die ge wilt.'

'Ik heb alleen maar mijn plicht gedaan,' zei Tante Berenice voor zich uit, in haar ogen klonk het als rebels gegil, zij schrok van haar hoogmoed en zij ging naast Mama zitten, at een bijna plat chineesje op.

'Een werk van barmhartigheid,' zei Mama.

'De zieken verzorgen,' zei Louis.

'Omer is er niet van verbeterd. Integendeel. En wij gaan dat potje gedekt houden.'

'Wat kunt ge er tegen hebben dat zij haar broer verzorgt?'

'Verzorgen? Constance, toch!'

'Wat kunt ge er tegen hebben dat zij een paar uurtjes met haar broer babbelt?'

'Zij zeggen een paar uurtjes nietsmendalle, zij zitten in elkaars ogen te kijken.'

'We babbelen wél,' zei Tante Berenice met de glimlach van een verdoemde.

'Waarover?'

'Over van alles.'

'Over God en zijn Bulgaarse heiligen zeker?'

'Dat is lelijk, moeder.'

'Berenice, ge liegt dat ge zwart ziet.'

'Of ik lees hem voor uit de gazet. Ik zoek eerst de stukjes uit.'

'En ge hebt zeker nooit op zijn schoot gezeten?'

Mama zag haar zuster rood worden, krimpen, in haar bijna vlekkeloos wit schort, en toonde geen medelijden.

'Hij is ongelukkig,' zei Tante Berenice.

'Omdat gij zijn hoofd op hol brengt.'

'Zijn hoofd was hol als hij hier aangekomen is,' zei Mama.

'*Op* hol, Mama. Als een paard. *Op* hol.'

'Louis, wilt ge uitscheiden met mij altijd te verbeteren! Het is niet omdat ge boeken leest dat... O, ge hangt mijn keel uit!'

Tante Berenice raspte de asperges, niet te veel maar zeker niet te weinig. Het was de laatste tijd van de asperges, zij waren al wat bitter. Na het koken, even in vers water zetten.

'Als ge denkt dat het beter is dat ik wegga, Moeder, moet ge't maar zeggen.'

Meerke antwoordde niet. 'Wat denkt gij, Constance?'

'Dat Moeder een slag van de molen gehad heeft,' zei Mama beslist. Louis stak een lucifer aan voor haar sigaret.

'Ik wil geen miserie,' zei Tante Berenice. Zij begon de asperges op te binden. 'Ik ga mijn koffer pakken.'

'Maar néé!' riep Mama. 'Trek u niet aan wat ze zegt.'

'Moeder heeft gelijk,' zei de Deemoedige. 'Ik besef het, dat ik hier tweedracht zaai.'

'O, Berenice, wilt ge uitscheiden met die heiligenboekenwoorden.'

Zij bleef opbinden. Mama keek naar de kalme vingers en zei: 'Wees voor een keer een mens als een ander en verwéér u!'

Tante Berenice wendde zich van haar zuster af. Uit haar staalgrijsblauwe ogen, die van Mama, sprongen tranen als bij een kleintje, ineens, doorzichtige pareltjes die over haar wangen rolden. 'Hij is zo ongelukkig.'

Nonkel Omer merkte haar verdwijning pas uren later. Hij loeide, schopte de kalkoen. Hij trok een veldje bloemkolen uit en stampte er op met beide voeten. De hele lange nacht riep hij naar haar, tot Mama er heen ging.


In Walle sneeuwde het. De vlokken waren zo dicht als in Wenen die dag achter Mozart's kist.

Het regende in Walle maanden naeen, waardoor hongersnood ontstond en besmettelijke ziekten heersten. Het graan rotte op de akker. Onschuldige kinderen werden met de dorsvlegel doodgeslagen omdat ze te langdurig hoestten.

Het was een raadselachtige overhete zomer in Walle, de bommenwerpers daalden, het was zo heet dat de mensen niet in de schuilkelders wilden. Velgen, balken, een halve locomotief lagen in de brandende patisserie. In de Leie lagen platte boten waar soldaten mensen induwden met geweerkolven. Toen schoten zij gaten in de boten. Op de oever bond men een priester die de eed van haat jegens het koningschap weigerde af te leggen voor een kanon. Schroot en flarden van de priester regenden over het water.

De zon scheen zwakjes in Walle toen Louis langs de Onze Lieve Vrouwekerk kwam. Een mild licht lag over de Grote Markt. Uit de kerk waggelde een Frans republikeins officier met zijn armen vol gouden bekers en schalen, de Heilige vaten met de gewijde Hostiën. De baas van het café 'Patria' die dit zag gebeuren, rende naar de bezetter en stortte zich tierend op hem. Vóór de Fransman zijn sabel kon trekken was de Vlaming al weggerend in de richting van Het Hooghe, toegejuicht door alle Wallenaren die toen een optocht hielden: 'Wij willen de grondwet!' Dit was de Drieëntwintigste Pluviose, het derde jaar van de Republiek. Op de Grote Markt stond, tegenover het stadhuis, waar men vroeger de guillotine oprichtte, op een camion, met zijn handen in de lucht, Vuile Sef.

Op een podium bij het Belfort danste een halfnaakt wezen met zwabberende borsten dat op Michèle leek en de Godin der Rede voorstelde. 'Franse ratten, rolt uw matten!' schreeuwde het volk.

Louis vertoefde bij het groot portaal van de Sint-Maartenskerk en las, zoals meestal toen hij tijdens de oorlog naar het College liep, de inscriptie in de blauwe steen die daar in de muur gemetseld zat. 'H. L. B. Joos Mattelaer. Vertoeft wat, die hier voorbij gaat, bidt voor de ziel van Al-met-Raet, dees letters keert, 't is Mattelaer. Kent gij hem niet? Ghe raedt er naar.'

Bomama had geen ingelegde haring klaar. Zij wou ook

niet mee naar Peter's graf. ''t Zou teveel aan mijn hart gaan.' Zij wees naar het medaillon op haar borst waar op rood fluweel een witte haarkrul van Peter zat, als een ijl vleeshaakje. 'Ik ben er verleden week nog geweest met drie rozen voor de zevenendertig jaar geluk die ik met hem gekend heb, er bestond geen bravere mens op aarde.'

'Maar Bomama, toen hij nog leefde...'

'Uw grootvader had minder goede kanten lijk iedereen, het voornaamste is dat hij voor zijn huishouden gezorgd heeft tot op het laatst.'

''t Voornaamste is dat hij in de put geraakt is,' zei Tante Hélène. 'Met het deksel er goed op.' Zij was dik, geperst in een mantelpak, een mevrouw van Walle die elke namiddag *éclairs* en *boules de Berlins* at in de patisserie Merecy.

'Ik ga een plaatje kopen van Sidney Bechet,' zei Louis. 'Gaat ge mee uitzoeken?'

'Nee, Louis,' zei zij mat.

'Hoort ge Sidney Bechet niet gaarne?'

''t Is mij al gelijk,' zei zij. 'Moet ik nog iets meebrengen, Moeder?'

'Maar Hélène, ik heb u het briefje gegeven!'

'Ik denk dat ze in verwachting is,' zei Bomama nadat ze door het kelderraam gekeken had. 'Zij heeft het ook niet getroffen met die afgelikte boterham van een Erik. Wat is dat toch met mijn dochters? Maar voor Hélène vind ik het triestig, dat kind verdient beter. Wat ze in die Erik ziet, ik kan het niet peinzen, maar misschien dat *les extrèmes se touchent*. Enfin, verleden week was ik geïnviteerd bij haar, ik zeg in mijn eigen: "het gaat toch niet waar zijn?" maar het was waar, het was weer ossetong met witte saus en champignons. Als 't geen ossetong is, is het kieken met witte saus. En bij het dessert, het was weer vanillecrème.'

'Vanille, dat is *aphrodisiaque*,' zei Louis. (Marnix de Puydt wou niets anders eten, de weken na de dood van Aristoteles. Omdat het het laatste was dat zijn kind gegeten had.)

'Daar heb ik nog nooit iets van gevoeld,' schreeuwde Bomama. Zij kreeg een hoestbui van het lachen, haar hangwangen schudden. Louis klopte zachtjes op haar rug. Zij ging achterover zitten, zijn hand zat gekneld tegen de stoel, in paniek rukte hij zijn hand weg. 'Al die jaren,' riep zij, 'al die vanillecrème gegeten en nooit iets van gevoeld! Jongen, schenk me eens een glaasje Grand Marnier in, 't zal wel slecht vallen maar het kan mij niet schelen.'

Zij legden samen een manille. 'Manille en vanille,' giechelde Bomama. Zij won de hele tijd en eiste, triomfantelijk gillend, onmiddellijke betaling. Louis zette koffie voor haar. Boven haar zetel hing Peter in kwarto-formaat, in een gouden gekrulde lijst. Ik ben onder u. Bomama volgde Louis' blik.

'Een heilige,' zei zij. 'Peinst ge soms op hem? Hoe dat hij kon redeneren in zijn schoon-Vlaams? In zijn goeie tijd ging hij twee keer te communie per dag. Om half zes in de mis van de onderpastoor en om negen uur, in de hoogmis. Hélène zegt dat het was om aan de mensen van Walle te laten zien hoe godvruchtig hij was. Ik zeg: "Kind, het is de intentie die telt."'

De koffie smaakte haar niet. O, natuurlijk, hij had er geen snuifje zout in gedaan.

'Gij gaat nog veel moeten leren, mijn kleine Louis.'

Zij at vijftien amandelkoekjes.

'Nora en Leon spreken niet meer tegen elkaar. Zij spelen stomme ambacht. Nora is er ongemakkelijk van, ze moet aanspraak hebben. 't Is de schuld van Vervaecke, de facteur, ge kent hem toch nog?, hij schreit nog elke dag omdat hij zijn examen in het Groot Seminarie van Roeselare niet gehaald heeft en volgens uw Peter is hij expres getrouwd met de zuster van de vrouw waar hij verliefd op was omdat hij niet wilde toegeven, zei uw Peter, aan zijn vleselijke lusten, en die zuster was lelijk als de neten en ziek, zij spuwde gal zo groen als die komkommer daar. Enfin, ik zeg *was*, ze leeft nog. Als ge dat leven kunt noemen.'

'Het was de schuld van Vervaecke?' zei Louis.

'Ja. Die dwazekloot van Vervaecke komt binnen terwijl dat Nora boodschappen aan 't doen was in de Sarma. En hij haalt uit zijn facteurssacoche een spaarbankboekje. "Tiens," zegt Leon, wat is dat?—"Ah, dat is uw vrouw haar spaarbankboekje," zegt die potuil. Zo is Leon te weten gekomen dat zijn vrouw achter zijn rug voor haar eigen spaarde. Wat verboden is bij de wet, alleen het familiehoofd mag sparen.'

'Zij spaarde misschien voor zijn begraving, voor als er hem iets zou overkomen.'

'Onze Nora!' brulde Bomama, en bedaarde meteen, een zomerwolk die voorbijtrok. 'Nee, 't was voor een nieuwe schouw, vierduizend frank, met leisteen, antiek Vlaams. Zij heeft dat bij een advocaat gezien. "Het is nu al twintig jaar dat ik naar mijn schouw kijk," zegt ze, "dat is te lang." Ze wil ook een nieuwe luster met van die gedraaide bruine armen, genre karrewiel, ook op zijn middeleeuws. "Op een luster," zegt ze, "kunt ge hoogstens vijf zes jaar kijken."'

'En om dat spaarbankboekje spreken ze niet meer tegen elkaar.'

'Maar nee, Louis, dat is nog maar het hors d'oeuvre van de historie.

Ge weet dat Leon van die schone landschappen en stillevens kan plakken met velletjes hout in alle kleuren en soorten. Hij heeft dat in Duitsland geleerd. Eerst was 't aquarellen, nu is het in het hout. De lucht bijvoorbeeld in kersehout, de Leie in gevlamde teak. Magnifiek. Nu is er een madame in de straat, ik ga haar madame X noemen want ge zijt een babbelmuil, en ze bestelt aan Leon een tableau in 't hout geplakt en zij geeft hem een foto die hij moet naplakken, een zicht op de Saint Bernardtorens, met een hoekje van de Papestraat omdat haar ouders daar een magazijn in kinderkleedjes gehad hebben. Leon die een centje wil bijverdienen maakt dat, en het is een meesterwerk, meneer de Deken wil er zelfs zo een voor zijn salon. Bon. Die madame X, een schoon vrouwmens overigens, zegt: "Leon, zoudt ge dat meesterwerk woensdagavond willen brengen rond negen uur, mijn man voor wie zijn verjaardag dat het een surprise is, is dan naar de kaarting. Ik ga de deur tegenaan zetten, want ik ben misschien in mijn hof."'

'Om negen uur 's avonds in de hof, Bomama?'

'Wacht. Ge gaat gaan horen.'

'En die madame vraagt: "Breng dat meesterwerk?" Maar ze had het nog niet gezien!'

'Jamaar, is 't gij die vertelt of is 't ik? Ge gaat gaan horen. Leon komt toe, hij vindt de deur tegenaan, hij gaat binnen, 't licht is aan in de gang. Hij roept: "Is er iemand?" "O, Leon," zegt ze van boven op de gang, "ga maar in het salon en zet u. D'r is Cognac en Cointreau."

In het salon kijkt Leon waar dat zijn tableau het best zou kunnen hangen. En ze komt binnen, in hare peignoir. "Martha," zegt Leon, "ik ben hier met mijn kunstwerk." "O, zet het daar maar op de stoel," zegt ze. Hij zet het op de stoel en ze trekt haar peignoir open en daaronder, Louis, is ze poedelnaakt en zij gaat op de divan liggen.

"Jamaar jamaarja," zegt Leon, "ik ben hier met mijn tableau en voor zoiets heb ik geen tijd!" "Hoezo, geen tijd?" zegt ze. "Nee, Martha," zegt Leon, "ik ga het u vlakaf zeggen, ik hou mij liever niet bezig met iemand uit de gebuurte, daar komt alleen maar trammelant van."—"O," zegt ze, "Leon, als ik ergens anders zou wonen, in de Sint Ignatiusdreef, zou het dan wel kunnen?" "Ik zou er kunnen over peinzen," zegt Leon, en zij, die madame X dus, begint te schreien, maar te schreien en te snikken: "Leon, Leon, Leon!"'

Bomama stootte met verkrampt gezicht een onmetelijke pauweschreeuw uit, de lome straat buiten werd wakker.

'"Leon, Leon, Leon. Mijn man is in geen zes weken aan mij gekomen en hij slaapt alleen, omdat hij voor zijn examen als werkbouwingenieur staat, en uw vrouw, mijne beste kameraad Nora, zei mij dat ge de grootste hoerenjager van de wijk waart, Leon, Leon, Leon, ik wist niet beter, ik dacht in mijn eigen, 'Als dat zo is, dan kan ik niemand beter vragen dan Leon.'"'

Zij zuchtte diep, zijn logge grootmoeder, met jongemeisjesogen glanzend van de krolse waarheid, haar lippen tussen het web van kloven bij de mondhoeken opgetrokken, grijnzend om de rare sprongen en dansen van het menselijk ras. Ook een soort zang tegen de dood. Een andere zang dan Vlieghe met zijn bebloede banjo in zijn armen.

'Ik weet wie madame X is, Bomama.'

'Gij?'

'Martha Kerskens, die vroeger bij ons aan de overkant woonde en die verhuisd is naar de Zwevegemse wijk.'

'Hoe haalt ge dat in uw hoofd?'

'Ge hebt zelf gezegd: Martha.'

'Martha. Dat heb ik niet uitgesproken.'

'En haar man studeerde in onze tijd al voor ingenieur.'

'Het is helemaal iemand anders,' zei Bomama. 'Tenzij dat ge 't gehoord hebt van Mona.'

'Ik heb Tante Mona in geen tijden gezien.'

'Het is maar best ook. Ze zit met een hele pak aandelen van haar vader. Maar ze wil ze niet laten zien! "Ik moet zijn laatste testament uitvoeren," zegt ze. "Ik wil die aandelen direct bovenhalen en officieel verdelen onder u en mijn broers en mijn zusters, direct, maar wat gaat er dan nog overschieten, met de procenten van de notaris, met de erfenisrechten aan de Staat en *çi* en *là* en de onkosten? Dus houd ik ze liever in mijn coffre-fort." 'k Zeg: "Ge kunt ze zo blijven houden, Mona, en alle maanden rente gaan halen naar de bank." "Zes maanden," zegt ze, "dan kan er geen bezwaar meer aangetekend worden door personen die menen dat ze ook recht hebben op een stukje van de taart."

Waarmee ze natuurlijk Antoinette Passchiers bedoelde. Maar dat betekent dat ik hier minstens nog zes maanden Mona moet ontvangen onder mijn dak.'

Tante Hélène kwam terug met twee uitpuilende tassen. Louis hielp haar de groenten schoonmaken en snijden, de rapen, de wortels, de selderij, het wit van prei, de groene kool. Bomama schilde de aardappelen. Er was rundvlees, kalfsnek, schaapsschouder, spiering, staart van een varken

en mager gezouten spek. 'Geen hutsepot lijk dat uw moeder maakt, Louis, die slappe kost uit haar streek. Dat noem ik geen hutsepot, dat noem ik soep of *pot-au-feu*. In een serieuze hutsepot moet de fourchette blijven rechtstaan. Ge had beter morgen kunnen komen, Louis, dan is hij veel beter. Zoals wij, als we een nachtje kunnen slapen over onze miserie.'
Louis zei dat hij weg moest, naar het kerkhof.
'Dat graf zal niet weglopen,' zei Bomama grinnikend. 'En die gast die er onder ligt ook niet.'
Meteen kwam er een waas van intense rouw over haar.
'Ik maak hier nu zo'n grote hutsepot en voor wie? Morgen gaat Hélène er een beetje brengen naar Nora, 't is al. Zelf is zij er niet voor, naar Mona wil ik er geen laten brengen of er moet rattekruid in zijn, Robert eet geen vlees meer en Monique in haar pretentie vindt hutsepot iets voor 't gemeen volk. En gij loopt ook weg, Louis. Ik ga maar peinzen dat onze Florent tegenover mij zit vanavond aan tafel. Die daar in Engelse grond ligt. Ik kijk alle dagen als ik uit mijn bed kom naar zijn doodsbeeldeke. "Christen ziel, kom tot Jezus in zijn allerheiligste sacrament, hij is uw slachtofferande."
En iedere keer dat er iets aanbrandt in de keuken, peins ik ook aan hem, aan onze Florent.'


Louis stapte uit in het Brusselse Zuidstation, in de doordringende geur van chocolade. In de eerste taxi van de rij, het kleinste wagentje, las de chauffeur in *Le Soir* maar toen hij boerke-van-den-buiten-Louis zag sprak hij Brussels Vlaams en deed hem voorin zitten. Versterving stemt de goden gunstig, daarom zat Louis in het nauw, knieën opgetrokken, elleboog tegen de deur. '*Born looser*,' zei Djeedie. '*No*, Djeedie.' Djeedie, nu ook verdwenen in het labyrint van Europa. Of al terug naar Amerika. Was getrouwd of zou trouwen met een vrouwelijke psychiater, zei Gene. Zou mij *Harmonium* geven. De herinnering aan de *blackbird* vervaagde al. Blackbird, sta me bij.

De chauffeur mompelde onafgebroken, '...o nee, geen voorrang, nee, mijnheer de autobus, nee, ik had de Agneessensstraat moeten nemen, madame wil vóór, uit de weg, stomme spleet, de Arenberg en dan la Rue Saint Jacques, Rue Jacqmain, voilà, 't is nog rap gegaan.'

In het immens gebouw waren alle lichten aan om vier uur, op een zonnige dag. Achter het glazen schot zei een klerk dat hij voor advertenties aan het loket ernaast moest zijn, maar dat het loket gesloten was. 'Voor een wedstrijd? Welke wedstrijd?'

'Van het beste verhaal over de oorlog of iets dat onrechtstreeks met de oorlog te maken heeft, de datum dat het binnen moest zijn is overmorgen, ik...'

'André, weet gij iets van een wedstrijd?'

'Miss Anderlecht?'

'Van een verhaal over de oorlog.'

'Of een novelle,' zei Louis.

'Een verhaal?' André telefoneerde, uitgezakt achter zijn bureau, knikte zes zeven keer terwijl hij Louis monsterde. 'Op het eerste verdiep.'

'Dacht ik ook,' zei de klerk.

Met bonzend hart wachtte Louis in een bedompt kamertje tegenover de woudgroen geverfde gipsen buste van een Vlaamse Kop met baard en lavallière. Een man met vlinderstrik zei dat hij de secretaris van de jury was, wat kon hij voor Louis doen? 'Ik kom mijn verhaal inleveren.' (Mijn tekst, geniet, genummerd, mijn levenswerk, hartebloed, mijn weeskind. Mama heeft veel geld betaald aan een exhopman van de Zwarte Brigade om het te laten tikken in drie exemplaren. 'Wat vindt ge ervan?'—'Als ik tik lees ik niet.'—'Nee, maar uw algemene indruk?'—'Het is mijn genre niet.')

*Het verdriet, door Louis Seynaeve*, las de man in een basstem alsof hij een luisterspel aankondigde in de radio. 'Maar jongen, hoe haalt gij het in uw hoofd? Dat is absoluut niet volgens het reglement.'

'De datum...' (Mama heeft het reepje, het dagbladknipsel

met het reglement, weggegooid. Maar ik herinner mij de datum. En het adres van *Het Laatste Nieuws*. En dat er drie getikte exemplaren moesten zijn.)

'Maar uw naam staat er op! Dat mag niet!'

'Dat is mijn naam niet,' zei Louis. 'Het is de naam van mijn broer.'

'Kan uw broer dan het reglement niet lezen? Elke inzending moet per post verstuurd worden. De stempel van de post dient als bewijs voor de datum. *Wij* hebben dat reglement niet uitgevonden. En gij brengt dat hier binnen met de naam van de auteur er op, van uw broer, terwijl het met een motto moet geschieden. Wij mogen de auteur niet kennen, anders zijn we toch bevooroordeeld. Ik heb dit nog nooit meegemaakt.'

Louis' hart tampte, stampte in de holte van zijn karkas. Ik krijg een *crise*.

'De auteur,' zei hij, 'kon het reglement niet lezen omdat hij dood is.'

De secretaris wees naar een oudleren stoel met koperen knoppen. Hij ging zelf ook zitten. 'Dat schept een probleem.'

'Mijn broer is gestorven in een concentratiekamp,' zei Louis. 'Hij was een intellectueel die in het ondergrondse heeft gewerkt, zonder ooit de vruchten van zijn clandestiene arbeid te hebben gesmaakt.'

'Gaat deze inzending over zijn belevenissen?'

'Zijn eigen belevenissen, ja, natuurlijk.'

'Daar zou *Het Laatste Nieuws* zeker in geïnteresseerd zijn.'

'Het gaat niet direct over het concentratiekamp. Het is een beetje...'

'Welk concentratiekamp?'

'...gesymboliseerd. Eh, Neuengamme.' (Hiervoor zal ik gestraft worden. Tot bloedens toe. Algemene kanker. Te beginnen met de darmen. Dan zaait het uit.)

'Het is een goed onderwerp. Het Belgische volk moet de feiten leren. Van de bron zelf.'

'Hij heeft mij de tekst gegeven voor hij weggevoerd

werd. In een beestentrein. "Zorg er goed voor, Louis," zei hij.'

'Ik dacht dat hij Louis heette.'

'Hij vroeg me of ik zijn naam wou overnemen. Om na zijn dood zijn levenswerk te redden, verder te zetten. Ik heet Maurice.'

'Daar moet een mouwtje aan gepast kunnen worden. Als secretaris van de jury kan ik uiteraard geen stem uitbrengen. Ik kàn dus in een zekere zin niet bevooroordeeld zijn geweest. Ik geloof dat ik het op mijn verantwoordelijkheid kan nemen om te zeggen dat het manuscript met de post is binnengekomen.'

Hij woog de envelop in zijn handpalm. 'Ongeveer twintig frank. Doe de envelop zo meteen op de bus hier om de hoek, dan komt het hier morgen reglementair toe. Geen haan die er naar kraait. Ik zou de postzegels met plezier uit mijn eigen zak betalen. Een verzetsstrijder moet evenzeer, zoniet meer, zijn kans krijgen, maar ik moet toch ook de huishoudkas in de gaten houden op het einde van de maand. Ik heb drie dochters, dat loopt in de papieren.'

'Dank u, mijnheer.'

'Er staan afschuwelijke dingen in zeker?'

'Het is meer over zijn jeugd.'

'*Het verdriet*, het is een goeie titel. Aan de andere kant... Mankeert er iets aan. Het is... het is... zo kaal. Iedereen heeft verdriet. Waarom noemt ge het niet *Verdriet om het Vaderland*. Ik verzorg dikwijls de titels van ons huisorgaan hier en...'

'Ik weet niet of mijn broer dat goed zou vinden.'

'Of gewoon, simpelweg *Het verdriet van België*. Twee doffe *e*'s en twee *ie*'s. In het Engels: *The sorrow of Belgium*. Als ge de prijs wint met die titel kunt ge altijd eens op mij peinzen, een kleine procent.' Het was een grap. Het was geen grap.

'Ik dacht het geld aan Louis' moeder te geven,' zei Louis. 'Zij spaart voor een gedenksteen.'

'O, ja!' riep de secretaris. 'Verdorie! Het motto. Denk aan het motto. Precies herhaald in de brief met uw curriculum.'

'Levet Scone,' zei Louis.

'Uitgesloten. Dat is veel te flamingantisch. Het is werkelijk het moment niet voor iets middeleeuws. Gersaint van Koekelare, onze voorzitter, zou het niet eens willen inkijken. Niet dat hij de andere manuscripten inkijkt. Maar iets dat in de verste verte naar flaminganterie riekt, daar zou hij blindelings tegen stemmen. Niet dat hij anders zo goed ziet. Maar zijn stem kan in geval van een draw voor dubbel tellen.'

'Kol nidrei,' zei Louis. De klaagmuur van Jeruzalem kermde over zijn gehele lengte.

'Is dat Grieks?'

'Hebreeuws.'

'Natuurlijk, natuurlijk. Ik was een beetje op een dwaalspoor door de naam Seynaeve. Seynaeve, Sneyssens, het klinkt zo Vlaams. Natuurlijk. Het verklaart ook zijn werk in de weerstand. Gij, joden, waart in de eerste linies tegen de nazi's. Dat ik daar niet meteen aan gedacht heb. Excuseer mij.'

'Ziet ge dat dan niet?' vroeg Louis en toonde de man zijn geblutst Westvlaams profiel van Papa en Peter.

'Nu dat ge 't zegt. Ik bedoel, nu dat ge 't laat zien. Hoe heette dat motto ook weer? Kool nitree? Ik zal het onthouden bij de deliberaties van de jury.'

Louis spelde het, letter na letter en walgde van de jongen die jaren geleden in de klas vernederd werd door Daels, de leraar Nederlands die beweerde dat hij zijn opstel over de lente in de stad niet zelf geschreven had en nu een weerzinwekkende revanche nam. Maar hij gooide de envelop met motto en de bijbehorende brief met motto in de bus om de hoek.


Nonkel Omer stond wijdbeens tegen een appelboom en wreef zijn onderbuik tegen de stam. Alhoewel er niemand anders thuis was, rende Louis jachtig naar zijn oom toe.

'Niet doen, Nonkel!'

'Waarom niet?' (Waarom, waarom niet, de stompzinnigste van alle vragen.)

'Uw moeder gaat het zien.'

Het geschok hield op. Een holle stilte. Louis nam de lauwe, trillende hand en leidde Nonkel Omer naar het huis. Nonkel Omer deed een tweedekker na met geput-put-put en wiekende armen toen hij plots een jankend kreetje uitstootte, naar de garage holde en er de deur op slot deed. Nonkel Armand kwam langs de dahlia's gereden op zijn motorfiets. Hij deed zijn stofbril af die inkepingen achterliet in zijn gezicht. Hij legde zijn wijsvinger op zijn lippen, en ging op de toppen van zijn tenen naar de garage, keek met een zorgelijke nieuwsgierigheid door het vuile raampje. Louis, naast hem, zag hoe Nonkel Omer met hoofd en bovenlijf onder vier-vijf Engelse legerdekens was gekropen. Zijn naakte kuiten onder de opgetrokken broekspijpen waren weerloos, papierwit.

'Bezie dat,' fluisterde Nonkel Armand, 'bezie dat toch.' Hij sloeg de kalk van zijn schouders en liep naar de achterkeuken. Louis zei dat de vrouwen naar de naaister waren. 'Drie dikke boerinnen onder een paraplu,' zei Nonkel Armand. Hij zocht in de keukenkast, een zoon alleen in het moederlijk huis, vond speculaasjes, at er van, met lange, gelige tanden.

Een monotoon gejammer weerklonk uit de garage, het duurde langer dan gewoonlijk, misschien omdat Nonkel Omer bleef wachten op de vertrouwde begeleiding van Hector die opgegeten was, voor de helft door Papa.

'Wij zouden een vrouw voor Omer moeten vinden,' zei Nonkel Armand. 'Misschien een van de drie uit de 'Sirocco'. Maar ik heb geen geld. Ik zou hem achter op mijn moto naar de 'Sirocco' kunnen brengen, zo rond twee drie uur, als er niet veel te doen is. Het zou hem kalmeren.'

'Of het tegenovergestelde.'

'Ge hebt nog gelijk ook, Louis. En ik heb toch geen geld.'

Nonkel Armand bracht krakende geluiden voort. Op zijn

blote borst zat pakpapier. In de gevangenis had hij iets op zijn bronchiën gekregen.

'Het tegenovergestelde,' zei hij. 'Ge hebt gelijk. Hoe dat wij niet kunnen leren dat wij hem beter tussen de deur of in een melkfles zouden steken.'


Papa en Louis gooiden naar een kurk waarop éénfrankstukken lagen, met een schijfje lood. De munten spatten op, Papa liet de kreet van Tarzan horen. Mama riep vanuit het raam van haar kamer: 'Is 't gedaan, groot kind?'

'Het is tegen u,' zei Papa.

'Zeveraar,' zei Louis. Zij gingen in huis.

'Van als ik terug ben in Walle ga ik een voordrachtavond inrichten met niets dan Vlaamse gedichten over doden. Marnix de Puydt kan er pianomuziek bij spelen. Ter ere van mijn kameraad Serruys die gestorven is aan een soortement tyfus in het kamp "Flandria". Ik heb het vanmorgen gehoord.'

'Wie was dat, Serruys?'

'De man die Wanten speelde, een ingenieur. Apotheker Paelinck zou zijn repertoire als Dalle moeten bovenhalen en weer voor Dalle spelen. Gedichten van Guido Gezelle, Cyriel Verschaeve, Rodenbach en daartussen voor de vrolijke noot, lijk vroeger, de grollen van Wanten en Dalle.'

'Maar wie gaat er voor Wanten spelen?'

'Ik natuurlijk,' zei Papa. 'Ik ken dat repertoire van buiten. En ik leer rap.'

'Eten,' loeide Tante Violet.

'Als we nu eens samen naar Argentinië gingen. De Byttebiers hebben daar een houthandel. Als simpele magazijnier verdient ge daar meer dan uw brood. En 't leven is er goedkoop. Al dat vlees direct van de pampas.'

'En Mama dan?'

'Zij zou ook meekunnen,' zei Papa aarzelend. 'Als gij er op staat.'

Nonkel Robert eet geen vlees meer. Hij kan het niet meer zien of luchten. Hij mag ook niet teveel eieren of chocola eten vanwege zijn lever, het orgaan van de mens dat het moeilijkst te repareren is.

'Een sigaartje, Louis? Allee toe, ge hebt toch uw golfbroek aan, ge kunt gerust het schijt krijgen. Het zijn straffe sigaartjes, maar ge hoest er niet van.'

'Vlaanderen die Leu', een merk voor de zwarten.

'Uw Nonkel Robert,' zegt Tante Mona, 'weet geen weg met zijn geld. Minister Gutt heeft niet veel moeten halen bij Robert, hij heeft het voelen aankomen en al zijn geld in huizen en land gestoken. Onder verschillende namen natuurlijk. Maar 't schoonste, hij heeft in 't diepste geheim in zijn Louis Seize-slaapkamer een spiegel laten aanbrengen op het plafond, verstaat ge, Louis? om te zien hoe dat zij samen, ge verstaat me. Bon, de eerste avond gaan zij liggen, Robert en zijn uitgedroogde haring van een Monique, en het is maar dan dat zij gewaar werden dat zij alletwee eigenlijk feitelijk een bril dragen en dat ze dus binst dat ze bezig zijn met, ge verstaat me, dat ze, willen ze iets zien hun bril moeten ophouden. Ik heb in mijn broek gedaan!'

'Uw Tante Mona,' zegt Nonkel Robert, 'alhoewel zij Vader zijn laatste centen heeft afgedroogd, ik heb er toch compassie mee, met wat ze tegenkomt met haar Cecile. Hoe, weet ge dat niet? Cecile is in verwachting. Vijftien jaar en volgestoken door een *danseur* van zestien jaar. 't Jongste ouderpaar van België. Monique en ik, we hebben ons krom gelachen, want het is gebeurd na een vertoning van het Vlaams Ballet in de schouwburg, die jongen is van rond de kanten van Denderleeuw en hij heeft haar thuis gebracht, enfin thuis, zij zijn al likkend en smikkelend tot aan de Gendarmerie geraakt en daar is 't gebeurd, tegen de muur van de Gendarmerie, rechtopstaande. 'k Zeg, "Mona, ze konden geen beter plekske vinden want 't is juist tegenover de kraamkliniek." Wij lagen blauw, Monique en ik.'

'Ik ben maar voor één ding benauwd,' zegt Tante Mona, 'dat is dat dat kindje van die smalle enkels en halswervels krijgt lijk bij mij, ik heb daar heel mijn leven last van gehad. Maar voor de rest, laat Robert maar lachen.'

'Ach, 't is modern, Mona. De jonge gasten beginnen er vroeg aan de dag van vandaag.'

'Romeo en Juliette, hoe oud waren ze? Ook een jaar of vijftien.'

'Ik ga die twee jonge trouwers de kamer van Vader verhuren, en zo is iedereen content. En die niet content is moet maar naar de andere kant van de Leie kijken.'

'Dat komt dat we binnenkort ook gaan horen dat onze Louis aan verkering denkt, hé, Louis?'

'Onze Louis is niet voor vrouwen,' zei Mama, poeslief en bitter, haar lange vingers met de scharlaken gelakte nagels in haar dorre schoot waar ik ooit in deinde, vlotte, noodgedwongen.

'Ge waart juist geboren, Louis,' zei Tante Violet, 'ik kwam uw moeder opzoeken. Ik was zeeziek van de reis met de trein. Uw Mama had een inspuiting gehad en ze werd er juist van wakker, zij doet haar ogen open en ze ziet mij en ze zegt: "Maar Violet toch, wat hebt ge nu aangetrokken?" En ik had dat kleed expres gekocht om naar 't moederhuis te komen, het was charleston, een casaquin, wasecht, het paste bij mijn velours de chiffon. "Maar," roept ze, "Violet, ge hebt geen postuur om volants te dragen." En van die dag af heb ik nooit nooit geen volants meer gedragen.'

'Wij hebben Omer weer naar de Broeders van Liefde moeten brengen. Maar er was geen plaats. Hij zit nu in de abdij Saint Bernard. Het kon niet meer zijn. De gebuurte reclameerde over dat geschruwel om Berenice 's nachts. En hij zat hele dagen in zijn eigen te stekken met breinaalden. Hij mag in de hof van het klooster werken. Het is geen gewone abdij, de abdij Saint Bernard. De gewezen eerste minister van China zit daar ook. Ja, in een pij. Nee, niet als patiënt natuurlijk, een eerste minister. Hij is nog getrouwd geweest met een Belgische. Was dat geen gravin Kervijn de Roozebeke? Foe heette hij, of Toe, ik wil er van af zijn, en nu heet hij Petrus-Celestinus, en de novicen zien hem wreed gaarne omdat hij veel kan vertellen over Oosterse zaken. Zij hebben wel een heel andere schedel dan wij. Maar een charmante mens. Ja, ik heb hem gesproken in de spreekzaal terwijl Omer in het bad gestoken werd, want als er bezoek komt worden ze altijd eerst schoon gewassen. Wij hebben gesproken over kerkelijke zaken. Hij wist alles over het Vaticaan, Foe. Of Toe. Dat hebt ge met bekeerlingen, zij zijn veel fanatieker dan wij. We hebben nog gelachen ook. Want hij vertelde dat Paus Leo de Zoveelste altijd maar predikte tegen de zonde van het spel en zelf nachten lang schaak speelde. En Paus Pius, ik geloof Pius de Negende, was een fameuze biljarter.'


'En voor een frank of tien liet zij haar vriendschap zien.' Bekka in de kleiputten.

'Hebaba heba.' Helen Humes in de American Forces Network. Kanker in die stem.

Papa wil een nieuwe, helemaal opnieuwe drukkerij beginnen. In Leupegem. Mama wil niet. 'Ik ga mij niet in Leupegem gaan begraven, Staf.'—'Ge blijft liever in de Grote Metropool Bastegem?'—'Hier zijn mijn broers en zusters.' —'En uw moeder.'—'Wat is er van mijn moeder?'—'Een propere teef, dat is zij.'
  'Waarom?'
  'Daarom.'

Papa komt binnen, verbrand van de zon in Blankenberge. Hij wou ab-so-luut de zee zien. Het zee-tje. Onzijdig als Het Leeuw. Zij zeggen: de Duitsers, de Duitsers, ja maar het zijn de Duitsers die of-fi-cieel de rouw afgekondigd hebben voor de grote Taalkundige Vrielynck, waar dat de kinderen en de ouders en de grootouders van Walle met stenen naar smeten.

'Ik ben lelijk verbrand, Constance.'

'Doe er margarine op.'

'Ik heb krabbepootjes meegebracht, levend vers.'

'Ik ga ze vanavond niet meer koken. En laat mij gerust. Ik luister naar de radio.'

'Maar zij zijn al gekookt. Het is om koud te eten, met mayonaise.' (Mayonaise, die met een bijna onhoorbaar gesis schift als de damp vanuit haar vlot, vanuit haar vriendschap.)

(Met vinaigrette dan maar. Peterselie fijn snijden en bieslook. Waar is de schaar? In het oog van Vuile Sef. Zij beeft daar niet, de schaar van Solingen Staal.)

Papa slaat in de keuken met een hamer op de krabbepootjes op de keukentafel. De laatste fibrillen van hun vlees zullen ze afstaan, de krabben, hun laatste bindweefsel.

'Staf, is het uit?'

Want Mama hoort, o, de radio niet goed meer.

('Neem toch eens een andere post, Constance.'

'Ik kan niet, Violet, niet op dit uur.')

De Duitse vrouw in de radio hoort men nooit naar adem snakken, nooit hikken, nooit: ik en snik gingen naar de zee. 'Kreis Donaueschingen, Haas, Habermann, Hahlen, Heber, Heck, Oberleutnant Herbst, Heussler, Hieber, Hirsch...

'In einer Nacht im Monat Januar des Jahres Neunzehnhundertzweiundvierzig, ich wiederhole. Am Dritten September Neunzehnhundertvierzig...'

Papa legt in de keuken de krabbepootjes op een driemaal gevouwen handdoek en de handdoek op de keukenvloer en slaat zachter, te zacht voor de schalen, te luid voor háár die schreeuwt: 'Is het uit? Is het uit?'

Bij de M van Mahler, Maschler, Mattheus, komt zij binnen in haar eigen geur van zee. En zij gaat te keer over de geur van de krabben.

En over haar pasgedweilde vloer! En die schalen? Wat doen wij met die schalen? (Verbrijzelen, pletten zoals men dat met menselijke gebeenten doet na het overhaastig verbranden, waarna men het gruis als mest over de velden strooit rond de speelgoedfabrieken.)

'Proeven, Constance? Zij zijn levend vers!'

'Nee, bedankt.'

Papa eet te snel van het krabvlees, te Seynaeve-gejaagd, steeds een zeis ontwijkend. En te veel, monden vol, zonder pauze slikkend en malend, en de Duitse vrouw in de radio neemt ook geen pauze, alleen Mama is een niet te overziene, lange pauze. En Papa, bol en vol krabvlees, staat boerend en puffend in de veranda.

'Een simpel huizeke. 't Mag desnoods met een strodak zijn,' zegt hij. 'In een gemeente als Leupegem vindt ge dat nog. En het zelf wat opschilderen. 's Avonds bij de Mechelse stoof, met een leerzaam boek of luisteren naar de merels.'

Tante Violet schakelt over naar American Forces Network. Het mag. Het alfabet van de slachtofferanden verschuift naar morgen, zelfde uur.

Geen woord over de wormen in Madame Laura in die kweepeerkelder. Toch moeten ze hoorbaar zijn geweest. Eitjes, larven. Als het warm is in de kweepeerkelder zijn zij in één dag uitgebroed. De eieren worden meestal overdag gelegd, in het zonlicht. De wormen eten zich gek, haastiger dan generaties Seynaeve.

De secretaris van de jury zegt: 'Een laag, uiterst laag maneuver. Wij hebben er geen woorden voor. Er zijn terreinen die men niet, nooit.

In één woord, de jury en ikzelf, vonden uw procédé minderwaardig. Maar goed, ge zijt nog jong en daarom...

Afgezien van de moraal, de spons erover.

Tenslotte gaat het om...

Jazeker, interessant genoeg om...

Maar te lang, veel en veel te lang, het is gedorie een...

Tegenwoordig noemt men dit roman, jazeker.
Toch te onoverzichtelijk voor onze gewone...
Te crû ook. Onze doorsnee lezer...
De heer Johan Vergijsen van *Mercurius* zal u... Ja, het tijdschrift *Mercurius*.'

Le jour de gloire est arrivé. Ik haalde de trein. Stiereminnaar Iwein-de-Koe riep met een hooivork zwaaiend 'Zwartzak' naar mij.

Geen juniors te zien aan het station. Junior*es*, zegt Morrens.

En dan, het *omen*. De treinwachter floot omineus. Hij gaf het sein aan de machinist om te vertrekken toen Vrouw-met-Tulband wou uitstappen, al aan het uitstappen was, en op het grint viel, op verbaasde dikke knieën overeindkwam door zich op te trekken aan de bretels van stationschef Bakels. Bakels omarmde. Sereen geworden Vrouw-met-Tulband sloeg. De treinwachter verloor zijn pet terwijl hij jammerde dat hij de reglementaire tijd had gewacht en dat was vijftig seconden.

Liet me scheren, voor het eerst in mijn vroegrijp vroegrot leven.

Mijn neus werd fiks vastgeklemd.

Djeedie: 'Als je voor de rest van je leven makkelijk wilt zijn en je nooit wilt hoeven te scheren, moet je je eerste baardharen verschroeien.' Grap of geen grap?

(Snerpende Dalle: 'Wat is het toppunt van vaderlandsliefde, Wanten?'

Looiige Wanten: 'Dat weete kik nie.'

Furie Dalle: 'Met een rode kont een gele stront schijten op een zwarte steen!')

('Wat is het toppunt van Vlaamse liefde?'

'Dat weete kik niet.'

'Sterven van de honger met een Frans brood onder de arm.')

Je kon het niet aan Djeedie merken of het een grap was.

Blauwe gangsterwangen. Grauwe wangen die keer dat Papa zijn excuus aanbood.

Ik moest, ingezeept, aldoor niezen maar bedwong het rebelse klierenlijf. Tot aan mijn neus zat ik, door Harry de Brokkenpiloot achter de linies gedropt, in de modder van de Leie. SS Panzer Leibstandarte kwamen langs. Niezen was dodelijk.

Dus niesde mijn lichaam niet.

'Sssschblief. Een beetje naar achteren. Merci, dank u wel. Sssschblief. Een beetje opzij.'

Gaf de coiffeur 250 procent fooi. Hij vond het gewoon.

Johan Vergijsen van *Mercurius* dronk port. 'Heeft u ooit mijn *Wachten op Gwendolyn* gelezen? Ingekeken?'
'Vroeger.'
'Zo. Vroeger? In de kleuterschool dan!'
'Nee. In het College.'
'*In* het College? In de bibliotheek van het College?'
'Ik bedoel: in de tijd dat ik naar het College ging.'
'Schreef u toen al, in die tijd?'
'Verzen.'
'Zo. Zozo. Een Vlaamse Rimbaud.'
'Handen af van Rimbaud!' Sommige eters van het etablissement 'Canterbury' met hun servetten onder de kin geknoopt, anderen met op hun buik een reuzenkreeft op hun kreeftenschort gedrukt, keken schielijk op, een man in rok met gouden ketting om de nek als een Feldpolizist richtte zich op, hij was gebelgd. Johan Vergijsen, ambassadeur van het cultureel tijdschrift *Mercurius*, wou onder tafel kruipen.

'Op de ambassade,' zei hij snel om een nieuwe krijgskreet te smoren, 'heb ik een blik met twee kilo kaviaar gekregen van Gromyko. Als voorzitter van de Pen-Club.' Om een nieuw geloei tegen te houden fluisterde hij: 'Ik hou niet van kaviaar, maar als gij wilt, mijn appartement is op tien minuten lopen. Nee, ik hou er niet van, het is als met champagne, nee, geef mij maar cider. Of met oesters, nee, geef mij maar mosselen.

Nu heeft de redactie van *Mercurius* besloten, nu ja, de redactie van *Mercurius* stelt vóór om uw werkstuk op te nemen. Maar vergeef ons ons wantrouwen. Leest ge Engels? Ja? Dat dacht ik al.

Nu denken sommigen onder ons... *Niet* ondergetekende. *Niet* onze voorzitter, want die heeft een razend fijne neus...

Want er verschijnt zovéél, beste, zovéél! En vooral, voor de troepen nietwaar? Die Signets, Zephyrs, Penguins, Coronets. Het zou makkelijk zijn om een passage, wat? om een héél boek te plunderen. De grootste erudiet onder ons zou zich laten vangen.

Maar ik heb ook een fijne neus voor die dingen. En nu ik u zie...'

Theo van Paemel's been is bijna *schampavie*. Een etterige beenmergontsteking. 'Het is simpel, Louis, in de mergholte en onder het beenvlies hoopt zich een hoop etter en het been, het bot gaat kapot, het gaat te gronde, het is simpel.

Ik kan niet meer gaan jagen. Niet naar beesten en niet naar mensen. Ik maak er geen probleem van. Komen en gaan. Ik heb nog een paar schone jaren. En 't zal mij ook deugd doen dat ik verander van sector. Zij hebben mij op Cultuur gezet. Ja, Louis, adviseur bij 't ministerie van Onderwijs, afdeling Cultuur. Ik ben altijd voor de schone kunsten geweest, ge kent mij. En cultuur, dat is een breed begrip.

Apropos, zeg aan uw vader dat hij niet meer in den duik naar de vergaderingen moet gaan van de Joost van den Vondel-Kring, er zitten daar meer mensen-van-ons in dan hij denkt. Het is het moment niet, nu dat Moskou aan het roeren is.'

Aan een bucolisch stationnetje gearriveerd. Wachtte.

Las de krant in de boemeltrein. Las: 'gasgevaar', 'gasfilters', 'de gasbalans'. Rook gas. Proefde gas.

De *geelster* is een bloem.

Wachtte tien minuten terwijl een meisje van een jaar of

zestien de volle tien minuten over een sloot sprong, links
naar rechts, rechts naar links, elke keer met haar twee voeten plat op de aarde. Toen kwam Claessens aangereden, in
een witte Mercedes van 1939, met zwartleren kussens.

'Claessens, Julien. Ik moet Arnold Parmentier vervangen,
hij doet u zijn hartelijkste groeten. Hij is de hartelijkste man
ter wereld maar als *Mercurius* zijn Dagen heeft, is Arnold
weg. Naar zijn zeilclub. Ik moet de honneurs waarnemen.
Ik heb uw bijdrage in drukproef gelezen. Veelbelovend.'

*Mercurius* en Omer Bossuyt hebben hun goede en slechte
dagen.

Diarree. Als een vijftigjarige beklim ik de stenen treden
naar het bordes en naar De Dagen van *Mercurius*. Het huis
van Parmentier, zegt Claessens terwijl ik billen samenknijp,
gekolk bedwing, werd in Vijftienhonderdentwee belegerd
door boeren. Maar Bina van Zanten, Wilma van Kanten,
heeft het beleg bedwongen, samengeknepen.

Olijke merrie, Mevrouw Parmentier, het paardegezicht
van wie dagelijks paardrijdt. Naast haar Johan Vergijsen.
La Parmentière hinnikt.

'Uiterst tevreden nieuw bloed in *Mercurius* te zien.' (Niet
*mijn* bloed, *poupoule!*)

Handjes drukken van Vlaamse Koppen. Darmenalarm,
ijzeren wil. Bij de apéritif-maison hulde aan Arnold Parmentier, die jaarlijks zijn huis, zijn museum, zijn landgoed
ter beschikking stelt voor De Dagen van *Mercurius*, Parmentier de maecenas, ook in oorlogstijd zonder vrees op de bres
van onze cultuur, helaas nu verhinderd om familiale redenen.

Allen op het terras voor de groepsfoto, ja, de jonge Seynaeve, de benjamin, vooraan. Gehurkt!

De fanfare Sint Meropius blaast. Drie meisjes als garnaalvissers verkleed zingen: 'Uit liefde kom ik dagelijks nu / Bij
uw deur dies hengelen / en zoek mijn hartje met het uw /
heel ineen te strengelen.'

Vind meteen in de gang het goede kamertje. Hemels. Lakei stond voor de deur te wachten, brengt mij naar mijn plek, aan de linkerhand van mevrouw Fernandel Parmentier.

Redevoering van iemand met witte knevel en witte bakkebaarden en mazelen, *Mercurius* zelf, stichter en voorzitter en auteur van *De Vallei der Ontwrichten*. Over de innerlijke weerstand van de Vlaamse intelligentsia, de opoffering van velen, de schande van enkelen. Maar de geest heeft, zoals altijd, overwonnen.

De totale overwinning roept het ongeluk op.

'Nee, Louis, geen wijn drinken bij asperges. Het bederft de...'

'Mevrouw.'

'Ja, cher auteur.'

'Zijn wij samen naar de 'Picardy' geweest?'

'Ik geloof... nee... ik ken de Aisne vrij goed... Château-Thierry, Soissons...'

'Mevrouw, zijn wij samen naar de 'Picardy' geweest?'

'Nee.'

'Wilt u mij dan niet bij mijn voornaam noemen?'

'...'

'En, Mevrouw, bij asperges drinkt men wél wijn, een champagne nature.'

De paardetanden die uit de schedels gewrikt werden door twee leerlingslagers in het huis van Nonkel Robert na een zwavelachtige nacht in Walle hadden hun nest terug gevonden in haar hippisch gezicht. Zij wenkt.

'Fernand. Haal eens snel de coteaux de champagne van Moët.'

Lakei ging en kwam. Het ros aan mijn zijde neeg. *Neide*. (Zuidn. voor: hinnikte.)

De Vlaamse Koppen met teksten in *Zuid en Noord*, *De Gouden Lier*, *Vlaamsche Weelde*, *De Zilveren Fluit*, *Morgenrood* gaapten, staarden, fluisterden, slikten.

'Mevrouw.'

'Ja, Mijnheer Seynaeve.'

Hij sprak en zei in 't za'el zich wendend: 'Mag ik zo vrij zijn u te complimenteren met uw exquisiet servies?'

'Ja. O ja. Zeker. Het is. Mijn man. Heeft het buitgemaakt, veroverd zal ik maar zeggen. Toen hij bij de Brigade Piron was en gevochten heeft op het laatst tegen de Volkssturm. Het is niet compleet, maar toch. Misschien. Het meest complete servies dat er bestaat van de *Bückelburgerbauer*.'

In het salon week zij niet van mijn zijde, ook al zweefde, klauwierde, vlinderde zij tussen de roodaanlopende gasten, de connaisseurs.

'De ellende, mijn waarde, is dat onze auteurs gewoonweg de exacte vakken ver-ne-gli-geren. Zo ben ik ervan overtuigd dat die beste Vanhool, mijn beste maat in d'Academie en de auteur van per-féfte ballades niet eens weet wat een priemgetal is.'

'Wat goed getroffen is, is de anale fase van Louis.'

'Ik heb ook een zoon die schrijft. Die is nog vroeger begonnen dan gij. Ik heb, geloof ik, iets in mijn portefeuille, van toen hij twaalf was...'

'Het gebruik van komma's is ook soms wat bizar. De komma is toch de ademhaling...'

'Maar toen hij zeventien was, is hij ermee opgehouden. Ik heb daar veel verdriet van gehad, het verdriet van België, ahaha.'

'En de hyperbool, mijn beste. Al te kwistig. En te vergezocht. Zo noteerde ik, wacht even, ja, op pagina tweehonderdtien: "De verrekijker van de liefde", op pagina driehonderd en zoveel: "Het woud van verlangen". Kom, kom.'

'De komma, la virgule, komt niet van maagd, *virgo*, maar van *virgula*, roede.'

'Zoals u weet is er bij Euclides géén priemgetal.'

'Uw visie op de geschiedenis, nee, nee, nee. De ideale geschiedenis van een volk moet ook zijn dromen inhouden. Nee.'

'Maar Karel, de geschiedenis is het geheugen van een volk. Het is voldoende om dat geheugen te vervormen en...'

'Ik zit al heel de week met een hoest. Ik neem siroop en 't helpt absoluut niet. Die siroop van Paelinck, die naar chartreuse smaakt.'

'Maar Paelinck-siroop, dat is om te versterken!'

'Ik heb goed gelachen als die jonge gastjes daar op 't einde dat ander jong gastje vastgepakt hebben, met die bikkel. Ik heb ook zo een keer, ik geloof dat het in 't jaar Zesentwintig was, ik zat toen op het College en...'

'Nooit ben ik *vervaard* geweest tijdens de bezetting. Zelfs niet toen ik met naam en toenaam vermeld werd in de *Brüsseler Zeitung*.'

'Marcel, gaat gij mee naar Siam? Met de Pen-Club? Kijken of dat 't waar is wat ze zeggen over 't Chinees vrouwvolk? Want ge gaat toch niet weer uw vrouw meepakken, hè?'

'Ik moet zeggen, ik neem ook liever mijn eigen vlees mee. Ik eet liever uit een propere telloor.'

'Die nieuwe op 't Ministerie schijnt een harde werker te zijn. Van Haere, Van Maele, Van Paemel of zoiets.'

'Het is autobiografisch natuurlijk. Ge voelt dat. Er zijn van die dingen. Want toen ik in het College van Sint Amand was, was ik ook, ik kom er recht voor uit, aangetrokken door...'

Ik zag hém in een Venetiaanse rococo-spiegel. Zijn hoofd was half zo groot als het mijne.

Ik wenkte hem. Met een kromme wijsvinger als een vleeshaakje. Hij was fors, donkerblond, met een dikke neus, een smal mondje en roodomrande ogen. Hij kwam. Ik was dronken en helemaal niet dronken.

'Waarom kijkt gij zo naar mij? Ben ik zwart?'
'Nee,' zei hij balorig. Kortrijks accent. '*Njiè.*'
'Wat doet gij hier?'
'Ik moet gereed staan van mijn Nonkel, voor als er iets zou mankeren.'
'Wie is uw Nonkel?'
'Julien Claessens.'
'De dekhengst van Mary Merrie Maria Parmentier?'
Mijn tong was doordrenkt, haperde.
'Wat gaat ge doen met het geld?' vroeg hij.
'Welk geld?'
'Dat *Mercurius* u betaalt voor 't afdrukken van uw roman.'
'Het is een novelle.'
'*Kaas* van Elsschot is korter. En gij krijgt tachtig frank per pagina.'

Hij at de schaal leeg. Cake, amandelkoekjes, kletskoppen, nogabrokjes, pralines. Toen de klontjes suiker bij de koperen koffiekan.

'Het is onrechtvaardig.'
'Wat?'
'Van mij gaan ze nooit iets afdrukken in *Mercurius*. En ik ben een jaar ouder als gij (*'kben e jor oeder as gie'*).'
'Waarom zouden ze van u niets afdrukken?'
'Omdat ik een dichter van onze tijd ben.'

Ik klapte in mijn handen. Het Parmentier-museum doofde zijn licht en klank.

'Broeders! *Ek ê d'jère U te presenteeeern nen digtre van oenzen tied!*'

Hij schrok niet, bloosde niet, kakte niet in zijn broek als iemand die ik ken. Hij wendde zich aan alle kanten en boog. Hij haalde een zeer kortgeleden gevouwen folioblad te voorschijn en las met onverminderd Kortrijks accent, ik schrijf het nu over:

'Geprezen zij de wurger van de nachtegaal, geprezen zijn alle vrouwelijke zoogdieren, de holtedieren en de zijrivieren,
de neten en Zwevegem.
Geprezen zijn de onmisbare behoeften en de getijen
en de met gas gevulde vliezen en de amberen vliegen.
Geprezen zijn de van het slijk gespeenden
en zij die de dingen niet kennen zoals zij zijn
maar zoals zij verschijnen.
Geprezen zijn de plant en Tarzan die hangt aan de plant.
Geprezen zij mij.'

Hij knikte voor het mager applaus. Hij overhandigde mij het blad. 'Verlies het niet.'

De Vlaamse Koppen ratelden zachtjes tot er één riep: 'Geprezen zijn de meidoorn en de neushoorn.'

Claessens, zijn oom, zei, zonder zijn neef aan te kijken: 'Mijnheer Seynaeve, als ge op een bepaald ogenblik naar huis wilt, dan sta ik meteen tot uw beschikking.'

'Ge gaat niet veel mankeren,' zei de neef. 'Direct gaan ze naar de familiekapel en dan naar de parochiezaal voor de verkiezing van de "Tineke van Heule" van dit jaar.'

'Ge moet mij maar een teken doen als ge...,' zei de oom en ik zei: 'Ventje, gij kunt mijn zak opblazen.'

De neef liep met mij mee naar het rustiek station.

'Het was een schoon gedicht. Bravo.'

'Ik maak er zo drie per dag,' zei hij.

'Dat is rap!'

'Het is mijn techniek. Ik zet alle omschrijvingen van een kruiswoordraadsel een beetje achter mekaar, schots en scheef.'

'Van *De Standaard*!'

'Ook.'
Hij zei niets meer. Dus ik ook niet. Samen zongen wij 'Tout va très bien, ma-da-me la marquise', de *fox comique* van Ray Ventura et ses Collégiens. Wij hoorden de saxofoon en de paukeslag. Wij zagen een meeuw die hinkte.

We gaan zien. Wij gaan zien. Toch.

# INHOUD

Deel I HET VERDRIET — 5

I Het bezoek — 7
II Horen en zien — 23
III De koe 'Marie' — 35
IV Zuster Sint Gerolf — 40
V Olibrius — 49
VI Van een ander kind — 54
VII De Miezers — 63
VIII Martelaren — 73
IX In Walle — 82
X Bomama — 101
XI De eland — 115
XII Nonkel Florent — 126
XIII Nonkel Robert — 134
XIV Het Land van de Glimlach — 144
XV Een knuppeltje — 155
XVI Het scapulier — 162
XVII Een verkenning — 169
XVIII Een gouden bikkel — 172
XIX Zijn gemene muil — 184
XX In Bastegem — 195
XXI Nonkel Armand — 225
XXII Een timmerman — 231
XXIII Meerke — 239
XXIV In Gods gewijde natuur — 243
XXV Vijgeblaadje — 251
XXVI Zuster Koedde — 257
XXVII De mande van de schande — 271

Deel II VAN BELGIË — 289

# HUGO CLAUS

## POËZIE
*Registreren* 1948
*Zonder vorm van proces* 1949
*Tancredo infrasonic* 1952
*Een huis dat tussen nacht en morgen staat* 1953
*De Oostakkerse gedichten* 1955
*Paal en perk* 1955
*Een geverfde ruiter* 1961
*Oog om oog* 1964
*Gedichten 1948-1963* 1965
*Heer Everzwijn* 1970
*Van horen zeggen* 1970
*Dag, jij* 1971
*Figuratief* 1973
*Het Jansenisme* 1976
*Het Graf van Pernath* 1978
*De Wangebeden* 1978
*Gedichten 1969-1978* 1979
*Zwart* 1979
*Van de koude grond* 1979
*Antiphon* 1979
*Füga* 1980
*Fiesta* 1981
*Almanak* 1982
*Alibi* 1985
*Mijn honderd gedichten* 1986
*Sonnetten* 1988
*De Sporen* 1993
*Gedichten 1948-1993* 1994
*Wreed geluk* 1999

## PROZA
*De Metsiers* 1950
*Corneille* 1951
*De hondsdagen* 1952
*Natuurgetrouw* 1954
*De koele minnaar* 1956
*De zwarte keizer* 1958
*Karel Appel, schilder* 1962
*De verwondering* 1962
*Omtrent Deedee* 1963
*De vijanden* 1967
*Natuurgetrouw* 1969
*Schaamte* 1972
*Het jaar van de kreeft* 1972
*Jessica!* 1977
*Het Verlangen* 1978
*De Verzoeking* 1981
*Het verdriet van België* 1983
*De mensen hiernaast* 1985
*Chateau Migraine* 1987
*Een zachte vernieling* 1988
*De zwaardvis* 1989
*Belladonna* 1994
*De Geruchten* 1996
*Onvoltooid verleden* 1998
*Het laatste bed* 1998

## TONEEL
*Een bruid in de morgen* 1955
*Het lied van de moordenaar* 1957
*Suiker* 1958
*Mama, kijk, zonder handen!* 1959
*De dans van de reiger* 1962
*Tijl Uilenspiegel* 1965
*Thyestes* 1966
*Acht toneelstukken* 1966
*Het Goudland* 1967
*Morituri* 1968
*Masscheroen* 1968
*Vrijdag* 1969
*De spaanse hoer* 1970
*Tand om tand* 1970
*Het leven en de werken van Leopold II* 1970
*Oedipus* 1971
*Interieur* 1971
*De vossejacht* 1972
*Pas de deux* 1973
*Blauw blauw* 1973
*Thuis* 1975
*Orestes* 1976
*Het huis van Labdakos* 1977
*Phaedra* 1980
*Een Hooglied* 1981
*Het haar van de hond* 1982
*Serenade* 1984
*Blindeman* 1985
*Georg Faust* 1985
*In Kolonos* 1986
*Het schommelpaard* 1988
*Toneel I* 1988
*Gilles en de nacht* 1989
*Toneel II* 1989
*Toneel III* 1991
*Toneel IV* 1993
*Onder de torens* 1993
*De eieren van de kaaiman* 1996
*De Verlossing* 1996
*Visite & Winteravond* 1996
*De verlossing* 1996
*De eieren van de kaaiman* 1996
*De komedianten* 1997